Julia Conrad
Das Imperium der Drachen

Zu diesem Buch

Seit zweihundert Jahren herrscht Frieden auf Chatundra. Doch im Himmelspalast plant ein Abtrünniger, der schweflige Stern Gurundir, den Sturz des Dreigestirns. Seine Anhänger sammeln alle bösen Mächte auf Chatundra, um Kaiserin Karenna und die Großdrachin Kylaila zu vernichten. Nur wenn es drei Menschen gelingt, eine alte Prophezeiung zu erfüllen und drei Aufgaben zu lösen, kann das Imperium gerettet werden. Aber von den Auserwählten sind nur zwei zu finden; der dritte hält sich verborgen. Und die Aufgaben erweisen sich als undurchführbar. Steht der Untergang des Kaiserreichs bevor? Nach den Bestsellern »Die Drachen« und »Der Aufstand der Drachen« nun der Höhepunkt der großen Saga um die geheimnisvollsten Geschöpfe von Mittelerde.

Julia Conrad, geboren 1950 in Wien, schrieb Jugendbücher und Krimis, bevor sie mit ihren »Drachen«-Romanen eine riesige Fangemeinde für sich gewann. Julia Conrad selbst tritt am liebsten hinter ihrem Werk zurück und hält ihre Bücher für wichtiger als ihre Person. Sie liebt starke Hunde, schöne Katzen und zahme Ratten. Die menschenscheue Einzelgängerin lebt im Herzen von Wien.

Julia Conrad

DAS IMPERIUM DER DRACHEN

ROMAN

Piper München Zürich

Mehr über unsere Autoren und Bücher:
www.piper.de

Zu den lieferbaren Titeln über Tolkiens Geschöpfe bei Piper s. S. 511.

FSC
Mix
Produktgruppe aus vorbildlich bewirtschafteten Wäldern und anderen kontrollierten Herkünften
www.fsc.org Zert.-Nr. GFA-COC-1223
© 1996 Forest Stewardship Council

Originalausgabe
Juni 2008

Umschlagkonzeption: Büro Hamburg
Umschlaggestaltung: HildenDesign, München – www.hildendesign.de
Umschlagabbildung: Jason Engle
Karte: Erhard Ringer
Satz: Filmsatz Schröter, München
Papier: Munken Print von Arctic Paper Munkedals AB, Schweden
Druck und Bindung: CPI – Clausen & Bosse, Leck
Printed in Germany ISBN 978-3-492-26664-2

Diamantmeer
Berge von Carrachon
Reich des Kadaverfürsten
Luifinlas
Zorgh
Dundris
Heulende Berge
Feuerberge
Chiritai
Regenwälder
Fort Timlach
Thurazim
Königreiche der Inseln
Saphirmeer
Thamaz
Vulkaninseln
Reich der Makakau
Macrecourt
Exil der Mokabiter
Jademeer
Chatundra

ERSTER ABSCHNITT
Die Auserwählten

Drei unerwartete Berufungen

Die Priester des schwefligen Sterns

Die Dunkelheit einer feuchtwarmen Nacht breitete sich über das Erde-Wind-Feuer-Land, das die Menschen Chatundra und die Drachen Murchmaros nannten. Die Mondin war noch nicht aufgegangen, aber am Himmel glitzerten die Sterne, am hellsten das Dreigestirn – das einzige Sternbild, das seine Stellung niemals veränderte. Darin wohnten die drei himmlischen Schwestern, die Mutterjungfrauen, von denen das Lied gesungen wurde:

»Seht an, in der finsteren Nacht der chaotischen Zeiten
Entbrannte am Himmel das Dreigestirn, leuchtende Augen
Voll Wehmut und Freude: entstanden aus Bûl, aus dem Chaos,
Das wogte und brodelt', noch ehe die Zeiten begannen,
Entsprangen die Schwestern, die feuergeborenen Schönen.«

Das Lied erzählte von Mandora, Plotho und Cuifín, den jungfräulichen Müttern der Elemente Feuer, Luft und Erde, herrlicher als alle Wesen, die Menschen je gesehen hatten. Es gab keine Worte, um den sanften Glanz ihrer ätherischen Leiber zu beschreiben, die durch den vorzeitlichen Äther wallten und brandeten wie ein Meer, Welle um Welle goldbraun leuchtender Schönheit. Deshalb gab es auch keine Bilder oder Statuen von ihnen. Wer konnte den Wind abbilden oder einen Duft in Marmor meißeln? Aus ihren Flügeln sank abends die weiche Dämmerung herab, und morgens erregten sie den Windstoß, der das Licht des Tages ankündigt, und vertrieben die Dunkelheit. Sie waren hochherzig, gütig und gerecht, ihre Augen leuchteten vor Weisheit und Erkenntnis.

Sie hatten Sonne und Mondin und die Sterne geschaffen, hatten sie als gute Wesen geschaffen, aber nicht alle hatten sich diese Güte bewahrt.

Einer unter all den Sternen, der tief im Süden stand, fiel durch seine Größe und sein schwefliges Licht auf: Das war Gurundir, das gelbe Leichenauge, der Stern des Unheils. Die eine Hälfte seines gelben Gesichts war von riesigen schwarzen Flecken entstellt wie das Gesicht eines zerfallenden Leichnams. Er blickte herab auf das endlose Meer ausladender Baumwipfel, die sich vom äußersten Süden bis weit in den Norden erstreckten – die dampfenden Regenwälder, die einen Großteil des Landes bedeckten. Schläfrige Stille herrschte unter dem dicht verwobenen Blätterdach, durch das nur hin und wieder raunend ein Windstoß strich.

Wie die Mondin das Meer an sich zieht, so zog der Leichenstern das Böse auf Chatundra aus seinen Verstecken. Verschleierte raunten einander in schattenverhangenen Winkeln Geheimnisse zu, und die Luft ringsum erstarrte. Köpfe schoben sich verstohlen über modrige Hecken und beobachteten die einsamen Landstraßen aus scheelen Augen. Tief im Süden hob ein nackter Riese brüllend die Arme zum Himmel. Auf der kahlen Kuppe eines Hügels verharrte unbeweglich, wie aus Erz gegossen, ein sechsbeiniges Scheusal und starrte in das nächtliche Land. Irrlichter tanzten in den unzugänglichen Schluchten der Heulenden Berge.

Aber auch andere Wesen wachten. In ihrem Palast aus Jade tief im Regenwald lagerte die Sphinx Wyvern am Kamin ihrer Bibliothek, eines Ehrfurcht gebietenden Saals, dessen Mauern hinter Tausenden von Folianten verschwanden. Den Fuß der Wände säumten hohe Tonkrüge, angefüllt mit Pergamentrollen. Der muffige Geruch von vergilbtem Pergament und brüchigen Kalbshäuten füllte die Luft. Der Sphinx gegenüber am Feuer kauerte eine uralte, weißhaarige Frau in kostbaren Gewändern – Tochtersohn, die Hohepriesterin am Tempel der Mutterjungfrauen in der heiligen Stadt Luifinlas. Sie war auf die Bitte ihrer langjährigen Freundin zu Besuch gekommen, da Wyvern ihr etwas Wichtiges mitteilen wollte.

Die Sphinx entrollte ein Pergament, auf das astronomische Karten gezeichnet waren. »Ich habe die Konstellationen der Sterne studiert, Tochtersohn, und was ich gesehen habe, hat mich geängstigt. Die Zeichen des Himmels künden von Gier, Macht und Rebellion, vom Umsturz der bestehenden Ordnung und der Erschütterung der Fundamente des Himmels. Und ich ahne auch, worin dieser Umsturz bestehen wird. In der nächsten Mittsommernacht wird das Leichenauge der Erde so nahe sein wie noch niemals zuvor. Es wird zwischen uns und den drei Schwestern am Himmel stehen.«

Sie stand auf und trat ans offene Fenster, durch das der schwüle Nachtwind feuchte, süße Fäulnisdüfte hereintrug. Vom Scheitel bis zu den Hüften war sie eine schöne Frau mit honigbrauner Haut, langen Flechten schwarzbraunen Haars und üppigen Brüsten, aber ihr Unterleib war der einer aufrecht stehenden Löwin. Auf dem Rücken trug sie zwei kleine häutige Flügel, die nicht zum Fliegen taugten. Ihr Gesicht war edel, aber fremdartig und melancholisch. Als einziges Kleidungsstück trug sie einen langen roten Samtmantel, den sie wie eine Schleppe hinter sich herzog.

Mit ausgestreckter Hand deutete sie auf den Stern. Sein Licht flackerte unruhig, und die ausgesandten Strahlen durchstachen die Sphären wie giftige Nadeln. »Gurundir war immer schon ein überheblicher und aufsässiger Stern, und ich bin überzeugt, dass er Unheil ausbrütet. Falls er Empörung plant, dann ist diese Nacht der geeignetste Zeitpunkt.«

Tochtersohn stimmte ihr zu. »Es wäre nicht das erste Mal, dass einer unter den Himmlischen gegen die Allmutter Majdanmajakakis und ihre Töchter rebelliert.«

Beide hatten schon lange gelebt, und sie erinnerten sich, als wäre es gestern geschehen. Vor Jahrhunderten war es der anmaßende Sonnendrache Phuram gewesen, der die Macht im Himmelspalast an sich reißen wollte, und eine Weile war es ihm sogar gelungen – er hatte das Dreigestirn Mandora, Plotho und Cuifín gestürzt und sich zum Gott aufgeschwungen. Und dann, hundert Jahre nachdem Phuram gedemütigt worden und die bewährte Ordnung zurückgekehrt war, hatte der graue Drache Urchulak den Aufstand geprobt, und auch ihm wäre es beinahe gelungen. Es hatte nicht viel gefehlt, und sein kolossales goldenes Standbild wäre als der neue Gott von Chatundra verehrt worden. Und nun … Gurundir?

Die Greisin fuhr fort: »Ich stimme dir zu, dass es eine Katastrophe wäre, wenn so etwas geschähe. Vielleicht wäre es sogar der Untergang unserer ganzen Welt. Aber was sollen wir tun? Was in den Sphären vorgeht, können wir zwar beobachten und zu enträtseln versuchen, aber es ist weder unsere Aufgabe, dabei einzugreifen, noch haben wir die Möglichkeit dazu. Weder du noch irgendein anderes Wesen auf Chatundra vermag an den Geschehnissen in den höheren Dimensionen irgendetwas ändern. Nicht einmal die unsterblichen Drachen. Die Himmlischen müssen sich selbst um ihre Angelegenheiten kümmern.«

»Und die Irdischen um die ihren.« Wyvern zog eine weitere dicke Pergamentrolle aus einem Haufen kunterbunt durcheinander liegender Bücher, breitete sie auf dem Tisch aus und beschwerte die Enden, damit sie sich nicht wieder einrollte. Die

Rolle war dicht an dicht mit einer kleinen, gestochen deutlichen Handschrift beschrieben. Tochtersohn stand auf und blickte ihr neugierig über die Schulter, aber sie konnte kein einziges Wort lesen. Nicht nur die Sprache war ihr fremd, sondern auch die Lettern, denn es war die Sprache und die Schrift vorgeschichtlicher Wesen. Die Sphinx hatte sie schon verwendet, als man auf Murchmaros noch nicht einmal wusste, dass es dort eines Tages flügellose, zweibeinige Wesen namens Mensch geben würde.

»Was steht hier geschrieben?«, erkundigte sich Tochtersohn.

»Der Teil der Ereignisse, der uns betrifft. Die Geschichte der Sklaven des schwefligen Sterns.«

»Ich wusste, dass Phuram und die Mondin Datura ihre eigenen Anbeter haben, aber von Gurundir war mir nichts bekannt.«

»Sie sind auch nie ans Licht getreten – bis jetzt. Dreihundert Jahre lang hat man kaum etwas von ihnen gehört, und unerwartet schwärmen sie aus ihren Löchern hervor wie Skorpione nach dem Regen. Das bestärkt mich in meiner Vorahnung, dass Gurundir Pläne schmiedet, sich an die Stelle des Dreigestirns zu setzen. Seine Knechte können es nicht erwarten, ihn als Herrn der Welt zu verehren, und sie scheinen sehr sicher zu sein, dass ihm seine Untat gelingen wird, denn sie bereiten sich schon darauf vor, das Kaiserreich zu zerstören und die Macht auf Erden zu übernehmen.«

»Wie! Wissen die Kaiserinnen Karenna und Kylaila davon?«

»Nein. Noch nicht. Sie wissen natürlich, dass uns die Riesen im Süden und der Geisterfürst im Norden bedrohen, das ist nichts Neues, aber von dieser Gefahr wissen sie noch nichts. Niemand hat den Sklaven des schwefligen Sterns in den vergangenen dreihundert Jahren große Beachtung geschenkt, und auch ich hätte es bis jetzt nicht getan, hätte ich nicht die Gefahren am Himmel erkannt. So habe ich meine Vertrauten ausgesandt und versucht, mehr über ihre Pläne herauszufinden, aber sie sind schlau und verstohlen, und sie haben einen listigen Anführer. Ist dir der Name Romanel geläufig?«

Tochtersohn kniff die Augen zusammen. »Ich weiß nicht recht ... doch, jetzt habe ich es. Ist er nicht ein Magier, der im tiefen Süden lebt?«

»Er lebte dort, bis die Thargon den gesamten Süden besetzten. Schon vor Jahren ist er ins Mittelreich zurückgekehrt, zusammen mit seinem verkrüppelten Sohn ...«

»Oh, jetzt weiß ich, wen du meinst!«, rief die greise Priesterin. »Ciaran, die lahme Viper!« Sie lachte, fuhr sich dann jedoch unbehaglich mit der Handkante über den Mund. »Romanel ... Ich habe ihn in Erinnerung als einen der übelsten Schwarzmagier, die je den Süden unsicher machten. Dass er zurückgekehrt ist, gefällt mir gar nicht. Und er führt jetzt die Gurundiraz an?«

»Ja. Und nicht nur sie.«

»Noch andere?«

»Ja. Wie ein Stein weitere Steine mit sich reißt, wenn er den Abhang hinunterrollt, so schließen sich ihnen andere unholde Kreaturen an, die es auch nicht erwarten können, die Ketten abzuschütteln, mit denen die Mutterjungfrauen und die Kaiserinnen sie gefesselt haben. Alles lichtscheue Gesindel dieser Erde kriecht hervor, schleicht in den Schatten, trifft sich heimlich in Sümpfen und Wäldern, Ruinen und Einöden und wartet auf den Tag, an dem es zuschlagen kann ... auf den Tag, an dem das Dreigestirn erlischt und das gelbe Zwielicht des Todes über Chatundra sinkt. Und sie haben nicht mehr lange zu warten.«

Tochtersohn nickte. Die Mittsommernacht stand nahe bevor. »Das sind schlimme Nachrichten«, seufzte sie leise. »Wirst du es den Kaiserinnen sagen?«

»Gewiss, ich werde in den nächsten Tagen nach Vang Vath reisen und es ihnen persönlich mitteilen. Aber was sollen sie tun? Sie können die Grenzmauer im Süden noch schärfer bewachen und Ritter aussenden, die nach den Gurundiraz suchen, aber gegen einen Angriff, der von allen Seiten zugleich erfolgt – von Norden und Süden, von innen und außen, von Feinden und falschen Freunden –, sind sie hilflos trotz all ihrer Macht.«

»Und wenn wir uns irren? Wenn die Mittsommernacht vorübergeht, ohne dass Gurundir rebelliert?«

»Ich fürchte, das würde nicht mehr viel ändern. Hier ist etwas in Bewegung gekommen, das sich nicht mehr so leicht aufhalten lässt. Alle diese Kreaturen haben Blut geleckt, alle gieren nach der Macht. Meinst du, sie gingen alle wieder ruhig nach Hause, nur weil Gurundir nicht im Zentrum des Himmels steht? Nein. Sie greifen jetzt schon an und werden ihre Angriffe fortsetzen.« Sie lehnte sich an die Kante des Tisches, auf dem die Pergamentrolle lag, und blickte, die Hände im Schoß gefaltet, ins Leere, als müsste sie eine ferne Erinnerung zurückrufen. »Ein Traum hat mir gezeigt – und du weißt, alle meine Träume sind prophetische Träume –, was wir zu befürchten haben. In diesem Traum sah ich Chatundra vor mir liegen, aber nicht wie es in Wirklichkeit ist, sondern in der Art einer hölzernen Tafel, auf die Berge und Flüsse, Seen und Dörfer aufgemalt waren. Während ich diese Tafel betrachtete, geriet sie an allen vier Ecken in Brand, und die Mitte wurde von Rissen durchzogen, als werde sie sogleich auseinanderbröckeln. Schwarzes Ungeziefer huschte darüber, Käfer, Tausendfüßler, Ohrwürmer. Das Geschmeiß nagte mit seinen Zangen an den Bildern der Städte und Dörfer und verätzte sie mit seinem Speichel, sodass sie vergilbten und abblätterten. Ich suchte sie wegzuscheuchen, aber es wurden zusehends mehr, bis das Land von ihnen wimmelte, und die grellen Flammen fraßen sich immer weiter in die Mitte vor. Als ich schon dachte, ich würde gleich nichts als ein Stück verkohlten und besudelten Holzes in der Hand halten, da leuchteten inmitten der Zerstörung drei Sterne auf, klar und hell, und ich wusste, dass ich zusammen mit der Botschaft des Unheils auch eine Hoffnung des Heils erhalten hatte.«

Tochtersohn wickelte eine Strähne ihres langen weißen Haars um den Finger und zwirbelte sie gedankenvoll. »Drei Menschen?«

»Ja. Erinnerst du dich, wie die dreizehn Auserwählten aufstanden, als Phuram die Mutterjungfrauen in Gefangenschaft hielt? Sie waren nur schwache Menschen, aber sie vollbrachten die Tat.«

Die Priesterin nickte zustimmend. »Und als der graue Urchulak die Macht über das Land an sich reißen wollte, erschienen die Sieben … auch nur schwache Menschen und dennoch tödliche Gegner. Weißt du schon, wer die drei sind?«

»Nein. Aber ich werde es herausfinden.«

»Und welche Queste sie erfüllen müssen?«

»Das weiß ich auch nicht. Aber ich habe jede Nacht Träume und Visionen. Ich bin gewiss, dass die Himmlischen mir zeigen werden, was diese Auserwählten zu tun haben und was *wir* zu tun haben.«

»Soll ich das Rauch-Orakel befragen, wie wir es im Tempel tun?«, schlug die Greisin vor. »Vielleicht gibt es uns eine Antwort.«

Die Sphinx nickte. »Ja, lass es uns versuchen.« Sie rief ihre Diener und befahl ihnen, einen Dreifuß, eine Kupferschale und edles Holz herbeizuschaffen. Als alles gebracht war, beträufelte Tochtersohn das Holz mit Öl und entzündete es am Kaminfeuer. Beide Frauen sprachen ihre Gebete zu den Mutterjungfrauen, während das Holz anfangs glomm, dann aufloderte und duftenden, dunkelblauen Rauch in die Höhe sandte. Wie ein lebendiges Wesen drehte er sich in seltsamen Arabesken und Schnörkeln, denn Tochtersohn hatte ihm geboten, ihr zu zeigen, was die Himmlischen ihnen zu sagen wünschten.

Immer dichter wurden die Schwaden, die einen süßen und zugleich beißenden Geruch ausströmten. Allmählich sahen die beiden Frauen inmitten des Rauches ein Bild. Wyvern stieß einen leisen Ruf aus, als sie die brennende Tafel erblickte, die der Traum ihr gezeigt hatte. Aber diesmal war kein unholdes Geschmeiß darauf zu sehen, sondern eine zierliche weiße Spinne, die quer über die Tafel auf sie zulief und ihr eine winzige Kaiserkrone in die Hand fallen ließ.

Die Sphinx lächelte zufrieden. »Ich danke dir für dein Orakel, Tochtersohn«, sagte sie. »Ich weiß jetzt, wen ich suchen muss und wo ich sie suchen muss.«

Das Knochenorakel

Auf einer ausgedehnten Lichtung im Regenwald und inmitten der windschief zusammengenagelten Hütten des Dorfes Takis erhellte ein Feuer die Dunkelheit. Mehrere Dutzend in bunte Lumpen gehüllter Mokabiter saßen und standen im Kreis herum – merkwürdig aussehende Menschen, von denen einige Hörner auf der Stirn trugen, andere verkümmerte Flügel auf dem Rücken oder nachschleppende Drachenschwänze. Alle blickten gebannt auf den greisen Zauberer Beza, der auf den Fersen vor dem Feuer hockte und auf einer schwarzen Decke das Knochenorakel warf. Es drängte sie sehr danach, etwas über die Zukunft zu erfahren, denn sie fürchteten sich vor den vielen bösen Vorzeichen, die sie bedrohten – den Donnerwolken, die fast täglich im Süden aufzogen und sich bedrohlich nahe an die Phuramscheibe heranschoben, und vor dem heißen, übel riechenden Wind, der aus derselben Richtung wehte. Unheil lag in der Luft, und die Mokabiter, ebenso ängstliche wie argwöhnische Leute, wollten wissen, was sich über ihnen zusammenbraute.

Atemlose Stille herrschte. Nur das Knistern der Flammen war zu hören. Die dürre Hand des mumienhaften Alten krümmte sich wie ein Klaue um die weiß gebleichten Knochenstücke, schüttelte sie und warf sie schwungvoll auf die Decke. Dann beugte er sich vor und studierte aus wässrig trüben Augen das Muster, das sie ergaben. Seine Augenbrauen hoben sich, bis sie beinahe den Haaransatz berührten. Offenbar las er aus dem Orakel etwas Bemerkenswertes. Mit zahnlosem Mund erhob er die Stimme und sprach feierlich in die Stille hinein: »Einer von euch wird ein bedeutendes Werk tun: Er wird Chatundra vor himmlischen und irdischen Feinden retten, die nichts als Zerstörung im Sinn haben, und wird in hohen Ehren in der kaiserlichen Residenz von Vang Vath stehen. Er wird der Gefährte einer Prinzessin aus einem fremden Land werden, sie auf allen ihren Wegen begleiten und zuletzt ...« Er runzelte die Stirn, prüfte noch einmal das Muster und schüttelte den Kopf. »Seltsam. Mehr kann ich nicht erkennen.«

Rundum erhob sich Gewisper. »Wer? Einer von uns? Wer soll das sein? Wer von uns kann ein bedeutendes Werk tun?«

Schweigen gebietend hob der Greis die Hand. Dann sammelte er die Knochenstücke ein, füllte sie in einen Echsenlederbeutel und hielt diesen mit ausgestreckter Hand von sich weg. »In diesem Beutel befinden sich zwei Dutzend weiße Knochenstücke und ein einziges schwarzes Stück. Steckt einer nach dem anderen die Hand hinein und nehmt euch eins. Wer das schwarze zieht, ist derjenige, den das Orakel bestimmt hat.«

Aufregung breitete sich allenthalben aus. Mit Drängeln, Stoßen, Rempeln und Gezänk ordneten sich alle zu einer Schlange, und einer nach dem anderen fasste in den Beutel. Jeder zeigte dem alten Beza, was er in der Hand hielt. Es waren ein ums andere Mal weiße Knochenstücke, bis ein Jüngling von etwa siebzehn Jahren hineingriff. Als er zögernd die Handfläche mit dem Knochen darin ausstreckte, rief der Alte laut aus: »Das ist der Erwählte!«

Einige Atemzüge lang herrschte verblüfftes Schweigen, dann brach ungestümes Gelächter los. »Was, Lukan?«, rief einer. »O nein! Nicht der stumme Lukan, dieser leere Sack! Er kann ja nicht einmal sprechen, nur gackern!« Andere Stimmen fielen ein, höhnisch, verächtlich, voll ungläubigen Staunens. »Was, unser Lukan? In Vang Vath? Den lassen sie im kaiserlichen Palast doch nicht einmal die Ställe ausmisten!«

»Sag uns, Beza, was wird er tun, unser verwegener Freund?«, schrie ein dicker Bursche mit einem Satz beinerner Stacheln auf dem Scheitel. »Wird er ganz allein mit den menschenfressenden Thargon im Süden kämpfen und den Geisterfürsten Zarzunabas von seinem Thron aus Eis stürzen?«

»Was er im Einzelnen tun wird, weiß ich nicht«, antwortete Beza mit schneidender Stimme. »Aber ich weiß, dass du, Stachelschwein, eines Tages den Boden küssen wirst, über den er gegangen ist.«

Das rief noch mehr Gelächter hervor.

Der stumme Lukan stand reglos da, den Kopf gesenkt, sodass ihm das schulterlange Haar, falb und rau wie Werg, übers Gesicht hing. Er war es gewohnt, ausgelacht zu werden. Die Mokabiter hatten ihn nie so richtig als einen der Ihren angenommen, obwohl er demselben Volk entstammte. Sie machten ihm seine allzu menschliche Erscheinung zum Vorwurf, das völlige Fehlen von Hörnern, Flügeln, Schuppen, Hornzacken und anderen drachischen Zügen. Schmalschultrig und schlaksig, mit linkischen Bewegungen und einem scheuen, verstohlenen Blick, wie ihn jahrelange Missachtung hervorrief, war er täglich die Zielscheibe mehr oder minder bösartiger Spötteleien, und wäre da nicht seine ungewöhnliche Gabe gewesen, im Dunkeln sehen zu können, so hätten sie ihn vielleicht schon längst fortgejagt.

Er blickte auf, als der Greis neben ihm mit barscher Stimme Schweigen gebot. Jetzt, da ihm das Haar aus dem Gesicht fiel, zeigte er ausgeprägte Züge, eine kühne Nase und einen schmallippigen Mund, vor allem aber strahlend smaragdgrüne Augen, deren Blick von innen heraus glühte. Die Pupillen zeigten sich als schmale schwarze Schlitze wie die eines Drachen.

»Schweigt, ihr Narren!«, schrie Beza erzürnt. »Wagt ihr es, die Entscheidung des Schicksals zu verhöhnen? Was meint ihr, wer ihr seid? Wollt ihr, dass der Zorn der geheimen Mächte euch trifft?«

Erschrocken schwiegen die Mokabiter. Einer nach dem anderen duckte den Kopf und murmelte Entschuldigungen. Niemand wollte riskieren, demnächst von einem rächenden Blitz erschlagen oder von dem besonders abstoßenden Quälgeist heimgesucht zu werden, der die Lästerer plagte – er bestand nur aus einem langhaarigen Frauenkopf, der an der Unterseite ein verschlungenes Bündel Eingeweide nachschleifte.

Der alte Mann beobachtete befriedigt, wie ängstlich sie alle waren. Etwas milder fuhr er fort: »Denkt immer daran, dass das Schicksal nicht nur die Starken und Klugen erwählt, sondern genauso gut die Dummen und Schwachen, wenn es in seine Pläne passt. Ich will kein Wort mehr davon hören, dass ihr den Jüngling neckt und verspottet. Und nun genug von Orakeln, jetzt ist es Zeit, dass einige von euch, wie ihr mir versprochen habt, auf die Hügel steigen und die Honigschlundblüten pflücken, die ich für meine Tränke brauche.«

Wieder gab es ein heftiges Geschubse und Gedränge, denn niemand hatte Lust, die gefährliche Aufgabe zu übernehmen, bis endlich zwei verwegen aussehende Burschen vortraten, Koleb und Zubar mit Namen. Koleb stieß den jungen Mann zwischen die Schultern. »Vorwärts, Lukan, du kommst mit uns. Wir brauchen einen, der im Dunkeln sehen kann.«

Die Mondin, von Sternen umgeben, prall und rot wie ein Granatapfel, leuchtete in einem tintenschwarzen Himmel, und das Land, auf das sie herabschimmerte, lag dunkel in tiefem Schlaf.

Büsche, die auf dem kargen Boden der Hügelkuppen wuchsen, verströmten den Duft von Lavendel und Myrrhe. Mehrmals hoben sich die zierlichen Umrisse von Riesenmotten von der glimmenden Kugel der Mondin ab: lautlose Nachtschwärmer, deren Flügel mit einem feinen, im Mondlicht schimmernden Pelz bedeckt waren.

Schweigend zwängten sich die drei Mokabiter durch die dicht beieinanderstehenden Stämme des Regenwaldes, durch ein in tiefblaue Schatten gehülltes Dickicht von Riesenfarnen, Schuppenbäumen und armdicken, von den Wipfeln herabhängenden Ranken. Das Plätschern schmaler Wasserfälle belebte die Nacht. Tausende von Tröpfchen schwebten als feiner Nebel in der Luft.

Die Männer trugen scharfe Hiebmesser bei sich, lange Haken und einen Strick. Dennoch waren sie bedrückt. Weder Koleb noch Zurban wollten es laut aussprechen – und Lukan konnte es nicht –, aber sie hatten Angst vor der Aufgabe, die vor ihnen lag. Hätten sie nicht noch viel mehr Angst vor dem jähzornigen alten Zauberer gehabt, so hätten sie ihm ins Gesicht gesagt, er solle sich seine Honigschlundblüten selbst holen, denn diese heimtückischen Pflanzen waren Fleischfresser und scheuten auch nicht davor zurück, Menschen anzugreifen. Es waren ebenso gefährliche wie abstoßende Kreaturen. Zwar trugen sie faustgroße, orchideenähnliche Blüten in rosigen und blassgelben Farbtönen, doch machten diese Blüten einen widerwärtig fleischigen und fauligen Eindruck. Die Pflanzen selbst bestanden aus einem tonnenförmigen, fettig glänzenden rosabraunen Rumpf, so groß wie ein Fass, und mehreren Ringen hohler, sehniger Arme, die Gliedmaßen und Schlund zugleich waren. An ihren Enden saß ein Kranz fleischiger rosafarbener Finger, die eine stetig schluckende und schnappende Öffnung umgaben. Daher hatten die Männer auch einen Strick mitgenommen, um das Pflanzentier zu fesseln, bevor sie ihm die Blüten abschnitten, ansonsten hätte es sie auf der Stelle erwürgt.

Lukan ging als Erster. Mit seinen Drachenaugen konnte er selbst in tiefster Finsternis Formen deutlich erkennen – Formen, jedoch keine Farben, sodass ihm alles, was er vor Augen hatte, in abgestuften Grautönen erschien. Das helle Mondlicht reichte ihm, um sogar im tiefen Schatten unter dem Blätterdach Einzelheiten zu erkennen.

Solange sie sich im Dschungel befanden, mussten sie nicht auf der Hut vor den Soldaten sein. Außer ihnen gab es hier keine Menschen. Nur selten ritten Späher der Kaiserlichen auf ihren schnellen, wendigen Echsen die heimlichen Pfade entlang. Schwieriger wurde es schon, wenn sie hinaus ins Freie kamen, auf die kahle Flanke des Hügels. Dort konnte man sie von der drei Stockwerke hohen Grenzmauer aus sehen. Was sie vorhatten, konnte leicht zu ihren Ungunsten ausgelegt werden, denn das Honigschlundöl war ein starkes Rauschgift, und sie standen ohnehin im Verdacht, Hexer und Giftmischer zu sein. Wenn man sie bei ihrem nächtlichen Unternehmen fasste, mussten sie damit rechnen, strengen Verhören unterzogen, vielleicht sogar gefoltert zu werden.

Sie hatten eben eine Stelle erreicht, wo die Schulter des Hügels über einer Waldlichtung vorsprang, als einer der Begleiter Lukan an der Schulter packte und ihm bedeutete, er solle sich zu Boden werfen und auf die Lichtung hinunterschauen. Gleich darauf lagen alle drei flach auf dem Bauch und spähten hinab, wobei freilich Lukan als Einziger mehr entdeckte als ein schwarzgraues Gemisch ineinander verschlungener Schatten.

Ein knisterndes Geräusch erhob sich in dem Urwald, ein Rascheln und Schaben wie von Körpern, die sich durchs Dickicht zwängten. Vorsichtig schob sich der Jüngling weiter vor und lugte durch die fächerförmigen Binsen. Jetzt entdeckte er, was sich da unten bewegte. Zwischen den Stämmen der mannsdicken Schachtelhalmbäume und Riesenfarne waren Schatten zu sehen, die sich wispernd aneinanderdrängten. Etwa zwei Dutzend kämpften sich auf kaum fußbreitem Pfad durch das Pflanzengewirr der Lichtung entgegen, auf die der Glanz des schwefligen Sterns fiel. Als sie im bläulichen Zwielicht erschienen, waren es Männer in langen Kutten, die Gesichter unter Kapuzen verborgen.

Lukan kniff die Augen zusammen. Wer immer sie sein mochten – es waren jedenfalls keine kaiserlichen Soldaten. Aber das beruhigte ihn nicht. Die Mokabiter waren ein argwöhnisches und verschlagenes Volk, das von anderen erst einmal das Schlimmste annahm. Sie selbst spannen unablässig Intrigen und heckten böse Pläne aus, und so sahen sie in anderen Menschen einen Spiegel ihrer selbst. Im Augenblick jedoch war es wohl das Klügste, das Schlimmste anzunehmen. Wer trieb sich nachts in der Wildnis herum, wenn er nichts zu verbergen hatte? Und noch weniger als die Männer gefielen ihm die drei halb durchsichtigen Kreaturen, die sie begleiteten. Sie sahen aus wie Tausendfüßler, waren aber mit ihrer Länge von fünf Schritt weitaus größer als selbst die riesigen roten Würmer im Urwald, und ihre Zangen spreizten sich vielfingrig wie menschliche Hände. Ihre gerippten und gekerbten Leiber bewegten sich mit widerwärtigem, lauerndem Schlängeln, aus dem heraus sie sich gelegentlich aufrichteten, um in die Umgebung zu spähen – was sie freilich nicht mit Augen taten, denn sie waren augenlos. Als Gesichtsorgan schienen ihnen ihre Fühler und der sabbernde, borstenbesetzte Mundschlitz am vordersten Ende des Leibs zu dienen. Bei dem Gedanken, dass sie die heimlichen Beobachter trotz der Finsternis und des Schirms aus Schilfrohr entdecken könnten, spürte Lukan sein Herz im Hals pochen.

Er beobachtete, wie die Kapuzenmänner aus den mitgebrachten Ledersäcken sieben kniehohe Statuen auspackten, die sie zu einem Rhombus angeordnet in der Mitte errichteten. Sie stellten in plumper Ausführung Drachen und Menschen dar. Alle sieben glommen wie faules Holz, hell genug, um die Farben auf der bemalten Oberfläche sichtbar zu machen. Koleb und Zubar sogen scharf die Luft ein: Das Licht war jetzt so hell, dass sie ebenfalls erkennen konnten, was vorging, wenn auch nicht so deutlich wie Lukan. Ihm fiel auf, dass alle Bildwerke übergroße, weit offene und eine Spanne weit aus dem Gesicht vorstehende Münder hatten, die an Posaunen erinnerten. Ihn fröstelte bei dem Anblick. Obwohl an den Statuen zumindest im Augenblick nichts Besonderes zu erkennen war, erfüllten sie ihn mit kaum zu bändigendem Grauen. Ihn packte der wilde Wunsch, aufzuspringen und blindlings zu fliehen, zurück zu der Ansiedlung mit ihrem heimelig leuchtenden Feuer. Aber er war längst nicht der Dummkopf, für den seine Gefährten ihn hielten. Er wusste genau, dass die Geräusche ihrer Flucht augenblicklich die ganze Bande dort unten aufscheuchen würden. Verfolgung war ihnen sicher, und er verspürte kein Bedürfnis, den Kapuzenmännern in die Hände zu fallen. Also blieb er liegen und bedeutete den beiden Begleitern, sich nur ja nicht zu rühren.

Die seltsamen Männer reihten sich zu einem Kreis, in dessen Mitte die Statuen standen. Ihren Bewegungen war anzumerken, dass ihnen dieses Ritual nicht fremd war, denn jeder fand seinen Platz sofort. Dann begann einer, die Trommel zu schlagen, die er unter dem Arm trug. In dumpfem Stakkato hallten die Töne durch den nächtlichen Wald, erschreckten die Tiere im Unterholz und weckten die Springwürmer in den Baumwipfeln, die ängstlich keckernd das ungewohnte Ereignis beobachteten.

Die Männer kümmerten sich nicht um das Rascheln und Schnattern. Jeder für sich drehte sich so geschwind um die eigene Achse, dass die gelben Mäntel wie Räder flogen. Die Arme weit ausgestreckt, wirbelten sie so dahin – stumm, jeder in sich selbst versunken. Nur einer blieb abseits stehen, und Lukan erkannte den Grund: Er war entweder uralt oder ein Krüppel, denn er stützte die linke Achsel mit dem vollen Körpergewicht auf einen Bambusstock mit silberner Krücke. Die Trommel dröhnte rhythmisch. Ein, zwei Stunden dauerte dieser Wirbel an. Die drei Mokabiter wagten sich nicht zu rühren. Die Springwürmer kamen zu der Überzeugung, dass ihnen von dem Lärm keine Gefahr drohte, und rollten sich wieder zum Schlaf zusammen. Die Tiere auf dem Boden, die ängstlich davongehuscht waren, kehrten zurück und machten sich erneut ans Fressen.

Schneller und schneller polterte die Trommel, schneller und schneller drehten sich die Tanzenden im Kreis. Mit einem Mal warf einer der Vermummten seinen Mantel ab und stürzte splitternackt in die Mitte des Zirkels. Das Sternenlicht schimmerte auf den bleichen Gliedern, als er sich auf die Knie warf und das Gesicht dem schwefligen Auge zuwandte, das aus dem Himmel auf die Gruppe herunterblickte. Zwei Weitere folgten ihm. Die Trommel schwieg, und die Drehungen der Tanzenden wurden langsamer, hörten schließlich ganz auf. Sie wandten sich dem Mann in der Mitte zu und fielen ebenfalls auf die Knie. Von ihren Gesichtern war noch immer nichts zu sehen, aber im Schatten der Kapuzen brannte auf ihren Stirnen ein glühendes Zeichen: der Umriss eines starrenden gelben Auges.

Da bewegte sich eine der Statuen, als bebe der Waldboden unter ihrem Sockel, und aus der Richtung, in der sie stand, hallte eine Stimme, die aus dem posaunenähnlichen Mund drang.

»Hört mich an, meine Sklaven!«, sprach die Stimme, die hohl und unmenschlich tönte. »Hört, was ich euch zu sagen habe und was die Verbündeten euch zu sagen haben. Ihr wisst, dass unsere Zeit, nachdem ihr lange im Verborgenen gelebt habt, nun bald gekommen ist. Die Mittsommernacht wird der Beginn eines neuen Äons sein, Beginn der Herrschaft Gurundirs, des schwefligen Sterns. Er wird Mandora, Plotho und Cuifín aus dem Himmelspalast vertreiben, und wir, seine Knechte hier auf der Erde, werden die Kaiserinnen vernichten. Dann wird das kaiserliche Geschlecht, das die drei Schwestern gestürzt haben, wieder den ihm zustehenden Thron in Thurazim einnehmen und vom Jademeer bis zum Diamantmeer ganz Chatundra beherrschen.«

Ehrfürchtig zustimmendes Gemurmel drang aus vielen Kehlen.

»Zwei von euch«, fuhr die Stimme fort, »befinden sich bereits am Hof von Vang Vath und sind mit der Aufgabe betraut, die Kaiserin und die Großdrachin zu vergiften. Für euch andere habe ich weitere Aufträge.«

Die Knienden schlugen mit der Stirn auf den Boden. »Wir wollen tun, was du geboten hast, Erhabener!«, riefen sie. »Romanel! Romanel! Wir sind deine Sklaven. Unser Leben für dich!«

Lukan krallte die Finger ins Gras. Verschwörer, die den Mord an der Kaiserin planten! Und ausgerechnet er wurde Zeuge dieses verbrecherischen Plans! Jeder andere hätte nichts Eiligeres zu tun gehabt, als nach Bâl Ummas zu eilen, der nächstgelegenen Festung, wenn schon nicht aus Liebe zum Kaiserhof, so wenigstens um die Belohnung einzuheimsen, die ihm zweifellos zuteil würde. Aber ein Mokabiter? Würden die Kaiserlichen ihm überhaupt glauben? Und selbst wenn sie es täten, so hatte er doch keine Lust, sich unter Menschen zu begeben, die seinesgleichen nicht leiden mochten und sie wie halbe Tiere behandelten. Wenn er jedoch schwieg, machte er sich zum Mitschuldigen. Und wer sagte denn, dass sie ihn nicht eines Tages durchschauen würden? Dann erwartete ihn dieselbe Strafe wie jeden anderen Hochverräter, und er würde sein Leben in einer Schlangengrube beschließen. Er zerbiss einen Fluch zwischen den Zähnen und spähte weiter hinunter.

Jetzt regte sich schwankend eine der Statuen, die einen grün gekleideten Jüngling darstellte, und sprach aus ihrem Posaunenmund in derselben hohl hallenden Weise, als käme die Stimme aus den Lüften herunter oder aus dem Boden herauf. Andere erwiderten die Rede. Lukan verstand nur zum Teil, was sie sagten, und wollte es auch gar nicht verstehen. Je mehr er begriff, desto einengender wurde die Falle, in der er steckte. Es waren abscheuliche Pläne, die die Verschwörer da unten schmiedeten. Sie sprachen von Hungersnöten und Seuchen, von Gift und Dolch und schwarzer Magie. Das alles wollten sie einsetzen, um das Kaiserreich zu zerstören und das Erde-Wind-Feuer-Land ihrer eigenen Herrschaft zu unterwerfen. Lukan zerbrach sich vergeblich den Kopf, wer sie sein mochten. Zwar hatte er in den Bildwerken einen Thargon und einen Skorpionritter erkannt, alte Feinde des Kaiserreichs, und die grüne Statue kam ihm irgendwie bekannt vor. So stellten Bildhauer und Maler den Kadaverfürsten Zarzunabas dar, den Herrn über Gespenster und Untote, der im äußersten Norden in seinem Eispalast wohnte. Dort, im Ring der unbezwingbaren Berge von Carrachon, teils innerhalb, teils außerhalb der Welt, hauste er in einem Schloss aus Eis, das so weiß wie Alabaster war – durch das Fluchwort seines Vaters gefangen in einem niemals nachlassenden Wirbelwind, der sich mit ungeheurer Wut und Wucht um die eigene Achse drehte. Ewig jung, immer gleichbleibend schön, versteinert in der Blüte seiner Jahre und seiner Sünden, streckte er die kalten weißen Hände von Norden her aus und wollte immer weiter nach Süden greifen, bis ganz Erde-Wind-Feuer-Land in seiner Umarmung verwelkte und starb. Aber die Übrigen? Und die Männer in den gelben Kapuzenmänteln – waren sie Priester, Zauberer oder beides?

Die sprechenden Statuen wunderten ihn noch am wenigsten. In alten Zeiten, als die Mokabiter reiche und mächtige Herrscher in ihrer eigenen Stadt Thamaz gewesen waren, hatten sie mit ihren Verbündeten, den bösen Drachen der Vulkanschlote, immer auf diese Weise Rat gehalten. Die Drachen, die bei Weitem zu groß und zu wild waren, um in einen Ratssaal zu passen, hatten ihren Geist und ihre Stimme in Gestalt von Statuen geschickt, die im Kreis der Versammelten aufgestellt wurden. Es bedurfte keiner besonderen magischen Kunst, um dergleichen zu bewerkstelligen, nur die Übereinkunft zwischen Sprechenden und Hörenden sowie einige wirksame Sprüche.

Die Stimmen schwiegen. Allmählich wich die Verzückung aus dem Gesicht des Mannes, der in der Mitte kniete. Seine Züge wurden schlaff und grau, er wankte und fiel aufs Gesicht. Auch die beiden anderen, die in Ekstase gefallen waren, sanken in sich zusammen. Die Übrigen kümmerten sich nicht um ihn. Alle warfen nun ihre Kutten ab und zeigten sich als Männer jeden Alters, vom unreifen Jüngling bis zum ausgezehrten, knochigen Greis. Die Trommel dröhnte von Neuem, schnell und unregelmäßig, als wisse der Trommler nicht, was er tat. Wieder begann ihr Tanz, aber diesmal war er nicht selbstversunken, sondern wild und ausschweifend. Sie hoben die Beine und sprangen, in die Hände klatschend und jauchzend, sodass die Tiere, die eben erst zur Ruhe gekommen waren, erschrocken davonliefen. Auch diesmal blieb der Mann mit dem Bambusstock am Rand stehen, ohne sich zu beteiligen. Er hatte wie alle anderen den Mantel abgeworfen, und Lukan sah, dass es ein schöner junger Mensch war, nicht viel älter als er selbst, hochgewachsen und mit langem, üppig gewelltem Haar. Einmal ging er einige Schritte weit und zeigte dabei, dass das Übel in seinem linken Bein steckte, das er nachzog. Von diesem Gebrechen abgesehen, war sein Körper wohlgebildet. Doch da er die linke Körperseite schwer auf die Krücke stützte, war seine Haltung greisenhaft schlaff und krumm.

Immer ausgelassener wurde der Tanz, immer grotesker gerieten die Bewegungen, bis sich zuletzt einer auf den anderen stürzte und die Leiber sich auf dem Boden zu einem zuckenden Knäuel vereinten. Der Krüppel setzte sich auf einen Steinblock und verharrte regungslos, den Blick auf den Menschenhaufen gerichtet. Erst nach langer Zeit zerfiel die bleiche, verschlungene Masse wieder zu einzelnen Körpern, die sich schwankend erhoben. Die Trommel schwieg. Ein Mann nach dem anderen raffte seinen Kapuzenmantel auf und verhüllte sich. Auf ihren Stirnen waren die Brandmale des Auges erloschen; nichts verriet, dass sie sich eben noch dort gezeigt hatten. Langsam ordnete sich die Gruppe zu einer langen Reihe und verschwand zwischen den eng nebeneinanderstehenden Schachtelhalmbäumen. Ein Rascheln, ein Knacken von Zweigen, und sie waren zwischen dem dunklen Gewirr der Stämme verschwunden.

Die drei Mokabiter blieben noch lange im Farn liegen und wagten sich nicht zu bewegen. Wer wusste schon, ob die Schurken nicht zurückkehrten? Und sie hatten klug gehandelt, denn plötzlich entdeckte Lukan ein schwaches Glimmen zwischen den lang herabhängenden Lianen am Waldrand, und dann kroch einer der Riesenwürmer heran. Auf der Lichtung angelangt, hob er das Vorderteil seines schlauchförmigen Körpers drei Schritt hoch in die Höhe und witterte in alle Richtungen. Sein von glitzernden Borsten umsäumtes Maul stülpte sich vor und zog sich wieder zurück. Die Zangen tasteten in der leeren Luft umher. Dann stieß er ein scharfes Zischen aus und lockte damit seine beiden Gefährten herbei.

Lukan spürte, wie ihm das Blut zu Eis gefror. Aber er hatte keine Zeit, sich seiner Furcht hinzugeben. Die drei Würmer setzten sich eilig in Bewegung, und es gab keinen Zweifel mehr, dass sie die heimlichen Späher entdeckt hatten.

Jetzt half kein Verstecken mehr. »Auf, auf!«, hauchte der Anführer Koleb seinen Gefährten ins Ohr, und alle drei sprangen auf die Füße und stürmten in den Urwald hinein. Hinter ihnen rauschte ein phosphoreszierender Leib durch das abgefallene Laub. Der Grund unter ihren Füßen war sumpfig, und jeder Schritt wurde zur Qual. Schweiß bedeckte ihre Gesichter, und ihre Lungen brannten schon nach wenigen Schritten.

Lukan hatte lange Beine, und er hatte den Vorteil, im Dunkeln sehen zu können, wohin er trat, während Koleb und Zurban hinter ihm blindlings durch die Finsternis hetzten und immer wieder gegen Bäume prallten. Dennoch merkte er bald, dass der Wurm sie einholte. Die beiden anderen waren nicht zu hören und würden ihnen zweifellos weiter vorn den Weg abschneiden. Von Panik getrieben, jagte er dahin, bis sich sein Fuß in einem Hindernis verfing und er schmerzhaft auf Hände und Knie fiel. Kaum hatte er sich aufgerafft, da hörte er ein Fauchen hinter sich. Ohne nachzudenken und Hals über Kopf wie ein geängstigtes Tier sprang er mit einem gewaltigen Satz vorwärts. Zu spät merkte er, dass vor ihm eine steile Böschung nach unten führte, dick bedeckt mit abgefallenem Laub, das sich nach den häufigen Regengüssen in eine schleimige Rutschbahn verwandelt hatte. Sich überschlagend, verzweifelt nach einem Halt angelnd, schlitterte er die Böschung hinunter, dicht gefolgt von Koleb und Zurban, die denselben misslungenen Versuch unternommen hatten, sich vor den Bestien zu retten.

Grün und blau gestoßen von Steinen und Wurzeln, atemlos vor Entsetzen, lagen die drei Männer da und warteten auf den Augenblick, da der Phosphorschimmer des Wurms über ihnen aufleuchten und sein zangenbewehrter Mundschlitz zuschnappen würde. Es blieb jedoch still, und allmählich entdeckten sie den Grund dafür: Als sie die Böschung hinabgerutscht waren, hatten sie eine Menge Laub mit sich gerissen, und diese faulig riechenden Haufen bedeckten sie jetzt von Kopf bis Fuß. Die Würmer konnten nicht sehen, und anscheinend vermochten sie den

Geruch der Männer unter dem Moder nicht wahrzunehmen. Aber sie waren noch da: Hin und wieder blitzte zwischen den Bäumen am oberen Ende der Böschung ein fahles Licht auf, und durch die schweigende Nacht drang ein schwaches Geraschel.

Und dann schoss eines der Ungeheuer die Böschung herunter. Offenbar hatte es diesen Weg auf gut Glück gewählt, denn als unmittelbar vor seiner Nase drei schreiende Männer aufsprangen und davonrannten, fuhr es verblüfft und erschrocken zurück. Gleich darauf kam es freilich wieder zu Sinnen und rauschte, mächtige Bogen schlagend, zwischen den Bäumen hindurch hinter ihnen her, wobei es einen ohrenzerreißenden Schrei ausstieß, um seine Gefährten herbeizulocken.

Koleb, der stärkste und schlaueste der drei, presste zwischen zwei keuchenden Atemzügen hervor: »Kessan – Bach Kessan – der Wasserfall!« Er packte mit der einen Hand Zubar, mit der anderen Lukan und zerrte sie neben sich her in die Richtung, aus der das Plätschern des Bachs zu hören war. Lukan hatte keine Gelegenheit zu fragen, was Koleb dort wollte. Er rannte einfach mit, halb verrückt vor Angst, gepeinigt vom Stechen des Atems in den brennenden Lungen, schwitzend und schmerzgepeinigt am ganzen Körper. Wie alle Mokabiter der Gegend kannte er den Bach Kessan mit seinem zwanzig Fuß hohen Wasserfall, der eine tiefe Mulde aus dem Fels gewaschen hatte. Ringsum war diese Mulde von steilen schwarzen Felsen umgeben, deren Ring sich gerade weit genug öffnete, damit die eingezwängte Flut abfließen konnte, und darin toste und schäumte das Wasser.

Lukan heulte auf vor Entsetzen, als Koleb ihn jählings nach vorn riss und er keinen Boden unter den Füßen mehr hatte. Mit Übelkeit erregender Geschwindigkeit sauste er abwärts und traf so hart auf der Wasseroberfläche auf, dass er nach Atem rang. Aber da war er schon untergetaucht, schluckte Wasser, statt Luft zu atmen, strampelte in einer Schwärze, die seine Glieder umklammerte. Einen Augenblick lang fühlte er sich so, als stecke er in einer Felsspalte fest, so unnachgiebig, so übermächtig war die eisige Flut. Er konnte sich nicht mehr bewegen, wusste nicht, wo oben und unten war, war nicht fähig zu atmen. Dann packte ihn eine eiserne Faust im Genick und zog ihn hoch. Spuckend tauchte er auf, und jetzt erkannte er, wo er sich befand. Sie waren alle drei über die Felswand in das Wasserloch gesprungen, aber nicht in den wütenden Strudel, sondern in die stille Mulde, die sich außerhalb des Wirbels in einer Felsnische gebildet hatte. Koleb zog sie beide rückwärts mit sich, bis sie an den Felsen stießen und sich daran festhalten konnten, damit ihre Köpfe über Wasser blieben.

Gleich darauf lugten drei flache, phosphoreszierende Schädel in das Wasserloch herunter. Lukan meinte, das Gewürm wittern und schnaufen zu hören, obwohl er über dem Tosen des stürzenden Wassers nicht einmal das Gebrüll einer hungrigen Echse hätte wahrnehmen können. Erleichtert begriff er, dass die Tausendfüßler die bis zum Nacken im Wasser Verborgenen ebenso wenig hören wie riechen konnten.

Er beobachtete, wie die Schädel unsicher hin und her schwankten. Den Würmern war bewusst, dass sie bis zum Rand des Felsens gelaufen waren, aber was dann mit ihnen geschehen war, wussten sie nicht. Vielleicht dachten sie ja, die Flüchtlinge seien auf den Steinen zerschellt und in dem Wasserloch ertrunken. Schließlich verschwanden sie. Aber wer wusste, ob sie nicht weiterhin in unmittelbarer Nähe lauerten?

Lukan hatte das Gefühl, in dem eisigen Wasserloch allmählich von außen nach innen zu gefrieren, aber noch immer wagte er sich nicht sich zu bewegen. Auch Koleb und Zubar verharrten, eng an die Felswand gedrückt, die Nase knapp über dem Wasser. Ein ums andere Mal ergriffen heimtückische Wirbel unter der Wasseroberfläche ihre Beine und zogen sie wie mit Händen nach unten, und sie mussten mit Armen und Beinen rudern, um wieder an die Oberfläche zu gelangen. Ein scharfes Stechen in den Muskeln kündigte einen Krampf an. Dennoch hielten sie stundenlang aus. Alles war besser, als diesen Scheusalen in die Hände zu fallen.

Erst als ein kalter Windstoß den nahenden Tag anzeigte, raffte Koleb sich auf. »Wir müssen weg!«, zischte er. »Ich halte die Kälte nicht länger aus, und wir haben lange nichts mehr von den Ungeheuern gesehen und gehört.«

Mit dieser Entscheidung waren die beiden anderen mehr als einverstanden, konnten sie sich doch kaum noch rühren vor Kälte. Mühsam krochen sie über die nassen, glitschigen Basaltblöcke ans Ufer, stampften mit den Füßen und schlenkerten die Arme, um wieder warm zu werden.

»Was ist jetzt eigentlich mit den Honigschlundblüten?«, fragte Zubar.

Koleb fluchte. »Die mögen die Geister der Unterwelt holen! Ich will nur noch heimkehren und alles vergessen.«

Lukan hätte gern etwas gesagt, aber es dauerte immer lange, bis er einen Laut hervorbrachte, und dann war es gewöhnlich nur ein sinnloses Stammeln.

Als sie zu den Hütten zurückkehrten, waren die Menschen längst schlafen gegangen. Der Zauberer Beza hockte einsam am verglimmenden Feuer und sog an seiner Wasserpfeife. »Nun, habt ihr meine Honigschlundblüten?«, empfing er sie.

Koleb senkte den Kopf, scharrte verlegen mit den Füßen im Sand und stammelte: »Nein. Wir … wir wurden daran gehindert.« Dann erzählte er, was ihnen widerfahren war. »Danach«, gestand er, »hatten wir keinen Mut mehr, auch noch den Hügel zu ersteigen.«

Beza rieb sich das graustoppelige Kinn. »Ich verstehe. Euch sei verziehen. Ihr beiden, Zubar und Koleb, sucht jetzt eure Hütten auf, schlaft und schweigt über alles, was ihr erlebt habt, sonst lauft ihr Gefahr, dass die Würmer zurückkommen und euch finden.« Lukan aber bedeutete er, er möge sich zu ihm ans Feuer setzen.

Sobald sie miteinander allein waren, wandte er sich mit gedämpfter Stimme an den Jüngling. »Da du ein Auserwählter bist, werde ich dir etwas erzählen, das nur wenige wissen.« Er setzte sich zurecht, tat einen langen Zug aus der tönernen Wasserpfeife und begann. »Es war kein Zufall, sondern ein Fingerzeig der geheimen Mächte, dass du heute Nacht Zeuge dieser verschwörerischen Versammlung wurdest, denn die Männer, die du dort sahst, sind deine Feinde. Sie planen, wie du gehört hast, den Untergang des Kaiserreichs, und deine Aufgabe wird es sein, sie daran zu hindern, auch wenn ich noch nicht weiß, auf welche Weise du das bewerkstelligen wirst. Ich will dir sagen, wer sie sind.«

Lukan nickte und gab zu verstehen, dass er ganz Ohr war.

Der Alte blies einen kunstvollen Rauchschnörkel in die Nacht und begann. »Vor langer Zeit ereignete sich in den Sphären eine gotteslästerliche Untat. Angestiftet von Zarzunabas, erhob sich der Sonnendrache Phuram gegen die Himmlischen, und es gelang ihm tatsächlich, die drei Mutterjungfrauen zu stürzen und an ihrer Stelle über das Erde-Wind-Feuer-Land zu herrschen. Hat man dir davon erzählt?«

Lukan nickte.

Beza fuhr fort: »Er machte sich selbst zum Gott, und bald hatte er viele Anhänger. Das waren die Gottkaiser der goldenen Stadt Thurazim, in denen man sich Phuram personifiziert vorstellte, vor allem aber die vielen Priester, die in herrlichen Tempeln dem Sonnengott dienten. Kolossale Statuen aus purem Gold wurden ihm zu Ehren errichtet, Tausende Kerzen brannten in den marmornen Tempeln. Den ganzen Tag lang erfüllten Lobgesänge und Saitenspiel die Luft. Die Priester und Kaiser waren reich und mächtig und bestimmten die Geschicke des Landes weit über die Grenzen des Mittelreichs hinaus. Dann kam die Zeit, als die dreizehn Auserwählten die Mutterjungfrauen befreiten und Phuram gestürzt wurde. Der letzte Gottkaiser nahm sich im Wahnsinn das Leben.«

Er nickte bedächtig, spuckte in den Sand und sprach mit halb geschlossenen Augen weiter, als sähe er die Szene visionär vor sich: »Niemand wagte es, ihn aufzuhalten, als er durch die Gänge seines Palasts stürmte, hinunter in den Hof und hin zu der schrecklichen Grube, in der das Gerichtstier hauste. Blutgeruch hing in der Luft, aus der Tiefe drang dumpf das Brüllen der Bestie. Mit einem markerschütternden Schrei stürzte der Wahnsinnige sich in die Grube und blieb mit zerschmetterten Gliedern auf dem Grund liegen. Im nächsten Augenblick hatten ihn auch schon die furchtbaren Zähne gepackt. Das Ungeheuer, das so viele seiner wahren und vermeintlichen Feinde grausam zerrissen hatte, zermalmte nun auch den Kaiser zwischen den Zähnen. Die goldene Rüstung konnte ihn nicht schützen, sie wurde zerquetscht und der Helm platt gedrückt unter den hornigen Pratzen. Niemand wagte es, die furchtbar entstellte Leiche zu bergen, und so liegen die Knochen des letzten Kaisers zusammen mit seiner goldenen Rüstung und seinem Helm wohl noch heute in der Grube des Gerichtstiers, sofern die Mauern nicht eingestürzt sind.«

Lukan hatte die Ellbogen auf die Knie und das Kinn auf die verschränkten Hände gestützt. Strähnen seines sandfarbenen Haars hingen ihm ins Gesicht, aber er vergaß, sie wegzustreichen, und schielte dazwischen hindurch, so sehr hatte ihn die Geschichte aus Bezas zahnlosem Mund in Bann geschlagen. Zwar war er alles andere als ein wagemutiger und kampflustiger Mensch, aber als er diese Begebenheiten aus alter Zeit hörte, lief es ihm wohlig schaudernd über den Rücken, und sein Herz pochte, angestachelt von dem jähen Wunsch, ritterliche Abenteuer zu erleben.

Beza fuhr fort: »Im großen Drachenkrieg wurden die Phuram-Tempel zerstört, und was dem Ruin entgangen war, besudelten die Basilisken, die in die Stadt strömten. Die Priester wurden in alle Winde zerstreut, unter ihnen auch ein unehelicher Sohn des Kaisers. Sie waren jetzt nur noch unbedeutende Menschen, aber sie konnten und wollten nicht vergessen, wie mächtig sie einst gewesen waren, und träumten davon, wieder solche Macht zu erlangen. Mit Phuram konnten sie allerdings nicht mehr rechnen. Der musste dankbar sein, dass ihn der Zorn der Mutterjungfrauen nicht aus dem Himmel gestürzt hatte, und wagte sich nicht mehr zu mucksen. Da offenbarte ihnen Zarzunabas, der ewige Ränkeschmied, dass noch ein anderer der Himmlischen davon träumte, sich gegen die drei Schwestern und ihre Mutter Majdanmajakakis zu erheben und sich zum Gott über ihre Welt aufzuschwingen: Gurundir, der Drache des schwefligen Sterns. Er, so versprach ihnen der Kadaverfürst, würde ihnen die Macht wiedergeben, die sie verloren hatten. Von da an wurden sie seine Priester. Heimlich und unerkannt dienten sie ihm und gaben die Lehre vom Meister an den Schüler weiter, drei Jahrhunderte lang, bis jene Konstellation der Sterne am Himmel stehen würde, die Gurundirs Absichten am günstigsten war.«

Lukan legte den Kopf in den Nacken und hob den Blick zu dem auffällig hell funkelnden und zugleich trüben Stern.

»Ihr Anführer heißt Romanel, er ist ein Abkömmling des letzten Kaisers Hugues, der seinen Vorfahren als unehelichen Sohn zeugte, und ein mächtiger Magier, der alle Künste und Geheimnisse der ehemaligen Phuram-Priester bewahrt hat. Er träumt davon, sich auf den Thron seiner Vorfahren zu setzen und zu einem Gottkaiser unter Gurundir zu werden, wie Hugues es unter

Phuram war. Du hast ihn jedoch nicht in der Versammlung gesehen. Er lässt sich nur selten blicken, und noch seltener verweilt er. Er spricht zu seinen Gefolgsleuten durch die Statue.«

Lukan bedeutete, auf seine Ohren und Augen berührend, dass er dies gesehen und gehört habe.

»Du hast aber seinen Sohn Ciaran zu Gesicht bekommen, den Lahmen, der sich auf einen Bambusstock stützt. Er ist der bislang Letzte des gottkaiserlichen Geschlechts und so wahnsinnig wie sein Urahn Hugues.« Wieder sog Beza mit einem widerwärtig schlürfendem Geräusch an seiner Wasserpfeife. »So entstand eine Verschwörung zwischen Zarzunabas und den Gurundiraz, aber dabei blieb es nicht. Sie verbündeten sich mit Dämonen und Geistern, bösen Drachen und verderbten Menschen.« Er lachte, wobei er verschrumpftes, rosa-braun verfärbtes Zahnfleisch zeigte. »Sie sprechen davon, dass sie alle gemeinsam das Kaiserreich vernichten wollen, um es dann unter sich aufzuteilen, aber wenn es einmal so weit ist, wird jeder das Ganze behalten und einer dem anderen die Beute aus dem Maul reißen wollen.«

Lukan bemühte sich, Worte hervorzubringen, denn tatsächlich konnte er sprechen; er stotterte nur so erbärmlich, dass jede Rede zur Qual für ihn und andere wurde. Schließlich stieß er ein Durcheinander von Lauten hervor, das der Zauberer jedoch ohne Mühe verstand. Er wollte wissen, wie er die Kaiserin vor dem Giftanschlag warnen könne, der gegen sie geplant war.

»Das ist nicht nötig«, erwiderte Beza. »Ich werde mich selbst darum kümmern.«

Lukan verkrampfte sich. Er würgte, als wäre ihm ein Bissen in der Kehle stecken geblieben. Er gestikulierte mit beiden Händen und zeichnete mit einem spitzen Stock auf den Boden, bis es ihm endlich gelang, seine Frage begreiflich zu machen: Was er jetzt tun solle.

»Nichts. Du bleibst hier und wartest, bis du ein eindeutiges

Zeichen erhältst, was du weiterhin tun sollst. Schweig über alles, was ich dir berichtet habe, bis die rechte Zeit gekommen ist, darüber zu sprechen.«

Lukan zuckte die Achseln und klopfte sich mit den Fingerspitzen auf den Mund zum Zeichen, dass er ohnehin nichts verraten konnte.

»Gut. Und jetzt geh schlafen, es ist beinahe Tag, und ich will noch vor Sonnenaufgang weiterziehen. Richte den anderen meinen Gruß aus.«

Der Jüngling erhob sich gehorsam, verneigte sich und zog sich zurück.

Im Dämmerlicht des frühen Morgens betrat Lukan eine der schmutzigen Hütten. Als sich seine Augen an die Dunkelheit im Innern gewöhnt hatten, sah er, dass seine Brüder Kikan und Kingar auf dem Lager aus Schilf lagen und schliefen. Ein süßlich-muffiger Dunst erfüllte den Raum, der Rauch der berauschenden Kräuter, die die beiden in ihrer Wasserpfeife geraucht hatten. Die Brüder waren einander nicht unähnlich, aber Kingar hatte – worum Lukan ihn heftig beneidete – spitze, gewundene Hörner auf der Stirn, und vom Scheitel bis zum Steißbein zog sich ein Kamm beinerner Zacken. Kikan sah noch eindrucksvoller aus mit seinem stachelbewehrten, wie ein Schlangenrücken schillernden Schwanz und den drei elfenbeinernen Hörnern auf dem Schädeldach. Beide waren freundlich zu ihm, aber er wusste genau, dass sie ihn verachteten und bedauerten, weil das edle drachische Erbe an ihm verloren war.

Lukans Geraschel, als er sich auf das Lager warf, weckte Kingar. Er lachte leise. »Nun, Auserwählter? Was hast du die ganze Nacht über getrieben? Du musst einen Echsenwagen voll Honigschlundblüten erbeutet haben, da du jetzt erst heimkommst.«

Lukan gab ihm mit ärgerlichen Lauten zu verstehen, er solle

ihn in Ruhe lassen. Er sei müde von der durchwachten Nacht und wolle schlafen.

Kingar aber war nicht bereit zu schweigen. »Die Leute lachen über dich«, ließ er seinen Bruder wissen. »Aber es ist vielleicht gar nicht so seltsam, wie es scheint, dass du auserwählt wurdest. Hör zu, ich habe dir etwas zu sagen. Du weißt, ich bin sieben Jahre älter als du, und so erinnere ich mich noch deutlich an den Tag, an dem du geboren wurdest. Es war ein besonderer Tag, denn ein roter Stern mit einem feurigen Schweif raste über den Himmel, so glühend hell, dass er am lichten Tag zu sehen war. Unsere Mutter hielt es für ein unglückliches Vorzeichen; sie meinte, dass du einmal schlimmes Unheil verursachen werdest. Deshalb erzählte sie dir auch nichts davon. Aber nun sieht es so aus, als solltest du ein Held werden. Wer weiß?«

Lukan zuckte die Achseln, obwohl es ihn merkwürdig berührte, was Kingar ihm erzählte. Er grunzte mürrisch, dass er schlafen wolle, und drehte sich mit dem Gesicht zur Wand.

Einschlafen konnte er jedoch nicht. Zum einen tat ihm alles weh von den Stürzen im Wald und dem Bad im eisigen Wasser, und zum anderen fand er jetzt erst die nötige Ruhe, um darüber nachzudenken, was die Prophezeiung für ihn bedeutete. Alles, was ihm der Alte erzählt hatte, erschien ihm so rätselhaft verschlungen wie das bunte Gewebe eines Wandteppichs, und er konnte sich nicht vorstellen, dass sein eigenes Leben damit verwoben sein sollte.

Je länger er darüber grübelte, desto mehr ärgerte er sich. Hatte ihn irgendjemand gefragt, ob er auserwählt werden wollte? Niemand. Hatte irgendjemand bedacht, dass er sich vor allem Möglichen fürchtete, von Schlangen und Spinnen angefangen bis zu den Gefahren eines Abenteuers? Niemand. Es war ja gut und schön, von inbrünstigem Verlangen nach ritterlichen Questen ergriffen zu werden, während man am Lagerfeuer Heldensagen lauschte, aber musste man deswegen gleich aufbrechen und sie allen Ernstes erleben?

Und wenn er schon erwählt wurde, warum dann ausgerechnet dazu, das Kaiserreich zu erretten? Seit Jahrhunderten schwelte Feindschaft zwischen den Mokabitern und den Mittelreichern. Als sie noch die mächtigen Herren der Vulkaninseln und ihrer Stadt Thamaz gewesen waren, hatten sie alles darangesetzt, den Kaiserlichen zu schaden, oft genug mit Erfolg, und bei Tag und Nacht danach getrachtet, das dunkle Thamaz über das goldene Thurazim, die Residenzstadt der Gottkaiser, zu erheben. Und nun lag sowohl Thamaz als auch Thurazim in Trümmern. In beiden Städten wohnte niemand mehr. Nur die Schatzgeister, deren Seelen an ihren Besitz gefesselt waren, huschten zwischen den Trümmern hin und her. Ihre Züge hatten die Gestalt des Geizes und der Habgier angenommen, die ihr Herz umkrallten, wie alle Seelen in der Unterwelt die Gestalt der Leidenschaft annehmen, die sie zu Lebzeiten am stärksten beherrscht hatte. Klein und unförmig, mit spinnenfingrigen langen Händen und vor Gier glotzenden Augen, hockten sie auf den Truhen, zählten die Münzen und ließ die Geschmeide durch die Finger gleiten.

Jetzt waren die Mokabiter Vertriebene aus einer in Ruinen liegenden Stadt, verarmt, heimatlos, ohne einen eigenen Herrscher, die Zielscheibe von Spott und Verachtung. Gewiss, die Kaiserin Miranda und ihre Tochter Karenna waren nicht ungnädig mit ihnen verfahren. Sie hatten ihnen Orte zugewiesen, an denen sie sich niederlassen konnten, die Soldaten beschützten sie vor dem dämonischen Gelichter, das gelegentlich aus dem Süden über sie hereinbrach, und sie galten nicht mehr als Feinde, sondern als – wenn auch ungeliebte – Untertanen des doppelten Throns. Trotzdem war kein Mokabiter glücklich mit diesem Zustand. Alle träumten von der Zeit, als ihre Clanführer, die man wegen ihrer Kenntnisse der schwarzen Magie die »Höllenzwinger« genannt hatte, vom Jademeer im Süden bis zum Diamantmeer im Norden gefürchtet worden waren, und wünschten sich nichts sehnlicher, als dass diese Zeit zurückkehren möge.

Lukan warf sich auf seinem raschelnden Schilfbett von einer Seite auf die andere und ächzte. Ganz gleich, wie er sich drehte und wendete, immer schien es, dass er ausgerechnet auf dieser Seite die ärgsten Schrammen und Prellungen hatte.

Warum hatte das Schicksal ihn nicht auserwählt, Thamaz zurückzuerobern, das Haus der Tausend Türme den Thargon aus den Klauen zu reißen? Dann hätte er den geheimen Mächten dafür gedankt, obwohl er sich um nichts weniger vor einem Abenteuer gefürchtet hätte. Aber das Kaiserreich? Er liebte die fernen Herrscherinnen in Vang Vath nicht. Er fühlte sich nicht als ihr Untertan. Wie alle seine Gefährten zollte er ihnen gerade genug Respekt, dass sie die Gesetze nicht allzu unverschämt übertraten und sich demütig zu Boden warfen, sobald offizielle Besucher auftauchten.

Nein, Lukan war nicht glücklich über die Ehre, die ihm zuteilgeworden war.

Aber er hätte gern Näheres über die Prinzessin gewusst, von der in der Weissagung die Rede gewesen war.

Phuram stand schon hoch am Himmel, als ein heftiger Lärm den Jüngling weckte und er sich mit einem Ruck aufsetzte. Von Kingar war nichts zu sehen. Draußen schien das gesamte Dorf in Panik geraten zu sein. Die Stimmen von Männern und Weibern kreischten in wildem Schrecken, Füße trappelten nach allen Richtungen davon. Ein Surren erfüllte die Luft.

Lukan sprang auf, riss die Läden des kleinen Fensters auf und blickte hinaus – geradewegs in ein furchterregendes beinernes Gesicht, aus dem ihn schwarze Augen anglotzten, groß und rund wie Krapfen. Im nächsten Augenblick fuhren zwei lange dürre

Arme zum Fenster herein und versuchten ihn zu packen. Er stieß einen gellenden Schrei aus, warf das Fenster zu, wobei er einen der Arme abzwickte, und kroch unter das Bett. Der Arm fiel raschelnd nieder und lag ein Stück von ihm entfernt auf dem gestampften Lehmboden. Er krümmte sich und öffnete die Greifklauen am Ende, als lebe er noch.

Lukan lag mit wild pochendem Herzen in seinem Versteck. Totenkopflibellen! Es war nicht das erste Mal, dass die raubgierigen Ungeheuer über das Mokabiterdorf herfielen, lüstern nach fettem Menschenfleisch. Wenigstens wusste er inzwischen, dass sie nicht in verschlossene Hütten einbrechen konnten. Wehe dem, den sie auf freiem Feld zu fassen bekamen! Sie bissen ihm auf der Stelle den Kopf ab und schleppten den Leib in ihre unterirdischen Nester. Aber hier in seiner Behausung war er in Sicherheit. Er konnte warten, bis die kaiserlichen Soldaten auftauchten. Sie mussten auf ihren Wachttürmen den Schwarm gesehen haben, wie er sich aus den verfluchten Marschen im Süden erhob und ins Land der Kaiserin strebte, und sie waren verpflichtet, die Mokabiter zu beschützen, ob sie sie mochten oder nicht. So lautete der Befehl der Kaiserin und der Großdrachin.

Wirklich dauerte es nicht lange, bis er ein vertrautes Geräusch hörte: das lärmende Schlagen von mächtigen Flügeln und das *Hey!* und *Ho!* der Krieger, die auf ihren Drachen herbeieilten. Draußen fand offenbar ein wütender Kampf statt. Doch bald kehrte wieder Ruhe ein, denn die Ungeheuer waren feige; sie fühlten sich nur stark, wenn sie in Schwärmen über einen einsamen Wanderer herfielen, aber im Kampf flohen sie sofort.

Eine Faust pochte heftig an die Tür der Hütte. »Kommt heraus, ihr Feiglinge!«, rief eine herrische Männerstimme. »Ihr habt nichts mehr zu befürchten.«

Lukan öffnete vorsichtig die Tür und spähte hinaus. Über das gesamte Dorf verstreut lagen die pferdegroßen Kadaver mit ihren ausgemergelten grauen Armen und glasigen, netzartigen Flügeln. Ein Dutzend kaiserlicher Krieger war bereits dabei, Männer aus den Hütten zu holen, die die Überreste am Rand des Dorfs auf einen Haufen schichten und verbrennen sollten. Es waren Makakau, zimtbraune Männer aus dem tiefen Süden, wo sie einst ein bedeutendes Reich besessen hatten, ehe die Thargon und die Skorpionritter davon Besitz ergriffen. Lukan wusste, dass sie als außergewöhnlich schöne Menschen galten, aber er fand, dass ihnen etwas fehlte. Obwohl sie die Drachen in hohen Ehren hielten, hatten sie selbst rein gar nichts Drachisches an sich, und das erschien ihm als ein bedenklicher Mangel, so wie er auch sich selbst wegen dieses Mangels hässlich und abstoßend fand. Ihre Gefährten – denn niemals war ein kaiserlicher Drache bloß ein Reittier – hatten es sich nach dem heißen Kampf im Schatten der Palmfarne gemütlich gemacht, und während sie deren frische Schösslinge kauten, beobachteten sie die Arbeit der Mokabiter.

Lukan half seinen verdrießlichen Dorfgenossen, die toten Libellen wegzuschaffen. Es war eine unangenehme Arbeit. Die Kadaver raschelten und knisterten wie dürre Blätter, und ihre mumienhaften Arme wackelten und zuckten, wenn man sie aufhob, als wollten sie die Arbeiter packen. Alle atmeten auf, als der Scheiterhaufen aufgeschichtet war und die Soldaten Anweisung gaben, Öl daraufzugießen und ihn anzuzünden. Hohe Flammen loderten in den hellen Mittagshimmel. Die Kadaver brannten wie Zunder. Wenig später häufte sich an der Stelle nur noch übel riechende Asche.

Der Skorpionritter

An einem lauen Sommerabend sah die junge Kriegerin Päony zum ersten Mal einen Skorpionritter.

Der Tag war warm und trüb gewesen. Schwere Wolken trieben über die Zinnen des Wachtturmes Bâl Ummas, dessen wuchtiges Mauerwerk hoch über der Grenzmauer aufragte. Im Laubwerk des Dschungels jenseits der Mauer lärmten die Springwürmer in den Wipfeln der Schachtelhalmbäume. Päony hielt Wache auf dem vorspringenden Wehrgang im ersten Stockwerk, der einen weiten, freien Blick über den Süden des Erde-Wind-Feuer-Landes bot. Türkis- und jadegrün zog sich der Regenwald dahin, in Wellen dem Auf und Ab der Hügel folgend, bis das Land in der dunkelblauen Ferne zum hohen Tafelland von Makakau und den darüber hinausragenden Vulkanbergen aufstieg. Nur selten stieß die kahle Kuppe eines Hügels braun aus dem ewig gleichen Grün in allen nur denkbaren Schattierungen.

Das Südland unterschied sich nicht von den Ländern in den drei anderen Himmelsrichtungen, und doch war es verflucht. Nicht allein die dämonischen Skorpionritter hausten hier, sondern auch die menschenfressenden Thargon, schreckliche Mischlinge aus Menschen und Basilisken, begabt mit aller Schönheit des Menschengeschlechts, aber auch mit dem grausamen Sinn der Basilisken. Es gab noch andere Wesen, die Mandora, Plotho und Cuifín nicht ehrten und mörderisch gegen die Grenzmauer anstürmten. Unmittelbar jenseits der gewaltigen »breiten Mauer«, die die Drachen zum Schutz vor den Thargon erbaut hatten, erstreckte sich ein freier Streifen Grasland, aber dieses Gebiet war nur knapp hundert Schritte breit. Dahinter erhob sich die undurchdringliche Wand des Regenwalds. Sein Dickicht schützte das böse Volk, das dort hauste, vor den Blicken und Pfeilen der Grenzer. Päony und ihr Wachgenosse Erning hatten den strengen Befehl, auf alles zu schießen, was sich aus dem Dschungel hervorwagen mochte, und so hatten beide den Bogen griffbereit und die Schleuder im Gürtel. Die Thargon ließen sich kaum jemals blicken, aber im Dickicht wohnten auch viele andere Kreaturen, die den Grenzern feindlich gesonnen waren, allen voran die Makolokken, Horden knochiger Scheusale, die immer wieder kreischend hervorstürzten und die Mauer zu erklimmen versuchten. Aber es war ihnen noch niemals gelungen: Das Gras am Fuß der steinernen Wehr schimmerte weiß von den zahllosen Knochen der Angreifer, die einem gut gezielten Pfeil zum Opfer gefallen waren.

Päony und Erning gehörten zu den jüngsten Soldaten der Grenztruppe, die die Kaiserin und die Großdrachin zum Schutz gegen die Thargon hatten aufstellen lassen, und waren erst kürzlich nach Bâl Ummas abkommandiert worden. Beide waren Adlige des Spinnenvolks, das diesen Namen trug, weil es Spinnen als heilige Tiere verehrte. Wie alle dieses Volks, waren sie kleine, zierliche Menschen mit perlgrauer, seidenschimmernder Haut, mandelförmigen Augen und schlohweißem Spinnwebhaar, das sie über den Ohren abgeschnitten in Form eines flauschigen Buschs trugen. Beide waren schön von Angesicht, kühn und entschlossen. Sie trugen zackenbesetze Flügelhelme, Brustharnische und Beinschienen aus schwarzgrün schimmernder Bronze und wirkten auf den ersten Blick grimmig und Furcht einflößend. Ihre

Hüften unter dem eisernen Rock indes waren mit perlbestickten, braun und orange gefärbten Samttüchern umwunden, Hände und Arme steckten unter den geschmiedeten Ärmlingen in fingerlosen langen Handschuhen aus demselben Material, und am Hals trugen sie ein schweres Geschmeide aus hölzernen Plättchen und Glasperlen. Es war lange her, seit das Spinnenvolk ein unbedeutender Stamm im Urwald gewesen war. Seit König Java-Tikkan sie vor zweihundert Jahren auf eine der neuen Inseln im Westen – Anam Mael – geführt hatte, waren sie reich und mächtig geworden und trotz ihrer geringen Körpergröße für ihre Kriegskunst berühmt.

Päony blickte an der grünen Mauer des Regenwalds entlang, als Erning sie überraschend am Arm berührte. »Hab acht!«, raunte er. »Ich sehe, wie sich die Blätter regen.« Dabei deutete er mit einer Kopfbewegung zu einer Stelle nahe der Mitte der grün und gelb gescheckten Mauer aus Laubwerk.

Päony folgte seinem Hinweis und beobachtete, wie sich die lanzenförmigen schmalen Blätter tatsächlich regten. Kroch da nicht etwas Glänzendes, Schwarzes hervor, anzusehen wie das Bein eines riesigen Käfers? Sie griff nach der Schleuder, die in ihrem Gürtel steckte, und schob einen der flachen, glatt geschliffenen Steine hinein, die als Geschosse dienten. Erning aber legte die Hand auf die ihre.

»Lass!«, flüsterte er. »Du kannst ihn nicht treffen. Es ist ein Skorpionritter.«

Päony ließ die Schleuder sinken. Sie stand reglos und starrte die Blätterwand an. Langsam, sehr langsam streckte sich ein geknicktes, hakenförmiges schwarzes Bein heraus, glänzend wie Onyx und mit haarigen Krallen bewehrt. Ebenso langsam folgte ein weiteres. Dann schob sich der Rest der Kreatur aus dem Schutz der Blätter hervor. Zweifellos wussten die Skorpionritter, dass die Grenzer ihnen keinen Schaden zufügen konnten, denn dieser trat ganz unbefangen auf den Grasstreifen und schritt gemächlich auf seinen sechs Beinen am Waldrand entlang.

Päony hielt den Atem an. Sie hatte von den Wesen bereits gehört, aber sie hatte sich im Traum nicht vorstellen können, wie grausig sie aussahen. Den Unterleib bildete der Körper eines riesigen schwarzen Skorpions, aber anstatt eines Kopfs erwuchs daraus der Oberkörper eines Mannes, schön und wohlgebildet, doch mit totenbleichem Gesicht und Augen, in denen ein furchtbares Feuer lohte. Rücken und Arme waren mit glänzenden Stacheln besetzt, und über seinem Kopf schwankte der Schwanz des Skorpions mit dem tödlich giftigen Stachel am Ende.

Päony spürte, wie ihr ein eisiger Schauder den Rücken hinablief. Ein Grauen umgab den Untoten, das sie selbst auf die Entfernung noch spürte, als umschwebe ihn ein kalter Schatten. Wie von einem Gifthauch angeweht, verdunkelte sich ihr Blick. Die Knie zitterten ihr, und sie musste sich am Geländer abstützen, um aufrecht stehen zu bleiben. Erning schien es nicht anders zu ergehen.

Unten am Fuß der Mauer schritt der Skorpionritter langsam dahin, eingehüllt in seine Aura aus Hass und Elend. Unvermittelt blieb er stehen, hob den schönen Kopf mit dem Antlitz eines tödlich Verwundeten und stieß einen langen, grässlich klagenden Schrei aus, den die Mauern von Bâl Ummas zurückwarfen. Päony hörte, wie die Schritte aufgeregter Männer die hölzernen Treppen im Innern hochtrampelten. Sie hielt den Blick jedoch fest auf den Ritter geheftet, der sich langsam umwandte, als sei dieser Schrei der einzige Grund gewesen, den Dschungel zu verlassen und mit hakenbeinigen Schritten in das grüne Dickicht zurückzukehren.

»Wer war das, Päony? Wer hat so entsetzlich geschrien?« Der Kommandant der Festung, der alte Eudo, erschien in der Türöffnung. »Päony? Erning? Wer war das?«

»Ein Skorpionritter, Thainach«, gab Erning zur Antwort, wobei er die förmliche Anrede für einen Höhergestellten gebrauchte. »Er trat aus dem Dschungel heraus und ging an der Mauer entlang, dann stieß er diesen Schrei aus und kehrte zurück. Wir haben nicht auf ihn geschossen, wie die Anweisung lautet.«

»Das war recht getan«, lobte der alte Krieger. »Hätte er eure Absicht bemerkt, so hätte er das Geschoss auf euch zurückgelenkt und euch getötet.« Sein Blick wanderte aufmerksam über die bewaldeten Hügel, die bereits halb im Schatten der Dämmerung lagen. »Nun, es scheint, dass er nichts Besonderes wollte. Er hat – ay! Seht euch das an!«

Aufgestört vom Schrei des Skorpionritters, war unter dem Blätterdach eine wilde Bewegung zu beobachten. Es hörte sich an, als jagten Lebewesen an den Stämmen der Schachtelhalmbäume hinauf und herunter, um oben an den Kronen zu rütteln. Einen Augenblick später fuhr ein scheußlicher, grindig weißer Kopf aus dem Dickicht hervor und starrte mit funkelnden Augen nach Bâl Ummas hinüber.

Eudo hob das Horn, das an seiner Schärpe hing, und blies Alarm. »Makolokken!«, schrie er den Männern zu, die auf dem Wehrgang erschienen. »Ein ganzer Schwarm Makolokken!«

Und wirklich brach aus dem Dickicht eine missgestaltete Horde jener Kreaturen hervor, die niemand einzuschätzen wusste – waren es intelligente, bösartige Tiere oder menschenähnliche Geschöpfe? Ihren Namen hatten sie von dem Makakau-Wort *makolokk*, Verderben. Sie liefen auf vier Beinen, ähnelten aber eher riesigen Käfern als jedem anderen bekannten Vierfüßler, so hoch und knochig waren ihre Gliedmaßen. Dazwischen starrten Schädel heraus, die eine schaurige Ähnlichkeit mit denen verwesender Leichen hatten. Die Haut blätterte vom Fleisch, das sich verschrumpft und runzlig über die groben Knochen spannte. Zähne, so lang und gelb wie die eines Pferds, bleckten aus den missgestalteten Kiefern hervor. In Windeseile sprangen sie aus den Baumwipfeln herab und rannten über den Grasstreifen auf die Mauer zu. Päony sah, wie sie hochsprangen und mit ihren Greifklauen an den Steinen Halt suchten. Die meisten fielen wieder zu Boden, aber einigen gelang es, sich festzuklammern, und sie ruckten an der Mauer empor, bis der Speer eines Grenzers sie zu Boden stieß.

Päony hatte ihren Platz auf dem Wehrgang eingenommen. Mit ruhigen Bewegungen legte sie einen glatt geschliffenen Stein nach dem anderen in ihre Schleuder und schoss ihn ab, beobachtete, wie er da einen der schorfigen Schädel zerschmetterte und dort ein Untier im vollen Lauf zu Boden streckte. Die Stimmen der Makolokken schrillten und schnatterten, dass es ihr in den Ohren wehtat, vor allem das hohle Pfeifen, mit dem sie einander die Signale zum Angriff gaben. Neben ihr schossen zwei Männer brennende Pfeile auf die Ungeheuer ab. Das Gras rauchte und loderte an vielen Stellen auf. Kreischend wichen die Makolokken vor den Flammen zurück und sprangen an den Stämmen der Zykadeen hoch, um sich im Blattwerk zu verstecken. Zwei weitere Krieger warfen Bündel aus trockenem Gras von der Mauer herab und steckten sie in Brand. Rauch und Feuer waren das einfachste Mittel, die Scheusale zu vertreiben, fürchteten sie doch beides. Päony hatte den Eindruck, dass es Tiere ohne Vernunft waren, wie sie kreischend und pfeifend vor den Flammen davonrannten, aber dann fiel ihr Blick auf die Augen, die in den tiefen Höhlen glühten, und sie war sich ihrer Meinung nicht mehr so sicher: Kein Tier trug so viel bewusste Bosheit in den Augen.

Den Angriff zurückzuschlagen dauerte nicht lange. Bald war die Horde verschwunden, und nur ein Dutzend Kadaver blieb im Gras zurück.

Päony beobachtete, wie sich die Aaskäfer aus dem Dschungel

näherten. So groß, dass sie darauf hätte reiten können, eilten sie herbei, blau glänzende Geschöpfe, deren Flügeldecken golden schimmerten, und stürzten sich auf das Aas. Mit unglaublicher Geschwindigkeit lösten sie die Knochen heraus, dann zerkleinerten ihre Zangen die Überreste der Leiber zu einem Gehäcksel aus Haut und blutleerem Fleisch und vermischten sie mit lockerer Erde und dem Speichel der Aaskäfer zu einer klebrigen Masse. Geschickt drehten sie diese schwärzliche Masse zu Kugeln, jede so groß wie eine Katapultkugel, und rollten sie vor sich her in den Regenwald. Päony wusste nicht, welchem Zweck diese Kugeln dienten – ob sie sie selbst verzehrten oder liegen ließen, damit andere sie verzehrten. Sie wusste nur, dass kurze Zeit nach einem Scharmützel nichts übrig blieb als ein Haufen säuberlich abgenagter Knochen, die in der Sonne trockneten und bleichten.

Eudo trat auf sie und Erning zu. »Genug für heute, Soldaten! Ich lasse euch ablösen. Begebt euch hinunter in den Mannschaftsraum!«

Die beiden jungen Leute gehorchten. Päony war froh, dass sie abgelöst wurde. Nun, da die Aufregung und Hitze des kurzen Kampfs verblassten, spürte sie, wie heftig der Anblick des schrecklichen Untoten sie erschüttert hatte, als hätte er ihren Geist verletzt. Sie war müde, und sie fröstelte trotz des warmen Abends. Erst als sie die hölzernen Treppen hinabgestiegen war und in den Mannschaftsraum trat, in dem ein buntes Durcheinander von Menschen und Drachen die große Feuerstelle in der Mitte umlagerte, atmete sie auf.

Ihr Drachengefährte Tiffanbrill löste sich aus der Menge und glitt auf sie zu. Er war ein schmucker rotgoldener Drache, von der Schnauze bis zur Schwanzspitze nur vier Schritte lang – alle Drachen, die in den Wachttürmen Dienst taten, waren klein, da sie sonst nicht hineingepasst hätten. Er hatte einen langen Kopf mit schmaler Schnauze wie ein Seepferdchen, aus dem kluge, schräg gestellte Goldaugen blickten. »So früh schon, Päony?«, redete er sie an. »Ich dachte, du hättest noch mindestens eine Stunde Dienst.« Wie alle Drachen konnte er sich in Gedanken mitteilen, doch hatte er die Gewohnheit angenommen, mit seiner menschlichen Gefährtin in Worten zu sprechen.

»Ich bin frühzeitig abgelöst worden, Ekoya Tiffanbrill.« Ekoya war der Ehrentitel für alle Drachen, die in enger Gemeinschaft mit den Menschen lebten. »Ich sah einen Skorpionritter, und als Thainach Eudo davon erfuhr, schickte er mich in den Mannschaftsraum. Und er tat gut daran, denn ich merke, wie meine Kraft wankt. Ist es möglich, dass der bloße Anblick des Wesens die Seele derartig erschüttert?«

»Gewiss«, erwiderte Tiffanbrill. »Du spürst den ewigen Fluch, der auf ihm lastet, da er das Angebot der Erlösung ausgeschlagen hat. Es ist die Kälte der Unterwelt, die von ihm ausstrahlt und deine Seele verstört. Komm, setz dich hierher ans Feuer! Ich hole dir etwas Heißes zu trinken, damit du wieder mutig wirst.«

Päony sah ihm nach, wie er eilig zwischen den Bänken und Tischen dahinglitt, um aus dem am Feuer brodelnden Kessel einen Trunk für sie zu holen. Welch guten Kameraden sie doch in ihm hatte! Allzu oft vergaß sie, dass er kein Mensch war, so menschlich erschien er ihr. Alle Soldaten der Grenztruppe hatten einen solchen Drachenbegleiter, denn da sich Himmelsflügler und Menschen das Imperium teilten, wollten sie es auch gemeinsam verteidigen.

Tiffanbrill kehrte zurück. Diesmal ging er aufrecht auf den Hinterbeinen und trug einen Becher mit dem heißen Labetrunk in den zierlichen Klauen. »Hier, meine Liebe, das wird dich aufrichten«, sagte er und ringelte sich, nachdem er den Becher abgegeben hatte, an ihren Knien zusammen.

»Hast du schon einmal ein solches Wesen gesehen?«, fragte Päony, nachdem sie einige Schlucke genommen hatte.

»Oh, mehrmals«, erwiderte Tiffanbrill. Sie wurde daran erinnert, dass er doch kein Mensch war, als er fortfuhr: »Ich bin immerhin einige hundert Jahre alt, da sieht man einiges von der Welt. Ja, was habe ich nicht schon alles erlebt! Ich erinnere mich ...«

Sie unterbrach ihn hastig. Wie alle Drachen war er geschwätzig, und sie fürchtete, er könne sich in irgendwelchen Geschichten verlieren, die nichts mit ihrer Frage zu tun hatten. »Du hast einen Skorpionritter gesehen?«

»Ja, gewiss.« Er legte die keilförmige Schnauze quer über Päonys Knie und blickte zu ihr auf. »Das war früher, als sie noch nicht das gesamte Südreich erobert hatten. Ich war mit einer Streife unterwegs, und da begegneten sie uns. Das war drüben in den Ruinen von Thurazim. Ach, Thurazim! Ich erinnere mich, in meiner Jugend ...«

Päony lauschte ihm eine Weile, und er schwärmte von der goldenen Stadt, die er in seiner Jugend noch in vollem Glanz gesehen hatte, ehe sie im großen Drachenkrieg zerstört und von den Basilisken eingenommen worden war.

»Zu Hunderten ragten schlanke, zylindrische Türme aus Kristall und hellem Stein in die Höhe, mit goldenem Zierrat geschmückt, und so durchsichtig, dass sie eher in der Luft zu schweben als im Boden verankert zu sein schienen. Ihre verjüngten Spitzen krönten Plattformen, von denen bei Sonnenaufgang die Jubelhörner zum Phuramdienst riefen. Die kristallenen Türme schimmerten in hellen Farben, eisblau, violett, bronze, zartrosa oder golden, und überall brach sich das Sonnenlicht an pendelnden Prismen, die ganze Regenbogen an Licht aussandten. Bis heute gibt es keine Stadt, die Thurazim gleichkäme, weder Chiritai, die goldene Blume des Nordens, noch der prachtvolle Hof von Vang Vath.«

Päony lauschte höflich. Da sie aber – im Unterschied zu Tiffanbrill – längst Vergangenes eher langweilte, brachte sie ihn bald auf die Skorpionritter zurück, die ihre Neugier umso heftiger erregten. »Warst du auch so erschüttert wie ich?«

Tiffanbrill nickte. »Wahrscheinlich noch viel mehr, denn unsere Sinne sind feiner und nehmen das Böse deutlicher wahr als ihr Menschen. Ich bebte und schwankte, kaum wollten meine Flügel mich tragen. Damals hätte der doppelte Thron um ein Haar einen tapferen Mitstreiter verloren.«

»Ich habe gehört«, warf Päony ein, »dass die Skorpionritter Verfluchte sind, aber ich weiß nicht, von wem und warum sie verflucht wurden.«

»Verflucht haben sie sich selbst«, antwortete Tiffanbrill. »Sie waren einst hohe und edle Ritter, die in der Stadt Chiritai wohnten, der Residenz des Nordens. Sie verloren ihr Leben durch die Gewalttat eines tückischen Unholds, und da sie im Zorn starben, nahmen sie in der Unterwelt die Gestalt ihres Zorns an. Sie wurden zu Skorpionen. Später fanden sie Gelegenheit, Rache an dem Unhold zu nehmen, der ihren Lebensfaden abgeschnitten hatte, und vielen von ihnen war das genug. Sie legten ihren Zorn ab und stiegen erlöst in die Sphären auf. Andere indes wollten nicht von ihrem Groll lassen und verharrten in der Gestalt, die ihre Leidenschaft ihnen verliehen hatte. Von Leben und Tod ausgeschlossen, streifen sie durch die Welt, sich selbst und allen anderen Wesen ein Gräuel. Sie hassen alles Lebendige und stürzen sich mit mörderischem Hass darauf.«

»Wie kommt es, dass sie die Thargon noch nicht vernichtet haben, mit denen sie doch das Land teilen?«

»Die Thargon sind eigentlich keine lebendigen Wesen. Sie bestehen aus einem Stoff, der lebendig erscheint, aber in ihren Adern fließt kein Blut, und sie haben kein schlagendes Herz. Deshalb lassen die Skorpionritter sie unbehelligt.«

»Und es gibt kein Mittel, diese Ungeheuer zu vernichten?«

Tiffanbrill ringelte den Schweif – das war seine Art, die Achseln zu zucken. »Mir ist nichts dergleichen bekannt, und ich kenne niemanden, der sich ihrer zu erwehren weiß. Aber vielleicht werden die weisen Männer und Frauen des doppelten Throns eines Tages ein solches Mittel finden.«

Päony seufzte. Die Erwähnung des doppelten Throns erweckte ihre Sehnsucht, einmal nach Norden zu reisen und die Residenz in Vang Vath mit eigenen Augen zu sehen. Früher hatte sich der Thron der ersten Kaiserin in einem unbedeutenden Städtchen namens Fort Timlach befunden, aber die Drachen hatten dieses Städtchen zu einem einzigen Palast ausgebaut und benannten es nun mit seinem drachischen Namen. Seit zweihundert Jahren nahmen dort die Himmelsflügler und die Abkommen der verwandelten Menschen einen gemeinsamen Thron ein und regierten das Imperium, das sich von der geheimnisvollen Stadt Luifinlas hinter den Heulenden Bergen über das alte Drachenreich Zorgh in den Vulkanbergen bis zur breiten Mauer im Süden erstreckte.

Tiffanbrill hatte ihre Gedanken gelesen und sagte: »Wenn es an der Zeit ist, wird die Kaiserin dich nach Vang Vath berufen lassen. Aber du bist ja noch in der Ausbildung.«

»Ich bin fast fertig.«

»Fast, aber nicht ganz.« Dann wechselte er das Thema. »Hast du niemals Heimweh nach der Insel, auf der du aufgewachsen bist?«

Sie schüttelte den Kopf. »Nein. Wenn ich dem doppelten Thron hier am besten dienen kann, dann ist dies mein Platz.« Dann schränkte sie ihre Aussage doch ein wenig ein. »Obwohl mir die Menschen in meiner Heimat besser gefallen als hier.«

»Was?«, rief der Drache mit gespieltem Erstaunen. »Wie kann es sein, dass sie dir nicht gefallen? Die Hälfte der Männer hier stammt aus dem Geschlecht der blonden Sundaris, die man die

Schönsten unter den Menschen nennt, und viele andere sind Makakau, die braunen Perlen des Südens.«

»Das weiß ich. Sie sehen auch hübsch aus. Aber sie sind zu groß.«

Tiffanbrill setzte ein weises Gesicht auf. »Sie wiederum behaupten, du seist so klein wie ein zehnjähriges Kind.«

»Unsinn!«, rief Päony ärgerlich. »Nicht ich bin zu klein – sie sind zu ... oh, ich verstehe, was du meinst.« Sie starrte nachdenklich ins Feuer und murmelte: »Ich bin es so gewohnt. Niemand von meinem Volk ist wesentlich größer als ich. Wir sind richtig so, wie wir sind.«

»Das sagen die anderen auch.« Tiffanbrill nahm die Schnauze von Päonys Knien und reckte sich gähnend. »Willst du noch ein Brettspiel mit mir spielen, bevor du dich schlafen legst?«

Sie stimmte zu, war in Gedanken aber nicht bei dem Spiel.

Wenig später kam Eudo in den Mannschaftsraum und sprach sie an. »Päony, du wirst morgen früh einen Auftrag ausführen, bei dem Erning dich begleiten wird. Reite hinunter in die Heimstatt der Mokabiter und frag, ob es einen unter ihnen gibt, der Drachenaugen hat und im Dunkeln sehen kann. Sollten mehrere zur Auswahl stehen, umso besser. Dräng sie, diese Männer und Frauen zu uns zu schicken, und sag ihnen, dass wir keine Absage dulden, da es um das gemeinsame Wohl geht. Das faule Pack hockt nur hinter seinen Windschirmen und ist es zufrieden, sich von uns beschützen zu lassen; es ist an der Zeit, dass sie ein wenig mithelfen.«

Päony salutierte. »Wie Ihr befehlt, Thainach.« Dann wagte sie die neugierige Frage: »Wozu braucht Ihr Männer, die im Dunkeln sehen können? Wir haben doch unsere Drachen.«

»Ich weiß, aber so viel Menschen tun können, sollen Menschen tun, das ist unsere Pflicht. Die Mokabiter sind die Einzigen, die Nachtsichtige unter sich haben, also sollen sie ihren Teil leisten.« Er zögerte einen Augenblick lang, dann setzte er hinzu: »Ich glaube, es wird sich bald etwas ereignen auf den kahlen Hügeln. Im Vorjahr und im Jahr davor zur selben Zeit beobachteten wir, dass die Thargon auf den Hügelkuppen zusammenkamen. Wir wissen aber nicht, ob sie ein Thing abhielten oder zu irgendwelchen abscheulichen Göttern beteten; wir sahen nur, dass viele von ihnen zusammenkamen und drei Nächte lang im Dunkeln zugange waren. Diesmal wollen wir mehr erfahren.« Plötzlich lachte er. »Sag den Mokabitern, wenn sie nicht freiwillig kommen, so werden unsere Drachen sie holen und hinter den Linien absetzen, damit sie aus der Nähe betrachten können, was die Thargon vorhaben. Kommen sie aber freiwillig, so dürfen sie vom Turm aus hinüberschauen. Das wird die Feiglinge aufmuntern.«

Er nickte Päony zu und ging.

Die Spinnenfrau wandte sich an ihren Drachen. »Ich war schon immer neugierig, wie die Mokabiter wohl sind, und jetzt bekomme ich sie bald von Angesicht zu Angesicht zu sehen.«

»Erwarte dir nicht zu viel«, antwortete Tiffanbrill und betrachtete sie mit halb geschlossenen Augen. »Wir könnten gut ohne sie leben, aber da sie nun einmal hier sind und dem Gesetz nach der Kaiserin und der Großdrachin unterstehen, müssen wir sie beschützen. Sie sind ein nutzloses Volk, faul, feige und selbstsüchtig, aber sie sind immerhin unterhaltsam – nirgends sah ich je so seltsame Gestalten. Du wirst staunen. Jetzt aber geh zu Bett, wir wollen morgen früh aufstehen.«

Päony folgte Tiffanbrills Rat, wie sie ihm immer folgte – schließlich war er der Ältere von ihnen beiden. Sie war gerade erst fünfzehn geworden, und er war über fünfhundert Jahre alt. Aber schlafen konnte sie nicht. In ihre Decke gewickelt, lag sie in der schmalen steinernen Kammer, die sie mit dem Drachen teilte, auf dem Bett und träumte mit offenen Augen. Der Anblick des Skorpionritters wollte in ihrem Geist nicht verblassen, sondern trat vielmehr immer deutlicher hervor, als sei er mit feurigen Linien in das Dunkel der Nacht gemalt. Immer wieder hallte in ihren Ohren der grässliche Schrei, den er ausgestoßen hatte. War es ein Kriegsschrei gewesen, der sie zum Kampf herausfordern sollte? Oder eine verzweifelte Klage?

Dann wieder dachte sie an die Mokabiter, die sie am nächsten Tag aufsuchen sollte. Sie hatte bereits gehört, dass es possierlich aussehende Menschen waren, denn ihre Vorfahren hatten sich mit den finsteren Drachen der Vulkanschlote im äußersten Süden vermischt, sodass sie die körperlichen Merkmale beider Rassen aufwiesen. So absonderlich wie ihr Äußeres war auch ihr Wesen, und die meisten Soldaten wussten nicht, ob sie sie belächeln oder verabscheuen sollten.

Mitten in ihre Gedanken hinein fragte Tiffanbrill, der zusammengerollt auf seinem weichen Teppich lag: »Warum schläfst du nicht?«

»Ich kann den Gedanken an die Mokabiter nicht abschütteln. Ich bin so neugierig, wie sie wohl sein mögen.«

Durch seine lange Schnauze sog Tiffanbrill hörbar die Luft ein. »Sieh an!«, rief er. »Nun, da du mehr über dieses Volk zu erfahren suchst, sollst du eines wissen. Dein Ahnherr war ein Mokabiter und trug den Namen Graf Lubis, bevor er auserwählt und verwandelt wurde und bevor dein Volk ihm den Namen Java-Tikkan gab, unter dem er ein berühmter Herrscher wurde.«

»Das wusste ich nicht«, erwiderte Päony erstaunt und ein wenig befremdet. Sie dachte daran, dass Tiffanbrill die Mokabiter ein feiges, faules und unnützes Volk genannt hatte. Von solchem Pack sollte der königliche Java-Tikkan abstammen?

»Ich sage es dir«, erklärte der Drache, »damit du weißt, dass die Himmlischen alles Niedrige hoch und alles Hohe niedrig machen können. Kein Mensch möge sich auf seine Geburt verlassen oder sich dafür schämen.«

»Ich werde es beherzigen«, versprach Päony demütig. Die Unterweisung in Frömmigkeit und Weisheit gehörte zu den Aufgaben des Gefährten, und sie gab sich große Mühe, sich alles zu merken, was er ihr erklärte, ob sie es nun verstand oder nicht.

»Dann schlaf jetzt«, befahl Tiffanbrill, »denn was man vor dem Einschlafen gehört hat, behält man am besten! Gute Nacht.«

Sie schlief tatsächlich ein, wurde aber schon wenig später vom heiseren Brüllen des Signalhorns geweckt. Obwohl sie keinen Nachtdienst hatte, sprang sie ungestüm aus dem Bett, fuhr in die Kleider und riss die Waffen an sich. In aller Eile stürzte sie hinaus in den schwach erleuchteten Gang, in dem auch andere Soldaten herumpolterten. »*Ha maidi can burghail! Ha maidi! Ha burghail!*«, hallten die Rufe. »Auf, ihr Frauen! Auf, ihr Männer!«

Tiffanbrill war ebenfalls erwacht, rührte sich aber nicht, sondern blieb träge liegen, die Schnauze auf den Vorderpranken. Er war zu alt und zu weise, um sich wie Päony begierig in jeden sich bietenden Kampf zu stürzen.

Päony rannte die steile Holztreppe zum Wehrgang hinauf. Schon auf halber Höhe hörte sie das Kreischen und Pfeifen angreifender Makolokken, die Kriegsschreie der Männer und das Schwirren der Bogensehnen. Dicht an dicht standen die Soldaten an der hölzernen Brüstung, schossen ihre Pfeile gegen das Ungeziefer ab und sandten Steine aus den ledernen Schleudern. Hastig drängte sich Päony zwischen zwei Gewappneten hindurch. Da sie so klein war, musste sie sich immer eine Stelle suchen, wo ein Stützbalken vorsprang, damit sie überhaupt über den Rand der Brüstung schauen konnte.

Unten im trockenen Gras sah sie Feuer lodern, angefacht von den brennenden Pfeilen, die einige der Bogenschützen abschossen. In ihrem Licht bildeten die angreifenden Makolokken ein Durcheinander aus knochigen Gliedmaßen. Sie hüpften wie Heuschrecken übereinander, verhedderten sich ineinander und gerieten in Streit. Ein Gewirr von Gliedern und Leibern wälzte sich vorwärts, aus dem hin und wieder einer hervorsprang, um kreischend gegen die Mauer anzustürmen. Immer wieder gelang es Einzelnen, hochzuspringen und sich mit den Klauen der Vorderbeine in den Ritzen der Quader festzuklammern, um sich dann wie Spinnen hochzuziehen. Aber die Männer und Frauen auf dem Wehrgang waren wachsam. Ein Hagel aus Pfeilen und Steinen empfing die Angreifer. Keinem der Makolokken gelang es, sich über die Brüstung zu schwingen. Einer nach dem anderen wurde hinabgestoßen und krümmte sich zappelnd am Fuß der Mauer, während andere über die Gefallenen hinwegstürmten und zähnefletschend einen neuen Angriff versuchten. Päony wusste nicht, ob das zeternde Geschrei der Kreaturen eine Sprache sein sollte oder lediglich erregte Laute waren. Niemand in Bâl Ummas wusste – nicht einmal der erfahrene alte Eudo –, welcher Art die Makolokken eigentlich waren. Tiffanbrill meinte, sie seien halb beseelte Wesen, ähnlich wie die pferdegroßen Totenkopflibellen, getrieben von einem Willen, der nicht ihr eigener war. Sie kehrten sich weder um die Thargon noch um die Skorpionritter. Was sie mit ihren Angriffen gegen den Turm und die Mauer wollten, ließ sich in zwei Worte fassen: frisches Fleisch.

Päony schauderte vor Abscheu. Dann stieß sie einen schrillen Jauchzer aus, denn der Stein, den sie abgeschossen hatte, war einem herbeirennenden Makolokken so zielgerecht in die Stirn gefahren, dass er einen Luftsprung tat, nach hinten umfiel und sich wie eine tote Spinne zusammenrollte.

Diesmal dauerte der Kampf länger als am Nachmittag. Immer wieder stürmten neue Angreifer schnatternd aus dem Regenwald heraus. Eudo befahl, Feuerlanzen einzusetzen. Dies waren mannslange, mit Öl gefüllte Bambusrohre, die entzündet und abgeschossen wurden. Jeder von ihnen erzeugte ein loderndes Feuer, wo er auf dem Boden auftraf, und brannte unlöschbar weiter. Auch tönerne Töpfe, mit Öl gefüllt, wurden angezündet und auf das Grasland geschleudert. Die Makolokken hasteten kreischend übereinander, wobei manche fünf Fuß hoch und höher in die Luft schnellten, ziellos im Zickzack herum rannten und an den Schachtelhalmbäumen hinaufkletterten, aus deren Wipfeln sie ihre hohlen Pfeiftöne ausstießen.

Eine Stunde etwa dauerte der Kampf, dann verließ die Makolokken der Mut. Schnatternd und pfeifend zogen sie sich in den Dschungel zurück. Sofort erschienen die blauen Aaskäfer auf dem Schlachtfeld, zerkleinerten die Kadaver und formten sie zu Kugeln.

Päony wischte sich den Schweiß von der Stirn. Der Kampf hatte sie erhitzt, und sie verspürte keinerlei Müdigkeit mehr. Noch stundenlang hätte sie so weitermachen können. Aber Eudo, der seine jungen und unerfahrenen Krieger kannte, schickte sie nach unten in ihre Kammer. »Du hast morgen eine Aufgabe zu erfüllen, Päony, also schlaf jetzt, damit du am Morgen frisch bist – auch wenn du am liebsten losstürmen und alle Thargon mit einem Schlag vernichten würdest.«

Sie errötete wie ein Kind bei diesem milden Vorwurf. »Ich konnte einfach nicht schlafen, als ich das Signalhorn hörte.«

Er nickte verständnisvoll, wiederholte aber seinen Befehl, der keinen Widerspruch duldete. »Geh jetzt!«

Langsam stieg sie die steile hölzerne Treppe hinunter. Ihr Körper bebte, sie glühte noch vor Kampfeslust und war überzeugt, sie werde kein Auge zutun können – aber Befehl war Befehl.

Als sie die Kammer betrat, öffnete Tiffanbrill träge ein Auge. »Nun? Warst du tapfer?«, fragte er. »Aber was frage ich! Natürlich warst du tapfer. Nur weise warst du nicht. Wenn du dich übereifrig in jeden Kampf stürzt, ganz gleich, ob du im Dienst bist oder nicht, hast du bald deine Kräfte vergeudet und wirst auch dann zu nichts nütze sein, wenn man dich braucht.«

»Ich wollte doch nur ...«, begann Päony, aber der Drache hatte sich bereits wieder zum Schlaf eingerollt.

»Geh zu Bett!«, befahl er über die Schulter hinweg.

Sie gehorchte.

Drachenaugen

Päony erwachte früh, wie es bei Soldaten der Brauch ist. Sie stand auf, zog sich an und legte den leichten Harnisch an, den sie bei allen offiziellen Unternehmungen trug. Auf Brust und Rücken glitzerten silbern die drei Sterne im Dreieck, das Zeichen der Mutterjungfrauen und des Kaiserreichs. Dann stieg sie hinunter in den Hof des Wachtturms, wusch sich am Brunnen Gesicht und Hände und betrat den Mannschaftsraum, wo bereits der Frühstücksbrei auf dem Feuer dampfte. Um diese Stunde waren hier nur Menschen versammelt. Die Drachen pflegten früh am Morgen auszufliegen und die frischen Schößlinge in den Regenwäldern zu weiden – das war ihr Frühstück. Seit vor dreihundert Jahren Mandora, Plotho und Cuifín wieder die Herrschaft über Chatundra übernommen hatten, gab es kaum noch fleischfressende Drachen. Die meisten lebten von Pflanzen und Früchten, und manche waren so feinsinnig, dass sie Gedichte aßen und Musik tranken.

Diese edlen Drachen, die Rosenfeuerdrachen genannt wurden – Mirminay in ihrer eigenen Sprache –, verfügten über erstaunliche Eigenschaften und konnten etwa ihre Gestalt nach Belieben wechseln. Für gewöhnlich erschienen sie als scharlachrote, orangefarbene oder blaue Tiere mit Fledermausflügeln, Löwenpranken, einem schuppigen Körper und einem schlangenähnlichen Schwanz. Wie Chamäleons vermochten sie ihre Farbe zu verändern, was die Eitlen unter ihnen dazu nutzten, sich möglichst wirkungsvoll vom jeweiligen Untergrund abzuheben. Im Allgemeinen verfügten sie über die Fähigkeit, Feuer zu speien. Es gab aber auch viele, die nur Dampf oder Rauch ausstießen. Zuweilen sah man entspannt ruhende Mirminay, deren Körper jede feste Form verloren und die sich in ätherisch schillernde Gebilde verwandelt hatten. Oder sie nahmen nach Belieben die Gestalt von Menschen oder Tieren an.

Diese Rosenfeuerdrachen waren freilich nicht auf den Wachttürmen an der Grenze zu finden, sondern am Hof von Vang Vath. Es gab nicht mehr viele von ihnen, da die meisten sich, angewidert vom Treiben der Menschen und anderer niedriger Wesen, in die Dimensionen zurückgezogen hatten. Daher hatten viele Menschen – unter ihnen Päony – noch niemals einen Rosenfeuerdrachen gesehen.

Die kleine Kriegerin suchte ihren Platz auf, wo ein dicker Holzklotz lag, damit sie auf den Tisch hinaufreichen konnte. Manchmal ärgerte sie sich darüber. Warum gab es keine niedrigen Tische für kleiner Gewachsene? Was hätten die ungeschlachten Kerle gesagt, hätten sie im Land des Spinnenvolks zu Tisch sitzen müssen? Wenigstens hatten die Neckereien aufgehört, mit denen die Riesen sie anfangs bedacht hatten; dafür hatte Eudo gesorgt. Und sie hatte auch ihren Teil dazu beigetragen, als sie ihnen zeigte, dass jeder ihrer Pfeile und jeder Stein in ihrer Schleuder ins Schwarze trafen. Danach sagte keiner mehr »Drei-Ellen-hoch« zu ihr.

Eudo hatte ihr beigestanden, indem er den Soldaten erzählte, dass die grazilen, flinken Kriegerinnen des Spinnenvolks mit ihren vergifteten Pfeilen bei ihren Nachbarn noch immer für höchsten Respekt sorgten, obwohl sie längst keinen Krieg mehr geführt hatten. »Auch ein Pfeil, der von einer kleinen Hand abgeschossen wird, trifft und tötet«, hatte er gesagt. »Also bildet euch nicht zu viel ein auf eure baumlangen Arme und Beine.«

Als Päony den Mannschaftsraum betrat, begrüßten sie von allen Seiten freundliche Stimmen. Sie erwiderte den Gruß, holte ihr Frühstück und zog sich in den Winkel zurück, in dem Erning bereits auf seinem Holzklotz saß.

»Nun, bist du bereit für unsere Aufgabe?«, begrüßte sie ihn.

»Das bin ich«, erwiderte der Jüngling, »obwohl ich nicht weiß, wie wir die Mokabiter zwingen sollen, wenn sie sich uns widersetzen.«

»Sie werden sich nicht widersetzen. Wir müssen nur herrisch genug auftreten, denn sie sind leicht einzuschüchtern.« Sie erinnerte sich an die Geschichte, Java-Tikkan sei vor seiner Verwandlung ein Angehöriger dieses Volks gewesen. Sie überlegte, ob sie Erning davon erzählen sollte, aber dann war es ihr doch zu peinlich. Am besten, sie redeten gar nicht darüber.

Kaum hatten sie ihren Brei ausgelöffelt, als die beiden Drachen auftauchten, Tiffanbrill und Ernings Begleitdrache Kungal, ein eindrucksvoller schwarzer Drache mit zwei gewundenen spitzen Hörnern auf der Stirn, der um vieles gefährlicher wirkte als Päonys Begleiter. Gleich darauf waren sie auf dem Weg zu den Heimstätten der Mokabiter.

Die beiden Drachen trugen ihre leichte Last durch die Luft, und Päony konnte weit nach Norden sehen, viel weiter als von den Zinnen des Bâl Ummas. Auch hier dehnte sich der Regenwald aus, unterbrochen von weiten Anbauflächen und schmucken Dörfern. Zykadeen und breitfächrige Palmen wechselten ab mit Eukalyptus und schlanken Bambusrohren, deren Blätter im Wind spielten. Überall zwischen den Bäumen war ein leises Singen und Summen zu hören. Es quoll aus den Blumen, die auf dem Boden und an den Bäumen wuchsen. Sie ähnelten vielfarbigen Seeanemonen, und wie diese waren sie eher Tiere denn Pflanzen.

Unter dem wohltätigen Regiment der Großdrachin und der Kaiserin war das Land aufgeblüht. Drachen, Menschen und Tiere lebten weitgehend friedlich zusammen. Selbst Raubtiere wie der gewaltige rote Berglöwe, der Martichoras, ernährten sich nur vom Aas der Wesen, die durch Unfall oder Krankheit zu Tode gekommen waren, und verschonten die Lebenden. Viele der geringeren Drachen hatten sich in der Nähe der Dörfer niedergelassen, wo sie sich gewölbte, tunnelähnliche Heimstätten bauten, während andere die traditionelle Art des Wohnens in Klippen und Hügeln bevorzugten. Sie überwachten die Straßen, die ein Städtchen mit dem anderen verbanden, und waren Wächter und Verteidiger der Dörfer, in denen sie wohnten. Freilich hatten sie hier im Landesinnern nicht viel zu tun, denn der Feind stand an den Grenzen: die Thargon im Süden und das Gespensterreich des Kadaverfürsten Zarzunabas im Norden. Doch lag dieses Land weit jenseits der Heulenden Berge, und kaum ein Bewohner von Chatundra war jemals in die Nähe gekommen. Hin und wieder gab es an der Küste auch Zwischenfälle mit den feindseligen Kreaturen des Meeres, aber da diese nicht an Land konnten und die Drachen nicht in die See, beschränkten sich solche Zusammenstöße auf kleine Scharmützel mit einer Seeschlange da und einem wild gewordenen Kraken dort. Lästiger waren die Totenkopflibellen, die in den Sümpfen im Süden hausten. Die Menschen nannten dieses verhasste und gefürchtete Land den »Bauch des Gagoon«, denn das flache Meer zwischen den Inselrücken dampfte unablässig und brachte heiße Nebelbänke hervor, die sich in trichterförmigen Bahnen drehten und die Brutstätte des gefürchteten Wirbelwinds bildeten. Dort hausten Schwärme riesenhafter Libellen. Diese starren, glotzäugigen Tiere konnten ihre Fangmasken zwanzig Menschenschritte weit schleudern und blitzschnell ihre ahnungslosen Opfer ergreifen, um sie zwischen den hörnernen Kiefern zu zermalmen. Immer wieder unternahmen sie Raubzüge, um sich an fettem Menschenfleisch gütlich zu tun, und da die Mauer sie nicht abhalten konnte, hatten die Bogenschützen alle Hände voll zu tun. Aber nicht nur die Totenkopflibellen hausten dort, sondern auch nach Blut dürstende schwarze Würmer, die ihre Schnäbel blitzschnell in lebendes Fleisch schlugen und es von innen her auffraßen. Zuweilen sah man, schlaff im Gewirr der Mangrovenwurzeln hängend, die hohlen Kadaver von Tieren und menschliche Leichen, äußerlich noch heil, im Innern aber verzehrt von den mörderischen Scheusalen.

Die Drachen glitten in das Tal hinunter, über dem sich Bâl Ummas erhob, und hielten auf eine Lichtung im Regenwald zu. Süßer Duft stieg von unten auf, denn im Zwielicht zwischen Waldrand und offenen Grasflächen blühten Schlangenlilien, Schnappsterne und Goldener Sack in leuchtenden, öligen Farben, farbenprächtige Blumen, die mit singenden Stimmen und tropfendem Honigsaft Insekten anlockten. Sie waren Fleischfresser wie die Honigschlünde, wenn auch weniger gefährlich, denn sie verzehrten nur Käfer und Grillen, Schmetterlinge und Motten. Dennoch empfahl es sich, sie nicht zu berühren, denn wenn sich auch niemand ernstlich verletzen konnte, so riefen ihre Verdauungssäfte doch brennende Blasen hervor.

Turmhohe Bärlapp- und Schachtelhalmpflanzen schwankten im warmen Wind. Gewaltige Palmfarne mit Blattwedeln, so lang und breit wie ein Boot, Riesenbambus und Schuppenbäume hatten einst in einem undurchdringlichen Urwald fast das ganze Reich zwischen der breiten Mauer und den Heulenden Bergen bedeckt, bevor die Pflüge und Äxte der fleißigen Siedler das Land urbar machten und der unermessliche Dschungel in kleinere, aber immer noch ausgedehnte Wälder zerfiel.

Als sie näher kamen, entdeckte Päony zahlreiche schäbige Behausungen auf der Lichtung. Etwa hundert windschiefe Hütten, gerade sicher genug, um den häufigen Regenfällen zu trotzen, drängten sich um den Anger, wo in einem Steinkreis das ewige Feuer brannte. Eine Herde träger Echsen trottete ohne Hüter am Waldrand hin und her und kaute mit zahnlosen Mäulern die herabhängenden Ranken. Zwei in grellfarbige Röcke gekleidete Frauen, die sonderbar bucklig wirkten und auf platten Füßen dahintappten, waren mit Melkeimern in den Händen auf dem Weg zu ihnen.

Die Drachen gingen tiefer, und als ihr Nahen bemerkt wurde, stürmten Dutzende zerlumpter Wesen aus den Hütten heraus. Päony stieß einen Ruf des Erstaunen aus.

»Ich wusste doch, dass du aus dem Staunen nicht herauskommst!«, rief Tiffanbrill, höchst zufrieden mit der Wirkung, die der Anblick der Mokabiter auf seine Begleiterin ausübte.

Die Dörfler rannten laut schreiend auseinander, als sie die beiden Kriegsdrachen herabsinken sahen, und warfen mit Knüppeln und Steinen nach ihnen. Als Kungal jedoch einen Feuerstoß losließ, fielen alle zu Boden und krümmten sich vor Entsetzen. Päony und Erning mussten beschwichtigend auf sie einreden, bis sie sich wieder aufrichteten und die beiden jungen Leute ihre Botschaft übermitteln konnten.

Feindseliges Schweigen schlug ihnen entgegen. Die am weitesten von den Drachen entfernt und dem Waldrand am nächsten standen, versuchten sich verstohlen zurückzuziehen und blieben erst stehen, als Kungal sie von Neuem bedrohte. Schließlich trat ein dicker Mann mit vorquellenden Augen und einem Hornkamm auf dem Schädel vor. Er schien der Häuptling der Gruppe zu sein und verbeugte sich untertänig. »Mein Name ist Koleb, zu Euren Diensten. Wir haben Nachtsichtige unter uns, solltet Ihr deren bedürfen, und stellen sie Euch gern zur Verfügung. Aber was bekommen wir dafür?«

Damit hatte weder Päony noch Erning gerechnet. Sie sahen sich erstaunt an, unsicher, wie sie der Forderung begegnen sollten. Zum Glück übernahm Kungal die Antwort. »Die Nachtsichtigen bekommen den üblichen Lohn eines gemeinen Soldaten«, erklärte er. »Du aber bekommst, wenn du weiter unverschämte Forderungen stellst, einen Feuerstoß ab, der dir die Haare vom Wanst brennt.«

Koleb warf einen erschrockenen Blick auf seinen behaarten Bauch und sprang einen Schritt zurück. Dennoch hatte er Mut genug, um zu widersprechen. »Wir sind arme Leute.«

»Ihr seid faules Gesindel«, antwortete Kungal verächtlich, »das lieber in der Sonne liegt und miteinander zankt, als sich ordentliche Hütten zu bauen. Dennoch beschützen euch die Soldaten der Kaiserin vor den Totenkopflibellen und den Makolokken und verteilen Brot an euch. Begnügt euch damit, wenn ihr unseren Zorn nicht erregen wollt.« Dabei riss er sein spitzes schwarzes Maul auf und sandte eine armlange Flamme aus.

Die Missgestalten wichen kreischend zurück und wollten sich wieder unterwürfig zu Boden werfen, aber inzwischen hatte sich Päony ein Herz gefasst und befahl mit strenger Stimme: »Bringt die Nachtsichtigen her!«

Eine wilde Jagd kreuz und quer durch das Dorf war die Folge, denn jene Mokabiter, die mit der seltenen Gabe gesegnet waren, wollten nicht nach Bâl Ummas und versuchten zu flüchten. Ihre Gefährten jedoch hinderten sie gewaltsam daran. Schließlich wurden drei von ihnen gepackt und vor die Drachen geführt: ein dickes Weib mit wirrem Haar, ein Mann mit Hahnenfüßen und ein junger Mensch mit schmalen Schultern, dem das ungepflegte sandfarbene Haar tief ins Gesicht fiel. Als er kurz den Kopf hob, entdeckte Päony, dass seine Augen von smaragdenem Grün waren und längs geschlitzte, feurig glühende Drachenpupillen darin funkelten. Seine Fingernägel waren hart und hornig wie

Krallen, und seine Schulterblätter verrieten die Ansätze von Flügeln, die sich nicht weiterentwickelt hatten.

»Das sind alle?«, fragte sie.

Koleb dienerte. »Ja, Thainach, das sind alle.«

»Gut.« Sie wandte sich an die drei Nachtsichtigen. »Ihr werdet uns nach Bâl Ummas begleiten. Es wird euch nichts Böses widerfahren. Wir brauchen euch nur, um die Thargon zu beobachten. Ihr bekommt dafür Kost und Quartier und so viel Lohn wie die anderen Wachposten auch, habt euch also über nichts zu beklagen. Geht jetzt in der Mitte, die Drachen werden zu beiden Seiten fliegen.« Sie hatte nämlich den Verdacht, die drei widerwilligen Rekruten würden bei erster Gelegenheit die Flucht ergreifen.

Die Drachen nahmen sie also in die Mitte und glitten mit ihren Reitern dicht über dem Boden dahin. Die drei stapften mürrisch los, offensichtlich wenig begeistert von der ehrenvollen Aufgabe, die man ihnen zugedacht hatte. Päony aber war hochzufrieden mit sich selbst.

Wenig später konnte sie Eudo melden, dass sie seinen Befehl ausgeführt hatten. Der Kommandant zeigte sich sehr angetan. Er trat hinaus in den Hof, wo die beiden Drachen die Mokabiter bewachten, und sprach diese an. »Wie sind eure Namen?«

Alle nannten ihre Namen, und Päony merkte sich nur, dass der junge Mann Lukan hieß.

Eudo erklärte ihnen ihre Aufgabe. »Ihr werdet nachts Wache auf den Wehrgängen halten und hinüberschauen zu den Thargon, um uns zu melden, wenn etwas Auffälliges geschieht. Das ist alles, aber lasst euch nicht dabei erwischen, dass ihr schlaft statt zu schauen! Ab sofort gilt die militärische Disziplin auch für euch. Jetzt geht in den Mannschaftsraum und esst, danach werden die Soldaten euch alles Weitere erklären. Du, Päony, kümmerst dich um Lukan, er soll die Nachtwache mit dir teilen. Pass auf, dass er alles richtig macht.« Dann wies er die beiden anderen weiteren Soldaten zu.

Päony freute sich, dass Lukan ihr zugeteilt worden war. Sie hatte ihn schon unterwegs aufmerksam beobachtet – vielleicht nur deshalb, weil er etwas kleiner war als alle anderen Männer in der Zitadelle und in der Größe eher zu ihr passte, vielleicht auch deshalb, weil er Drachenaugen hatte, die sie schön und aufregend fand. Sie beschloss jedoch, sich ihm gegenüber herrisch und unnahbar zu zeigen, damit er nicht vergaß, wer er war.

Nachdem die Mokabiter gegessen hatten, erhielten sie Soldatenkleidung, und Päony stellte fest, dass Lukan darin nicht übel aussah, viel besser jedenfalls als in Lumpen. Er trug Beinlinge, Wickelgamaschen und darüber einen von den Hüften bis zu den Waden reichenden Rock aus grobem Tuch, dazu eine lange Jacke und einen blauen Mantel, der im Feldlager zugleich als wärmende Decke diente. Seine Füße steckten in derben Lederstiefeln. Sein wergfarbenes Haar hing in Weichselzöpfen um das ungewaschene Gesicht, und Päony dachte flüchtig daran, dass ein Bad ihm gutgetan hätte. Aber für seine Aufgabe war es wohl gleichgültig, ob er sauber war oder nicht.

Er war entweder ein tumber oder ein trotziger Bursche, denn was immer sie zu ihm sagte, er nickte nur zum Zeichen, dass er verstanden hatte, anstatt ordnungsgemäß mit den Worten »Ich höre und gehorche« zu antworten. Schließlich fuhr sie ihn an: »Bist du stumm?«

Er setzte mehrmals gurgelnd zu einer Antwort an, die ihm nicht über die Lippen wollte, warf den Kopf krampfhaft hin und her, als stecke ihm etwas im Hals, das ihn zu ersticken drohe, und stotterte dann: »N-n-nein. I-ich ka-kann sprechen, aber nur sch-sch-schlecht.«

»Ach so. Gut, dann belass es beim Nicken. Aber ich zeige dir, wie man sich benimmt, wenn man von einem Höhergestellten angesprochen wird: flache Hand auf die Brust, Verneigung, und man sagt ... ach, das gilt nicht für dich, wenn du nicht reden kannst. Jetzt geh schlafen, denn du wirst die Nacht über wachen müssen. Du wirst vor der Tür der Kammer schlafen, die ich mit meinem Drachen bewohne, damit ich dich nachts rechtzeitig wecken kann.«

Er legte die Hand auf die Brust und verneigte sich unterwürfig zum Zeichen, dass er gehört hatte und gehorchte. Offenbar war er also kein Trotzkopf, sondern bemüht, sich gehorsam und gefällig zu zeigen.

Nachdem er sich, in seinen Mantel gerollt, auf dem Holzboden niedergelegt hatte, verließ sie ihn und begab sich zu Tiffanbrill. Sie hatte eine Frage auf dem Herzen. »Sag mir – wenn Eudo die Nachtsichtigen kommen lässt, um die Thargon zu beobachten, so befassen sie sich seiner Meinung nach mit etwas Wichtigem, wenn sie nachts auf den Hügeln zusammenkommen, nicht wahr?«

Tiffanbrill, der sich gern geheimnisvoll gab, rollte den langen Schweif ein und wieder aus. »Ich weiß es nicht. Vielleicht beten sie auch nur zu ihren hässlichen Göttern. Das wäre allein schon schlimm genug, denn du kannst dir denken, dass ihre Gebete nichts Gutes zum Ziel haben.«

»Du sagst, sie beten zu Göttern. Aber es gibt keine anderen Götter im Himmel als die drei Mutterjungfrauen und die Urmutter Majdanmajakakis, und keiner von ihnen ist böse. Zu wem beten sie also?«

Wieder rollte der Schweif ein und aus. »Zu Gurundir vermutlich. Aber vielleicht halten sie auch gar keine Zeremonie ab, sondern treffen sich zu einer Ratsversammlung. Um das herauszufinden, haben wir ja deinen ungewaschenen Freund geholt.«

Päony starrte ihn großäugig an. »Meinen Freund? Warum sagst du das?«

Tiffanbrill blinzelte listig. »Ei, ich habe gemerkt, wie oft du ihn unterwegs angesehen hast, und du warst freundlicher zu ihm als zu seinen hässlichen Gefährten. Du siehst, ich habe Augen im Kopf! Ich warne dich aber. Die Mokabiter musst du streng und kurz halten, sonst spucken sie in die Schüssel, aus der du isst.«

Päony errötete. »Ich habe ihn behandelt, wie es sich gehört.«

»Zweifellos. Nun, er mag ein ganz ordentlicher Junge sein – manche von ihnen sind recht menschlich. Pass nur gut auf ihn auf und spar die Peitsche nicht, wenn er faulenzen will, denn das ist das größte Laster dieser Leute.«

Päony, die sich seltsam beunruhigt fühlte, wollte etwas sagen, wurde aber von Eudo unterbrochen, der sich heftig winkend im Laufschritt näherte. »Päony!«, rief der Kommandant atemlos. »Komm her, ich habe dir etwas Wichtiges mitzuteilen.«

Überrascht und verwirrt gehorchte die kleine Kriegerin. Was konnte so wichtig sein, dass Eudo selbst zu ihr kam, statt sie holen zu lassen?

»Ich habe eine Botschaft erhalten«, keuchte der alte Krieger. »Eine sehr wichtige Botschaft, die dich betrifft. Du musst sofort abreisen.«

»Abreisen? Wohin?«, rief Päony, die immer weniger verstand.

»Die Sphinx Wyvern verlangt dich zu sehen – so rasch wie möglich. Sie hat dir etwas mitzuteilen.« Er wandte sich an Tiffanbrill. »Trag sie so schnell wie möglich zum Jadepalast. Ich weiß nicht, was Thainach Wyvern von ihr will, aber wenn eine Sphinx eine Botschaft schickt, sollte man auf der Stelle gehorchen.«

Tiffanbrill nickte und stieß Päony, die immer noch verdattert dastand, mit der langen Schnauze an. »Komm! Hast du nicht gehört?«

»Aber was will eine Sphinx von mir?«, rief die junge Kriegerin.

»Je eher wir dort sind, desto eher wirst du es erfahren«, antwortete der Drache knapp. »Jetzt eile. Und nimm Lukan mit, damit du einen Diener hast – das sieht vornehmer aus.«

Päony stolperte davon. Ihr Herz klopfte heftig, und in ihrem Kopf drehte sich alles. Was mochte die mächtige Sphinx an ihr gefunden haben, dass sie sie zu sich befahl? Sphingen waren keine geselligen Wesen; sie lebten in ihrer eigenen Welt und erachteten kaum jemanden ihrer Gesellschaft für würdig, es sei denn einen hohen Drachen oder eine Kaiserin. Mit gemeinen Soldaten, selbst wenn es eine Prinzessin des Spinnenvolks war, gaben sie sich für gewöhnlich nicht ab. Aber Tiffanbrill hatte recht – je mehr sie sich beeilte, desto schneller würde sie die Lösung des Rätsels erfahren.

In seinen Mantel gehüllt lag Lukan auf dem harten Holzboden und träumte mit offenen Augen. Ihm war, als sei er Meilen hoch in den Himmel geschnellt worden und falle noch immer. Sein Herz pochte, und sein Magen kribbelte, als flatterten tausend aufgeregte Fludern darin herum.

Bei den Mokabitern blieb ein Knabe nicht lange unschuldig, und Lukan war keine Ausnahme. Er hatte reichlich Erfahrung mit Frauen, allerdings nur mit den Frauen seines eigenen Volks. Und das bedeutete, dass er viel über Sinnlichkeit wusste, aber nichts über wahre Minne. Bei den Mokabitern wurden schon immer mehr Knaben als Mädchen geboren, sodass selbst die dümmste und hässlichste Frau allzeit von Männern umlagert war, die ihr den Hof machten, und durch diese übermäßige Wertschätzung waren die Mokabiterinnen anmaßend, launisch und unverschämt geworden. Wie alle Männer seines Volkes hatte Lukan erlebt, dass ihre Hingabe zwar den leidenschaftlichen Sturm seiner jungen Männlichkeit stillte, aber sie hatten ihm weder wirklich gefallen, noch hatte er sie geliebt.

Jetzt war er völlig verwirrt. Nie im Leben hatte er etwas so Entzückendes gesehen wie diese zierliche Prinzessin mit ihrem kindlichen Gesicht und dem kampfgestählten Körper einer Soldatin. Sie musste eine Spinnenfrau sein, denn auf Chatundra gab es nur zwei so klein gewachsene Völker: die Spinnenleute und die anthrazitschwarzen Ka-Ne. Ihr Begleiter war ganz eindeutig ein Mann dieses Volks gewesen.

Düster grübelte er vor sich hin. Wer war der Bursche? Ein anderer Soldat, der ihr zufällig zugeteilt worden war? Ihr Bruder? Oder gar ihr Geliebter? Lukan fühlte Eifersucht in sich aufsteigen. Er krallte die Hände so heftig ineinander, dass es schmerzte. Natürlich würde sie eher einen Mann aus ihrem eigenen Volk erwählen als einen Fremden. Und schon gar nicht einen elenden Mokabiter, der nichts besaß und obendrein noch stumm war. Seine nachtsichtigen Augen waren sein einziger Schatz, ohne die wäre er minderwertiger als ein Sklave gewesen.

Und dennoch passte alles zu der Prophezeiung. Sie war eine Prinzessin aus einem fremden Land, und er war jetzt ihr Gefährte, der sie auf allen ihren Wegen begleiten würde.

Er hörte in Gedanken Bezas heisere Altmännerstimme: *Er wird Chatundra vor himmlischen und irdischen Feinden retten, die es zu zerstören suchen, und wird in hohen Ehren in der kaiserlichen Residenz von Vang Vath stehen.* Als er das gehört hatte, war es ihm so absurd erschienen, als hätte das Orakel verkündet, er würde eines Tages ein Stern am Himmel sein. Und doch – der erste Teil der Prophezeiung hatte sich bereits erfüllt. Wie Lukan es sah, war es entschieden der wichtigste Teil. Ruhm und Ehre bedeuteten ihm nicht viel, aber diese wunderbare kleine Frau, so zart wie ein Schmetterling und so hart wie eine Krabbenschale, bedeutete ihm mehr, als er sich jemals hatte vorstellen können.

Er seufzte leise und presste, unter dem Mantel verborgen, beide Hände gegen die Brust, um sein wild pochendes Herz zu beruhigen.

Päony zitterte vor Aufregung. Bedeutete der Befehl der Sphinx Gutes oder Schlechtes? Allein schon der Gedanke, vor einem solchen Wesen zu stehen, ließ sie erschauern. Sie hatte noch nie eine lebende Sphinx gesehen, nur die Ehrfurcht gebietenden, kolossalen Statuen, die herablassend aus halb geschlossenen Augen auf den Beschauer herabblickten. Jetzt wünschte sie, ihre Zwillingsschwester Keziah wäre an ihrer Stelle. Die war Oberhirtin im Hain der heiligen Spinnen und an den Umgang mit den Übermenschlichen gewöhnt. Keziah hätte sicher gewusst, wie sie sich jetzt am besten verhalten sollte. Nun, wie auch immer, sie musste sich beeilen. Auf keinen Fall durfte sie das erlauchte Wesen warten lassen.

Sie legte ihre beste Kleidung an, Gamaschen, Stiefel und ein ockerfarbenes Kleid, über dem sie den Brustharnisch und die eisernen Ärmlinge trug, schlang den Köcher auf den Rücken und steckte die Schleuder in den Gürtel, an dem ihr kurzes Schwert hing. Dann trat sie auf den Flur hinaus und weckte Lukan mit einem leichten Tritt gegen die Hüfte. »Steh auf, ich habe eine Aufgabe für dich! Du wirst mich auf einer Reise begleiten und mich bedienen.«

Er schreckte auf – offenbar waren die Mokabiter sehr ängstlich – und sprang beflissen auf. Sein Blick glitt über sie hin, wie sie in ihrer zierlichen, kindhaften Schönheit vor ihm stand, in das samtene Unterkleid der Rüstung gehüllt; den weich sich anschmiegenden Schuppenpanzer um die Brust; Hals und Arme mit farbigen Perlen geschmückt. Mit einem Schlag loderten seine Drachenaugen in einem Feuer auf, das sie erschreckte. Am liebsten hätte sie ihm gesagt, er werde doch nicht gebraucht. Aber

Tiffanbrill hatte befohlen, ihn mitzunehmen, also musste sie es tun. Und außerdem: War sie denn ein Bauernmädchen, das sich von einem frechen Blick einschüchtern ließ?

»Sieh mich nicht so an!«, maßregelte sie ihn scharf. »Das ist ungehörig.«

Er legte mit einer entschuldigenden Geste die Hand auf die Brust und verneigte sich.

»Beeil dich!«, befahl sie. »Mein Drache wird ungeduldig.«

Tiffanbrill wartete bereits im Hof. »Steigt auf!«, sagte er.

Der Mokabiter stieß einen Schreckensschrei aus und wehrte mit beiden Armen ab. Was immer an Drachenblut in seinen Adern fließen mochte – er hatte Angst zu fliegen. Erst als Päony ihn zornig anherrschte, stieg er mit einem Seufzer hinter ihr auf den Drachen und schloss fest die Augen.

»Halt dich an meinem Gürtel fest«, befahl sie, »und fürchte nichts! Sieh, Tiffanbrill breitet die Flügel aus, du kannst gar nicht von seinem Rücken fallen.« Dann wandte sie den Blick geradeaus, während zwei vor Angst verkrampfte Hände sich in ihren Gürtel krallten.

Tiffanbrill erhob sich mit leichten Flügelschlägen in die Luft und strebte nach Südwesten. Der Tag war warm, aber dunstig, und die Welt tief unten lag wie unter einem flüchtig wallenden Schleier verborgen. Sie flogen einige Meilen an der breiten Mauer entlang, die sich von einer Seite des Kontinents zur anderen hinzog, und bogen dann nach Norden ab. Unter ihnen rauschten die ausladenden Kronen der Urwaldbäume. Glitzernde blaue und rote Springwürmer hüpften unablässig von einem Zweig zum anderen und stießen schrille Schreie aus. Handtellergroße Schmetterlinge flatterten auf der Suche nach Orchideen umher.

Päony dachte eben, wie friedlich der Tag doch war, da erhob sich unversehens jenseits der Mauer ein schwirrender Schwarm –

Totenkopflibellen, die mit raschen Schlägen ihrer durchsichtigen Flügel heranrauschten, auf der Jagd nach dem Drachen und seinen Passagieren. Die schwarze Wolke kam immer näher; deutlich war das sirrende Geräusch der dürren Flügel zu hören. Schon entdeckte Päony die im Sonnenlicht glitzernden Glotzaugen und die vibrierenden Antennen. Greifklauen schnellten vor und wollten sie packen.

Der Mokabiter stieß ein grelles »Ay! Ay!« aus, vergaß, sich festzuhalten, und streckte abwehrend die Arme aus. Im nächsten Moment jedoch klammerte er sich schon wieder so fest, dass Päony Mühe hatte, einen Pfeil aus dem Köcher zu ziehen. »Lass los, Dummkopf!«, rief sie ärgerlich. »Wenn ich meine Pfeile nicht in die Hand bekomme, kann ich uns nicht verteidigen!« Blitzschnell legte sie einen Pfeil auf und schoss. Die Anführerin der Libellen torkelte durch die Luft und trudelte als schwarzes Wrack zu Boden.

Wenigstens hatte Lukan aufgehört, sich an sie zu klammern, und hielt sich stattdessen an den Rückenstacheln des Drachen fest, die wie die Hörner eines Sattels vor und hinter ihm aufragten. Päony, die es gewohnt war, auf Drachen zu fliegen, hielt sich auf dem schmalen Schuppenleib mit den Schenkeln fest wie eine Reiterin auf dem Pferd und verschoss ihre giftgetränkten Pfeile. Ein Ungeheuer nach dem anderen fiel aus dem Himmel, doch es waren einfach zu viele auf einmal. Sie riss das kurze Schwert aus der Scheide und machte sich zum Nahkampf bereit. Doch statt sie anzugreifen, sausten die ersten Totenkopflibellen im Sturzflug abwärts, bis sie sich unmittelbar unter Tiffanbrill befanden, wandten sich blitzschnell auf den Rücken und schleuderten ihre Fangmasken von unten herauf gegen den schutzlosen Drachenbauch.

Tiffanbrill rollte sich im Flug ein, um seinen Bauch zu schützen, was markerschütternde Schreckensschreie des Mokabiters zur

Folge hatte. Dann streckte sich der Drache wieder und stieß mit weit geöffnetem Rachen einen armlangen Glutstrahl aus. Zwei Dutzend Libellen loderten auf wie verdorrte Blätter und torkelten rauchend zu Boden. Ein neuer feuriger Hauch, und der Trupp flog als explodierender Feuerball in alle Richtungen. Im heißen Wind der Feuerstöße trudelten abgerissene Flügel, klauenbewehrte Hakenbeine und plumpe Köpfe mit riesigen Schildaugen umher. Entmutigt von den vielen Verlusten, gab die Horde ihren Plan auf, Drachen- und Menschenfleisch zu speisen, und kehrte zu den Sümpfen zurück.

»Nun?«, rief Tiffanbrill befriedigt aus. »War das ein sauberer Kampf?«

Päony tat ihre Bewunderung kund, aber der Mokabiter stimmte nur einen hohen, jammernden Singsang an, als intoniere er seine eigene Totenklage.

Im Jadepalast

Wenig später flog der Drache in anmutigen Kurven auf einen Palast aus grüner Jade zu, der in düsterer Pracht aus dem Regenwald aufragte. Auf der gepflasterten Zufahrt, die von üppigem Pflanzenbewuchs gesäumt zum Haupttor führte, landete er.

Päony sah sich neugierig um. Sie hatte noch nie ein so prunkvolles Bauwerk gesehen – und ein so geheimnisvolles dazu. Zwischen den Palmfarnen der Allee standen weiße Marmorsockel mit Bildwerken. Manche der Skulpturen sahen nach Erd- und Himmelsgloben aus, manche nach Sonnenuhren, wieder andere nach Astrolabien oder Stelen mit astrologischen Zeichen, und einige hatten nicht die geringste Ähnlichkeit mit Dingen, die Päony kannte, sondern schienen einer völlig fremdartigen Gedanken- und Bildwelt zu entspringen. Nie zuvor hatte sie drachische Kunst gesehen. Die Stufen, die zum Eingang führten, waren so hoch, dass sie sie nur durch Klettern hätte überwinden können. Kaum war der Drache gelandet, als das weithin hallende Signal des Turmwächters ihr anzeigte, dass man sie gesehen und gemeldet hatte.

»Trag mich die Stufen hinauf bis zur Eingangstür!«, bat Päony. »Es sieht albern aus, wenn ich von einer Stufe zur anderen turnen muss.«

»Das gehört sich nicht, und ich benehme mich nicht gern

unhöflich einer Sphinx gegenüber«, widersprach Tiffanbrill. »Als Gast wartet man im Hof und nicht vor der Tür. Steigt ab!«

Da der Turmwächter sie angekündigt hatte, eilten bereits die Bediensteten herbei – graugrüne Drachen, die wie Menschen aufrecht auf zwei Beinen gingen. Sie öffneten das Tor und liefen in den Hof hinunter, wobei sie trillernde und zwitschernde Geräusche ausstießen, die ein Willkommenslied sein mochten. Päony lächelte. Es sah putzig aus, wie die kleinen Drachen sich vor ihr verbeugten, so tief, dass sie sich ganz zusammenrollten und in dieser Haltung überschlugen, ehe sie wieder auf die Beine kamen. Päony fühlte sich höchst geschmeichelt von der Ehrerbietung, die man ihr entgegenbrachte, und ihre Selbstsicherheit wuchs, obwohl sie sich immer noch über die rücksichtslos hohen Stufen ärgerte.

Tiffanbrill nannte seinen Namen und den seiner Gefährtin – den Mokabiter überging er – und meldete, dass sie auf Wunsch der Sphinx hin gekommen seien. Daraufhin bedeuteten ihnen die Drachen, ins Innere des Palastes einzutreten. Jetzt erst ließ Tiffanbrill, der sehr auf Etikette bedacht war, Päony aufsteigen und trug sie über die mächtigen Stufen hinauf zur Eingangstür. Lukan folgte bescheiden im Hintergrund.

Ein langer Gang führte in ein Gemach, das äußerst kunstvoll, aber bedrückend düster eingerichtet war. In den Ecken brannten Fackeln auf bronzenen Pfeilern, die den Raum erhellten und mit harzigem Duft erfüllten. Eigenartig geformte, mit Hieroglyphen bedeckte Steine standen an den Mauern entlang aufgereiht, dazwischen Standbilder und Büsten, die teils Menschen, teils andere Geschöpfe darstellten. Eine geisterhafte Unruhe, sowohl sichtbar als auch hörbar, herrschte überall. Der Palast der Sphinx war von Leben erfüllt, und selbst die mächtigen Basaltquader und die Jadeplatten, mit denen diese verkleidet waren, gaben ein schwaches Summen von sich. Die Standbilder und Büsten schienen, aus dem Augenwinkel betrachtet, sämtlichen Bewegungen mit Blicken zu folgen und die alabasterweißen Gesichter zu verziehen.

Als Päony stillstand und lauschte, glaubte sie Schritte neben sich und ein schwaches Rumoren in den Mauern zu hören. Ein unterdrücktes Lachen schwebte plötzlich in der Luft. Türen wurden spaltbreit geöffnet und wieder geschlossen, leise, aber nachdrücklich. Es hörte sich an, als wandere jemand – etwas – Unsichtbares ruhelos durchs Haus. Die Luft wurde bewegt wie vom Schlag unsichtbarer Flügel. Dort, in diesem feierlichen, spukhaften Raum, trat ihr die Sphinx entgegen. Päony knickste tief beeindruckt und verharrte, nachdem sie ihre Waffen abgelegt hatte, auf einem Knie, bis Wyvern ihr lächelnd bedeutete, sich zu erheben.

Sie streckte der kleinen Kriegerin beide Hände entgegen. »Willkommen, Spinnenprinzessin! Wie hübsch du bist! Du erinnerst mich an die schöne Eunise, die später König Java-Tikkan heiratete.«

Päony schauderte. »Sie war meine Ururgroßmutter, Thainach«, murmelte sie mit unsicherer Stimme. Dass Drachen uralt wurden, daran hatte sie sich schon gewöhnt. Aber diese schöne Frau, die nicht älter als dreißig zu sein schien! Sie hatte das Gefühl, Staub einzuatmen, als sie an die ungeheuren Zeiträume dachte, die an der Sphinx wie Stunden vorübergehuscht waren. Die Frau sah freundlich aus, aber wie seltsam sie war ... allein schon ihre Stimme, deren tiefer Holzflötenton eigentümlich lange nachhallte, und die großen dunkelbraunen Nachtfalteraugen, in deren Tiefe – wie in einem Edelstein – ein bernsteinfarbenes Feuer brannte! Päony spürte die Kraft, die von ihr ausging und den Raum ringsum mit Wärme und einem prickelnden Vibrieren erfüllte, mit einer Energie, die gleichermaßen anziehen wie zurückstoßen konnte.

»Deine Ururgroßmutter!« Wyvern reichte ihr die Hand. »Sieh

an, wie die Zeit vergeht! Du siehst ihr sehr ähnlich. Deine Schwester übrigens auch. Ihr seid die rechten Töchter einer ehrwürdigen Ahnin.«

»Ihr habt mit Keziah gesprochen?«, fragte Päony erfreut. »Ich habe sie lange nicht gesehen. Geht es ihr gut?«

»Ja, sie wohnt noch immer in dem heiligen Hain am Wasserfall und hütet die Spinnen. Jetzt komm mit mir, und Ihr, Tiffanbrill, schließt Euch an ... Wer ist übrigens jener dort?« Sie deutete auf den Mokabiter. Der hatte sich, dem Brauch seines Volks folgend, mit ausgebreiteten Armen flach zu Boden geworfen und wagte nicht, den Blick zu heben, ehe er dazu aufgefordert wurde.

»Steh auf«, befahl Wyvern, »und nenn mir deinen Namen!«

Lukan gehorchte. Vor Angst und Ehrfurcht stotterte er unmäßig.

Päony erklärte rasch: »Er ist mein Diener. Er kann nicht besser sprechen, versicherte er mir.«

Wyvern nickte. Ihr Nachtfalterblick glitt nachdenklich über den Jüngling. »Kannst du von Geburt an nicht anders sprechen?«

Lukan bestätigte es.

»Willst du sprechen können wie andere Menschen auch?«

Ein heftiges Rot schoss Lukan ins Gesicht, und er nickte eifrig.

»Wenn du bereit bist, Schmerzen zu ertragen, kann ich dir helfen«, erklärte die Sphinx. »Aber davon später, erst will ich mit Ekoya Tiffanbrill und der Spinnenprinzessin sprechen.« Sie bedeutete Lukan, sich neben der Tür auf ein Kissen am Boden zu setzen, und wandte sich an ihre Gäste. Ein leiser Pfiff, und zwei der kleinen Drachen purzelten auf ihre possierliche Weise herein. Wyvern erteilte ihnen einen Befehl, und sie verschwanden, um gleich darauf wiederzukommen. Diesmal bewegten sie sich gesetzter, denn sie trugen ein silbernes Tablett mit Palmwein, Nusskuchen, Granatäpfeln und Pomeranzen sowie verschiedenen essbaren Blumen und Blüten. So war es allerorten bei den guten

Völkern üblich. Seit Mandora, Plotho und Cuifín wieder über die Welt herrschten, brachte die Erde so viele essbare Pflanzen und Pflanzentiere hervor, dass der Verzehr von Fleisch oder Fisch als tierische Sitte galt, die sich für höhere Wesen nicht schickte.

»Bringt auch dem Mokabiter zu essen – ich glaube, ihn gelüstet es nach anderer Nahrung!«, befahl die Sphinx, setzte sich an den steinernen Tisch und forderte ihre Gäste mit einer Handbewegung zum Zugreifen auf.

Päony roch den Duft leckerer Speisen, aber ihr Hals war wie zugeschnürt vor Ehrfurcht und Aufregung, und sie brachte keinen Bissen hinunter. Nur einen Schluck Palmwein trank sie. »Ihr habt mir befohlen, Euch aufzusuchen, Thainach«, sagte sie, »und ich habe gehorcht. Aber ich weiß nicht, weshalb Ihr mich für würdig erachtet, in Euren Palast zu kommen.«

»Das wirst du gleich hören«, antwortete die Sphinx. »Du musst wissen, dass ich eine Seherin bin und oft prophetische Träume habe, so auch vor einigen Tagen.« Sie erzählte ihren Gästen den Traum von der brennenden Holztafel mit den drei Sternen und fügte hinzu, was sie im Rauchorakel gesehen hatte: »Da lief eine weiße Spinne über die Tafel und brachte mir die Kaiserkrone.«

»Ein Traum«, fiel Tiffanbrill ein, »der Unheil, aber auch Hoffnung vorhersagt.«

»So ist es. Ich wusste, dass es sehr wichtig war, diese weiße Spinne zu finden, und begab mich zum Spinnenvolk auf die Insel, auf der es zu Hause ist. Ich besah mir die Prinzessinnen und die Töchter der hohen Adligen, aber keine schien mir die Richtige zu sein, nicht einmal die schöne und gelehrte Keziah. Bis man mir sagte, dass du, Päony, bei den kaiserlichen Soldaten in Bâl Ummas dienst. Da wusste ich, dass du die Gesuchte bist. Du bist die weiße Spinne, die in meinem Traum die Kaiserkrone rettete.«

Vor Verwirrung errötete Päony und brachte kein Wort hervor. Insgeheim war sie sicher, dass die Sphinx sich geirrt hatte und mit dem Traumbild doch ihre Schwester gemeint war. Keziah wäre die Richtige gewesen, um für eine so hohe Aufgabe auserwählt zu werden, denn während Päony das Waffenhandwerk erlernte, widmete sich Keziah dem Studium der Arcana und wusste viel über Prophezeiungen, Weissagungen und die geheimen Gesetze der Sterne. Aber das wagte Päony der Mächtigen nicht zu sagen. Sie war froh, dass Wyvern weiterredete und sie nicht sofort antworten musste.

»Das Kaiserreich ist bedroht, wie du weißt, und zwar von vielerlei Gefahren. Aber auf eine Weise, die mir noch verborgen ist, wirst du – und zwei andere mit dir – die Rettung bringen. Daher sollst du mit mir nach Vang Vath reisen. Dort will ich dich den Kaiserinnen vorstellen.«

Päony schwindelte. Der Hof! Vang Vath! Sie hatte davon geträumt, in einer bescheidenen Kaserne in der Residenzstadt Dienst zu tun, und nun sollte sie an höchster Stelle vorgestellt werden – unmittelbar vor dem doppelten Thron! Bei dem Gedanken musste sie schnell einen weiteren Schluck Palmwein trinken. »Wie Ihr befehlt, Thainach«, antwortete sie mit zitternder Stimme.

»Ich entnehme Euren Worten dass neue Gegner aufgetaucht sind, von denen wir bislang nichts wussten«, bemerkte Tiffanbrill.

»Das ist richtig. Jetzt bedrohen uns nicht nur Zarzunabas im Norden und die Thargon im Süden, sondern auch der schweflige Stern will uns Böses.«

»Was hat Gurundir damit zu schaffen?«, fragte Tiffanbrill erstaunt.

»Er hat nicht nur damit zu schaffen«, erwiderte die Sphinx, »er ist die eigentliche Quelle des Unheils. Ich habe die Konstellationen der Sterne befragt. Sie künden Unheil, Tiffanbrill. Aber es ist schwierig, die Pläne des Unheilssterns zu durchschauen, denn er ist listig und heimtückisch, mehr noch als Zarzunabas. Dennoch bin ich ihm wohl auf die Schliche gekommen und vermute, dass er die ungewöhnliche Konstellation der Mittsommernacht nutzen wird, um sich gegen das Dreigestirn zu erheben.«

»Selbst wenn wir seine Pläne kennen«, gab der Drache zu bedenken, »können wir deren Ausführung nicht verhindern. Der Himmelspalast ist unerreichbar für uns.«

»Das stimmt, aber es geht nicht nur um den Himmel, sondern auch um die Erde. Er hat Priester und Anbeter hier, um die wir uns kümmern müssen. Ich möchte mit anderen Weisen, die wir im Norden antreffen werden, darüber diskutieren. Aber bis dahin ist noch etwas anderes zu tun.« Sie richtete sich auf und rief: »Lukan!«

Der Mokabiter sprang so erschrocken hoch, dass er den Teller umwarf, den er auf den Knien gehalten hatte. Brot und gebratene Pilze flogen durch die Luft, und als er die Bissen aufheben wollte, stieß er den Bierkrug neben sich um. Todunglücklich fiel er auf die Knie und ließ in Erwartung einer Strafe den Kopf auf die Brust sinken.

»Lass gut sein!«, entschied Wyvern. »Komm her zu mir!« Sie stand auf, trat an eine pyramidenförmige Kommode und öffnete eine winzige Lade, der sie drei Gegenstände entnahm: einen orange und braun geäderten Stein von der Größe eines Augapfels, eine fingerlange Nadel und einen Faden. Dann wandte sie sich an Lukan. »Wie ich schon sagte, kann ich dir helfen, wenn du bereit bist, Schmerzen zu ertragen – keine schlimmeren Schmerzen, als ein Mann von Tapferkeit sie auszuhalten vermag. Diesen Stein« – sie hielt das ölig schillernde Mineral hoch – »werde ich dir in den Mund legen, und du musst ihn zwölf Stunden lang im Mund behalten. Danach wirst du so klar und deutlich sprechen können wie jeder andere Mensch. Aber es gibt eine Gefahr dabei. Sprichst du in dieser Zeit auch nur ein einziges

Wort, verwandelt sich der Stein auf der Stelle in Gift, das dich tötet. Verlierst du ihn aus dem Mund, musst du ebenfalls sterben. Damit dir keines der beiden Unglücke widerfährt, werde ich dir die Lippen zunähen.«

Lukan zuckte, schluckte und wurde kreidebleich. Aber offenbar war sein Bedürfnis groß, endlich deutlich sprechen zu können, denn er nickte entschlossen.

»Gut«, sagte Wyvern. »Leg dich hierher auf die Bank, und Tiffanbrill wird dir den Kopf halten. Nun öffne den Mund, nimm den Stein und schließ den Mund!«

Der Jüngling gehorchte. Voller Neugier beobachtete Päony, wie Tiffanbrill seinen Kopf mit zwei schuppigen Klauen umklammerte und ihn auf diese Weise unbeweglich hielt. Wyvern griff nach der langen Nadel und stach sie am Mundwinkel durchs Fleisch. Blut quoll aus dem Stich und lief in einem dünnen Faden übers Kinn. Ein Stich folgte dem anderen. Lukan war anzumerken, dass er sein Bestes tat, um tapfer zu sein, aber allzu viel Härte gegen sich selbst war den Mokabitern nicht in die Wiege gelegt. Seine Augen tränten vor Schmerz, und immer wieder ächzte er stumm, wenn ihm der eiserne Dorn durchs Fleisch drang, bis sein Mund mit einander überkreuzenden Stichen vernäht war.

Wyvern ließ sich von ihren Lakaien ein Wasserbecken bringen und wusch das Blut ab, das reichlich über Kinn und Hals geflossen war. Dann befahl sie den Dienern: »Bringt ihn in eine Kammer, er soll sich zu Bett legen und ruhen! Tiffanbrill wird sich um ihn kümmern, damit er die Zeit der Prüfung gut übersteht. Das werdet Ihr doch tun, Ekoya?«

»Gewiss«, versprach der Drache.

»Gut. Dann will ich mit der Prinzessin einen Spaziergang durch das Haus machen und ihr meine Sammlungen zeigen.«

Nie im Leben hatte Päony so viele Schätze gesehen wie im Palast der Sphinx. Silber und Juwelen lagen achtlos aufgehäuft in den Ecken. Allerdings kein Gold – das hatten die Drachen in die Schlünde des Erdinnern geschafft, um den Fluch des gelben Pupulsac zu brechen. Wyverns wahre Begeisterung galt den Geheimnissen des Lebens auf Chatundra. Daher war ihr düsterer Palast vollgestopft mit Büchern, Pergamenten und Steintafeln, die dieses Leben beschrieben. Während des Rundgangs spürte Päony von Neuem die unruhige Gegenwart der Unsichtbaren. Sie glaubte zu sehen, wie sich Gestalten in den Schatten versteckten und mit hohen Stimmchen kicherten und raunten. Hinter der Täfelung huschten zahllose trippelnde Füßchen umher. Vielleicht, dachte die junge Kriegerin, entströmte dieses halb erwachte Leben den magischen und kultischen Gegenständen, die überall herumstanden – Gegenständen, die den Riten und Zeremonien der verschiedenen Völker dienten. Ein fensterloser Saal war angefüllt mit holzgeschnitzten und bunt bemalten Statuen, die alle diese Völker abbildeten. Menschen und kleinere Geschöpfe waren lebensgroß dargestellt, die großen Tiere und die Drachen indes nur als kleine Modelle – sonst hätte Wyvern wohl zehn Säle von dieser Größe gebraucht. Wie sie Päony erklärte, war sie immerzu damit beschäftigt, Neues über Murchmaros, seine Drachen, Menschen, Tiere und Pflanzen zu erfahren und ihre ohnehin schon gewaltige Bibliothek zu erweitern. Zu diesem Zweck sandte sie ihre Knechte aus, seltene und scheue Wesen einzufangen, aber sie behielt die Gefangenen nie länger, als nötig war, um ihnen Fragen zu stellen. Dann wurden sie wieder an ihren Ort zurückgebracht und freigelassen. Das Fragen fiel der Sphinx leicht, denn die Sphingen sprechen und verstehen – wie die hohen Drachen – alle Sprachen.

Päony schritt tief beeindruckt an den Gestalten vorbei, die im Fackelschein zu einem verschleierten und unheimlichen Leben erwachten. Sie sah Löwen und Schlangen, Krieger der Sundaris und der Makakau, Drachen aller Arten und die abscheulichen Meereswesen.

»Meiner Schwester gefiele es hier«, sagte sie. »Sie liebt die Weisheit und die Wissenschaft, genau wie Ihr. Wir sind sehr unterschiedlich im Wesen, obwohl wir Zwillinge sind. Ich bin nicht so geeignet zum Lernen – es fällt mir schwer, Geschriebenes im Kopf zu behalten, obwohl ich gut lesen und schreiben kann. Dafür bin ich schnell und geschickt, und mein Waffenmeister war immer zufrieden mit mir.«

»Jeder nach seiner Art«, erwiderte die Sphinx freundlich.

Päony wagte eine vorwitzige Frage. »Thainach, seid Ihr ganz gewiss, dass es nicht Keziah war, die Euch im Traum gezeigt wurde? Sie scheint mir so viel fähiger als ich, eine derartig schwierige Aufgabe zu erfüllen. Ich bin nur eine Schildjungfrau.«

»Das mag sein. Aber die Allmutter trifft Entscheidungen, die wir oft nicht verstehen. Sie hat dich erwählt, da bin ich mir ganz sicher, und allein das zählt.«

Päony seufzte und schwieg. Um der Sphinx zu gefallen, betrachtete sie eifrig die bunt bemalten Figuren, fragte nach diesem und jenem und bemühte sich, einen scharfsinnigen Eindruck zu erwecken. Schließlich blieb sie erschrocken stehen, denn hoch über ihr ragten zwei Gestalten auf, die Thargon darstellten.

Es waren ein nackter Mann und eine nackte Frau, beide über sieben Fuß groß und von edlem Aussehen, aber bleich wie Alabaster. Beide hatten Augen, die wie Juwelen funkelten und glühten. Ihr einziger Schmuck war das Haar, das lang und kraus wie Moos und auf seltsame Weise verziert und frisiert war.

Wyvern fragte, ob sie schon einmal lebende Thargon gesehen habe, und als Päony verneinte, erklärte sie ihr die beiden Gestalten. »In ihrem eigenen Land gehen sie zu jeder Jahreszeit fast nackt, nur mit einem losen Tuch bedeckt, denn Hitze und Kälte,

Regen und Wind können ihren Leibern nichts anhaben. Sie tragen auch keine ehrlichen Waffen, sondern wenn sie kämpfen, dann würgen und erdrosseln sie ihre Opfer nach Art ihrer Vorväter, der Basilisken. Sie haben auch gelernt, mit Gift zu töten. Wenn du ihnen begegnest, hüte dich! Vergiss nie, sie sind keine Menschen, sondern …«

»Sind sie nicht zur Hälfte Menschen, da ihre Stammmütter drei menschliche Königinnen waren?«, fiel Päony naseweis ein.

»Nun, so besonders viel Menschliches wiesen diese drei Königinnen nicht auf«, widersprach die Sphinx. »Sie waren Mokabiterinnen, das heißt, Mischlinge zwischen Menschen und den bösen Drachen, die in alter Zeit in den Schloten der Vulkane hausten. Wie auch immer – nur der Leib der Thargon ist menschlich, und auch dies nicht zur Gänze. So müssen sie nicht essen und trinken, um sich am Leben zu erhalten, aber sie haben Genuss daran, Menschenfleisch zu verzehren und Menschenblut zu trinken. Sie vermehren sich auch anders als die Menschen, denn wie ihre Vorväter besitzen sie nicht die nötigen Körperteile dazu. Sie pflanzen sich fort, indem sie sich auf einen toten Gegenstand legen, einen Holzpfosten oder einen großen Stein, und ein Ritual vollziehen, bei dem sie ihre Essenz in diesen Gegenstand einfließen lassen, der dann eine Gestalt wie die ihre annimmt. Ihr Wesen ist das von Basilisken, doppelt und dreifach gefährlich, da sie nicht mehr wie ihre Ahnen grause kleine Kreaturen sind, sondern hoch gewachsen und vornehm. Früher roch man einen Basilisken zwanzig Schritte gegen den Wind, da sie einen ekelhaften Geruch ausströmten, und niemand geriet in Versuchung, ihnen zu vertrauen. Heute ist das anders. Sie sind wunderschöne Geschöpfe, aber hüte dich! Hüte dich vor ihnen! Ihre Schönheit ist eine giftige Waffe, mit der sie schon viele Menschen vernichtet haben. Eine schwere Verantwortung lastet auf dir, Päony, denn deine Vorfahren machten es – unter anderem – erst möglich, dass die Thargon ins Leben gelangten. Du kennst die Geschichte?«

»Ich fing immer nur Andeutungen auf.«

»Nun, so sollst du jetzt alles hören. Der Ahnherr eures Königshauses, Java-Tikkan, war einer der sieben Menschen, die verwandelt wurden. Mit seinen Gefährten zog er in den Kampf gegen die Basilisken, und es gelang ihnen, sie auszurotten. Da stießen sie auf die drei Königinnen der Mokabiter, die die Könige der Basilisken zu Gatten genommen hatten, und diese Frauen waren schwanger, alle drei. Die Vernunft hätte geboten, sie zu töten, aber als die Gefährten verwandelt wurden, ward ihnen ein edles und mitleidiges Herz gegeben, und so verschonten sie die Mütter und die Ungeborenen, wohl wissend, dass daraus noch einmal Unheil entstehen mochte. Hätten sie nur gewusst, welches Unheil, sie hätten sich anders entschieden!«

Päony schluckte. Sie zögerte, die Frage zu stellen, die ihr auf der Zunge lag. Dann überwand ihre Neugier alle Scham. »Thainach, ist es wahr, dass mein Ahnher Java-Tikkan als Mokabiter geboren wurde und ein Angehöriger dieses Volks war, bis er verwandelt wurde?«

Wyvern nickte lächelnd. »O ja, das stimmt. Wie gut erinnere ich mich an Graf Lubis! So hieß er damals. Er war längere Zeit hier zu Besuch – nicht ganz freiwillig, muss ich sagen – und erzählte mir vieles über die Sitten seines Volks, die freilich in der Hauptsache Unsitten sind. Er war nicht wiederzuerkennen, als er verwandelt wurde. Kränkt dich das?«, fragte sie dann.

Päony errötete. »Ein wenig«, gestand sie.

»Das muss nicht sein. Freilich, die Mokabiter sind ein närrisches und abstoßendes Volk, aber schäm dich ihrer nicht! Die Sundaris sind groß und schön, und doch ist ihre Geschichte kaum weniger schändlich. Vor allem bedenke, dass du nur für dich selbst verantwortlich bist. Komm, ich zeige dir meinen Weisheitsgarten.«

Sie führte die kleine Kriegerin über viele Treppen auf das flache Dach des Palasts hinauf. Inzwischen war die Dämmerung hereingebrochen, und die dienenden Drachen, die stets hinter ihnen herliefen, entzündeten Laternen und trugen diese an langen Stangen vor ihnen her. Das Dach, so lang und breit wie ein Exerzierplatz, war zu einem kunstvollen Garten gestaltet worden. Auf der Brustwehr reckten sich, von Wind und Wetter grünlich verfärbt, schauerliche Echsen, Harpyien und Stymphaliten aus Bronze und drohten mit aufgerissenem Rachen dem Wind, der von Süden Sturmwolken herantrieb. In der Nacht würde es regnen – ein willkommener Guss für die bunte Vielfalt der Blumen und Pflanzen, die hier gedieh. Der Boden aus glatten Jadeplatten war durchzogen von Bewässerungskanälen, und überall standen steinerne Tröge und Schalen, in denen Palmfarne, Bambus und die halb beseelten herrlichen Orchideen des Regenwalds wuchsen. Die Luft war erfüllt von ihrem lockenden Duft und ihrem flötenden Gesang.

Päony entdeckte zahlreiche Tiere, die den Garten bevölkerten. Ein Chamäleon kletterte schwerfällig von einem Ast zum anderen und rollte die hervorquellenden Goldaugen. Auf dem Plattenboden huschten geschmeidige Vierbeiner mit feurig phosphoreszierenden gelben Augen, geduckt von Schatten zu Schatten. Spannenlange, flinke Echsen flitzten über die Wege und sprangen über die Steine. Ein Gürteltier watschelte schwankend über die Jadeplatten. Und viele andere Tiere, die Päony nicht kannte – sie wusste nicht einmal, ob es überhaupt Tiere im üblichen Sinn waren – glitten, huschten und schwebten als lautlose blauschwarze Schatten durch die Nacht und verschwanden wieder im üppigen Laub.

Im Schatten der Palmfarne standen geschmiedete Käfige, in

denen gefährliche Pflanzen und Tiere gehalten wurden und denen Päony nicht nahe kommen durfte, da sie häufig ihre Stacheln und Zungen durch das Gitter herausstreckten. Vor allem warnte die Sphinx sie vor bestimmten rosa blühenden Pflanzen, die Honigschlund genannt wurden und mehr Tiere als Pflanzen zu sein schien. Sie waren intelligent – jedenfalls weitaus intelligenter als andere Pflanzen – und mit einem primitiven, aber heimtückischen Bewusstsein begabt. Wo sie wild wuchsen, jagten sie förmlich nach Beute, denn sie konnte ihre langen Ranken wie Arme gebrauchen und Tiere, ja selbst einen Menschen erdrosseln. Manchmal versuchten einige Arme, das Opfer abzulenken, indem sie wild in der Luft herumfuchtelten, während sich ein anderer Arm von hinten näherte und unversehens um den Hals der Beute wickelte. Am abstoßendsten aber war die Angewohnheit, diese nicht sofort zu verzehren, sondern liegen zu lassen, bis sie einen Zustand flüssiger Fäulnis erreicht hatte, und sie dann mit den fingerumkränzten Mäulern einzuschlürfen. Deshalb waren die Käfige der Honigschlünde nicht nur mit Stäben versehen, sondern zusätzlich engmaschig vergittert. Außerdem standen sie in einer entfernten Ecke des Dachgartens, da sie über einen halben Schritt Entfernung ätzende Säfte verschießen konnten.

»Warum, wenn ich fragen darf«, wandte Päony sich an die Sphinx, »haltet Ihr diese grässlichen Lebewesen? Wäre es nicht besser, sie zu verbrennen?«

»Nein«, entgegnete Wyvern mit einem strafenden Unterton in der Stimme. »Mich fesseln die Geheimnisse des Lebens, und auch diese Wesen sind Leben, so gut wie alles andere. Wollte ich alles vernichten, was schändlich und widerwärtig ist, hätte es nie einen Java-Tikkan gegeben, denn dann hätte ich Graf Lubis in die Teergruben werfen lassen. Sei nicht vorschnell mit deinem Urteil, was leben darf und was nicht!«

Päony schwieg beschämt, während sie weiterhin kreuz und quer durch den künstlichen Garten schlenderten. Sie kam aus dem Staunen nicht heraus, und bald drehte sich ihr der Kopf, zumal die Sphinx, die höchst stolz auf ihre Sammlung zu sein schien, nicht aufhörte, ihr das eine oder andere zu erklären. Außerdem waren ihre Gedanken nicht bei der Sache. Sie musste immer wieder an den Traum der Sphinx denken und an deren Worte, dass sie, Päony, die Spinne in diesem Traum war. Wie konnte sie eine Kaiserkrone tragen? Sie war nichts weiter als eine Kriegerin. Von klein auf war sie darin unterrichtet worden, Waffen zu gebrauchen. Das war alles, was sie gelernt hatte – außer Lesen und Schreiben und den wichtigsten Gebeten. Für Anspruchsvolleres war sie nicht geschaffen, und sie hatte auch keinerlei Ehrgeiz, in solche Angelegenheiten verwickelt zu werden.

Schließlich erkannte Wyvern, dass die Prinzessin ihr nicht mehr folgen konnte, und beendete ihren Vortrag. »Lass uns zurückkehren!«, schlug sie freundlich vor. »Du hast genug erlebt für diesen Tag. Leg dich schlafen!«

»Ich möchte gern noch sehen, wie es Lukan geht«, bat Päony.

»Er wird gut betreut, aber wenn du willst, sieh nach ihm. Meine Diener werden dich führen. Schlaf gut!« Die Sphinx beugte sich herunter und küsste Päony auf die Stirn, dann winkte sie ihren Lakaien und schritt von dannen.

Lukan war in einer weiß getünchten Kammer untergebracht, wo zwei Ampeln von der Decke herabhingen und den kleinen Raum freundlich erhellten. Tiffanbrill hielt Wache am Bett.

Päony erschrak heftig, als sie näher trat. Der Jüngling lag nackt auf dem weißen Laken, und wie hatte er sich verändert! Seine Haut war aufgedunsen und aufs Scheußlichste blauschwarz und gelb gefleckt, als hätte ihn die Pest heimgesucht. Hunderte von eiternden Pusteln bedeckten ihn von Kopf bis Fuß. Sein Gesicht, geschwollen und geschwärzt, war nicht wiederzuerkennen. Er schien nur halb bei Bewusstsein zu sein.

»Was ist geschehen?«, rief Päony erschrocken, während sie sich neben dem Lager niederließ und die krallenfingrige Hand des Kranken in die ihre nahm. Sie fühlte sich eiskalt und feucht an.

»Es ist so, wie ich es mir schon dachte«, antwortete Tiffanbrill, »und wie zweifellos auch Wyvern vermutete: Dieser Junge wurde mit dem Fluch belegt, nicht sprechen zu können. Was du an seinem Körper siehst, ist der Fluch, der nach außen dringt. Aber mach dir keine Sorgen. Er ist schon an der Körperoberfläche angelangt, wird sich bald vom Körper lösen und den Knaben verlassen. Zweifellos verfluchte ihn ein Feind seiner Mutter. Die Mokabiter verhexen und verfluchen einander bei jeder Gelegenheit. Ein Wunder, dass sie nicht alle als Aaskäfer herumkriechen!«

Während Tiffanbrill noch sprach, knackte es, und die eiternde Haut barst auf Lukans Leib zu einem langen Riss auf. Wieder ein Knacken, und an den Hüften bildeten sich ähnliche Risse, unter denen das weiße Fleisch hindurchschimmerte.

»Ah«, rief Tiffanbrill zufrieden, »es fängt schon an! Wie geht es dir, Päony? Hat Wyvern dich gut unterhalten?« Er lachte keckernd. »Ihr Wissen ist über alle Maßen tiefgründig, und man braucht einen großen Kopf, um sich mit ihr zu unterhalten. Mach dir nichts draus, dass es dir zu viel wurde – du bist eine Kriegerin und keine Gelehrte.«

Päony nickte. Ihr Blick hing an dem Kranken, von dessen Körper sich die verfluchte Haut knisternd abschälte. Darunter kam die gewohnte Blässe der Mokabiter zum Vorschein. »Wird sie wirklich mit mir nach Vang Vath reisen?«, fragte sie.

»Wenn sie es sagt, wird sie es auch tun«, erwiderte Tiffanbrill. »Zweifle niemals an den Worten einer Sphinx. Und jetzt geh schlafen. Ich kümmere mich weiter um Lukan.«

Päony folgte den Lakaien, die vor der Tür gewartet hatten, in das für sie vorbereitete Schlafgemach. Ein weißes Himmelbett stand darin, so lang und breit, dass ihr zarter Körper sich darin zu verlieren drohte, ausgestattet mit Kissen und Decken. Eine Lampe verbreitete den heimeligen Schimmer und den köstlichen Duft parfümierten Öls.

Nachdem die Drachen sie allein gelassen hatten, trat sie ans Fenster, schob den Laden aus hölzernem Gitterwerk auf und blickte hinaus auf die westliche Seite der Allee und der Gärten, die den Palast an drei Seiten umschlossen. Trotz der Dunkelheit sah sie alles ganz deutlich, denn die Blumen und Pflanzenwedel schimmerten aus sich heraus in einem sanften Glanz wie von innen beleuchtetes Glas. Auch die fremdartigen Steingebilde, die sie bei ihrer Ankunft bemerkt hatte, leuchteten in der warmen Nacht so hell, als strahle der weiße Stein ein eigenes sanftes Licht aus. Sie wirkten auch nicht kalt und starr wie andere steinerne Gebilde, sondern waren von Leben durchpulst und schienen zu atmen. Es war ein wunderbares Haus, und Päony fühlte sich gleichermaßen entzückt und beunruhigt.

Sie wich vom Fenster zurück und schloss den Laden. Eilig kleidete sie sich aus, hängte ihre Waffen an die Bettpfosten – eine Gewohnheit, die sie auch im tiefsten Frieden nicht aufgeben wollte – und wusch sich gründlich, denn die Spinnenleute sind ein reinliches Volk. Dann kletterte sie ins Bett und zog eine der Decken über sich. Es war eine leichte, feine Decke, und Päony stellte mit jäher Freude fest, dass sie aus Spinngewebe bestand, ganz wie zu Hause. Wie aufmerksam von der Sphinx! Sie blies die Öllampe auf dem Nachttisch aus und kuschelte sich in die Decke. Wenig später war sie eingeschlafen.

Es war noch dunkel, als Päony erwachte und nicht recht wusste, was sie geweckt hatte. War es ein Geräusch gewesen, schwach und fern, aber alarmierend für ihre in langen Nachtwachen geschärften Sinne? Ein dumpfes Gefühl der Beunruhigung lastete auf ihr. Einige Herzschläge lang schauderte ihr von einer unerklärlichen Kälte, so beißend wie der Frost eines Eiskellers, dann wurde ihr wieder warm.

Sie sah sich in dem Schlafzimmer um, aber soweit sie in dem schwachen Mondschein erkennen konnte, war alles in Ordnung. Was die plötzliche Kälte ausgelöst hatte, war nicht festzustellen.

Doch da war es wieder: ein kaum hörbares Schaben, als schleife etwas Raues über Stein. Lautlos streckte sie die Hand aus und löste das Schwert vom Bettpfosten. Ebenso lautlos glitt sie vom Bett und schlich zum Fenster. Durch das Holzgitter hindurch hörte sie ganz deutlich ein Rascheln, das die Wand herauf und immer näher kam, und witterte den stechenden Geruch eines Tiers. Kurz darauf wurde ein dünnes, giftiges Licht sichtbar, gelblich bleich wie das Leuchten von Irrwischen. Irgendetwas glitt am Fenstergitter hin und her und schien dessen Festigkeit zu prüfen. Dann verschwand es.

Einen Augenblick lang dachte Päony, das Tier sei die Mauer hinunter davongekrochen, aber sie irrte sich. Es hatte nur Schwung geholt. Mit einer Wucht, die den ganzen Fensterstock zum Erzittern brachte, schnellte der Körper gegen das hölzerne Gitter und fuhr inmitten eines Splitterhagels hindurch.

Sie schlug mit dem Schwert zu, aber das Tier war schneller, seine Schwanzspitze flitzte davon, als ihr Schwert niederfuhr, und sie hieb mit aller Kraft in den hölzernen Boden. Ein bösartiges Fauchen war hinter ihr zu hören, und der phosphoreszierende Körper, dick wie ein Stützpfosten, warf sich herum. Entsetzt entdeckte sie, dass es ein mehrere Schritte langer, auf Dutzenden Stummelbeinen laufender Wurm war, mit Zangen wie ein Ohrwurm und dem platten, augenlosen Gesicht eines Engerlings.

Geifer troff aus dem borstengesäumten Mundschlitz. Er bog sich zurück, bis sein Körper ein S bildete, blies die schlaffen Wangen auf und spie ihr einen Speichelschwall entgegen. Päony warf sich auf den Zehenspitzen herum und schaffte es gerade noch, dem schleimigen Strahl auszuweichen, der den Fenstervorhang traf und eine Spur der Verwüstung darauf hinterließ. Wieder krümmte sich der Tausendfüßler, um im Angriff vorzuschnellen. Er bewegte sich äußerst geschwind, aber Päony hatte inzwischen ihre Unsicherheit überwunden. Sie wusste jetzt, dass der Geifer des Ungeheuers wahrscheinlich gefährlicher war als die Wucht seines Angriffs. Als er wieder nach vorn peitschte, riss sie die Decke vom Bett, warf sie ihm über den Kopf und hieb nach dem schlängelnden Körper. Zweimal blitzte ihr Schwert, und der Wurm lag in drei Teile gehauen vor ihr. Doch in seinem Vorderteil blieb noch genug Kraft, um sich aufzubäumen, zu spritzen und zu speien. Wie von einem Brand zerfressen, zerfiel die Bettdecke. Aber da hatte Päony das Schwert schon wieder gehoben, und mit einer leichten, unzählige Male geübten Bewegung drehte sie sich, die Waffe in beiden Händen haltend, im Halbkreis und schnitt den blinden Schädel vom Hals. Der Wurm plumpste zu Boden und lag still. Sie ließ das Schwert sinken und holte tief Atem.

Als sie eben die Öllampe anzünden wollte, um ihren Gegner bei Licht zu betrachten, wurde an der Tür gepocht, und herein trat die Sphinx mit einem Lämpchen in der Hand. »Ich habe Lärm in deinem Zimmer gehört, kleine Kriegerin«, sagte sie. Sie klang besorgt. »Was ist geschehen?«

Päony blickte sie erstaunt an, dann wandte sie sich um. »Da, Ihr seht ihn ja, diesen scheußlichen Wurm …« Sie wunderte sich, dass die Sphinx den pfostendicken, schlauchförmigen Körper nicht sah, als sie entdeckte, dass der Wurm verschwunden war. Wo er gelegen hatte, klebte eine glitzernde Schmiere dick auf den Dielenbrettern. »Eben war er noch da«, stammelte sie. »Ihr müsst mir glauben, ich …«

Wyvern legte ihr eine Hand auf die Schulter. »Ich weiß. Ich kenne dieses Viehzeug. Wenn man es tötet, zerfällt es zu stinkendem Schleim.« Sie hob Päonys Mantel und Stiefel auf, die neben dem Bett lagen. »Komm, hier kannst du die Nacht nicht verbringen. Ich gebe dir ein anderes Zimmer.«

»Dieser Wurm … dass er gerade hier einbrach, war kein Zufall, nicht wahr?«

»Nein, es war kein Zufall. Ich glaube zwar nicht, dass noch ein zweiter kommt, nachdem du den ersten erschlagen hast, aber du solltest die Fensterläden deines Zimmers fest verschließen. Nur zur Sicherheit.«

Priester des Hasses

Kerzenlicht erhellte den Rittersaal der uralten, längst aufgegebenen Grenzfestung Turcaill, die von einer Schulter der Vorberge hinüberblickte zum gletscherbekrönten Felsmassiv der Toarch kin Mur. Jahrhunderte waren vergangen, seit tapfere Männer in dieser Festung Wache gehalten hatten, um Kreaturen, die aus den unzugänglichen Gebirgsschluchten hervorkrochen, vom Reich fernzuhalten. Von den Männern war nicht einmal mehr eine Handvoll Staub geblieben, aber das trutzige Gebäude war fast unversehrt trotz all der Stürme, die darüber hinweggebraust waren.

Im Rittersaal stand immer noch der lange steinerne Tisch, an dem die Hauptleute der Festung einst Rat gehalten hatten. Daran saßen zwei Dutzend Männer, alle in gelbseidene Tuniken gekleidet, auf die das Zeichen des Leichenauges aufgestickt war. Auf einem Lesepult lag aufgeschlagen ein gewaltiges Buch, so riesig, dass zwei Männer es hätten tragen müssen, hätte es je von seinem Platz weggebracht werden sollen. Hinter diesem Buch stand, in einen prunkvollen, goldbestickten Ornat gehüllt, der Hohepriester Romanel. Er war ein imposanter Mann, beinahe sieben Fuß groß, mit einem bulligen Kopf, auf dem das Haar zu glitzernden Stoppeln geschoren war, während ein schlohweißer langer Bart Kinn und Brust bedeckte und ihm ein trügerisch väterliches Aussehen verlieh. Trotz des weißen Haars war sein Gesicht das eines Mannes in mittleren Jahren, faltenlos und mit scharfen, harten Konturen. Kalt und klar wie Kristall blickten seine Augen auf die Versammelten und spiegelten die grausamen Gedanken wider, die ihm durch den Kopf gingen. Er hatte schlimme Nachrichten erhalten, aber er hatte bereits erste Schritte unternommen, um das Unheil abzuwenden, das sich über dem Orden zusammenbraute. Er wartete nie lange, bevor er handelte. Der erste Erfolg seines Handelns stand, mit einem fleckigen Tuch bedeckt, vor ihm auf dem Tisch.

Ihm zur Seite kauerte auf einem niedrigen Schemel sein Sohn Ciaran, den Bambusstock mit der silbernen Krücke, auf den er sich beim Gehen stützte, quer über den Knien. Ciaran war ein Krüppel – sein linkes Bein war von Geburt an verkrümmt, der Fuß schief nach innen gedreht, sodass er sich nur mühsam hinkend dahinschleppen konnte. Im Übrigen war sein Körper schlank und wohl gebildet, doch verrieten seine Schlaffheit und Schwäche, dass er sich ganz von seinem Leiden überwältigen ließ, und seine Haut war blass von den vielen Stunden, die er mit der Beobachtung der Sterne und dem Studium uralter Pergamente verbrachte. Keine Frau beachtete ihn, obwohl er ein hübsches Gesicht hatte. Umrahmt von langen, üppig gewellten bernsteinbraunen Locken, war es offen und intelligent, mit einer freien Stirn und lebhaften graublauen Augen. Der weiche Mund freilich und das vorgeschobene Kinn verrieten einen zugleich aufbrausenden wie kindischen Charakter, und die auffallende Lücke, die die Schneidezähne voneinander trennte, galt vielen abergläubischen Leuten als Kennzeichen eines Lügners.

Romanel verachtete und verabscheute seinen Sohn. Wenn er ihn anblickte, erschien es ihm jedes Mal, als krümme sich ein ekelhaftes Gewürm zu seinen Füßen, und je eifriger sich der Jüngling um sein Wohlgefallen bemühte, desto widerwärtiger wurde er ihm. Er hätte keine Skrupel gehabt, ihn zu töten, aber er brauchte ihn – brauchte den kostbaren Samen, den der junge Mann in seinen Lenden trug, das Erbe der sundarischen Kaiser. Ciaran war einer von jenen, die ein unbeflecktes Erbe bewahrten, die Frucht jahrhundertelanger Verbindungen zwischen Menschen desselben vornehmen alten Geschlechts. Nie hatte fremdes Blut seinen Stammbaum verunreinigt. Jeder Mann zählte, der ein Kind zeugen konnte, denn nach drei Jahrhunderten waren die Abkömmlinge der kaiserlichen Dynastie so wenige geworden, dass sich Väter mit ihren Töchtern, Mütter mit ihren Söhnen und Brüder mit ihren Schwestern paarten, um das Blut rein zu erhalten. Romanel brauchte Ciaran, zumindest so lange, bis er genug Kinder in die Welt gesetzt hatte. Also behielt er ihn bei sich, nahe bei sich, wo er selbst und seine Mitverschworenen ihn immer unter den Augen hatten, denn Söhne – auch wenn sie lahm waren – neigten gelegentlich dazu, sich gegen die Väter zu empören. Er musste zugeben, dass der Jüngling sich nützlich machte: Er war ein vorzüglicher Gelehrter, verstand die Sterne zu deuten und die Knochen zu werfen und schrieb eine kunstvolle Handschrift, sodass die neuesten Eintragungen in dem Buch von ihm stammten. Zum Priester des Ordens würde er dennoch nie geweiht werden. Der Gedanke, einen Krüppel in den gelben Ornat zu kleiden, verursachte Romanel Übelkeit.

Er schob den unerfreulichen Gedanken beiseite und wandte sich der Versammlung zu. Sofort breitete sich ehrfürchtiges Schweigen im Saal aus. Romanel neigte den Kopf, küsste das Buch und begann, nachdem er sich wieder aufgerichtet hatte, zu sprechen.

»Ich habe mehrere Nachrichten für euch. Hört gut zu, denn ich werde mich nicht wiederholen. Ihr wisst, dass die Konstellation der Sterne, die unserem Herrn die größte Macht gibt, nahe bevorsteht – in der Mittsommernacht wird er der Erde so nahe sein wie nie zuvor. An diesem Tag wird er den Palast der Himmlischen stürmen und die Bewohner auf die Erde herabstürzen, und wir werden die Herren von Chatundra sein. Doch schlafen die Mächte nicht, die uns entgegenstehen. Das Schicksal hat dem Kaiserreich drei Retter bestimmt.«

Ein besorgtes und entrüstetes Gemurmel erhob sich unter den Versammelten. Mit einer Handbewegung gebot Romanel Schweigen.

»Ich habe dies selbst erst vor Kurzem erfahren, als meine aufmerksamen Knechte einen verdächtigen Greis fassten. Hier ist er.« Mit einem Ruck zog er das fleckige Tuch beiseite und enthüllte den verschrumpften, mit geronnenem Blut bedeckten Schädel des alten Zauberers Beza. »Wir verhörten und folterten ihn, und er bekannte, dass er selbst das Knochenorakel geworfen habe, das einen Jüngling aus dem Volk der Mokabiter, Lukan genannt, zum Auserwählten bestimmte.«

»Ausgerechnet einen Mokabiter?«, rief einer der Priester, und die Übrigen drückten mit heftigen Ausrufen ihr Erstaunen aus.

»Ausgerechnet einen Mokabiter«, bestätigte Romanel trocken. »Ihm, so gestand uns der alte Schurke, ist es bestimmt, einer Prinzessin aus einem fremden Land zu dienen und mit ihr gemeinsam das Kaiserreich zu erhalten. Ich gebot sofort allen Knechten, nach ihr Ausschau zu halten, insbesondere unseren Spionen unter den Soldaten an der breiten Mauer, denn dort stehen mehrere Frauen aus fremden Ländern in Dienst. Unser zuverlässiger Freund Eudo konnte mir bald berichten, dass man drei Mokabiter in die Festung geholt habe, um sich ihrer nachtsichtigen Augen zu bedienen, und dass einer von ihnen, ein Bursche namens Lukan, einer Adligen aus dem Spinnenvolk als Untergebener zugeteilt wurde. Sie heißt Päony. Selbstverständlich gebot ich den Spionen sofort, beide zu töten, aber da hatten sie schon die Garnison verlassen und waren zum Palast der Sphinx gereist. Dort, fürchte ich, wird es uns fürs Erste nicht gelingen, sie zu fassen, obwohl ich einen unserer Helfer dorthin sandte. Ihr alle wisst, dass wir der Macht einer Sphinx nicht gewachsen sind – noch nicht. Ich habe also Späher ausgesandt, die uns berichten werden, was weiterhin um den Jadepalast herum geschieht, und sobald die Sphinx nur einen Augenblick lang in ihrer Wachsamkeit nachlässt, werden wir die beiden Auserwählten vernichten.«

Als er schwieg, mischte sich Ciaran mit weicher Stimme ein, wobei er durch die Lücke zwischen den Schneidezähnen lispelte. »Das sind erst zwei Auserwählte. Wer ist der oder die dritte?«

Mürrisch zuckte Romanel die Achseln. »Das konnte oder wollte Beza uns nicht verraten. Er schwor, er wisse nur von Lukan. Er konnte es wohl wirklich nicht, denn wir befragten ihn mit aller Strenge, und er hätte wahrscheinlich gern gestanden, hätte er nur gewusst, was er gestehen sollte. So müssen wir also annehmen, dass der oder die dritte Auserwählte noch unbekannt ist. Aber keine Sorge, wir werden es rasch herausfinden. Die drei werden sich wohl am Hof von Vang Vath treffen, um sich den Kaiserinnen – verflucht sei ihr Name! – vorzustellen und ihnen zu berichten, was sie zu tun gedenken. Und am Hof haben wir zuverlässige und gut ausgebildete Spione. Sie werden alles erfahren und uns sofort mitteilen.«

Einer der Priester, ein bulliger, kriegerischer Mann, erhob sich, um seine Meinung kundzutun. »Was haben wir schon zu befürchten von einem Mädchen und einem Mokabiter? Sind sie mächtige Magier, oder beherrschen sie andere geheime Künste? Wenn nicht, dann erschlage ich die beiden wie Fliegen, und Ihr seid sie los.«

Ciaran lachte ihm ins Gesicht. »Ihr seid so groß und stark, wie Ihr dumm seid, mein Freund. Ihr hättet recht, wenn diese beiden aus eigenem Willen beschlossen hätten, sich gegen uns zu stellen. Dann wäre es uns ein Leichtes, sie zu vernichten. Das ist jedoch nicht der Fall. Sie sind Berufene. Da das Schicksal sie zu Rettern bestimmt hat, wird es nicht so einfach sein, sie zu töten. Dann stehen die Mutterjungfrauen hinter ihnen und wohl auch die rote Kaiserin selbst, die verfluchte Allmutter Majdanmajakakis. Sie vermögen die Waffen, die wir gebrauchen, leicht von ihrem Ziel abzulenken, ja sogar gegen uns selbst zu wenden.«

Der untersetzte Priester ärgerte sich über die höhnische Antwort. Gereizt fragte er: »Was werden sie überhaupt tun? Auch wenn sie berufen sind: Wozu sind sie imstande? Welche Queste müssen sie erfüllen, um uns zu schaden?«

Auf diesen Einwurf hin schwieg Ciaran, da er die Antwort nicht kannte, Romanel jedoch fletschte die Zähne wie ein wütender Löwe. »Sie wissen es selbst noch nicht, aber ich weiß es. Die geheimen Schriften der Phuram-Priester haben mir verraten, welches Opfer unsere Pläne zerstören und unsere Hoffnungen in den Boden stampfen könnte.«

Die Priester streckten die Köpfe vor. »Teilt uns mehr darüber mit, Erhabener!«

»Nein. Es genügt, wenn ich es weiß. Nur so viel: Selbst wenn sie erfahren, worin ihre Queste besteht, werden sie sie nicht antreten. Kein Mensch nimmt ein solches Schicksal freiwillig auf sich.«

»Das heißt«, bemerkte Ciaran mit sanfter, angenehmer Stimme, die nur das schwache Lispeln entstellte, »nicht nur ihre Berufung ist vorherbestimmt, es ist auch von alters her in den Arcana festgelegt, welches Opfer von ihnen verlangt wird. Es scheint mir, dass starke Mächte gegen uns stehen.«

Romanel musste widerwillig zugeben, dass sein verhasster Sohn recht hatte. »Und wie willst du das ändern?«, fragte er barsch. Halb wünschte er, Ciaran möge eine Antwort darauf haben, halb hoffte er, der Jüngling möge sich ratlos zeigen, damit er ihn einen vorlauten Dummkopf schelten konnte.

Der junge Mann lächelte stolz, denn er hatte tatsächlich eine Lösung zur Hand. »Vergiftet einen süßen Wein und gebt ihn ihnen zu trinken. Damit meine ich: Wenn wir sie nicht mit Gewalt bezwingen können, so müssen wir es mit List versuchen und sie dazu bringen, aus eigenen Stücken von ihrem Plan Abstand zu nehmen. Erinnert ihr euch daran, wie das Schicksal zu der Zeit, als Phuram am Himmel herrschte, dreizehn Retter erwählte, die Mandora, Plotho und Cuifín aus ihrer Gefangenschaft befreien sollten? Sie alle hatte Majdanmajakakis für das Werk ausgesondert, und doch gehorchten sie nicht alle ihrem Willen. Einige von ihnen weigerten sich, manche aus Überzeugung, weil sie gehorsame Knechte Phurams waren, manche aus Eigensucht und Feigheit. Ihr seht, auch wenn der Weg eines Menschen in den Sternen vorgezeichnet ist, so kann er doch davon abweichen oder sich weigern, ihn überhaupt zu betreten. Findet heraus, welche Schwächen diese Menschen haben, und nutzt sie, damit sie freiwillig darauf verzichten, ihr Werk zu tun.« Sein Lächeln wandelte sich zu einer Grimasse des Spotts und der Verachtung. »Bei dem Mokabiter jedenfalls sollte dies nicht allzu schwierig sein.«

Die Priester lachten, und Romanel zögerte, sie zur Ordnung zu rufen. Er musste zugeben, dass der widerwärtige Krüppel einen klugen Gedanken ausgesprochen hatte. »Ich werde die Spione anweisen, darauf zu achten. Wir werden es auf jegliche Weise versuchen, mit Gewalt und mit List. Dennoch bereitet mir die Angelegenheit Sorgen. Allein dass es diese drei Menschen gibt, ist ein Grund zur Beunruhigung. Es gefällt mir nicht, wenn die rote Kaiserin Netze spinnt, deren Fäden ich nicht entwirren kann.«

»Niemand vermag die Wege der Allmutter zu erforschen«,

pflichtete einer der Priester bei. »Aber auch sie kann nichts daran ändern, dass zur Mittsommernacht die Sterne für unseren Herrn besonders günstig und für die alte Ordnung besonders ungünstig stehen – ist es nicht so, Ciaran? Ihr seid derjenige von uns, der am besten in den Konstellationen zu lesen versteht.«

Alle blickten den Jüngling an, und der nickte. »So stehen die Sterne, das ist wahr. Nur solltet ihr eines nicht vergessen: Majdanmajakakis – ihr Name sei verflucht! – hat die Sterne geschaffen. Sie sprangen aus dem Maul der Weltenschlange und werden eines Tages wieder darin verschwinden. Das Gesetz der Sterne ist dem Gesetz der roten Kaiserin untertan.«

»Was willst du?«, fuhr Romanel seinen Sohn zornig an. »Uns verkünden, dass wir scheitern könnten?«

Ciaran duckte sich und schwieg. Seinem Vater offen zu widersprechen hätte er niemals gewagt.

Einer der Priester jedoch griff die Frage auf. »Er hat recht. Auch wenn wir die rote Kaiserin nicht verehren, so müssen wir doch zugeben, dass sie die Schöpferin des Alls und damit auch der Konstellationen ist.«

Ein anderer widersprach. »Wenn sie die Sterne geschaffen hat, so hat sie auch deren Gesetz geschaffen, und warum sollte sie sie dann umstoßen?«

»Leeres Gerede!«, unterbrach Romanel seine Anhänger. »Lasst uns eins nach dem anderen tun. Das Erste und Wichtigste ist die Aufgabe, die beiden Retter zu vernichten, die wir schon kennen, und dann mit größtem Eifer nach dem dritten zu suchen, um ihm oder ihr dasselbe Schicksal zu bereiten.«

Lange saßen die Verschwörer beisammen und schmiedeten Pläne, doch endlich war alles gesagt, und sie gingen auseinander. Romanel hatte vor, noch in dieser Nacht abzureisen, aber vorher hatte er noch etwas zu erledigen.

Er ging in die Vorratskammer und öffnete einen tönernen Krug. Ein abscheulicher Gestank nach faulendem Fleisch schlug ihm entgegen, als er den Verschluss aufschraubte, und tatsächlich enthielt der Krug genau das – ein Dutzend faustgroßer Brocken verfaulten Fleischs. Romanel schnitt eine angewiderte Grimasse und hielt sich die Nase zu. Warum konnte sein Freund kein frisches Fleisch fressen? Das wäre leichter und angenehmer gewesen. Aber er fraß nicht, er schlürfte, und das erst, wenn die Nahrung zu einer halb flüssigen Masse zerfallen war.

Den Krug weit von sich weg haltend, begab sich Romanel in sein Allerheiligstes tief im Innern der Zitadelle. Dort, in einem fensterlosen Raum, der einst ein Kerker gewesen war, bewahrte er seine kostbarsten Bücher und Pergamentrollen auf – und dort wohnte das Wesen, das sein Schoßtier, sein Folterknecht und sein Henker war.

Der Magier schloss die eisenbeschlagene Tür auf und holte aus den Falten seines Gewands einen Karfunkel hervor, dessen kaltes blaues Licht den Raum dahinter erhellte. Angekettet an die Mauer – hier erwiesen sich die Ringe und Ketten des ehemaligen Kerkers als äußerst nützlich –, wartete ein üppiger, von einem Dutzend süßlich duftender, rosafarbener Blüten bedeckter Honigschlund auf den Besuch seines Besitzers. Als dieser die Tür aufschloss und eintrat, peitschten ihm die rosabraunen Arme gierig entgegen, die Öffnungen schnappten speichelnd, und der gesamte Strunk beugte sich weit nach vorn, als werde er von einem Sturmwind gebogen. Romanel reichte ihm mit einer Zange einen der schleimigen Fleischbrocken. Es machte ihm Spaß, die Gier der Kreatur zu reizen und sie immer ein paarmal vergeblich zulangen zu lassen, ehe er den begehrten Bissen losließ. Dabei wusste er genau, wie weit er sich nähern durfte. Auch wenn die Pflanze angekettet war, konnte ein einzelner Greifarm ohne Weiteres sein Handgelenk packen und schmerzhaft verdrehen.

Ein Kranz von Fingerchen schnappte zu und beförderte den unerträglich stinkenden Brocken in den Mundschlitz, aus dem ein honigähnlicher, zäher Saft troff. Romanel beobachtete zufrieden, wie der Honigschlund sein Futter verschlang. Fleischfressende Pflanzen gab es reichlich im Urwald, aber diese Gattung war etwas anderes. Sie brauchte zwar Erde, um zu leben, musste jedoch nicht beständig darin verwurzelt sein. Sie konnte ihre Wurzeln herausziehen und wie Tatzen bewegen – deshalb die Kette. Aber wenn Romanel nicht in der Burg weilte, oder wenn er den Honigschlund als nützlichen Gehilfen brauchte, ließ er ihn los. Dann kam niemand auf den Gedanken, heimlich in seinen Manuskripten zu stöbern und sich das Wissen anzueignen, auf das er allein Anspruch erhob. Außerdem war es ein alter Brauch. Als Thurazim noch eine strahlende Stadt gewesen war, hatten überall in den Alleen vergoldete Käfige mit Honigschlünden gestanden, und die Spaziergänger hatten sie mit Dörrfleisch gefüttert. Die wenigsten wussten, dass ihnen entlarvte Feinde der Kaiser vorgeworfen wurden und in den Schlingen der schlauchförmigen Arme ein grässliches Ende fanden. Denn diese Schlingen würgten nicht nur, sie sonderten auch einen brennenden, ätzenden Nesselsaft ab, der das lebende Fleisch auflöste und verdaute.

Romanel lächelte die geifernde Kreatur an. Der Honigschlund war niemandes Freund, er würde ihn genauso verschlingen wie alle anderen, wenn er Hunger hatte und ihn zu fassen bekäme. Aber er fürchtete sich vor dem langen Hiebmesser, das sein Besitzer stets bei sich trug, wenn er den unterirdischen Kerker betrat. Seine halb tierische Intelligenz begriff, dass dieses Messer ihm die Greifer abhauen konnte. Also ließ er Romanel widerwillig so nahe heran, dass dieser ihm die Kette abnehmen konnte, und kroch erst aus seinem Winkel hervor, wenn der Magier sich wieder in sicherer Entfernung befand.

»Mein kleines Scheusal!«, flüsterte Romanel. »Ich weiß, du würdest mich erdrosseln, wenn du könntest, aber diese Freude sei dir niemals gegönnt. Begnüge dich mit meinen Leckerbissen. Früher oder später wird einer meiner Priester wieder einmal aufsässig werden und nach meinem Platz schielen, oder einer unserer Verbündeten wird sich ungeschickt anstellen – dann wartet ein Festmahl auf dich. Und eines Tages – merk dir das gut – werde ich dir meinen Sohn als besondere Köstlichkeit anbieten.«

Er lachte gedämpft, und die Kreatur gab, als ob sie verstanden hätte, ein dumpfes Surren wie ein gereizter Wespenschwarm von sich.

Ciaran war müde. Die Beratung hatte bis tief in die Nacht hinein gedauert, und er bekam Schmerzen im Rücken und in den Hüften, wenn er lange auf einem Fleck sitzen musste. Jetzt endlich konnte er zu Bett gehen. Lieber wäre ihm gewesen, er hätte seinen Vater begleiten dürfen, der in derselben Nacht noch zurück in den Süden reisen wollte, aber dieser hatte ihm befohlen, in nächster Zeit auf Burg Turcaill zu bleiben. Mit der Bitterkeit, die verhöhnte Liebe und abgewiesene Hingabe hervorrufen, grollte der Jüngling, dass sein Vater ihm niemals für die Ergebenheit dankte, die er ihm bewies, und für die Dienste, die er ihm leistete. Es war schon erstaunlich, dass er seinen Rat in der Versammlung überhaupt angenommen hatte, anstatt ihn grob abzulehnen.

Der Priester, der ihm mit einer Fackel durch den engen, dunklen Gang leuchtete, hielt an. »Ich wünsche Euch eine gute Nacht«, sagte er mit einer tiefen Verbeugung.

Ciaran nickte und trat durch die Tür, die der Mann ihm aufhielt. Vor ihm lag im Schein eines Öllämpchens einer der schmalen Räume, in denen einst die Kommandanten von Turcaill gewohnt hatten, kaum besser als die Quartiere der einfachen Soldaten. Es musste ein hartes und karges Leben gewesen sein hier am Rande der bewohnten Welt. Aber wenigstens war das Bett mit frischem Bergheu gestopft und mit sauberem Linnen bezogen. Er vertrug es nicht, auf einer harten Unterlage zu schlafen; es war dann, als bohrten Messer in seiner verkrümmten Hüfte.

Mit einiger Mühe zog er die Stiefel aus, warf den Mantel beiseite und streckte sich im Hemd auf dem Bett aus. Die Müdigkeit senkte sich auf ihn herab wie ein berauschender Nebel. Er erwartete, jeden Augenblick einzuschlafen, aber er blieb wach. Der Gedanke ließ ihn nicht los, dass er noch etwas zu tun hatte, bevor er ruhen durfte, etwas sehr Wichtiges – aber was? Schließlich kam ihm der Gedanke, er solle aufstehen und das Knochenorakel werfen. Er wusste nicht, welchen Sinn dies haben sollte. Es gab keine offenen Fragen, aber er hatte gelernt, sich diesem inneren Drängen zu beugen. Erstens war es noch immer von Nutzen gewesen, wenn er es tat, und zum Zweiten blieb ihm ohnehin nichts anderes übrig. Der unheimliche Zwang ließ ihn nicht los, ehe er nicht gehorcht hatte. Die Macht, die über ihn bestimmte, hätte ihn noch Nächte lang nicht schlafen lassen, wenn er sich ihr nicht ergab.

Mit einem Seufzer kroch er vom Bett und schleppte sich zu der Truhe, in der er seinen persönlichen Besitz verwahrte. Er klappte sie auf und entnahm ihr den Beutel mit den Knochen sowie die schwarze Seidendecke. Zum Bett zurückgekehrt, breitete er die Decke darauf aus und nahm die Knochen in die geschlossene Hand. Er rezitierte die nötigen Sprüche, fragte laut: »Was wollen die geheimen Mächte von mir?« Dann warf er die Knochen mit einer schnellen, oft geübten Bewegung. Sie fielen und bildeten ein kompliziertes weißes Muster auf dem schwarzen Grund.

Ciaran beugte sich vor und las.

Und las noch einmal.

Es war unmöglich. Das Orakel log nie, und es verkündete auch keinen Unsinn. Er hätte am liebsten noch einmal geworfen, aber er wusste, dass es verboten war, die Knochen zweimal zu derselben Sache zu befragen, und er beugte sich diesem Verbot. Aber er konnte es einfach nicht glauben.

Die Botschaft lautete: »Die Hand, die diese Knochen geworfen hat, wird das Kaiserreich vor dem Untergang retten.«

Auf der Suche nach Antworten

Lukan

Päony erwachte nach einem tiefen und traumlosen Schlaf. Erst dachte sie erschrocken, sie habe das Wecken verschlafen, denn draußen war bereits der helle Tag angebrochen. Zartrosa gefärbt von der aufgehenden Sonne, schwebte der Himmel über der Erde. Ein feines Klingen drang von draußen herein – der Gesang der Blumen, die ihre Kelche dem neuen Tag öffneten. Erst war sie verwirrt, dann jedoch erinnerte sie sich, dass sie sich im Jadepalast befand. Sie sprang aus dem Bett, wusch sich und kleidete sich eilig an, um bereit zu sein, wenn die Sphinx sie rufen ließ.

An der Tür wurde gepocht, und eine dünne Drachenstimme fragte, ob die Prinzessin bereits aufgewacht sei. Päony öffnete. »Melde der Sphinx, ich bin wach und bereits angekleidet, ich erwarte nur ihre Befehle.«

»Sie befiehlt zum Frühstück«, antwortete der dienende Drache. »Wenn Ihr mir folgen wollt.«

Päony eilte hinter dem Höfling durch die labyrinthischen Korridore des Jadepalasts. Im Schein der Fackeln und angesichts der überall aufgehäuften Schätze erinnerten die Gänge an Königsgräber, und Päony war froh, als sie feststellte, dass das Frühstück auf einem der Balkone angerichtet war. Er ragte knapp unterhalb der Wipfel der fünfzig Schritt hohen Schuppenbäume, Farne und Zykadeen aus dem Mauerwerk hervor, in deren Laubwerk schnatternd die Springwürmer herumschnellten. Der Regenwald, der den Jadepalast umgab, breitete sich im Morgenlicht glitzernd vor ihr aus, umwölkt vom Dunst, der von den sich erwärmenden Blättern aufstieg. Kaktusfeigen, Affenbrot und Zuckermelonen sprossen, Blumen blühten, süße Quellen sprangen aus den Felsen und stürzten in schäumenden Wasserfällen zu Tal. Auf der breiten steinernen Balustrade, die den Balkon umgab, hatte es sich ein Dutzend Chamäleons bequem gemacht, und die Tiere blickten ihr mit aufmerksamen Goldaugen entgegen, offensichtlich daran gewöhnt, Leckerbissen vom Tisch der Sphinx zu empfangen. Smaragdgrüne Geckos flitzten, von derselben Erwartung beseelt, an den efeubewachsenen Mauern auf und ab.

Wyvern, die bereits an ihrem Platz saß, begrüßte Päony lächelnd und bot ihr den Platz an ihrer Seite an, was die kleine Kriegerin mit Freude und Verlegenheit annahm. Vielerlei Erfrischungen wurden auf silbernen Platten von den Drachendienern serviert: geröstetes Brot, Haferbrei mit Dörrfrüchten, Pyramiden aus buntem Obst, gewürfelte Kürbisse, Fruchtpasteten, Blechkuchen und dazu frisches Wasser und heißer Palmwein. Die spannenlangen Geckos stürzten von allen Seiten herbei und schnappten nach den Krümeln, die die Sphinx ihnen großzügig austeilte.

Päony wollte eben fragen, was mit Tiffanbrill und Lukan sei, als beide erschienen. Sie stellte erleichtert fest, dass Lukan zu seinem ursprünglichen Selbst zurückgekehrt war. Offenbar hatten die Diener der Sphinx ihn ins Bad gesteckt, denn sein falbes Haar, bislang rau und verfilzt, fiel ihm weich und glänzend auf die Schultern, und er sah insgesamt beträchtlich frischer und rosiger aus.

Wyvern erhob sich und trat auf ihn zu. »Du hast die Prüfung gut bestanden«, sagte sie, während sie mit einem winzigen Federmesser die Fäden an seinen Lippen durchtrennte und aus dem Fleisch zupfte. Dann hob sie einen Tiegel auf, den sie bereitgestellt hatte, und strich dessen Inhalt, einen kristallklaren Balsam, über die geschwollenen und blutenden Lippen. Augenblicklich ging die Schwellung zurück, und die Blutung stockte.

»So«, sagte Wyvern. »Nun versuch zu sprechen!«

Lukan war von allem, was er seit dem Vortrag erlebt hatte, so überwältigt, dass er nicht wusste, wie er anfangen sollte. Er schluckte, öffnete zaghaft den Mund und sagte: »Ich ... ich will es versuchen.« Die Worte kamen ihm trotz seiner Unsicherheit glatt und geschmeidig über die Lippen. Er lauschte verdutzt, denn noch nie hatte er den Klang seiner eigenen Stimme so klar und melodisch gehört. »Ich kann wirklich sprechen!«, rief er.

Wyvern machte mit beiden Händen eine Gebärde, die bedeutete: Du hörst es. Da strahlte der Jüngling plötzlich über das ganze Gesicht. »Oh! Sprechen!«, rief er. »Sprechen wie alle anderen auch!« Und überwältigt von Dankbarkeit, fiel er der Sphinx zu Füßen und küsste nach mokabitischer Sitte den Boden zwischen ihren Tatzen.

Sie richtete ihn lächelnd auf. »Es ist gut«, sagte sie.

Er stand jedoch nicht auf, sondern blieb auf den Knien. »Thainach«, stieß er hervor, »ich muss Euch auf der Stelle etwas Wichtiges sagen. Ich ... ich habe gestern Eurem Gespräch zugehört und alles verstanden, was Ihr zu Prinzessin Päony gesagt habt, und nun muss ich ... Ich weiß nicht, wie ich anfangen soll.«

Wyvern, die ihn neugierig betrachtet hatte, ließ sich auf ihrem Diwan nieder. »Erzähl langsam und von Anfang an! Und steh auf, du brauchst nicht zu knien.«

Lukan tat wie ihm geheißen und schlang die Hände hinter dem Rücken zusammen, damit sie nicht so zitterten. Seine Nasenspitze war weiß vor Aufregung. Dann erzählte er alles, was ihm an jenem Tag widerfahren war, als der alte Beza die Knochen geworfen hatte, von seiner Erwählung über die Ereignisse im nächtlichen Wald bis zu den Erklärungen, die der Greis ihm danach noch gegeben hatte. Er berichtete ihr auch, dass die Verschwörer planten, die Kaiserinnen zu vergiften.

Päony war völlig verblüfft. Lukan war also auch ein Auserwählter? Dann durfte er nicht mehr ihr Knecht sein, sondern war ihr gleichgestellt!

Die Sphinx lauschte mit höchstem Erstaunen. »Es ist gut, dass du mir das alles sofort erzählst, sehr gut. Nun sag mir noch, wer du bist – aus welcher Familie du kommst und wie du bisher gelebt hast.«

Lukan zuckte die Achseln. »Was gibt es da zu erzählen? Ich habe noch nie zuvor etwas Besonderes erlebt.« Auf Drängen der Sphinx jedoch berichtete er. Wie die meisten Mokabiter kannte er seinen Vater nicht, aber seine Mutter war eine adlige Dame. Jedenfalls war sie von vornehmem Geblüt, wenn sie auch durch widrige Umstände gezwungen wurde, in einer armseligen Hütte zu hausen. Sie hatte außer ihm noch zwei Söhne, die sie ihm bei Weitem vorzog, da sie viel drachischer aussahen als er. Und vielleicht auch deshalb, weil seine Geburt von einem merkwürdigen Zeichen begleitet gewesen war, das sie für Unheil bringend gehalten hatte: einem roten Stern mit einem Schweif, der bei hellem Sonnenschein sichtbar über den Himmel gefahren war.

»Das ist kein Unheilszeichen«, widersprach die Sphinx. »Es ist vielmehr ein Vorzeichen, dass du etwas Großes vollbringen wirst.«

Lukan war anzusehen, dass ihm dieses Vorzeichen missfiel. »Aber warum gerade ich?«, rief er. »Ich bin nichts Besonderes. Und, verzeiht mir, ich will auch nichts Besonderes sein!«

»Es kommt nicht darauf an, was du willst oder nicht, Lukan«, antwortete die Sphinx milde, aber mit Nachdruck. »Du bist nun einmal auserwählt. Gewiss, du kannst dich weigern, den Auftrag anzunehmen, aber ich rate es dir nicht. Du machst dir das Leben nicht leichter damit, und zu allen Qualen kommt noch die Schuld hinzu, versagt zu haben. Tu lieber, was dir bestimmt ist, und du wirst Hilfe finden. Hast du kein Vertrauen, dass die Mutterjungfrauen dir zur Seite stehen?«

Er blickte verlegen zu Boden. »Wir Mokabiter verehren Mandora, Plotho und Cuifín nicht ... jedenfalls nicht aus tiefstem Herzen. Ich weiß, es ist Vorschrift des kaiserlichen Hofs, aber ...«

Die Sphinx sah ihn ernst an. »Du bist jetzt ein Ritter des Dreigestirns, Lukan, und wenn du ihm dienen sollst, musst du es auch ehren.« Sie lächelte den bekümmerten Jüngling aufmunternd an. »Aber wenn du das nicht auf Anhieb zustande bringst, bin ich da, um dir zu helfen – und Päony auch. Nun? Wirst du es tun?«

»Ich habe Angst.«

»Ich fragte nicht, ob du Angst hast. Ich fragte, ob du es tun wirst.«

Was blieb ihm anderes übrig? Er seufzte tief und wischte sich mit dem Handrücken über die Nase. »Ich will es versuchen, aber versprechen kann ich nichts. Ich bin wirklich nicht dazu geeignet, Heldentaten zu vollbringen. Ehrlich gesagt: Ich bin ein Feigling. Ich habe vor so ziemlich allem Angst: Schlangen, Spinnen, Honigschlünde, Totenkopflibellen ...«

Darauf ging die Sphinx nicht ein. Sie griff nach ihrem langen roten Samtmantel und warf ihn sich über die Schultern. »Lass uns das alles in Vang Vath besprechen. Päony, bist du zur Reise bereit? Und du, Lukan? Dann kommt jetzt mit aufs Dach.«

Lukan seufzte, als er merkte, dass es schon wieder ans Fliegen ging. Er schwieg jedoch und trottete ergeben hinter den anderen her.

Päony ergriff ihn am Ärmel, als sie die gewundene Treppe hinaufstiegen. »Lukan ... du bist ebenfalls ein Auserwählter. Das ändert alles. Du brauchst mich nicht mehr so feierlich anzureden, und ich will auch nicht mehr deine Herrin sein. Du bist nicht geringer als ich.«

Der Jüngling errötete. »Ihr seid von Adel.«

»Das bist du doch auch, oder? Hast du nicht selbst erzählt, deine Mutter sei eine vornehme Dame?«

»Ja, aber ich bin ein Mokabiter.«

»Das war der bedeutendste König meines Volks auch.« Sie ergriff seine Hand. »Komm, lass uns Freunde sein!«

»Wie du wünschst«, murmelte er und wandte sich ab, damit sie seine Verlegenheit nicht bemerkte. Sie blieb ihr trotzdem nicht verborgen. Ihr Herz klopfte unruhig, als ihr klar wurde, dass sie in der kurzen Zeit, seit sie einander kannten, mehr für ihn geworden war als eine Herrin. Kein Wunder nach allem, was die Prophezeiung verkündet hatte: Sie war die ihm vom Schicksal bestimmte Gefährtin! Bei dem Gedanken blieb sie stehen und musterte ihn mit einem scharfen Blick von oben bis unten, als hätte sie ihn noch niemals gesehen. Was sie sah, gefiel ihr. Auch wenn er ein gutes Stück größer war als sie, reichte sie ihm immerhin bis zur Brust, das ließ sich aushalten. Seine smaragdgrünen Augen hatten ihr von Anfang an gefallen, und der Rest seines Gesichts war auch nicht übel. Hätte er nicht immer so verschüchtert zu Boden gestarrt, er hätte durchaus kühn und männlich wirken können. Sie fand, dass das Schicksal keine schlechte Wahl getroffen hatte.

Das Dach lag in strahlendem Sonnenschein. Es war ein frischer, heller Tag mit wenig Wind, genau richtig für eine Reise durch die Luft. Tiffanbrill setzte sich zurecht und ließ seine Passagiere aufsteigen. Päony fragte sich eben, wie wohl die Sphinx reisen werde, da diese mit ihren kurzen Flügeln auf keinen Fall fliegen konnte und kein Reittier in Sicht war, als sie Wyvern an die Brustwehr treten sah. Sie schlug mit den Fingerknöcheln der Rechten an eine der metallenen Flugechsen und rief einige

Worte, die die kleine Kriegerin nicht verstand. Augenblicklich lief ein Zucken und Zittern durch den von Grünspan überzogenen Leib, die blinden Augen öffneten sich und wurden sehend, die starren Flügel regten sich, und schon wurde die gesamte Echse lebendig. Mit einem Sprung verließ sie die Brustwehr und ließ Wyvern aufsteigen.

Die Reise

Wenig später schwebten sie über dem Regenwald in Richtung Norden. Gelegentlich stieg ein Schwarm Fludern mit schwirrenden Schlägen ihrer flaumigen Flügel auf und stürzte sich, vom Sonnenlicht erschreckt, sofort wieder in den Dämmerschatten unter den Baumkronen. Bunte Geckos wiegten sich in den Wipfeln und wärmten die vom Nachtfrost starren Leiber in Phurams goldenen Strahlen.

Je weiter sie nach Norden gelangten, desto deutlicher trat in der Ferne die hohe Bergkette der Toarch kin Mur, der Heulenden Berge, mit ihren schneeweißen Zackengipfeln und schwindelnden Felsabstürzen hervor. Die Toarch kin Mur zogen sich im Halbkreis um das äußerste nördliche Festland von Chatundra. Lange Zeit war dieses unbezwingbare Gebirge die äußerste Grenze Chatundras gewesen, denn kein Mensch vermochte seine von rasenden Winddämonen gepeinigten Pässe zu überschreiten, und selbst die Drachen hatten Mühe, in der dünnen Luft über den Gipfeln zu fliegen. So war die Stadt Luifinlas, die in einem fruchtbaren Tal dahinter lag und das zentrale Heiligtum der drei Schwestern beherbergte, bei nur wenigen Bewohnern des Landes bekannt. Viele hielten sie für eine sagenhafte Stadt. Noch weiter im Norden erhob sich in einem Ring nadelspitzer Berge die Festung Carrachon, zur Hälfte von Eis, zur Hälfte von den bleiernen

Wassern des Tetysmeers umgeben, in denen die Seeungeheuer hausten. Und es waren nicht die lebenden Ungeheuer, die mächtigen Kraken, die Seeschlangen und Meeresspinnen, wie sie in anderen Meeren hausten, sondern weit schlimmere Kreaturen, nämlich die untoten Kadaver dieser Monstren. Noch nie hatte jemand auch nur versucht, das eisige Schloss anzugreifen, so groß waren Abscheu und Furcht vor dem Fürsten der Untoten.

Wyvern fragte die kleine Kriegerin, ob sie über den Hof Bescheid wisse, und als Päony verneinte, erzählte sie ihr davon. »Vor zweihundert Jahren – zur Zeit, als dein Ahnherr Java-Tikkan lebte – wurden drei Kaiserreiche gegründet, eines im Bambuspalast der Makakau, das zweite in der alten Drachenstadt Zorgh in den Feuerbergen und das dritte, mächtigste, in einer unbedeutenden Stadt namens Fort Timlach. Das Kaiserreich der Makakau wurde von den Thargon zerstört. Das Reich von Zorgh ging gänzlich an die Drachen über, sodass nur noch das Reich der Mitte blieb. Dort war die erste Kaiserin die edle Miranda, Tochter des Rosenfeuerdrachen Vauvenal, halb Mensch, halb Drachin, denn ihre Mutter war eine Sterbliche. Sie herrschte dort über hundertfünfzig Jahre lang mit ihrem Gatten Gynnevise, aber schließlich übergab sie den Hof an ihre Tochter und zog sich mit ihrem Gemahl nach Luifinlas in das Heiligtum der Mandora zurück. Ihre Tochter Karenna ist heute selbst schon eine alte Dame, denn das Blut der unsterblichen Mirminay fließt nur noch dünn in ihren Adern. Sie teilt sich den Thron mit der Drachin Kylaila, die aus Luifinlas kam. Die beiden herrschen in Eintracht und Frieden, denn sie sind von edlem Wesen und scharfem Verstand. Gäbe es den schwefligen Stern und die übrigen Verschwörer nicht, so könnte das Imperium in Frieden und Wohlstand gedeihen. Ich werde dich und Lukan ihnen heute noch vorstellen.«

Päony fühlte, wie ihr Herz einen Schlag lang aussetzte. Sie

wünschte plötzlich, sie wäre nie erwählt worden und könnte ihr Leben friedlich unter den Soldaten in Bâl Ummas verbringen. Sie hatte Angst vor dem kaiserlichen Hof und den beiden mächtigen Damen und war überzeugt, kein Wort hervorzubringen, ja, wahrscheinlich in Ohnmacht zu fallen, wenn die Großdrachin sie anredete. Kein bewaffneter Feind konnte sie mehr erschrecken als diese Hohen und Mächtigen.

Wyvern hatte offenbar ihre Gedanken gelesen und tröstete sie freundlich. »Sei unbesorgt! Ich begleite euch beide und sage euch, was ihr zu tun habt.«

Päony atmete auf.

Am frühen Nachmittag landeten sie auf einer grünen Wiese vor einer ländlichen Ortschaft, damit Tiffanbrill seine vom langen Fliegen ermüdeten Flügel ausruhen konnte. Kriegsdrachen waren für den Kampf ausgebildet und nicht dafür, stundenlang durch die Lüfte zu segeln, noch dazu mit einer doppelten Last auf dem Rücken. Während der Drache sich wohlig im Gras wälzte, um die verkrampften Glieder zu entspannen, stieg auch die Sphinx von ihrem zauberischen Reittier, das augenblicklich wieder zu Bronze erstarrte, und lagerte sich wie eine schläfrige Löwin in den Schatten eines üppigen, rot blühenden Buschs.

Lukan war selig, als er absteigen durfte und mit dem Auftrag ins Dorf geschickt wurde, Essen und Wein zu besorgen. Der feste Boden unter den Füßen fühlte sich herrlich an. Lieber wäre er den ganzen Weg bis nach Vang Vath zu Fuß gelaufen, als noch einmal auf den Drachen zu steigen. Aber was sollte er tun? Sein einziger Trost bestand darin, dass ihm eine wichtige Aufgabe prophezeit worden war, und das hieß, dass er zumindest so lange leben würde, um damit anzufangen, und nicht schon vorher von einem fliegenden Drachen fallen und auf der Erde zerschmettert würde.

Außerdem war es höchst angenehm, hinter Päony zu sitzen und den Duft zu riechen, den ihr zarter Körper ausströmte. Er war froh, dass sie nicht sehen konnte, wie sehr ihn diese Nähe aufwühlte und wie begierig er ihren Nacken und ihre nackten Arme anstarrte, die das starre Korsett der Rüstung freigab. Was hätte er dafür gegeben, ihre Mitte mit beiden Händen umfassen zu dürfen! Aber das dürfte er wohl niemals tun, auch wenn sie sehr gnädig zu ihm gewesen war und ihm gestattet hatte, sie Freundin zu nennen.

Er beeilte sich, das Dorf zu erreichen, schon deshalb, weil er selbst hungrig und durstig war. Vor der ersten Lehmhütte hielt er an und fragte den Bauern, der in seinem Knollengärtchen grub, wo er Essen und eine oder zwei Amphoren Palmwein kaufen könne, und der Bauer wies ihn – nachdem er ihn äußerst misstrauisch gemustert hatte – zu einer Schänke auf der anderen Seite des Angers. Dort bekam er für das Geld, das die Sphinx ihm mitgegeben hatte, tatsächlich das Gewünschte und machte sich damit auf den Rückweg. Es tat ihm gut, eine so alltägliche Aufgabe zu erfüllen, nachdem seit Bezas Besuch in Takis alle Arten von Wundern über ihn hereingebrochen waren. Immer wieder musste er sich überzeugen, dass er inzwischen tatsächlich sprechen konnte wie alle anderen Menschen und nicht mehr gackerte, wie es seine Dorfgenossen höhnisch genannt hatten. Er war auserwählt worden, er wurde von einer Prinzessin »mein Freund« genannt, eine Sphinx hatte freundlich mit ihm gesprochen, und jetzt reisten sie nach Vang Vath, um ihn den Kaiserinnen vorzustellen. Welcher andere Mokabiter hatte so viele Sternstunden auf einmal erlebt?

Schwer beladen kehrte er auf die Wiese zurück und kniete vor der Sphinx nieder. »Hier ist alles, wie Ihr es befohlen habt.«

»Gut. Dann wollen wir essen.«

Lukan bemühte sich nach Kräften, gute Sitten an den Tag zu

legen. Ihm wurde schmerzlich bewusst, dass er in Takis nicht viel von feiner Lebensart gelernt hatte und einen Fehler nach dem anderen beging, wenn er sein eigenes ungeschliffenes Benehmen mit dem Päonys verglich. Sie aß so artig, dass sie überhaupt kein Geräusch dabei verursachte, weder knackte noch schmatzte sie, und sie wischte sich auch die von der Pilzsoße fettigen Finger nicht an den Kleidern ab, sondern ordentlich im frischen Gras. Er beeilte sich, es ihr in allem gleichzutun, war aber erleichtert, als das Essen beendet war und die Amphoren mit Palmwein herumgereicht wurden. Da konnte er nicht viel falsch machen, denn da es keine Becher gab, mussten sie alle aus den Krügen trinken. Er lachte, als er beobachtete, wie Tiffanbrill eine Amphore mit der Öffnung nach unten in seine lange, schmale Schnauze klemmte, den Kopf hochwarf und die duftende Flüssigkeit, ohne abzusetzen, in die Kehle rinnen ließ. Eine randvolle Amphore trank er auf diese Weise leer, und Päony neckte ihn. »Mein Lieber, du wirst so betrunken sein, dass du nicht mehr fliegen kannst und an einen Berg prallst.«

»Unsinn!«, erwiderte Tiffanbrill und rülpste. »Weil ich mir die Zunge benetze, bin ich noch längst nicht betrunken.«

Lukan war müde nach dem reichlichen Essen. Da die anderen keine Anstalten machten, sofort aufzubrechen, ließ er sich ins Gras fallen, schloss die Augen und versank bald in ein behagliches Dösen, das nicht ganz Schlaf und nicht ganz Wachen war. Bruchstücke eines Gesprächs drangen ihm ans Ohr, denn die drei anderen waren wach geblieben.

»Wir betrachteten Carrachon als ein Gefängnis, nicht als eine Festung«, hörte er Wyvern sagen. »Denn Zarzunabas kann sie nicht verlassen. Der Fluch seines Vaters Drydd hält ihn darin fest.«

»Entkommen kann er also nicht«, bemerkte Päony.

»Das stimmt, aber was nutzt uns das? Er ist unsterblich, wir können ihn nicht vernichten, sei er hier oder da. Ich fürchte, wir vermögen überhaupt nicht viel gegen ihn auszurichten, selbst wenn es uns gelänge, Carrachon zu zerstören. Im günstigsten Fall machen wir ihn zu einem heimatlosen Gespenst, aber auch das wäre er nur für einige Jahrhunderte, ehe er abermals irgendwo einen Ort finden würde, an dem er sich einnisten und sein Spiel von Neuem beginnen könnte.« Sie seufzte tief und fügte hinzu: »Nun, mag sein, dass wir nicht für Jahrhunderte planen müssen.«

Lukan dachte mit ehrfürchtigem Schauder daran, dass die Sphinx in kommenden Jahrhunderten immer noch da sein und wohl auch genauso aussehen würde wie jetzt, während seine eigenen Knochen schon längst zu Staub zerfallen wären. Er fragte sich, wie es wohl war, so lange zu leben und stets an Dinge denken zu müssen, die die Menschen nicht bekümmerten, weil sie so weit außerhalb ihrer Lebensspanne lagen. Er selbst wäre durchaus zufrieden damit gewesen, Zarzunabas aus seiner Felsenfestung zu jagen und als irrendes Gespenst über die Erde zu treiben, wenn es auch nur für Jahrhunderte war.

»Es liegt lange zurück«, sagte Tiffanbrill, »aber ich erinnere mich, als wäre es gestern gewesen, wie Zarzunabas seinen eigenen Vater betrog und beinahe sein Reich zerstört hätte, indem er ihn mit List und Tücke in einen Krieg hetzte, den Drydd verlieren musste. Ich zweifle nicht daran, dass er von Anfang an keinen anderen Plan hatte, als ganz Chatundra in ein Leichenfeld zu verwandeln, denn daran – und nur daran – hat er seine Lust.«

»Aber welchen Nutzen hätte Zarzunabas von einer ausgestorbenen Welt?«, fragte Päony.

»Sie wäre nicht völlig ausgestorben«, antwortete die Sphinx. »Man nennt ihn den Fürsten der Untoten, und genau das möchte er sein. Der einzig Lebendige in einer Welt von Kreaturen, denen er gerade genug Leben und Bewusstsein lässt, damit sie erkennen, welche Gabe er ihnen genommen hat, und darüber verzweifeln.«

Lukan schauderte. Für gewöhnlich hatte er nicht viel Phantasie, aber nun entfaltete sich vor seinem inneren Auge das Bild einer Welt, in der blicklose graue Schattengestalten herumkrochen und ihr Schicksal beweinten.

»Das war der Grund«, fuhr die Sphinx fort, »warum er seinerzeit seinen Vater betrog und zum Krieg hetzte. Drydd wollte gewinnen – und verlor. Aber sein Sohn wollte von Anfang an nichts anderes, als möglichst viel Tod und Zerstörung über Chatundra zu bringen.«

»In diesem Punkt jedenfalls ist er eines Sinnes mit allen anderen Schurken«, bemerkte Tiffanbrill grimmig.

»Das ist er. Allerdings werden sich ihre Wege trennen, und zwar sehr rasch, sobald es nämlich um die Frage geht, wer auf dem doppelten Thron sitzen soll, wenn wir nicht mehr sind. Ich glaube nicht, dass unsere Feinde sich in dieser Frage einigen werden.« Sie lachte freudlos. »Ich wünschte, wir könnten in Ruhe abwarten, bis sie sich gegenseitig in Stücke gerissen haben. Aber noch sind sie sich einig, dass sie uns vernichten wollen.«

Die Worte hallten Lukan wie aus großer Ferne ans Ohr, während er gemächlich in Schlaf sank.

Sobald Phuram den Zenit des Himmels verlassen hatte und seine Strahlen nicht mehr so glühend heiß brannten, flogen sie weiter nach Norden. Es war ein langer Weg, und die Sonne neigte sich bereits nach Westen, als am Horizont die Türme und Kuppeln der Residenz in Sicht kamen. Die massiven dunkelgrauen Basaltmauern schnitten ein Achteck aus dem wuchernden Urwald. Dieses Achteck bildete gleichsam den Körper, an dem die Bastionen wie die Pranken einer Schildkröte vorsprangen und ein plumpes Kuppelgebäude den Kopf bildete. Als sie näher kamen, sah Päony, dass die Residenz von vielen Dörfern umgeben war, die sich behaglich zwischen gezähmte Überreste des Regenwaldes kuschelten. Überall weideten große, träge Echsen das Gras ab und taten sich an den herabhängenden Blätterdolden gütlich. Die acht Zitzen entlang ihrer Bäuche waren geschwollen von rahmiger Milch. Menschen arbeiteten auf den Feldern, die leicht zu bestellen waren, denn die Luft von Chatundra war warm und feucht, es regnete oft, und alles, was man anpflanzte, wuchs reichlich. Lange rosafarbene Flecken zeigten an, wo die köstlichen Fingerblumen angebaut wurden, und dazwischen erstreckten sich purpurne, indigoblaue und lindgrüne Felder. Die Luft war voller Drachen, die ihren Geschäften nachgingen, und voller Flugechsen, die keinen Verstand hatten und daher von Menschen gelenkt wurden.

Aus der Nähe erkannte Päony, wie außergewöhnlich die Gebäude von Vang Vath aussahen. Viele waren im drachischen Stil erbaut, der sich deutlich von dem der Menschen unterscheidet. Es gab durchlöcherte Türme, die zum Ein- und Ausfliegen einluden, und hohe Häuser mit pyramidenförmigen Aufsätzen, denn die Pyramide ist das Symbol des Dreigestirns, der drei Mutterjungfrauen. Ganz oben auf den Türmen befanden sich Plattformen, auf denen Drachen ruhten und die Abendsonne genossen. Wieder andere waren von bauchigen Hauben bekrönt, deren runde Luken als bequeme Schlupfwinkel für jene Drachen dienten, die gern in großer Höhe schliefen. Andere, wie die Stollenwürmer, bevorzugten es, auf dem Boden zu bleiben, und hatten zwischen den menschlichen Häusern der alten Stadt tunnelförmige Gewölbe erbaut, in denen sie, unbelästigt vom Sonnenlicht, umherkriechen konnten. Alle diese sonderbaren und ungewöhnlichen Gebäude waren auf Prächtigste geschmückt mit grün und orange lasierten Ziegeln und Einlegearbeiten aus glänzendem Metall, sodass die gesamte Stadt im hellen Sonnenlicht schimmerte und glitzerte. Die Tore und Fensterläden waren mit schwarzem Lack überzogen und mit magischen Zeichen in Silber eingelegt, die Glück und Wohlstand herbeilocken sollten.

Gleich darauf landeten sie vor dem vieltürmigen Gebäude.

Vor dem Tor hielten zwei grimmig aussehende Drachen Wache, und neben jedem stand ein Gewappneter mit Schwert und Pike. Wyvern stieg von ihrem Reittier und schritt auf die Wächter zu. Mit weithin hallender Stimme rief sie: »Geh, Soldat, und teile dem Marschall Merien von Brae Bac mit, die Sphinx Wyvern sei da und wünsche eine Audienz.«

Fasziniert beobachtete Päony, wie unterwürfig der Mann gehorchte. »Gewiss, Thainach«, sagte er, eilte davon und überließ seinem Kameraden und den beiden Drachen die Wache. Offenbar war er tief beeindruckt von der ungewöhnlichen Erscheinung des Gasts. Gleich darauf erschien ein Lakai und ließ die Besucher unter vielen Bücklingen eintreten. Der Marschall werde sich sogleich um sie kümmern.

Päony gefiel das sehr, und sie bemühte sich, so würdig und stolz einherzuschreiten wie die Sphinx, was freilich bei ihrer geringen Körpergröße nicht denselben Eindruck machte. Sie hörte, wie Tiffanbrill dem Mokabiter zuzischelte: »Benimm dich gut, Junker, und mach uns keine Schande, sonst schnappe ich dich am Kragen und sause mit dir über den Baumwipfeln hin und her, bis dir Hören und Sehen vergeht!«

Lukan murmelte eine demütige Antwort. Gleich darauf wandte sich die Sphinx an ihn. »Diese Stufen sind sehr hoch für kleine Füße. Nimm die Dame auf die Schultern und trag sie!«

Lukan kniete sogleich nieder und hielt Päony die verschränkten Hände zum Aufsteigen hin. So bereitwillig tat er das, dass ihr der Verdacht kam, er freue sich, sie zu tragen. Er war ihr auch sehr beflissen behilflich, sich bequem auf seinen Schultern zurechtzusetzen, und hielt ihre Knöchel, damit sie nicht ins Rutschen geriet. Seine Hände fühlten sich heiß an. Sie dachte an den Blick, mit dem er sie gemustert hatte. Aber absteigen konnte sie nicht – erstens hatte die Sphinx den Befehl erteilt, und zweitens hätte sie albern ausgesehen, wenn sie von Stufe zu Stufe hätte klettern müssen. Warum bauten die Leute ihre Treppen so unsinnig hoch?

Dem Höfling folgend, stiegen sie die mächtige Treppe empor, die hinter dem Portal ins Innere des Palasts führte. Oben wurden sie gebeten, in einem üppig ausgestatteten Gemach Platz zu nehmen und zu warten. Der Marschall werde sofort kommen.

Lukan ließ sich auf ein Knie nieder und hielt die Hände auf, damit Päony absteigen konnte. Sie raffte ihr Gewand hoch und nahm feierlich auf einem Diwan Platz.

Sie mussten nicht lange warten. Eiligen Schritts erschien der Marschall, ein zartgliedriger Mann von knapp fünfundzwanzig Jahren mit schmalem Gesicht und klugen, dunkelbraunen Augen. In seinen Adern musste makakauisches Blut fließen, denn seine Haut war dunkler als die der meisten Mittelreicher, sein Haar und die kräftigen Augenbrauen tiefschwarz. Obwohl er als oberster Hüter des Palasts das höchste Amt im Umkreis ausübte, war er schlicht, wenn auch in teures Tuch gekleidet. Sein einziger Schmuck waren die silberne Kette auf der Brust, das Abzeichen seiner Macht, und der Ring, dessen zur Gemme geschnittener Stein ihn als engen Vertrauten der Kaiserinnen auswies.

Vor der Sphinx ließ er sich kurz auf die Knie nieder, ehe er ihre Hände ergriff und ausrief: »Thainach Wyvern! Welche Ehre und Freude! Was führt Euch hierher?«

»Ich wollte schon lange einmal kommen. Aber aus unmittelbarem Anlass habe ich eine wichtige Nachricht für den doppelten Thron zu überbringen. In meiner Begleitung befinden sich noch diese Dame, Prinzessin Päony, und der junge Mann, Graf Lukan. Wir ersuchen um Audienz bei der Kaiserin und der Großdrachin.«

Lukan lächelte und errötete vor Freude, als die Sphinx ihm den Titel Graf zulegte, denn die Mokabiter liebten Titel, ganz besonders seit sie zu Bettlern herabgesunken waren, und Graf nannte sich beinahe jeder. Nur Lukan hatte man nie zuvor so genannt.

Der Marschall verneigte sich kurz und höflich vor den beiden jungen Leuten. »Ich werde Euch melden. Gewiss werdet Ihr sofort empfangen.«

Er eilte davon und kehrte in kürzester Zeit zurück. »Wollt Ihr mir folgen?«

Die Audienz

Päony kam aus dem Staunen nicht heraus, als sie hinter Merien von Brae Bac durch einen leicht aufwärts führenden steinernen Korridor schritt. Im Licht der Fackeln entdeckte sie, dass die Wände über und über mit feinsten Steinmetzarbeiten bedeckt waren. Um Glanzlichter aufzusetzen, waren sie stellenweise mit rotem Lack, Silber und Bronze eingelegt. Kunstvoll gemeißelte Bilder zeigten Drachen und Menschen, die gemeinsam die Palaststadt erbauten und Regenwälder in fruchtbares, bewohntes Land verwandelten, die aus den wilden Dschungelvölkern Bauern und Viehhirten machten und mit den Inseln vor der westlichen Küste Handel trieben. Entlang den Friesen erstreckten sich steinerne Bänder mit Inschriften in den Sprachen der Menschen und der Drachen. Als Päony an der Mauer vorbeischritt, konnte sie die gesamte Geschichte der Kaiserstadt verfolgen, von den bescheidenen Anfängen eines im Ödland verlorenen Garnisonsstädtchens bis zum gegenwärtigen prächtigen Erscheinungsbild.

Dem steilen Korridor folgten weitere Gänge, deren Mauern mit farbigen Fresken bedeckt waren. Sie stellten allerlei Festlichkeiten dar, wie sie in der Kaiserstadt stattfanden, Reigentänze und Ballspiele, Gastmähler und die Auftritte von Sängern und Dichtern. Päony wusste von Tiffanbrill, dass die Drachen – vor allem die hohen unter ihnen – Freunde der Musik und Poesie waren und auch selbst gern dazu beitrugen. Viele von ihnen sangen und schrieben Gedichte, wie der weithin berühmte Rosenfeuerdrache Vauvenal, der König der Troubadoure genannt wurde. In einer Kunst vor allem waren sie unübertroffen: Sie verstanden es, aus dem Rauch ihrer Nüstern Gestalten und ganze Bilder zu formen, die in der Luft schwebten, und diese Bilder stellten neben Gesang und Dichtung eine ihrer Opfergaben dar. Denn die Mutterjungfrauen verabscheuten Blutopfer und Brandopfer – sie erwarteten von ihren Verehrern nichts als Gesänge und Tänze, die Musik lieblich klingender Instrumente und die Bilder aus Dampf.

Der Marschall führte die Besucher über viele Treppen – die zu Päonys Erleichterung alle flache Stufen hatten, weil auch kriechende Drachen sie überwinden mussten – tief ins Herz des Palasts hinein. Zuletzt erreichten sie einen hoch gewölbten, von Kerzen erleuchteten Raum, der offensichtlich von Menschen erbaut worden war. An den holzgetäfelten Längswänden standen steinerne Bänke. An der Stirnwand erhob sich ein kunstvoll gemeißelter marmorner Thron mit einem kupfernen Baldachin darüber. Ein zweiter, viel breiterer Baldachin war unmittelbar daneben aufgespannt und wölbte sich über einem kniehohen Marmorpodium, das mit einem kostbaren Teppich bedeckt war. Offenbar war dies der Platz der Großdrachin. Noch war niemand zu sehen, aber Päony fühlte sich jetzt schon schwach vor Aufregung, und ihr schwindelte. Die vom Rauch der Kerzen und von süßem Räucherwerk geschwängerte Luft war so stickig, dass sie kaum atmen konnte.

Wyvern fasste sie am Arm. »Fass dich!«, raunte sie ihr zu. »Du brauchst keine Angst zu haben – die Kaiserinnen sind gütig und freundlich.«

Päony atmete tief durch und nahm Haltung an. Sie warf einen Blick auf Lukan und bemerkte, dass er krampfhaft zu Boden starrte, wie versteinert vor Ehrfurcht angesichts dieses majestätischen Orts.

Sie brauchten nicht lange zu warten. Durch eine Tür hinter dem Thron erschienen einige Kammerherren und Zofen in prächtigen Kleidern und dienende kleine Drachen. Dann trat Kaiserin Karenna ein, die Tochter der Kaiserin Miranda und ihres Gemahls Gynnevise, Enkelin des mächtigen Drachenritters Vauvenal. Sie war eine hochgewachsene, hagere alte Frau von Ehrfurcht gebietender Würde. Ihr ehemals leuchtend rotes Haar, das jetzt von vielen grauen Strähnen durchzogen war, war in einer kunstvoll verschlungenen Frisur um ihren Kopf aufgetürmt und wurde von zahllosen glitzernden Nadeln und Spangen festgehalten. Sie trug prächtige Gewänder aus schwarzem Atlas, auf denen da und dort wie ein Stern in der Nacht ein Juwel schimmerte. Langsam, aber mit festen Schritten näherte sie sich der Sphinx und streckte ihr ohne Formalitäten die Hände entgegen.

»Thainach Wyvern! Welche Freude, Euch zu sehen! Wie lange haben wir auf Eure Gesellschaft verzichten müssen! Es war … lasst mich nachrechnen …«

»Ihr wart noch ein junges Mädchen, Hoheit, als ich das letzte Mal in Vang Vath zu Besuch war«, gab die Sphinx lächelnd zur Antwort. »Die Zeit vergeht schnell.«

Sie wurden unterbrochen, weil in diesem Augenblick die Großdrachin Kylaila erschien. Päony sah anfangs nur einen herrlichen Kopf mit weißem Gehörn, das sich wie eine aus Elfenbein geschnitzte Krone über der edlen Stirne erhob. Dann folgte der schneeweiße Leib mit den bläulich und rosafarben geäderten Flügeln, die eng an den Rücken gefaltet waren. Kylaila war gute zehn Schritte lang, und es dauerte eine Weile, bis sie in feierlicher Bewegung zur Gänze in den Raum geglitten war. Sie näherte sich und schien Wyvern erst in Gedanken anzusprechen, ehe sie die Übrigen mit hörbaren Worten begrüßte. Die Drachen sprachen zumeist mittels ihrer Gedanken miteinander, doch waren diese Gedanken, genau wie Stimmen, nicht überall und jederzeit, sondern nur über eine gewisse Entfernung hinweg zu vernehmen.

»Tiffanbrill, seid uns willkommen. Der Jüngling heißt also Graf Lukan. Und du, Maide, du bist Päony?«

»Zu Befehl, Hoheit«, erwiderte Päony und ärgerte sich gleich darauf, etwas so Dummes gesagt zu haben. Wer antwortete denn auf die Frage einer Kaiserin mit »zu Befehl«, als wäre sie ein Feldwebel? Und sicher musste sie jetzt einen formellen Knicks machen oder anderswie ihre Ehrerbietung bezeugen, aber sie wusste es nicht genau. Also blieb sie stehen und errötete. Am liebsten wäre sie davongelaufen, und Lukan schien es ähnlich zu ergehen.

Kylaila war jedoch keineswegs ärgerlich. Sie lächelte, als Wyvern erklärte: »Dies ist Päony – eine Prinzessin des Spinnenvolks und Nachfahrin von Java-Tikkan, dem ersten König der Insel, auf der das Volk heute noch lebt. Wie Ihr wisst, war er einer der verwandelten Menschen, und er heiratete eine Frau, die ihm an Edelmut und Würde in nichts nachstand. Diesem Stamm entspross die Jungfer.« Nun schob die Sphinx den widerstrebenden Lukan nach vorn, der vor Scham und Schüchternheit kaum den Blick zu heben wagte. »Und dies ist Graf Lukan, der jüngste Sohn einer vornehmen Mokabiterin. Seine Geburt fiel auf den Tag, als der rote Komet über den Himmel fuhr – als Vorzeichen, dass er einmal zu Großem berufen sein würde.«

Karenna wandte sich an Wyvern. »Und warum habt Ihr den Jüngling und die Jungfer zu uns gebracht?«

»Das hat mehrere Gründe, Hoheit«, erwiderte die Sphinx. »Es wird ein Weilchen dauern, alles zu erläutern.«

Die weiße Drachin rollte sich behaglich zusammen. »Ich höre.«

Mittlerweile hatten Karennas Zofen einen Sessel gebracht, und die zweite Kaiserin setzte sich, um zu lauschen. Lukan und Päony wurden angewiesen, sich auf die hölzerne Bank zu setzen, die an der Längsseite des Thronsaals entlanglief und wohl für die vornehmen Höflinge vorgesehen war.

»Es begann damit«, hob Wyvern an, »dass ich, wie es meine Gewohnheit ist, die Konstellationen studierte und mit den Büchern der Weissagung verglich, und dabei entdeckte ich ein verhängnisvolles Zusammentreffen: In der kommenden Mittsommernacht wird der Leichenstern so nahe über Chatundra stehen wie nie zuvor.«

Karenna nickte. »Ich weiß. Davor hat unser Hofastrologe uns bereits gewarnt. Aber was sollen wir tun? Wir können den Gang der Sterne nicht ändern.«

Wyvern überging die letzte Bemerkung. »Hat er Euch auch erklärt, was diese Konstellation bedeuten mag?«

»Ja – dass Gurundir versuchen könnte, den Mutterjungfrauen die Herrschaft zu entreißen. Das erfüllt uns natürlich mit Sorge und Angst. Aber ich muss wiederum sagen: Was können wir tun? Nichts. Die Himmlischen sind oben, wir sind unten.«

Die Sphinx nickte lächelnd. »Aber Ihr kennt den Spruch der Weisen: ›Wie oben, so unten.‹ Wie der Leichenstern danach trachtet, sich seiner Herrinnen zu entledigen, streben seine Knechte auf Chatundra danach, Euch zu vernichten und Eure Gesetze zuschanden zu machen. Und gegen sie könnt Ihr – können wir uns wehren. Ich will Euch zeigen, was ich ausfindig gemacht habe.«

Aus ihrem Mantel zog sie die Pergamentrolle hervor und las den Kaiserinnen vor, was in ihrer winzigen, fremdartigen Schrift darauf geschrieben stand – die gesamte Geschichte der Sklaven des schwefligen Sterns seit den Anfängen nach dem Sturz der Gottkaiser. Beide Kaiserinnen und der Hofstaat lauschten gebannt, als sie sagte: »Vieles habe ich selbst aufgezeichnet, und vieles erzählte mir der alte Zauberer Beza, der auf seinen ständigen Wanderungen landauf, landab alles erfährt, was es nur zu erfahren gibt. Romanel ist der jetzige Anführer dieser Männer, die in verstreuten Gruppen leben, und er ist ein gefährlicher Feind, denn er ist nicht nur ein Nekromant, der sich darauf einlässt, die Mächte der Finsternis zu beschwören, er ist auch ein unmittelbarer Nachkomme von Hugues, dem letzten Gottkaiser von Thurazim. Sein Sohn Ciaran ist der bislang Letzte dieses Geschlechts. In beiden lodert das Feuer des Wahnsinns, dem bereits ihr Urahn verfiel. Ich weiß nicht, wie viel geheimes Wissen aus den Bibliotheken der Phuram-Priester Romanel bis auf den heutigen Tag herübergerettet hat, aber ich weiß, dass er ungewöhnliche Kenntnisse und einen eisernen Willen besitzt.«

»Wie kommt es, dass wir nie etwas von ihm gehört haben?«, fragte Karenna.

»Oh, wir haben durchaus von ihm gehört«, widersprach die Sphinx. »Aber in Chatundra herrscht kein Mangel an Magiern, heimlichen Priestern und arkanen Orden, und wir hätten viel zu tun, wollten wir sie alle im Auge behalten. Solange eine Gemeinschaft nicht auffällt, kümmert sich niemand darum. Und warum hätten die Gurundiraz auch auffallen sollen? Ihre Zeit war noch nicht gekommen. Es hatte keinen Sinn, irgendetwas zu unternehmen. Jetzt aber steht der entscheidende Zeitpunkt bevor. Und nicht nur für Romanel.«

Sie erzählte den bestürzten Kaiserinnen von dem Traum, der ihr das ganze Ausmaß des Unheils geoffenbart hatte, und schilderte ihnen die heimtückische Verschwörung, die alle bösen Mächte in Chatundra gegen den doppelten Thron ins Feld führen wollte. »Es wird Euch nicht wundern«, sagte sie, »dass Eure Erzfeinde, die Thargon und Zarzunabas, sich sofort mit den Gurundiraz verbündet haben und auf den Tag warten, da Mandora, Plotho und Cuifín Euch nicht mehr zu Hilfe kommen können, und Euch dann mit allen Euren Untertanen in Stücke hauen wollen. Aber es sind noch mehr. Ich fürchte, dass jeder Unhold und jede Übeltäterin zu den Fahnen Romanels strömen, um das Schicksal des Landes ein für alle Mal zu ihren Gunsten zu entscheiden. Ihr werdet es nicht nur mit offenen Feinden zu tun haben, sondern auch mit Verrätern, mit falschen Freunden und heimlichen Gegnern …«

»So verbünden sich tatsächlich alle unsere Feinde?«, warf Karenna ein.

Wyvern nickte. »So scheint es zu sein, aber darin liegt auch unsere Hoffnung.«

Die Kaiserin runzelte die Stirn, und Kylaila fragte: »Was meint Ihr? Wie sollte es uns von Nutzen sein, dass sie sich alle zugleich gegen uns wenden?«

Die Sphinx lächelte mit schmalen Lippen. »Sie sind Verbündete, aber keine Freunde. Oder meint Ihr, sie hätten irgendetwas anderes im Sinn als jeweils den eigenen Vorteil? Wer Zarzunabas zum Freund hat, braucht keine Feinde mehr. Er wird rücksichtlos alle betrügen, mit denen er jetzt gemeinsame Sache macht, und die Übrigen werden dasselbe tun, denn weder die Thargon noch diese Priester und schon gar nicht die Skorpionritter sind irgendjemandes Freunde. Sie werden sich bei jeder Gelegenheit Fallen stellen, und das heißt, dass sie einander lähmen, besser, als unsere Heere es könnten. Freilich, ihr vornehmstes Ziel ist die Vernichtung des Kaiserreichs.«

Karenna saß schweigend da. Kylaila rührte sich nicht.

»Doch«, fuhr die Sphinx fort, »ich will Euch nicht ohne Hoffnung lassen. Deshalb sind der Graf und die kleine Kriegerin mit mir gekommen. Tochtersohn half mir, indem sie das Rauch-Orakel anrief, wie es im Tempel der Mandora Brauch ist. Wie in meinem Traum sah ich darin das Land von Chatundra vor mir – von den Heulenden Bergen bis zu der breiten Mauer im Süden, aber es schien mir nicht wirklich, sondern flach, wie eine gemalte

Tafel. Während ich hinsah, zeigten sich Risse auf dieser Tafel, als wolle sie in viele kleine Teile zerfallen, und von Norden und Süden breiteten sich Flammen darüber aus. Über dieses Land kam eine weiße Spinne auf mich zu, die eine Kaiserkrone auf dem Rücken trug. Vor mir blieb sie stehen und ließ die Krone in meine Hand fallen. Da fügte sich die Tafel wieder zusammen, die Risse verschwanden, und die Flammen erloschen. Das war mein Traum.«

»Eure Träume sind immer bedenkenswert«, bemerkte Kylaila.

Wyvern nickte und fuhr fort. »Ich war überzeugt, dass mit der weißen Spinne ein Mädchen des Spinnenvolks gemeint war, und machte mich sofort auf die Suche nach ihr. Ich fand sie in der Garnison von Bâl Ummas. Ich rief sie zu mir, und sie kam mit diesem vornehmen Jüngling als Diener, der mir heute Morgen eine erstaunliche Geschichte erzählte. Der alte Zauberer Beza warf in seinem Dorf die Knochen …«

Sie wiederholte Lukans Erzählung. Beide Kaiserinnen merkten überrascht und besorgt auf, und die Hofdamen und Kammerherren tuschelten erschrocken untereinander.

»Und wisst Ihr«, fragte Kylaila, »wozu diese beiden Menschen berufen sind? Ich meine, kennt Ihr die Queste, zu der sie ausgesandt wurden?«

»Nein«, erwiderte die Sphinx, »noch nicht. Und ich weiß auch noch nicht, wer der oder die dritte ist, denn drei müssen es sein. Wenn wir diese Person erst kennen, wird uns wohl auch geoffenbart werden, worin ihre Aufgabe besteht. Aber nun zu den Möglichkeiten, wie Ihr Euer Reich sichern könnt. Welche Vorkehrungen werdet Ihr treffen?«

»Darüber«, sagte Karenna, »werden wir uns noch mit den Weisen unseres Hofes beraten, aber mir scheint, wir vermögen nicht mehr zu tun, als wir ohnehin bereits tun. Unsere Soldaten verteidigen die Grenze im Süden gegen die Thargon und die

Skorpionritter, aber Ihr wisst selbst, wie es ist. Gegen die Skorpionritter kann keine Waffe etwas ausrichten, und die Thargon sind zu schlau, sich einer Garnison Bewaffneter zu zeigen. Die Leute verschwenden ihre Zeit mit dem ewigen Kampf gegen Makolokken und anderes kleines Geschmeiß.«

»Und im Norden«, ergänzte Kylaila nachdenklich, »lauern Gespenster und Untote, gegen die wir Drachen nicht ankämpfen können, da ihre Bosheit uns vergiftet. Die Menschen könnten es leichter bewerkstelligen, da sie so unempfindlich sind. Aber wie sollen Menschen nach Carrachon gelangen? Sie müssten über das Meer fahren, wo die Seeungeheuer lauern, und selbst wenn ihnen dies gelänge, wie sollten sie die eisigen Mauern erstürmen? Carrachon ist himmelhoch, und seine Mauern bestehen aus spiegelglattem Fels und blankem Eis, sodass kein Mensch sie bezwingen könnte.«

»Das ist auch meine Meinung«, antwortete die Sphinx. »Und da weder die Menschen noch die hohen Drachen Carrachon anzugreifen vermögen, gibt es meiner Meinung nach nur einen Ausweg. Wir müssen die Kaaden Bûl bitten, uns noch einmal zu helfen.«

»Die feurigen Drachen in den Schlünden des Erdinneren!«, rief Kylaila erschrocken. »Ihr mögt im Besitz großer Weisheit sein, Wyvern, aber dies erscheint mir als ein gefährlicher Rat. Sie sind wild und ungestüm und folgen nur ihrem eigenen Willen. Wenn wir sie bitten, wissen wir denn, ob sie unsere Pläne erfüllen oder ihre eigenen? Ob sie nicht mehr zerstören als nur die Festung, gegen die wir sie senden? Und sie werden es auch nicht tun, ohne einen Lohn zu fordern.«

»Das wohl nicht. Dennoch sind sie die Einzigen, an die wir uns wenden könnten, denn sie fliegen über das Meer, und ihre Feuer sind stärker als Fels und Eis.«

Kylaila schwieg und wirkte sehr nachdenklich. Auch Karenna

sagte nichts dazu. Päony merkte ihr an, dass ihr der Rat der Sphinx ebenfalls ganz und gar nicht gefiel. Sie selbst wusste nicht, von wem die Rede war. Tiffanbrill hatte ihr nie von Wesen erzählt, die Kaaden Bûl genannt wurden, und sie hatte auch noch nie davon gehört, dass Drachen in den Schlünden des Erdinnern lebten – alle Drachen, die ihr bekannt waren, lebten auf der Erde und in der Luft. Gewiss gab es die Stollenwürmer, aber die hausten nicht in der Tiefe, sondern knapp unter der Erdoberfläche, wo sie es kühl und dunkel hatten. Sie nahm sich vor, Tiffanbrill aufs Genaueste auszufragen, sobald sie mit ihm allein war.

Karenna erhob sich mit einem Rascheln ihrer gefältelten Atlaskleider. »Wir brauchen Zeit, um zu bedenken, was Ihr uns vorgeschlagen habt, Thainach Wyvern«, sagte sie. »Betrachtet Euch mittlerweile als unser geehrter Gast, und auch Eure Begleiter sind uns willkommen. Die Höflinge werden sich um Euch kümmern.« Sie neigte hoheitsvoll den Kopf zum Gruß und schritt hinaus. Kylaila folgte ihr.

Merien von Brae Bac, der bescheiden im Hintergrund gewartet hatte, trat vor. »Wenn Ihr mir folgen wollt, so begleite ich Euch in Eure Gemächer, denn Ihr müsst sicherlich eine Weile warten, bis die Kaiserinnen Eure Worte bedacht haben«, sagte er. »Kommt, ich sorge dafür, dass Euch sogleich eine Mahlzeit aufgetischt wird.«

Die Räume, in die er sie führte, waren so kostbar ausgestattet, dass Päony kaum wagte, irgendetwas zu berühren, geschweige denn sich zu setzen. Die hochgewölbten Decken waren mit roter und goldener Lackfarbe bemalt und mit zierlichem Schnitzwerk verziert, der Boden bestand aus Ebenholz und war mit bunten Teppichen bedeckt. Die Fenster waren alle aus farbigem Glas, auf das Blüten und Ornamente gemalt waren. Lukan wirkte gleichfalls tief beeindruckt. Er berührte den Seidenbezug des Diwans so vorsichtig, als könne dieser unter seinen Fingern zerfallen. Nachdem Päony das Mokabiterdorf gesehen hatte, vermochte sie sich vorzustellen, dass der ganze Luxus ihm ungewohnt und unheimlich war.

Wyvern streckte sich mit einem langen Seufzer wie eine träge Löwin auf einem Diwan aus, der mit einer prächtig bestickten Schabracke bedeckt war. »Wir müssen wohl eine Weile warten, da hat der Marschall recht«, sagte sie.

Tiffanbrill, der sich den dicksten und weichsten Teppich als Lager ausgesucht hatte, stimmte zu.

Päony, die es vor Neugier nicht mehr aushielt, fiel eifrig ein: »Dann vertreibt uns die Zeit damit, dass Ihr mir erzählt, wer die Kaaden Bûl sind, denn ich habe noch nie von ihnen gehört.«

»Ich auch nicht«, ergänzte Lukan.

Die Sphinx, die nichts lieber tat, als von den seltsamsten und eindrucksvollsten Wesen Chatundras zu berichten, war sofort bereit. »Um dir das zu erklären, muss ich in die Zeit zurückgehen, als es auf Chatundra eine ganz andere Welt gab, die nur wenig mit der heutigen gemein hatte. Die Allmutter Majdanmajakakis herrschte über diese Welt, die von mächtigen feurigen Drachen besiedelt war. Sie bewohnten riesige Städte aus schwarzem Basalt, aber auch Wohnstätten in der feurigen Tiefe des Erdinnern. Diese Wesen waren ganz anders als die heutigen Drachen, ihnen nur insoweit ähnlich, als sie mit Verstand und Sprache begabt und der Allmutter gehorsam waren. Sie lebten lange auf Chatundra, bis das Zeitalter der Mutterjungfrauen nahte. Damals geriet Drydd, der Fürst des Wassers, mit seinen drei Schwestern in Streit und nahm sich mehr von der Welt, als ihm zustand. Die Wasser des Tetysmeers überschwemmten große Teile des Festlands, darunter auch die Städte der Kaaden Bûl. Diese verschlossen daraufhin die Eingänge und zogen sich in die Schlünde der Tiefe zurück, wo sie viele Jahrhunderte lang in einem eigenen Reich lebten. Sie hatten wenig mit der neuen Welt zu schaffen, nur hin und wieder tauchten sie im Feuersee eines Vulkans auf oder erschütterten das Meer mit einem unterseeischen Beben.« Wyvern wandte sich an Päony. »Hast du auf dem Herflug das Kuppelgebäude gesehen, das wie der Kopf einer Schildkröte aussieht? Das ist der Tempel der Allmutter Majdanmajakakis, der einzige Tempel dieser Art, den es noch auf Chatundra gibt. Im Innern führt ein Schacht in die Tiefe, und wenn du hinabschaust, siehst du die Flammen an den Wänden emporlodern. Dort stiegen die sieben Menschen hinab, die verwandelt wurden, dein Urahn Java-Tikkan und seine Gefährtinnen und Gefährten. Sie schliefen im unterirdischen Tempel der Allmutter, und als sie wieder erwachten, waren sie verwandelt.« Unerwartet lächelte sie. »Dein Urahn, Päony, war *sehr* verwandelt, selbst ich hätte ihn nicht wiedererkannt. Von diesem Tag an war er ein vornehmer und edler Mann.«

Päony wurde nicht gern daran erinnert, dass Java-Tikkan von Geburt ein Mokabiter gewesen war und Graf Lubis geheißen hatte. Sie ging über die Bemerkung hinweg und fragte stattdessen: »Stimmt es denn, was die Kaiserin fürchtet – dass die Kaaden Bûl nicht zu bändigen sind und mehr Unheil anrichten, als sie Nutzen bringen?«

»Dass sie von uns nicht zu bändigen sind, stimmt – sie sind die mächtigsten Wesen auf dieser Welt gleich nach den Himmlischen. Aber sie gehorchen der Allmutter Majdanmajakakis, und wenn diese unsere Gebete erhört und die Feurigen sendet, so richten sie auch kein Unheil an.« Sie zögerte einen Augenblick lang, dann verbesserte sie sich: »Nun, jedenfalls nicht allzu viel Unheil. Dass sie in ihrem wilden Ungestüm das eine oder andere zerstören, müssen wir wohl hinnehmen. Aber Carrachon liegt in der eisigen Einöde, dort gibt es nichts, was sie mit ihren feurigen Schweifen in Brand stecken können.«

»Die Kaiserin vermutete, sie würden Lohn für ihre Hilfe verlangen.«

»Ja, gewiss. Sie tun uns nichts zu Gefallen. Wenn wir sie bitten, Carrachon oder das Land der Thargon anzugreifen ... Das Land der Thargon?« Der Blick ihrer runden goldbraunen Augen wanderte unvermittelt ins Leere. Dann, ganz unerwartet, legte sie Päony die Hand auf den Kopf und strich ihr durch das weiche schlohweiße Haar. »Du hast mich auf einen Gedanken gebracht, kleine Kriegerin. Ich muss auf der Stelle mit den Kaiserinnen sprechen.«

Sie sprang auf und verschwand.

Päony und Lukan sahen sich an.

»Was war das?«, fragte der Mokabiter. »Warum ist sie so überraschend davongestürzt?«

»Ich weiß es auch nicht. Ich hätte sie auf einen Gedanken gebracht, sagte sie.«

Karenna und Kylaila hatten sich in ihre Kemenate zurückgezogen, als die Sphinx sie aufsuchte. Beide wirkten überrascht, hatten sie doch gedacht, fürs Erste sei alles gesagt, aber natürlich hatte Wyvern jederzeit Zutritt zu ihnen. Also boten sie ihr einen Platz auf dem Diwan an und fragten höflich, was sie herführe.

»Ein Gedanke«, erwiderte die Sphinx. »Ich unterhielt mich gerade mit der kleinen Kriegerin, und wir sprachen davon, dass die Kaaden Bûl einen hohen Lohn dafür fordern würden, dass sie Carrachon oder das Land der Thargon angreifen. Und da fiel mir ein, wie wir sie zufriedenstellen und zugleich uns selbst helfen können. Versprecht ihnen den Süden von Chatundra, wo jetzt die Thargon wohnen, und Carrachon im hohen Norden! Ihr wisst, dass die Kaaden Bûl nichts mehr begehren, als wieder auf der Oberfläche zu leben, dass sie diesen Wunsch aber zurückhalten, um die neuen Wesen nicht zu schädigen.«

Karenna runzelte die Stirn. »An den Eisklippen und Schneefeldern im Norden haben wir nicht viel verloren, aber der Süden ... unsere bedeutendsten Reiche befanden sich dort.«

»In alter Zeit, Karenna. Jetzt ist der Süden eine vergiftete Wildnis, in der sich die Skorpionritter und die Thargon herumtreiben, und das wird noch lange so bleiben, denn unsere Kämpfer können sie nicht vertreiben – sie haben genug damit zu tun, sie am Überwinden der Mauer zu hindern.«

Die beiden Kaiserinnen sahen sich nachdenklich an. Schließlich ergriff Kylaila das Wort. »Wir denken darüber nach. Wenn uns keine andere Möglichkeit bleibt, folgen wir Eurem Rat, aber gern täten wir es nicht.«

Gegen Abend erschien abermals Marschall Merien und bat die Gäste, noch einmal in den Thronsaal zu kommen, da dort eine Versammlung der wichtigsten Berater der Kaiserinnen stattfinde. Diesmal war der Empfang weitaus feierlicher. Karenna thronte auf ihrem Marmorsitz, und Kylaila hatte sich auf ihrem kostbaren Teppich zusammengerollt. Bunt gekleidete Zofen und Höflinge standen ringsum oder kauerten auf Kissen zu ihren Füßen. Auf den Bänken entlang den ebenholzgetäfelten Längswänden des Saals saßen etwa zwei Dutzend Männer und Frauen in prächtigen Gewändern, und an der dem Thron gegenüberliegenden Wand lagerten ebenso viele Drachen, alle in derselben Größe wie Tiffanbrill. Zum Zeichen ihrer Würde trugen sie funkelnde Geschmeide um den Hals und auf der Brust. Bei jeder Bewegung schimmerten und glitzerten die Juwelen im Kerzenschein und wetteiferten mit den metallischen Schuppen, die wie bronzene Blütenblätter die schlanken Leiber bedeckten.

Wyvern ergriff Päonys Arm. »Geh nach vorn, auf die Kaiserinnen zu!«, befahl sie ihr. »Knie vor ihnen nieder und leg die Waffen vor dich auf den Boden. Sie werden dir sagen, wann du aufstehen und dich zurückziehen kannst. Dann entferne dich, aber rückwärts gehend, denn Kaiserinnen wendet man nicht den Rücken zu. Das gilt auch für dich, Lukan.«

Päony fühlte sich unbehaglich, und hätte sie nicht schon vorher mit den Kaiserinnen gesprochen und ihre Freundlichkeit erlebt, so hätten ihr wohl die Knie gewankt, als sie inmitten der ernst blickenden Edlen und der vornehmen Drachen vortrat und am Fuß des doppelten Throns niederkniete. Sie war erleichtert, als Karenna ihr lächelnd winkte, sie solle aufstehen und ihren Platz auf einer der Bänke einnehmen. Lukan wäre beinahe gestolpert, so linkisch bewegte er sich in seiner Schüchternheit. Obwohl er hätte niederknien sollen, verfiel er in die Sitten seines Volks und warf sich mit ausgebreiteten Armen vor dem Thron auf den Boden. Er stöhnte vor Erleichterung, als er aufstehen und an seinen Platz zurückkehren durfte. Tiffanbrill näherte sich dem Thron ebenfalls unter Ehrenbezeugungen, was bedeutete, dass er den Schweif in komplizierten Schnörkeln drehte und schwenkte.

Nun trat auf Kylailas Aufforderung hin Wyvern vor, aber sie verzichtete auf alle Ehrenbezeugungen. Niemand erwartete, dass ein so erlauchtes Wesen wie sie sich zu Boden warf, nicht einmal vor dem doppelten Thron. Die Ratsleute, die wohl von ihr gehört, sie jedoch noch niemals gesehen hatten, staunten mit offenem Mund. Offenbar hatten sie ein völlig anderes Lebewesen erwartet als diese schöne Frau. Vielleicht hatten sie sich vorgestellt, eine Sphinx sei ein Ehrfurcht gebietendes, aber schreckliches Ungeheuer. Päony erinnerte sich, wie überrascht sie selbst gewesen war, dass die Sphinx nicht größer als eine stattliche Menschenfrau war. Sie hatte erwartet, ein furchterregendes Wesen zu erblicken, so kolossal wie eine der steinernen Statuen.

»Wollt Ihr unseren Ratgebern noch einmal wiederholen, was Euch zu uns geführt hat, damit sie es aus Eurem eigenen Mund hören?«, fragte Kylaila.

Wyvern nickte. Mit weicher, volltönender Stimme wiederholte sie alles, was sie den beiden Kaiserinnen erzählt hatte. Sie berichtete von ihrem prophetischen Traum und von ihrer Suche nach der weißen Spinne. Auf ihre Aufforderung hin musste Päony aufstehen, damit alle sie sehen konnten. Ein Murmeln und Tuscheln lief durch die Reihen der Räte: Offenbar war man erstaunt, eine so kleine und zierliche Frau zu sehen, die man ohne Wyverns Rede für ein Kind gehalten hätte.

Die Sphinx erzählte weiter, was sie von Lukan erfahren hatte, und auch er musste aufstehen. Ein verblüfftes – und recht unfreundliches – Murmeln erhob sich im Saal, als man den jungen Mann als Mokabiter erkannte.

Wyvern hob die Hand zum Zeichen, dass sie weiterreden wolle. Das Murmeln erstarb. Die Männer und Frauen lauschten angespannt, und alle Drachen hatten die lanzenförmigen Ohren gespitzt. Als sie geendet hatte, brach eine heftige Debatte los, sodass für eine Weile kein Wort zu verstehen war. Menschen und Drachen redeten durcheinander. Die Kaiserinnen lauschten dem Stimmengewirr eine Zeit lang, dann gebot Karenna mit einer Handbewegung Schweigen und wandte sich an einen vornehm gekleideten, glatzköpfigen und weißbärtigen alten Mann, der das Oberhaupt der Ratsleute zu sein schien. »Habt Ihr etwas zu sagen, Freund Ödün?«

Der Alte verneigte sich. »In einer solchen Angelegenheit ist keine schnelle Entscheidung zu treffen, Hoheit. Wir schlagen daher vor, dass Ihr noch weiteren Rat einholt. Beruft ein Konzil der Schwesternschaft ein und fragt die anderen weisen Frauen des Landes nach ihrer Meinung, wie Ihr am besten gegen die schreckliche Bedrohung vorgeht.«

Die beiden Kaiserinnen überdachten Ödüns Worte, doch dann schüttelte Kylaila den Kopf. »Nein, wir möchten kein Konzil einberufen. Wenn so viele Menschen zusammenkommen, könnten auch die Verschwörer davon erfahren und sich rechtzeitig rüsten. Dennoch ist dein Rat klug. Wir wollen drei Weise fragen, was sie uns raten – Karennas Großvater Vauvenal, den Drachen Fayanbraz und den Drachen Kulabac. Ich werde Boten zu ihnen senden. Fayanbraz wohnt nicht weit von hier in der Zitadelle von Zorgh. Kulabac ist schwerer zu erreichen ...«

Zum Zeichen, dass er etwas sagen wollte, streckte Tiffanbrill den Schweif steif in die Höhe.

Kylaila erteilte ihm das Wort, und er platzte ungestüm heraus: »Oh, Hoheit, wenn Ihr einen Boten sucht, so lasst mich Kulabac aufsuchen! Seit Langem sehne ich mich danach, ihn wieder einmal zu sehen, nachdem wir uns vor hundertfünfzig Jahren zum letzten Mal getroffen haben. Und ich fürchte den Weg durch die Gurguntai nicht.«

Päony beugte sich zu der Sphinx hinüber. »Ich kenne das Wort nicht. Was sind die Gurguntai?«

Mit gedämpfter Stimme antwortete Wyvern: »Unterirdische Grüfte, die tief in die Berge hineinreichen – eine Totenstadt, in der die vornehmen Drachen des Nordens beigesetzt sind. Die Menschen fürchten sich davor, sie zu betreten, denn die Wächter dort machen ihnen Angst.«

Die beiden Kaiserinnen berieten sich kurz, dann ergriff Karenna das Wort. »Es sei so, Ekoya Tiffanbrill. Du bist ein guter Bote.«

Daraufhin sprang Päony auf. Ohne sich um das Hofzeremoniell zu kümmern, rief sie mit heller Stimme: »Wenn Tiffanbrill zu Kulabac reist, dann will ich ihn begleiten! Wir waren bislang immer zusammen und haben alles gemeinsam ...« Unvermittelt brach sie ab, als alle sie vorwurfsvoll musterten. Beschämt sank sie auf ihren Platz zurück und schwieg.

Karenna aber lächelte. »Der Wunsch sei dir gewährt. Es drohen keine größeren Gefahren auf dem Weg, und so seid Ihr,

Wyvern, gewiss einverstanden, dass wir Eurer weißen Spinne die Erlaubnis geben.«

Die Sphinx neigte zustimmend den Kopf, sagte aber: »Kein Weg ist ohne Gefahren. Daher soll sie auch Graf Lukan begleiten. Mir ist wohler, wenn die beiden zusammen sind.«

Sie wollte noch weiterreden, aber ihre Aufmerksamkeit wurde abgelenkt, denn in der Mitte des Thronsaals ereignete sich etwas Seltsames. Die Luft zitterte wie über einem Feuer. Ein schwacher Nebel bildete sich, der sich rasch ausbreitete, bis er die Gestalt eines erwachsenen Mannes angenommen hatte. Drei Fuß über dem Boden schwebte das Bildnis eines schönen Jüngling, vom Kopf bis zu den Füßen in ein grünes Gewand gehüllt. Sein Gesicht, von langen blonden Locken umwallt, war bleich wie Eis; aus den Augenschlitzen strömte ein grünliches Licht. Die Erscheinung waberte hin und her, als werde sie von einem Lufthauch bewegt, blieb aber in sich selbst völlig starr. Kein Haar der langen Locken regte sich, keine Falte des grünen Gewands veränderte sich.

»Zarzunabas!«, rief die Sphinx überrascht.

Karenna nickte, den scharfen Blick ärgerlich auf die Erscheinung gerichtet. »Lösche es aus!«, befahl sie einem Drachen in ihrer Nähe. Dieser stieß augenblicklich einen Feuerstrahl aus, der durch das Bildnis hindurchfuhr. Sofort verwandelte es sich wieder in Nebel, der immer dünner wurde und sich auflöste.

»Es ist nicht das erste Mal«, erklärte Kylaila, »dass er uns mit Erscheinungen seiner selbst zu narren oder zu bedrohen sucht. Wir haben solche Phantasmagorien schon mehrmals gesehen. Es geschieht aber erst seit geraumer Zeit. Vermutlich ist seine Kraft gewachsen, denn früher vermochte er nicht so weit zu wirken.« Dann erhob sie sich von ihrem Podium. »Ich denke, es ist alles gesagt. Die Boten mögen gleich morgen früh aufbrechen.« Mit diesen Worten glitt sie feierlich aus dem Thronsaal.

Karenna verharrte noch einen Augenblick lang und winkte ihre Besucher zu sich. Mit gedämpfter Stimme sagte sie: »Ich wollte es nicht vor aller Ohren sagen, denn die Leute sollen ruhig denken, ihr seid noch nicht zum Handeln bereit. Wenn ihr Kulabac besucht, so bittet ihn, euch nach Luifinlas in den Tempel der Mandora zu führen. Fragt die Hohepriesterin Tochtersohn, ob die drei Schwestern euch enthüllen wollen, welche Queste zur Errettung des Kaiserreichs ihr erfüllen müsst.«

Päony verschlug es den Atem. Sie hatte von der Stadt Luifinlas hinter den Heulenden Bergen gehört, aber nie gewusst, ob es die Stadt wirklich gab oder ob sie nur eine Legende war. Und nun sollte sie sie kennenlernen!

Es dämmerte bereits, als die Besucher schließlich entlassen wurden, und bald erschien die Monddrachin Datura in ihrer ganzen Pracht inmitten des silbernen Spinnennetzes, in dem sie Nacht für Nacht über den Himmel schwebte. Die Enden des Netzes trugen die zwölf Fallum Fey, zierliche, halb durchsichtige Himmelsdrachen in Gestalt geflügelter Seepferdchen. Ringsum schwamm ein Schwarm jener winzigen blitzenden Kreaturen, die die Menschen Sternschnuppen nennen.

In den Häusern von Vang Vath, die von Menschen bewohnt wurden, leuchteten die Fenster im Schein der Öllampen, aber die Türme blieben dunkel, denn die nachtsichtigen Drachen brauchten kein Licht. Da und dort schimmerte ein orangefarbener Schein, wenn einer von ihnen Feuer aus den Nüstern blies, oder ein Rauchwölkchen stieg durch die Schlupflöcher ins Freie.

Die drei Reisenden wurden in ein vornehmes Schlafgemach geführt. Dort lag für Tiffanbrill ein Teppich ausgebreitet, an der Stirnwand stand ein Bett für Päony und an der gegenüberliegenden Wand ein ähnliches für Lukan. Päony schlüpfte in das kurze Nachtgewand, das bereitlag – es gehörte vermutlich einem der

Kinder im Palast. Aber sie blies die Flamme der Ampel nicht aus. Zu viel ging ihr durch den Kopf, als dass sie jetzt schon schlafen konnte. »Ich höre den Namen Kulabac zum ersten Mal«, wandte sie sich an Tiffanbrill. »Erzähl mir etwas über ihn!«

»Er ist einer der unsterblichen Mirminay«, erklärte der Drache. »Einer der gewaltigsten von ihnen. Ich war ungeheuer beeindruckt, als ich ihn zum ersten Mal sah. Seine Schuppen funkeln wie Diamanten, und auf dem Haupt trägt er eine Krone aus Perlen. Aber kostbarer als jeder Schmuck ist ein riesiger blutroter Karfunkel, der mitten auf der Stirn sitzt – genau zwischen den beiden Hörnern – und sein magisches Auge darstellt. Dieser Karfunkel strahlt und leuchtet so hell, dass Kulabac wie von Feuer umgeben ist, wenn er hoch oben am Himmel dahinfliegt. Und es ist nicht nur sein bezaubernder Anblick, sondern auch seine verehrungswürdige Weisheit, die ihn über die meisten anderen Drachen erhebt.«

»Und er wohnt in den Gurguntai?«

»Nein, er wohnt darunter. Wir müssen die Grüfte durchqueren, um seine Höhle zu erreichen, die er kaum mehr verlässt. In seiner Drachengestalt ist er inzwischen zu groß dazu. Kulabac verwandelt sich nie, obwohl er es zustande brächte. Er ist bequem und träge und steigt nur noch selten an die Oberfläche. In seinem behaglichen Nest tief unter den Felsen fühlt er sich weitaus wohler. Es ist ein langer, dunkler Weg bis in seine Höhle hinunter, und obwohl die Toten selbst niemanden angreifen, lauern dort viele Gefahren.«

Lukan hatte in seinem Bett liegend gelauscht. »Wovor sollten wir uns in den Grüften denn schon fürchten?«, fragte er. »Vor der Dunkelheit habe ich keine Angst, weil ich sehen kann wie am hellen Tag, aber die Sphinx sprach von Wächtern. Wer sind sie?«

»Schattenwesen, die euch kein Leid zufügen, aber den Menschen Angst machen. Nur einmal wagten sich Menschen dort hinein, und sie kamen nur, weil sie ebenfalls mit Kulabac reden wollten. Ansonsten betritt niemand die Grüfte, obwohl es für Menschen ein Leichtes wäre, denn die Gitter am Eingang sind für Riesen gemacht. Wir können ohne Mühe hindurchschlüpfen.« Tiffanbrill gähnte ausgiebig. »Aber das werdet ihr alles an Ort und Stelle sehen, also schlaft jetzt, damit ihr morgen ausgeruht seid. Es wird ein langer Flug.« Mit einem kräftigen Atemstoß blies er die Ampel aus.

Päony drehte sich gehorsam zur Seite und zog die Decke über den Kopf. Als sie schließlich eingeschlafen war, suchten sie verworrene Träume heim, in denen sich die Ereignisse des Tags vermischten – und in denen auch Lukan eine wichtige Rolle spielte.

Am Morgen weckte Päony der Schlag des mannshohen Gongs, der dem Palast den Beginn eines neuen Tags verkündete. Sie schreckte auf und wusste erst nicht, wo sie war. Dann erinnerte sie sich an alles, was am Vortag geschehen war, und ihr fiel ein, dass sie in Kürze eine wichtige Reise antreten würde. Sie warf einen Blick auf Tiffanbrill, der ebenfalls erwacht war. Er hatte die Augen noch halb geschlossen und gähnte herzhaft.

»Wirf den Junker aus dem Bett!«, rief er. »Wir müssen früh aufbrechen, denn wir haben viel vor.«

»Werden wir es denn an einem Tag schaffen, die Gurguntai zu erreichen?«

»Wir werden sie erreichen, aber nicht hinuntersteigen – das wäre zu viel für einen Tag.« Er dehnte und streckte sich und richtete sich dann flink auf den vier hornigen Tatzen auf.

Päony war noch damit beschäftigt, den schlafenden Lukan aufzuwecken, als an die Tür gepocht wurde und ein Lakai fragte, ob er das Frühstück bringen könne. Als sie bejahte, verschwand er wieder.

Lukan wachte nur mit Mühe auf, denn in seinem Heimatdorf hatte er gewöhnlich so lange geschlafen, bis Phuram hoch am Himmel stand. Schlaftrunken kroch er aus dem Bett und suchte seine Kleider zusammen. Erst als der Diener mit einem Tablett zurückkehrte, wurde er munter. Das Frühstück bestand aus Gewürzbrot und heißem Wein für Päony und ihn. Ein zweiter Diener folgte mit einem Armvoll frischer Schösslinge und einer Schüssel, so groß wie ein Waschbecken, mit frisch gepflückten Granatäpfeln und Pomeranzen – die Mahlzeit, die Tiffanbrill zugedacht war.

Nach dem Frühstück führte der Lakai sie in einen Raum, in dem die Sphinx bereits auf sie wartete. Knechte schleppten die Ausrüstung für die Reise herbei: ein Bündel Fackeln und einen Sack mit Proviant. Päony erhielt obendrein eine wollene Jacke und einen Mantel. Hoch oben im Norden würden die Nächte bitter kalt werden.

Die Sphinx überreichte Lukan ein großes Knäuel rotes Garn. »Steck das in den Sack«, befahl sie, »und achte sorgfältig darauf, dass es nicht verloren geht! Es ist die einzige Möglichkeit, wie ihr durch das Labyrinth gelangt, das die unterste Ebene der Gurguntai versperrt.«

Der Jüngling gehorchte.

»Seid achtsam auf eurem Weg!«, warnte sie die Sphinx. »Gefahren lauern überall, vor allem dort, wo ihr sie am wenigsten erwartet. Und nun geht, denn je früher ihr aufbrecht, desto früher seid ihr wieder zurück.«

Ein Höfling führte sie durch die labyrinthischen Korridore des Palasts hinunter in den Hof, der im rosigen Schein der Morgensonne lag. Schon herrschte überall rege Geschäftigkeit. Menschen und Drachen eilten mit Aufträgen hin und her, Bauern und Händler strömten durch das Torgewölbe. Tiffanbrill hieß die beiden Menschen aufsteigen. Dann breitete er die zackigen Flügel aus, segelte über den Hof und folgte der gepflasterten Straße nach Norden.

Als sie den Palast hinter sich gelassen hatten, erstreckten sich unter ihnen purpurne Felder. Rauch stieg aus den Schornsteinen der bescheidenen Dörfer. Fleißige Landleute, die schon seit der ersten Dämmerung bei der Arbeit waren, ernteten Knollen, Kürbisse und Granatäpfel für den Markt und schnitten die rosafarbenen Fingerblumen, die auf den Äckern wie Gemüse gezogen wurden. Herden schwerfälliger Echsen wurden auf die Weide getrieben. Ihr kehliges Kollern, mit dem sie durch die Gatter drängten, drang bis zu den Fliegenden herauf.

Eine Zeit lang glitten die Reisenden über Felder und Weiden dahin, der dunklen Mauer des Waldes entgegen, der sich vor ihnen erstreckte. Mit energischen Flügelschlägen stieg Tiffanbrill hoch in den klaren Morgenhimmel. Immer mehr entfernte sich die Residenzstadt, wurde kleiner und verschwand schließlich im türkisblauen Dunst, der über dem Regenwald lag. Bald sahen sie ein von dunkelgrünen Gewächsen bedecktes Land unter sich, in dem seltsame Tiere umherkrochen. Weiße Riesenschnecken mit grün und golden irisierenden Gehäusen fraßen breite Schneisen in die üppige Vegetation. Riesenhafte kobaltblaue Schmetterlinge taumelten im Sonnenschein über die Lichtungen. Rot und orange gebänderte Tausendfüßler huschten ängstlich von einer Deckung zur nächsten. Krabben stocherten im Moder der Tümpelränder nach Nahrung. Alle diese Tiere waren bemerkenswert groß. Die Schnecken schleppten Häuser von den Ausmaßen einer herrschaftlichen Kalesche auf dem schleimigen Rücken, die Tausendfüßler waren lang wie Speere. Den riesigen stieläugigen Krabben wäre Päony nicht gern begegnet, auch wenn sie wusste, dass sie dem strengen Gebot der Mutterjungfrauen zufolge friedlich waren.

Im Westen erblickte Päony eine Bergkette, die im rechten

Winkel auf die Heulenden Berge vor ihnen stieß. Das waren die Toarch kin Luris, wie Tiffanbrill erklärte, die Feuerberge, auf deren Gipfeln Krater voll kochender Lava glühten. Auf einer Schulter dieser Berge lag die alte Drachenstadt Zorgh, die wieder aufgebaut worden war, nachdem sie jahrhundertelang in Ruinen gelegen hatte, und nun unter der Herrschaft vornehmer Drachen stand. Kaum ein Mensch wohnte dort.

Vor ihnen erstreckte sich endlos der Wald. Nur selten blickten sie auf einen Weiler hinab, der sich auf einer Lichtung duckte. Die Bäume veränderten sich: An die Stelle der Schachtelhalmbäume und Riesenfarne traten die graugrünen Koniferen, die die Vorberge der hohen Gebirge bedeckten. Ein würziger Duft stieg von diesen Wäldern in die klare Bergluft auf. Als die Hügel am Fuß der Toarch kin Mur sich treppenförmig erhoben, musste der Drache immer höher steigen.

Die Stadt der Schlangen

Päony war tief beeindruckt von der wilden Landschaft. Geradezu eingeschüchtert betrachtete sie die Gipfel der Toarch kin Mur, über die schillernde Schneefahnen hinwegwehten. Selbst aus dieser Entfernung wurde die schreckenerregende Höhe der Berge deutlich, neben denen sich die Gebirgsketten von Luris wie harmlose Hügel ausnahmen. Auf dem unüberwindbaren Wall mit den bleigrauen Felsmauern ragten drohend die gekrümmten Gipfelhörner auf, die scheinbar bis zu den Sternen reichten und jeden Blick auf das Dahinter abschnitten. Orkane brausten unablässig um die Höhen, und Stürme von so dämonischer Wut orgelten in den Schluchten und Pässen, dass in stillen Stunden ihr Tosen bis weit ins Land hinein zu hören war, oft vermengt mit dem Rollen und Rauschen der Schneelawinen und dem Donner der Steinschläge.

Nach einer Weile sah Päony eine weiße Turmspitze auftauchen, dann eine weitere. Erst hielt sie sie für helle Felsklippen, aber dann erkannte sie, dass es tatsächlich Türme waren ... und Mauern ... und zerbrochene Kuppeln. Vor ihr erhoben sich die Ruinen einer Stadt, die ehemals gewiss von majestätischer Pracht gewesen war, von der aber kaum mehr übrig geblieben war als kunstvoll gemeißelte Torbogen, die sich ins Nichts öffneten, und geborstene Säulen, die gefährlich schief auf ihren Sockeln standen.

Auf ihre Frage antwortete Tiffanbrill: »Dies ist Chiritai … nein, die Ruinen von Chiritai sind es, nachdem die Stadt vor zweihundert Jahren von den großen Feurigen zerstört wurde. Vorzeiten prunkte sie in ihrem vollen Glanz. Man nannte sie die goldene Blume des Nordens, aber das Gold, dem sie ihren Reichtum verdankte, war verflucht, und der Fluch breitete sich über die ganze Stadt aus. Das ist eine lange Geschichte, die ich dir später einmal ausführlich erzählen werde. Vorerst genügt es zu wissen, dass die Mutterjungfrauen beschlossen, es solle nie mehr ein Mensch in der Stadt wohnen, und sie den Schlangen als Heimstatt gaben. Daher ist Chiritai heute verlassen, und Dornen haben die Tore überwuchert. Nur die Schlangen wohnen dort und haben das Recht und die Pflicht, jeden Menschen zu töten, der einen Fuß in die Stadt setzt.«

Als sie näher kamen, sah Päony, dass die Stadt tatsächlich einmal von großer Schönheit gewesen war. Zinnenbewehrte Mauern ragten in den Himmel, und dahinter erhoben sich Türme und Dächer. Die Steine, aus denen man Chiritai erbaut hatte, waren fast weiß und hoben sich hell gegen die lebhaft gefärbten Felsen ab, deren Flanken sich kobaltblau und rostrot dahinter auftürmten. Weiter hinten wurden die Mauern dunkler und ragten ungestüm in den Himmel auf. Ihre Kronen neigten sich drohend über die einst so glanzvolle Stadt.

Freilich, als sie noch näher kam, entdeckte Päony, dass Zeit und tobende Winde die Gebäude angegriffen hatten. Zackige Löcher klafften in den gewaltigen Kuppeln. Den Obelisken fehlten vielfach die versilberten Spitzen, und die Plattformen hoch oben an den Türmen waren zerbrochen. So weit das Auge reichte, erstreckte sich ein Trümmerfeld.

Tiffanbrill flog dicht an die Stadtmauer heran und ließ sich auf einem Türmchen nieder. »Es ist sicher nicht verboten, einen Blick hinter die Mauern zu werfen«, sagte er. »Nun, da ihr schon einmal hier seid, sollt ihr Chiritai auch gesehen haben.«

Sie blickten auf einen achteckigen freien Platz hinunter, der dem gewaltigen Palast einst vorgelagert war. Noch standen die massiven Grundmauern, aber das Innere war von Flammen zerstört. Die Spuren einer furchtbaren Feuersbrunst, wie kein irdischer Brand sie hervorbringt, waren deutlich zu erkennen. Ein Trümmermeer dehnte sich nach allen Seiten aus. Rings um die Säulen aus bleichem Marmor häufte sich der Schutt der Dächer und Mauern. Herabgefallene Giebelfelder, auf denen noch goldene Ornamente glänzten, lagen zwischen eingestürzten Mauern. Eisig strich der Wind über verwitterte Fundamente. Moos und Dornen waren darüber gewuchert, hohe Bärlappgewächse und Schilfstauden beschatteten den einstigen Hauptplatz der hoffärtigen Stadt.

Päony sah, dass Chiritai tatsächlich von Schlangen bewohnt war. Auf den warmen Steinplatten sonnten sich kleine und große Vipern sowie mächtige, grün und gelb gescheckte Würgeschlangen in der Mittagssonne und hatten ihre endlos langen Körper dösend zusammengerollt. Andere krochen über die Säulen und Mauern der zerstörten Gebäude, und wieder andere schwammen in den brackigen Tümpeln, die das Regenwasser in den Senken hinterlassen hatte. Wenn Päony genau hinhörte, merkte sie, dass diese Schlangen miteinander sprachen: Die Luft war von einem Zischeln und Wispern erfüllt, so zart wie das Knistern von Seide. Alle schienen sich ausgesprochen wohlzufühlen in dieser Stadt, die nur ihnen allein gehörte.

Bald entdeckte die kleine Kriegerin auch die Überreste von Menschen und Tieren, die das Recht der Schlangen auf ihre Stadt missachtet hatten. Beklommen starrte sie auf die Knochen, die überall verstreut lagen, als wäre ein Gebeinhagel über dem Trümmerfeld niedergegangen. Manche waren so riesig wie die Knochen von Donnerechsen, manche winzig klein wie Mäuseskelette, und wieder andere ähnelten den Überresten menschlicher Wesen. Die Sonne hatte die Knochen gebleicht, und die eisige Kälte zahlloser Gebirgsnächte hatte sie zermürbt, bis sie spröde wie Glas geworden waren.

»Es sind also doch Menschen in die Stadt der Schlangen eingedrungen«, sagte sie, auf einen Haufen Schädel weisend, die auf einem Steinsockel lagen.

»Nicht freiwillig«, entgegnete Tiffanbrill. »Die Kaiserinnen lassen unverbesserliche Schwerverbrecher hierherbringen und übergeben sie den Schlangen, die kurzen Prozess mit ihnen machen. Aber es gab auch immer wieder tollkühne Abenteurer, die keine Gefahr scheuten und von den Schätzen in den Palastruinen angezogen wurden. Zweifellos liegen dort unten noch ungeheure Werte, denn die Kaaden Bûl vernichteten seinerzeit nur das Gold; Silber und Juwelen ließen sie unberührt. Aber kein einziger von jenen, die den Schatz heben wollten, kehrte jemals zurück. In dieser Schlangengrube überlebt niemand.«

»Ekoya Tiffanbrill, Eure Weisheit in allen Ehren, aber ich sehe gerade einen Menschen!«, rief Lukan unvermittelt.

»Wo?«, fragte der Drache verblüfft und ließ den Blick schweifen.

»Seht Ihr die einzige Mauer des Palasts, die noch steht? Dort führt eine Treppe hinauf, und am oberen Ende, zwischen den Trümmern, steht jemand. Ich weiß nicht, ob es ein Mann oder eine Frau ist, ich sehe nur eine verhüllte schwarze Gestalt.«

»Tatsächlich! Da ist sie!« Tiffanbrill war außer sich vor Erstaunen. »Das ist unmöglich! Aber – ja, sie bewegt sich wie ein lebendiger Mensch! Sieh hin, Päony, sieh genau hin – erkennst du sie auch?«

Päony besaß nicht so scharfe Augen wie Tiffanbrill oder Lukan mit seinen Drachenaugen, und sie musste eine Weile blinzeln und spähen, bis sie auf der entferntesten Mauer des Palasts eine winzige schwarze Gestalt erkannte. Schließlich rief sie: »Ja, ich sehe sie auch!«

»Höchst erstaunlich!«, bemerkte Tiffanbrill. »Das kann kein Mensch sein ... unmöglich! Die Schlangen hätten ihn längst zu Tode gebissen. Vielleicht ist es ein Dämon – eines jener Trugbilder, die Zarzunabas in die Welt schickt.«

»Dann scheint mir aber ein sehr beständiges Trugbild zu sein«, widersprach Lukan, »denn es steht noch immer dort.«

Tiffanbrill schüttelte den Kopf. »Fliegen wir hinüber und sehen es uns aus der Nähe an!«, schlug er vor.

In diesem Augenblick stieß der Mokabiter einen gellenden Entsetzensschrei aus. Päony fuhr herum und starrte in den weit aufgerissenen Rachen einer armdicken, fleckigen Schlange. Das Reptil musste sich von hinten über die Mauervorsprünge angeschlichen haben. Nun hatte es seinen Leib um Lukans Körper gewickelt und ihm die Arme an den Leib gepresst, während es Päony anzüngelte.

Blitzschnell zog die Spinnenkriegerin ihr Schwert aus der Scheide und schlug zu. Der Kopf fiel. Aus dem Hals schoss ein armdicker Blutstrom und besudelte sie und Lukan von oben bis unten. Dann löste sich die Umklammerung, der schwere Leib rutschte ab, blieb einen Augenblick lang in den Bäumen hängen und stürzte mit Gepolter zu Boden.

Tiffanbrill flatterte hoch. »Weg, weg von hier!«, rief er. »Die Schlangenkönigin wird es uns übel nehmen, dass wir eine der Ihren getötet haben, und ich will nicht warten, bis sich alle Schlangen versammelt haben.« Mit kraftvollen Flügelschlägen floh er in nördlicher Richtung.

Erst nachdem er ein gutes Stück Wegs zwischen sich und die Stadt gebracht hatte, ließ er sich am Eingang eines schmalen, tief eingeschnittenen Tals nieder. Es war ein friedlicher Ort. Lang und schmal erstreckte sich die Wasserzunge eines Bergsees, den ein kristallklarer Bach speiste. Sonnenlicht glitzerte auf dem reglosen Wasser. Wie die meisten Seen im Gebirge schien er sehr tief zu sein, denn sein Wasser war dunkelblau, stellenweise fast schwarz.

Lukan sprang vom Rücken des Drachen und warf einen ängstlichen Blick auf die Ruinen von Chiritai, deren Umrisse in der Ferne im Dunst verschwammen. Ihm stand der Schrecken noch ins Gesicht geschrieben. »Nie wieder«, jammerte er, »will ich in die Nähe dieser abscheulichen Stadt kommen!«

»Es war mein Fehler«, gestand Tiffanbrill reumütig ein, »mich auf der Mauer niederzulassen. Ich hätte daran denken müssen, dass die Schlangen selbst das nicht gestatten. Nun, wir werden kaum Gelegenheit haben, noch einmal nach Chiritai zu kommen. Aber ich wüsste doch gern, wessen Gestalt wir dort auf der Mauer gesehen haben.«

Päony merkte, dass ihn diese Frage sehr beschäftigte.

»Ich werde Kulabac danach fragen«, fuhr der Drache fort. »Vielleicht kann er uns Näheres sagen.«

»Wie kann er etwas davon wissen«, fragte Päony, »wenn er seine Höhle tief unter den Bergen nie verlässt?«

»Du unterschätzt die Fähigkeiten eines Rosenfeuerdrachen«, gab Tiffanbrill zu bedenken. »Sie können ihren Geist an Orte senden, die ihr Körper nie betritt. Und Kulabac hat den zusätzlichen Vorteil, dass sein Karfunkelauge durch Stein und Erde dringt, selbst durch die Finsternis der Unterwelt. Auf diese Weise sieht er viele Ereignisse, die sich an der Oberwelt abspielen. Vermutlich weiß er auch, wer sich in der Stadt der Schlangen eingenistet hat. Und nun säubert euch! Es wird eine Weile dauern, bis eure Kleidung getrocknet ist, und wir wollen noch heute Abend das Tal der Gurguntai erreichen.«

Die beiden jungen Leute trugen eifrig Holz zusammen, entfachten ein Feuer und schlüpften aus ihren mit Schlangenblut besudelten Gewändern. Als Lukan sich das Hemd über den Kopf zog, entdeckte Päony, dass die Rückseite seines Körpers von den Oberschenkeln bis unter die Schulterblätter mit einer farbigen Zeichnung bedeckt war, ähnlich der einer Schlange. Sie schillerte grau, ockerfarben und silbern im Sonnenlicht. »Oh!«, rief die Spinnenkriegerin entzückt aus. »Du hast ja doch etwas von einem Drachen an dir!«

Lukan drehte sich um, merkte, dass er nackt war, und drückte erschrocken das zerknüllte Hemd an die Lenden.

Päony lachte laut auf. »Du brauchst dich nicht vor mir zu schämen. Alle Soldaten baden nackt, Männer und Frauen gemeinsam. Hast du Angst, ich beiße dich?«

»Nein«, stammelte er. »Es ist nur ... wir Mokabiter zeigen uns nicht gern unverhüllt, denn wir haben Angst, mit einem bösen Zauber belegt zu werden.«

»Sagte ich dir nicht, Päony«, fiel Tiffanbrill belustigt ein, »dass die Schurken sich andauernd gegenseitig verwünschen? Und dabei zielen sie hauptsächlich darauf ab, die Männlichkeit ihres Gegners zu lähmen, damit er ihnen die wenigen Frauen nicht streitig machen kann.«

Die kleine Kriegerin merkte, wie sehr Lukan diese Worte beschämten. Da sie ihn nicht weiter quälen wollte, rief sie ihm zu: »Komm, wir schwimmen im See, um uns zu säubern!« Und schon lief sie auf das Gewässer zu. Sie fand es eiskalt, als sie – dem Bachlauf folgend – knöcheltief hineinplanschte, aber sehr erfrischend nach der dumpfen Urwaldluft.

Lukan folgte ihr, aber unversehens blieb er stehen und riss sie am Arm zurück, so heftig, dass sie fast gestürzt wäre. »Warte!«, rief er. »Dieser See gefällt mir nicht. Ich möchte ... warte!« Er zog sie mit sich zurück ans Ufer. Dort bückte er sich, hob einen handtellergroßen flachen Stein auf und ließ ihn mit geübtem Schwung über das Wasser springen. Es klatschte laut, perlende Fontänen sprangen hoch – und dann erhob sich ein monströses Haupt aus den düsteren Fluten, anzusehen wie ein alter Felsblock, zernarbt und mit grünen Algen bewachsen. Ein fünf Fuß langes Drachenmaul klappte auf und zeigte Doppelreihen gelber, von brauner Fäulnis angefressener Zähne, jeder Zahn so lang wie ein Zeigefinger und so scharf wie ein Dolch. Zwei Schritte hoch fuhr das Ungeheuer senkrecht aus den Fluten empor, schnappte in die Luft und sank, als es merkte, dass es leer ausgegangen war, brüllend in die Tiefe zurück. Doch es blieb nur einen Wimpernschlag lang unten. Eine Bugwelle rauschte durchs Wasser, und zwei runzlige, aufgeblähte Nüstern schossen knapp über dem schäumenden Wasserspiegel mit unheimlicher Geschwindigkeit aufs Land zu.

Tiffanbrill kreischte und flatterte vor Entsetzen mit den Flügeln. »Flieht, flieht!«, schrie er. »Das ist Pilas, der grausame alte Schurke! Wie konnte ich nur vergessen, dass dies sein See ist?«

Aber Päony dachte nicht an Flucht. Splitternackt rannte sie auf ihr Schwert zu und stürmte, die Waffe schwingend, zurück zum Ufer. Da schob sich der steinharte Unterkiefer auch schon mit einem reibenden Geräusch über die Kiesel am Rand des Sees, zwei graue Tatzen stemmten sich in den Schotter, und der garstigste Wasserdrache, den Päony jemals gesehen hatte, bewegte sich auf sie zu, und zwar überraschend schnell und gewandt für ein so täppisches Wesen. Offenbar war er auf dem Land fast so flink wie im Wasser. Päony stieß einen durchdringenden Kampfschrei aus und schlug mit dem Schwert nach Pilas' Nase. Der Hieb traf, aber von den dicken Platten horniger Haut prallte die Klinge ab und flog ihr aus den Händen. Trotz stechender Schmerzen in den Armen lief sie zu der Stelle, wo die Waffe hingefallen war, und hob sie eilends auf. Da ruckte Pilas vorwärts, schnellte anderthalb Schritt in die Höhe und ließ sich mit vollem

Gewicht auf sie herabfallen. Hätte sie ihr Schwert nicht in Händen gehalten, es wäre ihr Tod gewesen. So aber stemmte sie geistesgegenwärtig den Knauf auf die Brust und richtete die scharfe Klinge nach oben, dem geblähten Bauch entgegen, der wie ein Felsen auf sie herabkrachte. In voller Länge fuhr die Klinge in Pilas' Unterseite, die wie bei allen Drachen weich und schutzlos war. Röhrend vor Wut und Schmerz bäumte er sich auf, befreite sich von der Klinge und wich zurück. Seine boshaften, rot geränderten Äuglein funkelten vor mörderischem Zorn. Nur ein paar Atemzüge lang verharrte er schnaufend, dann war er wieder kampfbereit. Ungeachtet der Verwundung kroch er, eine Blut- und Schleimspur hinter sich herziehend, auf kurzen, krummen Tatzen näher. Seine langen Kiefer klappten auf, und um ein Haar hätte er eins von Päonys Beinen erwischt, hätte Lukan ihm in diesem Augenblick nicht beherzt seinen dicken Mantel über den Kopf geworfen.

Verwirrt angesichts der unerwarteten Finsternis, verharrte das Ungeheuer für einige Atemzüge. Lange genug für Tiffanbrill, der sich von seinem ersten Schrecken erholt hatte und jetzt Feuer speiend und flügelschlagend auf den Gegner hinabstürzte. Lukan rannte zum Lagerfeuer, riss einen flammenden Ast aus der Glut und stieß ihn mit einer heftigen Bewegung in eines der faustgroßen Nasenlöcher, die unter dem Mantel hervorschauten.

Pilas bäumte sich auf. Er prustete, hustete und spuckte, wütend bemüht, den störenden Ast aus der Nase zu schnauben. Da war Päony bereits wieder heran und schlug ihm diesmal, gewitzter als zuvor, nicht auf die horngepanzerte Schnauze, sondern hieb ihm eins der lappigen, zackig gewellten Ohren ab. Faulig riechendes Blut quoll heraus. Tiffanbrill hatte seine Klauen in den Oberkiefer verkrallt und zerrte ihn in die Höhe, sodass Pilas, ob er wollte oder nicht, das Maul aufreißen musste, und Lukan stürmte heldenmütig mit einem weiteren brennenden Ast herbei. Das alles missfiel dem bösen Drachen aufs Äußerste. Mit einer gewaltigen Bewegung schnellte er herum und schleuderte den zeternden Tiffanbrill wie ein Katapult in die Luft, tauchte mit dem Kopf unter Wasser und verschwand in den schlammigen, eiskalten Tiefen seiner Wohnstatt.

Päony wischte ihr Schwert an einem Grasbüschel ab. Sie beobachtete Lukan, der seinen nassen Mantel aus dem Wasser zog, und als er zu ihr herüberblickte, schenkte sie ihm ein anerkennendes Nicken. »Gut gemacht, das mit dem Mantel! Das hat das Biest so verwirrt, dass wir angreifen konnten. Und der Feuerbrand war ein ausgezeichneter Einfall. Nichts verabscheuen diese Wasserkreaturen mehr als Feuer.«

Lukan stand da, am ganzen Leib zitternd. »Ich habe gar nicht richtig mitbekommen, was ich tat«, gestand er mit brüchiger Stimme. »Ich war halb verrückt vor Angst. Wenn das so weitergeht ... Ich habe jetzt schon mehr erlebt, als ich je erleben wollte.«

Tiffanbrill landete zwischen den beiden Gefährten im Gras. »Seht lieber zu, dass wir von hier wegkommen! Das alte Scheusal ist im Stande und versucht es noch einmal. Was für ein verfluchter Ort!«

»Das sagst gerade du! Du bist doch an allem schuld!«, rief Päony zornig. »Erst kommst du auf den dummen Gedanken, auf der Mauer der Schlangenstadt zu landen, und dann vergisst du, dass dieser See die Heimstatt eines Wasserdrachens ist. Mit einem Freund wie dir brauchen wir keine Feinde mehr.«

»Nun, nun!«, beschwichtigte Tiffanbrill. Allzu deutlich war ihm sein schlechtes Gewissen anzusehen. »Ich weiß, es war nicht klug von mir. Aber jetzt beeilt euch! Sammelt euren Kram ein und löscht das Feuer!«

Sie flogen am Rand des Bachs entlang, bis sie in sicherer Entfernung vom See auf einen niedrigen Wasserfall und darunter auf eine Aushöhlung im Bachbett stießen, die sich als natürliche Badewanne anbot. Dort wuschen sie ihre Kleider, hängten sie in die Nähe des Feuers zum Trocknen auf und badeten. Für Päony war es etwas Alltägliches, gemeinsam mit einem Mann zu baden, aber sie merkte bald, dass Lukan das nicht so empfand, sich vor Verlegenheit wand – und die heißen Blicke nicht von ihr abwenden konnte. Sie wollte ihn schon fragen, wie man es denn bei ihm zu Hause mit dem Baden halte, aber dann erinnerte sie sich an das schmutzige Dorf und seine schmutzigen Bewohner und verstand, dass die Gewohnheit, hin und wieder ein Bad zu nehmen, nicht zum Alltagsleben der Mokabiter gehörte.

Tiffanbrill bemühte sich, von seinen peinlichen Missgriffen abzulenken, indem er den Reisegefährten erzählte, wer Pilas war. Uralt, gefräßig und übellaunig, war er ein durch und durch bösartiger Drache. Sein Blut war so giftig, dass ein Tropfen davon einen Baum zum Verdorren brachte, und sein Hauch lähmte alles Lebendige. Freilich durfte er diese Fähigkeit nur beschränkt einsetzen, denn hätte er alle Lebewesen im Wasser getötet, so hätte er keine Nahrung mehr gefunden. Also schwamm er gelegentlich ans Ufer, streckte den unförmigen Kopf aus dem Wasser und blies seinen tödlichen Atem unvorsichtigen Springwürmern, die am Wasser spielten, oder durstig trinkenden Echsen entgegen. Außerdem war Pilas ein getreuer Vasall des Kadaverfürsten – nicht aus Liebe oder Zuneigung, sondern weil Zarzunabas ihm gelegentlich einen Gefangenen schickte, der gefesselt in den See geworfen wurde. Zweifellos war er jetzt ein Verbündeter der Gurundiraz, denen alle schwarzen Herzen von Chatundra zuflogen.

Während sie am Lagerfeuer saßen, am mitgebrachten Proviant knabberten und darauf warteten, dass ihre Kleider trockneten, sprachen sie über dies und jenes, und Lukan stellte Päony listig die Frage: »Fühlst du dich nicht manchmal einsam, so fern deiner

Heimat? Aber nein, du hast ja einen Gefährten aus deinem Volk bei dir! Das ist sicher ein gutes Mittel gegen Heimweh.«

Päony, jung und unerfahren, durchschaute nicht, worauf er hinauswollte. Arglos antwortete sie: »Ja, das ist schön, dass Erning bei mir ist. Wir sind zusammen aufgewachsen.«

»Und er steht dir wohl sehr nahe?«, forschte der Mokabiter weiter.

»Oh, gewiss! Unsere Eltern wollten uns sogar miteinander verheiraten.«

Tiffanbrill prustete los, als er sah, wie Lukan bei dieser Äußerung zusammenzuckte. Um sein Gelächter zu überspielen, hauchte er eine zusätzliche Flamme in das ohnehin heiß und hell brennende Feuer.

»Aber«, fuhr Päony fuhr, »wir wollten beide nicht, und jetzt ist er mit einer anderen verlobt. Und du, Lukan?«, fragte sie, wobei ihr eine zarte Röte in die Wangen stieg. »Hast du eine Freundin in Takis zurückgelassen?«

»Nein. Ich ... ich habe mich noch nicht entschieden.« Es sollte so klingen, als müsse Lukan aus mehr als einem Dutzend Frauen die richtige aussuchen, womit er freilich nur Päony täuschen konnte: Bei den Mokabitern waren es niemals die Männer, die wählten.

Diesmal musste Tiffanbrill sich umdrehen, um seine Heiterkeit zu verbergen. Er kannte die Menschen lange genug und merkte, was sich zwischen den beiden anbahnte. Ob es Lukan gelingen würde, das Herz der Maid zu erringen, die bislang nur an Kampf und Krieg gedacht hatte? Bisher standen die Zeichen gut. Sie mochte ihn offenbar und freute sich, dass er noch nicht gebunden war. Der Drache betrachtete sich nicht nur als Berater, sondern auch als Beschützer der zierlichen Menschenfrau und überlegte, ob er die keimende Zuneigung gutheißen oder davor warnen sollte. Dann beschloss er, erst einmal abzuwarten. Das

Orakel hatte Lukan zum Gefährten der kleinen Kriegerin bestimmt, was entweder so auszulegen war, dass er sein Leben mit ihr teilen sollte, oder aber so, dass er nur ihr Kamerad während einer Queste sein sollte. Tiffanbrill war neugierig, wie es weitergehen würde.

Kaum war Päonys und Lukans Kleidung halbwegs trocken, als Tiffanbrill zum Weiterfliegen drängte. »Ich will noch vor der Dämmerung das Tal der Gurguntai erreichen, sonst sitzen wir im Dunkeln in irgendeinem wilden Wald fest.«

»Warum nicht?«, spottete Päony. »Drei ist die Zahl der Vollkommenheit – das wäre dann nämlich das dritte Mal an einem Tag, dass du uns in eine missliche Lage gebracht hättest.«

Der Weg durch die Gurguntai

Tiffanbrill flog in nordöstlicher Richtung, immer näher auf die Berge zu, die sich als gezackte Kette über das nördliche Grenzgebiet von Chatundra erstreckten. Ihre Gipfel glühten rosig im Licht der sinkenden Sonne, während tiefe blauschwarze Schatten sich in den Schluchten ausbreiteten. Nebel stieg aus dem zottigen graugrünen Koniferenwald auf, der die Vorberge bedeckte. Schließlich stießen sie in ein tiefes Tal vor, dessen Steilwände immer enger zusammenrückten und so verwittert waren, dass sie mit kunstvoller, filigraner Steinmetzarbeit bedeckt zu sein schienen. Tiefe Stille lag über der Schlucht. Tiffanbrill flog weiter, bis eine Felswand den Weg versperrte und Päony vor sich den Eingang der Gurguntai entdeckte. Ein zackiger Höhlenschlund öffnete sich in der Wand, ein schmuckloser, grob behauener Torbogen ohne Tür, hinter dem undurchdringliche Finsternis lauerte.

Der Drache ließ sich sinken und landete am sandigen Ufer eines Bachs, der von der Seitenwand des Tals herabströmte und in der Mitte der Talsohle dem Ausgang zufloss. »Hier wollen wir die Nacht über rasten und uns morgen früh auf den Weg machen«, sagte er. »Ich bin erschöpft von dem anstrengenden Flug, und der Abstieg durch die Gurguntai wird uns viel Kraft kosten.«

Päony war froh über diese Entscheidung. Sie war selbst müde von dem langen Ritt durch die Luft. »Komm«, wandte sie sich an Lukan, »lass uns Holz für ein Feuer suchen und ein Abendessen zubereiten.«

Während sie damit beschäftigt waren, trockenes Holz zu sammeln, fiel Päony von Neuem die Stille in der Schlucht auf. Überall wo Bäume standen, war gewöhnlich das schrille Kreischen der Springwürmer in den Wipfeln und das Rascheln unsichtbarer Tiere im Unterholz zu hören, aber hier ließ sich kein Laut vernehmen, so als sei alles Leben in dem Tal erstorben. Es sah aus, als fürchteten auch die Tiere die Nähe der Grüfte und hielten sich davon fern. Nur das Plätschern des über die Felswand fallenden Bachs durchbrach das beklemmende Schweigen.

Als endlich ein prasselndes Feuer zum Himmel aufloderte, streckte Päony behaglich die müden Glieder. Schon verschwand die Sonne hinter den Felstürmen, die Schatten breiteten sich aus, und am Himmel erschienen die ersten Sterne. Das Licht des Feuers gleißte immer heller, als sich die Dunkelheit ringsum herabsenkte. Die Nebelschwaden wurden dichter, und bald war nur noch der engste Umkreis des Lagers zu erkennen.

Schließlich fragte Lukan in die Stille hinein: »Wer liegt eigentlich in den Grüften begraben? Ich hörte nur, es seien vornehme Drachen.«

»Es sind die Gräber der Indigolöwen«, antwortete der Drache. »So nennt man ein Volk von Drachen, die hier im Nordosten leben und als große Lehrer bekannt sind. Ihre Universität in der Stadt Dundris ist weithin berühmt. Wir Drachen nennen sie in unserer Sprache die Mlokisai. Sie hatten ein seltsames Schicksal. Vor vielen, vielen hundert Jahren wurde ihr Volk von der Blauen Seuche dahingerafft – man sagt, dass Zarzunabas die Krankheit über sie brachte. Danach legten nur diese Gräber Zeugnis von ihrer Existenz ab, und kaum ein Mensch außer einigen Schriftgelehrten wusste noch von ihnen. Doch als Mandora, Plotho und Cuifín die Herrschaft wieder ergriffen, erschufen sie die Mlokisai neu. Dieses Volk, das jetzt lebt, wird erst einmal keine Gräber brauchen, denn obwohl sie nicht unsterblich sind, so beträgt ihre Lebensspanne Jahrhunderte. Jene, die in den Gurguntai ruhen, haben vor sehr langer Zeit gelebt. Wir werden morgen tief in die Vergangenheit hinabsteigen.«

Päony hatte nachdenklich gelauscht. Dabei hing ihr Blick an den Nebeln, die die Schlucht füllten, und mit einem Schlag kam es ihr so vor, als verändere sich dort etwas. Es sah aus, als wollten die weißlichen Massen einen großen Leib bilden, aus dessen Rücken zackige Flügel hervorragten. Ein langer gebogener Hals mit dichter indigoblauer Mähne trug einen edlen Pferdekopf.

Sie stieß Tiffanbrill an. »Sieh nur!«, flüsterte sie. »Ist das ein Gespenst, das uns Zarzunabas sendet?«

»Nein«, antwortete dieser ebenso leise, »es ist der Geist eines Mlokisai. Still, wir wollen ihn nicht stören!«

Langsam schritt das Nebelwesen vorwärts, dem Eingang der Grüfte zu, und unvermittelt begann es zu singen. Wie der Klang einer Windharfe stiegen und fielen die perlenden Töne. Es war ein fremdartiges Lied und schien aus jener Zeit zu stammen, als die Wesen, die in den Gurguntai begraben lagen, über die Erde gewandelt waren.

Nach einer Weile schwieg der Geist, und wenig später löste er sich auf und verschwand.

»Was für ein wunderbares Lied!«, murmelte Lukan träumerisch. »Sie müssen begnadete Sänger gewesen sein.«

»Sänger und Dichter«, bestätigte Tiffanbrill. »Sie waren auch Maler – ihr werdet sehen, dass das Innere der Gurguntai mit bemalten Kacheln ausgestattet ist, die die Geschichte des Volks erzählen. Alle diese Talente haben übrigens die heutigen Indigolöwen auch. Es sind gute Geschöpfe – wahrscheinlich die liebenswürdigsten Drachen, die es auf dem Erde-Wind-Feuer-Land gibt.«

»Folglich brauchen wir keine Angst vor ihren abgeschiedenen Seelen zu haben«, erklärte Päony, als wolle sie sich selbst Mut machen. Sie hätte es niemals zugegeben, aber sie fürchtete sich vor dem schlundartigen Tor in der Felswand und der ebenholzschwarzen Finsternis dahinter. Noch nie im Leben hatte sie sich in einer Höhle aufgehalten, erst recht in keiner so Ehrfurcht gebietenden Gruft.

»Ihr könnt ganz unbesorgt sein«, versicherte Tiffanbrill. »Aber die Indigolöwen, die die Gurguntai anlegten, waren auch vorsichtig – sie achteten darauf, dass niemand die Ruhe der Verstorbenen stört. Sie setzten nicht nur Wächter ein, sondern bauten auch Fallen, die Grabräubern das Handwerk legen sollen, denn die Schätze, die den Toten beigegeben wurden, sind unermesslich. Als ich Kulabac das letzte Mal besuchte, waren einige der Fallen bereits zugeschnappt, aber andere mögen noch scharf sein. Wir müssen also sehr vorsichtig sein.«

»Gibt es keinen anderen Weg?«, fragte Lukan, dem die Vorstellung von Wächtern und Fallen überhaupt nicht gefiel.

»Mir fällt keine andere Lösung ein«, erwiderte Tiffanbrill. »Aber da ich selbst schon mehrmals unbeschadet die Gurguntai durchquert habe, wird es uns auch diesmal sicherlich gelingen. Allerdings bin ich einen Großteil des Weges geflogen, das heißt, ich habe die Stufen nicht berührt und geriet so auch nicht in Gefahr, in eine Falle zu tappen.«

»Kannst du uns nicht tragen?«, fragte Päony. »Dann hätten wir nichts zu befürchten.«

»So weit möglich will ich das gern tun«, versprach der Drache. »Aber auf dem Weg, auf dem die zugeschnappten Fallen liegen, könnt ihr gehen, denn dort lauert keine Gefahr mehr.« Er ringelte sich zusammen. »Lasst uns schlafen! Wir haben morgen einen anstrengenden Tag vor uns. Ich glaube nicht, dass wir eine Wache aufstellen müssen, denn in diese Schlucht kommt kaum jemals ein lebendes Wesen, und auch die bösen Geister wagen sich nicht hierher.«

Gehorsam wickelte sich Päony in ihren Mantel und legte sich, an die warme Flanke des Drachen geschmiegt, zum Schlaf nieder, aber sie konnte nicht einschlafen. Zu viel war in den letzten Tagen geschehen. Bis dahin war ihr Leben so gleichförmig verlaufen, wie das Leben einer Soldatin nun einmal ist, nur unterbrochen von den gelegentlichen Angriffen der Makolokken, und nun jagte plötzlich eine Aufregung die andere. Sie hatte eine Sphinx kennengelernt, sie hatte mit zwei Kaiserinnen gesprochen und war zuletzt entsandt worden, um mit einem unsterblichen Drachen zu sprechen. Ohne Tiffanbrills treue Begleitung, so sagte sie sich, hätte sie das alles nie durchgestanden.

Sie war hier, weil die Sphinx von ihr geträumt hatte. Und diese hatte nur geträumt, was das Schicksal beschlossen hatte. Sie würde eine wichtige Rolle im Kampf um Frieden und Freiheit spielen. Der Gedanke ängstigte und verwirrte sie so, dass sie ihn hastig beiseite schob. Sie wollte nichts Besonderes sein oder tun. Es reichte ihr schon, hier im Nachtnebel zu liegen und an das ebenholzschwarze Tor zu denken, das sich hinter ihrem Rücken auftat. Wenn sie diesen unheimlichen Weg erst einmal hinter sich hatte, würde sie gern und glücklich nach Bâl Ummas zurückkehren und dort ihre täglichen Pflichten übernehmen.

Sie lauschte in die Dunkelheit. Tiffanbrill schnarchte, und Lukan, der offenbar auch nicht schlafen konnte, wälzte sich gelegentlich von einer Seite auf die andere, das Bächlein gluckste, und das verglimmende Feuer krachte. Hin und wieder rollte ein Stein von den verwitterten Felswänden herab und schlug dumpf im Sand auf. Sonst herrschte Stille.

In dieser Stille hörte sie, wie Lukan sich aufsetzte. Sie wandte sich um und sah, dass er, seinen Umhang nachschleifend, auf allen vieren auf sie zukroch. »Ich friere«, flüsterte er. »Ob Tiffanbrill wohl erlaubt, dass ich mich an ihn schmiege?«

Päony empfand Mitleid. Schließlich war er kein abgehärteter Soldat, dem der Mantel als Schutz vor der Kälte genügte. »Komm nur her!«, antwortete sie ebenso leise und machte Anstalten, beiseite zu rollen und ihm den warmen Platz an der Seite des schlafenden Drachen zu überlassen.

Er wehrte hastig ab. »Nein, nein! Bleib ruhig liegen! Es genügt mir, wenn ich hier liegen darf.« Damit streckte er sich ganz dicht an ihrem Rücken aus und deckte seinen Umhang über sie beide.

Die kleine Kriegerin lag wie erstarrt. Durch ihren Mantel hindurch spürte sie Lukans unter tiefen Atemzügen bebende Brust, seine Oberschenkel und Knie, und was sie im Nacken kitzelte, musste sein Haar sein. Warme Atemzüge hauchten über ihre Haut. Sie wollte aufspringen, wollte ihn wegen seines unziemlichen Verhaltens zurechtweisen, aber sie rührte keinen Finger. Er war, dachte sie, doch nur höflich gewesen, als er sich mit dem weniger behaglichen Platz zufriedengegeben hatte. Es wäre hartherzig gewesen, ihn wegzuscheuchen. Und außerdem tat er ja nichts, wofür sie ihn hätte schelten können – er lag ruhig da, und seine gleichmäßigen Atemzüge verrieten, dass er bereits wieder schlief. Nachdem er gleich zweimal in zwei Tagen gebadet hatte, roch er angenehm. Aus seinem Haar stieg ein Duft wie nach frisch geschrotetem Hafer auf.

Ein leiser, wohlig kitzelnder Schauder überlief sie. Sie wusste genau, warum er sich vor ihr nicht unverhüllt gezeigt hatte. Nicht aus Furcht vor einem bösen Fluch, sondern damit sie nicht merkte, wie sehr ihn ihre nackte Nähe erregte. Als hätte sie, die seit frühester Kindheit auf engstem Raum mit den Kameraden zusammenlebte, dergleichen noch nie gesehen! Und dennoch war es bei ihm etwas ganz anderes, denn keiner der Soldaten hatte ihr jemals so gut gefallen wie dieser tollpatschige Mokabiter.

Päony öffnete die Augen und blickte in den Sternenhimmel hinauf. In der Einsamkeit leuchteten die Sterne kalt und klar und schienen zum Greifen nahe. Unmittelbar über ihr glitzerte freundlich das Dreigestirn.

Päony erwachte, als ein leichter Regen ihr Gesicht benetzte. Sie schlug die Augen auf und stellte fest, dass die Nacht in den Morgen überging. Der Himmel war von einem wolkigen Blaugrau, in dem blass die erlöschenden Sterne flimmerten. Als sie sich verschlafen aufsetzte, erwachten auch Lukan und Tiffanbrill. Der Drache streckte sich und erhob sich, ein wenig steif vom Schlaf, auf seine vier Tatzen. Vorsichtig schnüffelte er in die feuchte Luft und schüttelte die Nässe von den Schuppen. Er schien nicht bemerkt zu haben, dass der junge Mann in der Nacht den Platz gewechselt hatte. »Wir können hier nicht länger bleiben«, sagte er, »und da wir ohnehin wach sind, lasst uns gleich den Abstieg beginnen. Kommt mit! Ihr könnt euer Frühstück unter dem Torbogen zu euch nehmen.«

Sie rafften ihre Habseligkeiten zusammen und folgten dem Drachen, der längs des Bachs auf den Eingang der Grüfte zueilte. Päony hatte keinen Hunger. Ihr Magen krampfte sich zusammen, wenn sie an die Finsternis im Innern der Gurguntai dachte. Sie beneidete Tiffanbrill und Lukan, die im Dunkeln sehen konnten. Sie war auf die Fackeln angewiesen, die man ihnen mitgegeben hatte. Sie fühlte sich schwach und hilflos. Jetzt erst merkte sie, dass sie nur dann selbstbewusst war, wenn sie sich auf vertrautem Boden befand. Nun musste sie sich lauter neuen und überraschenden Herausforderungen stellen und wusste nicht, ob sie ihnen gewachsen war. Wie gut, dass Tiffanbrill und – ja, auch Lukan sie begleiteten! Es tat gut, die beiden an ihrer Seite zu haben.

Das dräuende Tor ragte so hoch über ihnen auf, dass Päony den Kopf in den Nacken legen musste, um den Scheitelpunkt zu erkennen. Nur wenige Schritte weit fiel das Licht des beginnenden Tages in den Eingangsbereich. Im grauen Zwielicht sah die kleine Kriegerin, dass der Eingang mit einem riesenhaften Gitter verschlossen war – so gewaltig, dass sie alle mühelos zwischen den Stäben hindurchschreiten konnten. Selbst Tiffanbrill gelangte mit einer einzigen geschickten Windung seines langen Leibs auf die andere Seite.

»Es müssen riesengroße Grabräuber gewesen sein, die den Mlokisai Sorgen bereiteten«, sagte sie. »Ein Mensch kommt hier ohne Weiteres durch.«

»Als diese Gräber errichtet wurden«, antwortete Tiffanbrill, »lebten im Norden von Murchmaros noch keine Menschen. Die Mlokisai hatten andere Feinde. Dies waren Kreaturen, so groß wie sie selbst, krakenähnliche Vielfüßler, klug, bösartig und räuberisch. Sie liebten es, sich zu schmücken, da sie selbst aber keinen Schmuck herstellen konnten, raubten sie ihn anderen Wesen. Diese Vielfüßler versuchten immer wieder, in die Grüfte einzudringen, daher das Gitter und die Fallen.«

Der sandige Boden des Bachbetts setzte sich in das Eingangsgewölbe fort, doch jenseits des Gitters begann schwarzer Fels. Der Boden und die Wände waren sorgfältig geglättet, und Päony entdeckte den Schimmer bunter Kacheln an den Wänden. Sie entzündete eine Fackel und hob sie über den Kopf. So hoch das flackernde Licht reichte, war die Mauer mit bemalten Kacheln gefliest, deren Fugen mit Gold ausgelegt waren. Die Grundfarbe der Kacheln war jadegrün, die archaische Malerei darauf in Rot ausgeführt. Päony, die sich mit Kunstwerken nicht sonderlich gut auskannte, fand sie eindrucksvoll und kindlich zugleich. Die Indigolöwen wurden als Strichmännchen dargestellt – mit einem großen Viereck als Kopf und vier kleinen Vierecken als Hände und Füße, rhombischen Flügeln und einem langen, aus vielen Rhomben zusammengesetzten Drachenschwanz. Bäume erschienen als Vierecke mit einem schnurgeraden Stängel, Tiere als drollige Gebilde aus Quadraten, Rechtecken und Strichen. Wie es aussah, bildeten die Malereien auf den Wänden fortlaufende Bildergeschichten, die über das Leben der Bewohner Auskunft gaben. Man sah sie manchmal fliegen, meist aber auf vier oder zwei Beinen gehen, häufig in Gruppen, versunken in gelehrte Gespräche, und oft waren sie beim Essen abgebildet, wobei sie ganze Palmfarne ausrupften und zerkauten. Päony erinnerte sich an ähnliche Fresken im Residenzpalast. Drachen schienen mit Vorliebe ihre Geschichte aufzuzeichnen, sei es in ihren Wohnstätten oder in ihren Gräbern.

Tiffanbrill war Päony und Lukan gefolgt. »Seid jetzt still!«, befahl er. »Ich will mich bemühen, die Wächter zu besänftigen, und weiß nicht, ob es etwas nützt – das letzte Mal haben sie mich dennoch verfolgt.« Der Drache erhob die Stimme und redete mit feierlichem Klang die Dunkelheit an. »Ehrwürdige Ruhende!«, sprach er. »Wir sind nicht gekommen, euren Frieden zu stören. Uns treiben weder Vorwitz noch schnöde Gier nach Reichtum. Vielmehr wollen wir den Drachen Kulabac besuchen und seinen Rat in einer wichtigen Sache hören. Verzeiht uns, dass wir eure Ruhestätte betreten haben.«

Die Stimme hallte verzerrt von den Felswänden wider. Ein schwaches Echo wurde aus den Tiefen der Eingangshalle zurückgeworfen.

»Kommt!«, rief Tiffanbrill.

Im rauchigen Licht der Fackel schritten sie vorwärts. Der Eingang öffnete sich zur Rechten, und Stufen führten in die Dunkelheit hinunter. Der Raum war hoch und schmal, sodass Tiffanbrill die Flügel nicht ausbreiten konnte. »Ich kenne diese Treppe«, sagte er. »Hier gab es Fallen, die mittlerweile aber entschärft wurden. Vielleicht geschah dies durch Menschen, die vor dreihundert Jahren hier hinabstiegen, vielleicht durch Tiere oder aber durch natürliche Erschütterungen im Berginnern. Jedenfalls gibt es in diesem Bereich keine weiteren Fallen.«

Dennoch spürte Päony, wie ihr Herz schneller schlug. Sie hatte sich immer eingebildet, kein Feigling zu sein, aber es war ein Unterschied, ob sie einem Gegner im Kampf gegenüberstand oder sich durch diese tintenschwarze Finsternis kämpfte, die sie wie mit Armen umklammerte. Mit einem Seufzer senkte sie die Fackel und entdeckte, dass die Treppenstufen höher waren als sie selbst. Sie musste sich setzen, die Beine über die Kante schwingen und sich halb rutschend, halb fallend auf die nächsttiefere Stufe begeben – und das alles mit einer Fackel in der Hand, die mindestens ebenso viel Rauch wie Licht ausströmte.

Lukan eilte an ihre Seite. »Warte!«, rief er. »Wozu bin ich mitgekommen? Lass mich dir helfen!« Er lehnte sich an die Wand, damit sie auf seine Schultern und von dort auf seine verschränkten Hände steigen konnte. So war der Abstieg nicht nur einfacher, sondern auch beträchtlich würdevoller. Lukan achtete darauf, dass sie nicht abrutschte oder sich stieß, hielt sie fürsorglich fest und hieß sie die Arme um seinen Nacken legen, wenn er ihr über eine der Stellen hinweghalf, wo das uralte Mauerwerk eingestürzt war. Dies alles tat er so selbstverständlich und unbefangen, dass sie keinen Anlass sah, ihn wegen seiner körperlichen Nähe zu tadeln. Obwohl er ihr laut Prophezeiung gleichgestellt war, verhielt er sich ihr gegenüber doch so aufmerksam wie ein Diener. Dabei hatte sie das Gefühl, dass Tiffanbrill, der mit halb geöffneten Flügeln vor ihnen herhüpfte, insgeheim über sie lachte, sich aber jeder Bemerkung enthielt.

Es war eine schier endlose Treppe, die da in den Bauch der Berge hinunterführte, und sie waren nicht die Einzigen, die sich darauf bewegten. Aus dem Dunkel heraus wurden sie beobachtet, das spürte Päony deutlich, und zwar mit hasserfüllten Blicken, die sie wie Stiche auf der Haut fühlte. Waren es die Wächter, von denen Tiffanbrill gesprochen hatte? Er hatte nicht beschrieben, wie sie aussahen – nur dass sie ihnen kein Leid antun konnten. Päony fürchtete sich trotzdem.

Das Licht der Fackel fiel auf künstlich geglättete schwarze Wände, die nur hin und wieder von einem bunten Kachelfries unterbrochen wurden. Am Rand der Stufen standen spannenhohe Urnen, teils unversehrt, teils zerbrochen. Die gebauchten Wölbungen trugen Fratzen mit roten Schlitzaugen und niedrigem Haaransatz. Päony rätselte, was die Urnen wohl enthalten haben mochten. Als sie fragte, erklärte ihr Tiffanbrill: »Dies sind die Behältnisse der Wächter. Jene in den zerbrochenen Urnen sind entkommen, treiben sich in den Grüften herum und lauern den Eindringlingen auf. In dem ersten großen Urnensaal werden wir vermutlich auf sie stoßen. Seht zu, dass ihr nichts berührt und erst recht keine Urne umstoßt, sonst stürzen sich noch mehr von den Kreaturen auf uns.«

Tatsächlich dauerte es nicht lange, bis sich die schattenhaften Wächter bemerkbar machten. Es waren nicht länger körperlose, unsichtbare Augen, die sie beobachteten. In die feierliche Stille und Schwärze der Krypten mischte sich etwas Neues, Bedrohliches. Immer wieder blickte Päony über die Schulter zurück, und das Gefühl, nicht mehr allein zu sein, wurde übermächtig. Bald vernahm sie wunderliche, geisterhafte Laute, Schritte und Stimmen, das Klirren von Metall. Die Geräusche verharrten am äußersten Rand des Hörbaren, waren leise genug, um sich mit dem Rauschen des eigenen Bluts in den Ohren und dem Gesang des Winds in den Höhlen zu vermischen. Aber sie wisperten von Tod und Bedrohung. Stets war der kleinen Kriegerin bewusst, dass ihre ganze Waffenkunst gegen die Wächter wirkungslos war. Was sollten ein Schwert, eine Schleuder, ein Pfeil gegen ein Schattenwesen ausrichten?

Sie hatte das Gefühl, schon stundenlang durch die von rauchig rotem Licht erhellte Finsternis geklettert zu sein, als Lukan zu ihr heraufrief: »Ich stehe auf der letzten Stufe, und vor mir öffnet sich ein Torbogen!« Er half ihr herunter und wies auf die schwarze Höhlung, hinter der ein weiter Raum zu liegen schien. Tiffanbrill, der bereits an der Öffnung stand, erklärte es ihnen. »Dies ist der erste Urnensaal. Es gibt drei. Die niedersten Drachen sind hier auf der obersten Ebene begraben, die vornehmsten auf der tiefsten. Je weiter wir hinuntersteigen, desto wahrscheinlicher stoßen wir auf die Wächter.«

Päony hob die Fackel und lugte in die Öffnung. Da spürte sie einen Widerstand, weich, aber dennoch fest – und dabei kalt und klamm. Es dauerte einige Herzschläge lang, dann gab die unsichtbare Sperre nach, die eher von einer magischen als einer körperlichen Energie gebildet wurde, denn als sie das Schwert zog und zustieß, schnitt es in leere Luft. Trotzdem wurde sie das Gefühl nicht los, dass in der dichten Schwärze jenseits des Fackelscheins eine beunruhigende Anzahl von Körpern Gestalt annahm. Wie die Geräusche waren auch die Körper nur am äußersten Rand der Sinne wahrnehmbar, schon deshalb, weil der flackernde Schein der Fackel bizarre Schatten auf die Mauern zauberte und selbst feste Gegenstände zum Leben erweckte. Und Päony zweifelte nicht daran, dass die im Dunkel schwimmenden Inseln unsichtbarer Energie von einem Willen gesteuert wurden.

Entschlossen trat sie einige Schritte vor und hob die Fackel hoch über den Kopf. Das Licht verlor sich in einer riesigen Höhle, deren Wände mit den allgegenwärtigen bunten Friesen geschmückt waren. Dicht an dicht standen Reihen mannshoher, bauchiger Gefäße mit bunter Bemalung. Dann, als sie die Fackel nach rechts bewegte, stieß sie einen leisen Schrei aus. Einige der

Urnen waren umgefallen, manche unversehrt, aber offen, andere zerbrochen. Berge von geschwärztem Silber und blinden Juwelen türmten sich auf dem Boden. Dazwischen lag ein monströses Skelett.

Auf ihren Ausruf hin eilten Lukan und Tiffanbrill herbei. Zu dritt starrten sie auf halb zerfallene, von mumifizierter Haut bedeckte Gebeine, von denen einige so lang waren wie Lukan in seiner vollen Größe, mit wuchtigen Gelenkpfannen am Ende und knotigen Gelenkkugeln vom Umfang eines Menschenkopfs. Diese Knochen lagen säuberlich angeordnet auf dem Boden, und es war nicht schwierig, die ursprüngliche Gestalt des dazugehörigen Wesens zu erkennen. Aber nie zuvor hatten die beiden jungen Menschen ein Tier von solcher Gestalt gesehen. In der Mitte lagen zwei leicht gewölbte, mit derben Hornstacheln bestückte Platten wie der Panzer einer Riesenschildkröte. Aus der oberen Platte entsprang ein flacher Schädel mit einem hakenförmigen Schnabel, der ebenfalls dem einer Schildkröte ähnelte. Rund um dieses Mittelteil lagen, teils lang ausgestreckt, teils zusammengerollt, zwölf riesenhafte Beine oder Fangarme, die in einem Bündel dünner Knochen endeten und an langfingrige Hände erinnerten.

Das Erstaunlichste jedoch war der verschwenderische Schmuck, den das Wesen zu seinen Lebzeiten getragen hatte. Zwischen Panzer und Kopf lag ein breiter, mit Edelsteinen besetzter Metallreif, der einmal ein Halsband gewesen sein mochte, und an den knöchernen Spinnenbeinen hingen zahlreiche Ringe, jeder Ring weit genug, um einem schlanken Menschen als Gürtel zu dienen. Goldene Scheiben und eigroße Juwelen, die zwischen den dürren Gebeinen im Staub lagen, deuteten darauf hin, dass die Kreatur noch weitaus mehr Schmuck getragen hatte, der im Lauf der Zeit von den schrumpfenden Gliedern gefallen war. Päony erinnerte sich an Tiffanbrills Aussage: dass die Feinde der Mlokisai gierig nach Schmuck waren, ihn aber nicht selbst herstellen konnten und daher stahlen.

Mit erstickter Stimme, die in dem Gewölbe unheimlich widerhallte, fragte Lukan: »Waren das ... waren das die Wesen, von denen Ihr uns erzählt habt, Tiffanbrill? Die Grabräuber?«

Der Drache nickte. »Es waren seltsame Geschöpfe. Wahrscheinlich lebten sie früher im Wasser und eroberten allmählich festes Land, denn sie konnten sich auf ihren Beinen wie Kraken fortbewegen und wie Spinnen darauf laufen, und ihr Schnabel war eine gefährliche Waffe. Sie waren Fleischfresser, die den sanften Indigolöwen nachstellten. Vor allem aber trachteten sie danach, ihre Gräber auszurauben.«

»Wie ist dieses Wesen umgekommen?«, fragte Lukan. »Ich entdecke keine Verletzungen.«

»Die Frage kann ich dir auch nicht beantworten«, erwiderte der Drache. »Kommt jetzt weiter! Setzt euch auf meinen Rücken. Hier kann ich fliegen.«

Die beiden kamen der Aufforderung nach. Päony hielt die Fackel in die Höhe, als sich der Drache in die Luft erhob und knapp über den bemalten Urnen dahinflog. Das Rauschen seiner Flügel klang hohl zwischen den steinernen Wänden. Anscheinend hatte ihre Untersuchung des Knochenhaufens misstrauische Beobachter angelockt, denn inmitten der Dunkelheit, die sie wie verrußte Spinnennetze umwaberte, bewegten sich, halb sichtbar, halb unsichtbar, formlose, quallige Schatten. Päony bildete sich ein, dass sie rötliche Augen aufblitzen sah – aber vielleicht waren es auch nur Funken, die von der Fackel herabfielen und die als winzige wandernde Lichter in der überwältigenden Dunkelheit der Totenstadt glühten. Keine Gier nach Gold und Schmuck hätte sie bewegen können, hier einzudringen und die Ruhe der Toten zu stören, so beklemmend waren die erstickende Stille und die Gegenwart so vieler abgeschiedener Seelen. Es mussten Hunderte sein, alle von derselben Art wie der geisterhafte Sänger, den sie am Abend zuvor beobachtet hatte. Aber nicht die Nähe dieser Seelen beunruhigte sie, sondern etwas anderes.

»Da sind Wesen um uns!«, rief Lukan plötzlich. »Ich sehe sie, aber sie sind von seltsamer Gestalt, weder Drachen noch Menschen.«

»Ich erkenne sie auch. Das sind die Wächter. Habt keine Angst vor ihnen, sie können euch nichts tun, sie sind nur lästig«, antwortete Tiffanbrill.

Doch die Wächter waren keine bloßen Schatten mehr. In der Finsternis, die jenseits des rötlichen Fackelscheins herrschte, bewegten sich Gestalten. Etwas huschte an ihnen vorüber, schnell wie ein Nachtfalter, den das Licht erschreckt, und zum ersten Mal sahen die Gefährten eines der Wächterwesen aus der Nähe. Es war zwergenhaft klein, was Päony überraschte – sie hatte erwartet, die gespenstischen Wächter seien so groß wie die Indigolöwen zu deren Lebzeiten. Es hatte große Ähnlichkeit mit den Malereien auf den Urnen: Vor ihr schwebte eine viereckig zusammengepresste Masse, aus der rhombenförmige rote Augen und ein zackiger grüner Mund hervorleuchteten. In den Händen hielt das Wesen einen Speer, mit dem es heftig nach ihr stach. Aber so schwächlich war seine Beschaffenheit und die seiner Waffe, dass die gefährliche Spitze nur eine leichte Berührung verursachte. Dennoch erschrak Päony angesichts der Wut in den Augen des geisterhaften Wesens, denn hätte es nur Energie genug besessen, hätte es sich zweifellos in mörderischem Angriff auf sie gestürzt. Als es ihrem Gesicht zu nahe kam, schob sie es von sich. Aber da tauchte schon eine zweite Kreatur auf und trieb halb durchsichtig im roten Licht, schnellte ruckartig hin und her und versuchte, Lukan mit ihrem Speer zu treffen. Doch der verscheuchte den Angreifer mit einem ärgerlichen Ausruf.

Das vielfüßige Tier am Eingang der Halle war nicht das einzige seiner Art gewesen, das einen Raubzug in die Totenstadt mit dem Leben bezahlt hatte. Auch andere hatten ihr Glück versucht und waren tödlich gescheitert. In grausigem Gewirr lagen fünf Skelette am Boden verstreut, so als seien die Vielfüßler im Todeskampf übereinander hinweggekrochen. Dass es fünf gewesen waren, ließ sich aus der Anzahl der Schildkrötenpanzer schließen. Die zerfallenen Knochen bildeten eine grauweiße Schicht zu Füßen der Besucher. Zweifellos hatte hier eine ganze Gruppe die Grüfte zu erobern versucht und war in eine Falle unbekannter Art geraten.

Tiffanbrill überflog den Knochenhaufen und landete wohlbehalten dahinter. »So«, rief er, »ab hier müsst ihr wieder zu Fuß gehen, denn die nächste Treppe ist zu schmal, als dass ich dort fliegen könnte! Seid vorsichtig, ihr werdet bald auf die Fallen stoßen!«

Tatsächlich waren sie erst wenige Stufen hinuntergeklettert, als Lukan einen warnenden Ruf ausstieß. Im Licht der Fackel lag ein erschreckendes Ding quer über der Treppe. Es war der grob aus Eisen geschmiedete Körper eines Mannes, der einen kurzen Spieß in Händen hielt. Links von ihm tat sich eine schmale Öffnung in der Mauer auf, in der er versteckt gewesen war, und die Reste eines Seils lagen am Boden. Offenbar war er, als der Mechanismus ausgelöst wurde, aus seinem Versteck hervorgefahren und mit voller Wucht auf die gegenüberliegende Mauer geprallt, von der große Stücke abgesprungen waren. Päony warf einen Blick auf die Waffe, die scharf und schwer genug schien, um eine Hornechse mit einem Stoß zu durchbohren. Die Mlokisai, dachte sie, hatten sich wirklich allerhand einfallen lassen, um die Ruhe ihrer Toten zu schützen.

Über immer schmalere Stufen erreichten die Gefährten wenig später die nächsttiefere Ebene. Auch hier stießen sie auf unzählige, allerdings noch prachtvoller bemalte Urnen. Sie waren mit ähnlichen Bilderstreifen verziert wie die Wände der Halle. Wahrscheinlich waren es Nachrufe, die über das Leben und die hervorragenden Taten der Verstorbenen Auskunft gaben.

Die nächste Treppe war nicht lang, und schon bald erreichten sie eine weitere Höhle, ebenfalls geglättet und geschmückt, aber ohne Urnen.

»Wir sind hier in einem Zwischengeschoß«, erklärte Tiffanbrill. »Von den vier Ecken dieses Saals zweigen vier Treppen ab, die jedoch alle an derselben Stelle enden, nämlich vor dem Labyrinth, das die Sphinx euch gegenüber erwähnte. Bis dorthin will ich euch tragen.« Er duckte sich und glitt in die Finsternis hinab, in der Päony nur undeutlich die Friese an den Mauern schimmern sah. Die Treppe mündete in einen Gang, der wiederum durch ein Eisengitter verschlossen war.

»Halt!«, rief Tiffanbrill. »Hier ist das Labyrinth. Hol das Garnknäuel aus dem Sack, Lukan!«

Sie banden ein Ende des Garnknäuels an das Fallgitter, und während Lukan ihnen mit erhobener Fackel voranging, spulte Päony das Knäuel ab. Ihr wurde bald klar, dass sie sich ohne dieses Hilfsmittel in kürzester Zeit heillos verirrt hätten, so raffiniert war der Irrgarten angelegt. Der rote Faden aber bewahrte sie davor, denselben Weg zweimal zu gehen, und wenig später hatten sie die Stelle erreicht, von der aus eine weitere Treppe in die Tiefe führte.

Am Fuß der Stufen begann ein kurzer Gang, der mit Platten gepflastert war und zu der tiefsten Grabkammer führte. Dass es sich um den Vorraum zu einer heiligen und bedeutsamen Stätte handelte, war leicht zu erkennen. Die Mauern waren mit Flachreliefs in den Lieblingsfarben der Mlokisai – Rot und Grün – geschmückt. Seitlich des Eingangs knieten auf hohen Sockeln zwei steinerne Wächter mit Männerkörpern und Ziegenschädeln. In den Händen hielten sie kurze eiserne Spieße. Sie waren aus einem hellen Stein gehauen, die Augen bestanden aus Edelsteinen. Die beiden Figuren waren gegeneinander gekippt, sodass ihre gehörnten Schädel zusammenstießen und sich die Spitzen der Waffen berührten. Es war deutlich zu sehen, dass hier eine Falle ausgelöst worden war, denn die steinernen Wächter versperrten nicht nur den Weg, auch der Boden zwischen ihnen hatte sich geöffnet, und ein schwarzes Loch gähnte den Eindringlingen entgegen.

Tiffanbrill flog mit Leichtigkeit über die Wächter hinweg und durchquerte die Grabkammer dahinter. Dort erhob sich ein einziger riesiger Sarkophag. In der gegenüberliegenden Wand klafften Spalten, aus denen ein roter Lichtschein glühte. Der Drache ließ die beiden Menschen absteigen und eilte ihnen voraus auf die größte der Spalten zu. »Hier wohnt Kulabac«, verkündete er. »Erweist ihm die Ehre, die ihm gebührt!«

Ratgeber und Verräter

Der Drache Kulabac

Päony und Lukan hielten sich an der Hand, während sie mit zögernden Schritten durch die Felsspalte traten und sich bald darauf in einer weitläufigen, von einem gleichmäßigen rubinroten Licht erhellten Höhle befanden, deren Boden mit mannshohen Anhäufungen von Silber und Juwelen bedeckt war. Auf diesem kostbaren Bett ruhte der größte Drache, den sie je gesehen hatten.

Tiffanbrill begrüßte ihn bereits voller Ehrfurcht und Freude und rief den beiden Menschen zu: »Tretet nur näher und habt keine Angst!«

Päony betrachtete den Mirminay in stummer Bewunderung. Er war tatsächlich so ungemein prächtig, wie Tiffanbrill ihn beschrieben hatte, und er schien auch recht eitel zu sein, unterstrich er doch die natürliche Schönheit seines rosa, hellgrün und aprikosenfarben leuchtenden Schuppenkleides durch üppigen Schmuck. Eine Perlenkrone saß auf seinem Haupt, der Körper war umwunden mit endlosen Perlenschnüren, und an allen Gliedmaßen glitzerte Geschmeide. An jeder Kralle steckten Ringe, groß wie Fassreifen. Er glich einem Ritter in phantastischer Rüstung, denn am Kopf, am Kinn und am Schwanzende wuchs ihm langes goldenes Haar wie ein Rossschweif. Zwischen gewundenen schneeweißen Widderhörnern glühte das sagenhafte Karfunkelauge. Das rubinrote Licht, das die Höhle erhellte, ging von ihm aus.

Die kleine Kriegerin verbeugte sich und ließ sich ehrerbietig auf ein Knie nieder. Lukan warf sich zu Boden.

Kulabac betrachtete die beiden und sprach sie mit tiefer, wohltönender Stimme an: »Menschen! Wie lange ist es her, seit ich Menschen gesehen habe! Aber steht auf, kleine Leute, und setzt euch nieder, wo es euch bequem ist, denn Tiffanbrill sagt, er habe mir eine lange Geschichte zu erzählen, die auch von euch handelt.«

Es dauerte eine Weile, bis Päony und Lukan einen Platz fanden, wo sie sich hinsetzen konnten, denn die Schätze, die den Boden bedeckten, waren alle spitz, zackig und hart. Sie fanden schließlich eine eisenbeschlagene Kiste, die aus einem Berg gemünzten Silbers herausragte und ihnen einen behaglichen Sitzplatz bot.

Kulabac lag reglos da, die spitzen Ohren aufmerksam nach vorn gedreht, während Tiffanbrill ihm von der Gefahr erzählte, die dem Kaiserreich drohte, und von den Auserwählten, die Rettung bringen sollten.

»Weiß man schon, was sie zu tun haben?«, fragte er.

»Noch nicht. Deshalb lassen die Kaiserinnen Euch bitten, dass Ihr sie auf dem unterirdischen Weg nach Luifinlas bringt, damit sie im Tempel der Mandora ihren Auftrag erfragen können. Vielleicht gefällt es den drei Schwestern, ihnen mitzuteilen, was von ihnen erwartet wird.«

»Hmm. Ich sehe nur zwei Menschen. Wo ist der dritte?«

»Er hat sich noch nicht zu erkennen gegeben. Vielleicht weiß man in Luifinlas etwas über ihn. Aber wir sind auch noch mit einer anderen Frage zu Euch geschickt worden.« Und er berichtete, was die Kaiserinnen ihnen aufgetragen hatten.

Kulabac lauschte. Er dachte lange nach, bevor er antwortete.

»Ich wüsste nicht, was die Kaiserinnen noch zusätzlich tun könnten, um ihr Reich zu schützen. Was den Vorschlag der Sphinx betrifft, so erachte ich ihn als gefährlich. Aber wer wagt, gewinnt, nicht wahr? Ich bin überzeugt, dass die Kaaden Bûl im Stande sind, die Zitadelle zu erobern, umso mehr, als Carrachon ein erloschener Vulkan ist, in dessen Krater sich das Schloss aus Eis erhebt – sie können also von unten angreifen, unmittelbar aus den Schluchten des Feuers heraus. Aber wir werden Zarzunabas niemals ändern. Er wird immer unser geschworener Feind und ein Meister des Bösen bleiben. Wenn wir ihn vertreiben, wird er sich irgendwo einnisten und seine Macht von Neuem aufbauen. Freilich, das mag Jahrhunderte dauern, und wenn es auch für uns Unsterbliche nur eine kurze Spanne ist, so ist es doch eine lange Zeit für die Sterblichen, vor allem für die Menschen.« Wieder schwieg er und dachte nach. Schließlich sagte er: »Und dann ist da noch die Frage, was die Feurigen für ihre Dienste verlangen werden. Sie sind weder Freunde der Menschen noch der Drachen der Oberwelt und tun ihnen nichts zu Gefallen. Ihr müsst damit rechnen, dass sie einen hohen Lohn fordern werden.« Er lachte gedämpft. Es hörte sich an wie ein ferner Bergrutsch. »Warum schenkt ihr ihnen nicht gleich das ganze Südland? Dann können sie in Ruhe die Thargon und die Skorpionritter vernichten, und zugleich ist ihnen ihr größter Wunsch erfüllt – wieder auf der Oberfläche von Murchmaros zu leben.«

Lukan hatte bislang respektvoll geschwiegen, aber als er das hörte, schrie er auf. »Aber dort steht die Stadt Thamaz! Sie würden auch Thamaz verbrennen!«

»Die Ruinen von Thamaz«, verbesserte ihn Kulabac.

»Und wenn es nur die Ruinen sind! Es ist unsere Stadt. Ob wir dort wohnen können oder nicht, es ist unsere Stadt. Ich will nicht, dass diese Feuergeister sie niederbrennen!«

Tiffanbrill hieß ihn schweigen. »Es ist ja noch nicht so weit ... obwohl wir im Ernst bedenken sollten, was Ihr im Scherz sagtet, werter Kulabac. Inzwischen habe ich noch eine Frage an Euch ...« Er berichtete von ihrem Abenteuer in der Stadt der Schlangen und von der rätselhaften Gestalt in den Ruinen. »Ich hätte meine Ohren darauf verwettet, dass kein Mensch jemals in der Stadt der Schlangen überlebte, und doch sahen wir einen Menschen. Ihr seid weise – wisst Ihr eine Antwort auf dieses Rätsel?«

Kulabac schüttelte bedächtig den gehörnten, goldbärtigen Kopf. »Ihr habt keinen Menschen gesehen«, erwiderte er, »sondern eine Dämonin. Es war entweder Twynneth oder Twyfald, denn beide Pestschwestern halten sich in der verfallenen Stadt auf. Die Schlangen können ihnen nichts anhaben. Erinnert Ihr Euch, dass beide verschwanden, als die großen Feurigen über Chiritai herfielen? Ich dachte mir gleich, dass sie nicht für immer verschwunden wären. Sie sind zu machtgierig, als dass sie nicht versuchen würden, abermals die Herrschaft über einen Teil von Erde-Wind-Feuer-Land zu erringen. Es wird ihnen auf die Dauer nicht genügen, über Ruinen zu herrschen.«

Päony saß still da und lauschte, obwohl sie keine Ahnung hatte, wovon die Rede war. Nur so viel hatte sie verstanden: dass die schwarz verhüllte Gestalt die eines Dämons gewesen war, der entweder Twynneth oder Twyfald hieß und den beiden Drachen bestens bekannt war. Sie warf Lukan einen Blick zu. Er hatte die Ellbogen auf die Knie gestützt und lauschte gebannt dem Gespräch.

»Twynneth! Twyfald!«, fiel Tiffanbrill überrascht ein. »Ja, sie mussten irgendwann wieder zum Vorschein kommen, nachdem sie vor den Feurigen geflohen waren, aber ich hatte sie ganz vergessen. Dann hausen sie also in der Stadt der Schlangen! Ein schwacher Trost, inmitten von Trümmern über Würmer zu herrschen, nachdem sie immerhin eine Zeit lang Kaiserinnen von Chiritai waren.«

Päony wagte eine Zwischenfrage. »Ich kenne die Wesen nicht, von denen Ihr sprecht, wollt Ihr mir etwas darüber erzählen?«

Tiffanbrill warf Kulabac einen fragenden Blick zu, und als der ihm zunickte, erklärte er: »Twynneth und Twyfald, die man wegen der vielen Krankheiten, die sie über die Menschen brachten, die Pestschwestern nennt, erhoben sich auf den Kaiserthron von Chiritai. Freilich konnten sie ihre Herrschaft nicht lange halten, denn als die Kaaden Bûl über die Stadt herfielen, mussten sie fliehen, und danach war Chiritai eine Ruinenstadt. Sie sind böse Geschöpfe, halb irdisch, halb von derselben Beschaffenheit wie ihr Vater, ein Geschöpf einer anderen Welt.«

Tiffanbrill berichtete auch, dass sie das Unglück gehabt hatten, Pilas zu begegnen.

»Er hätte mich gefressen«, fiel Päony ein, »wenn Lukan nicht so klug und vorsichtig gewesen wäre.«

»Pilas, sieh an!« Kulabac schnaubte angewidert. Eine Wolke aus heißem Dampf erfüllte die Höhle. »Dann geht es euch tatsächlich an den Kragen, wenn alle Schurken von Murchmaros sich gegen euch verschworen haben. Und auf euch beiden« – er betrachtete blinzelnd die beiden jungen Leute – »ruht die ganze Last der Aufgabe, das Kaiserreich zu retten. Zwei Schilfrohre, die das Gewicht von Murchmaros tragen sollen.« Dann schüttelte er sich, um seinen tonnenschweren Leib in Bewegung zu bringen. »Ich werde euch, wie ihr es wünscht, nach Luifinlas bringen. Mag sein, dass die Hohepriesterin Tochtersohn eine Botschaft der Mutterjungfrauen für euch hat, worin eure Aufgabe besteht und wie ihr sie lösen könnt.«

Lukan sagte: »Tochtersohn ist ein seltsamer Name.«

Der mächtige Drache nickte. »Sie ist auch ein seltsames Wesen. Sie war von Anfang an Mann und Frau zugleich, deshalb nennt man sie so. Sie ist uralt – sie hat über dreihundert Jahre lang gelebt. Aber jetzt auf! Wir sollten uns auf den Weg machen. Je eher ihr nach Luifinlas kommt, desto früher erfahrt ihr, ob die Himmlischen eine Botschaft für euch haben.« Und sofort streckte er sich zu seiner vollen Länge aus und hieß sie aufsteigen.

Sein gezackter Rücken erhob sich so hoch über ihnen, dass Tiffanbrill Päony und Lukan mit den Klauen packen und hinaufheben musste. Lukan war offensichtlich unbehaglich bei dem Gedanken, auf diesem wandelnden Berg reiten zu müssen, und auch Päony fühlte sich unsicherer, als sie es sich anmerken ließ. Zwar war sie gewohnt, auf Drachen zu reiten, aber damit waren Drachen wie Tiffanbrill gemeint, klein und überschaubar, und nicht solche von der Größe eines aufgetakelten Schiffs.

Kulabac bemerkte die besorgten Blicke. »Keine Angst, ich lasse niemanden fallen!«, rief er. »Haltet euch gut fest, ich habe Zacken genug.« Zu Tiffanbrill sagte er: »Ich reise zu schnell, lieber Freund, als dass Ihr mir mit Euren schwachen Flügeln folgen könntet. Daher will ich Euch ins Maul nehmen und so durch die Schlünde der Finsternis tragen.« Er beugte sich vor und klemmte Tiffanbrill vorsichtig zwischen seine gewaltigen Kiefer.

Päony gefiel es gar nicht, dass Kulabac »durch die Schlünde der Finsternis« gesagt hatte, und es lief ihr kalt über den Rücken. Ihr hatte schon angesichts der pechschwarzen Dunkelheit der Gurguntai gegraust, und bei der Vorstellung, durch die Finsternis unter den Bergen getragen zu werden, überkam sie würgende Angst. Außerdem fürchtete sie sich – was sie stets vor anderen Menschen verbarg – vor Abgründen. Es machte ihr nichts aus, auf dem Rücken des treuen Tiffanbrill hoch in den Lüften zu schweben, aber sie konnte nicht einmal in einen Brunnen schauen, ohne dass ihr schwindelte. Aber was sollte sie tun? Sie musste sich zusammennehmen, was immer sie erwartete. Am besten klammerte sie sich an Kulabacs Zacken.

Da setzte sich der Drache auch schon in Bewegung. Mit einer erstaunlich geschmeidigen und anmutigen Bewegung glitt er von seinem glitzernden Bett. Die Schatzberge versanken in Dunkelheit, als sein rotes Auge sich einer Tunnelöffnung auf der anderen Seite zuwandte. Rasselnd schürften seine Klauen und Schuppen über den unebenen Felsboden, als er die Höhle verließ und einen hoch gewölbten Tunnel entlangeilte. Das rote Licht des Karfunkelauges warf seinen Schein in die unterirdische Nacht. Päony erkannte undeutlich raue Felswände und bergwerksähnliche Gänge, die sich nach allen Seiten öffneten. Dann wurde Kulabac immer schneller. Mit Armen und Beinen klammerte sie sich fest und zog den Kopf ein, um nicht an die Decke zu stoßen. Der enge Korridor weitete sich zu einer Höhle, deren Ausdehnung sich nicht abschätzen ließ. Sie musste gewaltig sein, denn Kulabac setzte an, sie zu durchfliegen. Seine Zackenflügel schlugen, und dann sauste er mit einer Geschwindigkeit, die ihr Hören und Sehen raubten, in ein rauschendes, hallendes, im Lichtstrahl des Karfunkelauges wie Rotwein schimmerndes Dunkel.

Von dem Weg, den sie zurücklegten, behielt Päony nur sehr undeutliche Eindrücke in Erinnerung. Felswände blitzten auf und verschwanden. Sie sah gewundene Säulen aus weißem Tropfstein vom Boden bis zur Decke wachsen, höher und dicker als jede Säule, die je das Dach eines Palasts getragen hatte, und kalkig schimmernde, filigrane Halme aus demselben Material, die in schimmernden Feldern aus dem Boden emporwuchsen. Allmählich wurde es heiß. Dampf flog ihr ins Gesicht und benetzte ihr Haar. In ihren Ohren hallte das Schnauben und Flügelknattern des fliegenden Drachen wider, und manchmal merkte Päony, dass sie über bodenlose Abgründe hinwegflogen. Sehen konnte sie nichts außer der Hornzacke, die sie umklammert hielt, den Funken, die ringsum aufstoben, und dem rötlichen Licht. Aber sie roch die Nähe von Feuer und sah auch, dass das Licht jetzt nicht mehr der klare, unbewegliche Strahl des magischen Auges war, sondern flackernder Flammenschein, der von unten heraufdrang.

Schließlich flog Kulabac immer langsamer und hielt bald darauf an. Päony, die sich halb betäubt fühlte, fand sich am Ausgang eines Tunnels wieder, der von Zwielicht erhellt und von frischer, feuchter Luft erfüllt war.

»Wir sind da«, erklärte der Drache.

Luifinlas

Tiffanbrill flatterte hoch und hob Päony und den am ganzen Leib zitternden Lukan – der sich an die Felswand lehnen musste, um wieder zu Sinnen zu kommen – von Kulabacs Rücken. Die kleine Kriegerin blieb in der Öffnung stehen, überwältigt von dem Anblick, der sich ihr bot. Nach allem, was man sich erzählte, hatte sie nur undeutliche Vorstellungen von der geheimnisvollen Stadt Luifinlas. Auf keinen Fall hätte sie sich auszumalen vermocht, was sie jetzt vor sich sah.

Hier war es nicht kalt wie in den Gebirgstälern jenseits der Heulenden Berge, sondern dampfend warm wie im Süden. Kein Lüftchen wehte. Die Gipfel der Heulenden Berge ragten so hoch auf, dass sie nur noch wie ein ferner Schrecken wirkten. Unter einem von rötlichen Wolken verhüllten Himmel lag ein Tal, bedeckt von nebelverhangener Vegetation, in dessen Mitte in majestätischer Schönheit ein Vulkanberg aufragte. Er erhob sich in sanftem Schwung mit glatten bernsteinbraunen Flanken, über die da und dort glühende Rinnsale herabrieselten. Aus dem Gipfelschlot stieg eine Feuersäule auf, die das verborgene Tal gleichzeitig erleuchtete und erwärmte. Wohin Päony auch blickte, sah sie Grün, vom leuchtenden Smaragd der Farnwedel bis zum Blaugrün der Zykadeen und Schachtelhalme, die überall zu ungewöhnlicher Höhe und Üppigkeit aufgeschossen waren. Orchideen, purpurn, violett und altrosa, blühten in üppigen Mengen. Der rote Feuerschein tauchte alles in ein geheimnisvolles, ebenso bezauberndes wie beunruhigendes Licht.

Am Hang des Vulkans erhob sich eine haushohe Pyramide, deren Außenseite mit Bronzeplatten beschlagen war. Sie gleißte im Licht wie ein phantastisches Juwel. »Dorthin müsst ihr«, sagte Kulabac. »Das ist der Tempel der drei Schwestern, in dem ihr Tochtersohn findet. Ich warte hier auf euch und bringe euch dann zurück.«

»Aufsteigen!«, rief Tiffanbrill.

Päony wunderte sich, dass der Mokabiter diesmal ohne Jammern gehorchte. Vielleicht hatte ihn der rasende Ritt auf Kulabacs Rücken so sehr erschreckt, dass Tiffanbrill ihm vergleichsweise harmlos erschien.

Der Drache stieg auf und flog über den Regenwald, der die Flanken der umschließenden Berge bedeckte. Als sich der Talkessel unter ihnen öffnete, blickten sie hinab auf eine in allen Regenbogenfarben schimmernde Stadt mit Pyramidenhäusern und hohen Türmen, deren Spitzen mit kreisrunden Plattformen – manchmal mehreren übereinander – gekrönt waren. Auch hier gab es schlangenähnlich gewundene Gewölbe, die sich die kriechenden Drachen als Heimstätten bauten, und mächtige Kegel mit Öffnungen zum Ein- und Ausschlüpfen. Alle Zierelemente verrieten den Stil der Drachen: zackengesäumte, wie Fächer geöffnete Flügel, zu Schnecken eingerollte Schuppenschwänze und überall das Zeichen des Dreigestirns: drei Sterne, die ein Dreieck bildeten. Auch die Farben zeigten drachische Vorlieben. Viele Häuser waren wie in Vang Vath mit rot und grün lasierten Ziegeln geschmückt und hatten mit schwarzem Lack überzogene und mit silbernen Arabesken eingelegte Tore. An den weit vorspringenden Dachtraufen hingen klingelnde Windspiele aus Perlen und Silberstäbchen, sodass die Luft von einem Doppelgesang erfüllt war: dem Lied der Äolsharfen und den schmelzenden Harmonien der Schnappsterne und Fliegenfallen. Päony mochte gar nicht glauben, dass Blumen, die so lieblich sangen, Fleisch fraßen und sich von unvorsichtigen Kleintieren ernährten. Die Luft war geschwängert von ihrem süßen, tödlich verlockenden Duft.

Tiffanbrill ließ sich vor der Pyramide nieder. Kaum hatte er die Tatzen auf den gepflasterten Tempelvorplatz gesetzt, als von allen Seiten dienende Drachen und Frauen in ockerfarbenen Kleidern herbeieilten – Tempeldiener und Nonnen, die die fremden Besucher nach ihrem Begehr fragten.

»Wir kommen mit einer dringenden Botschaft des doppelten Throns zu der Hohepriesterin Tochtersohn und bitten um eine Audienz«, meldete Tiffanbrill.

Sofort eilten einige der Nonnen ins Innere des Tempels, während die anderen sie warten hießen, bis sie zum Eintreten aufgefordert würden. Die beiden Menschen waren abgestiegen und warteten mit gespannter Neugier, was weiter geschehen würde. Päony war tief beeindruckt von dem mächtigen Gebäude mit seinen gleißenden Außenflächen. Ein viereckiger Gang, von Fackeln erleuchtet, führte ins Innere und endete an einem Bronzetor, dessen linker Flügel geöffnet war. In diesem Gang hingen Windharfen, die einen ständigen sanften Klingelton hören ließen.

»Wie zart das klingt!«, staunte die Spinnenkriegerin.

»Und doch«, erwiderte Tiffanbrill mit einem Seufzer, »klingt es längst nicht so lieblich wie der Gesang, den man in alter Zeit überall in Murchmaros hörte. Damals schwebten in jedem Windhauch die singenden Stimmen der drei Schwestern und ihrer Verehrer, der hohen Drachen. Fremd und wunderbar war diese Welt! Den Menschen, die damals lebten, war sie in vielem unverständlich, denn sie konnten nur bruchstückhaft hören, was die Himmelsflügler zu Ehren der Mutterjungfrauen sangen. Ihre perlenden Stimmen umfassten einen so großen Tonumfang, dass weite Teile ihrer Gesänge den Menschen unhörbar blieben. Ach, ihr habt viel versäumt, kurzsichtig und harthörig, wie ihr Armen nun einmal seid!«

Wenig später erschienen die Nonnen wieder und meldeten, die Besucher würden empfangen. Sie folgten den Frauen, die Fächer und Räucherstäbchen in Händen hielten, ins Innere des Tempels. Der Gang hinter der Bronzetür endete in einem würfelförmigen, fensterlosen Raum, an dessen Stirnmauer drei helle Sterne aus dem tiefen Nachtblau der Wandfarbe leuchteten. Auf einem Dreifuß loderte in einer Kupferschale eine einzelne goldene Flamme. Dort trat ihnen Tochtersohn entgegen.

Sie war eine uralte Frau. Ihr schmales Gesicht war von zahllosen Runzeln durchzogen. Das schlohweiße Haar wallte ihr lang über den Rücken hinab. Kostbare Gewänder umhüllten sie, und ihre Stirn zierte ein silbernes Diadem mit einem Dreieck aus Diamanten. Sie begrüßte die Besucher mit tiefer, wohlklingender Stimme. »Wer seid ihr, und was führt euch hierher?«

Tiffanbrill berichtete ihr vom Rat der Kaiserinnen, im Heiligtum der Mandora um Erleuchtung zu bitten.

Mit unverhohlener Neugier betrachtete die Priesterin ihre Besucher. »Dann seid ihr beide die Auserwählten? Aber wo ist der dritte?«

»Das wissen wir nicht. Wir wissen auch noch nicht, worin unsere Queste besteht. Uns wurde gesagt, Ihr könntet uns vielleicht helfen, dies in Erfahrung zu bringen.«

Die Priesterin lauschte aufmerksam, dann nickte sie. »Ich werde fragen, ob die Himmlischen eine Botschaft für euch haben. Setzt euch auf den Boden und verharrt still, während ich die Zeremonie durchführe. Sprecht erst wieder, wenn ich es euch gestatte.«

Gehorsam ließen sich Päony und Lukan auf dem Teppich nieder, der vor einer Wand des Tempelraums lag und offenbar für

Besucher vorgesehen war. Tiffanbrill ringelte sich zusammen und legte die Schnauze auf die Schwanzspitze.

Tochtersohn entnahm einer Ebenholzschatulle einige Stäbchen aus duftendem Holz, die sie in eine bronzene Schale legte. Als sie die Schale ins Feuer des Dreifuß stellte, begann das Holz zu rauchen. Seltsame Schnörkel und Figuren stiegen auf. Mit gerunzelten Brauen betrachtete die Hohepriesterin das Spiel des dunkelgrauen Rauchs. Als das Holz verbrannt war und die Schleier in sich zusammensanken, ergriff sie das Wort. »Vernehmt die Botschaft der Mutterjungfrauen: Ihr seht die Feinde im Norden und Süden, aber ihr seht die Feinde in eurer unmittelbaren Mitte nicht. Hütet euch vor den Verrätern!«

Sie stand auf, trat an eine Kommode und entnahm ihr einen Spiegel, groß wie eine Männerhand und von fahlem, perlmutterähnlichem Glanz. »Nehmt diesen Spiegel mit an den Kaiserhof«, befahl sie, »und sagt Karenna und Kylaila, sie sollen ihren gesamten Hofstaat versammeln, und jeder möge die Hand auf das Glas legen. Berührt ihn ein Sklave des schwefligen Sterns, so wird er auf der Stelle sterben, und auf seiner Stirn wird ein Zeichen erscheinen, das keinen Zweifel an seinem Wesen lässt. Das wird euch Beweis genug sein, dass die Verräter unter euch sind. Ihr könnt den Spiegel jedoch nur einmal verwenden. Wenn der Letzte ihn berührt hat, wird er zerspringen.«

Sie barg das geheimnisvolle Ding in einer ledernen Hülle und reichte es Lukan, der es in seinen Sack steckte.

»Und unsere Frage?«, wollte der Mokabiter wissen. »Habt Ihr in Erfahrung gebracht, worin unsere Aufgabe besteht?«

»Nein. Nur so viel: Ihr werdet es erfahren, wenn der dritte Auserwählte gefunden ist. Er weiß, worum es geht, und er wird es euch sagen.« Dann befahl sie den beiden jungen Menschen, näher zu treten, und legte ihnen mit unhörbaren Worten segnend die Hand auf den Kopf. »Geht, und seid vorsichtig auf euren

Wegen, denn die Heulenden Berge sind gefährlich für die Menschen«, sagte sie. Sie nickte ihnen zu, wandte sich ab und verschwand durch eine Tür im Innern des Tempels.

Die drei Gefährten verließen den heiligen Raum. Draußen warteten freundliche Nonnen auf sie, die ihnen zum Abschied einen Korb mit ledrigen Fruchtschoten, süß wie Zimt duftend, und eine Kürbisflasche mit Palmwein überreichten. »Ihr habt einen langen Weg vor euch«, sagte die Vornehmste von ihnen, »und braucht Wegzehrung. Mögen euch die Mutterjungfrauen begleiten!«

Päony warf einen Blick zurück, als sie auf Tiffanbrills Rücken saß und der Drache sich mit seinen Passagieren in die Luft erhob. Wie ein Traum erschien ihr die Begegnung im Tempel, und als sie höher stiegen und die Stadt unter ihnen im Dunst der rötlichen Wolken verschwamm, konnte sie kaum glauben, dass sie tatsächlich in Luifinlas gewesen war und mit der Hohepriesterin der drei Schwestern gesprochen hatte. Allmählich begriff sie, wie wenig sie von der Welt wusste – wie viele Wunder und Geheimnisse es gab, die sie niemals auch nur erahnt hatte. Was mochte die Zukunft noch für sie bereithalten? Unversehens durchfuhr sie ein Stich jäher Sehnsucht, als sie an Bâl Ummas mit den vertrauten Gesichtern und dem immer gleichen Tagesablauf dachte. Ach, wäre sie doch dort! Gleichzeitig aber wusste sie, dass sie schon zu weit gegangen war und zu viel gesehen hatte. Von jetzt an würde sie die Welt mit anderen Augen betrachten. Sie würde immerzu an die vom Karfunkelschein erleuchtete Höhle des Drachen denken müssen, an den Glanz des Mandoratempels und die verwunschenen Ruinen von Chiritai. Etwas in ihr hatte sich verändert und würde niemals mehr wie früher sein.

Das einsame Tal

»Ich bringe euch auf einem anderen Weg zurück«, verkündete Kulabac, »damit ihr nicht noch einmal durch die Gurguntai müsst. Einmal war genug für euch, oder etwa nicht?«

Lukan nickte lebhaft, und Päony war ehrlich genug zuzugeben, dass sie auch nicht gern ein zweites Mal durch die nachtschwarzen Grüfte gestiegen wäre.

Wieder rauschte der Drache mit rasender Geschwindigkeit durch unterirdische Gänge und über Abgründe hinweg, in deren Tiefen ferne Feuer loderten. Vor Angst schlug Päony das Herz bis zum Hals, ehe ihr einfiel, dass Kulabacs Karfunkelauge in der Dunkelheit so deutlich sah wie am hellen Tag.

Plötzlich entdeckte sie in der Ferne ein Lichtfünkchen, das rasch größer wurde und sich zuletzt als ein Schlitz in der Felswand entpuppte, breit und hoch genug, um einen Drachen von Tiffanbrills Größe mit ausgebreiteten Flügeln durchzulassen. Geblendet von dem unerwarteten Tageslicht, schlossen die beiden Menschen die Augen. Es dauerte eine Weile, bis sie wieder klar sehen konnten.

Kulabac hielt inne und ließ sie absteigen. »Geht vor das Tor!«, befahl er. »In dem Tal dort unten findet ihr einen Bach und an seinen Ufern trockenes Schwemmholz in Mengen. Schafft genug davon herbei, um ein Feuer die Nacht hindurch am Brennen zu halten, denn ihr müsst hier übernachten. Ihr würdet den Ausgang des Tals nicht mehr vor Einbruch der Nacht erreichen, und nachts ist dieser Ort ein Tummelplatz für Gespenster.«

Päony und Lukan traten vor das Höhlentor, dessen gezackter Bogen sich über ihnen erhob. Es war, wie Kulabac gesagt hatte. Sie blickten hinaus in ein steiniges enges Tal zwischen schroffen Felswänden, an dessen Grund ein schmaler Bach floss. Haufen von Schwemmholz an den Ufern verrieten, dass er zuweilen anschwoll und dann riesige Mengen Holz und Steine mit sich durch die Schlucht trug. Phuram stand bereits tief im Westen, und die Schatten der Dämmerung senkten sich allmählich über das Tal.

Sie kletterten die steinige Böschung hinab und luden sich so viel Schwemmholz auf die Arme, wie sie nur tragen konnten. Tiffanbrill hatte zwar behauptet, die Mokabiter seien faule Säcke, aber Lukan schleppte fleißig Holz. Wahrscheinlich hatte er Angst, ohne schützendes Feuer inmitten von Gespenstern im Finstern sitzen zu müssen. Und Gespenster gab es in den Bergen genug, das wusste Päony aus den Erzählungen von Kameraden, die schon einmal im Norden gewesen waren. Auf den Hängen spukten kreischende Sturmdämonen, Nebelgeister und die tödlichen Schneevampire, die Netze aus flirrendem Eis auswarfen und die Unglücklichen, die sie darin fingen, in Totenstarre versetzten. Daneben lauerten überall in den eisverkrusteten Schluchten und auf den windzernagten Pässen die untoten Späher des Kadaverfürsten.

Als schließlich ein riesiger Holzstoß zusammengetragen war, streckte Kulabac eine seiner gewaltigen Krallen aus und ritzte damit ein verschnörkeltes Zeichen in den kantigen Basalt unter dem Höhlentor. »Überschreitet dieses Zeichen nicht, ehe ihr morgen euer Nachtquartier verlasst!«, befahl er. »Es wird euch davor schützen, dass das Schattenvolk euch zu nahe kommt und belästigt. Und jetzt verabschiede ich mich von euch, ich verspüre Heimweh nach meiner Höhle.«

Damit wandte er sich um und verschwand schuppenrasselnd in dem Höhlengang, noch ehe sie ihm ihre Dankesworte und Abschiedsgrüße zugerufen hatten.

Tiffanbrill sah sich um. »Hier ist ein guter Ort, um die Nacht zu verbringen«, sagte er dann, auf eine windgeschützte Nische in der Felsenwand deutend, die allen bequem Platz bot.

Draußen sank die Sonne, und tiefe Schatten legten sich über die Schlucht. Fast augenblicklich vernahm Päony sonderbare Geräusche. Einmal klang es wie das heftige Rauschen von Wasser, als sei der Bach mit einem Schlag angeschwollen, dann wieder wie der ferne Tritt einer marschierenden Streitmacht. Dünne, hohe Schreie, die von Nachtvögeln stammen mochten, durchschnitten die Luft. Als Päony sich vorbeugte und zum Höhlentor hinübersah, entdeckte sie, dass dichte Nebelschwaden von den Berggipfeln herabrollten und die Schlucht einhüllten. Der Nebel verzerrte die Geräusche, und es war nicht zu erkennen, woher sie kamen – ob von Norden oder Süden, von der Höhe herunter oder aus dem Tal herauf. Päony musste an die Gerüchte über die schlangenleibigen Dämonen der Einöde denken, die mit ihrem Gesang und ihrem kunstvollen Pfeifen einsame Wanderer anlockten und dann mit spitzen Zähnen zerfleischten. Allerdings hörte sie deutlich noch andere Geräusche als den Wind: ein Schlurfen und Tappen und gelegentlich das Poltern eines fallenden Steins. Etwas, das Substanz und Gewicht hatte, kroch da draußen herum. Sie fragte sich, ob das magische Zeichen auch ein Tier aus Fleisch und Blut abzuhalten vermochte.

Lukan schlang sich schaudernd die Arme um den Leib. »Es ist kalt hier«, klagte er. »In den Tiefen der Berge war es viel wärmer.«

Tiffanbrill entzündete das Feuer, indem er eine kleine Flamme in das aufgeschichtete Holz blies. Die beiden Menschen holten ihren Proviant aus dem Sack und aßen. Tiffanbrill verzichtete, denn Drachen essen nicht jeden Tag und schon gar nicht mehrmals hintereinander.

Während Lukan in die süßen Fruchtschoten biss, die Tochtersohns Tempeljungfrauen ihnen mitgegeben hatten, bemerkte er: »Wenn die Gespenster nicht wären, könnte ich es hier ohne Weiteres eine Nacht lang aushalten.«

»Ich dachte«, spöttelte Tiffanbrill, »die Mokabiter hätten keine Angst vor Gespenstern. Angeblich sind sie so vertraut mit der schwarzen Magie, dass man sie auch Höllenzwinger nennt.«

Der Jüngling schüttelte den Kopf. »Das war vor langer Zeit. Unsere Ahnen waren mächtige Magier, das stimmt, und sie lernten viele tiefe Geheimnisse von den Drachen der Vulkanberge, mit denen sie ständigen Umgang pflegten. Aber nach dem großen Drachenkrieg, als sie auf die Insel Macrecourt verbannt wurden, mussten sie auf ihr Wissen verzichten. Später, als die Kaiserin ihnen gestattete, nach Thamaz zurückzukehren, konnten sie nicht mehr an das Vergangene anknüpfen. Ihre Zauberbücher waren von den Basilisken vernichtet worden, zu viel Wissen war verloren gegangen. Heute beherrschen sie gerade noch einige einfache Sprüche und Verhexungen – wie den Fluch, der mich um die Sprache brachte.«

»Das würde mir schon reichen«, warf Päony ein, »so verflucht zu sein, dass ich nur noch stottern könnte.«

Lukan gab zu, wie sehr er unter dieser Beeinträchtigung gelitten hatte.

Draußen war inzwischen das letzte Licht des Tages verschwunden. Tiefschwarz breitete sich die Nacht vor dem Höhleneingang aus. Päony war froh, dass Kulabac das schützende Zeichen in den Stein geritzt hatte, das alles fernhielt, was die Nacht hervorbringen mochte. Sie hörte immer noch die wunderlichen Geräusche, die einmal ferner, einmal näher zu vernehmen waren. Der Ort hatte schon bei Tageslicht alles andere als heimelig gewirkt, und als Phuram den Himmel verließ und die einsame Bergwelt in Schatten versank, nahm alles ein so albtraumhaft bedrohliches Aussehen an, dass sie unwillkürlich näher ans Feuer rückte. Sobald sie durch die Toröffnung hinausspähte, entdeckte sie weit oben ein Flimmern in der Finsternis und ein fahles Leuchten, wo Schnee die Felsen bedeckte. Hin und wieder wirbelten einige Flöckchen durch die Luft. Beißende Kälte flutete von den Bergen herab. Der Wind heulte rau in den Felsentürmen, die bereits in der Nacht versunken waren. Das Singen und Pfeifen in den Gebirgspässen schien nicht von bewegter Luft erzeugt zu werden, sondern aus der Kehle eines lebendigen und keineswegs wohlwollenden Wesens zu dringen.

Dann erkannte sie, dass sich schattenhafte Gestalten an der Schwelle des Eingangs drängten. Es mochten zehn oder zwölf sein, die sich dort, in ihrem eigenen schwachen grünlichen Licht leuchtend, aneinanderdrängten: seltsame Kreaturen mit Hängebacken, haarigen Hundeohren und langen Nasen, die wie Flöten geformt waren. Sie glotzten in die Höhle herein, konnten aber das Zeichen nicht überschreiten.

»Seht!«, wandte Päony sich flüsternd an ihre Begleiter. »Seht, was da draußen lauert!«

Tiffanbrill nickte. »Ich habe sie schon gesehen. Es sind Schreckgespenster, die uns von allen Seiten bedrängen würden, hätte Kulabac uns nicht geschützt. Sie können kaum ernsthaften Schaden anrichten, aber wenn sie einen einsamen Wanderer entdecken, so umtanzen sie ihn, springen ihm ins Gesicht, hocken ihm auf den Schultern und belästigen ihn so lange, bis er aus Verzweiflung vom Weg abkommt. Deshalb wagt sich kein Mensch in die Schluchten, um Holz zu klauben oder Beeren zu pflücken. Sie haben bemerkt, dass wir hier sind. Bald werden noch mehr von ihrer Art kommen, denn nichts bereitet ihnen größere Lust, als Menschen zu quälen.« Ein wenig abschätzig fügte er hinzu: »Sie wissen, dass die Menschen Angst vor ihnen haben, und so schwärmen sie herbei, sobald sie einen von ihnen entdecken.«

»Die Drachen fürchten keine Gespenster?«, fragte Lukan ein wenig spitz.

»Wir verabscheuen sie«, erwiderte Tiffanbrill. »Sie sind für uns wie ein Gestank, der die Nase beleidigt. Ihre Bosheit quält unsere Sinne. Aber fürchten – nein, wir fürchten sie nicht. Schon gar nicht diese unbedeutenden Nachtschrecken.« Er zögerte kurz, dann gestand er: »Allerdings hat Zarzunabas Kreaturen in Diensten, vor denen auch ich zurückweichen müsste, da ihre Bosheit unerträglich ist. Deshalb können wir Drachen von Chatundra so schwer gegen ihn ankämpfen. Das war schon der Grund, warum wir uns so schwer taten, Zarzunabas' Vater niederzuwerfen, den Wasserdrachen Drydd. Wenn wir seinen Geschöpfen nur nahe kamen, tauchten wir unversehens in eine Wolke der Pestilenz. Jede Berührung der leichenhaft kalten, klebrig feuchten Greifer und Klauen traf uns wie der Stich eines Skorpionstachels, doch es war kein körperlicher Schmerz, der uns quälte. Das zarte Gewebe unserer Seelen zerriss, und wie die Dunkelheit des herannahenden Todes breitete sich der Kadaverhauch über unsere Herzen. Wir taumelten und schwankten, unvermittelt erfüllt von einer Verzweiflung und Hoffnungslosigkeit, die mit Macht über uns hereinbrach und uns zur Flucht zwang. Die Kaaden Bûl jedoch sind unempfindlich dagegen; sie sind Geschöpfe des ersten Äons, wild und gewaltig, sie fürchten und achten nichts außer dem Willen der Allmutter Majdanmajakakis.«

Eine Weile schwiegen alle drei. Päony hörte über dem Knistern der Flammen das zischende Gewisper der grausigen Geschöpfe an der Schwelle. Hin und wieder sah sie, wie eines versuchte, auf den Höhleneingang zuzukriechen, jedoch augenblicklich durch das magische Zeichen zurückgeworfen wurde. Dann erschienen weitere Kreaturen, wie Tiffanbrill es vorhergesagt hatte. Wie von einem schwachen Blitz wurde die Dunkelheit der Schlucht von einem fahlen Licht erhellt, und plötzlich ragten vor dem Höhlentor die Gestalten zweier Ritter in voller Rüstung auf. Grünes Licht schimmerte durch die Schlitze der Helmvisiere. Sie zogen ihre Schwerter und wollten den Eingang stürmen, so wütend, dass Päony unwillkürlich nach ihrem Schwert fasste, aber die Angreifer vermochten die Schwelle der Höhle ebenso wenig zu übertreten wie die anderen. Das Licht flackerte, und die Gestalten erloschen. Nun begann draußen ein Rufen und Schreien, das jedoch seltsam fern klang, als dringe es von den gegenüberliegenden Hängen herüber. Es schien, dass die Erscheinungen sie zum Eingang locken oder ihnen drohen wollten, aber Worte waren nicht zu verstehen.

»Diese Wesen«, erklärte Tiffanbrill, »haben ihre eigene Sprache, die anders ist als die der Menschen. Sie klingt roh und hässlich und hat eine verderbliche Wirkung auf alle, die gezwungen sind, sie zu vernehmen. Wir haben Glück, dass es nur schwache Geister sind, die uns belästigen, und dass ihre Stimmen dünn wie Fäden sind.«

Neue Spukerscheinungen zeigten sich vor dem Tor. Glühende Gegenstände schienen vorbeizufliegen, Spaten, Heugabeln, Kisten und Körbe, Sicheln und Sensen. Zwischen ihnen flatterten geflügelte Schreckgespenster von derselben Art wie jene, die sich an der Schwelle drängten. Dann, ganz unerwartet, verdunkelte eine riesenhafte Erscheinung das Höhlentor. Lukan stieß einen Schreckensschrei aus, und auch Päony zuckte zurück, denn was da hereinglotzte, war ein Gesicht, so lang und breit, dass es die gesamte Öffnung ausfüllte. Sein Mund dehnte sich in einem grässlichen Grinsen von einem Ohr zum anderen und fletschte faulige Zähne. Im ersten Augenblick war sogar Tiffanbrill erschrocken, aber nun sagte er: »Es kann euch so wenig tun wie die anderen.«

Dennoch fühlte Päony sich unbehaglich, als der triefäugige, stumpfsinnige Blick der monströsen Erscheinung auf ihr ruhte. Sie erkannte deutlich, dass es nur eine Erscheinung war, flach und ohne Tiefe, aber so bösartig waren sein Blick und sein Grinsen, dass sie sich am liebsten versteckt hätte. Gern hätte sie sich tiefer in die Höhlengänge zurückgezogen, aber sie schämte sich vor Tiffanbrill – und noch mehr vor Lukan. Und wer wusste schon, was in der dumpf warmen Finsternis dieser Gänge lauerte? Vielleicht hausten dort Wesen, die noch schlimmer waren als die körperlosen Gespenster vor dem Höhlentor.

Sie war erleichtert, als das Gesicht allmählich verschwand und abermals die glühenden Sicheln und Sensen auftauchten. Allmählich schienen die Unwesen zu begreifen, dass sie den Menschen in der Höhle nicht nahe kommen konnten, und sie verloren die Lust daran, sie weiter zu belästigen. Die feurigen Zeichen erloschen, die Wesen an der Schwelle zogen sich zurück und verschwanden im Dunkel.

»Sie sind fort, glaube ich«, bemerkte Lukan, nachdem er eine Weile angestrengt auf die dunkle Öffnung gestarrt hatte. »Ich sehe sie nicht mehr.« Er lauschte den Geräuschen, die von draußen hereindrangen. Sie klangen immer noch wunderlich, aber das mochte das Pfeifen und Wimmern des Nachtwinds in den Schrunden der Felsmauern sein.

»Lasst uns schlafen!«, schlug Tiffanbrill vor. »Ich möchte morgen ausgeruht sein. Es gefällt mir nicht, so viel Zeit in den Bergen zu verbringen. Hier weiß man nie, was einen erwartet – selbst bei Tage nicht.«

Lukan hatte diesmal nicht die Ausrede, ihm sei kalt, denn das glosende Feuer erwärmte die Felsennische. Dennoch schmiegte er sich wie selbstverständlich an Päonys Rücken und hoffte von ganzem Herzen, dass sie ihn nicht wegjagte. Fürsorglich breitete er seinen Mantel über sie und sich selbst.

Päony lächelte verstohlen, als sie seine Annäherung bemerkte. Ohne sich umzudrehen, flüsterte sie: »Hier kannst du nicht frieren.«

»Nein, das nicht«, antwortete er ebenso leise, »aber es ist besser, wenn wir alle eng zusammenbleiben. Man weiß nicht, was aus der Nacht auf uns zukommt. Und um ehrlich zu sein«, fügte er listig hinzu, »habe ich Angst. Ich könnte kein Auge zutun, wenn ich allein und schutzlos in irgendeinem finsteren Winkel läge. Bei dir ist das anders, du bist eine mutige, abgehärtete Kriegerin, aber ich ...«

Das erweckte wie erwartet ihr Mitleid. »So komm, und schlaf in Frieden! Lass uns beide nahe an Tiffanbrill heranrücken, da ist es warm und sicher.«

Lukan überließ es ihr, sich an den Drachen zu schmiegen. Er ahnte, dass der gewitzte Tiffanbrill ihn durchschaute, und wollte ihn lieber aus dem Spiel lassen. Als Päony sich neben ihrem Gefährten bettete, rückte er nach und drückte sich eng an ihren Rücken, sorgte aber dafür, dass ihr Mantel sie von ihm trennte, um nicht allzu aufdringlich zu erscheinen. Sein Herz bebte, als er ihren zierlichen Körper so nahe spürte. Eine Leidenschaft durchfuhr ihn, wie er sie nie zuvor gekannt hatte, denn bislang hatte er immer nur die Lust erfahren, niemals die Liebe. Jetzt brach beides gleichzeitig über ihn herein. Bis in die Tiefen seines Herzens aufgewühlt, nahm er mit allen Fasern seines Körpers die Nähe der Geliebten wahr und wagte doch nicht, sie zu berühren. Er sog den Duft ein, der von ihrem Körper aufstieg, als wäre sie eine Blume, und fühlte die schwache Wärme, die sie ausstrahlte. Wie ein eiserner Schmetterling erschien sie ihm, so feingliedrig, dass er Angst gehabt hätte, sie kräftig zu umarmen, und doch war sie eine Schildjungfrau, gestählt und erfahren im Kampf, und hätte sicher keine Mühe gehabt, ihn zu Boden zu schmettern, wenn sie das wollte.

Er seufzte tief. Es schmerzte, ihr so nahe zu sein und sie doch nicht umarmen zu dürfen. Was blieb ihm anderes als die Hoffnung, dass das Orakel es gut mit ihm meinte und ihn für alle Zeiten zu ihrem Gefährten bestimmt hatte?

Auch Päony konnte nicht schlafen. Sie musste zugeben, dass es wohltat, die Wärme seines Körpers von Kopf bis Fuß zu spüren, und sie dachte ebenfalls an das Orakel. Der Spruch der Knochen war ein Befehl. Sie war dazu erzogen worden, Befehlen widerspruchslos zu gehorchen. Und sie hatte auch nichts dagegen, sich der Prophezeiung zu unterwerfen, aber sie war es nicht gewohnt, für einen Mann mehr zu empfinden als Kameradschaft und schwesterliche Liebe, und Lukan wollte eindeutig mehr. Er war nicht gerade zudringlich, aber die Spannung in seinen Muskeln, sein rauer Atem, die starke Wärme, die von ihm ausging, verrieten ihr nur allzu deutlich sein Begehren. Und da sie so etwas noch nie erlebt hatte, wusste sie nicht, wie sie sich verhalten sollte. Sie wollte ihn nicht in dem Glauben lassen, dass er sich ihr nach Belieben nähern konnte, aber wenn sie ihn seiner List wegen tadelte, würde er sich von ihr fernhalten, und das wollte sie auch nicht. Der Zwiespalt zerriss ihr das Herz. Sie fühlte sich unerfahren und töricht. Mit einem Schlag ging ihr auf, dass sie vom Leben nicht mehr begriff, als der Waffenmeister ihr beigebracht hatte. Hiebe, Stiche, der Kampf mit bloßen Händen, auf das alles verstand sie sich. Aber er hatte ihr nie beigebracht, wie man mit der erregenden Ausstrahlung eines Mannes zurechtkam.

Um alles noch schlimmer zu machen, ließ Lukan sein langes Haar über ihr Gesicht gleiten und raunte ihr ins Ohr: »Hast du es bequem?«

»Ja«, antwortete sie und spürte ihren Herzschlag in der Kehle.

»Dieser Boden ist rau und steinig.«

»Ich bin härtere Betten gewöhnt.«

»Kann ich dir wenigstens meine Schulter als Kopfkissen anbieten?«

Tiffanbrill, der wie in tiefem Schlaf schnarchend dagelegen hatte, öffnete ein Auge und sandte einen glühenden Strahl durch die Dunkelheit. »Junker, schweig und geh schlafen, sonst bereitest du dir dein Lager draußen vor dem Tor!«, brummte er.

Daraufhin blieb Lukan still. Aber einschlafen konnte er nicht. Reglos lag er da und lauschte Päonys gleichmäßigen Atemzügen.

Als Päony erwachte, schien bereits die Sonne in die Schlucht. Lukan schlief noch, aber Tiffanbrill – der wie alle Drachen mit wenig Schlaf auskam – war bereits wach. Er begrüßte sie, dann sagte er: »Seht zu, dass ihr rasch mit dem Frühstück fertig werdet, denn ich möchte dieses Tal so bald wie möglich hinter mir lassen. Die Gegend ist wild und feindselig, es mag sein, dass hier außer Gespenstern noch andere Gefahren lauern.« Er stieß Lukan mit der Schwanzspitze an. »Auf, Junker! Die Sonne scheint, und ich habe es eilig.«

Wenig später verließen sie die Höhle. Das Tal lag ruhig da, von den Erscheinungen der Nacht war keine Spur geblieben, und der frühe Sonnenschein vergoldete die obersten Ränder der Felsmauern.

Tiffanbrill ließ die beiden aufsteigen und erhob sich in die Luft. Päony genoss den Flug. Die Bergluft war kalt, aber frisch und klar, der Himmel über ihnen wölbte sich blau. Mit jedem Flügelschlag wichen die Schrecken der Berge weiter hinter ihnen zurück. Noch vor dem Abend würden sie Vang Vath erreichen und Bericht über ihren Auftrag erstatten.

Da stieß Tiffanbrill unversehens einen hellen Schrei aus und schlug so heftig mit den Flügeln, dass sie knatterten. Päony blickte sich erschrocken um, entdeckte aber nichts Ungewöhnliches. Nur in der Tiefe der Schlucht unter ihnen breitete sich eine merkwürdige schlammfarbene Masse aus, anzusehen wie ein länglicher Felsblock, von dem zerschlissene Segel herabhingen.

»Haltet euch fest!«, rief Tiffanbrill. »Da unten ist ein Kadaverdrache!«

Im selben Augenblick bewegte sich der Felsblock, und eine monströse Kreatur stieg aus der Schlucht herauf. Anzusehen wie der zerfallende Kadaver eines Drachen, schwebte sie in der Luft, und aus den entblößten Rippen lohte ein düsteres Feuer. Ledrige Zackenflügel trieben sie vorwärts, schneller, als Päony es von einem solchen Wesen erwartet hätte. Zweifellos hielt ein böser Geist die verwesenden Überreste zusammen und jagte sie vorwärts. Dies, das sah sie mit Schrecken, war kein körperloses Gespenst, sondern ein Wesen, das, wenn auch nicht aus Fleisch und Blut, so doch aus einer festen Masse bestand und Zähne im Maul hatte. Eine Wolke aus Gestank umgab es.

Tiffanbrill trieb sich selbst zu verzweifelter Eile an. Nie zuvor hatte Päony erlebt, dass er so schnell flog. Sie fragte sich, wie lange er das durchhalten würde – ob seine Kraft nicht erlahmen und das Unwesen sie einholen würde.

Da kam eine ungewöhnliche Gesteinsgruppe in Sicht: Zwischen zwei verwitterten Felstürmen öffnete sich ein schmaler Spalt wie ein Nadelöhr. »Zieht die Köpfe ein!«, rief Tiffanbrill. Die Zähne des Kadaverdrachen schnappten bereits nach seiner Schwanzspitze, als er sich mit einer letzten wilden Anstrengung vorwärtsstürzte und, die Flügel eng an den Leib gefaltet, durch das Nadelöhr schoss. Päony spürte, wie sie mit den Knien links und rechts die Steine streifte, und hörte das heftige Rascheln, als die Flügel des Drachen am Fels entlangschürften. Aber dann waren sie durch, und hinter ihnen ertönte ein dumpfes Krachen, als das Ungeheuer gegen die Türme prallte. Ein wüstes Gepolter folgte. Offenbar hatte der Kadaverdrache sich nicht nur einen Brummschädel geholt, sondern in der Verwirrung des Anpralls auch die Macht über seinen toten Leib verloren, und dieser war in Stücke zerfallen.

»Gerettet!«, rief Tiffanbrill, während er die Flügel wieder ausbreitete und über die grünen Vorberge flog, deren Kuppen sich unter ihnen wölbten. Dann ließ er sich langsam sinken. »Ich muss mich ausruhen«, erklärte er. »Meine Kräfte sind erschöpft. Es ist lange her, dass ich so schnell geflogen bin.«

Er landete auf einer Bergwiese, die sich zwischen den Koniferen öffnete, und ließ die beiden Menschen absteigen. Jetzt erst sah Päony, wie entkräftet er war. Seine Flanken bebten, und er keuchte bei jedem Atemzug.

Eine Weile lagerten sie auf der sonnbeschienenen Wiese, bis der Drache wieder zu Atem gekommen war und sich an einer nahe gelegenen Quelle mit einem Trunk Wasser erquickt hatte. Päony hatte angenommen, sie würden nun nach Vang Vath weiterfliegen, aber Tiffanbrill schüttelte den Kopf. »Ich bin zu müde, um den weiten Weg in einem Stück zu schaffen, und will nicht noch einmal irgendwo in der Wildnis übernachten.«

»Aber wohin willst du?«, fragte Päony verwundert. »Hier gibt es nichts als Urwald.«

»Das stimmt nicht«, widersprach der Drache. »Nicht weit von hier befindet sich der Palast des Troubadours Vauvenal. Er wird uns Obdach für die Nacht gewähren, und wir können morgen nach Vang Vath reisen. Wenn er selbst nicht zu Hause ist, werden uns sicher seine Bediensteten helfen, denn er ist ein gastfreundlicher und großzügiger Herr. Am Hofe wurde von ihm gesprochen, erinnert ihr euch? Er ist der Großvater der jetzigen Kaiserin Karenna.«

Päony vermutete, dass er demnach ein wahrlich uralter Mann

sein musste, war Karenna doch eine alte Frau, aber als hätte er ihre Gedanken gelesen, sagte Tiffanbrill: »Er ist einer der unsterblichen Mirminay, der berühmteste aller Rosenfeuerdrachen und bei den Menschen am besten bekannt, da er innigen Anteil an ihrem Wohlergehen nimmt. Wie alle die Unsterblichen kann er seine Gestalt nach Belieben wandeln, und erscheint meist als freundlicher Kavalier. Vielleicht werdet ihr ihn schon in Kürze selbst kennenlernen; ich hoffe nicht, dass er sich gerade wieder auf einer seiner vielen Reisen befindet. Auf! Ich habe genug geruht.«

Tatsächlich waren sie kaum eine Stunde geflogen, als aus dem golddurchwirkten Grün unter ihnen die Wohnstatt des Troubadours auftauchte. Auf allen Seiten war sie von einem Dickicht aus riesigen Schachtelhalmen, Baumfarnen und mächtigen Bäumen mit weit ausladenden Kronen und einer Höhe von gut vierzig Schritt umgeben. In der Mitte erhob sich ein Palast aus weißem Stein, der überaus kunstvoll gestaltet, jedoch nur noch teilweise erhalten war. Viele Seitentürme und Terrassen waren eingesunken und zu einem Meer aus Steinbrocken zerfallen. Wie es aussah, war nur noch der mittlere Teil mit seinen beiden Türmen bewohnt.

Tiffanbrill ließ sich sinken und landete auf dem freien Platz vor dem Haupteingang. Sie waren bereits gesehen und gemeldet worden. Menschliche Diener eilten aus den Türen, um die Gäste im Empfang zu nehmen. Ihnen folgte ein sonderbares kleines Geschöpf, glänzend schwarz wie Obsidian, das vorn den Leib einer Katze und hinten den Leib eines Salamanders hatte.

»Das ist der Tatzelwurm Balor, der Marschall des Troubadours«, raunte Tiffanbrill seinen Begleitern zu. »Begrüßt ihn mit großer Höflichkeit, denn er hat ein stürmisches Temperament und ist weniger freundlich als sein Herr.«

Balor näherte sich ihnen tatsächlich mit sichtbarem Misstrauen. »Wer seid ihr, und was begehrt ihr?«, forschte er, wobei er die Ankömmlinge aus seinen klugen Äuglein von oben bis unten musterte. »Wir haben selten Gäste, die mein Herr nicht eingeladen hat.«

»Wir waren zu Besuch bei Kulabac«, erklärte Tiffanbrill, »und wurden auf dem Weg aus den Bergen von einem Kadaverdrachen verfolgt. Die Jagd ermüdete mich derartig, dass ich heute nicht mehr nach Vang Vath zurückfliegen kann, woher wir kommen, und so bitte ich darum, mit meinen Begleitern hier ausruhen zu dürfen.«

Balor wirkte nicht sonderlich überzeugt, aber die Sache wurde ihm aus den Händen genommen, denn in diesem Augenblick trat der Herr des Hauses auf die Treppe heraus.

Päony betrachtete ihn gebannt. Wie Tiffanbrill erwähnt hatte, erschien der mächtige Vauvenal als Kavalier. Sein Äußeres hatte den Anschein eines hochgewachsenen, fülligen Mannes von etwa vierzig Jahren. Schulterlanges rotblondes Haar umrahmte ein kluges, freundliches Gesicht. Er trug vornehme Kleidung in den Farben Weiß und Kobaltblau.

»Haben wir Gäste, Balor?«, fragte er und näherte sich neugierig. »Wer sind sie?«

Wieder musste Tiffanbrill eine Erklärung abgeben. Vauvenal hörte ihm kurz zu, dann hob er Schweigen gebietend die Hand. »Ich weiß, worum es geht. Gestern war schon ein Bote aus Vang Vath bei mir und überbrachte mir die Frage der Kaiserinnen. Ihr kommt zu einer guten Stunde. Ich wollte in Kürze aufbrechen, um selbst in die Residenzstadt zu fliegen. Ich kann euch mitnehmen – Ihr, Tiffanbrill, seid klein genug, dass ich Euch auf dem Rücken tragen kann. Erst einmal aber kommt mit und esst mit mir.«

Die drei nahmen die Einladung gern an. Sie wurden in den

Palast geführt, und dort rissen die beiden Menschen Mund und Augen auf, denn auf dem Marmorboden erhob sich bis zum Treppenaufgang des ersten Stocks ein ungeheurer Haufen von gemünztem und ungemünztem Silber, Edelsteinen, Schmuckstücken, Pokalen und vielem mehr. Es war nicht so sehr die Menge an Schätzen, die sie verblüffte – in Kulabacs Höhle war noch viel mehr davon aufgehäuft gewesen –, sondern die grandiose Gleichgültigkeit, mit der Vauvenal alle diese Kostbarkeiten offen herumliegen ließ. Er musste volles Vertrauen zu seinem Gesinde haben.

Sie stiegen eine Freitreppe hinauf in ein lichtdurchflutetes, mit Teppichen und bunten Kissen ausgestattetes Zimmer, in dem sie sich zum Essen niederließen. Lukan wollte sich schüchtern in einem Winkel verkriechen, aber Vauvenal winkte ihn herbei. »Komm nur näher. Alle meine Gäste sitzen an meinem Tisch.«

Wenig später erschienen Lakaien, die ein üppiges Frühstück brachten, und obwohl sie bereits am Morgen gegessen hatten, griffen die beiden Menschen herzhaft zu. Tiffanbrill knabberte genießerisch an einem Armvoll frischer Schößlinge, die ihm auf einer silbernen Platte serviert wurden. Auch Vauvenal aß mit Appetit. Als er bemerkte, dass seine Gäste ihren ersten Hunger gestillt hatten, bat er Tiffanbrill, ihm Genaueres über den Besuch bei Kulabac und in Luifinlas zu berichten. Dann fragte er, ob er das Mondscheinglas sehen könne.

Lukan holte es aus dem Sack und reichte es ihm. Der Troubadour betrachtete es lange, dann nickte er. »Es steckt magische Kraft in diesem Spiegel«, sagte er. »Aber er wird euch nicht lange von Nutzen sein, denn wie euch Tochtersohn zweifellos erklärte, könnt ihr ihn nur einmal gebrauchen. Danach werdet ihr eure eigene Klugheit anstrengen müssen, um die Sklaven des schwefligen Sterns zu entlarven.« Er reichte den Spiegel zurück. »Frösche kommen bei Regen hervor, und böse Menschen kommen hervor, wenn böse Zeiten herrschen«, sagte er. Dann lächelte er die beiden jungen Menschen an. »Aber wenn Schurken erstehen, erstehen auch Helden.«

»Ich bin kein Held«, erklärte Lukan entschieden. »Ich habe in den letzten Tagen genug Schrecken erlebt, und mir wird angst und bange bei dem Gedanken, was vielleicht noch alles auf mich wartet. Ich bin kein Krieger wie Päony.«

Diese wollte nicht den Eindruck erwecken, dass sie ihn für einen elenden Feigling hielt, also sagte sie rasch: »Ich bin zwar eine Kriegerin, aber was nützt mir das im Kampf gegen die Mächte des Bösen? Zarzunabas lässt sich von meinem Schwert sicherlich nicht einschüchtern.«

»Nein, gewiss nicht«, bestätigte Vauvenal. »Aber es gibt schon einen Plan, wie man ihn aus seiner Festung vertreiben könnte, nicht wahr?«

Es war Tiffanbrill, der antwortete. »Ja. Die Sphinx schlug vor, die Kaaden Bûl zu bitten, obwohl sie als Freunde fast so gefährlich sind wie als Feinde.« Dann fiel ihm etwas ein. »Als wir mit Kulabac sprachen, schlug er halb im Scherz vor, wir sollten ihnen das Land vom Jademeer bis zur breiten Mauer schenken, dann würden sie für uns die Thargon vernichten und bekämen gleichzeitig ihren Lohn – denn Ihr wisst ja, dass sie sehnlichst wieder auf der Oberwelt zu leben wünschen, es aber wegen der vielen Menschen und Drachen nicht können.«

Vauvenal rieb sich mit zwei Fingern das glatte Kinn. »Was Kulabac äußert, sei es im Scherz oder im Ernst, sollte man immer bedenken«, sagte er. »Es ist ein stolzer Lohn, aber wir bitten sie auch um eine große Tat. Ich werde mit meiner Enkelin darüber sprechen. Dank Euch, Tiffanbrill, dass Ihr mir davon erzählt habt.«

Schließlich stand er auf und fragte, ob sie für die Reise bereit seien. Als sie bejahten, stieg er mit ihnen in den Hof hinunter, und Päony beobachtete mit Staunen, wie er sich in einen mächtigen kobaltblauen Drachen mit einer weißen Krone auf dem Kopf verwandelte. Er war um ein Beträchtliches größer als Tiffanbrill, wenn auch nicht so riesenhaft wie Kulabac. Jedenfalls konnte ihr zierlicher Gefährte bequem auf seinem Rücken Platz nehmen, und das mitsamt seinen beiden Passagieren. Gleich darauf schlugen die gewaltigen Flügel, und Vauvenal stieg in die Luft auf.

Er flog mit rasender Geschwindigkeit nach Osten. Päony blickte in die Tiefe hinunter und hinüber zu den Bergen, deren grimmige Gipfel von Schneefahnen verhüllt wurden. Der Himmel bezog sich immer dichter mit Wolken. Rechter Hand, wo die Felsen in trostlosen Schrunden und Schuttkegeln zum Tal hin abfielen, sah sie gelegentlich Schneefelder blinken. Über diesen vermischte sich die Masse der Berge mit olivfarbenen Wolkenbänken, die schwer und schläfrig am Rand der Welt schwammen.

Sie war froh, dass sie die einsame Schlucht weit hinter sich gelassen hatten. Nicht einmal die Gurguntai hatten ihr solche Angst eingejagt wie der Kadaverdrache. Und sie war ebenso froh, dass sie Chiritai nicht mehr in die Nähe kommen würden. Die verlassene Stadt mit ihren unheimlichen, schlüpfrigen Bewohnern würde noch lange durch ihre Träume spuken.

Das Mondscheinglas

Vauvenal flog den ganzen Tag lang, ohne auch nur einmal Rast zu machen. Dennoch sank die Sonne bereits zum Horizont, als sie endlich in der Ferne die scheibengekrönten Türme von Vang Vath auftauchen sahen, und die Dämmerung fiel mit blauen Schleiern über das Land, als der Troubadour auf dem weiten Hof des Palasts landete. Er ließ Tiffanbrill mit seiner Last absteigen und verwandelte sich wieder in den prächtig gekleideten Kavalier.

Die Knechte und Soldaten kannten ihn gut, denn sie erwiesen ihm auf der Stelle Ehrenbezeugungen, und der Marschall wurde geholt, um ihn mit gebührender Ehrerbietigkeit zu den Kaiserinnen geleiten. Die drei Boten begleiteten ihn.

Die beiden Majestäten hatten sich bereits zurückgezogen, ließen Vauvenal und die Boten aber sofort zu sich bitten. Sie wurden in ein kostbar ausgestattetes Gemach geführt, in dem Karenna an einem Tischchen saß, während Kylaila sich auf dem mit Blüten und Weinblättern bestickten Teppich zusammengerollt hatte. Die Sphinx war bei ihnen. Karenna erhob sich voller Freude, als sie ihren Großvater sah, umarmte und küsste ihn. Päony erschien es sehr seltsam, die ewige Jugend des Troubadours neben dem grauen Alter seiner Enkelin zu sehen. Er sah so jung aus, und doch hatte er schon gelebt, als die Menschen noch neu auf Chatundra waren.

Karenna begrüßte ihn freudig. »Du bist selbst gekommen, obwohl der Bote bei dir war!«

Er lächelte. »Du weißt, ich kann mich nie lange aus den Angelegenheiten der Menschen heraushalten. Ich bin einfach zu neugierig, wie es weitergeht. Tiffanbrill und seine Begleiter bringen wichtige Neuigkeiten.«

Nun wurde Tiffanbrill gebeten, vorzutreten und Bericht zu erstatten, was sie auf ihrer Reise gesehen und erfahren hatten. Und er erzählte in der weitschweifigen Art, die den Drachen eigen ist. Karenna runzelte die Stirn, als er von der schwarzen Gestalt auf den Mauern von Chiritai erzählte. »Wie ist das möglich?«, warf sie ein. »Kein Mensch kann in Chiritai leben. Ihr habt ein Phantom gesehen.«

»Nein, kein Phantom, Hoheit«, widersprach der Drache. »Aber lasst mich der Reihe nach berichten.«

Drachen reden gern, und Tiffanbrill ließ keine Einzelheit ihres abenteuerlichen Wegs aus, angefangen von dem hinterhältigen Angriff der Schlange und Pilas' Angriff bis zu dem unerquicklichen Weg durch die Gurguntai zu Kulabacs Nest. Dann erst erwähnte er, dass der Drache die Erscheinung in Chiritai als eine Dämonin bezeichnet hatte, entweder als Twynneth oder Twyfald, die beiden Töchter des Urchulak.

Kylaila schrie leise auf. »So sind die Pestschwestern noch auf der Welt?«

»Wo sollten sie sonst sein?«, fiel Vauvenal ein. »Sie haben sich lange Zeit versteckt gehalten, aber ich bin überzeugt, sie haben die Hoffnung auf einen Kaiserthron nie aufgegeben und säßen nur zu gern auf dem doppelten Thron.«

Kylaila stieß einen heftigen Laut des Abscheus aus, und Karenna rief: »Das mögen die Mutterjungfrauen verhüten!«

»Sie sind böse und hinterlistig«, bemerkte die Sphinx, »aber das eine ist zu unserem Vorteil: dass sie ihre Bosheit nicht verstecken können. Sie sind nicht in der Lage, sich ein angenehmes Ansehen zu geben und die Menschen damit zu täuschen, und stinken hundert Schritte gegen den Wind. Es müsste schon viel Unheil geschehen, bis sie wieder einen Thron zu erobern vermöchten.«

Nun kam Tiffanbrill auf ihren Besuch in Luifinlas zu sprechen. Seine Rede erregte lebhafte Aufmerksamkeit.

»Habt ihr erfahren, welche Aufgabe den Auserwählten zugedacht ist?«

»Nein, Majestät, aber das Orakel verkündete, der dritte Auserwählte werde es ihnen verraten.«

»Wenn wir ihn nur schon gefunden hätten! Nun sprich, welche Botschaft gab euch Tochtersohn für uns mit?«

Der Drache bat Päony, das Mondscheinglas hervorzuholen. Sie legte es mit einem Knicks in die Hände der Kaiserin Karenna, und diese betrachtete es von allen Seiten. »Man sieht sich nicht darin«, murmelte sie, nachdem sie es vors Gesicht gehoben hatte. »Es schimmert nur wie Perlmutter.«

»Es ist auch kein gewöhnlicher Spiegel«, erklärte Tiffanbrill. »Es dient dazu, die Priester des schwefligen Sterns zu entlarven. Legt einer von ihnen die Hand darauf, so stirbt er auf der Stelle, und auf seinem Gesicht erscheint ein Zeichen, das sein wahres Wesen verrät.«

Die beiden Kaiserinnen sahen einander an. »Ich kann nicht glauben«, sagte Kylaila, »dass es an unserem Hof einen Verräter gibt, aber da Tochtersohn uns gewarnt hat, wollen wir das Glas gebrauchen, und zwar auf der Stelle, denn jede Verzögerung könnte uns in Gefahr bringen.«

Karenna stimmte zu. Trotz der späten Stunde gab sie augenblicklich Befehl, dass der gesamte Hofstaat sich einfinden solle, vom Vorsitzenden der Ratsleute bis hinunter zu den Knechten, die den Hof fegten. Alle sollten sich aufstellen, die Geringsten zuerst, die Vornehmsten am Schluss, und der Reihe nach an den Tisch im Thronsaal treten, auf dem der Spiegel lag. Jedem wurde befohlen, die Hand daraufzulegen, einen Augenblick lang zu verharren und dann an der wartenden Reihe vorbei zu seinen Geschäften zurückzukehren.

Päony beobachtete neugierig, wie sich eine Menschenschlange vom Thronsaal bis weit in den Hof hinab bildete, alle die Ratsleute, Köche, Soldaten, Pagen, Zofen und Kammerherren, die in dem großen Palast gebraucht wurden. Allen war anzumerken, dass sie sich keinen Reim darauf machen konnten, was der Spiegel bedeutete.

Einer nach dem anderen näherte sich dem Tisch und legte – manche unbekümmert, manche mit ängstlichem Zögern – die Hand auf das Glas, das jedes Mal in einem schwachen Lichtschimmer aufleuchtete.

Dann jedoch trat einer der Köche an den Spiegel heran. In dem Augenblick, da er ihn berührte, flammte ein Blitz auf, und der Mann stürzte tot zu Boden. Ein allgemeines Geschrei erhob sich, ein erschrockenes Gedränge setzte ein, und nur die Soldaten an der Saaltür verhinderten, dass die Leute in ihrem Schrecken davonrannten. Das Getümmel wurde noch heftiger, als man die Leiche umdrehte und entdeckte, dass sich auf der Stirn aus glühenden Linien der Umriss eines handtellergroßen Auges gebildet hatte, das aus schwefelgelber Pupille an die Decke zu starren schien.

Die beiden Kaiserinnen waren nicht weniger erschrocken als ihre Untertanen, bewahrten jedoch Haltung. Karenna befahl, den Leichnam aus dem Saal zu tragen, und gebot den Augenzeugen, darüber zu schweigen, was sie gesehen hatten. Ängstlich traten die Leute, die abermals eine Schlange bildeten, an den Spiegel heran und berührten ihn, viele mit vor Angst fest geschlossenen Augen und offenbar in der Erwartung, von dem Blitzstrahl getötet zu werden. Zweifellos hatten sie viele kleine Sünden auf dem Gewissen und fürchteten nun die Strafe dafür.

Es geschah aber niemandem etwas. Soldaten, Offiziere, Gelehrte, zuletzt die Berater der Kaiserinnen kamen und gingen unbeschadet davon. Bis der weißbärtige Oberste der Ratsleute den Spiegel berührte. Da wiederholte sich das Zeichen. Ein Blitz flammte zischend auf, und der Mann stürzte zu Boden, schon tot, bevor er noch auf den Dielen aufschlug. Auf seiner Stirn zeigten sich schweflige Linien, die ein Auge bildeten.

Karenna war vor Schreck aufgesprungen. »Ödün!«, rief sie. »Der Oberste meiner Ratsleute! Wem kann ich noch trauen, wenn er ein Verräter war?«

Kylaila war gleichfalls zutiefst bestürzt. »Wir hielten ihn für einen weisen und edlen Mann und haben ihm in allem vertraut. Es ist ein harter Schlag für uns, dass ausgerechnet er einer unser geschworenen Feinde war. Wie konnte er das tun? Was hat ihn dazu bewogen? Er hatte Macht und Ehre genug an unserem Hof!«

Vauvenal blickte auf den Toten hinab. »Wir werden nie wissen, weshalb er zum Verräter wurde. Lasst den Leichnam fortbringen und ihn vor dem Tor an einen Galgen hängen, zusammen mit dem des anderen Schurken, den uns der Spiegel entlarvte. Die Gurundiraz und ihre Helfershelfer sollen erfahren, dass wir ihre Listen durchschaut haben.«

Soldaten führten den Befehl aus. An den Türen des Thronsaals drängten sich die Leute und tuschelten aufgeregt miteinander. Schließlich befahl der Marschall, dass alle fortgehen sollten, und auch Tiffanbrill, Päony und Lukan wurden entlassen. Ein Höfling führte sie in ihr Gemach zurück.

Päony hätte es gern gesehen, wenn die Sphinx mit ihnen gekommen wäre, aber die war bei den Kaiserinnen und bei Vauvenal geblieben, um mit ihnen über die schwerwiegenden Folgen zu sprechen, die die Entdeckung der Verräter für den Hof hatte.

ZWEITER ABSCHNITT
Chiritai und Turcaill

Nachrichten aus Chiritai

Der Geist in der Flasche

Das Licht der Mondin leuchtete auf die Ruinen der Stadt Chiritai und auf die Gruppe von Männern herab, die auf dem freien Platz vor einem der Seitentore standen. Ihre gelben Kutten glänzten wie die Blätter einer giftigen Pflanze. Sie sangen eine süße und zugleich unheilvolle und verderbliche Melodie, deren Harmonien in eintöniger Folge wiederholt wurden. Es klang, als wollten sie etwas rufen oder beschwören – und wirklich erfolgte nach einiger Zeit eine Antwort.

In dem bronzenen Stadttor, dessen Flügel längst vom Rost angefressen und von bräunlichen Flechten überwuchert waren, tat sich ein Pförtchen auf. Es musste schon vorher wiederholt geöffnet worden sein, denn die Angeln bewegten sich, ohne zu quietschen. Als das Tor aufschwang, zeigten sich oben auf der Mauer die Köpfe zahlreicher Schlangen, die aufmerksam das Schauspiel dort unten beobachteten, aber keine versuchte zu entweichen. Schweigend und starr reckten sie die platten Schädel über den Mauerrand und stierten aus Augen in die Tiefe, die im Mondlicht grün aufleuchteten.

Der Gesang der Männer endete, als er seinen Zweck erfüllt hatte. Sie drängten nach vorn, schienen aber neugierig und furchtsam zugleich zu sein, denn der Vorwärtsbewegung folgte eine Bewegung nach hinten. Es war deutlich zu sehen, dass sie den beiden schwarz gekleideten Gestalten, die lautlos durch die Pforte getreten waren, nicht zu nahe kommen wollten und doch etwas Wichtiges mit ihnen zu tun hatten. Es mochte der Geruch sein, der sie zurücktrieb, denn ein Hauch von Fäulnis und Verfall umgab die Gestalten. Es waren zwei Frauen, beide hoch gewachsen, tief verschleiert und in lange schwarze Umhänge gehüllt, die mit Schimmelflecken bedeckt waren. Als sie sprachen, klangen ihre Stimmen krächzend und heiser wie die von Aasvögeln.

Die Kapuzenmänner verneigten sich tief. »Heil euch, Twynneth und Twyfald!«, riefen sie im Chor. »Mögen alle eure Wünsche in Erfüllung gehen!«

Twynneth winkte ungeduldig ab. »Nun?«, fragte sie. »Habt ihr vollbracht, was der Hohe euch befohlen hat? Steht der doppelte Thron leer?«

Die Männer wanden sich vor Verlegenheit. Schließlich stammelte einer, es sei etwas Unerwartetes dazwischengekommen.

»Was?«, rief die vermummte Frau. »Was ist dazwischengekommen? Antworte, rasch, oder ich verwandle dich auf der Stelle in einen Stein!«

Der Angesprochene stotterte, sie seien verraten worden, er wisse nicht, wie es zugegangen sei, aber die Kaiserinnen hätten die beiden Männer entdeckt, die das Mordkomplott an ihrem Hof vorbereitet hatten, und alle beide töten lassen.

Ein Hagel von Flüchen ging über den Mann nieder, und die beiden Pestschwestern überboten einander an bösen Wünschen. Die Sklaven des schwefligen Sterns wagten nicht, sich zu verteidigen; alle hatten sie Angst vor dem Zorn der Dämoninnen.

Schließlich beruhigten die enttäuschten Schwestern sich wieder. Twynneth sprach: »Wir können euch in dieser Sache nicht loben, Narren und Tölpel, die ihr seid, aber da eure Pläne auch die unseren sind, wollen wir euch helfen.« Sie tuschelte mit Twyfald, die auf der Stelle kehrtmachte und in den Ruinen verschwand. »Wir geben euch etwas mit«, fuhr Twynneth fort. »Das wird euch helfen, euren Fehler wiedergutzumachen, wenn ihr euch nicht noch einmal so töricht anstellt.«

Da kehrte Twyfald auch schon zurück. Sie winkte den Männern, näher zu treten – wozu sich anfangs keiner so recht entschließen mochte –, und zog aus dem Ärmel ein sorgfältig verkorktes und versiegeltes Fläschchen. »Nimm das«, befahl sie und hielt das Fläschchen in einer leichenhaft bleichen und knochigen Hand voll blutiger Schwären, »und gieß es an einer verborgenen Stelle des Palasts aus! Dann geh fort. Bald danach werdet ihr erfahren, wie es gewirkt hat.« Sie lachte leise – es hörte sich an, als raschle der Wind im dürren Laub –, als der Mann mit spitzen Fingern das Behältnis entgegennahm und sich hastig zurückzog.

Dann fuhr sie fort: »Sagt eurem Meister, wir sind bereit und werden die Seuche wie versprochen in die Welt setzen. Geht jetzt, und kehrt nicht wieder, bevor ihr keine besseren Nachrichten zu überbringen habt, sonst sollt ihr diesen Ort nicht mehr lebend verlassen.« Damit trat sie zurück hinter die Öffnung der Pforte, und ihre Schwester folgte ihr. Die rostzerfressene Türe wurde geschlossen. Oben auf der Mauer zogen sich die neugierigen Schlangen zurück und zischelten mit ihren dünnen Stimmen. Die Männer in den gelben Kapuzenmänteln beeilten sich, den unheimlichen Ort zu verlassen.

»Was hat dir die verfluchte Hexe gegeben?«, fragte einer den Mann, der das Fläschchen entgegengenommen hatte.

»Woher soll ich das wissen?«, antwortete dieser mit einer Stimme, in der noch die Furcht nachhallte. »Wenn du so neugierig bist, nimm du es und gieß es im Palast aus. Dann wirst du erleben, was geschieht. Ich will es gar nicht wissen. Hätten wir uns doch nie mit den beiden Höllenweibern eingelassen!«

»Es war nicht unser Wille«, wies ihn ein anderer zurecht, »sondern der des Hohen und Gewaltigen. Romanel befahl uns, sie aufzusuchen. Meinst du, das hätte einer von uns aus freiem Willen getan? Noch jedes Mal, wenn wir hierherkamen, hatte ich nachher Angst, am nächsten Tag mit einer Seuche behaftet aufzuwachen. Habt ihr ihre Hand gesehen? Sie sah aus wie die eines Leichnams, der an einer fressenden Krankheit starb. An deiner Stelle«, wandte er sich an den Mann mit der Flasche, »wäre mir jetzt sehr unwohl zumute. Weißt du denn, ob sie nicht etwas auf dich übertragen hat?«

Ein Fluch war die Antwort, und dann die Worte: »Ich wäre nicht zu ihr hingegangen, hättet ihr mich nicht so gedrängt und gestoßen!«

So miteinander zankend, suchten sie in der mondhellen Nacht ihren Weg zurück ins Tal. Keiner wollte derjenige sein, der die unheimliche Flasche in den Palast bringen und dort ausgießen musste. Wusste man denn, was geschah, sobald das Siegel und der Stöpsel entfernt würden? Wenn die Flasche den Keim einer tödlichen Krankheit enthielt – was von den Pestschwestern am ehesten zu erwarten war –, würde diese nicht als Erstes jenen befallen, der das Behältnis leerte? Außerdem war es ein gefährliches Unterfangen, den Palast zu betreten, nachdem die beiden Spießgesellen vor Kurzem entlarvt worden waren. Die Wächter würden ein scharfes Auge auf alle Fremden haben. Sicher, jeden Tag kamen viele Leute in den Palast, vor allem Bauern, die Brot, Gemüse und Wein für die Palastküchen brachten, aber auch Händler mit allerlei Waren, dazu wandernde Spielleute, die bei den Musik und Poesie liebenden Drachen immer gern gesehen waren … Eine geschickt gewählte Verkleidung sollte es ermöglichen, sich inmitten dieser Menge unbeachtet in den Palast zu schleichen. Aber wenn die Flasche von einem argwöhnischen Wachsoldaten entdeckt würde, wäre das Schicksal des Trägers besiegelt. Dann würde dieser erstaunlich schnell wieder nach Chiritai gelangen, denn die Kaiserinnen ließen Hochverräter,

Giftmischer und andere besonders verwerfliche Verbrecher in die Ruinenstadt bringen, wo man sie mit einem Seil von der Mauer hinabließ, mitten hinein in die zischende, wimmelnde Schlangengrube.

Chiritai lag schon weit hinter ihnen, als die Sklaven des schwefligen Sterns schließlich eine Entscheidung trafen. Sie zogen das Los. Der Mann, den es bestimmte – und der lauthals sein Schicksal verfluchte –, bekam die Flasche und den Auftrag, sie in den Palast zu schmuggeln und dort auszuleeren.

Am nächsten Tag ließ sich weder die Sphinx noch Tiffanbrill blicken, und die beiden jungen Leute blieben allein. Päony, die nicht immer nur in dem prächtigen Gemach sitzen mochte, wandte sich an Lukan. »Komm«, forderte sie ihn auf, »wir wollen auf die Terrasse hinausgehen und beobachten, was die Leute im Hof so treiben.«

Der Mokabiter, der sich ebenfalls nach Unterhaltung sehnte, folgte ihr bereitwillig. Sie suchten sich ihren Weg durch den Palast und traten schließlich durch das Haupttor auf einen vorspringenden, mit eisernem Geländer umzäunten Platz, der sich wie eine Bastion in den Hof hinausschob. Dort setzten sie sich auf den Marmorfliesen nieder und betrachteten das bunte Treiben. So früh am Vormittag drängte sich hier alles. Knechte schleppten Fässer mit Bier und Palmwein in die Kellergewölbe, Gärtner boten den Köchen frisch geerntetes Gemüse an, allerlei Handwerker, deren Dienste gebraucht wurden, meldeten sich bei den Höflingen. Zwischen den geschäftigen Menschen bewegten sich Drachen in verschiedenen Größen und beobachteten neugierig das Geschehen. Es herrschte ein fröhlicher Lärm.

Päony blickte lächelnd in den Hof hinunter, als ihr ein Mann – einer der Wachsoldaten – auffiel, der sich merkwürdig benahm. Er stolperte hin und her, als sei ihm übel oder die Sonne habe ihm die Sinne vernebelt. Dann begann er vor sich hinzuschwatzen wie ein Narr, halblaut und unverständlich. Jählings richtete er sich auf, stieß einen Kampfschrei aus und riss sein Schwert aus der Scheide. Toll vor Wut stürzte er sich auf einen anderen Soldaten, der eben des Wegs kam. Dieser wurde von dem Angriff völlig überrascht, war aber geistesgegenwärtig genug, auf der Stelle seine Waffe zu ziehen und den Hieb nach seinem Hals abzuwehren. Laut klirrten die Klingen gegeneinander. Jetzt schien auch der zweite Soldat von der Wut gepackt zu werden, denn er kümmerte sich nicht mehr um den Angreifer, sondern hob das Schwert hoch in die Luft und rannte, wie ein Stier brüllend, im Zickzack im Hof herum. Sein Gesicht war rot wie im Fieber, die Augen quollen ihm aus den Höhlen, und seine Stimme klang kaum noch wie die eines Menschen. Mit knapper Not entging ein Bauer, der bei seinem Echsenkarren stand, einem mörderischen Hieb. Im letzten Augenblick sprang er hinter den Karren, verkroch sich vor Angst unter dem Fahrzeug und spähte entsetzt zwischen den Speichen der Räder hervor. Der Tobende rannte weiter, speichelnd und heulend, während der erste Besessene auf der anderen Seite des Hofs dasselbe tat.

Jetzt erst bemerkten die Anwesenden, die sich bislang um ihre eigenen Geschäfte gekümmert hatten, das seltsame Geschehen. Schreiend wichen sie an die Mauern zurück, viele flohen die Treppen hinauf und verbargen sich hinter den Türen des Palasts. Wild mit seinem Schwert in der Luft herumfuchtelnd, griff der Soldat einen Knecht an und zerrte ihn zu sich heran, um ihn in Stücke zu hauen. Kaum hatte er ihn berührt, als dieser erstarrte, aus glasigen Augen ins Leere blickte und dann, ungeachtet des blitzenden Schwerts, mit beiden Fäusten auf seinen Gegner losschlug, wobei er schäumend vor Wut die entsetzlichsten Flüche ausstieß.

Päony wandte sich zu Lukan um, aber der war verschwunden.

Zornig sprang sie auf. Dieser Feigling! Kaum sah er auch nur von ferne ein Schwert blitzen, war er schon weg! Sie waren hier oben in Sicherheit – nun, jedenfalls so lange, als es keinem dieser unversehens vom Wahnsinn Befallenen einfiel, die Treppe heraufzustürmen.

Da hallte überraschend eine durchdringende Stimme über den Hof. Päony hob den Kopf und sah, dass die Sphinx am Kopf der steilen Treppe zum Haupttor des Palasts stand. Lukan musste sie geholt haben, denn er war hinter ihr im Halbdunkel des Eingangs zu sehen.

Wieder erhob sich das Löwengebrüll, so gebieterisch, dass die wenigen im Hof verbliebenen Menschen erstarrten und alle zu ihr hinblickten. Päony konnte nicht verstehen, was sie rief, bis ihr plötzlich bewusst wurde, dass es die magischen Worte einer Beschwörung waren. Die drei Wahnsinnigen wurden von einer Lähmung befallen. Sie ließen die Arme sinken, die Waffen entfielen ihren Händen. Ihr Kopf fiel auf die Brust. Die Beine knickten unter ihnen ein, und sie sanken zu Boden. Dort lagen sie einige Atemzüge lang, dann strichen sie sich über die Stirn und blickten sich verwirrt um. Einer der Soldaten setzte sich auf, rieb sich den Kopf und betastete erstaunt seine heftig blutende Nase. Auch die anderen schienen nicht zu wissen, was mit ihnen geschehen war.

Die Sphinx schritt langsam die Stufen herab und trat zu den drei Männern. »Welcher von euch«, sprach sie die schuldbewusst beiseite Blickenden an, »war der Erste, der von der Wut befallen wurde?«

»Dieser hier«, antwortete der Soldat, der von seinem Kameraden angegriffen worden war. »Ich wollte eben zum Tor gehen, als er ohne Anlass wie ein Tobsüchtiger auf mich zustürmte und mich zu erschlagen trachtete.«

Der andere wehrte sich gegen die Anschuldigung. »Ich weiß

von nichts«, stammelte er. »Meine Wache ging gerade zu Ende, und ich wollte mir einen Napf Grütze holen – und dann kann ich mich nur noch erinnern, dass mir rote Schleier vor den Augen flimmerten und mir alle als Feinde erschienen. Ich musste sie vernichten, ehe sie sich auf mich stürzen konnten.«

»Wo genau ist dir dies widerfahren?«, fragte die Sphinx.

Der Wächter dachte nach und wies auf einen steinernen Stumpf, von dem mehrere eiserne Ringe herabhingen. Er diente den Besuchern dazu, ihre Reittiere anzuhängen. »Ich blieb dort stehen und setzte meinen Fuß auf die Säule, um die Riemen meines Stiefels zu schließen.«

Er wollte weiterreden, aber die Sphinx winkte ab. Langsam und argwöhnisch näherte sie sich der Säule. Dann trat sie zurück. »Ruft den Marschall!«, befahl sie. Dieser wurde geholt, und sie sprach zu ihm: »Ich habe einen Befehl an die Palastwachen zu erteilen, aber die gute Sitte verlangt, dass Ihr ihn weitergebt, nachdem Ihr hier die Befehlsgewalt habt.« Dann sagte sie ihm, was sie wollte. Merien ließ den Hauptmann der Palastwache kommen und verlangte: »Stell zwei Wächter auf und achte darauf, dass niemand diese Säule berührt oder in ihre Nähe kommt. Hier wirkt ein böser Zauber, der die Leute blutrünstig macht, und ich weiß noch nicht recht, wie ich ihn unschädlich machen soll. Achte gut darauf, denn wenn erst einer befallen ist, so gibt er den Wahnsinn weiter an alle, die er berührt. Und diese wiederum stecken alle anderen an, bis der Palast bald ein Tollhaus wäre.«

Ehrerbietig verneigte sich der Hauptmann und rief augenblicklich zwei Soldaten herbei, denen er ihre Aufgabe erklärte.

Päony eilte der Sphinx hinterher, als diese in den Palast zurückkehrte. Dabei stieß sie auf Lukan, der ausgesprochen verlegen wirkte und sich sofort entschuldigte. »Es tut mir leid, dass ich nicht zuvor mit dir darüber sprach, Prinzessin, aber ich war so erschrocken über das Schauspiel, und mir schien, dass niemand als Thainach Wyvern helfen könne. Da rannte ich los, um sie zu holen.«

Päony legte ihm flüchtig die Hand auf den Arm. »Es ist gut. Du hast das Richtige getan.« Dann wandte sie sich an Wyvern. »Was ist geschehen, Thainach?«

Die Sphinx war in Gedanken und antwortete nur kurz angebunden. »Ein böser Zauber. Ich muss nachdenken, wie er unwirksam zu machen ist.«

Nachdem der Aufruhr sich gelegt hatte, kamen die verschreckten Menschen wieder zum Vorschein und gingen ihren Geschäften nach. Der Bauer, der sich unter dem Echsenkarren versteckt hatte, kroch hervor und stand kopfschüttelnd da – offenbar wusste er nicht so recht, ob er das schreckliche Geschehen nur geträumt oder ob es sich wirklich ereignet hatte. Die drei Männer, die der Wahnsinn gepackt hatte, standen in einem Winkel zusammen und teilten ihre Erlebnisse miteinander.

Die Sphinx wandte sich an Päony. »Komm mit mir!«

»Wohin?«, fragte die Jungfer.

»Ins Kräuterhaus des Palasts. Vielleicht finde ich dort das Benötigte.«

Sie eilte mit langen Schritten über den Hof und auf ein etwas abseits gelegenes kleines Gebäude zu. Als die beiden durch die Tür traten, schlug ihnen das berauschende Aroma von tausenderlei Kräutern und Gewürzen entgegen. Ein alter Mann in der Tracht eines Heilkundigen kam ihnen entgegen und fragte nach ihrem Begehr.

»Lasst mich sehen«, antwortete die Sphinx, »was Ihr an zauberischen Pflanzen hier habt!«

Der Alte verneigte sich und eilte ihnen voraus. Sie betraten ein schwach beleuchtetes Gewölbe, von dessen Decke an aufgespannten Schnüren eine Unzahl getrockneter Kräuter hing. Die

Sphinx ging hin und her und prüfte die Kräuter, schüttelte jedoch den Kopf. »Ich brauche etwas ganz anderes. Zeigt mir mehr!«

Der Mann führte sie einen holzgetäfelten Gang entlang in ein weiteres Gewölbe, in dessen Wände unzählige Schubladen eingelassen waren. Ein bitterer Duft schwebte in dem halbdunklen Raum. An einem Tisch in der Mitte waren zwei junge Männer damit beschäftigt, Kräuterbüschel in bauchige, mit Palmwein gefüllte Flaschen zu stecken. Im nächsten Raum standen zwei mächtige Schränke, die auf allen Seiten Schubladen hatten. Alle waren sorgfältig beschriftet, manche davon mit seltsamen Lettern, die Päony völlig unbekannt waren.

Die Sphinx ging umher und las die Aufschriften. Ihr ernstes Gesicht hellte sich auf. »Das sieht schon besser aus«, sagte sie, an den Alten gewandt. »Befehlt Euren Knechten, mir zwei Maß doppelt gebrannten Wein zu bringen, und zwar in einer Flasche, die sich gut verschließen lässt.«

Der Herr des Kräuterhauses verbeugte sich und gab den Befehl an seine Knechte weiter. Kurz darauf kam ein Mann herein und brachte das Gewünschte.

Nun öffnete die Sphinx da und dort eine Schublade, besah den Inhalt, roch daran und wählte schließlich ein halbes Dutzend Kräuter und Samen aus, die sie in die Flasche tat. Dann verschloss sie diese und schüttelte sie kräftig. Verblüfft beobachtete Päony, wie der Inhalt die Farbe wechselte. Anfangs war er grau und trüb, dann aber nahm er eine braune, später eine rötliche Farbe an und schäumte kräftig. »Euer Haus ist gut geführt«, lobte sie den alten Mann. »Ich hatte nicht zu hoffen gewagt, bei Euch alle jene seltenen Pflanzen zu finden, die ich benötige.«

Der Arzt verneigte sich und lächelte geschmeichelt.

Als sie das Kräuterhaus verließen, fragte Päony neugierig: »Was werdet Ihr mit dem Inhalt der Flasche anfangen?«

»Das wirst du gleich erleben«, erwiderte die Sphinx. Sie trat hinaus in den Hof, der jetzt merklich leerer geworden war, und schritt geradewegs auf die beiden Soldaten zu, die an der Säule Wache standen. »Ihr könnt gehen«, teilte sie ihnen mit. »Aber haltet die Leute fern, damit sie nicht in Schrecken verfallen, wenn sie sehen, was geschieht.« Sie wandte sich an Päony. »Geh auch du! Steig auf die Terrasse hinauf und beobachte alles von dort!«

Nach diesen Vorbereitungen trat die Sphinx an die Säule und goss den Flascheninhalt darüber. Da erhob sich ein Schrei, der allen Anwesenden durch Mark und Bein fuhr, und aus der Säule schoss etwas nach oben, dessen Gestalt und Gesicht Päony nur undeutlich zu erkennen vermochte. Doch ohne jeden Zweifel war es ein teuflisches Wesen – der Geist des Wahnsinns, der die unglücklichen Männer befallen hatte. Wie eine Rauchfahne wirbelte er in die Höhe und verlor sich. Zitternde graue Fetzen schwebten nach allen Seiten davon.

Von der Säule stieg blaues Feuer auf, als die beiden zauberischen Flüssigkeiten sich mischten. Es loderte mannshoch und war so heiß, dass der Marmor unter seiner Glut zersprang und die Säule in zwei Teile auseinanderbrach. Nur langsam sanken die Flammen in sich zusammen, waberten geisterhaft über den Steintrümmern hin und her und erloschen schließlich.

Die Sphinx, die das Geschehen aufmerksam beobachtet hatte, trat zurück. Sie war offensichtlich sehr zufrieden mit der Wirkung ihrer geheimnisvollen Tinktur. »Ruft Eure Männer«, befahl sie dem Marschall, »und befehlt ihnen, diese Steine aus dem Palast hinauszutragen und in der Wildnis zu vergraben. Sie brauchen keine Angst zu haben – es kann ihnen nichts mehr geschehen. Der Geist des blutigen Wahnsinns ist gewichen.«

Trotz ihrer Zusicherung traten die Soldaten, die Merien von Brae Bac zu der Arbeit befohlen hatte, nur zögernd an die Steintrümmer heran. Offensichtlich fürchteten sie, abermals von der schrecklichen Verwirrung befallen zu werden. Es geschah jedoch nichts, als je zwei von ihnen eine der Säulenhälften aufhoben und davontrugen.

Wyvern schritt die Treppe hinauf, um den Kaiserinnen Bericht zu erstatten. Päony blieb auf der Terrasse zurück. Erst jetzt merkte sie, dass Lukan hinter ihr stand und alles beobachtet hatte. Er war tief beeindruckt.

»Wie groß Thainach Wyvern doch ist!«, seufzte er mit bebender Stimme. »Wirklich, es gibt nichts, was sie nicht zustande brächte!«

Päony stimmt ihm zu. »Sie ist ein wunderbares Wesen. Ich bin froh, dass ich sie kennenlernen durfte.« Dabei fiel ihr wieder ein, dass sie nur deshalb Wyverns Bekanntschaft gemacht hatte, weil ihr selbst eine bedeutende Aufgabe zufallen sollte, und ein Schatten der Angst zog über ihr Gemüt.

Eine warnende Botschaft

Während Päony und Lukan noch miteinander sprachen, kam Marschall Merien über den Hof und hielt schnurstracks auf das Palasttor zu. Er war in ungewöhnlicher Begleitung, denn hinter ihm schlängelte sich eine armdicke weiße Schlange. Als sie sich den hohen Stufen näherten, sagte das Tier deutlich hörbar zu ihm: »Jetzt musst du mich tragen, denn diese Stufen sind mir zu hoch, und ich habe einen weiten Weg hinter mir. Eile, ich habe der Kaiserin etwas Wichtiges mitzuteilen!«

Päony erschrak, und als sie Lukan anblickte, entdeckte sie auch in seiner Miene den Ausdruck schlechten Gewissens. Die sprechende Schlange war gewiss in den Palast gekommen, um Klage darüber zu führen, dass die beiden Menschen eine ihrer Gefährtinnen erschlagen hatten. Nun, es war in Notwehr geschehen, denn die Schlange hatte Lukan erwürgen und auch Päony angreifen wollen, aber die Schlangenkönigin war zweifellos anderer Meinung.

Hastig folgte die Jungfer Merien von Brae Bac, der die Schlange jetzt um den Hals trug – wobei ihm sichtlich unwohl war. Lukan lief hinterdrein.

Päony wusste nicht, ob es ein guter oder ein schlechter Zufall war, dass sie im Korridor vor dem Thronsaal auf Wyvern trafen. Diese stieß einen Schrei freudiger Überraschung aus, als sie die

Schlange erblickte, und streckte beide Arme aus. Sofort glitt das Tier vom Hals des erleichterten Marschalls und wand sich an Wyverns Armen hinauf, bis es auf den Schultern der Sphinx ruhte. Den Kopf steif erhoben, blickte es ihr in die Augen.

»Thassiliba«, fragte die Sphinx, »was führt dich hierher, so weit von deinem Zuhause entfernt?«

Päony lauschte und spürte einen dicken, kalten Kloß in der Kehle.

»Ich kam, um euch zu warnen«, erwiderte Thassiliba mit lispelnder Stimme. »Ein Anschlag der Pestschwestern und der Knechte des schwefligen Sterns soll gegen euch ausgeführt werden. Sie sind schon seit Langem miteinander im Bunde, und vorgestern beobachteten wir, wie sie sich heimlich berieten. Twyfald gab ihnen etwas mit auf den Weg und äußerte, dies werde im Palast großen Schaden anrichten. Unsere Königin befahl mir, euch zu warnen, und so bin ich gekommen, so schnell ich es vermochte, aber eine Schlange ist kein fliegender Drache. Ich hoffe, es ist noch nicht zu spät und das Unheil noch nicht geschehen.«

Päony atmete auf und merkte, dass auch Lukan sich entspannte. Also war die Schlange nicht ihretwegen gekommen, sondern um vor einem Anschlag zu warnen, der zweifellos mit den Wahnsinnsanfällen der drei Männer zusammenhing.

Zärtlich streichelte Wyvern die Schlange. »Ich danke dir und deiner Königin. Komm jetzt, ich bringe dich schnell zu den Kaiserinnen, damit du ihnen alles erzählen kannst. Dann musst du essen und ausruhen, ehe du dich wieder auf den Heimweg machst.« Sie wandte sich an Päony und Lukan. »Folgt uns! Auch ihr sollt hören, was Thassiliba zu sagen hat.« Aber Lukan weigerte sich. Er hatte Angst vor Schlangen. Außerdem genüge es ja, wenn Päony zuhöre, sie könne ihm dann alles erzählen, meinte er.

Voller Ehrfurcht betrat Päony den Thronsaal. Die beiden

Kaiserinnen waren anwesend, umgeben von ihren Höflingen und Hofdamen, saßen jedoch nicht auf dem doppelten Thron. Karenna hatte in einem geschnitzten Lehnsessel Platz genommen, während sich Kylaila zusammengeringelt hatte. Als Wyvern ihnen die Besucherin vorstellte, wurde ein niedriges Tischchen herbeigeschafft und ein Seidenkissen daraufgelegt. Auf diesen bequemen Platz ließ Wyvern die Schlange hinabgleiten. Auf Befehl der Kaiserinnen reichte ein Höfling ihr eine Schale voll süßen Weins, um sie zu erfrischen. Dann berichtete Thassiliba.

Karenna beugte sich erregt vor. »Es ist also nicht das erste Mal, dass die Priester des schwefligen Sterns nach Chiritai kamen?«

»Nein«, erwiderte Thassiliba. »Es geschah oft und oft. Aber solange unsere alte Königin herrschte, durften wir nichts unternehmen. Es sei nicht unsere Sache, und wir sollten uns nicht in die Angelegenheiten der teuflischen Schwestern einmischen. Das mag nun ein guter oder schlechter Rat gewesen sein, wie auch immer – als die alte Königin vor Kurzem starb und eine neue ihr nachfolgte, erteilte diese uns andere Befehle. Von nun an beobachteten wir sorgfältig, was geschah, und nahmen manches Beunruhigende wahr. Immer wieder erschienen Geister in Chiritai, die nichts anderes als Zarzunabas' Botschafter sein konnten. Sie sprachen lange mit den Pestschwestern. Auch die Sklaven des schwefligen Sterns kamen. Anfangs waren es immer nur wenige gewesen, vier oder fünf, aber mit den Jahren wurden es mehr. Inzwischen sind es schon an die fünfzig, die nach Chiritai kommen, und es gibt bestimmt noch mehr von ihnen. Wir haben auch Thargon gesehen.«

»Thargon!«, riefen die beiden Kaiserinnen wie aus einem Mund. Karenna war vor Entsetzen aufgesprungen. »Wie konnte das geschehen?«, rief sie zornig. »Wurde die Mauer nicht gut bewacht?«

Da fiel Päony ihr ins Wort, ohne sich ihrer Unhöflichkeit

bewusst zu werden. Sie war nur leidenschaftlich bestrebt, ihre Kampfgenossen zu verteidigen. »Niemals, Hoheit! Keiner von uns hat seine Pflicht versäumt! Es muss auf andere Weise geschehen sein, dass die Thargon nach Chiritai gelangten.«

Die Hofdamen blickten sie vorwurfsvoll an und tuschelten missbilligend miteinander, aber die Kaiserin kümmerte sich nicht weiter um den Einwand. Sie wandte sich an Thassiliba. »Wie viele Thargon sind es?«

»Wir haben nur zwei gesehen, ob Männer oder Weiber, wissen wir nicht. Sie stiegen aus den Schluchten der Heulenden Berge und kehrten dorthin zurück, wenn sie ihre Gespräche mit Twynneth und Twyfald beendet hatten. Aber Ihr wisst, dass sie sich vermehren können, wenn ihnen der Sinn danach steht, indem sie unbelebter Materie ihre Gestalt geben.«

»Wir wissen es«, fiel Kylaila ein. »Dennoch vermögen sie sich gewiss nicht zahlreich genug zu vermehren, um uns gefährlich zu werden. Ich bin überzeugt, dass diese beiden nur Späher oder Unterhändler sind, die Verbindungen zu Zarzunabas, den Pestschwestern und den Priestern des Gurundir knüpfen sollen.«

»Wisst ihr, woher die Priester kommen?«, fragte Karenna die Schlange.

Thassiliba bewegte verneinend den Kopf. »Da wir Schlangen die Stadt nicht verlassen, sehen wir sie immer nur dann, wenn sie bereits von der Stadtmauer aus erkennbar sind. Aber sie haben keinen weiten Weg zurückgelegt, denn sie führen weder Flugechsen noch Reittiere bei sich und wirken dennoch nicht müde, wenn sie vor der Pforte erscheinen.« Sie zögerte kurz, dann fuhr sie fort: »Was ich nun sage, mag richtig sein oder nicht, ich weiß es nicht. Ich will es aber dennoch aussprechen. Einige von uns vermuten, dass sie von einem Ort kommen, der nicht allzu weit entfernt liegt. Erinnert Ihr Euch« – dabei sah sie Wyvern an – »an die alte Zitadelle in den Vorbergen, Burg Turcaill, die vorzeiten von König Kurdas Männern besetzt war? Sie ist seit Langem verlassen, aber das Gemäuer ist stark, und trotz der vielen Jahrhunderte, die darüber hinweggegangen sind, stehen seine Mauern und Gewölbe noch immer so fest wie damals. Es scheint mir ein sehr geeigneter Ort zu sein, um im Verborgenen unheilige Riten abzuhalten.«

Wyvern nickte nachdenklich. »Das wäre denkbar. Seit Ewigkeiten hat sich kein Mensch mehr um das verlassene Gemäuer gekümmert. Wir werden nachsehen, ob du recht gehabt hast, Thassiliba, und sich Gurundirs Priester tatsächlich dort verstecken. Danke für deinen Rat!«

»Unsere Königin«, lispelte die Schlange, »ist besorgt. Sie fürchtet, dass ihr nach Chiritai kommt, um die Pestschwestern zu vertreiben, und dabei auch uns Schaden zufügt. Dennoch hat sie mich geschickt, euch zu warnen, denn wir sind dankbar dafür, dass die Menschen uns seinerzeit die Stadt geschenkt haben.«

»Sei unbesorgt!«, beschwichtigte sie Kylaila. »Wir werden die Stadt nicht mit Feuer und Schwert angreifen. Was sollte es uns nützen? Der Priester werden wir darin nicht habhaft, denn sie wagen es nicht, eure Stadt zu betreten. Was Twynneth und Twyfald angeht, so ist es gleichgültig, ob sie dort oder anderswo sind, denn töten können wir sie nicht. Sag der Königin, sie möge unbesorgt sein.«

Thassiliba dankte mit einem anmutigen Neigen des Kopfs.

Da sie nichts mehr zu sagen hatte, befahlen die Kaiserinnen, ihr ein Gemach anzuweisen, wo sie essen und vor dem anstrengenden Heimweg ausruhen konnte. Kaum hatte ein Höfling die Schlange weggetragen, als Karenna und Kylaila bereits berieten, wen sie zu der verlassenen Zitadelle schicken sollten. Sie waren entschlossen, keine Zeit verstreichen zu lassen. Wenn Gurundirs Priester sich dort versteckten, dann sollten die kaiserlichen Soldaten sie so rasch wie möglich ergreifen. Sofern es gelänge,

Gefangene zu machen, wäre es vielleicht möglich, von diesen mehr über ihre finsteren Pläne zu erfahren.

Als Päony merkte, dass Bewaffnete ausgeschickt wurden, wandte sie sich mit gedämpfter Stimme an die Sphinx. »Ich will nicht wieder dazwischenrufen – ich weiß, wie unhöflich das ist. Aber ich käme gern mit. Könntet Ihr die Kaiserinnen für mich fragen?«

Sie hatte befürchtet, Wyvern werde ihr die Bitte abschlagen, und war freudig überrascht, als die Sphinx ihre Frage sofort an die Kaiserinnen weitergab. Und gleich darauf erhielt Päony die Erlaubnis – die auch Tiffanbrill mit einschloss –, sich den kaiserlichen Drachenreitern anzuschließen. Was Lukan betraf, so hatte sie gar nicht erst gefragt. Sicherlich hatte er keine Lust, an einer Expedition teilzunehmen, die mit einem blutigen Kampf enden mochte.

Als ihr erlaubt wurde, sich zu entfernen, machte sie sich sofort auf die Suche nach dem Drachen. Sie fand aber vorerst nur Lukan, der auf dem Korridor gewartet hatte. Als sie ihm erzählte, an welchem Abenteuer sie am nächsten Tag teilnehmen würde, bat er zu ihrer Überraschung, mitkommen zu dürfen.

»Du?«, rief sie verblüfft. »Aber hier geht es um keine Reise, sondern vermutlich um einen Kampf. Du bist kein Krieger, und du sagst selbst, dass du nicht mutig bist. Warum willst du also mitkommen?«

Verlegen blickte Lukan zu Boden. »Wir haben bislang doch alle Aufgaben gemeinsam bestanden.«

Päony wusste nicht recht, wie sie diese Bemerkung deuten sollte, und zögerte mit der Antwort. Schließlich sagte sie: »Es ist sehr tapfer von dir, dass du mitkommen willst, aber es ist nicht möglich. In einem Kampf kann Tiffanbrill uns nicht beide tragen.«

Lukan gab nicht auf. »So nehmt mich mit bis zu der alten Zitadelle und setzt mich dort ab, wenn es wirklich zu einem Gefecht kommt. Ich werde dann auf euch warten.«

Päony, die immer unsicherer wurde, wich ihm aus. »Ich werde Tiffanbrill fragen. Da er uns tragen muss, liegt die Entscheidung bei ihm.«

Schon wenig später hatte sie Gelegenheit dazu, als der Drache – der einige Anstandsbesuche bei den bedeutenden Himmelsflüglern von Vang Vath gemacht hatte – in den Palast zurückkehrte. Aufgeregt erzählte sie ihm von Thassilibas Vermutung und dem Abenteuer, das ihnen bevorstand. Schließlich fragte sie ihn, ob Lukan mitkommen dürfe. Sie sagte, wobei sie sich nicht ganz an die Wahrheit hielt: »Ich weiß nicht, warum er uns unbedingt begleiten will, aber es schien ihm wichtig zu sein. Kannst du ihn bis in die Nähe der Festung tragen und irgendwo absetzen, wo er in Sicherheit ist und uns nicht stört?«

Tiffanbrill sah aus, als amüsiere er sich im Stillen über die Bitte, aber er sagte nichts dergleichen. »Meinetwegen«, antwortete er. »Aber ich übernehme keine Verantwortung dafür, wenn ihm etwas geschieht. Ich fürchte nämlich, die Priester des Gurundir sind stärkere Gegner, als die Kaiserinnen vermuten. Ich bin überzeugt, sie verstehen sich auf allerlei magische Künste, gegen die Schwerter und Schilde nichts nützen. Also mach mir bitte keine Vorwürfe, wenn Lukan etwas zustößt.«

»Gewiss nicht«, versprach Päony. Seine Bemerkung gefiel ihr ganz und gar nicht. Sie wusste gegen Bewaffnete zu kämpfen, aber nicht gegen Zauberer. Wenn sie bei dem Zusammenstoß nun behext wurde? Wenn sie ihr etwas Abscheuliches anwünschten, wie die Mokabiter es bei Lukan getan hatten? Sie hoffte sehr, Tiffanbrill möge unrecht haben. Aber ob er nun recht oder unrecht hatte, sie musste mit den kaiserlichen Reitern ziehen. Nachdem sie darum gebeten hatte, gab es jetzt kein Zurück mehr.

Päony erwachte in der Morgendämmerung, voll Vorfreude auf den Kampf, der ihr bevorstehen mochte. Sie wollte gar nicht daran denken, dass Thassiliba sich vielleicht geirrt hatte und sie auf den einsamen Hügeln nichts anderes vorfänden als eine seit Jahrhunderten verlassene Ruine. Sie stieg aus dem Bett und weckte damit Tiffanbrill, der sie aus leuchtenden Augen anblinzelte.

»Du kannst es nicht erwarten, wie?«, sagte er. »Wer weiß, ob die Schlangen sich nicht irren.«

»Wir werden es erleben«, antwortete sie knapp und kleidete sich an. Sie prüfte noch einmal sorgfältig den Waffengürtel und den Köcher mit den Pfeilen. Dann trat sie ans Fenster und spähte hinunter in den Hof. »Ich sehe schon einige Soldaten!«, rief sie. »Sie sammeln sich bereits.«

Tiffanbrill streckte sich und klopfte mit der Schwanzspitze energisch an das Bett, in dem Lukan schlief. Der Jüngling zuckte erschrocken hoch, sah, dass Päony bereits reisefertig war, und sprang aus dem Bett. Er fuhr so schnell in seine Kleider, als habe er Angst, sie würden ihn im letzten Augenblick noch zurücklassen.

Päony wartete nicht auf ihn. Sie eilte aus dem Zimmer und lief die langen Treppen des Palasts hinunter, hinaus in den Hof, über dem die feuchte Morgenkühle hing. Dort hatte sich bereits ein Dutzend Krieger und Kriegerinnen gesammelt. Sie hielten die Zügel feuriger Echsen, die vor Ungeduld zischten und stampften und es nicht erwarten konnten, draufloszurennen und sich in die Schlacht zu stürzen. Es waren grausame Tiere, die auf zwei Beinen liefen wie Menschen und lange Arme mit einer einzelnen sichelförmigen Klaue am Handgelenk hatten. Sie besaßen keinen Verstand, aber einen Willen, der auf Kampf und Mord ausgerichtet war. Nichts gefiel ihnen besser, als ihre Klauen in die Leiber von Menschen und Tieren zu schlagen und sie aufzureißen.

Es erforderte viel Mut und Geschick, sich auf ihrem höckrig gekrümmten Rücken zu halten und dabei nicht selbst von ihnen angefallen zu werden. Die Echsenreiter waren daher kampferprobte, furchtlose Männer und Frauen mit harten Gesichtern, kalten Augen und narbigen, von vielen Kämpfen gezeichneten Körpern.

Päony begrüßte sie ehrerbietig und beeilte sich dann, zu den Drachenreitern zu kommen, die weniger kriegslüstern und daher vornehmer und bedachtsamer waren. Sie wandte sich an den Obersten, einen bärtigen blonden Mann namens Selon. »Senden die Kaiserinnen nur Echsenreiter? Ich bin mit meinem Drachen hier.«

»Das ist schon recht«, erwiderte der Krieger. »Wir sind zwei Gruppen, die einen reiten, die anderen fliegen. Da, seht! Sie kommen schon!«

Er deutete auf zwei schlanke Drachen, der eine schwarz, der andere blau, die von den hohen Türmen herabsanken und sich im Hof niederließen. Gleich darauf erschienen weitere Artgenossen und begrüßten sie. Von ihnen erfuhr Päony, dass zwei Dutzend Drachenreiter unterwegs sein würden, ebenso viele wie Berittene auf dem Boden. Die Drachen sollten ein Stück vorausfliegen und sich der Zitadelle von der Seite des Gebirges her nähern, um allen, die vielleicht in die Schluchten fliehen wollten, den Weg abzuschneiden, während die Echsenreiter vom Tal her eine Sperrlinie ziehen würden, um Flüchtlinge auf dieser Seite zurückzuscheuchen. »Wenn sie wirklich dort sind, wie behauptet wird«, erklärte Selon, »dann entkommen sie uns nicht.«

»Da wäre ich mir nicht so sicher«, mischte sich der blaue Drache ins Gespräch. »Wenn sie Priester des schwefligen Sterns sind, so verstehen sie sich zweifellos auf allerlei Hexenkünste, und damit können sie uns jede Menge Knüppel zwischen die Beine werfen.«

»Das werden wir sehen, wenn wir dort sind«, entgegnete Selon kurz angebunden.

Inzwischen war auch Tiffanbrill erschienen und hinter ihm der Mokabiter, der sich unter den kampferprobten Soldaten unsicher und verlegen fühlte. »Hör zu«, sagte der Drache zu ihm, »wir wollen uns von Anfang an recht verstehen. Ich trage dich nicht in eine Schlacht. Sobald wir uns der Zitadelle nähern, setze ich dich ab, und dann magst du tun, was du willst, bis wir zurückkommen.«

»Ja, Thainach«, erwiderte der Jüngling demütig.

Tiffanbrill schnaubte und eilte auf seinen kurzen Tatzen davon, um die anderen Drachen zu begrüßen. Es waren immer mehr geworden, bis sich in der Hofmitte ein Gewirr aus zackigen Flügeln, Schlangenhälsen und hornbesetzten Schwänzen in allen möglichen Farben bildete, ein Durcheinander aus schimmernden Braun- und Goldtönen, leuchtendem Rot, frischem Grün, sattem Blau und tiefem Schwarz. Und so bunt gemischt wie ihr Äußeres war auch die Vielzahl ihrer Stimmen und Reden. Alle waren kampflustig und aufgeregt und schalten ihre Reiter, die ihnen zu langsam erschienen.

Päony fühlte dieselbe Ungeduld. Sie war froh, als Selon schließlich mit erhobener Hand das Zeichen gab, sich zum Abflug bereitzumachen. Gleich darauf erhob sich eine Wolke aus Drachen über den Hof und zog über die Palastmauer hinweg nach Norden.

Der dritte Auserwählte

Die Büchergruft

Nach einer Nacht voll qualvoller Träume erwachte Ciaran im Morgengrauen. Noch bevor er richtig wach war, spürte er, dass sich jemand mit ihm in der Kammer befand – er spürte es so deutlich, dass er sich mit einem Ruck aufsetzte und hinter sich blickte, obwohl er bereits wusste, dass er niemanden sehen würde. Ein kalter Schauder rieselte ihm über den Rücken. Wie hatte er jemals glauben können, sie würden ihn loslassen? Das Orakel war kein Knecht, den man nach seiner Meinung fragte und dann links liegen ließ. Es war ein Herr. Ganz gleich, was es ihm gesagt hatte, die Mächte, die über den Fall der Knochen bestimmt hatten, würden ihn bis die Unterwelt hetzen, wenn er sich ungehorsam zeigte.

Er zerbiss einen Fluch zwischen den Zähnen. Hätte er das Orakel doch niemals befragt! Aber was hätte es ihm geholfen? Schon dass er überhaupt zu den Knochen gegriffen hatte, war unter Zwang geschehen.

Jetzt erinnerte er sich daran, wie er bei der Versammlung am Vortag gesagt hatte, die Auserwählten müssten ihrem Schicksal nicht gehorchen. Das stimmte immer noch. Aber um welchen Preis!

Welch eine Wahl, vor die er sich gestellt sah! Auf der einen Seite Verrat an seinem Vater und allen seinen Gefährten und ein grausamer Tod, wenn er ihnen in die Hände fiel. Auf der anderen Seite die Furien der geheimen Mächte, die ihn Tag und Nacht plagen würden, bis er sich ihnen ergab. Und der dritte Weg, den er gehen konnte? Von Kind auf hatte er gelernt, das Kaiserreich zu hassen. Er würde keinen Finger zu dessen Rettung rühren. Und er erinnerte sich auch nur zu gut daran, was sein Vater über die Queste der Erwählten gesagt hatte: *Sie werden es nicht tun. Kein Mensch nähme ein solches Schicksal freiwillig auf sich.*

Wenn er wenigstens gewusst hätte, was es war! Die Ungewissheit schien ihm schlimmer als alles andere. Sogar schlimmer als der Gedanke daran, die Bücher seines Vaters zu durchwühlen, um die uralte Schrift mit der Antwort zu finden. Aber wie sollte er das überhaupt anfangen? Die Bücher lagerten in den Kellern der Festung, hinter einem verschlossenen Tor, zu dem nur sein Vater den Schlüssel besaß, und wenn Romanel nicht anwesend war, ließ er das hungrige Wesen los, das dort drinnen auf seinen Wurzeltatzen umherkroch. Es waren Tausende Bände und noch einmal Tausende von Tonkrügen, vollgestopft mit Pergamentrollen, alle von oben bis unten beschrieben. Und wenn sein Vater ihn dabei entdeckte, würde er ihn dem Honigschlund vorwerfen. Ciaran hatte mehr als einmal beobachtet, wie das Ungeheuer Menschen erdrosselte und das schleimige Fleisch ihrer blau gedunsenen Leichen in seine Mäuler sog. Dieses Schicksal wollte er nicht teilen.

Die Luft in der Kammer erschien ihm stickig und schal. Er warf den Mantel über das Hemd, schlüpfte mit bloßen Füßen in die Stiefel und griff nach seiner Krücke. Als er die Türe aufschob und hinaustrat, fand er den engen steinernen Korridor dunkel und erfüllt vom bitteren Geruch der abgebrannten Fackeln. Er fluchte leise. Auf die Krücke gestützt, mit einer Hand an der Mauer entlanggleitend, suchte er sich seinen Weg. Die uralten Quadern fühlten sich kalt an. Vorsichtig einen Fuß vor den anderen setzend, um nicht über ein unerwartetes Hindernis zu stolpern, tastete er sich weiter. Außer den leisen, schlurfenden und kratzenden Geräuschen, die er selbst verursachte, war kein Laut zu hören, aber er wusste, dass ihm Schritte folgten. Die Luft war zum Ersticken dick von der Anwesenheit der Wächter, die an seinen Fersen hingen. Wenig später hatte er die gewundenen Gänge der Burg hinter sich gelassen und trat hinaus in den dämmrigen Morgen.

Die feuchte Kälte fraß sich augenblicklich durch seinen wattierten Mantel und kroch ihm ins Mark. Auf der Bergwiese, die sich östlich und nördlich der Burg erstreckte, perlte nass glänzend der Tau. Der Horizont im Osten gloste bereits purpurn, aber von den Hörnern der Heulenden Berge quollen gewaltige Nebelschwaden herab und füllten die Schlucht, die die Zitadelle von den Felswänden trennte. Kein Lüftchen wehte, kein Laut war zu hören. Und dennoch wusste der Jüngling, dass die Wächter ihm gefolgt waren, lautlos und unsichtbar. Sie würden ihm nie mehr von der Seite weichen, bis sie seinen Willen bezwungen hatten.

Als hätte der Gedanke sie erweckt, erspähte er blitzartig eine Gestalt im Nebel. Umhüllt von grauweißen Schwaden, war sie nur undeutlich zu sehen, aber er erkannte den schuppigen, bronzenen Leib, den schrecklichen fleischlosen Schädel, der aus leeren Augenhöhlen zu ihm herüberstarrte. Einen Herzschlag lang riss der Nebel auf und zeigte die knöchernen Klauen. Die eine hielt ein Schwert, die andere eine schwere Geißel, in deren Stränge Widerhaken eingeflochten waren. Gleich darauf war die Chimäre wieder verschwunden, aber nun schien es ihm, dass auf der gegenüberliegenden Seite der Bergwiese eine gleiche Gestalt auftauchte – und dann hinter ihm zu beiden Seiten. Immer wenn er scharf hinsah, verschwanden die Erscheinungen im Nebel, um gleich darauf an anderer Stelle wieder hervorzutreten. Jetzt hörte er auch ihre wispernden Stimmen. *Wir sind da. Wir werden immer da sein.*

Wie lange sollte er das ertragen? Er war kein Held. Er war ein Gelehrter, am glücklichsten, wenn er in einer stillen Kammer sitzen und die arkanen Schriften und Zeichnungen der Überlieferung studieren konnte, ohne dass ihn irgendjemand störte. Die Vorstellung, im Dunkeln tappend in ein höllisches Abenteuer hineingezogen zu werden, war ihm entsetzlich.

Er blickte zu der Schlucht hinüber, die unter dem Nebel verborgen lag. Wenn er sich von der Felsklippe stürzte? Wie sinnlos! Das mochte ihn der Gewalt der Kaiserlichen und der seines Vaters entziehen, aber hinter den Toren der Unterwelt warteten die Furien bereits auf ihn.

»Wie kann ich erfahren, worin die Queste besteht?«, murmelte er, halb zu sich selbst, halb an die grausigen Phantome gewandt.

Die Antwort war so simpel, dass er sich wunderte, wieso sie ihm jetzt erst einfiel. Er brauchte das Orakel nur noch einmal zu befragen. Es würde ihm helfen, da er ihm jetzt zu Willen war. Es würde ihm zeigen, wie er das richtige Buch fände und an sich brächte. Dann wüsste er wenigstens, welches unerträgliche Schicksal ihm die geheimen Mächte bestimmt hatten.

Niemand begegnete ihm, als er zur Burg zurückkehrte und seine Kammer aufsuchte. Die Priester schliefen noch, müde von der langen Versammlung in der vergangenen Nacht. Außerdem suchten sie ihn nie in seiner Kammer auf. Sie gingen ihm aus dem Weg, wo sie konnten, und das nicht nur aus Abneigung gegen ihn, obwohl diese Abneigung überaus heftig war. Wer zu viel Zeit mit ihm verbrachte, wer gar sein Freund zu sein schien, musste damit rechnen, in Romanels Augen als möglicher Mitverschwörer bei den finsteren Plänen zu gelten, deren er seinen Sohn verdächtigte. Und hat er nicht recht?, dachte der Jüngling bitter.

War er nicht soeben dabei, ihm ungehorsam zu sein, schlimmer noch – ihn zu verraten? Was tat er denn anderes, als sich auf die Seite der Feinde zu schlagen?

Nachdem er die Tür hinter sich geschlossen und verriegelt hatte, holte er das Orakel aus seiner Truhe. Er merkte, wie ihm die Hände zitterten, als er die schwarze Seidendecke ausbreitete und die kühle, unregelmäßige Oberfläche der Knöchelchen in der geschlossenen Hand fühlte. Mit brüchiger Stimme sprach er die vorgeschriebenen Gebete und stellte dann im Flüsterton seine Frage: »Wie kann ich erfahren, worin die Queste der Auserwählten besteht?« Die Knochenstücke holperten über die Decke. Ciaran beugte sich darüber und ließ den kundigen Blick über das Muster gleiten, das weiß auf schwarzem Grund leuchtete.

Beginne dein Werk. Wir werden dir helfen.

Er atmete tief durch. Dann, hastig und schuldbewusst, fasste er die vier Zipfel der Decke und schüttelte die Knochen darin zusammen.

Der Weg hinab in die unterirdischen Kerker war mühsam für einen, dem schon das Gehen auf ebenem Boden eine Qual bedeutete. Aber Ciaran schaffte es, und dann stand er vor der eisenbeschlagenen Türe aus verwitterten Holzbohlen, hinter der sich das Geheimnis verbarg. Freilich, dort verbarg sich noch etwas anderes. Wenn er das Ohr ans Holz legte, hörte er auf der anderen Seite das Raspeln von pflanzlichen Fingern. Der Honigschlund witterte Fleisch.

Einige Atemzüge lang überschwemmte den Jüngling eine eiskalte Woge der Angst. Wenn nun ein heimtückischer Geist sich des Orakels bemächtigt hatte, um ihn ins Verderben zu locken? War es nicht sogar möglich, dass der eigene Vater ihn mit Lügenbotschaften köderte? Sosehr Ciaran seinen Vater vergötterte, wusste er doch genau, wie dieser zu ihm stand – wie tief er ihn verabscheute, wie von Herzen er ihn hasste. Er wusste genau, dass Romanel ihn längst vernichtet hätte, wäre da nicht die Sorge gewesen, das unersetzliche Erbe der Kaiser zu vergeuden, wenn er ihn tötete, ehe er es weitergeben konnte.

Ciaran atmete tief durch und richtete sich auf. Nein, das Orakel betrog niemanden. Es wurde von Mächten gesteuert, über die selbst Romanel nicht gebot. Die Anwesenheit der Furien schien Beweis genug, dass die Botschaft kein Trug war. Aber eigentlich war es die schiere Unmöglichkeit der Prophezeiung, die Ciaran überzeugte, dass sie echt sein musste – wer konnte sich etwas so Bizarres und Unglaubwürdiges ausdenken? Er hätte eher vermutet, dass die Schicksalsmächte einen Thargon auf den doppelten Thron setzen wollten, als ihn zum Retter des verhassten Kaiserreichs zu berufen.

Plötzlich spürte er ganz nahe hinter sich die Anwesenheit eines Wächters. Er musste handeln. Er hatte bereits zu viel Zeit verloren. Schon seine bloße Anwesenheit an dem Ort wäre ein Grund für die hasserfüllten Priester gewesen, ihn gefangenzusetzen und seinem Vater bei dessen Rückkehr zu übergeben. Aber er wusste nicht einmal, wie er die Tür aufschließen sollte, zu der nur Romanel einen Schlüssel besaß. Ratlos legte er die Hand auf die Klinke. Mit leisem Knacken sprang das Schloss auf.

Verblüfft fuhr Ciaran zurück. Undenkbar, dass Romanel einmal vergessen hätte, die Tür abzuschließen! Dann wäre ja auch der Honigschlund seinem Gefängnis entkommen. Er mochte ein Tier oder eine Pflanze sein, dennoch wusste er genau, dass die Klinke die Tür öffnete, und hätte längst seine sehnigen Greifer darumgewickelt.

Vorsichtig zog der Jüngling an der Tür, jeden Augenblick gewärtig, dass Ranken durch den Spalt peitschten und ihn mit den ekelhaften Verdauungssäften besprühten, mit denen der Honigschlund seine Beute zersetzte. Aus der Dunkelheit drang ein

Rascheln und Scharren, aber es war nicht unmittelbar hinter dem Eingang zu vernehmen, sondern in einem entfernteren Winkel. Wie auch immer, Ciaran musste eintreten. Um dann gleich vor der nächsten Hürde zu stehen: Wie sollte er in dem fensterlosen, stockfinsteren Raum etwas finden? In dieser mit Büchern und Pergamenten bis zur Decke vollgestopften Papiergruft eine Kerze oder eine Fackel anzuzünden, wäre gleichbedeutend mit dem Verursachen einer Feuersbrunst gewesen. Sein Vater pflegte sich mit einem Karfunkel zu leuchten, wenn er dort unten zu tun hatte, aber den hatte er mitgenommen.

Der Jüngling rätselte noch, wie nun geschehen sollte, als unerwartet ein flimmerndes bläuliches Licht vor ihm aufzuckte, klein wie eine Kerzenflamme. Wie von einer unsichtbaren Hand getragen, schwebte es in einer Höhe von zwei Schritt über dem Boden. Es schien intelligent zu sein, oder es war von jemand beauftragt worden, denn es kam geradewegs auf ihn zu und blieb vor ihm in der Luft hängen, so nahe, dass es sein Gesicht erleuchtete. Gleich darauf huschte es wieder fort, zurück in den Kerker, eilte von Neuem herbei und hielt wiederum vor Ciaran inne.

Die körperlose Gegenwart hinter ihm drängte ihn zum Eintreten. Er spürte den drohenden Schwung der unsichtbaren Geißel. Jeden Augenblick konnte eine der Furien Gestalt annehmen und ihn mit roher Gewalt zum Gehorsam zwingen. Hastig trat er über die Schwelle. Das Zischen der ledernen Stränge, die hinter ihm durch die Luft schnitten, verstummte jäh.

Im Licht des geisterhaften Flämmchens sah er den Honigschlund in einem Winkel lauern. Eine wüste Masse aus Greifarmen, Wurzeln und einem unförmigen Rumpf, duckte er sich in die wie Spinnweben herabhängenden Schatten und verströmte einen widerwärtigen Aasgeruch. Ciaran sah – und ihm blieb schier das Herz stehen –, wie das Pflanzentier sich an die spaltbreit geöffnete Tür heranschob und sie mit einer seiner vielfingrigen

Ranken ins Schloss zog. Es knackte, und er war gefangen. Der Honigschlund bewachte den Ausgang.

Doch bevor er sich um den Rückweg kümmern konnte, musste er erst einmal das Buch finden. Diese Aufgabe mutete ihn an, als solle er in den endlosen Weiten des Regenwalds eine einzelne Blume finden. Wo befand sich das richtige Buch? Und wo verbarg sich die richtige Stelle in einem dieser Folianten, die oft so schwer waren, dass er sie kaum aus den Regalen zu heben vermochte?

An die unsichtbaren Begleiter gewandt, die ihm gefolgt waren, flüsterte er: »Wenn ihr wollt, dass ich gehorsam bin, dann müsst ihr mir helfen.«

Augenblicklich flatterte das Flämmchen vor ihm her und näherte sich einem der Regale. Ciaran folgte ihm zu der Stelle. Das Lichtlein hielt jedoch vor keinem der vielen Bücher inne, die in brüchiges Echsenleder gebunden dort standen, sondern schwebte zitternd über einem hölzernen Schnörkel, den es mit seinem blauen Licht anleuchtete. Ciaran begriff. Er streckte den Finger aus und berührte die spiralförmige Schnitzerei. Es knarrte leise, und das Regal drehte sich halb um die eigene Achse. Dabei gab es einen Hohlraum frei, aus dem der beißende Geruch alter Bücher herausdrang. Ciaran beugte sich in die geheime Nische und sah, dass ein halbes Dutzend Bücher darin lag, alle von ehrwürdigem Alter, denn die metallenen Schließen waren verrostet und die Einbände aus Echsenleder so dünn und trocken, dass sie bei grober Berührung zu Staub zu zerfallen drohten. Vorsichtig nahm er einen Band nach dem anderen heraus.

Das blaue Flämmchen ließ sich auf einem Buch mit dem Titel *Die drei geheimen Juwelen der Wissenschaft, niedergeschrieben vom Hohepriester Furgas* nieder. Ciaran öffnete den abgegriffenen, runzligen Deckel. Das Innere war so vergilbt, dass er die Seiten mit Vorsicht umwenden musste, um sie nicht zu beschädigen. Erleichtert stellte er fest, dass er in dem Buch lesen konnte. Er hatte schon befürchtet, die Prophezeiung befinde sich in einem der altertümlichen Folianten, deren Schrift und Sprache nur sein Vater verstand. Auch dieses Buch war alt, und nur wenige Menschen hätten es zu lesen vermocht, aber Ciaran hatte von Kind an seine ganze Zeit und Kraft auf das Studium der Arcana verwandt, und es fiel ihm nicht schwer, die seltsamen Arabesken dieser Schrift zu entziffern.

Seite um Seite blätterte er mit spitzen Fingern um. Dann fand er die richtige Stelle. Er las, schwer atmend in der stauberfüllten Luft. Aber er verstand nicht. Die Aufgaben waren in Form eines Rätsels verschlüsselt und ergaben, wenn man sie wörtlich nahm, keinen Sinn. Sie verlangten Unmögliches. Dennoch, er hatte die richtige Stelle gefunden, und jetzt hing alles davon ab, dass er sich die Verse rasch einprägte und so schnell wie möglich den Kerker verließ, bevor seine Abwesenheit auffiel. Ewig würden auch die müden Priester nicht schlafen.

Sein Gedächtnis war ausgezeichnet, und es kostete ihn keine Mühe, sich die Verse zu merken, ohne sie aufzuschreiben. In aller Eile legte er die Bücher in ihr Versteck zurück, drückte die geheime Tür zu und wandte sich zum Gehen. Die Hilfe der Unsichtbaren hatte ihn ermutigt, auch noch das letzte, schwierigste Hindernis zu überwinden – sich einen Weg an dem lauernden Honigschlund vorbei zu bahnen. Die einzige Waffe, die er besaß, war seine Krücke, aber selbst die konnte er nur gebrauchen, wenn er sich mit einer Hand irgendwo festhielt oder mit dem Rücken anlehnte, denn das verdorrte Bein trug das Gewicht seines Körpers nicht. Und was konnte ein Stock schon ausrichten gegen eine Bestie, die sich sogar Schwertkämpfern in den Weg stellte?

Mit unsicheren, schleppenden Schritten näherte er sich dem Honigschlund. Im schwachen Licht des tanzenden Flämmchens schien er keine feste Form oder Gestalt zu haben. Am ehesten ähnelte er noch einem verwachsenen Wurzelstock, der sich krümmte und schlängelte und tastende Fingerbüschel ausstreckte. Ciaran schauderte bei dem Gedanken, dass die Honigschlünde ihre Beute nicht nur mit den Greifarmen fingen, sondern auch aus dem Hinterhalt heraus mit ihren Säften besprühten, die grässliche Wunden in Haut und Fleisch fraßen. Dann packten sie ihr geblendetes und von Schmerz überwältigtes Opfer, erwürgten es und ließen es liegen, bis sie es genießbar fanden. Jeden Augenblick war Ciaran gewärtig, dass die Kreatur ihm ihren öligen Saft ins Gesicht spritzte. Mit abwehrend erhobenen Armen, hinkte er darauf zu.

»Helft mir!«, raunte er.

Das grausame Pflanzentier bereitete sich auf einen Angriff vor, das war deutlich zu sehen. Die sehnigen braunen Arme zuckten, die Mäuler an ihren Enden schnappten, als wollten sie zubeißen. Das wirre Geflecht von Wurzeln, das als Füße diente, tappte erregt hin und her. Immer wieder schwollen die Schläuche an wie die Hälse von Menschen, die etwas hervorwürgen wollen. Zweifellos sammelten sie genug tödlichen Saft, um den Eindringling damit zu erlegen.

Ciaran war drauf und dran, den Mut zu verlieren, als das immer noch vor ihm schwebende Flämmchen plötzlich aufblitzte, so grell, dass er die Augen zusammenkniff und erschrocken zurückfuhr. Den Honigschlund traf es noch härter. Ein entsetztes Surren drang aus seinen Mäulern. Er rollte sich ein wie eine sterbende Spinne, gab die Tür frei und floh in den finstersten Winkel. Freilich hielt sein Schrecken nicht lange an. Kaum war der Blitz erloschen, als er schon wieder heranschlurfte, schnappend, surrend, alle Schläuche mit Gift vollgepumpt. Aber der kurze Augenblick hatte Ciaran genügt, um die Tür aufzureißen, hinauszustolpern und sie hinter sich zuzuschlagen. Deutlich hörte er das wütende

Klatschen der Greifer und sah den ätzenden Dunst in Schwaden durch die Ritzen des altersdürren Holzes wehen. Einen Augenblick lang überwältigte ihn die Angst, das Ungeheuer könne die Tür wieder öffnen und ihn verfolgen. Aber nichts geschah. Offenbar war der Eingang genauso fest verschlossen wie am Anfang, bevor ihn die Furien geöffnet hatten.

Ciaran atmete tief durch. Jetzt, da die unmittelbare Gefahr vorüber war, überliefen ihn eisige Schauer von Furcht und Ekel. Aber noch durfte er sich nicht ausruhen. Noch musste er die Treppe bewältigen, die hinaufzusteigen weitaus schwieriger war als der umgekehrte Weg. Er spannte alle Muskeln an, um die Schwäche des kranken Beins auszugleichen, und setzte den Fuß auf den Antritt.

Seltsamerweise gelang es ihm mühelos, die Treppe zu erklimmen. Ihm war, als habe ihn jemand um die Mitte gefasst und hebe ihn nun Stufe für Stufe nach oben. Am Austritt der Treppe angelangt, hinkte er so rasch wie möglich in seine Kammer und ließ sich dort aufs Bett sinken.

Augenblicklich überfielen ihn die Schrecken des Abenteuers mit solcher Wucht, dass er sich würgend zusammenkrümmte. Er konnte kaum glauben, dass er es wirklich geschafft hatte. Und jetzt überkam ihn die Angst, er könne irgendeine verräterische Spur zurückgelassen haben, die von seiner Anwesenheit zeugte. Er erinnerte sich freilich an nichts, aber eine tödliche, von innen aufsteigende Kälte schüttelte ihn, die Hände zitterten ihm, und die Einrichtung der Kammer verschwamm ihm vor den Augen.

Noch immer war er ratlos. Er wusste jetzt, worin die Queste bestand, aber er vermochte nichts anzufangen mit diesem Wissen. Niemand unter den Sterblichen konnte so absurde und unmögliche Aufgaben erfüllen. Für ihn bedeutete das, vor drei gleich schrecklichen Wegen zu stehen. Er konnte bei seinem Vater bleiben, in dem Bewusstsein, dass dieser eines Tages seine Berufung herausfand und auf der Stelle tötete, unbekümmert darum, welchen Wert er für das Überleben der kaiserlichen Familie gehabt haben mochte. Und wie lange wäre er imstande, den Furien zu trotzen? Er konnte zum Kaiserhof reisen und dort bekanntgeben, was das Knochenorakel ihm befohlen hatte. Wahrscheinlich würfe man ihn in den tiefsten Kerker, bevor er noch zu Ende gesprochen hätte, und selbst wenn man ihn anhörte, warum sollte man ihm glauben? Man nähme an, dass er sich durch eine kühne List einschleichen wolle. Aber angenommen, man glaubte ihm und schickte ihn mit den beiden anderen los – dann stand er vor unerfüllbaren Aufgaben. Wie er es auch drehte und wendete, es würde mit seinem Tod enden, entweder durch die Hand seines Vaters oder durch die Schergen der Kaiserinnen – oder aber im Verlauf einer wahnwitzigen Queste, von der sein Vater zu Recht gesagt hatte, dass kein Mensch freiwillig ein solches Schicksal auf sich nähme.

Er schloss die Augen und streckte sich, als läge er bereits auf der Totenbahre. Vielleicht war ein früher Tod die beste aller Möglichkeiten, die ihm offenstanden. Was hatte er schon vom Leben zu erwarten? Selbst seine Familie und seine engsten Bundesgenossen verabscheuten ihn. Keine Frau sah ihn an. Jeder Tag war eine endlose Qual schmerzender Glieder und mühseliger Bewegungen. Zu sterben wäre nicht so schlimm gewesen, aber jeder der Wege, den er vor sich sah, endete mit einem langsamen, schändlichen und qualvollen Sterben, und den Schmerz fürchtete er.

Die verlassene Zitadelle

Zum zweiten Mal flogen Lukan und Päony auf Tiffanbrills Rücken über das Meer der Regenwaldwipfel hinweg. Zu ihrer Rechten ging die Sonne auf. Erst zeigte sich nur ein schwaches Glänzen über dem grün und rosa gebänderten Horizont, dann ein gleißender Rand. Schließlich zeigte sich Phuram in voller Größe am Himmel und überschüttete das Land mit einer Flut hellen Golds. Dicker Dampf stieg aus den Regenwäldern auf, und der Tau der Nacht verdunstete. Keckernde Springwürmer hüpften in den Kronen der Bäume umher und schoben ihre vorwitzigen Schelmengesichter aus dem Laub.

Allmählich wechselte das Bild. Der Wald wurde immer lichter, und bald erstreckten sich Wiesen zwischen den Baumgruppen. Auch die Bäume veränderten sich. An die Stelle der Schachtelhalmbäume und Riesenfarne traten Koniferen. Das bis dahin flache Land wölbte sich zu Hügeln. Wie Treppen führten sie zu den Heulenden Bergen hinauf, einer den anderen überschattend. Trotz der wärmenden Sonnenstrahlen spürte Päony eine zunehmende Kälte. Ein eisiger Windstoß, der unmittelbar von den Toarch kin Mur herabwehte, blies bisweilen über sie hinweg. Unter ihnen lagen die Ruinen von Dörfern aus jener Zeit, als Chiritai noch eine blühende Stadt gewesen war. Übrig geblieben waren lediglich einige von Moos und Dornenranken überwucherte Mauern.

Schließlich bog Thainach Selon auf seinem blau und golden geschuppten Drachen nach Westen ab und flog auf die Feurigen Berge zu. Es dauerte nicht mehr lange, und Päony entdeckte die verlassene Festung. In ihrer Glanzzeit war Fort Turcaill gewiss ein beeindruckendes, ja beängstigendes Bauwerk gewesen, wie es da an der bergseitigen Flanke eines Hügels klebte, unmittelbar neben einer felsigen Schlucht, die die Mauern von den Heulenden Bergen trennte. Der Wachtturm war eingestürzt, aber die niedrigeren Gebäude waren, wie Thassiliba gesagt hatte, noch gut erhalten, auch wenn alles mit Moos und Flechten überzogen war.

Auf ein Zeichen des Anführers bog der gesamte Drachenschwarm zur Schlucht hin ab und landete etwa zweihundert Schritte von der Ruine entfernt auf einer Bergwiese. Hier ließ Tiffanbrill den Mokabiter absteigen und befahl ihm, sich in der Nähe einen sicheren Platz zu suchen. Sollte es zu einem Gefecht kommen, würden sie ihn danach wieder abholen. Der junge Mann nickte und schlenderte zum Waldrand hinüber.

Päony stieg ebenfalls ab. Neugierig spähte sie zu den verwitterten Mauern hinüber. »Was meinst du, Tiffanbrill – sind sie da drinnen? Hörst du etwas?«

»Nicht bei dem Lärm ringsum«, antwortete ihr Gefährte und meinte damit das Flügelrauschen der übrigen Drachen, die gerade ihre Plätze einnahmen. Da nicht zu erwarten war, dass irgendjemand über die Schlucht hinwegfliehen konnte, bildeten sie nur im Osten und Westen eine Sperrlinie. »Aber«, fügte er hinzu, »wenn sie nicht taub sind, werden sie herauskommen und nachsehen, was der Tumult bedeutet.«

Er behielt recht, aber es waren keine Männer in gelben Kapuzen, die herauskamen. Aus einer Luke in der Mauer schoben sich vielmehr zwei lange, federnde dünne Ästchen und danach ein platter, feuchtglänzender, gesichtsloser Kopf, der ohne Hals in den schlauchförmigen Leib überging. Im nächsten Augenblick glitt ein riesiger Tausendfüßler aus der Öffnung und blieb abwartend stehen, während sich seine Fühler hin und her bewegten und den Geruch der Fremden prüften.

Päony, die in dem Ungeheuer augenblicklich ihren nächtlichen Besucher wiedererkannte, flüsterte Tiffanbrill ins Ohr: »Ich entdecke keine Augen – kann er uns sehen?«

»Sehen nicht, aber riechen und fühlen. Er spürt die Wärme unserer Körper und weiß daher, wo wir sind.«

Das unheimliche Tier – wenn es ein Tier war – trippelte auf seinen zahlreichen Füßchen einmal nach links, einmal nach rechts und schwenkte die Fühler in der Luft. Dann richtete es sich unversehens hoch auf und stieß einen so grässlichen und lauten Schrei aus, dass es in den Ohren schmerzte. Es war offenbar ein Hilferuf, denn unmittelbar darauf erschienen weitere Fühler in den Fensterhöhlen und Öffnungen der Ruine, und alsbald kroch ein gutes Dutzend ähnlich gestalteter Wesen aus dem muffigen Nest ins Freie.

Ohne Vorwarnung schoss einer der Unholde vorwärts und spie einem Drachen einen Strahl übelriechender Flüssigkeit entgegen. Flatternd fuhr der überraschte Drache auf, so unvermittelt, dass er um ein Haar seinen Reiter abgeworfen hätte, und wich zurück. Gleich darauf hatte er sich jedoch wieder gefasst und stürzte sich mit rauschenden Flügeln auf den Wurm, den er im Nacken packte. Blitzschnell zog der Reiter sein Schwert und hieb zu. Der platte gelbe Kopf fiel. Der Leib ringelte sich unter Krämpfen zusammen, und die dünnen Beinchen zappelten ziellos in der Luft. Als der Drache ihn losließ, fiel er zu Boden und rührte sich nicht mehr.

Päony starrte noch zu den Tausendfüßlern hinüber, deren Fühler wild in der Luft herumfuchtelten, als plötzlich jemand rief: »Da! Seht nur!«

Päony fuhr herum und beobachtete, wie sich der Kadaver des gelben Wurms auf erstaunliche und erschreckende Weise veränderte. War er eben noch platt und glatt gewesen, so wölbte er sich jetzt auf und wurde runzlig. Es sah aus, als webten zahllose Spinnen ihre Netze auf ihm: Ein grünliches Gespinst hüllte den Körper ein, bis er sich kaum noch vom Grün des Grases unterschied. Dann zerfiel er. Nichts blieb übrig als eine schmierige, schimmelfarbene Masse.

»Das sind keine Tiere!«, rief Tiffanbrill. »Das sind die Kreaturen der Zauberer! Auf sie! Packt sie!« In seinem Eifer hatte er nicht abgewartet, bis Selon das Zeichen gab, sondern schwang sich empor und ließ sich wie ein Stein auf den nächststehenden Tausendfüßler fallen. Es krachte, als er dessen Nacken in zwei Teile zerbiss. Nun ertönte auch der Befehl »Packt sie!«, und die gesamte Drachenschar fiel über die Würmer her. Die bedrängten Kreaturen wehrten sich, indem sie ihre stinkenden Säfte verspritzten. Der erste Mann, der einen Schwall davon abbekam, stieß einen lauten Schmerzensschrei aus und griff nach seinem nackten Bein, auf dem sich bereits tiefe Schwären gebildet hatten. Sein Drache wendete und trug den Verwundeten aus dem Kampfgetümmel fort.

Päonys Blut war in Wallung geraten. Mit blitzenden Augen hielt sie Ausschau nach allen Seiten, schätzte die Bewegungen der Angreifer ab, schlug mit dem Schwert zu und traf einen Wurm, den sie genau in der Mitte durchtrennte. Es knirschte, als die Klinge durch den widerwärtigen Leib fuhr. Die beiden Hälften zappelten, versuchten sich aufzurichten, fielen kraftlos zu Boden und verendeten. Die Kriegerin beugte sich gerade vor, als ein Schatten über sie fiel. Tiffanbrill hatte ihn gleichfalls bemerkt, und er fuhr herum. Doch das Schwert, das Päony in der Hand hielt, zertrennte bereits den Leib eines Wurms, der sich drohend hinter ihr aufgerichtet hatte. Er war gerade dabei gewesen, ihr sein Gift entgegenzuspritzen. Im Bogen schoss es an ihr und an Tiffanbrill vorbei und klatschte ins Gras, welches augenblicklich zu einer braunen Fläche verbrannte. Die vordere Hälfte des Untiers fiel von oben auf sie herab. Päony schrie auf vor Ekel, als ihr die dünnen Beinchen über den Kopf und das Gesicht glitten. Sie stieß den Kadaver mit dem Schwert beiseite und wischte sich angewidert über das Gesicht.

Aber da kroch schon der nächste Wurm heran, und die Art, wie er sich aufrichtete und den Körper anspannte, verriet ihr, dass auch er ihr sein Gift entgegenspucken wollte. Tiffanbrill sah, dass sie ihn mit dem Schwert nicht mehr erreichen würde, ehe das Gift sie beide traf. Er riss das Maul auf und stieß eine glühend heiße Flamme hervor, die das Ungeheuer zurücktrieb – genau vor die Zähne eines blauen Drachen, der hinter ihm lauerte. Ein Zuschnappen, ein Knacken, und ein weiterer Wurm lag auf dem Rasen, wo er zerfiel wie die anderen vor ihm. Ein unerträglicher Gestank lag über dem Schlachtfeld.

In der Ferne erhob sich ein Lärmen und kündigte die Echsenreiter an, die ebenfalls den Hügel erreicht hatten. Sobald diese des Kampfgeschehens gewahr wurden, stürmten sie vorwärts und fielen über die Tausendfüßler her. Kreischend und zischend sprangen ihre Kriegsechsen umher, packten die Würmer mit zahnreichen Kiefern und hackten nach ihnen mit sichelförmigen Vorderklauen, die schärfer schnitten als jedes Schwert. Die Männer, die sich oft nur mit artistischer Geschicklichkeit im Sattel der blindwütigen Tiere halten konnten, schlugen mit ihren Schwertern zu.

Wenig später war kein einziger der Tausendfüßler mehr am Leben. Die Bergwiese war über und über bedeckt mit schleimigen Pfützen, zu denen sich die Würmer aufgelöst hatten. Die Schwaden üblen Geruchs wichen nur langsam dem kräftigen Wind, der vom Gebirge herüberblies.

Die Anführer der beiden Trupps riefen ihre Leute zusammen. Mehrere Kämpfer, vom giftigen Speichel der Würmer getroffen, waren verwundet und wurden angewiesen, sich an den Waldrand zurückzuziehen. Die anderen erwarteten begierig neue Befehle. »Wir durchsuchen Burg Turcaill«, verkündete Selon. »Wer meldet sich freiwillig?«

Päony riss sofort den Arm hoch. »Ich, Thainach!«, rief sie laut, um zwischen den stämmigen Gestalten der Krieger nur ja nicht übersehen zu werden. »Ich gehe!«

Noch zwei andere Drachenreiter boten sich an, ebenso drei Echsenreiter. Deren Ranghöchster, ein rothaariger Hüne namens Telfric, sollte die Expedition anführen. Selon warnte eindringlich. »Seid vorsichtig! Nach dem Angriff dieser Kreaturen müssen wir damit rechnen, im Innern der Festung auf weitere Ungeheuer oder auf magische Fallen zu stoßen. Unternehmt nichts, solange man euch nicht angreift. Seht euch nur um und erstattet uns Bericht!«

Die sechs Menschen machten sich auf den Weg, bepackt mit Fackeln, einem langen Seil und anderen Hilfsmitteln, die sie bei der Erforschung der Ruine brauchen würden. Ihre Drachen wären gern mitgekommen, aber in den engen Gängen des Gemäuers wären sie eher hinderlich als von Nutzen gewesen. Das Innere der Ruine erwies sich als finsteres Labyrinth, in das nur gelegentlich durch ein Fensterloch oder eine Lücke ein Lichtstrahl fiel. Die Späher achteten sorgfältig auf ihre Schritte, denn überall auf dem Boden lagen Schuttberge, über die sie zu stolpern drohten, und sie hatten nicht vergessen, was Selon über magische Fallen gesagt hatte. Eine bedrückende Atmosphäre herrschte hier, und in der Luft hing ein erdrückender Fäulnisgeruch, aber zu sehen war nichts. Telfric entzündete die erste der Fackeln, und die anderen steckten die ihren daran an. Düsterer roter Schein erfüllte den Gang, und der scharfe Rauch reizte zum Husten, überdeckte aber wenigstens den Gestank. Einer hinter dem anderen schlichen sie vorwärts.

Vorsichtig spähten sie nach allen Seiten, ob sie irgendwo ein Zeichen an den Mauern oder einen Hinweis auf Fallgruben entdeckten, aber fürs Erste war nichts weiter zu sehen als der trostlose Verfall des einst so trutzigen Gebäudes. Die Schwerter kampfbereit in der Hand, drangen sie Schritt für Schritt im Zwielicht immer weiter vor.

»Wenn sie hier irgendwo sind«, flüsterte einer der Drachenreiter, »dann vermutlich im Haupttrakt des Gebäudes.«

»Gewiss«, erwiderte ein anderer mit kurzem Auflachen. »Es fragt sich nur, wo sich dieser Haupttrakt befindet. Ich bekomme es allmählich mit der Angst zu tun, dass wir niemals wieder hinausfinden, so verwirrend, wie diese Gänge angelegt sind.«

Päony war derselben Meinung. Sie waren schon so oft um Ecken gebogen und hatten bei Abzweigungen den einen oder anderen Weg gewählt, dass sie jede Orientierung verloren hatte. Sie hätte nicht einmal gewusst, ob sie sich im inneren oder äußeren Teil der Ruine aufhielten, wären da nicht immer wieder die Mauerspalten gewesen, durch die der Sonnenschein hereinfiel. Sie freute sich jedes Mal, wenn sie an einer solchen Lücke vorbeikamen, so bedrückend kam ihr der altertümliche Bau mit seinen unübersichtlichen Gängen vor. Oft waren diese Gänge derartig schmal, dass man nur hintereinander gehen konnte. Zuweilen weiteten sie sich zu Kammern, in denen in jener längst vergangenen Zeit, als die Zitadelle noch ihren Zweck erfüllt hatte, vermutlich Wächter aufgestellt gewesen waren. Dann wieder endeten die Korridore unvermutet an blinden Mauern, und die getäuschten Eindringlinge mussten sich mühsam den Weg zurück suchen.

Einer der Männer fluchte. »Wer immer diese Festung gebaut hat, war listig und vorsichtig«, knurrte er. »Selbst wenn sie erstürmt worden wäre, hätte sich kaum jemand in diesem Wirrwarr von Gängen zurechtgefunden. Der Besatzung wäre es leichtgefallen, den Gegner aus dem Hinterhalt zu überwältigen.«

Es war mehr Glück als Klugheit, dass sie schließlich aus dem Labyrinth hinausfanden und den Weg entdeckten, der zum Haupttrakt des Gebäudes führte. An der Abzweigung stellten sie fest, dass vor ihnen schon andere Menschen hier gewesen waren, und zwar nicht nur zu einem kurzen Besuch. In einer Nische lagen Fackeln aufgestapelt und daneben Feuerstein und Zunder. Päony sah, dass die Decke des niedrigen Gangs rußgeschwärzt war. Ihr Herz schlug schneller bei dem Gedanken, dass sie die Priester des schwefligen Sterns in ihrem Schlupfwinkel aufstöbern würden, und sie umklammerte ihr Schwert noch fester. Wie immer, wenn sie unmittelbar vor einem Kampf stand, vergaß sie alle Ängste und jeden Gedanken an die eigene Sicherheit. Dann glühte sie vor Tatendrang, und ihr Geist war erfüllt von einem einzigen Gedanken: zu siegen.

»Ich glaube nicht, dass sie hier sind«, erklärte ein Echsenreiter.

»Sie sind nicht herausgekommen«, widersprach ein anderer.

»Nicht beim Haupteingang«, entgegnete der Erste. »Aber wenn sie überhaupt hier waren, als wir kamen, dann haben sie sich vermutlich durch einen jener geheimen Ausgänge davongeschlichen, die sich in allen Festungen finden – schließlich will man nicht in der Falle sitzen, wenn die Feinde sich nähern.«

»Wir werden sehen«, erklärte Telfric und machte damit dem Streit ein Ende.

Der Gang, dem sie folgten, führte geradewegs ins Herz der Festung. Sie waren noch nicht weit vorgedrungen, als sie auf eine Türöffnung stießen – die Reste verwitterter Türflügel hingen in den Angeln – und einen runden, aus dunklen Quadern gemauerten Saal entdeckten, an dessen Mauern halbkreisförmig steinere Bänke standen. In der Mitte erhob sich ein mächtiger, ebenfalls steinerner Tisch. Und sie fanden deutliche Anzeichen dafür, dass sich die Priester hier aufgehalten hatten. Der Tisch war bedeckt mit allerlei Pergamenten und wunderlichen Gegenständen aus Kristall, Ebenholz und Silber, deren Sinn und Zweck im unruhigen Licht der Fackeln nicht zu erkennen war. Am Kopfende lag aufgeschlagen ein gewaltiges Buch. Auf den Bänken häuften sich gelbe Kapuzenmäntel, die wie faulendes Holz schimmerten. Ein unangenehmer Geruch nach schwelendem Räucherwerk hing in der Luft.

Mit erhobenen Fackeln gingen die Männer hin und her und untersuchten den Raum, wobei sie vorsichtig darauf achteten, nichts zu berühren. Päony beugte sich neugierig über das Buch. Es war so groß, dass es von einer Seite des Tischs bis zur anderen reichte und zweifellos von mindestens zwei Männern getragen werden musste. Die gelblich braunen Seiten zeigten, dass es uralt war. Päony war stolz darauf, lesen zu können, aber als sie das Licht hob, um die Lettern in Augenschein zu nehmen, erkannte sie, dass ihr diese Kunst diesmal nichts nutzte. Das Buch war in einer Schrift verfasst, die ihr völlig fremd war. Eng untereinander standen in zwei Spalten viele Zeilen in spinnenartigen Runen, unterbrochen von Zeichnungen, die ebenso wenig Sinn ergaben.

Einer der Soldaten trat neben sie. »Was für ein dickleibiger Wälzer!«, bemerkte er. »Das muss ihr Zauberbuch sein. Was steht darin?« Er beugte sich tief über die Seite und schüttelte den Kopf. »Wer das lesen könnte!« Dabei griff er nach einer Ecke des Pergaments, um die Seite umzublättern. Kaum hatten seine Fingerspitzen das Buch berührt, als er einen heiseren Schrei ausstieß und zu Boden stürzte.

Erschrocken sprangen die anderen zu ihm hin und drehten ihn auf den Rücken. Er atmete, aber seine Augen waren glasig vor Entsetzen und seine Züge verkrampft. Er krächzte eine unverständliche Warnung und sank ohnmächtig zurück. Die Finger, die das Buch berührt hatten, liefen an den Kuppen blaurot an, und eine scharlachfarbene Röte zog sich über die rasch anschwellende Hand.

Päony drängte sich zwischen die Männer. »Seid vorsichtig!«, rief sie. »Er hat nur einen Finger auf das Buch gelegt und brach zusammen, als hätte ihn ein Pfeil getroffen.«

»Der unvorsichtige Narr!«, knurrte einer der anderen. »Sind wir denn nicht gewarnt worden? Lasst uns ihn wegschaffen! Vielleicht erholt er sich an der frischen Luft.«

Die beiden stärksten Krieger hoben den Bewusstlosen auf. Einer der beiden schwang ihn über die Schultern und hielt ihn an Armen und Beinen fest. Der andere ergriff die Fackel und leuchtete ihm. Die übrigen vier machten sich daran, die Ruine noch weiter zu durchsuchen.

Aus dem runden Raum zweigten mehrere Türöffnungen ab, die zumeist in Vorratsräume führten.

»Irgendjemand muss sie versorgt haben«, murmelte ein Soldat und hob die Fackel, bis das Licht auf die Anhäufungen von zweifach gebackenem Brot, Essiggemüse, gedörrten Kürbissen und grünen Schoten fiel. Dann stieß er einen Schrei des Ekels aus. »Und sie essen Fleisch! Seht nur!« Wirklich standen in dem Raum mehrere große, mit Salz gefüllte Fässer, in denen Fleisch eingepökelt war. Päony, die noch nie menschliche Nahrung in Form von Fleisch gesehen hatte, starrte angewidert auf die bleichen Brocken, die der Soldat mit der Spitze seines Schwerts aus dem Salz grub. Wie konnte ein Mensch so etwas Abartiges tun – gesottene Brocken aus Kadavern verschlingen! War einer, der das tat, nicht fast so grässlich wie ein Leichen fressender Ghul?

»Ungeheuer sind das«, murmelte einer. »Aber lasst sehen, ob wir noch mehr finden.«

Sie durchsuchten alle weiteren Räume, ohne etwas zu finden, und kehrten schließlich durch den russgeschwärzten Gang in den äußeren Bereich des Gebäudes zurück. Die Fackeln immer noch in Händen, betraten sie von Neuem das Labyrinth, dessen raucherfüllte, beklemmende Enge ihnen wie ein Alb auf der Brust hockte. Dann stießen sie auf Gesellschaft.

Sie konnten von Glück sagen, dass niemand in das Loch im Boden gestürzt war, das die tanzenden Schatten und die allgemeine Düsternis des Gangs vor ihnen verborgen hatten. Wäre nicht der Gestank gewesen, so hätten sie es vielleicht nicht bemerkt, aber er biss ihnen so aufdringlich in die Nase, dass sie sogleich nach der Quelle suchten. Es war ein anderer Geruch als der Mief in den äußeren Gängen; er war scharf, beißend und animalisch wie die Ausdünstung toter und in der Sonne verdorrter Tiere. Päony sah sich um, überzeugt, dass irgendwo ein mumifizierter Kadaver herumlag, entdeckte jedoch nichts, bis Telfric ihr die Hand auf die Schulter legte.

»Päony, du bist die Leichteste von uns allen. Wir lassen dich in das Loch hinunter, und du leuchtest uns, damit wir sehen können, was sich da unten befindet. Vielleicht ist es ein Verlies, und wir finden Gefangene.«

Sie wurde an das lange Seil gebunden und von starken Männerarmen in die Tiefe hinuntergelassen. Als ihre Füße festen Boden erreichten, hob sie die Fackel, die sie mitgenommen hatte. »Ich bin angekommen!«, rief sie zu ihren Gefährten hinauf.

»Und?«, schrie Telfric herunter. Seine Stimme hallte zwischen den Mauern wider. »Ist es ein Kerker?«

Nein, der Raum in der Tiefe war kein Kerker, sondern einst die Schatzkammer der Zitadelle gewesen. Die vermoderten und verrosteten Truhen, aus denen sich jetzt Ströme von Gold ergossen, waren im schwankenden Fackellicht deutlich erkennbar. Päony stand und staunte. Sie hatte in ihrem Leben bisher weder gemünztes Gold noch goldene Gerätschaften gesehen, denn lange vor ihrer Geburt war alles Gold auf Chatundra geächtet worden.

Was immer davon noch gefunden wurde, hatten die Kaaden Bûl in die glühenden Tiefen des Erdinnern geschleppt. Hier aber gab es Unmengen davon. Nach dem Auseinanderbrechen der Behältnisse hatte das Gold den Raum überschwemmt und die Gestalten, die dort lagen und saßen, nahezu bedeckt.

Päony erinnerte sich an Telfrics Frage und schrie hinauf, sie stehe in einer Schatzkammer. Aber ihre Gedanken waren bei den Wesen, die da in ihrem kostbaren Grab lagen und die eingeschrumpften Augen dem Eindringling zuwandten. Päony sah sich einem Dutzend mumifizierter Kreaturen gegenüber. Ob sie Menschen, Echsen oder Hybriden gewesen waren, ließ sich nicht erkennen, so absonderlich sahen sie aus. Jedenfalls waren sie Soldaten gewesen, und zwar solche von hohem Rang, denn jede Mumie trug einen bronzenen Brustpanzer, einen Kettenschurz und Beinschienen, alles von feinster Beschaffenheit und kostbar geschmückt. Auf jedem Helm glomm ein grüner Smaragd. Spieße und Schwerter lehnten an den Wänden und den Überresten der Schatztruhen.

Sie fragte sich, ob die Geschöpfe verhungert und verdurstet waren, durch Unglück oder Heimtücke eingeschlossen zwischen dem ganzen glitzernden Reichtum, aber dann verwarf sie den Gedanken. Nein, für Verhungerte waren die Gestalten zu kräftig. Ihre Glieder waren dick und stämmig und wirkten seltsam gestaucht – Arme und Beine, aber auch die Hälse waren viel zu kurz. Die Finger der plumpen Hände waren zu krabbenähnlichen Scheren zusammengewachsen. Die Haltung, in der zwei Gestalten verharrten, ließ nicht darauf schließen, dass sie verhungert waren. Sie saßen aufrecht, als seien sie in der Bewegung erstarrt. Offenbar waren sie die Wächter der Schätze gewesen, die aus unbekannter Ursache während ihres Diensts gestorben waren.

Päony krauste die Stirn und hielt die Fackel dicht vor die beiden Gestalten. Wieso saßen sie eigentlich noch aufrecht, obwohl sie schon so lange tot waren? Hätten sie nicht als Knochenhaufen in sich zusammensinken müssen? Hielten die Rüstungen die Wesen aufrecht?

Dann entdeckte sie, dass es nicht an den Rüstungen lag – irgendetwas hatte die Körper verändert, sie außerordentlich grobknochig und steif gemacht, ganz so, als hätten die Gelenke alle Beweglichkeit eingebüßt. Vorsichtig berührte die Jungfer einen Brustkorb und stellte fest, dass sich die Rippen nicht nur steif wie Holz anfühlten, sondern auch zu einer festen Schale wie dem Panzer einer Schildkröte verwachsen waren. Körper und Gesichter waren von eigentümlicher Farbe, bräunlich, aber mit einem goldenen Schimmer.

Sie nahm einem der Toten den Helm ab und fand darunter einen kahlen Schädel, den schon zu Lebzeiten kein Haar mehr bedeckt hatte. Der Kopf fühlte sich glatt und fest an wie Metall, und die Ohren ... die Ohren bestanden unverkennbar aus massivem Gold. Ratlos starrte sie das rätselhafte Geschöpf an.

Das bebende und flackernde Licht der Fackel erfüllte den unterirdischen Raum mit tanzenden Schatten und täuschte das Auge, sodass es schien, als kehre das Leben in die uralten, ausgedörrten Kadaver zurück. Energisch unterdrückte Päony das Unbehagen, das sie beschlich. Die eingeschrumpften Froschaugen in dem metallisch schimmernden Gesicht schienen ihren Bewegungen zu folgen, als sie den Leib eines der Wesen untersuchte. Sosehr sie sich auch bemühte, sie hatte das Gefühl, dass eine hornbewehrte Klaue sich regte, dass ein Mundschlitz sich öffnete und dass die bräunlich vertrocknete Zunge hervorkroch. Und war da nicht ein Knistern hinter ihrem Rücken zu hören, eine angedeutete Bewegung zu sehen, die sie gerade noch aus dem Augenwinkel wahrnahm?

Sie war erleichtert, dass es für sie hier unten nichts mehr zu tun gab. Sie würde Bericht erstatten. Sollte Telfric die Sache näher in

Augenschein nehmen wollen, dann musste er eben höchstpersönlich in die Tiefe steigen.

»Zieht mich hoch!«, rief sie und befestigte die Schlinge um den Körper.

Gleich darauf hob der Seilzug ihre Füße vom Boden, und sie glitt aufwärts, dem Loch in der Decke entgegen.

Die Männer hatten im Licht der Fackeln nicht mehr erkennen können als ein unbestimmtes Glitzern und waren überaus neugierig auf Päonys Bericht.

Telfric rieb sich das Kinn. Er schüttelte den Kopf und sagte: »Unglaublich, dass sie nach all den Jahrhunderten immer noch da unten liegen! Erzähl mir, Päony – waren sie wirklich aus massivem Gold?«

»Ein Teil von ihnen bestand aus Knochen und Haut wie alle Mumien, ein Teil aus Gold. Thainach, wer waren sie? Was ist da unten geschehen?«

»Das ist lange her«, erwiderte er, offenbar nicht geneigt, näher auf ihre Frage einzugehen. Da ihn die anderen Männer aber ebenfalls fragend anstarrten, bequemte er sich zu einer Antwort. »Es sind die ersten Opfer des verfluchten Golds. Als König Kurda diese Feste bewohnte, liebten er und seine Gefolgsleute das Gold so sehr, dass sie allmählich selbst zu Gold wurden. Aber nun lasst uns weitergehen! Dies ist kein guter Ort.«

So gut sie konnten, folgten sie jener Richtung, in der sie den Eingang vermuteten, aber bald merkten sie, dass sie sich verirrt hatten. Die endlos verzweigten Gänge führten sie im Kreis, und als einer der Männer ein Stück seines Rocks abschnitt und in eine Ritze stopfte, kamen sie nach einer Weile wieder daran vorbei.

Telfric hieß sie innehalten. »Wir müssen einen anderen Weg suchen«, erklärte er. »Bei der nächsten größeren Mauerlücke steigen wir hinaus.«

Es dauerte nicht lange, bis sie in einem der Gänge einen Lichtschimmer entdeckten. Sie folgten dem schwachen Schein und kamen zu einer Öffnung, die gerade groß genug war, um ein Kind hindurchzulassen. Die Mauer war aus mächtigen Quadern erbaut, und es wäre zwecklos gewesen, die Steine mit den Schwertern lockern zu wollen.

Prüfend betrachtete Päony die Öffnung, dann wandte sie sich an die Männer. »Hebt mich hoch! Ich glaube, ich bin schlank genug, um durch diese Lücke zu schlüpfen.« Sie legte ihre Waffen ab und ließ sich hochheben. Vorsichtig spähte sie durch das Loch, um zu sehen, wo sie landen würde. Sie hatte Glück: Unterhalb des Ausstiegs befand sich ein breiter Streifen Erde, der die Mauer von der Schlucht trennte.

Mit den Beinen voraus zwängte sie sich in die Öffnung, wand und drehte sich und stellte zufrieden fest, dass es ihr keine große Mühe machte, durch das Loch zu kriechen. Sie hielt sich mit beiden Händen an der Kante fest, ließ sich in voller Länge hinabgleiten und sprang. Gleich darauf klirrten die Waffen, die die Männer ihr nachgeworfen hatten, neben ihr auf den Boden.

Als sie auf festem Grund auftraf, schürfte sie sich die Knie auf, aber das kümmerte sie wenig. Schlimmer war die Feststellung, dass der Erdstreifen nur ein kleiner Vorsprung war und die Mauer links und rechts so nahe an die Schlucht heranreichte, dass die Steine und die Klippen ineinander übergingen. Sie konnte sich weder in die eine noch in die andere Richtung bewegen. Aber wenn sie nach Tiffanbrill rief, würde er sie von hier wegtragen.

Sie wusste nicht, wie weit sie vom Eingang entfernt war, aber sie verließ sich auf die feinen Ohren der Drachen, die besser hörten als Hunde, und schrie nach ihrem Gefährten. Einige Male musste sie rufen, dann hörte sie Schwingen rauschen, und Tiffanbrill erschien vor ihr. Da der Erdstreifen zu schmal für eine Landung war, flatterte er vor ihr in der Luft.

»Hier steckst du also!«, rief er. »Wir dachten schon, ihr kämt überhaupt nicht mehr heraus!«

»Burg Turcaill ist ein Irrgarten«, erwiderte sie. »Wir haben den Ausgang nicht mehr gefunden, und wir sind sehr in Sorge, denn einer der Männer ist krank. Bring mich rasch zu den anderen!«

Tiffanbrill flog so nahe wie möglich an den Rand der Schlucht und ließ sie aufsteigen. Sie hielt sich an den Rückenzacken fest und warf einen schaudernden Blick in den Abgrund. Verwitterte braune Klippen stürzten so steil in die Tiefe hinab, dass der Grund der Schlucht nicht zu erkennen war. Neblige Schatten lagen über allem. Dahinter erstreckten sich, immer höher und kahler werdend, die letzten Vorberge, ehe das eigentliche Gebirge seine finsteren Basaltmassen auftürmte. Schnee schimmerte in den Ritzen und Spalten, die nicht von der Sonne beschienen wurden. Und dann beobachtete Päony eine Bewegung, und sie stieß einen lauten Schrei aus. »Sieh, Tiffanbrill, sieh! Du hast schärfere Augen als ich. Auf dem großen dreieckigen Schneefeld dort, was siehst du da?«

Er wandte den Kopf und ließ einen Laut ärgerlicher Verblüffung vernehmen. Was für Päony nur käferartige dunkle Flecken auf dem grellweißen Schnee waren, erkannte der Drache mühelos als eine lange Menschenkette, die sich über das Schneefeld bewegte. »Das sind sie!«, rief er. »Die Schurken haben sich durch einen Hinterausgang davongemacht, während wir mit den Tausendfüßlern kämpften – zweifellos durch einen geheimen Gang, der in die Schlucht hinunterführt! Komm, wir müssen den anderen Bescheid sagen!«

Gleich darauf landete Tiffanbrill auf der Wiese, auf der die Kämpfer schon warteten. Hastig erzählte er ihnen, was er gesehen hatte. Sofort stiegen vier Drachen auf und strebten mit knatternden Flügeln dem Gebirge entgegen, um die Gestalten auf dem Schneefeld zu ergreifen und zurückzuschleppen. Währenddessen erzählte Päony, wie es ihnen im Innern der Zitadelle ergangen war, und bat dringend um Hilfe für die Kameraden, die den Ausgang nicht mehr fanden. Augenblicklich befahl Selon, dass ein Mann seinen Mantel mit Kieseln füllen sollte, die überall im Gras lagen. »Ich gehe hinein«, erklärte er, »und suche sie. Wer kommt mit mir?«

Päony meldete sich freiwillig, ebenso zwei Echsenreiter. Von Neuem betrat sie den düsteren, muffig riechenden Eingang. Die beiden Männer schleppten den Mantel voller Steine hinter Selon her, und Päonys Aufgabe bestand darin, alle paar Schritte ein Steinchen auf den Boden zu legen. Sie folgten so weit wie möglich dem Weg entlang der äußeren Mauer, wo ein wenig Licht einfiel, mussten aber bald abbiegen und dem Labyrinth folgen. Alle vier spähten angestrengt nach einem Lichtschein und lauschten auf den Klang von Schritten.

Selon fluchte. »Sie können sich doch nicht in Luft aufgelöst haben!«, rief er zornig. »Fünf Männer mit Fackeln! Auch wenn der Irrgarten noch so verwinkelt ist, müssten wir doch ein Zeichen von ihnen finden!«

Päony wünschte, sie hätte sich kein zweites Mal freiwillig gemeldet. Die engen Gänge schienen sich um sie zu schließen, als wollten sie sie ersticken, sie fühlte sich wie lebendig begraben, und das Hin und Her der ständig sich gabelnden Wege verwirrte sie. Ein Schauer der Erleichterung überlief sie, als Selon unvermittelt ausrief: »Da! Da vorn! Mir scheint, ich sehe ein Licht!«

Die anderen strengten die Augen an, und nun sahen sie es auch – einen unruhigen rötlichen Lichtschein, der kurz aufblitzte und wieder verschwand.

Selon schrie aus Leibeskräften die Namen seiner Gefährten. »Hierher, hierher! Wir führen euch hinaus!« Dann standen sie alle still und lauschten. Mit einmal hallte ein ferner Ruf zurück, dessen Worte sie nicht verstehen konnten. Selon schrie abermals, und diesmal klang der Ruf näher. Auch das Licht wurde deutlicher. Wenig später erschien Telfric mit einer Fackel. Er stieß einen lauten Seufzer der Erleichterung aus, als er sie sah. »Euch senden die Himmlischen! Wir hatten alle Hoffnung aufgegeben, jemals aus diesem teuflischen Irrgarten herauszufinden.« Dann fragte er ängstlich: »Ihr habt euch doch nicht etwa auch verirrt?«

Selon verneinte. »Wir haben den Weg gekennzeichnet, den wir genommen haben.«

Thainach Telfric blickte schuldbewusst drein. »Ich hätte gleich daran denken sollen, als ich merkte, wie leicht man sich hier verirren kann, aber wir waren alle so begierig, die Priester ausfindig zu machen …«

Er wurde unterbrochen, als weitere Fackeln tragende Krieger auftauchten. Nur die beiden, die den gestürzten Mann hinausgetragen hatten, blieben nach wie vor verschwunden. Selon verlangte von ihnen alle Fackeln bis auf eine und hieß sie dann, Burg Turcaill auf dem mit den Steinchen gekennzeichneten Weg zu verlassen. Er selbst und seine Begleiter wollten weiter nach den drei Vermissten suchen. Die Männer entfernten sich rasch, und Päony konnte ihre Eile verstehen. Sie hätte diese Gruft auch gern verlassen. Nur der Gedanke, dass sie bereits den Weg durch die Gurguntai – die zweifellos noch viel schlimmer gewesen waren – hinter sich gebracht hatte, verlieh ihr Mut.

Wieder zwängten sie sich durch schmale Gänge und horchten auf Schritte. Einer der Männer murmelte bedrückt: »Ich hoffe nur, dass keine dieser Schurken zurückgeblieben sind und unsere Männer getötet haben.«

Selon dachte offenbar dasselbe, aber er antwortete nur kurz angebunden: »Wir werden herausfinden, was geschehen ist.«

Von Zeit zu Zeit riefen sie wieder, und es schien ihnen auch, als komme eine schwache Antwort zurück, aber sie konnten die

Richtung, aus der sie kam, nicht bestimmen. Plötzlich blieb Selon wie versteinert stehen. »Ich fasse es nicht!«, murmelte er.

Seine drei Begleiter drängten sich neugierig an ihn heran. Die beiden Soldaten blickten ihm über die Schulter, während Päony sich duckte und unter seinem erhobenen Arm hindurchspähte.

Das Licht der Fackeln erhellte eine Kammer, deren steinerne Wände mit Tapisserien behängt waren. Auf dem Boden war ein großer, von unverständlichen Symbolen umgebener Kreis aufgemalt, und darin lagen wie schlafend hingestreckt zwei Männer in gelben Kapuzenmänteln, die Arme über der Brust gekreuzt, die Augen geschlossen. Sie zeigten keine Regung, als das rote Licht auf sie fiel und die vier Menschen eintraten, und Päony begriff, dass sie in Verzückung verfallen waren. Sie kannte diesen Zustand von den Priesterinnen ihres Volks, die häufig wie leblos zu Boden sanken, wenn der Geist der Weissagung über sie kam. Dann sahen und hörten sie nichts außer der geistigen Eingebung, und man konnte sie mit Nadeln stechen und mit Messern schneiden, ohne dass sie etwas fühlten. Ähnlich erging es offensichtlich diesen beiden Männern, die weder der Kampf noch das Lärmen der Eindringlinge geweckt hatte.

Selon betrachtete die Reglosen, über deren steinerne Züge das Fackellicht unruhig hin und her huschte. Sein Gesicht glänzte vor Befriedigung. »Das nenne ich einen Fund!«, rief er. »Diese Kerle werden uns genaue Auskunft über die Vorfälle an diesem Ort geben.« Er warf sich den Sack mit den Steinchen über die Schulter und befahl seinen Begleitern, die schlafenden Priester hochzuheben und zum Ausgang zu tragen.

Die Krieger gehorchten. Sie bückten sich und packten den ersten Mann an den Armen und Fußknöcheln. Doch im gleichen Augenblick, als sie ihn berührten, machte sich ein bitterer Brandgeruch bemerkbar, und sein Gewand begann zu brennen. Der Soldat, der den Mann angefasst hatte, ließ ihn mit einem Aufschrei fallen. Entsetzt rissen alle die Augen auf, als eine Flamme aus der Brust des Priesters schoss, hoch und heiß wie der feurige Atem aus einem Drachenschlund, und im selben Augenblick seinem Gefährten dasselbe widerfuhr. Erschrocken sprangen die Krieger zurück, da erloschen die beiden Flammen, und auf den gelben Gewändern bildeten sich über der Stelle, wo sich das Herz befand, zwei handgroße dunkle Flecken. Selon senkte die Fackel, und Päony erkannte mit einem Anflug von Übelkeit, dass diese Flecken in Wirklichkeit zwei eingebrannte Gruben waren, jede so tief wie eine Männerfaust und mit glühender Asche gefüllt.

Mit stockender Stimme murmelte Selon: »Ihr Herr sorgt dafür, dass wir nichts erfahren. Das Feuer brach im selben Augenblick aus, als meine Männer sie ergriffen.« Dann richtete er sich entschlossen auf. »Kommt! Dies alles werden wir den Kaiserinnen melden. Mögen sie entscheiden, was getan werden soll. Jetzt lasst uns zusehen, dass wir unsere Gefährten wiederfinden.«

Es dauerte nicht lange, bis sie tatsächlich auf die drei Vermissten stießen. Diese waren in großer Sorge gewesen, sie würden den Ausgang nicht finden. Wenigstens hatte der Mann, den die Berührung des Buchs zu Boden gestreckt hatte, sich wieder erholt und konnte auf eigenen Beinen stehen.

Päony atmete auf, als sie den Weg, den die Steinchen kennzeichneten, gemeinsam zurücklegten. Sie begrüßte das milde Nachmittagslicht, als wäre sie einem Grab entstiegen.

Kaum hatten sie Burg Turcaill verlassen, als die vier Drachen, die zu dem Schneefeld hinübergeflogen waren, eilends zurückkehrten. »Hexerei!«, rief einer ihnen schon von Weitem entgegen. Dann ließen alle vier sich nieder, und ihr Anführer, der große blaue Drache, berichtete. »Wir flogen hinüber und kamen den Männern so nahe, dass ich den letzten von ihnen gerade noch packen konnte, ehe sie in einem schmalen Spalt in der Felswand verschwanden. Ich wollte ihn hierher bringen, aber ihr werdet es nicht glauben …«

»Er verbrannte«, fiel Selon ihm ins Wort.

Der Drache starrte ihn mit funkelnden runden Augen an. »Ja, tatsächlich! Woher wisst Ihr das? Ich hatte ihn eben aufgehoben, da schoss ihm eine lange Flamme aus der Brust, und ich musste ihn fallen lassen, da das Feuer mir die Füße versengte. Kaum lag er am Boden, da loderte er auf und schrumpfte schneller, als ich davon berichten kann, zu einem glühenden Haufen zusammen. Mittlerweile waren die Übrigen im Berg verschwunden, also kehrten wir hierher zurück.«

»Ihr habt getan, was ihr tun konntet«, lobte Selon. »Aber wir werden keinen dieser Kerle lebend in die Hände bekommen.« Dann erzählte er, was ihnen im Innern der Festung widerfahren war. »Sobald man sie zu fassen bekommt, fangen sie Feuer wie dürres Schilf. Ich wette, dasselbe geschähe mit dem Buch, wenn wir es ins Freie zu tragen versuchten.«

»Fasst es bloß nicht an!«, rief der Soldat, den der Schlag getroffen hatte. »Es fuhr mir durch und durch, als hätte mich ein Blitz getroffen, und eine Welle schrecklichster Bilder stürmte auf mich ein, wie ich sie in meinem Leben nie wieder sehen will. Mein ganzer Körper schmerzte, meine Haut brannte, als hätte man sie mit kochendem Wasser übergossen, und ich glaubte, auf der Stelle sterben zu müssen, so qualvoll verkrampfte sich mein Herz. Ich konnte es kaum fassen, dass ich wieder aus meiner Ohnmacht erwachte und mich unter Freunden fand.«

»Wir werden hier überhaupt nichts mehr berühren«, entschied Selon. »Und wir werden die Burg Turcaill nicht mehr betreten.« Dann blickte er zur Sonne empor, die bereits tief im Westen stand. »Es ist zu spät, jetzt noch nach Vang Vath zurückzufliegen. Wir verbringen die Nacht hier und …« Er stockte mitten im Satz. »Habt ihr das gehört?«

Aus der fernen Tiefe der Schlucht hallte ein markerschütternder Entsetzensschrei herauf.

»Da ist jemand in Not!«, rief Päony. »Tiffanbrill!« Mit einem Satz sprang sie auf den Rücken des Drachen, und ehe die anderen sich versahen, flog dieser bereits pfeilschnell auf die Schlucht zu. Sie brauchten nicht lange zu suchen, denn ein neuerlicher Schrei durchschnitt die Luft, schluchzend, winselnd diesmal, der Hilferuf eines Menschen in höchster Todesangst. Tiffanbrill stürzte sich wie ein fallender Stein in den Schlund zwischen den schiefrigen braunen Felsmauern und landete so hart auf dem von Geröll bedeckten Boden, dass Päony von seinem Rücken fiel. Sie sprang jedoch gleich wieder auf und stürmte in die Richtung, aus welcher der Schrei gekommen war. Tiffanbrill folgte ihr.

Sie fanden den Bedrängten ohne Mühe. Er stand an einen Schuppenbaum gelehnt und schlug verzweifelt mit einem langen Bambusstock nach zwei Kreaturen, die sich zischend vor ihm aufbäumten – zwei mannslangen schwarzen Würmern mit gekerbten Leibern und den gekrümmten blutroten Schnäbeln von Raubechsen. Päony erschrak zutiefst. Sie hatte von diesen Ungeheuern gehört, die sich ins lebende Fleisch ihrer Opfer wühlten und dieses von innen heraus aushöhlten, bis nur noch die leere Haut mit den Knochen übrig blieb. Einen gellenden Kampfschrei ausstoßend, sprang sie vorwärts, und ihr Schwert zerteilte einen der Würmer in jenem Augenblick, als sein Kopf vorwärtsstieß und der Schnabel sich ins Herz des Mannes bohren wollte. Der zweite fuhr mit einem wütenden Zischen herum. Er schnellte hin und her wie eine Peitsche, dann schleuderte er sich, durch die Luft springend, vorwärts und prallte mit voller Wucht gegen Päonys Brust. Der Harnisch schützte sie vor seinem Biss, aber die Gewalt des Anpralls warf sie auf den Rücken, und sofort zielte der Angreifer abermals auf sie. Er hatte offenbar augenblicklich begriffen, dass er nichts ausrichten konnte, wenn er die vom Harnisch geschützte Brust attackierte, dass der Rest des Körpers aber weicher war.

Päony warf sich gerade noch beiseite, ehe er den Schnabel in ihren Unterleib schlagen konnte. Mit aller Kraft trat sie mit dem Stiefel nach ihm, erreichte aber nur, dass sie ihn ein wenig zur Seite stieß. Auf dem Boden liegend sah sie, dass der junge Mann, den die Würmer angefallen hatten, mit seinem Stock zuschlug, blindlings, das Gesicht tränenüberströmt, ohne Hoffnung, mit seinen Schlägen irgendetwas zu bewirken. Aber so nutzlos, wie er offenbar annahm, war seine Gegenwehr doch nicht. Immerhin verunsicherte sie den Wurm, der sich hoch aufrichtete und rückwärts wandte. Da erhob sich Päony auf die Knie, und ihr Schwert fuhr durch den Leib der Kreatur und teilte sie in zwei Teile. Jauchige Brühe strömte aus dem zerfetzten Nacken. Wild um sich peitschend fiel der Kadaver zu Boden, zuckte noch ein Weilchen und lag dann still.

Päony wischte ihr Schwert im Gras ab und richtete sich mit schmerzenden Knochen auf. Ihr erster Blick galt dem Fremden. Er war am Stamm des Baumes zusammengesunken und kauerte zwischen den Wurzeln, den Kopf auf den Knien. Sie hörte ihn schluchzen.

Mitleidig trat sie näher und legte ihm die Hand auf die Schulter. »Habt keine Furcht!«, tröstete sie ihn. »Die Scheusale sind tot. Sie können Euch nichts mehr anhaben.«

Er hob den Kopf und wandte ihr ein bleiches, von kaltem Schweiß bedecktes Gesicht zu. Das bernsteinbraune Haar hing ihm zerzaust ins Gesicht. Sie sah, dass er jung war, noch keine zwanzig Jahre alt, und sehr hübsch. Der einzige Makel in seinem ebenmäßigen, elfenbeinblassen Gesicht war eine Lücke zwischen den Schneidezähnen. Graublaue Augen blickten sie durch einen Schleier von Tränen hindurch an. »Ich hatte Todesangst«, stammelte er. »Ich weiß, was sie tun … sie fressen das Fleisch und lassen nur die leere Haut übrig.«

»Es ist vorbei. Ihr seid in Sicherheit.« Sie lächelte ihn an. »Ich bin Päony, kaiserliche Soldatin, und dies ist mein Gefährte Tiffanbrill.«

Es schien ihr, dass einen Augenblick lang ein Ausdruck von Furcht und Heimtücke über das verweinte Gesicht glitt, aber sie mochte sich getäuscht haben. Hilfsbereit streckte sie ihm die Hand hin. »Kommt, steht auf!«

Er hangelte nach dem Stock, erreichte ihn nicht und bat Päony, ihn ihm zu bringen. Mit ihrer Hilfe und auf die Krücke gestützt, raffte er sich mühselig auf und stand da, wacklig wie ein Greis. Sie blickte zu Boden und sah, dass sein linkes Bein nach innen gekrümmt war und auf einem verdrehten Fuß ruhte. Überrascht fragte sie: »Wie seid Ihr hierher in die Wildnis gekommen, so schlecht zu Fuß, wie Ihr seid?« Sie hatte noch kaum die Frage gestellt, als ihr auch schon die Antwort einfiel. Woher sonst sollte er kommen als aus der Festung? Seine vornehme Kleidung wirkte sauber, ohne den Staub und Schmutz eines langen Wegs durch die Wüstenei, und seine hilflose Haltung verriet deutlich, dass es ihm unmöglich gewesen wäre, den endlosen steinigen Weg von der letzten Ansiedlung bis hierher zurückzulegen. Aber wenn er aus der Festung kam, wenn er ein Priester war, wieso war er dann nicht in Flammen aufgegangen, als sie ihn berührte?

Sie blickte ihm voll ins Gesicht. »Wer seid Ihr?«

»Nichts. Niemand«, stammelte er. »Ich … bin ein Pilger auf dem Weg nach Luifinlas und habe mich im Wald verirrt.«

Sie lachte verächtlich und wies auf den aus Seide gewebten und mit Blütenarabesken bemalten Kaftan, den er über weißen Beinlingen trug, den wattierten Seidenmantel und die Stiefel aus feinstem Echsenleder. »Ihr seid kein Pilger. Eure Kleider sind die eines vornehmen Mannes, und sie sind sauber. Ihr seid nicht weiter gegangen als von Burg Turcaill bis hierher.«

»Nein! Ich schwöre Euch, nein!«

Päony wandte sich an den Drachen. »Er belügt uns. Wir müssen ihn zu Selon bringen. Trag ihn hinauf, und komm dann wieder, um mich zu holen.«

Tiffanbrill näherte sich dem Jüngling, der sich entsetzt an den Baumstamm presste und ihn mit der Krücke abzuwehren versuchte.

»Kommt schon!«, befahl der Drache streng. »Widersetzt Euch nicht, oder soll ich Euch beißen?«

Mit einem Seufzer gab der Verdächtige auf. Ohne weiteren Widerstand ließ er zu, dass Tiffanbrill ihn mit seinen Klauen unterhalb der Achseln um den Leib fasste und mit ihm in die Höhe stieg.

Gleich darauf kam Tiffanbrill wieder und holte Päony ab. Er setzte sie inmitten der Männer ab, die sich neugierig um den fremden Jüngling drängten und ihm alle zugleich Fragen stellten. Er blickte trotzig und zornig zu Boden und gab keine Antwort. Nur als sie ihn nach seinem Namen fragten, antwortete er: »Luind.«

Selon befahl seinen durcheinanderschwätzenden Untergebenen zu schweigen, schob sie beiseite und trat vor. »Ihr seid einer der Priester«, wandte er sich mit der Autorität des Anführers an den Gefangenen. »Aber wie kommt es, dass Ihr nicht brennt, wenn man Euch anfasst?«

»Ich bin kein Priester. Ich bin ein einfacher Schriftgelehrter und Schreiber.«

»Wo befindet sich der geheime Gang, durch den Ihr aus der Festung entkommen seid?«

»Ich kenne das Innere von Burg Turcaill nicht.«

Selon stellte ihm noch eine Anzahl weiterer Fragen, aber der

Jüngling leugnete hartnäckig, ein Priester zu sein oder auch nur zu wissen, um wen es sich bei diesen Priestern handelte. Er bat immer wieder, ihn gehen zu lassen. »Ich bin wehrlos«, flehte er. »Ich bin ein Krüppel. Kann ich Euch denn schaden? Lasst mich meines Weges gehen. Ich tue niemandem ein Leid.«

»Das mag sein oder nicht«, antwortete Selon finster. »Ihr seid mir äußerst verdächtig, und ich bringe Euch nach Vang Vath vor die Kaiserin. Mag sie entscheiden, was mit Euch geschehen soll.«

Daraufhin verfiel der eben noch unterwürfig Bettelnde in eine so hitzige Wut, dass die überraschten Krieger vor ihm zurückwichen. In seinen Augen loderte der Jähzorn. Er verwünschte alle auf die entsetzlichste Weise und spuckte nach ihnen, versuchte sogar, mit der freien Hand nach ihnen zu schlagen und ihnen mit seinen spitzen Nägeln ins Gesicht zu fahren. Die Ritter waren erst verblüfft, dann lachten sie angesichts der so ungleich verteilten Kräfte, was den jungen Mann, der sich Luind nannte, nur noch mehr anstachelte. Selon machte der Sache ein Ende, indem er ihn von hinten ergriff und ihm die Hände auf den Rücken zwang, sodass er den Stock loslassen musste. Seiner Krücke beraubt, knickte Luind in den Knien ein und fiel schwer zu Boden. Er hörte auf zu fluchen und lag still wie ein Sack. Mit vereinten Kräften halfen zwei der Krieger ihm wieder auf die Füße. Selon hielt ihn mit eisernem Griff fest. »Ich will Euch keinen Schaden zufügen«, versicherte er, »aber wenn Ihr nicht vernünftig sein wollt, muss ich Euch zwingen.«

»Ich kann ohne Krücke nicht stehen!« Panik erfüllte die Stimme des Gefangenen.

»Ihr braucht nicht zu stehen.« Die beiden Männer schleiften ihn ein Stück über die Wiese bis zu einem mannshohen Felsen und setzten ihn so hin, dass er sich mit dem Rücken anlehnen konnte. Selon wandte sich an seine Begleiter. »Wir haben doch genug Ketten mitgebracht – für den Fall, dass wir die Priester hier antreffen, nicht wahr? Fesselt ihm die Beine!«

Luind, der sich so schnell wieder beruhigt hatte, wie er aufgebraust war, lachte verächtlich. »Habt Ihr Angst, ich könnte auf dem Bauch davonkriechen, sodass Ihr mich nicht mehr einholt – Ihr mit Euren Soldaten, Kriegsechsen und Drachen?«

Selon war ein Mann von ausgeglichener Gemütsart, der sich nicht schnell über Spott ärgerte. Ruhig antwortete er: »Ihr seid ein Gurundiraz und mögt über Kräfte verfügen, von denen ich nichts verstehe. Wer sagt mir, dass Ihr Euch nicht verwandelt und entflieht? Ich will sichergehen.« Er wandte sich an den Krieger, der eilfertig einen Haufen eiserner Ketten herbeigeschleppt hatte. Ein Paar Fußschellen ließ er dem Jüngling um die Knöchel schließen, was dieser mit verächtlichem Lächeln widerstandslos geschehen ließ. Dann zog er aus dem klirrenden Haufen ein drei Finger breites Halsband aus dem seltenen, seidig schimmernden grauen Metall, das Ondrys genannt wurde. Rundum waren Schriftzeichen zu Ehren von Mandora, Plotho und Cuifín eingraviert.

Luind warf einen erschrockenen Blick darauf und wich, so weit er nur konnte, gegen den Felsen zurück. Sein Lächeln erlosch. Wie eine aufgebrachte Schlange zischte er durch seine Zahnlücke.

Selon grinste. »Oh, mir scheint, Ihr wisst, was es ist!« Er beugte sich vor und legte dem Jüngling, der vergeblich auszuweichen versuchte, das Ondrysband um den Hals. Luind stieß einen Schrei aus, als hätte ihn glühendes Eisen verbrannt. Und tatsächlich – wo das Band seine Haut berührte, zeigte sich augenblicklich ein entzündeter scharlachroter Streifen. Er jammerte, es schmerze ihn, und es sei eine unwürdige Grausamkeit, einen Krüppel in so harte Fesseln zu legen. Ja, er weinte sogar.

Aber Selon blieb unerbittlich. »Es schmerzt nur diejenigen, die Feinde der Mutterjungfrauen sind. Ihr werdet es ertragen.«

Flüsternd wandte sich Päony an Tiffanbrill. »Was hat es mit dem Band auf sich?«

»Es ist eine Fessel für Zauberer«, antwortete dieser ebenso leise. »Die Kraft der Himmlischen ist darin eingeschmiedet. Es hindert ihn daran, sich magischer Mittel zu bedienen, um uns zu entfliehen, und das weiß er. Selon ist ein weiser Mann, dass er es mitgebracht hat. Er rechnete wohl damit, dass für die Gurundiraz gewöhnliche Ketten nicht ausreichen.«

Luind merkte, dass sein Geschrei nichts half, und schwieg. In seinem blassen Gesicht wechselte der Ausdruck von Hass und Furcht, Verzweiflung und Zorn. Zwischen seinen Lippen glänzten die Zähne, als sei er bereit, jeden zu beißen, der ihm zu nahe kam.

Angesichts der Aufregung hatte Päony Lukan ganz vergessen und dachte erst wieder an ihn, als er vom Waldrand her auf sie zugelaufen kam. Er war so erhitzt, als hätte er selbst an dem heftigen Kampf und der Suche in den Festungsgängen teilgenommen. Eifrig drängte er sich durch die Menge auf sie zu und wollte etwas zu ihr sagen, als er überrascht zurückprallte. »Der Mann mit der Krücke!«, rief er aus.

Sofort stürzten sich die Krieger von allen Seiten mit Fragen auf ihn, während Luind die Lippen zusammenpresste und gehetzt um sich blickte.

»Du kennst ihn?«, fragte Selon überrascht. »Woher?«

»Ich habe ihn einmal unter einer ganzen Schar von Priestern des Leichenauges gesehen, die ich heimlich beobachtete, als sie eine ihrer nächtlichen Zeremonien abhielten. Ich erkannte als Erstes seine Bambuskrücke wieder, aber jetzt, da ich ihn genauer betrachte, erkenne ich auch sein Gesicht.«

»Wenn es dunkel war«, fiel Luind in scharfem Ton ein, »wie willst du mich dann gesehen haben, Bursche?«

»Ich habe Drachenaugen«, antwortete Lukan. »Ich kann auch bei Nacht sehen.«

Selon baute sich breit vor dem Gefangenen auf. »Nun?«, rief er drohend. »Was sagt Ihr dazu?«

Der Mann, der sich Luind nannte, brauchte gar nicht zu antworten. Sein Gesicht sagte alles. Es war totenbleich geworden, und seine Augen sanken in umschattete Höhlen. Er zitterte am ganzen Körper.

»Sprecht! Wer seid Ihr, mein Freund?«, fragte Selon grimmig.

Der Jüngling starrte ins Leere, dann antwortete er mit beinahe tonloser Stimme: »Tötet mich doch! Worauf wartet Ihr?«

Einer der älteren Drachen mischte sich ein. »Durchsucht ihn! Die meisten Menschen, die sich zur Flucht entschließen, nehmen das Wichtigste mit. Vielleicht trägt er Briefe oder andere Dokumente bei sich.«

Der kluge Rat wurde befolgt. Der Gefangene versuchte die groben Hände wegzustoßen, die ihm den Mantel vom Leib rissen und die Taschen durchstöberten, aber die Krieger beachteten die schwächliche Gegenwehr kaum. Im Mantel fanden sie nichts, aber dann entdeckte einer der Männer, dass er eine Schnur um den Hals trug – und daran hing ein flacher Leinenbeutel. Triumphierend zerrten sie den Beutel ans Licht, ungeachtet der Entsetzensschreie des Gefangenen, dessen Verzweiflung sich wieder in Wut verwandelte. Als sie den Inhalt auf einem Tuch ausschütteten, glitzerten im Sonnenlicht eine Handvoll Juwelen und Talismane, vor allem aber eine Messingscheibe, wie die Gläubigen sie ihren Opfern beilegten, damit die Himmlischen auch wussten, wem sie die frommen Gaben verdankten. Eingeritzt auf der Scheibe standen Worte, die Selon laut vorlas: »Gurundir, Herr der Zukunft, nimm dieses Opfer gnädig an von deinem demütigen Knecht Ciaran, dem Sohn deines Knechts Romanel.«

Alle Blicke wandten sich dem Jüngling zu. Er sah aus wie ein Sterbender, seine Augen rollten nach oben und zeigten das

Weiße, als er sagte: »Wenn ich Romanels Sohn bin, dann tötet mich, ihr habt hier Schwerter genug.«

Selon zuckte die Achseln. »Darüber kann ich nicht entscheiden. Ich sollte Euch auf der Stelle nach Vang Vath bringen lassen, aber es ist zu spät, heute noch dorthin zu fliegen. Also werden wir die Nacht hier verbringen. Fesselt ihm auch die Hände! Morgen mögt Ihr den Kaiserinnen Rede und Antwort stehen.«

Ciaran war kein Mann, der sein Schicksal mit stummer Würde ertrug. Er schwankte zwischen kaltem Hohn und schäumenden Wutausbrüchen. Abwechselnd reizte und verspottete er die Ritter – besaßen sie nicht genügend Schwerter und Speere, um einen einzelnen gefesselten und verkrüppelten Gegner zu töten? – und verfluchte, beinahe erstickend an seiner Wut, sie und das Kaiserreich. Schließlich brüllte Selon ihn an, er solle schweigen. »Oder legt Ihr es darauf an, dass wir Euch einen Knebel in den Mund stecken?«

Auch diese Drohung half nichts, und Ciaran dachte nicht daran zu schweigen. Daraufhin machte Selon ernst. Aber der Gefangene verfiel, ob vor ohnmächtigem Zorn oder vor Erstickungsangst, in so schauerliche Krämpfe, dass er den Knebel wieder entfernte. »Haltet Euch still, und diese Tortur ist nicht notwendig. Was seid Ihr für ein Mann, dass Ihr Euch vor Wut windet wie ein kleines Kind, dem man seinen Willen nicht lässt?«

Vielleicht schämte sich Ciaran angesichts dieses Vorwurfs, denn er schwieg und begnügte sich damit, stumm und zornig an der Unterlippe zu kauen.

Selon befahl, ein Nachtlager aufzuschlagen. Seine Späher hatten hinter dem zertrümmerten Bergfried eine reine Quelle gefunden, aus der sie Wasser holten. Feuer wurden entzündet, und bald lagerten Menschen und Drachen gemeinsam unter dem dunkelnden Himmel. Der eisige Atem des Gebirges hauchte zu ihnen herunter, und Päony war dankbar für die wollene Jacke und den zottigen Mantel. Gierig trank sie den mit heißem Wasser vermischten Wein und genoss die Wärme, die ihr in die fröstelnden Glieder strömte.

Lukan kauerte dicht an ihrer Seite und hatte seinen Mantel um ihrer beider Schultern gelegt. Sie erzählte ihm, was in der Burg geschehen war. Aufmerksam lauschte er und sagte dann: »Ihr hättet das Buch nur richtig besprechen müssen, um es ans Tageslicht zu holen. Es gibt gewisse Sprüche, die man aufsagen muss, dann kann man auch durch Zauber geschützte Dinge berühren.«

»Seht den Hexenmeister!«, fiel Tiffanbrill ein, der sich behaglich am Feuer zusammengerollt hatte. »Ich wusste doch, dass alle Mokabiter Zauberer sind. Und du kennst einen solchen Spruch, mein kluger Junge?«

Lukan schüttelte bedauernd den Kopf. »Nein, das übersteigt meine Kenntnisse. Aber ich bin überzeugt, dass es Leute meines Volks gibt, die einen solchen Spruch kennen. Ihr braucht sie nur zu fragen.«

»Wir werden an deine Worte denken.« Tiffanbrill blickte nach Westen hinüber, wo Phurams Wagen eben die Oberwelt verließ. »Es gefällt mir gar nicht, im Dunkeln hier herumzusitzen, aber noch weniger gefällt es mir, im Dunkeln zur Residenz zurückzufliegen. Und die Echsenreiter müssten auf jeden Fall hier den Morgen erwarten, da sie in der Finsternis den Pfad nicht fänden. Also ist es besser, wir bleiben alle zusammen.«

Die kalte blaue Dämmerung des Berglands breitete sich über die Hügel, kaum dass Phuram unter den Horizont getaucht war. Päony spürte ein Frösteln, das nicht den Körper berührte, sondern das Herz. Obwohl so viele Kameraden sie umgaben, fühlte sie sich einsam. Dann wurde ihr klar, dass dieses Gefühl der Bedrückung auch die anderen ergriffen hatte und dass es von der Ruine her auf sie zuströmte, deren schwarze Steinmasse sich dräuend am Rand der Schlucht erhob. Es war, als sei das Gebäude durchtränkt mit der Bosheit der Priester, die dort ihre unheiligen Zeremonien abgehalten hatten.

»Wie lange waren sie wohl schon hier?«, fragte sie Tiffanbrill.

»Ich habe keine Ahnung. Vielleicht weiß es Romanels Sohn. In Vang Vath wird man ihn eindringlich befragen.«

Päony spürte einen Schauder des Unbehagens. »Werden sie ihn foltern?«

»Wäre das nicht in deinem Sinn?« Seine goldenen Augen funkelten unter den rotschuppigen Lidern.

Sie errötete und wurde zornig, weil sie ihre Gefühle verraten hatte. »Es ist niederträchtig, einen Krüppel zu foltern, das ist alles. Ich habe nicht mit diesen elenden Würmern gekämpft und ihm das Leben gerettet, damit man es ihm in Vang Vath nimmt.«

Tiffanbrill beschwichtigte sie. »Vorderhand ist er ein viel zu kostbarer Fang, als dass ihn irgendjemand töten würde. Er kann viele wichtige Fragen beantworten – zum Beispiel welche Anschläge auf den Hof die Gurundiraz noch planen.«

»Und wenn er alles beantwortet hat? Was wird man dann mit ihm anstellen?«

»Ich weiß es nicht. Aber du kannst dir wohl denken, dass man in Vang Vath einigen Groll gegen den Sohn eines Mannes hegt, der das Kaiserreich vernichten will.«

Päony schwieg und starrte finster ins Feuer.

Päony erwachte nach kurzem Schlummer und spürte, wie Tiffanbrill ihr die Schnauze in die Achselhöhle stieß – was er immer dann tat, wenn er sie leise wecken wollte. Benommen schlug sie die Augen auf. Erschöpft vom Kampf und den Erlebnissen in der Festung, hatte sie geschlafen wie ein Stein, und es dauerte eine Weile, bis sie vollkommen wach war.

Tiefe Dunkelheit lag über den Hügeln, nur gemildert vom schwachen Licht der Mondin Datura, die hoch am Himmel stand. Einige Sterne glitzerten. Es war kalt, und in den Tälern lagerte dicker Nachtnebel. Päony setzte sich auf und zog den Mantel enger um die fröstelnden Schultern. Neben ihr schreckte Lukan aus dem Schlaf hoch, rieb sich die Augen und setzte sich mit einem Gähnen auf, das von Ohr zu Ohr reichte.

»Was ist?«, flüsterte sie. »Gefahr?«

»Nein«, erwiderte Tiffanbrill ebenso leise. »Nur etwas Merkwürdiges. Schau zu der Ruine hinüber!«

Sie rutschte ein Stück vor, um über ihn hinweg Burg Turcaill sehen zu können. Um die Mauern schwebte ein schwaches Licht, das sie zuerst für den Schimmer der Mondin hielt, bis sie merkte, dass es aus den Öffnungen und Ritzen der Mauern nach außen drang. Auch aus dem finsteren Gewölbe des Eingangs strömte ein kaum sichtbarer Schimmer. Es sah aus, als sei das Innere der Ruine hell erleuchtet, denn das eigentümliche Licht zeigte sich in Flecken und Linien, je nachdem, ob es durch ein Fenster oder einen Spalt im Quaderwerk fiel.

»Sind die Priester zurückgekehrt?«, fragte sie leise.

»Ich weiß nicht, aber ich glaube es eher nicht. Sie wagen es sicher nicht zurückzukommen, solange wir ihren Schlupfwinkel umlagern.«

Päony hörte, wie Lukan hinter ihr wisperte. »Es ist ein Spuk … ein Trugbild böser Geister.«

Sie war geneigt, ihm recht zu geben. Das Licht sah tatsächlich gespenstisch aus. Sie versuchte sich vorzustellen, wie das Innere des unheimlichen Gebäudes in dieser Beleuchtung wirkte, vor allem der Rittersaal, in dem sie das Buch gesehen hatten. Aus irgendeinem Grund war sie überzeugt, dass das Licht von diesem Buch ausstrahlte.

Tiffanbrill stieß sie von Neuem an. »Sieh nur! Da geht etwas vor.«

Wirklich bewegte sich der Lichtschein, der bis dahin wie

gefroren die Mauern umgeben hatte. Wie Sumpflichter waberte der gelbliche Schimmer hin und her, leckte an den Steinen empor, züngelte vor und zurück. Es schien Päony, dass die Flammen zuweilen die Gestalt von Menschen annahmen – in gelbe Kapuzenmäntel gehüllte Menschen. Und bald merkte sie, dass ihre Augen sie nicht getäuscht hatten. Immer deutlicher nahmen die fahlen Flammen menschliche Gestalt an.

Ciaran, der erschöpft vor sich hingedöst hatte, fuhr bei diesem Anblick hoch und begann gellend zu schreien. Päony verstand die Sprache nicht, die er benutzte, aber es gab keinen Zweifel daran, dass er die Erscheinungen um Hilfe anflehte. Manchmal klangen seine Worte wie Strophen einer rhythmischen Beschwörung, dann wieder schluchzte und schrie er einfach drauflos wie ein verzweifeltes Kind.

Die Flammenwesen beachteten ihn nicht. Sie erschienen jetzt als eine Prozession von Priestern, die langsam und feierlich die Ruine umrundeten. Durch ihre halb durchsichtigen Leiber hindurch erkannte Päony deutlich die Steine der Außenmauer, und dennoch wirkten sie beunruhigend lebendig. Hoffentlich kamen sie nicht auf den Gedanken, die Ruine zu verlassen und sich zu nähern! Lukan schien es ähnlich zu ergehen, denn Päony hörte ihn hinter ihrem Rücken hastige Worte murmeln, die sich nach einem Schutzzauber anhörten.

Inzwischen beobachteten alle Drachenreiter gebannt den feurigen Spuk, und auf der gegenüberliegenden Seite der Wiese taten die Echsenreiter dasselbe. Immer wieder umkreisten die geisterhaften Priester die Mauern, und ein Geräusch wie das Knistern und Wispern von Flammen war zu hören, vielleicht der Widerhall eines Chorals, den sie an dieser Stelle gesungen hatten. Dann erschienen unvermittelt drei neue Gestalten am Eingang, halb durchsichtig wie die anderen auch. Zweifellos waren es die Geister der Männer, die untertags dort gestorben waren, die beiden in der Kammer und der dritte, den der Drache auf dem Schneefeld gepackt hatte. Sie reihten sich in den Kreis ein und zogen mit den anderen um die Ruine herum. Zwei- oder dreimal taten sie das, dann wechselten sie die Richtung und strebten auf den zerfallenen Bergfried zu. Päony sah einen nach dem anderen zwischen den Trümmern verschwinden. Das Licht in der Ruine wurde schwächer und erlosch dann ganz. Aber als sie eben dachte, der Spuk sei zu Ende, schoss aus dem Bergfried eine Lichtgarbe in die Höhe, dick wie ein Baumstamm und gelb wie brennender Schwefel, und zugleich ertönte ein gellender Schrei, der hallte und hallte und sich schließlich im nächtlichen Himmel verlor. So schrecklich war dieser Schrei, dass die Zuhörer erstarrten, mochten es auch kampfgewohnte Menschen und Drachen sein, und alle überlief ein eisiger Schauder. Lukan kam kaum nach damit, alle schützenden Beschwörungen zu murmeln, die ihm nur einfallen wollten. Päony war zumute, als umklammere eine eisige Faust ihr Herz. Ihr war übel vor Schrecken. Sie fühlte sich genauso elend wie an jenem Abend, als sie den Skorpionritter gesehen hatte, und schlagartig begriff sie, dass sie sich aus demselben Grund so fühlte: Beide, der Ritter und die Priester, waren Verfluchte. Sie waren Ausgestoßene aus der Welt der Mutterjungfrauen, Fremdlinge unter den Menschen, Drachen und anderen Geschöpfen dieser Welt.

Als sie Tiffanbrill anblickte, entdeckte sie, dass ihm der teuflische Schrei ebenso durchs Herz gefahren war wie ihr. Sie musste daran denken, um wie viel empfindlicher die Drachen gegenüber den Erscheinungen des Bösen waren als die dickfelligen Menschen. Zärtlich legte sie ihm eine Hand auf den Nacken und streichelte ihn, während sie ihn zu trösten versuchte. »Es ist vorbei, mein Lieber, und sie kommen sicher nicht wieder.«

»Das hoffe ich«, murmelte der Drache. »Mir war schon lange nicht mehr so schlecht.«

Ciarans verzweifelte Hilferufe waren verstummt. Er hatte sich wohl damit abgefunden, dass die Geister ihm nicht helfen konnten oder wollten, denn er legte sich auf den Boden und zog die Decke über den Körper, die einer der Soldaten ihm zugeworfen hatte.

Eine Weile saßen alle noch da und warteten, aber als nichts weiter geschah, wickelten sich die Ersten wieder in ihre Mäntel und legten sich zum Schlaf nieder. Bald folgten ihnen weitere Kameraden, bis endlich die gesamte Truppe außer den Wächtern in Schlaf fiel.

Als Päony erwachte, aufgeweckt durch Tiffanbrills wiederholte sanfte Rippenstöße, war eben der Tag angebrochen. Noch lag kalte Dämmerung über dem einsamen Land, aber im Osten zeigten sich bereits rötliche Wolken, die das Nahen der Sonne ankündigten. Überall auf der Wiese erwachten Drachen und Männer aus dem Schlaf, während die Kriegsechsen sich von ihren Ruheplätzen am Waldrand erhoben und unruhig von einer Klaue auf die andere traten. Stürmisch und blutgierig, wie sie waren, konnten sie es kaum erwarten, dass ihre Reiter aufsaßen und sie in eine neue Schlacht lenkten.

Vorderhand freilich war weit und breit kein Kampf zu sehen. Die Bergwiese lag still und friedlich im grauen Morgenlicht. Päony sprang auf und lief zu der Quelle. An den Trümmern des Bergfrieds blieb sie stehen und warf einen vorsichtigen Blick durch ein Loch in der Mauer. War von den Erscheinungen der Nacht irgendeine Spur zurückgeblieben? Sie war überzeugt, dass die Feuersäule ein gewaltiges Brandloch zurückgelassen hatte, konnte aber nichts entdecken. Einzig der völlige Mangel an Pflanzen im Innern des einstigen Turms fiel ihr auf. Keine einzige Ranke spross dort, nicht einmal ein Grashalm. Und die Erde zwischen den Trümmerhaufen sah absonderlich aus: Ein kristallähnlicher Pelz wuchs darauf, ähnlich anzusehen wie Schwefelblüten, aber von blassgrauer Farbe. Derselbe schwache, brandige Geruch nach Räucherwerk, den sie in der Festung bemerkt hatte, strömte auf sie ein. Rasch trat sie einen Schritt von der Öffnung zurück und eilte zur Quelle.

Selon befahl allen, sich mit dem Morgenmahl zu beeilen. Er wollte so rasch wie möglich nach Vang Vath zurückkehren und dort Bericht erstatten, vor allem aber wollte er Ciaran in sicheren Gewahrsam bringen. Päony hatte den letzten Bissen Brot noch zwischen den Zähnen, als es schon »Aufsitzen!« hieß. Gleich darauf erhoben sich die meisten Drachen in die Luft, nur zwei blieben mit ihren Reitern als Wächter zurück. Auch zwei von den Echsenreitern hielten die Stellung. Der Rest trabte in langer Schlange den Hügel hinunter, um auf dem Boden in die Residenz zurückzukehren.

Über dem fernen Meer im Osten lenkte Phuram seinen Sonnenwagen in den Himmel. Erfreut stellte Päony fest, dass die Kälte der Berge allmählich hinter ihnen zurückblieb und die Sonnenstrahlen angenehm wärmten. Es tat gut, nach Vang Vath zurückzukehren. Sie hatten ihren Auftrag erfüllt, auch wenn es ihnen nicht gelungen war, mehr Gefangene zu machen als nur Ciaran, den der Wille des Schicksals in ihre Hände gegeben hatte. Aber wer hätte voraussehen können, dass die Priester in Flammen aufgingen, sobald ein Feind sie berührte? Und dass ihr Zauberbuch jeden zurückschleuderte, der es anfasste? Selon hatte recht: Sie brauchten sich keine Sorgen darüber zu machen. Die Kaiserinnen würden Rat halten, was sie in dieser Lage tun sollten, und ihre Entscheidungen treffen.

Dennoch stellte Päony fest, dass sie sich mehr Gedanken machte, als dies bislang ihre Art gewesen war. Warum stürzten die Himmlischen, obwohl sie seine bösen Absichten doch durchschaut haben mussten, Gurundir nicht vom Himmel und machten so den Ränken seiner Priester ein Ende? Hatten sie vielleicht gar nicht die Macht dazu? Oder hielten sie ihren Zorn zurück und warteten auf ein Ereignis, das nur ihnen bekannt war? Wollten sie es den Menschen überlassen, mit ihren Problemen selbst fertig zu werden?

Päony spürte, wie der Schädel dröhnte. Sie beneidete die Sphinx nicht darum, dass sie sich über die dunklen und rätselhaften Zusammenhänge auf Chatundra den Kopf zerbrechen musste – aber schließlich war eine Sphinx ein anderes Wesen als eine kleine Adlige aus dem Spinnenvolk.

Der Tag wurde warm und sonnig. Helle Wölkchen trieben im Blau des Himmels. Die Drachen und ihre Reiter genossen den Flug. Sie segelten dicht über den Wipfeln des Regenwalds dahin und lachten über die aufgeregten Fludern, die der Lärm ihrer Schwingen aufstörte, und die närrischen Sprünge der Springwürmer, die sehen wollten, was über ihren Köpfen dahinrauschte. Das unablässige Gemurmel der Bäume stieg zu ihnen auf. Es hörte sich an, als sei der riesige feuchtwarme Urwald als Ganzes ein lebendiges Wesen, das vor sich hinsang, manchmal hell und klar, manchmal gedämpft brummend. Immer wieder unterbrach das laute Plätschern eines Wasserfalls das dunkle Gesumm. Ein dumpfer Geruch, süß und modrig zugleich, quoll aus dem Geschlinge der Pflanzen.

Ciarans Geständnisse

Die Sonne sank bereits, als sie wieder in Vang Vath ankamen. Man hatte sie voller Spannung erwartet. Man ließ ihnen kaum Zeit, sich zu waschen, als sie auch schon zu den Kaiserinnen befohlen wurden, um Bericht zu erstatten. Als sie den Thronsaal betraten, war von der Sphinx nichts zu sehen – später erfuhr Päony, dass sie am Vortag nach Zorgh geflogen war, um selbst mit dem weisen Drachen Fayanbraz zu sprechen. Aber Vauvenal war anwesend. In seiner menschlichen Gestalt saß er auf einem kunstvoll geschnitzten Sessel neben dem Thron seiner Enkelin und lauschte aufmerksam.

Auf den Knien vor dem Thron liegend, berichtete Selon, während sich seine Gefährten und die Kriegsdrachen im Hintergrund drängten. Begeistert platzte er begeistert damit heraus, dass es ihnen gelungen war, den Sohn Romanels zu fassen, und genoss die Lobesworte, mit denen die Kaiserinnen ihn überhäuften – obwohl es doch eigentlich Päony und Tiffanbrill waren, denen dieses Lob gebührte.

»Wohin habt Ihr den Jüngling gebracht?«, fragte Karenna.

»In den roten Turm, Majestät. Ich habe ihm ein Halsband anlegen lassen, das ihn an der Flucht hindert, sonst würden wir vielleicht morgen an seiner statt nur noch ein Strohbündel vorfinden. Die Tücke der Magier ist nicht zu unterschätzen.«

Päony, die sich heftig ärgerte, so deutlich übergangen zu werden, bat ums Wort. Als sie zu sprechen aufgefordert wurde, sagte sie: »Majestät, ich will Selons Verdienste nicht schmälern. Es hat einen anderen Grund, wenn ich jetzt erzähle, wie es dazu kam, dass der Sohn des Magiers gefasst wurde.« Sie erstattete Bericht, wie sie den Jüngling vor dem Angriff der Würmer gerettet hatte, und Tiffanbrill bestätigte dies. Päony schloss mit den Worten: »Ich habe ihm das Leben gerettet, und ich möchte nicht, dass er es hier in Vang Vath verliert. Ich möchte auch nicht, dass er misshandelt oder gefoltert wird. Ich weiß, er ist der Sohn eines Eurer gefährlichsten Gegner, und Ihr hegt die berechtigte Hoffnung, wichtige Auskünfte von ihm zu erhalten, wenn er nur mit sich reden lässt. Ich weiß auch, dass es Euren gerechten Zorn erwecken muss, wenn er trotzig schweigt … Dennoch, Majestät, wage ich es zu sagen: Er verdankt mir sein Leben, und deshalb gehört er mir.«

Die beiden Kaiserinnen sahen sie verblüfft an und schienen zu schwanken, ob sie belustigt oder erzürnt sein sollten, aber Vauvenal klatschte in die Hände und rief lachend: »Gut gesprochen, kleine Prinzessin! Und sie hat recht, denn so lautet das Gesetz von altersher: Wer das Leben eines Menschen rettet, dessen Eigentum ist der Gerettete. Wir müssen also von nun an Prinzessin Päony fragen, ehe wir irgendetwas mit ihrem Besitz anfangen.«

Zögernd bemerkte Kylaila: »In jedem anderen Fall entspräche ich dem Begehren der Jungfer sofort, aber Ciaran ist von unschätzbarem Wert für uns – er ist der Schlüssel zu den Geheimnissen der Gurundiraz. Wir müssen ihn zum Sprechen bringen. Ich bin keine Freundin der Folter, aber wenn sich eine Truhe mit dem Schlüssel nicht aufschließen lässt, muss man sie mit dem Brecheisen öffnen.«

»Gewiss, gewiss«, bestätigte Vauvenal. »Aber noch haben wir

es nicht mit dem Schlüssel probiert. Vielleicht ist der Jüngling gar nicht so trotzig.«

Karenna wandte sich an Selon und befahl ihm, weiter Bericht zu erstatten. Sie runzelte die Stirn, als er erzählte, wie die Priester sich ihrem Zugriff entzogen hatten, und Kylaila schlug missmutig mit der Schwanzspitze. Noch weniger gefiel ihnen, dass es den Kriegern unmöglich gewesen war, das Buch in die Hände bekommen. Vauvenal tröstete sie jedoch. Er bedeutete Selon mit einer Handbewegung, kurz innezuhalten, und sagte: »Ich kenne Zaubersprüche, die solche behexten Gegenstände zu entkräften vermögen, sodass wir das Buch an uns bringen können.«

»Und wenn es in Flammen aufgeht, wie es mit den Priestern geschah?«, fragte Kylaila.

»Ich glaube, das kann ich verhindern.« Er lächelte. »So viel wie diese Priester verstehe ich von Magie. Immerhin hatte ich einige tausend Jahre länger Zeit, um mir die entsprechenden Kenntnisse anzueignen. Es gibt vermutlich nichts, was ich auf diesem Gebiet nicht weiß.«

Päony lief es kalt über den Rücken bei dem Gedanken, dass er noch älter war als die Sphinx – dass er existierte, seit Mandora, Plotho und Cuifín ihre Welt geschaffen hatten, und leben würde, bis diese Welt als Ganzes zu Staub zerfiel. Aber sie freute sich, dass es ihnen gelingen würde, das verhexte Buch in ihren Besitz zu bringen.

Selon mischte sich ein. »Bei allem Respekt, Thainach, aber es geht nicht nur darum, dass das Buch verwunschen ist. Man kann es auch nicht lesen. Es ist in einer völlig unbekannten Schrift und Sprache geschrieben. Ich wusste nicht einmal, ob man es von links nach rechts oder umgekehrt lesen muss.« Dann merkte er offenbar, dass er vorwitzig gewesen war, und setzte hastig hinzu: »Aber ich bin nur ein einfacher Soldat und verstehe nichts von solchen Dingen.«

Vauvenal, immer bemüht, niemanden zu kränken, lächelte ihn freundlich an. »Ihr alle, tapfere Menschen und Drachen, habt getan, was in euren Kräften steht, und wir loben euch dafür. Nun müssen die Weisen und Kenntnisreichen ihren Teil dazu beitragen. Ich werde sogleich aufbrechen, um dieses Buch zu holen, sofern es noch da ist.«

»Wir haben Wächter zurückgelassen«, fiel Selon eilfertig ein. »Ich glaube nicht, dass die Priester es schaffen würden, sich das Buch wieder anzueignen. Unsere Leute beobachten nicht nur Burg Turcaill, sondern auch den Weg durch die Schlucht, auf dem die Gegner entkommen sind. Sofern es keine weiteren geheimen Gänge gibt, können sie sich nicht ohne unser Wissen in die Feste schleichen.«

Vauvenal erhob sich. »Dennoch werde ich mich beeilen.« Mit energischen Schritten verließ er den Saal. Wenig später hörte Päony, wie unten im Hof ein Paar gewaltiger Flügel die Luft schlug. Der Mirminay hatte sich auf den Weg gemacht.

Karenna und Kylaila war spürbar ein Stein vom Herzen gefallen. »Wenn wir das Buch haben und es lesen können«, erklärte Karenna, »so werden wir zweifellos mehr über die Priester erfahren.«

»Ich wüsste vor allem gern«, fiel Kylaila missmutig ein, »welche finsteren Absichten sie jetzt verfolgen. Ich kann es nicht erwarten, mit dem Gefangenen zu sprechen. Aber es ist wohl wirklich das Beste, wenn Päony als Erste mit ihm redet. Zu ihr wird er wohl am ehesten offen sein.«

Karenna nahm ein Elfenbeintäfelchen vom Tisch, dem ihr Siegel aufgedrückt war. »Bring dies dem Turmwächter!«, befahl sie Päony. »Er wird dich einlassen.« Dann wandte sie sich an die Soldaten und die Drachen. »Ich danke euch. Ihr habt gute Arbeit geleistet. Jetzt geht und ruht euch aus. Vielleicht haben wir schon in Kürze einen neuen Auftrag für euch.«

Zusammen mit den anderen verließen Lukan, Päony und Tiffanbrill den Thronsaal. Der Mokabiter war gekränkt. »Wenn ihr mein Volk gefragt hättet«, murrte er, »hättet ihr die Sprüche auch erfahren.«

»Zweifellos«, erwiderte Tiffanbrill. »Aber es hätte viel Zeit gekostet, Boten in den Süden zu schicken und einen Vertreter deines Volks zu suchen, der sich auf solche Sprüche versteht. Wer weiß, ob die Priester nicht bald einen Weg finden, das Buch an sich zu bringen. Vauvenal wird keine Stunde brauchen, um zu der Festung und wieder zurück zu gelangen, denn die Unsterblichen können durch die Dimensionen fliegen, die uns verschlossen sind.«

Lukan musste zugeben, dass der Drache recht hatte.

Päony beeilte sich, zum roten Turm zu kommen. Sie hatte Lukan nicht gebeten, sie zu begleiten, aber als sie merkte, dass er ihr nachlief, empfand sie seine Anhänglichkeit als angenehm. Es war vielleicht besser, wenn er mitkam. Sie war sich ihrer selbst längst nicht so sicher, wie sie vor den Kaiserinnen getan hatte. Als sie Ciaran zwischen den knorrigen Baumwurzeln kauern gesehen hatte, erschöpft und zu Tode erschrocken, hatte sie nur Mitleid für ihn empfunden. Es erschien ihr kaum glaublich, dass er nicht nur einer der Sklaven des schwefligen Sterns war, sondern einer der höchsten unter ihnen, der Sohn des gefürchteten Magiers, ihres Anführers. Wenn das so war, dann musste er ein Mensch von abgründiger Schlechtigkeit sein, ein teuflischer Feind nicht nur der Drachen und Menschen von Chatundra, sondern auch der Himmlischen in den Sphären – ein Verbrecher, der sich geschworen hatte, die Mutterjungfrauen zu stürzen und das schaudervolle Leichenauge an ihre Stelle zu setzen. War es da nicht besser, ihn auf der Stelle einem peinlichen Verhör zu unterwerfen, um alle Geheimnisse aus ihm herauszuholen? Sie gab zu, dass dies klüger gewesen wäre, aber sie wollte es dennoch nicht.

Sie war in Gedanken so mit Ciaran beschäftigt, dass sie gar nicht merkte, wie übellaunig und bedrückt Lukan war. Und als sie es schließlich merkte, weil sein finsterer Blick nicht mehr zu übersehen war, nahm sie in aller Unschuld an, er sei müde von dem anstrengenden Flug und werde wieder guter Dinge sein, sobald er ausgeschlafen hätte.

Der rote Turm lag am nordwestlichen Ende des Innenhofs. Päony sah eine drei Stockwerke hohe Säule aus glasierten roten Ziegeln vor sich, gekrönt von einer zwiebelförmigen Haube. Ein ausbruchsicheres Gefängnis für jeden, der kein fliegender Drache war, denn der Turm hatte weder Fenster noch Türen, nur in der Haube oben eine Öffnung zum Ein- und Ausschlüpfen.

Sie zeigte dem Wachhabenden das Elfenbeintäfelchen. Der Mann zündete eine Laterne an und reichte sie ihr. »Die werdet Ihr brauchen.« Dann trug Tiffanbrill sie und Lukan empor zu der Öffnung in der Haube. Er schlüpfte hindurch und setzte im zwielichtigen Innern des Turms zur Landung an.

Ein erschrockener Aufschrei verriet die Gegenwart des Gefangenen. Offenbar hatte er nur gesehen, dass ein mächtiges geflügeltes Wesen von oben auf ihn herabsank, und einen Angriff befürchtet. Tiffanbrill landete auf dem strohbestreuten Ziegelboden und hieß seine Reiter absteigen.

Päony hob die Laterne und blickte sich um. Das Verlies aus massivem Ziegelgestein war kahl, aber sauber und frei von Ungeziefer. Frische Luft wehte durch Schlitze in der Mauer herein. In einer Ecke stand ein breites, niedriges Bett mit einem dicken Strohsack und einer Decke. In einiger Entfernung davon – außerhalb der Reichweite der in der Wand eingelassenen Kette – standen zwei geschnitzte Stühle. Ciaran kauerte auf dem Lager und blinzelte mit trüben Augen ins Licht der Laterne. Er hatte das

Knie des gesunden Beins an die Brust gezogen und das kranke lang ausgestreckt. Päony empfand Erleichterung, als sie sah, dass der scharlachfarbene Streifen um seinen Nacken verblasst war. Sein bernsteinbraunes Haar war verzaust, seine Züge gezeichnet von Wut, Furcht und Verzweiflung. Mit fiebrigen Bewegungen zerrte er abwechselnd an der eisernen Fußschelle, die seinen gesunden Knöchel umschloss, und dem Halsband aus Ondrys. Feindselig und verängstigt zugleich blickte er den Besuchern entgegen. »Was wollt Ihr von mir?«, fragte er. »Mich töten? Ich bin schon tot. Mein Leben ist verwirkt. Wenn Ihr mich nicht ermordet, wird es mein Vater tun.«

Päony hängte die Laterne an einen Haken in der Wand und setzte sich auf einen der Stühle. »Weil er annehmen wird, dass Ihr zum Verräter geworden seid?«

»Er wird es nicht nur annehmen«, entgegnete Ciaran niedergeschlagen. »Er wird recht haben damit. Seht mich an! Meint Ihr, ich könnte mit diesem schwachen, missgeborenen Leib der Folter trotzen?« Er verbarg das Gesicht in den Händen. Als er nach einer Weile wieder aufblickte, zeichneten schmutzige Tränenspuren die eingefallenen Wangen. »Ich werde Euch erzählen, was ich weiß. Und dann bitte ich Euch: Lasst mich sterben! Ich kann nicht leben mit dem Wissen, dass ich seiner unwürdig bin.«

Tiffanbrill mischte sich ein. »So verehrt Ihr Euren Vater sehr?«

»Ja. Oh, er ist ein gewaltiger Priester und Magier!« Der Lichtstrahl eines stolzen Lächelns glitt über das verstörte Gesicht. »Wie habe ich mir immer gewünscht, es ihm gleichtun zu können! Aber er verachtet mich, er hat mich von allem Anfang an verachtet. Er wollte nicht zulassen, dass ich das Ordenskleid trage. Er meinte, meine Missgestalt würde es entehren. So wurde ich niemals zum Priester geweiht.«

Päony durchfuhr ein Blitz der Erleuchtung. »Deshalb konnten wir ihn anfassen, ohne dass er in Flammen aufging!«

Ciaran nickte. »Ja«, murmelte er verbittert. »Selbst das ist mir verschlossen geblieben – zu sterben und aufzufahren in die Sphäre des schwefligen Sterns. Ich muss hierbleiben, ein Gefangener, ein Verräter.« Unvermittelt richtete er sich auf und starrte seine Besucher wutentbrannt an. »Fragt, fragt!«, rief er. »Verhört mich zu allem, was Euch einfällt, und dann macht ein Ende mit mir!«

Päony wusste nicht, was sie darauf antworten sollte. Sie hatte nicht damit gerechnet, dass er so rasch bereit war, sein Wissen preiszugeben. Er hatte sie überrumpelt – eigentlich hatte sie nur nach ihm sehen wollen. Welche Fragen musste sie ihm jetzt stellen? Wenn sie zögerte, würde er sich dann wieder verschließen?

»Fragt!«, schrie er sie an, das verhärmte Gesicht zu einer zornigen Fratze verzerrt.

Zu ihrer Überraschung war es Lukan, der eine Frage stellte. »Wenn Ihr ein Magier seid, wie kommt es dann, dass Ihr Euch gegen die Würmer nicht zu wehren wusstet? Warum habt Ihr sie nicht mit einem Zauberspruch vernichtet?«

Ciaran lachte tonlos. »Es ist eine Sache, die Zauberformeln zu kennen, eine andere, sie anzuwenden. Ein Magier muss stark und kühn sein und einen eisernen Willen haben. Das kann ich nicht. Meine Gefühle reißen mich hierhin und dorthin, ich vergesse, was ich eben noch gewollt habe, und bin wie einer, der ohne Stimme schreit. Ich bin ein Gelehrter. Ich kenne alle die Formeln, aber es fehlt mir an der Macht, sie anzuwenden.«

Päony wandte sich an ihn. »Die Kaiserinnen wollen vielerlei von Euch wissen. Ich werde Ihnen sagen, dass Ihr bereit seid, mit ihnen zu sprechen.« Sie beugte sich vor und legte ihm ganz kurz die Hand auf die Schulter. »Fürchtet nichts! Ihr seid mein Eigentum, und ich lasse nicht zu, dass Euch ein Leid geschieht.«

Sobald Tiffanbrill sie draußen im Hof abgesetzt hatte, schalt er Päony. »Was du getan hast, war edel, aber nicht klug! Er würde weitaus bereitwilliger mit den Kaiserinnen reden, müsste er damit rechnen, dass eine gut ausgestattete Folterkammer auf ihn wartet. Was, wenn er sich auf deine Barmherzigkeit verlässt, dass ihm ohnehin nichts geschieht?«

Lukan war gänzlich einer Meinung mit dem Drachen. Er stimmte nachdrücklich zu. »Ja! Er ist ein Feind, das solltest du nicht vergessen. Wären wir in seiner Gewalt, wie er in der unseren ist, so würde er keinen Augenblick zögern, uns martern zu lassen.«

»Er tat mir leid«, antwortete Päony trotzig. »Ich will nicht, dass er in tausend Ängsten darüber nachgrübelt, was wir wohl mit ihm anstellen könnten.«

»Ich hoffe nur, dass er dir nicht geglaubt hat«, knurrte Tiffanbrill mit saurer Miene.

Lukan murmelte etwas vor sich hin, und Päony fragte ihn danach, schon um das Gespräch mit dem erbosten Drachen abzubrechen. Lukan errötete ein wenig, als er Antwort gab. »Er sagte, er sei wie einer, der ohne Stimme schreit. Ich weiß, wie das ist. Ich war lange genug ohne verständliche Stimme. Ich war so machtlos ... so eingekerkert in mir selbst, und niemand konnte mir helfen.« Dann wechselte er rasch das Thema. »Ich glaube nicht, dass wir von Ciaran wirklich etwas erfahren. Er ist so behext von der Liebe zu seinem Vater, dass er sich niemals gegen ihn wenden wird, auch wenn er sich noch so sehr vor der Folter fürchtet.«

Tiffanbrill schnaubte verächtlich. »Da irrst du, Junker. Du kennst die Menschen nicht, wie ich sie kenne. Glühende Liebe und glühender Hass liegen so dicht beieinander, dass eines das andere berührt. Es würde mich nicht wundern, wenn er sich ebenso wütend gegen ihn wendet, wie er ihn jetzt verehrt.«

Als sie in den Thronsaal zurückkehrten, fanden sie dort die Ratgeber und Gelehrten der Kaiserinnen versammelt. Neben dem

Thron stand Vauvenal, und auf einem Pult vor ihm lag aufgeschlagen das riesige Buch. Päony beobachtete es mit Misstrauen. Es schien ihr, dass ein Schimmer wie Sumpflichter von den Seiten aufstieg und sich im Raum verbreitete und dass dieser Schimmer tödliche Bosheit enthielt. Sie merkte auch, dass Vauvenal müde und elend aussah, und erinnerte sich daran, dass Böses auf die hohen Drachen wirkte wie Gift, und zwar umso schlimmer, je edler und mächtiger sie waren. Es musste ihn hart angekommen sein, die verfluchte Last nach Vang Vath zu tragen, auch wenn er sie nur für kurze Zeit bei sich gehabt hatte. Vielleicht war dies der Grund, warum er sich von dem Buch fernhielt und stattdessen die Gelehrten aufforderte, es zu betrachten und ihm zu sagen, ob sie die Schrift lesen konnten. »Ihr braucht nicht zu befürchten, dass es euch schadet«, beruhigte er sie. »Ich habe ihm seine Kraft genommen. Es ist jetzt nicht mehr als ein Buch … allerdings eines, in dem Herz und Sinn eines bösen Wesens stecken. Aber euch Menschen macht dergleichen nicht viel aus.«

Tatsächlich schienen die weisen Männer, die sich nun neugierig um das Buch drängten, keinerlei Grauen zu empfinden. Sie steckten die Köpfe zusammen, blätterten hin und her, hüstelten und brummten, aber es war ihnen bald anzusehen, dass sie sich auf die Schrift keinen Reim zu machen vermochten.

Päony wandte sich flüsternd an Tiffanbrill. »Warum holen sie nicht einfach Ciaran herbei? Er kann das Buch lesen, da bin ich mir sicher.«

»Ja, aber würde er uns auch sagen, was wirklich dort steht? Die Kaiserinnen wollen ihn prüfen, ob er die Wahrheit sagt. Deshalb versuchen sie zuvor von Vauvenal zu erfahren, was in dem Buch steht.«

Vauvenal seufzte, als er merkte, dass es nun doch seine Aufgabe sein sollte, den Inhalt des Buchs bekanntzugeben. »Ich habe nur wenig davon gelesen«, sagte er, »denn es fällt mir schwer, diese Schrift und Sprache zu lesen, ohne darunter zu leiden. So viel ich sah, enthält es astronomische Zeichnungen und Berechnungen, die den Weg des schwefligen Sterns beschreiben – wann er seinen höchsten und niedrigsten Punkt erreicht und wann er über welchem Teil des Landes steht. Zweifellos haben die Priester ihre Zeremonien danach ausgerichtet.«

»Steht auch etwas von ihren Plänen darin?«, erkundigte sich Karenna. »Das vor allem müssen wir wissen. Kann uns das Buch weiterhelfen?«

»Ich denke schon«, erwiderte Vauvenal. »Sie haben ihre Absicht aufgeschrieben, beide Kaiserinnen zu vergiften. Zweifellos sollten Ödün und der Koch jenen Anschlag ausführen, den wir glücklicherweise vereiteln konnten. Aber was mir Sorgen macht, ist eine Stelle, an der es folgendermaßen heißt.« Er blätterte die Seiten hin und her und legte dann den Finger an den Rand. »*Wenn die menschenfressende Seuche erst das Land entvölkert hat, werden die Thargon es in Besitz nehmen.*«

»Eine Seuche!«, rief Kylaila bestürzt. »Das ist die Antwort auf die Frage, die wir uns immer stellten: wie die Thargon, die doch nur wenige und keine geschickten Kämpfer sind, uns überwältigen wollen. Sie brauchen gar nicht zu kämpfen! Welche Heimtücke! Das ist das Werk der Pestschwestern.«

»Ich möchte warten, bis …«, begann Vauvenal, unterbrach sich jedoch, und Päony entdeckte sogleich den Grund dafür. In der Mitte des Thronsaals flimmerte die Luft. Ein grüner Nebel stieg auf, der sich in einer langen Spirale drehte. Rasch wandelte er sich zu der Gestalt eines Menschen, und derselbe schöne, grün gekleidete Jüngling stand vor ihnen, den sie schon einmal gesehen hatte: Zarzunabas, der Fürst der Untoten. Aber diesmal war es kein lebloses Bild. Er schien leibhaftig vor ihnen zu stehen, obwohl die Ränder der Erscheinung ein wenig verschwommen wirkten und diese hin und her bebte wie eine Fahne im Wind. Mit einem Lächeln, in dem alle Heimtücke der Unterwelt lag, streckte Zarzunabas grüßend die Hände aus. Sie waren lang und bleich und die Nägel daran so lang gewachsen, dass sie sich einrollten.

»Zerstört ihn!«, rief Karenna zornig.

Einer der Kriegsdrachen sprang vor, riss das Maul auf und stieß eine Flamme aus. Rauch und Brandgeruch erfüllten den Saal. Das Bild verschwand jedoch nicht sofort. Es loderte an den Rändern auf wie brennendes Papier und schwebte noch einige Atemzüge lang in der Luft, ehe es sich schließlich kräuselte und auflöste.

Vauvenal hatte die Szene mit zusammengekniffenen Augen beobachtet. »Seine Kraft wächst, und zwar schnell. Noch kann er uns nur sein Bildnis senden, aber ich fürchte, bald wird er die Macht haben, diesem Bildnis Leben einzuhauchen. Dann wird es an seiner Stelle wirken, solange er selbst noch gefangen ist.« Als die Ratgeber ihn fragend ansahen, erklärte er: »Die Unsterblichen haben die Macht, ihren Geist an Orte zu senden, die ihr Körper nicht erreichen kann, und Zarzunabas ist einer der Unsterblichen. Doch der Wirbelwind, in den ihn sein Vater Drydd verbannte, machte es bislang unmöglich, seinen Kerker zu verlassen, und er konnte nur seine Knechte aussenden. So erfüllt sich Drydds Fluch:

Ein quälend Wurm, der in sich selbst wühlt,
Ein schwelend Feuer, das kein Wasser kühlt,
Ein siechend Leiden, dem kein Mittel wehrt,
Ein bittrer Zahn, der an sich selbst zehrt,
Bin ich, untot, der letzten Hoffnung bar.
Dort ist kein Tod, wo niemals Leben war.

Seine Kraft muss gewaltig gewachsen sein, aber wodurch? Stärkt ihn der schweflige Stern?« Er stützte den Kopf auf die Hand und versank in seinen Gedanken.

Die Ratgeber tuschelten untereinander, wurden jedoch in ihren Überlegungen unterbrochen, als der Türsteher die Sphinx meldete.

Karenna sprang auf und begrüßte sie mit ausgestreckten Händen. »Wyvern! Welche Freude, Euch so bald wiederzusehen. Wir brauchen Euch dringend. Aber zuerst erzählt uns, was Ihr in Zorgh ausgerichtet habt.«

Wyvern zog den langen roten Samtmantel um sich und setzte sich in den Sessel, den zwei Höfling eilfertig herbeischoben. Ein dritter reichte ihr eine Schale Palmwein. Sie trank und wandte sich an die beiden Kaiserinnen und Vauvenal. »Die hohen Drachen in Zorgh sind ebenso besorgt wie wir. Als ich ihnen erzählte, was wir wissen, haben sie mir zugesagt, mit den Kaaden Bûl zu sprechen. Ihr wisst, dass die Feuergeister gern in den Vulkankratern auftauchen, und unsere Freunde in Zorgh werden versuchen, ihnen auf diese Weise eine Botschaft zu schicken. Sie haben uns gebeten, dasselbe hier am Heiligtum der Majdanmajakakis zu tun.«

»So soll es geschehen«, versprach Kylaila. »Und nun hört, was wir in der Zwischenzeit in Erfahrung brachten.« Rasch erzählte sie der Sphinx, was geschehen war.

Wyvern zog die Augenbrauen hoch. »Ciaran! Das ist ein Fang, wertvoller als tausend Priester! Ich will so bald wie möglich mit ihm sprechen.«

Kurz darauf wurde der Gefangene von Marschall Merien von Brae Bac vor den doppelten Thron geführt. Die Ketten hatte man ihm abgenommen, das Halsband aus Ondrys aber belassen, und drei Krieger begleiteten ihn, zwei an seinen Seiten und einer von ihnen hinter ihm. Auf seine Bambuskrücke gestützt, humpelte er mühsam vorwärts, verneigte sich vor den Kaiserinnen und bat höflichst um Entschuldigung für sein Gebrechen. »Ich würde vor Euch knien, Majestäten, wenn ich könnte, aber ich vermag es nicht.«

»Es sei Euch erlassen«, erwiderte Karenna. »Kommt hierher! Kennt Ihr dieses Buch?«

Er gab es unumwunden zu. »Gewiss. Dieses Buch wurde in der Zitadelle von Turcaill aufbewahrt und enthält viele Geheimnisse des Ordens. Ich habe einige Teile davon mit eigener Hand geschrieben.«

Die Kaiserin Kylaila beobachtete ihn aus lauernden smaragdgrünen Augen. »Steht etwas über einen Mann namens Ödün darin?«

»Ja, dass er ein Spion an Eurem Hof war und den Auftrag hatte, Euch zu vergiften.«

»Steht auch etwas über eine Seuche darin?«

»Ja. *Wenn die fressende Seuche das Land entvölkert hat, werden die Thargon es in Besitz nehmen.*«

»Wann wird das geschehen?«

»Es ist bereits geschehen«, antwortete Ciaran. »Twynneth und Twyfald wollen auf Eurem Thron sitzen, und sie haben ihren eigenen Weg gewählt, um das Mittelreich in ihre Gewalt zu bekommen. Ihr könnt es nicht mehr ungeschehen machen.«

Karenna bedeutete dem Marschall, an ihre Seite zu kommen, und befahl ihm, Drachenreiter nach Norden zu entsenden, die die Lage auskundschaften sollten. Dann wandte sie sich wieder an Ciaran.

Kylaila grollte. »Ihr sprecht leichthin von unerhörten Anschlägen auf unser Reich. Habt Ihr keine Angst, uns zu erzürnen?« Ihre grünen Augen funkelten ihn an.

Ciaran antwortete mit der Dreistigkeit der Todgeweihten. »Was habe ich zu verlieren? Ich muss auf jeden Fall sterben, da möchte ich nicht vorher noch gefoltert werden, weil ich Euch etwas verschweige.«

Karenna wandte sich an ihre Gefährtin. »Lass ihn! Wir wussten von vornherein, dass in diesem Buch nichts Gutes geschrieben steht.« Zu Ciaran sagte sie: »Ich werde Euch Fragen stellen, und wenn Ihr sie offen und ehrlich beantwortet, sollt Ihr nicht gefoltert werden.«

Der Jüngling nickte und bat nur darum, sich setzen zu dürfen, da er nicht lange ohne Schmerzen stehen könne, was ihm gewährt wurde. Zwei Schreiber wurden gerufen, die alles aufzeichnen sollten, dann begann die Kaiserin mit dem Verhör.

»Ihr hattet Spione an unserem Hof, die wir entlarvt haben. Habt Ihr neue geschickt, die ihren Platz einnehmen?«

»Ja. Zwei Soldaten und den Gehilfen des Kellermeisters. Dieser sollte den Wein vergiften, der Euch und der Großdrachin kredenzt wird. Aber sie sind nicht mehr hier. Nachdem sie von meiner Gefangennahme erfuhren, sind sie geflohen.«

»Wo sonst habt Ihr Spione?«

»Hundertundzehn unter den Soldaten an der breiten Mauer von der westlichen Küste bis zur östlichen und in jedem Dorf mindestens einen.«

»Nennt uns die Namen der wichtigsten von ihnen!«

Er gehorchte bereitwillig. Als er den Namen Eudo nannte, sprang Päony entsetzt auf. »Lügner! Das ist eine schändliche Lüge! Niemals täte der gute alte Eudo so etwas! Warum sollte er?«

Ciaran wandte ihr ein kaltes, bleiches Lächeln zu. »Warum? Reichtum. Macht. Ruhm. Er will hoch hinaus und hat wenig erreicht. Was ist das schon – Garnisonskommandant am Rand der Wildnis? Gurundir versprach ihm höhere Ehren.«

Päony sank in sich zusammen. »Er war so gut zu mir. Ich kann es nicht glauben.«

»Er war derjenige«, erklärte Ciaran leise und mit einem Anflug von Mitleid, »der sofort meinen Vater verständigte, als er ahnte, dass Ihr und der Mann da« – verächtlich wies er mit dem Kinn auf Lukan – »die beiden Auserwählten sein könntet, die er suchte, um sie zu töten.«

»Genug!«, unterbrach die Kaiserin aufgebracht. »Wenn Ödün, dem wir am Hof vertrauten wie einem Vater, ein Verräter war, warum sollte nicht auch ein Hauptmann an der breiten Mauer ein solcher sein? Redet weiter, Ciaran! Ich will weitere Namen hören.«

Dieser sprach freimütig weiter, nannte die Namen der Männer, berichtete, wo im Land sich Gruppen von Priestern trafen, wie sie gemeinsame Sache mit den Thargon gemacht hatten und dass Gurundir dem Geisterfürsten seine Kraft zufließen ließ, um ihn aus seinem Gefängnis in Carrachon zu befreien. Schon bald würden die Pestschwestern die Seuche in die Welt setzen, die das Kaiserreich entvölkern sollte. Darüber hinaus erzählte er noch vieles von den Verschwörungen, die die Gurundiraz mit weniger bedeutenden Unholden ausgeheckt hatten.

»Für jedes Wort, das er hier ausspricht, sollte man ihm einen Hieb mit der Geißel geben!«, zischte Tiffanbrill zornig. »Was für eine Viper! Und ich traue ihm nicht. Wer die eine Seite verrät, verrät auch die andere.«

Päony schwieg. Ihr Mitleid drohte zu schwinden unter der Last der bösen Pläne, deren Mitwisser und Mittäter der Jüngling gewesen war.

»Und was habt Ihr an Schurkereien noch vorgesehen?«, fragte Karenna.

»Es ist nicht mehr notwendig«, erwiderte Ciaran mit flacher, lebloser Stimme, »viele Pläne zu schmieden. Die Mittsommernacht steht bevor. Dann wird Gurundir den Höhepunkt seiner Macht erreichen und diese nutzen, um die Mutterjungfrauen aus dem Himmel zu stürzen und sich an ihre Stelle zu setzen. Mein Vater wird als sein irdischer Stellvertreter alle Macht über diese Welt ausüben. Ihr werdet sterben, zusammen mit allen Euren

Untertanen und zusammen mit mir. Niemand kann dies noch ändern.«

Päony lief ein kalter Schauer über den Rücken, als sie ihn so ruhig sprechen hörte – ohne Drohung, ohne Zorn, erfüllt von der stillen Gewissheit, dass ein baldiges Ende bevorstand. Über den Thronsaal breitete sich beklommenes Schweigen.

Mit einem schwachen, bösartigen Lächeln fügte der Jüngling hinzu: »Aber seid getrost, seine Nachkommen werden Euch nicht lange überleben. Sie sind ein zum Tod verurteiltes Geschlecht. Das Blut des Kaisers Hugues rinnt in den Adern meiner Familie, und mit ihm der Wahnsinn, der ihn in den Tod trieb. Und dieses Blut ist nicht dünner geworden in den dreihundert Jahren, die seitdem vergangen sind.«

»Was willst du damit sagen?«, fragte Karenna stirnrunzelnd.

»Zwar wuchs mein Urahn als unehelicher Sohn auf, doch war er von allem Anfang an entschlossen, den Stammbaum zu erhalten, und so verband er sich später – nach dem Fall von Thurazim – mit einer Schwester des Kaisers. Auch die Söhne und Töchter des Paars heirateten Abkömmlinge der weit verzweigten kaiserlichen Familie. Dies allein ist der Grund, warum mein Vater mich trotz meiner Missgestalt am Leben ließ, denn ...« Er zögerte, dann fuhr er fort, vor Empfindsamkeit errötend: »Mein Gebrechen hätte mich nicht daran gehindert, den unvermischten Samen weiterzugeben, und wenn keine Frau mich freiwillig hätte nehmen wollen, so hätte eine aus der Familie sich dem Zwang beugen müssen.«

»Wie grausam!«, rief Päony empört, unbekümmert darum, dass alle Blicke sich ihr zuwandten und sie strafend anstarrten. Beim Spinnenvolk standen Frauen in höchstem Ansehen – tatsächlich galt ein Mann nur als gleichwertig, wenn er als Gatte einer Königin auf dem Thron saß, ansonsten wurden Männer mit freundlicher Herablassung behandelt. Die Vorstellung, zur Empfängnis gezwungen zu werden, war ihr vollkommen fremd. Hitzig fügte sie hinzu: »Ich bräche einem Mann Arme und Beine, der dies mit mir versuchte.«

Ciaran zuckte die Achseln. Ohne sich an jemand Bestimmten zu wenden, sagte er: »Meint Ihr denn, ich hätte das gern getan – irgendein ungeliebtes Weib in den Armen gehalten, nur um einen weiteren Spross unserer reinblütigen Familie zu zeugen? Kann ich nicht an mir selbst sehen, wozu es führt, wenn drei Jahrhunderte lang enge Verwandte sich untereinander verbinden und zuletzt jeder mit jedem aufs Engste verwandt ist? Es gab in unserer Familie seit Langem mehr als genügend Krüppel und Kranke, Schwachsinnige und Missgeburten. Gewiss, in meinem Vater ist die Größe des Kaisers wiedererstanden, er ist vollkommen an Leib und Geist, aber wie viele andere mussten dafür bezahlen!« Er verbarg das Gesicht in den Händen, zu erschüttert, um weiterzusprechen.

»Ist das alles, was Ihr uns zu sagen habt?«, fragte Kylaila mit gepresster Stimme.

»Ja, Majestät. Das ist alles.«

»Ihr habt nichts zurückgehalten? Auf Euren Eid?«

Er hob die Hand. »Das beschwöre ich.«

Noch während er die Schwurfinger hob, fuhr ein Schwall kalter Luft durch den Thronsaal, so eisig, dass selbst den Drachen schauderte. Das Sonnenlicht schwand, und ein trübes Zwielicht breitete sich aus. Ein Wispern erhob sich, wurde immer lauter, schwoll zu einem Grollen an. *Wir sind bei dir. Wir werden immer bei dir sein.*

Ciaran schrie vor Entsetzen auf. »Ich bin verloren!«, schrillte seine Stimme. »Lasst mich! Fort! Fort! Oh, seid barmherzig und lasst mich in Frieden!«

In den Ecken des Saals sammelten sich Schatten, und aus diesen Schatten heraus wuchsen vier Gestalten, so groß, dass ihre Häupter die Decke berührten. Mit ihren schuppigen, bronzenen Leibern und hohläugigen, beinernen Schädeln ähnelten sie dämonischen Drachen, standen aber aufrecht wie Menschen. Jeder hielt in der Rechten ein Schwert und in der Linken eine lange, mit Widerhaken bestückte lederne Geißel. Jeden Augenblick wurden sie deutlicher sichtbar, bis sie sich nicht mehr von einem stofflichen Wesen unterschieden. Dann schritten sie von allen vier Seiten auf Ciaran zu.

Er hätte sich auf die Knie geworfen, hätte sein elender Körper dies erlaubt. So saß er nur da, die Hände auf die Brust gepresst, die Augen geschlossen, um die Quälgeister nicht sehen zu müssen, und flehte mit brechender Stimme um Gnade.

Schon hob jener, der ihm am nächsten stand, die Geißel, als der Jüngling in der Verzweiflung seiner Todesangst aufschrie. »Lasst mich! Ich sage es ja! Ich tue es ja! Nur lasst mich in Frieden, ich kann euren Anblick nicht länger ertragen!«

Die Klaue, die die Geißel geschwungen hatte, sank herab. Langsam, Schritt für Schritt rückwärts gehend, wichen die vier Ungestalten und kehrten in ihre Ecken zurück. Sie verschwanden jedoch nicht, sondern blieben dort stehen, jederzeit bereit, von Neuem auf ihr Opfer einzudringen.

Ciaran brach auf seinem Stuhl zusammen und fuhr sich mit beiden Händen durchs Haar, als wolle er es in Büscheln ausreißen. Die Kaiserin befahl, ihm einen Becher starken Weins zu bringen, und nachdem er getrunken hatte, forderte sie ihn mit strenger Stimme zum Sprechen auf. »Wie ich sehe, habt Ihr uns etwas verschwiegen. Nun, heraus damit! Oder sollen die Furien Euch noch einmal bedrohen?«

»Nein.« Der Jüngling setzte sich auf und strich sich die feuchten Locken aus dem Gesicht. Er war totenbleich, aber gefasst. »Es stimmt, ich habe Euch etwas verschwiegen, und ich hätte lieber einen Meineid geschworen, als es Euch zu verraten. Aber nun kann ich nicht anders. Es hat jedoch nichts mit den Fragen zu tun, die Ihr mir gestellt habt. Die habe ich Euch allesamt wahrheitsgemäß beantwortet. Es ist etwas …« Er brach ab und schüttelte, von innerer Not überwältigt, den Kopf. »Wie sollt Ihr mir Glauben schenken, wenn ich selbst es nicht glauben kann? Ihr werdet mich für einen Narren oder heimtückischen Lügner halten.«

»Überlasst die Entscheidung uns, was wir glauben oder nicht«, unterbrach ihn die Kaiserin Kylaila barsch. »Sprecht!«

Ciaran blickte ihr in die Augen. Sein Gesicht zuckte, und er lachte wie ein Wahnsinniger. »Ich bin der dritte Auserwählte, der berufen ist, das Kaiserreich zu retten.«

Ein Sturm der Erregung durchbrauste den Saal. Alle sprangen auf und starrten Romanels Sohn an, als sähen sie ihn zum ersten Mal. Selbst Karenna war von ihrem Thron aufgestanden, und Kylaila richtete den schneeweißen Oberleib hoch über ihren Tatzen auf. Päony war zumute, als habe man sie aus großer Höhe hinuntergestoßen, sodass sie immerzu fiel und fiel, und sie rückte unwillkürlich näher an Lukan heran, der wie vom Donner gerührt dasaß und schmerzhaft heftig ihre Hand umklammerte. Ein Gewirr aufgebrachter Stimmen erhob sich, die meisten von ihnen schmähend und scheltend. Die Mehrzahl der Anwesenden war nämlich der Meinung, Ciaran habe sie entweder verhöhnt, oder seine Rede sei Teil eines noch viel infameren Planes als alle, die er eingestanden hatte.

Tiffanbrill rief: »Glaubt ihm kein Wort! Er will uns täuschen, und diese Gespenster in den Ecken hat er selbst herbeigerufen und will uns damit überzeugen. Wir sollen meinen, dass er unter Zwang handelt, aber in Wirklichkeit hat er alles geplant.«

Viele Stimmen nahmen den Ruf auf, und wie ein Gewitter tobte das Geschrei im Saal, bis das Löwengebrüll der Sphinx

Ruhe verlangte. Bald schwiegen alle, aber auf ihren Gesichtern stand geschrieben, was sie nicht mehr laut sagen durften. Wyvern erhob sich von ihrem Platz an der Längsseite des Saals und ließ den Blick ihrer dunklen Augen drohend über die Versammelten schweifen, bis auch das letzte Wispern erstorben war. Erst dann sprach sie. »Lasst den Jüngling erzählen, wie er auf den Gedanken kommt, er sei der dritte Auserwählte.«

Als Ciaran zu sprechen anhob, saßen die Menschen vornübergebeugt da, um kein Wort zu verpassen, und die Drachen hatten die lanzenförmigen Ohren nach vorn gedreht. Er berichtete, wie die geheimen Mächte ihn gezwungen hatten, das Knochenorakel zu werfen, wie er diese unglaubliche Prophezeiung erhalten hatte und wie alle Versuche, sich ihr zu entziehen, vergeblich gewesen waren. Immerzu hatten die Furien ihn verfolgt, bis er vor Angst nicht mehr aus noch ein wusste.

»Ihr sagt«, rief er seinen Zuhörern zu, »ich gäbe mich als jemand aus, der ich nicht sei. Narren! Meint ihr, es fällt mir leicht, meine Haut für euer verdammtes Kaiserreich zu Markte zu tragen? Ich wollte, es würde morgen zu Scherben zerstampft wie ein zerbrochener Topf. Habe ich einen Grund, mich auf diese entsetzliche Queste einzulassen, auf diesen Albtraum des Wahnsinns? Wenn diese nicht wären« – dabei zeigte er auf die lauernden Wächter –, »so hättet ihr niemals etwas von mir erfahren, und kein Mensch wüsste jemals, dass es einen dritten Auserwählten gibt. Ich spreche nur, weil mir jedes andere Schicksal leichter erscheint als diese unablässige Verfolgung.« Er schwieg erschöpft.

»Das klingt glaubwürdig«, murmelte Wyvern.

Karenna schüttelte den Kopf. »Ich kann es nicht glauben, auch wenn Ihr, Thainach Wyvern, in Eurer tiefen Weisheit anders denkt. Ich glaube vielmehr, dass dieser Mensch den Auftrag hat, sich an die Fersen der beiden Auserwählten zu heften und ihnen auf ihrer Queste zu schaden, wo er nur kann.«

Kylaila nickte zustimmend zu diesen Worten. Da die Kaiserin gesprochen hatte, wagten auch viele andere wieder zu sprechen, und sie waren derselben Meinung wie ihre Herrscherin.

Schließlich erhob sich ein graubärtiger Gelehrter und bat ums Wort. »Mit allem Respekt, Thainach Wyvern«, sprach er, »müssen wir einige Punkte bedenken.« Er zählte sie an den ausgestreckten Fingern ab. »Eins: Warum sollen wir den Worten eines geschworenen Feinds des Reichs glauben – eines Verschwörers und Verräters zugleich? Zwei: Es gibt keine Zeugen dafür, dass dieses angebliche Orakel jemals stattgefunden hat. Drei: Wie unser Freund Tiffanbrill schon sagte, mag er uns durch ein Gaukelspiel verwirrt haben, damit wir meinen, was er tut, geschehe nicht freiwillig. Vier: Dass er die Wahrheit sagt, ist äußerst unglaubwürdig. Wahrscheinlicher ist vielmehr, dass er den wahren dritten Auserwählten ermordet hat und sich an seiner Stelle einschleichen will, um die Queste zu verhindern.«

Diese Rede fand viel Beifall, aber der Marschall Merien gab zu bedenken: »Den meisten Worten unseres gelehrten Freunds will ich zustimmen, aber auf keinen Fall kann der Mann uns mit einem Zauber berückt haben, solange er das Ondryshalsband trägt. Es vernichtet jegliche magische Kunst, die gegen die Sache der Mutterjungfrauen gerichtet ist. Daher halte ich dafür, dass diese Erscheinungen echt sind und ihn zum Geständnis gezwungen haben.«

»Eher glaube ich«, rief ein Kammerherr, »dass Steine Blut schwitzen, als dass ein verfluchter Anhänger Gurundirs auserwählt wurde, unser Reich zu erretten!«

Rede und Gegenrede wären noch lange weitergegangen, hätte Wyvern nicht mit erhobener Hand Ruhe geboten. Sie wandte sich an Ciaran. »Ihr habt gesagt, die Queste sei ein Albtraum des Wahnsinns. Also wisst Ihr, was die Auserwählten zu tun haben.«

»Ja. Mein Vater wusste darüber Bescheid, und ich suchte in seinen Büchern nach der arkanen Schrift, in der beschrieben ist, was die Auserwählten zu tun haben. Das Knochenorakel verriet mir, in welchem Buch und an welcher Stelle ich suchen musste. Ich nahm große Gefahren auf mich, denn hätte mein Vater meine Absicht entdeckt, so hätte er mich auf eine langsame und schändliche Weise getötet. Aber ich werde es Euch nicht sagen, ehe Ihr nicht entschieden habt, ob Ihr mir glaubt oder nicht.«

Wieder erhob sich ein zorniges Murren. Rufe wurden laut, die verlangten, den Widerspenstigen auf der Folter zu brechen. Wyvern gebot den Leuten zu schweigen und wandte sich an die Kaiserinnen. »Majestäten«, sagte sie, »damit wir Klarheit bekommen, soll dieser Mann sich einem Gottesgericht unterziehen. Mögen Mandora, Plotho und Cuifín jenen beschützen, der die Wahrheit gesagt hat, und den Lügner bestrafen.«

»Ein Gedanke, der Eurer Weisheit würdig ist, Thainach Wyvern«, stimmte Kylaila zu, und auch Karenna nickte. »Wie soll es geschehen?«

»Durch ein tödliches Gift. Ruft den Meister des Kräuterhauses! Er möge zwei vollkommen gleiche Schalen mit dunklem Wein füllen, dann soll er in eine davon ein starkes, geruchloses und geschmackloses Gift mischen, das auf der Stelle tötet. Wir hier wollen dem Jüngling die Augen verbinden, damit niemand meine, er könne einen Unterschied zwischen den Schalen erkennen. Hat er uns die Wahrheit gesagt, so wird er am Leben bleiben.«

Die beiden Kaiserinnen stimmten zu. Karenna wandte sich an Ciaran. »Seid Ihr freiwillig bereit, Euch dem Gottesurteil zu stellen?«

Er hob beide Hände. »Warum nicht? Was habe ich zu befürchten? Es sei denn, Ihr täuscht mich und füllt beide Schalen mit Gift.«

Einer der Krieger, die ihn bewachten, geriet über diese Unverschämtheit so heftig in Zorn, dass er ihn mit dem Handrücken auf den Mund schlug. »Schweig, Viper!«, herrschte er ihn an. »Wag es nicht, die Kaiserinnen zu beleidigen!«

Karenna gebot ihm mit einer Handbewegung, er möge beiseite treten. Kühl und gelassen antwortete sie: »Wer selbst ein Verbrecher ist, hält auch alle anderen dafür. Aber hier sind Dutzende Zeugen dafür, dass wir kein falsches Spiel spielen. Gibt es irgendjemanden, dem Ihr vertraut? Dann soll diese Person für Euch Bürge sein, dass alles mit rechten Dingen zugeht.«

Ciaran hatte offensichtlich nur bösartig sein wollen, als er den Herrscherinnen Verrat unterstellte. Er wusste nicht recht, was er mit ihrer Erlaubnis anfangen sollte. Schließlich rang er sich zu den Worten durch: »Ich vertraue der Sphinx.«

Wyvern ließ sich ein schmales Tuch geben und verband Ciaran die Augen. Während die Zuschauer in atemloser Spannung die Szene im Blick behielten, erschien der Meister des Kräuterhauses mit einem Tablett, auf dem zwei silberne Schalen standen, beide gänzlich gleich im Aussehen, beide bis zum Rand mit purpurrotem Wein gefüllt. Eine Sanduhr stand daneben, und auf einem Teller lagen zwei Scheiben frisches Echsenfleisch. Um zu beweisen, dass eine der Schalen tatsächlich Gift enthielt, hob der Meister sie hoch und goss ein wenig davon auf das rosige Fleisch. Augenblicklich verfärbte es sich, wurde grün und grau und warf Blasen, die knisternd zerplatzten. Dann hob er die andere Schale, und jeder sah, wie der pure Wein über die zweite Scheibe rann, ohne etwas zu verändern. Danach wandte der Meister sich ab und schob, von allen Anwesenden ungesehen, die Schalen so lange hin und her, bis niemand mehr wusste, welche rein und welche unrein war. Ein Tischchen wurde vor den Stuhl gestellt, auf dem Ciaran saß, und das Tablett darauf abgesetzt.

»Ich verbürge mich dafür, dass nur eine der Schalen vergifteten Wein enthält«, erklärte die Sphinx.

Karenna sprach ein Gebet, dann streckte sie die Hand aus. »Du stehst vor dem Gericht der Mutterjungfrauen, Romanels Sohn!«, rief sie. »Eine der beiden Schalen musst du bis zur Neige austrinken. Wähle! Welche soll es sein?«

Der Jüngling, der während der gesamten Vorbereitungen still dagesessen und die Hände im Schoß gehalten hatte, antwortete ohne Zögern: »Die linke.«

Wyvern trat auf ihn zu, nahm ihm die Binde von den Augen und stellte die spannenlange Sanduhr auf den Tisch. Ciaran griff nach der linken Schale, setzte sie an die Lippen und trank sie rasch bis zum letzten Tropfen aus. Er hustete ein wenig vom schnellen Schlucken, als er sie zurückstellte, aber sein Gesicht war ruhig und ohne Furcht. Gelassenen Blicks beobachtete er, wie der Sand in der Uhr vom oberen Gefäß in das untere lief. Wenn das letzte Körnchen durchgeronnen war, ohne dass sich eine Giftwirkung zeigte, war seine Unschuld erwiesen.

Kaum jemand im Saal rührte sich. Nur ein gelegentlicher Seufzer oder ein unterdrücktes Ächzen verriet die gewaltige Spannung, die die Menschen in Bann hielt. Päony spürte, wie fest Lukan ihre Hand umklammerte. Ihre Kehle schmerzte, so gepresst atmete sie. Immer weniger wurde der Sand in der Uhr. Jetzt stand er einen halben Finger hoch, jetzt nur noch wie ein Fingernagel – dann rannen die letzten Körnchen hindurch.

»Er hat die Wahrheit gesagt«, verkündete die Kaiserin.

Wyvern blickte den jungen Mann mit ihrem geheimnisvollen Lächeln an. »Du warst sehr kühn, als du dich dem Gottesgericht stelltest«, sagte sie.

Ciaran warf ihr einen zornigen Blick zu. »Ich wusste, dass ich die Wahrheit gesagt habe. Zweifelt Ihr noch immer daran?«

»Keineswegs«, erwiderte Wyvern. »Aber deine Richter waren die Mutterjungfrauen, die du schmähst und lästerst. Du hast ihrer Gerechtigkeit mehr vertraut, als du selbst weißt. Hätten sie sich nicht mit Leichtigkeit an dir, ihrem Feind, rächen können, indem sie dich zur Giftschale greifen ließen?«

»Das hätten sie niemals ...«, rief Ciaran und stockte mitten im Satz. Sein Gesicht wurde fahl und verzerrte sich. Er stieß einen jämmerlichen Schmerzensschrei aus und krümmte sich so heftig zusammen, dass er den Halt verlor und vom Stuhl stürzte. Auf dem Boden liegend, umklammerte er die Hüfte und das verkrüppelte Bein und ächzte wie in Todesnot.

Alle Zuschauer waren aufgesprungen und starrten ihn an. Päony blickte mit weit aufgerissenen Augen auf die Szene und erwartete jeden Augenblick, dass die Zeichen des Gifts sich auf seinem Gesicht zeigen, dass es schwarz werden und anschwellen würde. Aber nichts dergleichen geschah. Statt sich zu verstärken, schien der Schmerz sogar nachzulassen. Ciaran schloss die Augen und keuchte wie jemand, der einen schlimmen Anfall überstanden hat.

»Helft ihm auf die Füße!«, befahl Wyvern den drei Soldaten, die ihn begleitet hatten, und als das geschehen war: »Lasst ihn los!«

Erschrocken griff Ciaran nach der Lehne des Stuhls, überzeugt, dass er ohne Stütze gleich wieder zu Boden fallen werde, aber er blieb stehen. Verwirrt blickte er an sich hinunter.

Die Sphinx lächelte. Sie reichte ihm die Bambuskrücke mit den Worten: »Lass diesen Stock als Votivgabe im Tempel der Mutterjungfrauen aufhängen, denn sie sind es, die dir deine Kraft und Gesundheit wiedergegeben haben. Sie sind nicht nur allezeit gerecht, sie sind gut auch zu jenen, die ihre Güte verachten.«

Ciaran stand da und wusste nicht, wie ihm geschah. Er sah, dass er auf zwei geraden Beinen stand, wagte aber aus langer Gewohnheit keinen Schritt zu tun, ohne sich irgendwo festzuhalten. Vorsichtig ließ er sich auf dem Stuhl nieder.

»Nun, da wir dir geglaubt haben«, sagte Kylaila, »offenbare uns, worin die Queste besteht.«

Ciaran, der noch immer benommen auf seine gesunden Füße starrte, raffte sich auf und hob die Hände. »Ich kann Euch die Worte sagen, Majestät, aber einen Sinn müsst Ihr selbst darin finden, denn ich finde keinen. Sie sind in einer uralten Sprache geschrieben, die ich dank meiner Gelehrsamkeit« – er lächelte einen Augenblick lang in kindlicher Selbstgefälligkeit – »lesen und verstehen kann.

Kedime, maide, can burghail ahazi,
hede tan kadim a pan Ouroboros
fide, can siman thainachim darlese ...

Das heißt: *Höret, Jungfrau und ihr Jünglinge beide / dies ist das Rätsel der uralten Schlange / löst es und rettet die Krone der Kaiser!* Und der Rest des Rätsels lautet in der allgemeinen Sprache: *Hört, Auserwählte! Ihr müsst gehen durch rotes Feuer, durch weißes Wasser und schwarzen Stein. Ergreift Gurundir an seinen Gliedern und zerstückelt ihn, damit man ihn niemals mehr findet! Und solange ihr dieses tut, dürft ihr weder essen noch schlafen.*«

»Das ist alles?«, fragte Karenna ratlos. »Kein Wort der Erklärung?«

»Nein, nichts. Wie ich Euch sagte, bin ich selbst außerstande zu erraten, was es bedeuten soll – außer dass es völlig unmöglich ist, alle diese Dinge zu tun.«

Die Sphinx fiel ein: »Majdanmajakakis würde uns niemals damit verhöhnen, dass sie uns unlösbare Aufgaben stellt. Es muss einen Weg geben, das Rätsel zu lösen und alle diese Forderungen zu erfüllen, auch wenn wir ihn nicht sogleich erkennen. Ich werde darüber nachdenken.« Sie lächelte. »Ich bin nicht umsonst eine Sphinx.«

Die Kaiserinnen nickten. Kylaila wandte sich an den Marschall. »Ich meine, wir sind zu Recht zu der Überzeugung gelangt, dass dieser Mann in Wahrheit der dritte Auserwählte ist. Ihr mögt ihm das Ondryshalsband abnehmen, Merien.«

Daraufhin erhob sich ein erbostes Murmeln im Thronsaal, man könne dem Jüngling trotz allem nicht trauen. Es war jedoch Ciaran selbst, der die Hand hob und den Marschall davon abhielt, das Band zu berühren. »Nein«, sagte er. »Lasst es mir, auch wenn es mich schmerzt. Es schützt mich davor, dass man mich für alles verantwortlich macht, was die Queste vereiteln könnte. Trüge ich es nicht, so würdet ihr doch bei jedem Hindernis behaupten, mein böser Zauber habe es bewirkt, nicht wahr?« Mit Bitterkeit fügte er hinzu: »Da meine eigenen Gefährten mir niemals trauten, wie soll ich es dann von euch erwarten, meinen Feinden?«

Karenna wies Merien von Brae Bac an, er möge zurücktreten. Zu Ciaran sagte sie: »Wenn es dir so besser gefällt, sollst du deinen Willen haben. Nun geh mit den anderen Auserwählten! Du bist frei, dich nach Belieben im Palast zu bewegen, darfst aber die Tore nicht durchschreiten. Nicht weil wir dir misstrauen, sondern weil wir kein unnötiges Wagnis eingehen wollen, dass dir draußen etwas zustößt. Wir haben den beiden anderen Auserwählten dieselbe Beschränkung auferlegt. Geht! Wir wollen hoffen, dass es Thainach Wyvern gelingt, eine Lösung des Rätsels zu finden.«

Man hatte den drei Auserwählten ein prächtiges Gemach in einem der Türme von Vang Vath zur Verfügung gestellt, in dem sie wohnen sollten, bis ihr Weg deutlich vor ihnen lag. Dort waren sie die längste Zeit miteinander allein, denn die Sphinx war beschäftigt, und Tiffanbrill war so erzürnt darüber, dass Ciaran nun zu den Ihren gehörte, dass er sich weigerte, auch nur eine Klaue in den Raum zu setzen, in dem sich der Verräter aufhielt.

Keiner der drei wusste, was er mit den anderen anfangen sollte, also saßen sie inmitten der schwellenden Kissen und purpurnen Seidenvorhänge und schwiegen, alle mit schwerem Herzen und finsteren Gedanken.

Lukan grollte. Er war schon misstrauisch geworden, als er mitangehört hatte, wie Päony um Milde für den Gefangenen bat. Aber damals hatte er noch gedacht, sie würden nichts weiter mit ihm zu tun haben. Jetzt hing er wie ein Mühlstein an ihnen. Und sooft Lukan ihn betrachtete, sagte er sich, dass Päony, sollte sie einem von beiden ihre Gunst schenken, sich zweifellos für diesen Jüngling entscheiden würde, der von hohem Adel war, schön und gebildet, und eine wohlerzogene höfische Art an sich hatte – lauter Eigenschaften, die ihm selbst fehlten. Solange er noch bei seinem eigenen Volk gelebt hatte, waren ihm die Mokabiter als recht stattliche Leute erschienen, jetzt aber sah er in ihnen nur Scharen widerwärtiger Missgeburten – und sich selbst als die abscheulichste von allen.

Ciaran hatte das unsichtbare Messer, das in Lukans Herz steckte, noch tiefer hineingetrieben, indem er ihm bei einem ihrer häufigen Wortwechsel höhnisch vorwarf, keinen Vater zu haben. »Kein Mokabiter kennt seinen Vater.«

Lukan war wütend aufgefahren, aber was sollte er tun? Leugnen konnte er die Anschuldigung nicht. Also hatte er zurückgeschlagen, indem er ihn anfuhr: »Mag sein, aber immer noch besser ein unbekannter Vater als einer, der mit allen bösen Geistern verbündet ist.«

Dem konnte wiederum Romanels Sohn nichts entgegenhalten. Der Neid fraß an Lukans Herzen, wenn er daran dachte, dass Ciaran, genau wie er selbst, von einem schweren Gebrechen geheilt worden war. Er verstand nicht, wie die drei Schwestern einen ihrer ärgsten Feinde so gnädig behandeln konnten. Er selbst war zwar auch unwürdig gewesen, aber er hatte niemals ein Verbrechen gegen sie begangen, auch wenn die Mokabiter das Dreigestirn nicht verehrten, sondern den geheimen Schicksalsmächten vertrauten. Wenn er jemals eines ihrer Gebote übertreten hatte, so war es in einem harmlosen und unbedeutenden Zusammenhang geschehen – der Wilderei etwa, denn die Mokabiter konnten sich die Gier nach Fleisch nicht abgewöhnen und übertraten immer wieder das Verbot zu jagen. Ciaran jedoch war Mitwisser, wenn nicht Mittäter der schwärzesten Verbrechen gegen den doppelten Thron gewesen. Ihn zu heilen war ein Verstoß gegen das ewige Gesetz, doppelt verwerflich, weil der Verbrecher nicht einmal Reue und Buße gezeigt hatte, sondern nach wie vor dem Dreigestirn nur Hass entgegenbrachte. Wie konnten Manodra, Plotho und Cuifín die Welt gerecht regieren, wenn sie selbst die Gerechtigkeit verachteten und ihre Feinde nicht bestraften, wie diese es verdient hatten?

Ciaran fühlte sich jämmerlich. Er wusste nur zu gut, dass ihn mit Ausnahme von Päony und der Sphinx alle im Palast verabscheuten und verachteten. Denn wenn sie auch dankbar waren für die Enthüllungen, die er ihnen geliefert hatte, so wurde doch kein Übeltäter so gnadenlos gehasst wie ein Verräter. Man stellte sich auf den Standpunkt, wer einer Partei die Treue breche, tue es auch bei der anderen. Nun, er hegte keine bösen Pläne mehr. Er war sogar entschlossen, sich nach Kräften an der Queste zu beteiligen. Tatsächlich hatte er sich bereit erklärt, auf das Verlangen der Kaiserinnen hin seine Krücke, mit Blumen umwunden, auf dem Altar der drei Schwestern niederzulegen. Doch wenn ihm die Himmlischen ins Herz blickten, fänden sie nichts darin als Bitterkeit und Groll. Er fügte sich nur, weil er seinen ehemaligen Bundesgenossen und vor allem seinem Vater auf keinen Fall in die Hände fallen wollte und weil er Angst vor den Furien hatte.

Es war ihm unbegreiflich, dass die drei Schwestern ihn geheilt hatten, und jeden Tag erschien es ihm aufs Neue als unfassbares Wunder. Immer wieder durchzuckte ihn ein jäher Schreck, und er tastete verzweifelt nach einem Halt, weil er zu stolpern und hinzufallen fürchtete, und dann durchströmte ihn rauschend die Seligkeit, dass er aufstehen und umhergehen konnte wie jeder andere auch. Sein Körper war so gesund, als hätte nie ein Makel an ihm gehaftet. Nur sein Herz war noch krank.

Päony hatte ihm erzählt, dass die drei Schwestern auch den missmutigen Mokabiter von einem Gebrechen geheilt hatten. Stumm war der Bursche gewesen. Nun, er war auch jetzt nicht sonderlich zungenfertig. Den Großteil der Zeit begnügte er sich damit, ihn unter halb gesenkten Lidern hervor zu beobachten, wobei seine Drachenaugen dunkel und heimtückisch glitzerten. Ciaran spürte den Groll, den er ihm entgegenbrachte, als würden Tausende winziger Pfeile auf ihn abgeschossen, aber er selbst empfand für den Mann nur Verachtung. Er verstand nicht, wieso Päony sich überhaupt mit ihm abgab, ja, ihn sogar wie einen guten Freund behandelte. Hatte sie keine Augen im Kopf? War sie blind dafür, wie dumm und linkisch und von welch unsauberer Abstammung dieser Bastard aus bösen Drachen und bösen Menschen war? Und noch quälender als der Umstand, dass sie ihm Lukan vorzog, war das Wissen, dass sie ihn, Romanels Sohn, als ihr Eigentum betrachtet hatte. Gewiss, sie hatte von ihrem Recht Abstand genommen, als sie ihn als einen der drei Auserwählten erkannte. Aber bis dahin war sie in sturer Einfalt überzeugt gewesen, dass er, ein Abkömmling der sundarischen Kaiser, ihr Leibeigener war, nachdem sie ihn gegen die Würmer verteidigt und ihm das Leben gerettet hatte. Wenn überhaupt jemand ein Sklave sein sollte, dann war es der Mokabiter, sei er nun auserwählt oder nicht!

Ciaran war ein kluger Jüngling, und so verstand er genau, dass es die Eifersucht war, die ihm Lukan zum Feind machte. Aber seine ganze Klugheit half ihm nicht dabei, mit diesen völlig ungewohnten Gefühlen fertig zu werden. Er war nicht zum ersten Mal verliebt, aber zum ersten Mal durfte er sich Hoffnungen machen, dass seine Leidenschaft freundlich erwidert wurde. Sein Leben lang hatte er sich vor der Missachtung der Frauen geschützt, indem er sich völlig vor ihnen zurückzog und ausschließlich der Wissenschaft widmete. Sollten sie glauben, dass er jederzeit die schönste von ihnen gegen ein arkanes Dokument aus grauer Vorzeit getauscht hätte – so konnten sie ihn wenigstens nicht kränken. Aber Päony nahm seine Zuwendung an, wenn auch nicht so begeistert, wie er gehofft hatte. Sie schien ihn eher zu mögen als zu lieben. Und Soldatin, die sie war, hatte sie gelernt, alle als Brüder und Schwestern zu betrachten, die in den eigenen Reihen standen. Bis jetzt hatte Ciaran keinerlei Anzeichen bemerkt, die ihm eine besondere Zuneigung ihrerseits verraten hätte. Das tat seiner Leidenschaft indes keinen Abbruch. Zum ersten Mal war er imstande, mit anderen Männern in Wettstreit zu treten, hatte er Hoffnung, eine Frau erobern zu können – das erregte ihn mehr als die Frau selbst.

Päony war unglücklich. Wie anders war es vorher gewesen, als sie, Lukan und Tiffanbrill gemeinsam ihre ersten Abenteuer erlebt hatten – die Reise zu Kulabac und nach Luifinlas, die Begegnungen mit den Schlangen und dem blutgierigen Pilas! Wie vertraut waren sie miteinander gewesen, auch wenn Tiffanbrill sich gelegentlich über den jungen Mann lustig machte. Jetzt saßen sie alle drei da, und jedes Wort, das sie miteinander wechselten, wurde zu einem vergifteten Pfeil. Päony war sehr jung und sehr unerfahren – ihre harte Ausbildung und der Dienst als Kriegerin hatten ihr nicht viel Zeit für Liebesangelegenheiten gelassen. Aber selbst das einfältigste Mädchen hätte bemerkt, dass die beiden jungen Männer ihretwegen vor Eifersucht wie von Sinnen waren. Dass sie sich noch nicht geprügelt hatten, lag nur daran, dass Ciaran, der nie kämpfen gelernt hatte, sich sofort zurückzog, wenn der rauflustige Mokabiter mit den Fäusten auf ihn losgehen wollte, und dass Lukan nicht der Feigling war, einen Mann zu schlagen, der sich nicht wehrte.

Am schlimmsten jedoch war die Tatsache, dass auch Tiffanbrill in diesem Netz aus Zorn und Groll gefangen war. Seine Abneigung gegen Ciaran war von einer Leidenschaft durchglüht, die Päony bei ihm nicht erwartet hätte. Er war ihr immer so abgeklärt und ausgeglichen erschienen. Aber jetzt hatte er sich strikt geweigert, den Jüngling auf seinen Rücken steigen zu lassen, und gedroht, sollte man ihn dazu zwingen wollen, so werde er ihn über dem erstbesten Vulkankrater abwerfen. Der Sphinx war nichts anderes übrig geblieben, als einen Boten in ihren Palast zu schicken, der die junge Drachin Minneloise herbeiholen musste, eine ihrer bewährtesten Dienerinnen.

Päony fand sofort Gefallen an der schlanken blattgrünen Drachin mit den klugen Goldaugen, und sie vertraute ihr schon nach kurzer Bekanntschaft ihre Sorgen an. Minneloise nickte weise. »So sind die Menschenmänner«, seufzte sie. »Schlimmer als zwei Springwürmer, die sich um eine süße Frucht raufen. Aber lass nicht zu, dass sie dich damit in die Ecke treiben. Du bist kein Spielball, den einer dem anderen abzujagen versucht. Behandle sie beide streng. Du hast einen militärischen Rang, den keiner von ihnen beiden besitzt, also hast du bei dieser Expedition das Sagen. Mach ihnen klar, dass du zu befehlen hast und sie zu gehorchen haben, und lass dich von ihrem Murren nicht beeindrucken.«

Päony zeigte sich sehr angetan von diesem Rat und beschloss, ihn augenblicklich anzuwenden. Sie war höchst zufrieden mit dem Erfolg. Den beiden jungen Männern verschlug es die Sprache, als sie sie unversehens wie ein Feldwebel anbrüllte, sie sollten sofort mit ihrem Gezänk aufhören. Sie wolle kein Wort mehr hören und werde mit ihnen nichts mehr reden, wenn sie sich nicht zusammennähmen. Offenbar hatten die beiden Respekt vor einer zornigen Frau, denn von da an zankten sie nur, wenn sie meinten, Päony merke es nicht.

Nur was sie mit Tiffanbrill anfangen sollte, wusste sie noch nicht. Ihr Gefährte hatte sich geärgert, dass Ciaran nun einen eigenen Drachen bekam, und sich lauthals darüber lustig gemacht, dass Minneloise einst Kindermädchen im Haushalt der Sphinx gewesen war. »Sehr passend«, höhnte er. »Sehr passend für einen verweichlichten, weibischen Kriecher, der sein Mäntelchen nach jedem Wind hängt.«

Die junge Kriegerin war tief bedrückt. Wie sollten sie jemals ihre Queste vollbringen, wenn solche Bitterkeit zwischen ihnen herrschte? Wie konnten sie dem Reich Frieden bringen, wenn Unfrieden unter ihnen herrschte?

Der graue Fluch

Hoch oben im Norden, am Abhang der Heulenden Berge, drängten sich zwei Dutzend Männer in gelben Kapuzenmänteln in einer drückend engen, tief in den Felsen reichenden Höhle. Sie waren verdrossen und besorgt, denn sie wussten, dass sie in der Falle saßen. Die Drachenreiter bewachten immer noch Burg Turcaill und hielten Ausschau nach ihnen. Vor allem behielten sie den Spalt im Felsen im Auge, in dem sie die Priester hatten verschwinden sehen. Die Männer wussten, dass sie nur die Nase aus der Höhle zu stecken brauchten, um entdeckt und angegriffen zu werden. Aber sie konnten auch nicht viel länger in ihrem Versteck ausharren. Seit zwei Tagen saßen sie da, waren hungrig und durstig und froren in der kaltfeuchten Luft. Sie wussten nicht, was sie tun sollten, außer Gurundir um Hilfe anzuflehen. Aber aus irgendeinem Grund schien ihr Herr sie vergessen zu haben. Oder zürnte er ihnen, weil sie Burg Turcaill und seinen Altar im Stich gelassen hatten? Sie wussten alle, dass Gurundir kein gnädiger Meister war. Wenn sie sich an ihm versündigt hatten, würde er sie hier sterben lassen.

Und Romanel würde sie dafür bestrafen, dass sie seinen Sohn auf der Flucht zurückgelassen hatten, der sich jetzt in den Händen der Kaiserlichen befand – und mit ihm viele ängstlich gehütete Geheimnisse des Ordens.

»Er wird alles ausplaudern«, knurrte einer der Männer.

»Wenn sie ihn foltern, gewiss. Er ist schwach und feige, er wird alles tun, um das eigene elende Leben zu retten.«

Ein dritter Mann schüttelte den Kopf. »Was immer er tut, ich glaube nicht, dass die Kaiserin ihm das Leben schenkt. Sie wird ihn in Stücke hacken lassen. Das täte ich jedenfalls an ihrer Stelle. Aber mich kümmert jetzt weniger, in welcher Klemme Ciaran steckt, als in welcher Falle wir hocken.«

»Es bleibt uns nur die Wahl, hier zu verdursten oder einen Ausfall zu wagen«, entschied schließlich der vornehmste der Gruppe, der Oberpriester Haman. »Wenn wir noch länger warten, werden wir zu schwach sein, um zu fliehen.«

»Aber draußen wachen die Drachenreiter«, fiel ein anderer ein.

»Das weiß ich selbst!«, schnauzte Haman ihn an. »Wir werden in der Nacht fliehen. Die Drachen können uns zwar auch in der Dunkelheit sehen, aber die Menschen nicht, sodass die Gefahr geringer ist. Wenn wir es schaffen, das Schneefeld zu überqueren, ist schon viel geholfen.«

»Wenn!«, murmelte ein anderer zweifelnd. »In dem weißen Schnee sehen uns die Drachen selbst in finsterster Nacht.«

Sie redeten noch weiter, als unerwartet ein seltsames Licht inmitten der Höhle auftauchte. Erst schimmerte es wie ein Irrlicht, dann vergrößerte es sich rasch, wurde mannshoch und nahm schließlich die Gestalt eines Mannes an. Vor ihnen stand Zarzunabas – oder immerhin sein Bildnis, das er ausgesandt hatte. Es war stärker geworden, seit sie es das letzte Mal gesehen hatten. Es wirkte jetzt so lebendig, als stünde ein Mensch vor ihnen, und es sprach auch, freilich mit dünner, heiserer Stimme, die sich anhörte, als komme sie von fern her.

»Es scheint, edle Herren, dass ihr in der Falle sitzt«, sagte er lächelnd.

Haman betrachtete ihn zornig. »Seid Ihr gekommen, um uns zu verhöhnen?«

Zarzunabas hob, Schweigend gebietend, die Hand. »Ich verdanke es eurem Herrn, dass ich so sehr an Kraft gewonnen habe. Also will ich mich erkenntlich zeigen und euch, seine unwürdigen Knechte, aus dieser Falle befreien. Hört! Um Mitternacht werde ich ein Heer von Geistern senden, das die Wächter verwirrt. Diese Zeit müsst ihr nutzen, um die Höhle zu verlassen und ins Tal zu gelangen. Es gibt geheime Wege, auf denen ihr in den Süden kommt, und ich will sie euch weisen. Ein Irrlicht, das ich sende, wird vor euch herfliegen und euch auf Wegen führen, auf denen die kaiserlichen Soldaten euch nicht entdecken.«

Argwöhnisch betrachtete ihn Haman, sagte jedoch: »Wir danken Euch, Herr.«

Das Bildnis lächelte und verschwand.

Die Priester blickten einander an. Jeder wusste, was der andere dachte, aber keiner wagte es laut auszusprechen. Sie wussten, wie tückisch der Fürst der Untoten war, und zweifelten an seinem Willen, sie zu retten. Aber welche andere Hoffnung hatten sie denn?

Schließlich sprach Haman. »Lasst uns abwarten, was in der Nacht geschieht, dann werden wir ja sehen, ob er Wort gehalten hat.«

Sie warteten, gequält von der Unsicherheit, ob Zarzunabas sie nicht zum Narren gehalten hatte. Aber er stand zu seinem Wort. Kurz nach Mitternacht erhob sich ein gewaltiges Brausen am Himmel, und über die Heulenden Berge her zog ein dichter, grünlich schimmernder Nebel, der in kürzester Zeit Burg Turcaill und die gesamte Hochfläche einhüllte. Die Wächter fanden sich mit einem Schlag in einem undurchdringlichen Dunst gefangen. Die Priester hörten, wie sie sich durch Rufe verständigten. Sie hörten das Flügelrasseln der Drachen, die aufstiegen und über die

Nebelbank hinauszugelangen versuchten, aber die Schwaden folgten ihnen und hüllten sie ein.

»Kommt!«, befahl der Anführer. »Schnell, solange der Nebel sie aufhält.«

In aller Eile huschten die Männer, eng in ihre Kapuzenmäntel gehüllt, aus der Höhle und beeilten sich, das gefährliche Schneefeld hinter sich zu bringen, auf dem sie so leicht zu entdecken waren. Einer nach dem anderen verschwanden sie zwischen den Felsblöcken, bis auch der Letzte die Höhle verlassen hatte. Und jetzt sahen sie, dass Zarzunabas auch die Wahrheit gesagt hatte, was ihren geheimnisvollen Führer anging. Vor ihnen erschien überraschend ein Flämmchen, so groß wie die Hand eines Mannes, das eilfertig hin und her tanzte und dann einem kaum sichtbaren Pfad folgte. Es glitt hinunter in eine bewaldete Schlucht und huschte in der Tiefe zwischen den Bäumen umher, ungeduldig lockend, wenn sie nicht schnell genug vorwärtskamen.

Als einige der Priester zurückblickten, sahen sie, wie sich der Nebel allmählich wieder von der Hochfläche verzog, und sie hörten die Stimmen der Krieger, die einander zuriefen, aber da waren sie bereits tief im Dickicht verschwunden. Beinahe lautlos schlichen sie in der Dunkelheit vorwärts, ängstlich bemüht, das Flämmchen nicht aus den Augen zu verlieren. Es schwebte ihnen eilig voran, kehrte dann wieder zurück und glitt ihre Reihe entlang, um darauf zu achten, dass keiner zurückblieb oder verloren ging.

Haman atmete auf. Er war äußerst argwöhnisch gewesen, als Zarzunabas ihnen das Angebot machte, sie zu retten. Aber vielleicht stimmte es ja tatsächlich, dass er in Gurundirs Schuld stand, der ihm so viel Kraft gespendet hatte, und er wollte – wenn schon nicht aus Güte, so doch aus List und Berechnung – den Getreuen des schwefligen Sterns helfen. Ganz jedoch ließ sich der Argwohn nicht besänftigen. Haman war ein kluger und in allen Ränken erfahrener Mann, der niemandem außer sich selbst traute, und er hatte längst durchschaut, wie viel Wert die Freundschaftsschwüre der Verbündeten besaßen. Sobald einer den anderen nicht mehr brauchte, würden sie übereinander herfallen wie hungrige Schlinger, um die Beute, das Kaiserreich, an sich zu reißen.

Sie hatten sich schon mehrere Stunden lang durchs Dunkel getastet, als das Dickicht sich öffnete und eine Lichtung freigab. Die Mondin schien klar und hell. In ihrem Licht erkannte Haman, dass sie vor einem winzigen Dorf standen – nicht mehr als zwei Dutzend Hütten. An einigen Anzeichen erkannte er den Weiler Suken, den kaum eine Hundertschaft Menschen bewohnte. Niedrige, fensterlose Gebäude aus grauen und ockergelben Lehmziegeln drängten sich eng aneinander.

Scharf sog er die Luft ein. Warum hatte sie der Irrwisch zu dieser menschlichen Ansiedlung geführt? Wollte er sie in eine Falle locken? Jeden Augenblick konnte der Dorfwächter die Anwesenheit der Fremden entdecken und mit gellendem Ruf alle anderen warnen, die dann mit Äxten und Prügeln bewaffnet aus den Hütten stürmen und sich auf die Eindringlinge stürzen würden. Selbst wenn es nur einfache Bauern waren, so wären sie ihnen doch überlegen, denn die Priester fühlten sich müde und ausgehungert. Dann fiel ihm auf, wie seltsam die Luft schmeckte, die er so tief eingeatmet hatte. Ein faulig süßlicher Geruch schwebte darin, den er nicht sogleich erkannte.

Das Flämmchen bedeutete ihnen, dass sie weitergehen sollten. Nur zögernd folgten ihm die Männer. Auf Zehenspitzen schlichen sie durch das Dorf, aber alles blieb still. Haman atmete auf. Offenbar hatte er sich umsonst Sorgen gemacht. Suken schien völlig verlassen.

Just in diesem Augenblick stolperte er über ein Hindernis, das in den Schatten zu seinen Füßen lag. Er schrie leise auf, als er strauchelte und mit beiden Händen auf etwas wabbelig Weiches stieß. Schon fürchtete er, auch mit dem Gesicht hineinzufallen, doch gerade noch rechtzeitig stützte er sich auf einem Knie ab. Angewidert wischte er die Hände am Gras ab.

Plötzlich schimmerte in der dunklen Lichtung ein grünes Licht. Der Irrwisch wuchs, wurde zur grünen Säule und dann zu Zarzunabas' Bildnis. Der Fürst der Untoten lächelte huldvoll, und die Priester starrten ihn verwundert an. »Nun, meine Freunde«, sagte er, »ihr habt euer Ziel erreicht. Jetzt braucht ihr mich nicht mehr – und was noch wichtiger ist: Ich brauche euch nicht mehr.« Damit erlosch das Licht, und die Gestalt verschwand.

Flüche und Klagen erhoben sich von allen Seiten, als die Priester begriffen, dass der Irrwisch sie in die Wildnis gelockt hatte und nun im Stich ließ. Sie drängten sich aneinander und umringten den Oberpriester in der Hoffnung, dass dieser einen Rat wisse, aber der stand starr und steif da und schien die Rufe nicht zu hören. Erst als sie ihn anstießen, kam er zu sich. Leise und mit ausdrucksloser Stimme sagte er: »Ich weiß jetzt, wonach es hier riecht – nach Fäulnis.« Dann wandte er sich um und trat beiseite, und sie betrachteten den Gegenstand, über den er gestolpert war.

Entsetzensschreie wurden laut. Die Männer sprangen zurück, um den Körper nicht zu berühren, der da quer über dem Weg lag. Nun begriffen sie, warum es hier so still war und kein Wächter ihre Ankunft gemeldet hatte. Der Graue Fluch, den die Pestschwestern ausgesandt hatten, war über die Menschen gekommen. Zweifellos lagen überall in den kleinen Hütten die toten Bewohner des Weilers. Zarzunabas hatte sie mit Absicht in das verseuchte Dorf gelockt.

»Wir sind verloren!«, rief einer der Männer.

»Vielleicht noch nicht«, widersprach ein anderer. »Lasst uns rasch von hier verschwinden! Wir haben nichts berührt – keiner außer dir.« Dieser Hinweis galt dem Oberpriester Haman.

Augenblicklich wichen die anderen vor ihm zurück.

»Was soll das heißen?«, rief er zornig. »Bin ich nicht euer Anführer?«

»Das *warst* du«, antwortete einer von ihnen mit kalter Stimme. »Komm nicht in unsere Nähe! Wir wollen uns nicht die Seuche von dir holen. Andernfalls vertreiben wir dich mit Steinen!«

Haman spürte, wie ihm die Knie wankten. Unwillkürlich starrte er seine Hände an, entdeckte aber nur die Spuren des Grases, mit dem er sich gesäubert hatte. Sein Blick glitt über die Männer, die vor einer Stunde noch seine Brüder gewesen waren. Sie starrten ihn an, feindselig und furchtsam. Zorn überkam ihn. »Geht!«, brüllte er sie an. »Geht! Der Zorn Gurundirs komme über euch!«

Aber insgeheim wusste er, dass der Zorn Gurundirs über sie alle gekommen war. Der Meister hatte ihnen nicht verziehen, dass die Zitadelle mit seinem Altar in die Hände der Kaiserlichen gefallen war. Er war es, der Zarzunabas freie Hand gelassen hatte, sie auf seine heimtückische Weise zu vernichten.

Hastig folgten die Priester Hamans Aufforderung. Sie eilten, so schnell sie es bei dem Mondlicht wagten, über die verfluchte Lichtung und tauchten auf der anderen Seite ins Dickicht der rankenumschlungenen Bäume. Erleichtert stellten sie fest, dass der Pfad hier weiterging. Vielleicht war doch noch nicht alles verloren.

Einer der Männer hustete und spuckte angewidert einen Mundvoll grauen Schleim aus.

Romanel raste. Die Kaiserlichen hatten nicht nur seinen Stützpunkt erobert und das Buch des Ordens gestohlen – sie hatten auch seinen Sohn in der Gewalt. Die feigen Priester waren auf geheimem Weg aus der Festung geflohen, ohne sich um den Krüppel zu kümmern, der damit zur leichten Beute der Kaiserlichen geworden war. Sie würden ihn verhören und, sollte er sich widerspenstig zeigen, auch foltern, und wie er Ciaran kannte, dachte der Jüngling gar nicht daran, Leib und Leben für den schwefligen Stern zu opfern. Er würde im Verhör alles offenlegen, was er wusste, und das war nicht wenig.

»Ich hoffe, sie hacken ihn lebendig in kleine Stücke und werfen ihn den Hunden vor«, murmelte er vor sich hin.

Noch schlimmer war jedoch der Verrat, den Zarzunabas an ihm begangen hatte. Zwar hatte Romanel von Anfang an gewusst, dass der Geisterfürst so vertrauenswürdig war wie schmelzendes Eis, aber dass er ihm so heimtückisch in den Rücken fiele, hatte er doch nicht vermutet – und das so kurz vor dem Zeitpunkt, da sie sich alle auf das letzte Gefecht vorbereiteten. Welch tragische Ironie, dass seine Priester den eigenen Verbündeten zum Opfer gefallen waren – der Lust des Geisterfürsten am sinnlosen Töten und der Seuche, die die Pestschwestern über die Welt gebracht hatten!

Romanel musste zugeben, dass er eine Menge Spielsteine an seine Gegner verloren hatte. Glücklicherweise war er vorausschauend genug gewesen, um unmittelbar nachdem er von Ciarans Verhaftung erfahren hatte, alle Spione an der breiten Mauer und in der Residenz abzuberufen, bevor die Kaiserlichen sie zu fassen bekamen. Somit konnte er noch auf einige Hundert Getreue in verschiedenen Verstecken zählen. Und die Mittsommernacht war nahe. Das Drachenpack und seine menschlichen Vasallen hätten niemals Zeit genug, um noch vorher ihre Queste zu vollenden, selbst wenn sie den dritten Auserwählten ausfindig machten und das Buch entdeckten, in dem das Rätsel geschrieben stand. Auf jeden Fall würde er, sobald Gurundir seinen Platz im Himmelspalast fest in Händen hatte, als Erstes seine bisherigen Verbündeten vernichten. Heimlich hatte er bereits Vorbereitungen getroffen, um die Thargon auszurotten, Pilas' Bergsee zu vergiften, die Pestschwestern in ihren Bronzepalast zu verbannen und dort für alle Zeit lebendig zu begraben sowie Zarzunabas in seiner Festung aus Eis einzusperren. War das erst einmal erledigt, konnte er auch die Mokabiter vom Angesicht Chatundras fegen und die übrigen Menschen in die Sklaverei zwingen.

Am nächsten Tag kehrten die Boten, die zu den Dörfern im Norden gesandt worden waren, nach Vang Vath zurück. Sie erstatteten dem Marschall Bericht, und einer von ihnen überbrachte schlechte Nachrichten. Auf der Stelle führte ihn Merien von Brae Bac zu den Kaiserinnen. Angespannt lauschte Päony der Erzählung des Mannes, der vor dem doppelten Thron kniete.

»Mein Drache und ich flogen wie befohlen nach Norden, wo wir den Weg zu einem Dorf in der Nähe von Chiritai nahmen, um den Dorfmeister vor dem Ausbruch der Seuche zu warnen. Doch als wir den Weiler mit Namen Suken erreichten, war es schon zu spät. Er lag menschenleer und verlassen da, und überall zwischen den Lehmhütten entdeckten wir Tote, davon einen im gelben Kapuzenmantel und Ornat der Gurundiraz. Wir wagten nicht, in dem Ort zu landen, sondern überflogen ihn nur. Wir sahen, dass die Leute an einer Krankheit gestorben waren. Die Leichen waren grau und schrumplig, und Mengen von Schleim waren auf den Körpern getrocknet, als hätten sie ihn ausgehustet oder erbrochen. Und noch etwas anderes bemerkten wir. Mitten auf dem Dorfplatz stand ein drei Fuß hohes Gefäß, eine Amphore mit zwei Henkeln, aus der grünlicher Rauch aufstieg. Wir waren sicher, dass diese Amphore nicht in das Dorf gehörte, denn sie war kostbar bemalt und verziert wie ein Gefäß aus einem vornehmen Haushalt.«

»Kann es sein«, fragte Kaiserin Karenna, »dass die Amphore aus Chiritai stammt?«

»Das kann ich nicht mit Gewissheit sagen, Majestät«, antwortete der Bote. »Aber es will mir so scheinen, denn ich entdeckte üppige Goldverzierungen darauf und ...«

»Dann ist diese Amphore die Quelle der Seuche!«, fiel Vauvenal ihm ins Wort. »Sie wurde in das Dorf gebracht und so aufgestellt, dass die Bewohner sie finden mussten. Natürlich waren sie neugierig, was ein so kostbarer Fund enthalten mochte.« Er seufzte tief. »Und sie fanden es heraus.«

Der Bote bat noch einmal um Gehör. »Wir wollten nachforschen, ob sich die Krankheit bereits verbreitet hatte, also folgten wir in sicherer Entfernung über den Baumwipfeln dem Pfad, der von Suken zum nächsten Dorf und weiter nach Süden führt. Wir mussten nicht weit fliegen, ehe wir auf weitere Leichen stießen, alles Priester des Gurundir, die im Wald lagen. Wie es aussah, waren sie alle gestorben, nachdem sie durch Suken gekommen waren, manche früher, die anderen später. Sie waren tot, bevor sie noch eine Echsenmeile weit vorangekommen waren.«

Karenna wandte sich an Vauvenal. »Kennst du eine Seuche, die die Menschen in kürzester Zeit vertrocknen und ihr Fleisch schrumpfen lässt?«

Er schüttelte den Kopf. »Nein. Ich gehöre nicht zu den Kenntnisreichen, was Krankheiten betrifft. Vielleicht ist es eine Seuche, die die Pestschwestern selbst zusammengemischt haben. Sie besitzen eine große Kunstfertigkeit in solchen Dingen. Auf jeden Fall müssen wir handeln. Was sagen die übrigen Boten? Haben sie etwas Ähnliches beobachtet?«

»Nein. Es scheint sich nur um dieses eine Dorf zu handeln, das in nächster Nähe der verfluchten Stadt liegt.«

»Dann müssen wir es so schnell wie möglich von der Außenwelt abschneiden.« Er bedeutete dem Boten, er möge aufstehen. »Eile und bring den Marschall zu mir!«

Wenig später erschien dieser und ließ sich vor dem Thron auf ein Knie nieder. »Was befehlt Ihr, meine Herrinnen?«

Kylaila wandte sich an ihn. »Wir sind sehr in Sorge, Merien. Ein Dorf im Norden namens Suken ist von einer Seuche befallen worden, die sich weiter ausbreiten könnte. Unser Befehl lautet, dass Ihr Boten in die anderen Dörfer sendet und die Leute davor warnt, Fremde aufzunehmen, die zu ihnen kommen. Sie sollen die Zufahrtswege versperren, nicht hinausgehen und niemanden hereinlassen. Warnt sie davor, irgendetwas zu berühren, das ihnen fremd ist – in Suken brach die Krankheit durch ein Gefäß aus, das von unbekannter Hand auf dem Hauptplatz aufgestellt worden war. Und lasst die Ortschaften beobachten, ob weitere Krankheitsfälle auftreten. Was Suken betrifft, so zündet die Häuser an, damit sich kein unwissender Durchreisender versehentlich ansteckt. Habt Ihr alles verstanden?«

»Gewiss, Herrin.« Der Marschall legte die flache Hand auf die Brust und verneigte sich. »Ich eile und gehorche.«

Sobald er den Thronsaal verlassen hatte, stieß Karenna einen tiefen Seufzer aus. »Das ist alles, was wir fürs Erste tun können, aber ich bin nicht sicher, ob es uns nutzt. Wir wissen nicht, wie sich diese Seuche verbreitet. Wird sie weitergetragen, indem ein Kranker andere Menschen berührt, können wir sie eindämmen. Fliegt sie aber durch die Luft, wird es viele weitere Opfer geben.«

Vor dem Thronsaal stieß Päony auf Lukan, der dort gewartet hatte, wie es seine Gewohnheit war. Sie erzählte ihm von dem Unheil, das Suken heimgesucht hatte. Er lauschte aufmerksam, dann bemerkte er: »Ich dachte nicht, dass der Graue Fluch auch hier oben im Norden zuschlägt. Er war immer eine Krankheit des tiefen Südens.«

Verblüfft starrte sie ihn an. »Du kennst diese Seuche?«

»Aber gewiss. Meine Mutter, eine weise Frau, erzählte mir oft, wie der Graue Fluch ganze Inseln entvölkerte. Damals wohnten die Pestschwestern noch in ihrem Bronzepalast auf einer der südlichen Inseln, und es heißt, dass sie die Seuche über die Menschen brachten. Man sagt …«

Ungeduldig unterbrach ihn Päony und packte ihn am Arm. »Höre – wenn du die Krankheit kennst, kennst du dann auch ein Heilmittel?«

Lukan nickte. »Die Leute im Süden essen, wenn sie erkranken, die Blüten einer Pflanze, die Fliegenlilie genannt wird. Sie wächst in den Mangrovenwäldern an den Küsten des Jademeers und trägt große weiße Blüten, die einen übel riechenden Saft von der Beschaffenheit wie Honig absondern. Man nennt sie Fliegenlilie, weil der süße Saft Fliegen anlockt. Oft sind die Blüten über und über damit bedeckt.«

Päony packte ihn noch fester am Arm. »Komm mit, sofort! Was du mir gerade erzählt hast, müssen die Sphinx und die Kaiserinnen erfahren.« Sie zerrte den Jüngling hinter sich her in den Thronsaal, unbeeindruckt davon, dass der Türwächter sie aufhalten wollte. Die Kaiserinnen waren in ein ernstes Gespräch mit Vauvenal und der Sphinx vertieft und blickten ärgerlich auf, als Päony durch die Tür stürmte und ihnen zurief: »Hört, hört! Wir haben etwas Wichtiges herausgefunden!«

»Was gibt es so Bedeutsames, dass du ohne allen Anstand hier hereinstürzt?«, fragte Karenna stirnrunzelnd.

Päony rang nach Atem. »Verzeiht, Majestät. Aber Lukan hat mir gerade etwas Unerhörtes erzählt, das Ihr unbedingt erfahren solltet.« Sie stieß den Mokabiter, der schüchtern hinter ihr stehen geblieben war, nach vorn. »Sag es den Herrinnen!«

Lukan warf sich zu Boden, und erst auf die Erlaubnis der Kaiserinnen hin richtete er sich auf ein Knie auf und berichtete, was er über den Grauen Fluch wusste.

»Die Fliegenlilie!«, rief die Sphinx. »Ich kenne die Pflanze, und ich besitze Samen davon, aber ich habe sie nie in meinem Garten gezogen, weil sie alles ringsum mit ihrem Gestank verdirbt.«

Lukan nickte. »Man riecht sie auf viele hundert Schritte, und der Geruch ist so übel, dass selbst die Tiere davor fliehen. Aber sie heilt den Grauen Fluch, und wenn man ihre Blüten isst, bevor man krank wird, so schützt sie davor.«

»Das würde uns nutzen, wenn die Pflanze irgendwo anders gediehe«, warf Vauvenal ein. »So wächst sie jedoch im Reich der Thargon, und es wird schwierig sein, auch nur einige ihrer Blüten zu beschaffen. Wir müssen uns mit den Samen behelfen, die Wyvern in ihrem Kräuterhaus aufbewahrt.« Er wandte sich an die Sphinx. »Wisst Ihr, wie schnell die Fliegenlilien wachsen?«

»Langsam«, erwiderte sie und blickte düster zu Boden. »Es dauert viele Monde, bis sie groß genug sind, um Blüten zu tragen.«

»Dann kann uns der Samen keine Hilfe sein«, murmelte der Troubadour. »Und ich weiß nicht, ob wir es zustande bringen, Blüten aus dem Mangrovenwald zu holen.« Dann blickte er Lukan an. »Dennoch danken wir dir für deinen Rat.«

Eifrig hob Päony die Hand. »Wenn Ihr es mir gestattet«, rief sie, »so werde ich mit Tiffanbrill in den Süden fliegen und so viele von diesen Blüten holen, wie ich nur kann!« Erwartungsvoll blickte sie die Sphinx an, doch diese schüttelte den Kopf.

»Nein«, sagte sie, »das ist nicht deine Aufgabe. Dir ist die Queste bestimmt. Wir werden Ritter der Elitetruppe in den Süden senden.«

Sie bedeutete den beiden jungen Leuten, sie sollten zurücktreten. Dann nahm sie ihr Gespräch mit den Kaiserinnen wieder auf. Päony hörte sie sagen: »Ihr müsst jetzt rasch handeln, Majestäten. Ihr habt gehört, was uns Ciaran erzählt hat. Von allen Seiten dringen Feinde auf Euch ein. Tut, was ich Euch gesagt habe: Bittet die Kaaden Bûl um Hilfe gegen Zarzunabas und die Thargon. Und gebt ihnen den Lohn, den ich und Kulabac für ausreichend halten. Schenkt ihnen das Land im Süden jenseits der breiten

Mauer als Heimstatt, damit sie wieder auf der Oberwelt leben können. Auf diese Weise vernichtet Ihr zugleich auch die Skorpionritter, denn nichts vermag den Feuern der Kaaden Bûl zu widerstehen.«

Päony spürte, wie Lukan neben ihr bei diesen Worten erstarrte. Unbekümmert um die Anwesenheit der erhabenen Wesen, schrie er auf: »Aber dort steht auch Thamaz! Ihr dürft unsere Stadt nicht verbrennen!«

»Seid ihr beide noch immer da?«, rief die Sphinx ärgerlich.

Lukan ließ sich von Wyverns Groll nicht einschüchtern. Er ballte die Fäuste. »Thamaz ist die Heimat aller Mokabiter, Thainach, es ist unser Herz und unsere Seele. Wir können nicht leben, wenn wir nicht wissen, dass das Haus der tausend Türme noch steht.« Er weinte beinahe vor Zorn. »Und Ihr wollt es den Feuergeistern zum Fraß vorwerfen!«

»Wir haben keine andere Wahl«, mischte sich Vauvenal ein. »Und Thamaz ist ebenso besudelt wie Thurazim, keine dieser beiden unseligen Städte wird jemals wieder Menschen beherbergen. Zu lange waren sie die Wohnstätten von Unholden. Es ist besser, sie verbrennen zu Asche. Jetzt geht, und damit ihr etwas Nützliches zu tun habt, schickt einen Lakai nach dem Zeremonienmeister, wir wollen so schnell wie möglich das Fest zu Ehren der Allmutter ausrichten.«

Verdrossen kehrten die beiden jungen Leute, nachdem sie den Auftrag ausgerichtet hatten, in ihre Gemächer zurück. Ciaran, der träge dösend auf einem Diwan beim Fenster lag, empfing sie mit den Worten: »Was zieht ihr für saure Gesichter? Habt ihr auf gelbe Mispeln gebissen?«

Lukan warf ihm einen wütenden Blick zu. »Warte ab, welch saures Gesicht du erst machst, edler Herr, wenn der Graue Fluch dich niederstreckt, denn die Seuche hat keine Achtung vor deinen kaiserlichen Ahnen.«

Daraufhin setzte sich Ciaran mit einem Ruck auf, und sein eben noch schläfriger Gesichtsausdruck wirkte plötzlich hellwach. »Was redest du da? Was ist mit dem Grauen Fluch?«

Hastig mischte sich Päony ein und erzählte ihm, was der Bote berichtet hatte. Sie stellte fest, dass der Jüngling mit atemloser Aufmerksamkeit zuhörte, und als sie geendet hatte, kräuselte ein spöttisches Lächeln seine Lippen. An Lukan gewandt sagte er: »Ich muss dich enttäuschen, Freund, du wirst nie die Freude haben, mich am Grauen Fluch zugrunde gehen zu sehen. Meinst du, mein Vater hätte zugelassen, dass Twynneth und Twyfald eine Seuche in die Welt schicken, die uns, die Erben der sundarischen Kaiser, genauso dahinraffen könnte wie alle anderen? Kann eine Krankheit denn Freund und Feind unterscheiden?« Er stand auf und zog sich das seidene Gewand enger um die Schultern. »Lasst uns die Kaiserinnen aufsuchen! Dann will ich ihnen verraten, wo sie hier im Norden das Feld mit den Fliegenlilien finden, die wir angepflanzt haben.«

Päony rannte ihm eifrig voran, überglücklich über diese rettende Botschaft. Lukan indes schlenderte mit gesenktem Kopf hinterher, voller Neid und Zorn, dass Ciaran ihn – wie er meinte – übertrumpft hatte. An der Tür zum Thronsaal blieb er stehen und starrte missmutig zu Boden.

Die Kaiserinnen wollten schon ernsthaft ungehalten werden, als sie abermals in ihren tiefgründigen Gesprächen gestört wurden, aber das änderte sich rasch. Ciaran warf sich vor ihnen zu Boden und bedeckte das Gesicht mit dem Mantel. Erst auf ihre Auffordung hin erhob er sich auf die Knie. »Ich habe gehört, welche Not über Euch hereingebrochen ist«, sagte er, »und ich kann Euch helfen. Um nicht selbst von der Seuche getötet zu werden, die die Pestschwestern in die Welt setzten, haben mein Vater und ich in einem einsamen Bergtal Fliegenlilien angebaut und gemeinsam mit den übrigen Mitgliedern der Familie davon gegessen.«

»Unsere Boten«, erklärte Karenna und betrachtete ihn argwöhnisch, »berichteten, dass sie auch tote Gurundiraz im Urwald fanden.«

Cirian lächelte hässlich. »Ich behauptete nicht, dass wir *allen* davon zu essen gegeben hätten. Nur denen, in deren Adern das Blut der Kaiser fließt.«

»Warum habt Ihr die Lilien nicht aus dem Süden geholt, da Ihr doch mit den Thargon verbündet seid?«, fragte Kylaila.

»Mein Vater traute ihnen nicht.«

Karenna hatte andere Sorgen. »Sagt uns, Ciaran: Wird die Menge der Lilien auf Eurem Feld ausreichen, um alle Siedler im Norden zu schützen?«

Überrascht und ungläubig sah er sie an. »Ihr wollt allen Dörflern davon zu essen geben? Ich dachte, die Lilien seien allein für Euch und Euren Hof bestimmt.«

»So wie dein Vater und du es gehalten haben?«, entgegnete sie voll Verachtung. »Es sind die Siedler im Norden, die vor allem bedroht sind, und sie haben das erste Anrecht auf die Blüten. Also! Sind es genug?«

»Nein. Nicht, wenn Ihr allen davon zu essen geben wollt.«

Lukan, der die Gelegenheit gekommen sah, sich in Erinnerung zu bringen, warf den Kopf hoch und rief von der Tür her: »Das ist nicht notwendig, Majestät. Lasst einen Sud aus den Blüten kochen und gebt den Leuten davon zu trinken. Sie sind dann zwar nicht gänzlich vor der Krankheit gefeit, aber der Trank stärkt ihre innere Kraft, und es werden viel weniger von ihnen erkranken und sterben.«

Ciaran warf dem Mokabiter einen gehässigen Blick zu und wandte sich wieder den Kaiserinnen zu. »Hätte er mich ausreden lassen, so hätte ich Euch dasselbe gesagt. Gebt mir ein Stück Pergament, dann will ich Euch den Weg aufzeichnen, denn das Tal ist nicht leicht zu finden.«

Kylaila, die ihm trotz allem nicht traute, stieß einen schnarrenden Laut aus. »Wer sagt uns, dass du unsere Männer nicht in eine Falle lockst?«

»Das müsste Euch Euer Verstand sagen«, antwortete Ciaran keck, »denn Ihr habt mich in der Hand. An wem ließet Ihr wohl Euren Zorn aus, wenn den Boten ein Unglück zustieße?«

Vauvenal lachte, als er das hörte. »Er hat recht, Kylaila, auch wenn er ungebührlich spricht«, sagte er. »Und außerdem – welchen Vorteil zöge er daraus, einige Drachenreiter in den Tod zu schicken, wenn er selbst aufs Grausamste dafür büßen müsste?« Er wandte sich an Ciaran. »Da du so freimütig mit uns sprichst, wirst du uns zweifellos auch sagen, wer dieses Lilienfeld bewacht.«

»Gewiss«, antwortete der Jüngling. »Ein Kadaverdrache hat ein Auge darauf.«

»Um den werde ich mich kümmern«, verkündete der Troubadour.

»Nun, Karenna, gib Befehl, dass der Marschall Merien und einige ausgewählte Drachenreiter mich begleiten, dann werde ich mich sofort auf den Weg machen und dieses geheime Feld abernten.« Er stand von seinem Sessel auf und schritt mit wehendem Mantel durch den Thronsaal.

Päony sah, wie er an der Tür kurz stehen blieb und den erbitterten Lukan anblickte. Sie hörte ihn sagen: »Du bist zornig, junger Mann? Du solltest dich freuen, denn ohne deinen Hinweis darauf, welche Pflanze die Krankheit heilt, wären wir ihr ausgeliefert gewesen.«

Lukan zuckte, nur halb getröstet, mit den Schultern. Mit dem Kinn wies er auf Ciaran und murmelte: »Ihm habt Ihr zu danken.«

»Ihm und dir«, erwiderte Vauvenal lächelnd. Mit sanfter Geste hob er Lukans Gesicht am Kinn hoch und strich ihm das falbe Haar aus den Augen. »Vergiss eines nicht, mein Freund: Java-Tikkan war der erste Held, den das Volk der Mokabiter hervorbrachte, und du bist der zweite. Vergiss das nie!«

DRITTER ABSCHNITT
Krieg in den Sphären

Die Zitadelle von Zorgh

Die Rüstungen der Kaaden Bûl

Für die drei Auserwählten wurde jeder gemeinsame Tag zur Qual. Ciaran lag den größten Teil des Tages auf dem Sofa am Fenster und starrte verdrießlich ins Leere. Er verließ nur ungern das Zimmer, denn überall im Palast begegneten ihm feindselige Blicke, und sooft er nur den geringsten Verdacht erweckte, dass er sich heimlich davonmachen wollte, wurde er gepackt und wieder zurückgebracht. Lukan klammerte sich an Päony, ließ sie nicht mehr aus den Augen und nutzte jede Gelegenheit, um sich bei ihr einzuschmeicheln. Päony wiederum wäre am liebsten beiden Männern aus dem Weg gegangen, aber sobald die zwei allein waren, brach sofort ein bösartiger Streit zwischen ihnen aus.

Wenigstens überbrachte die Sphinx bald gute Nachrichten. Stolz lächelnd betrat sie das Turmzimmer und verkündete, dass sie einen Teil des Rätsels gelöst habe. »Wie ich schon sagte: Man ist nicht umsonst eine Sphinx! Zwar habe ich noch nicht das Ganze entwirren können, aber immerhin den letzten Teil: *Sie dürfen weder essen noch schlafen.*« Mit lässig vorgestreckten Tatzen lag sie auf dem Diwan und blickte die drei jungen Leute der Reihe nach an. »Ich fühlte mich an etwas Bestimmtes erinnert – und bald hatte ich es. Ich dachte an die Rüstungen der Sieben. Du, Päony, weißt es sicher, und ihr beiden jungen Männer wisst es wohl auch, wenn ihr euch mit der Geschichte Chatundras beschäftigt habt. Als die Sieben verwandelt wurden, schenkten ihnen die Kaaden Bûl Rüstungen, die wunderbare Eigenschaften haben: Sie sind weich wie Tuch und undurchdringlich wie Bronze. Sie passen jedem Träger, sei er groß oder klein, schmal oder breit. Wer sie trägt, hat weder Hunger noch Durst und wird nicht müde, solange er die Rüstung trägt.«

»Ich weiß davon!«, rief Päony. »Die Rüstung, die unserem Ahnen Java-Tikkan gehörte, wird im Palast unseres Reichs aufbewahrt und einmal im Jahr dem Volk gezeigt, damit wir uns unserer glänzenden Vergangenheit erinnern.«

Ciaran nickte. »Ich habe auch schon davon gehört. Und wo befinden sich die anderen Rüstungen?«

»Drei davon gibt es nicht mehr. Die Rüstung, die Kaiserin Süleymin gehörte, ging in den Wirren des Krieges um das Kaiserreich im Süden verloren. Kaiserin Miranda und ihr Gatte Gynnevise opferten ihre Rüstungen den Mutterjungfrauen zum Dank für eine lange und gesegnete Regierungszeit. Eine wird, wie wir soeben erfuhren, im Palast des Spinnenvolks aufbewahrt. Die drei Übrigen sind in der alten Drachenstadt Zorgh. Wir wollen damit beginnen, dass wir diese Rüstungen holen, und dabei können wir vielleicht gleich einen weiteren Teil des Rätsels lösen, denn in Zorgh gibt es jede Menge Feuer.«

Päony war erleichtert, als das Warten und Herumsitzen ein Ende hatten. Wenn es erst einmal etwas zu tun gab, wenn sie greifbaren Gefahren begegneten, dann, so hoffte sie, nähme der Unfrieden zwischen ihnen ein Ende.

Am nächsten Morgen sprang sie mit Freuden aus dem Bett, als noch vor Tau und Tag ein Pochen an ihrer Tür kundtat, dass die Sphinx bereits auf sie wartete. Auch die beiden jungen Männer schreckten bei dem Geräusch auf und warfen die Decken zurück. Sie wuschen sich hastig und legten ihre Kleider an. Päony hatte, dem Rat der klugen Minneloise folgend, auch Ciaran die Uniform eines gemeinen Soldaten geben lassen, und zwar genau dieselbe, die Lukan trug. Dann konnten die beiden einander wenigstens in dieser Hinsicht nicht in die Haare geraten. Sie selbst legte ihren schweren Halsschmuck an, der zugleich als Nackenschutz diente, sowie das braunsamtene Unterkleid und die fingerlosen langen Handschuhe. Darüber schnallte sie die einzelnen Teile der Rüstung fest. Beide Männer betrachteten sie mit bewundernden Blicken, als sie hoch erhobenen Hauptes ihnen voraus durch die Tür schritt.

Sie nahmen ein eiliges Frühstück ein und traten dann in den Hof hinaus, wo in der feuchten Morgendämmerung bereits Minneloise, Tiffanbrill und die Sphinx – die ihr zauberisches Reittier mitgebracht hatte – auf sie warteten. Ciaran, der noch nie in einem Sattel gesessen hatte, stellte sich lächerlich unbeholfen an, als er seinen Drachen bestieg. Er unternahm mehrere vergebliche Versuche, bei denen er fast zu Boden gefallen wäre, ehe es ihm gelang, sich rittlings auf Minneloises schmalen Rücken zu schwingen, was Lukan zu einem spöttischen Grinsen veranlasste. Päony hätte ihren Freund gern daran erinnert, wie er vor Schreck gejault hatte, als Tiffanbrill das erste Mal mit ihm aufgestiegen war, aber sie wollte kein Öl ins Feuer der Zänkerei gießen, also schwieg sie still.

Gleich darauf erhoben sie sich in die Lüfte. Schwere Nebelschwaden umwölkten sie und breiteten einen grauen Teppich zwischen ihnen und der Erde darunter aus. Kaum ein Laut war zu hören außer dem Sausen der mächtigen Schwingen. Noch schlief der Urwald unter ihnen, erstarrt in der Kühle der Nacht. Alles Leben darin wartete auf die wärmenden Sonnenstrahlen.

Eine Zeit lang flogen sie nach Norden, aber als sie über Burg Turcaill hinwegschwebten, änderten die Drachen die Richtung und wandten die Schnauzen nach Westen, den Toarch kin Luris zu. Mit jeder Meile wurde die Luft kälter und der Wind beißender. Die Welt war ohne jede Farbe, war nur grauer Stein und silbriges Gras unter einem bleichenden Himmel. Päony fror, als sie in immer größere Höhen aufstiegen, und wickelte den wollenen Mantel eng um die Schultern. Doch die Kälte der hohen Gebirge biss sich durch das Gewebe, bis sie ihr das Mark in den Knochen zu gefrieren schien. Sie sah, dass auch die beiden jungen Männer fröstelten.

»Seht ihr die Salamander, die in den Feuersäulen über den Gipfeln tanzen?«, rief Tiffanbrill seinen Reitern über die Schulter hinweg zu.

Er wies zu der Stelle, die er meinte, doch die menschlichen Augen waren zu schwach, um zu erkennen, was er ihnen zeigen wollte. Päony entdeckte nur einen unbestimmten Wirbel roter Schleier, die sich wie ein Strudel drehten und nach allen Seiten goldene Funken sprühten. Lukan jedoch rief: »Ja, ich sehe sie! Wie schön sie sind!«

»Wie sehen sie aus?«, fragte Päony. »Ich erkenne nur feurige Schleier.«

»Wie schöne Menschen, aber sie sind von Kopf bis Fuß aus Feuer gebildet und tanzen in den Flammen.«

»Sie sind die Knechte und Boten der Kaaden Bûl«, erklärte Tiffanbrill. »Die großen Feurigen schicken sie, wenn sie mit den Menschen in Verbindung treten, da ihre eigene Erscheinung zu schrecklich wäre.«

Allmählich schwand die Nacht, und in der aufkommenden Dämmerung tauchten bizarre Bergformen auf, manche spitzzackig, manche oben so flach, als wären sie mit dem Messer abgeschnitten worden, oder zu phantastischen Säulen, Türmen und Brücken verwittert. Der Himmel leuchtete lavendelfarben, während die Tönung der Berge zwischen tiefem Schwarz, Violett und Purpur wechselte. Höher und höher trug Tiffanbrill sie. Bald erreichten sie steile Abhänge und dräuende Felswände aus kantigem Basalt und schlackiger schwarzer Lava, und dann überflogen sie den ersten Vulkankrater. Vorsichtig spähte Päony in die Tiefe und erinnerte sich an den Ritt auf Kulabacs Rücken durch die Schlünde der Finsternis und den lodernden Abgrund, in den sie damals geblickt hatte. Mehr als zweihundert Schritt tief stürzten die senkrechten Felswände des Abgrunds dem Kratersee entgegen, der unter einer Rauchhaube brodelte und Flammensäulen emporschickte. Ein beißender Schwefelgeruch drang ihr in die Nase und reizte sie zum Niesen. Es war eine düstere, feindselige Landschaft aus schwarzem Stein und rotem Feuer, über die sie hinwegflogen, immer im Gefolge der Sphinx, die ihnen den Weg wies. Eisige Kälte wechselte mit jähen Hitzeströmen, wenn sie einen der zahlreichen Kraterseen überquerten. Der Dampf kochender Quellen stieg auf und zerfloss in trüben Schnörkeln in der Luft, in der dünne Ascheschleier trieben.

Unerwartet bedeutete ihnen die Sphinx, sie sollten landen. Die beiden Drachen gehorchten sofort, obwohl sie nicht wussten, was Wyvern zu diesem Aufenthalt veranlassen mochte. Ihren Anweisungen folgend, ließen sie sich an der Mündung einer Passhöhe nieder, die vom Wind blank gefegt zwischen den finster aufragenden Eckpfeilern zweier Felstürme lag. Dort erhob sich auf einem Sockel ein Obelisk. Das Mauerwerk war nachgedunkelt und hatte vom Wind abgeschliffene Kanten. Die Blätter der kupfernen Kränze und Girlanden, die ihn schmückten, waren vom Grünspan zerfressen, und der vergoldete Schnörkel auf dem Knauf schimmerte trübe in der Dämmerung.

»Wir bleiben nur einen Augenblick lang hier«, erklärte Wyvern. »Ich möchte euch etwas zeigen.« Sie bedeutete den drei Menschen, ihr zu folgen, als sie sich dem Obelisken näherte.

Neugierig beugte sich Päony vor. Auf dem Sockel stand in altertümlichen Lettern die Inschrift: *Hier beginnt König Viborgs Reich.*

»Und das«, sagte Wyvern, auf den verfallenden Pfeiler deutend, »ist alles, was an König Viborgs Reich erinnert. Wenn ihr eure Aufgabe nicht erfüllt, wird auch vom Kaiserreich nicht mehr übrig bleiben als ein Markstein in der Einöde. Kommt, lasst uns weiterfliegen!«

Wieder stiegen die Drachen in die eisige Luft auf. Durch den Ascheschleier hindurch sah Päony, dass der Horizont im Osten sich bereits rosig färbte. Es würde nicht mehr lange dauern, bis Phuram seinen Sonnenwagen über den Himmel lenkte.

Dann flogen sie über eine breite Felsenschwelle hinweg, die sich wie die Ringmauer einer altertümlichen Burg emporreckte, und sanken dahinter in ein unerwartet grünes und freundliches Tal. Päony fühlte sich an Luifinlas erinnert, denn auch hier wärmten die heißen Lavaströme Boden und Luft und ließen türkisgrüne Moose und Flechten üppig wuchern, die in dieser Höhe sonst niemals gediehen wären. Jetzt entdeckte sie auch Teile gewaltiger Architektur, vor allem kunstvoll gemeißelte Brücken, die über siedende Bäche hinwegführten, und einzelne steinerne Pavillons, die offenbar als Wachttürme dienten. Aber erst als sie eine weitere Felsenmauer und ein Tal überwunden hatten, sah sie die alte Drachenfeste unter sich liegen.

Sie stieß einen Schrei des Erstaunens aus. Luifinlas und Vang Vath hatten ihr einen Eindruck von drachischer Architektur vermittelt, aber was sie hier sah, war um viele Jahrhunderte älter. Ein gewaltiges Kastell aus schwarzem Basalt erhob sich aus zottigen Mooswäldern, umringt von einer Stadt, die aus zahllosen ineinander übergehenden, zu einem einzigen Haus verwachsenen Gebäuden bestand, einem Gewirr aus überdachten Gassen, Türmen, Gewölben, Arkaden und Treppen ohne Anfang und Ende. Die gesamte Stadt war eine einzige Spirale – das Symbol der Allmutter – aus lauter gleichen Steinen in ständig sich wandelnder Anordnung, sodass nicht zu erkennen war, ob eine

Treppe nun im Innern eines Hauses verlief oder außerhalb, ob sie Teil einer Gasse war oder Teil eines Gebäudes. Die Bauten waren alle so konstruiert, dass sie der feindseligen Außenwelt fensterlose Fassaden zuwandten, während sich im Schutz ihrer Mauern ein krummwandiges Labyrinth aus überdachten Gässchen, Arkaden und Innenhöfen erstreckte. Keiner der offenen Plätze war quadratisch, wie dies in den Wohnstätten der Menschen der Fall war, sondern dreieckig, denn die Drachen verehrten das Dreieck – wie auch die Pyramide – als Symbol des Dreigestirns. Als fremd und altertümlich erwiesen sich auch die Formen der Bauwerke und der Zierrat, der sie schmückte: Hier allein hatte sich unbeeinflusst von allen menschlichen Eingriffen die befremdende Eigenart einer Stadt erhalten, die von Drachen erbaut worden war und von Drachen bewohnt wurde. Überall brannten schweflige Feuer, und in den gemauerten Rinnen entlang der gewundenen Straßen floss Lava wie anderswo klares Wasser, sodass es in der Stadt angenehm warm war. Dichte bronzefarbene Wolken hingen tief über den Dachfirsten, von unten erhellt vom rauchigen Feuerschein, und wirkten wie Baldachine aus orangerotem Samt.

Die Drachen überflogen das gewaltige Rund des Amphitheaters, in dem jährlich das Konzil der weiblichen Wesen stattfand, und wandten sich dem Kastell zu. Tiffanbrill ging tiefer, und Päony bekam einen Eindruck von den überaus belebten Straßen. Dicht an dicht eilten Drachen aller Größen und Formen geschäftig in verschiedene Richtungen, und es sah aus, als wären die Straßen mit wandernden Juwelen übersät. Sie sah kleine Grolme mit braun und grün gefleckter Schuppenhaut, die ihnen als Tarnung diente, farblose Stollenwürmer, die unbehaglich ins Licht blinzelten, und Wyrme ohne Flügel und Beine, aber mit einer Haut, die von Kopf bis Fuß wie fließendes Wasser schillerte. Zweibeinige Drachen mit Flügeln, einem Schlangenkopf und Adlerklauen, die meisten mit einer Krone auf dem Kopf, hüpften die Straße entlang. Erd-, Feuer- und Luftdrachen wimmelten durcheinander, einer prächtiger als der andere. Manche hatten drei Köpfe, andere doppelte Flügelpaare und mit einer so zarten, milchigen Haut bespannt, dass der Feuerschein hindurchschimmerte. Wieder andere gemahnten an geflügelte Löwen mit schuppigen Schwänzen. Es gab rot und orange gefleckte Feuerdrachen, grüngoldene Lindwürmer ... Sie alle schimmerten und funkelten wie hundert offene Schatzkisten. Hörner, Zacken, Schuppen, Schwänze, Kronen und Klauen glitzerten in den Farben des Regenbogens und warfen funkelnd das rötliche Zwielicht zurück.

Eine gerippte Rampe führte zu dem Kastell empor, geradewegs auf ein bronzenes Tor zu, das von zwei riesenhaften, finster aussehenden Drachen bewacht wurde. Die beiden Wächter erkannten die Sphinx jedoch schon von Weitem und begrüßten sie ehrfürchtig. Ein paar Worte genügten, und die Besucher wurden in die Zitadelle eingelassen. Sie landeten auf einem dreieckigen Hof, der von düsteren Arkaden umgeben war und Päony an die überwölbten Urnengräber in den Totenhainen ihrer Heimatstadt erinnerte. In steinernen Trögen wuchs das türkisgrüne Moos, das draußen die weiten Wälder bildete, ansonsten fand sich kein Tupfen von Farbe.

Die drei Menschen und Wyvern stiegen ab und schritten auf ein Tor am gegenüberliegenden Ende des Hofs zu, das ebenfalls bewacht wurde, diesmal von zwei beträchtlich kleineren, aber äußerst grimmigen Drachen, die aufrecht standen und Hellebarden in den Klauen hielten.

Ciaran erschrak heftig, als er sie sah, presste beide Fäuste gegen die Brust und sprang einen Schritt zurück, denn mit ihren bronzenen Schuppen hatten sie eine beunruhigende Ähnlichkeit mit den Furien, die ihn gehetzt hatten. Er lächelte verlegen, als er merkte, dass es sich um fleischliche Wesen handelte, die wohl streng, aber nicht bösartig waren.

Sobald sie das Tor durchschritten hatten, befanden sie sich im Innern des Palasts, und Päony stand überrascht vor einer Pracht, die sie angesichts des finsteren Steinhaufens nicht erwartet hätte. Von der Decke hingen Papierlaternen, die ein vielfarbiges weiches Licht verströmten. Die Mauern waren mit Mosaiken geschmückt, die Szenen aus dem Leben urtümlicher Drachen darstellten, alle umrahmt von komplizierten Ornamenten und beschriftet mit Zeichen, wie die Jungfer sie noch nie gesehen hatte. Selbst Ciaran wusste nur zu sagen, dass es sich um ein uraltes Alphabet und eine uralte Sprache handelte; zu lesen verstand er sie nicht. Erst die Sphinx konnte ihnen erklären, dass es sich um die Schrift und Sprache handelte, die die Drachen Jahrtausende vor dem Erscheinen der Menschen benutzt hatten.

Zwei Pagen empfingen die Besucher, zierliche Drachen mit buntschuppiger Haut. Sie liefen aufrecht auf den Hinterbeinen und trugen in den Vorderklauen Laternen an langen Stangen, mit denen sie den Weg durch die Korridore abseits des erhellten Hauptgangs beleuchteten. Die Fremden wurden nicht geradewegs zu den Burgherren geführt, sondern, da diese aufmerksame Gastgeber waren, zuerst in einen Baderaum, in dessen Boden ein Becken mit dem warmen Wasser der vulkanischen Quellen eingelassen war und zur Erfrischung einlud. Aus einem bronzenen Wasserspeier strömte in dickem Schwall die heiße Flut und lief auf der anderen Seite wieder ab, sodass das Becken immer mit frischem Wasser gefüllt war. Die drei Menschen waren dankbar dafür. Ihre Haut fühlte sich klebrig an von dem schwebenden Russ, der aus den Kraterseen emporgewirbelt war, und ihre Kehlen waren ausgedörrt von den glühenden Luftströmen. Allerdings stellte Päony fest, dass Ciaran sich genauso prüde gebärdete wie

Lukan, wenn es darum ging, sich nackt zu zeigen. Sie fragte sich, ob er auch Angst hatte, verhext zu werden, oder ob sein bislang mönchisches Leben eine solche Scheu in ihm erzeugt hatte. Auf jeden Fall waren sich die erbitterten Gegner ausnahmsweise einig: Sie würden einzeln baden.

Päony fand das albern, aber sie war klug genug und begriff, dass nichts auf der Welt sie beide in dasselbe Becken bringen würde, und es mit nur einem von ihnen zu teilen – was ihnen durchaus recht gewesen wäre –, hätte den brüchigen Frieden zwischen ihnen gänzlich zerstört. Sie freute sich, als Wyvern zu ihrer Überraschung erklärte, das Bad mit ihr teilen zu wollen.

Im Schein einer Öllampe stiegen sie in die köstlich warme, wenn auch stark nach Schwefel riechende Flut. Wyvern ließ sich den Wasserstrahl auf die bloßen Schultern prasseln und lächelte die kleine Kriegerin an. »Nun, wie fühlst du dich nun, da die Queste beginnt?«

Päony seufzte. »Erleichtert, Thainach – vor allem erleichtert. Ich wusste nicht, dass es so schwierig ist, mit zwei Männern zusammenzusein, vor allem wenn man den ganzen Tag nichts zu tun hat.«

»Ach, sie sind eifersüchtig aufeinander und haben Angst voreinander«, erwiderte die Sphinx. »Jeder von ihnen fühlt sich minderwertig und möchte zumindest die Befriedigung haben, dass es dem anderen nicht besser ergeht. Sie sind noch keine Männer, Päony. Sie sind beide noch Knaben. Aber vielleicht werden sie Männer sein, wenn eure Queste erfüllt ist.« Sie lächelte die kleine Kriegerin an. »Ich erinnere mich, dass Lukan von einem Orakel sprach, das ihn als deinen Gefährten benennt. Gefällt dir diese Prophezeiung?«

Päony errötete. »Ja, Thainach. Ciaran ist freundlich und sehr schön, aber er ist auch sehr gebildet, und das bin ich nicht. Ich würde ihn bald langweilen, und ich selbst würde zornig werden, weil ich ihm unterlegen bin. In Anam Mael haben wir einen Spruch, den man den Mädchen mit auf den Weg gibt:

Ist ein Mann dir überlegen, so wirst du ihn fürchten,
ist er dir unterlegen, so wirst du ihn verachten,
nimm dir einen vom gleichen Maß.

Und seht, das ist Lukan! Ich fühle mich wohl mit ihm, auch wenn ich manchmal über ihn lachen muss. Wir waren uns gleich vertraut, als wir unsere Reise zu Kulabac unternahmen. Mit ihm kann ich so sein, wie ich bin, mit allen meinen Vorzügen und Fehlern, und auch er gefällt mir so, wie er ist, und ich möchte gar nicht viel an ihm ändern. Nur ein wenig zu schüchtern ist er mir noch. Es wäre mir lieb, wenn er mehr Kühnheit bewiese.«

Die Sphinx strich ihr durchs Haar. »Du hast gut gewählt, kleine Kriegerin.«

Nach dem Bad wurden ihnen Erfrischungen angeboten, die den Staub aus der Kehle schwemmten. Sie aßen und tranken; dann kehrten auch schon die Pagen zurück und ließen sie wissen, die Hoheiten würden sie jetzt empfangen.

Während sie den Laternenträgern durch das Dreieicksgewölbe eines Korridors folgten, erklärte ihnen die Sphinx, dass sie vor allem mit dem weisen alten Fayanbraz sprechen wolle, dem ehemaligen Hofdrachen der Makakau-Könige, der sich nach dem Untergang des Reichs hierher zurückgezogen hatte. Wegen seines ungeheuren Alters ebenso wie wegen seiner Lebensklugheit galt er als ungekrönter König von Zorgh – er stand weitaus höher im Ansehen als der eigentliche, noch sehr junge und unerfahrene Regent.

»Benehmt euch aufs Beste!«, ermahnte Wyvern die drei Menschen. »Vor Fayanbraz haben sich mehr Könige im Staub gewälzt als vor jedem anderen Weisen.«

Da waren sie auch schon vor dem Tor des Thronsaals angekommen, einer hohen Öffnung in der steinernen Mauer, die durch einen dicken jadegrünen Samtvorhang halb verschlossen wurde. Innen und außen standen je zwei Türwächter, Drachen von jener Art, die das innere Tor bewacht hatten, nur dass diese um vieles prächtiger waren, mit juwelengleichen Schuppen und Feuer verströmenden Augen. Als sie hindurchtraten, fanden sie sich in einer langen, über zwei Stockwerke hohen Halle, in der der schwere Dunst riesenhafter Leiber in der Luft hing. Die Wände waren bis zur halben Höhe mit kunstvoll geschnitzten Paneelen verkleidet, der Boden mit einem Teppich bedeckt, dessen kompliziertes Muster aus sich selbst heraus glomm, als sei es aus Silberfäden gewoben. Eine Doppelreihe Öllampen, die entlang der Wände aufgestellt waren, sandten ein schwaches, heimeliges Licht in den schattenverhangenen Saal.

Angeführt von der Sphinx, schritten die drei Menschen dem hohen Podium entgegen, das die Stelle eines Throns einnahm; als Nachhut folgten ihnen die beiden Drachen. Das bronzene Zaubergeschöpf hatte die Sphinx im Hof stehen lassen.

Im Zwielicht erkannte Päony erst nur ein unbestimmtes Durcheinander gebirgiger Formen auf dem Podium, das ihr wie eine Reihe nächtlicher Hügel vorkam. Dann, als die Augen sich an das Zwielicht gewöhnt hatten, unterschied sie drei Drachen. Einer war sichtlich noch jung und sehr schön mit seinem silbernen Schuppenkleid und der sandfarbenen Mähne. Der zweite war würdevoll, aber schon sehr alt, mit trüben Augen und schartigen Schuppen. Der dritte jedoch war unvergleichlich. Unwillkürlich sanken alle drei Menschen in die Knie, als sie sich dem ehrwürdigen Ekoya Fayanbraz gegenübersahen, nach dem Troubadour und Kulabac der berühmteste Drache Chatundras. Lukan legte sich platt auf den Bauch und verschränkte in der Haltung tiefster Unterwürfigkeit, die ein Mokabiter zustande brachte, die

Hände im Nacken. Ciaran warf sich ebenfalls nieder und schlug den Mantel über den Kopf, sein Gesicht verhüllend, wie es bei den demütigen Bittstellern am Kaiserhof der Sundaris Brauch gewesen war. Päony kniete und legte ihre Waffen vor sich auf den Boden. Sie wusste, dass es sich nicht gehörte, ein so hervorragendes Wesen anzugaffen, aber sie konnte den Blick nicht von Fayanbraz abwenden.

Er maß volle siebzehn Schritte von der Schnauze bis zur Schwanzspitze und musste sich zusammenrollen, um auf das Podium zu passen. Geschmückt war er mit einem Mantel aus Schuppen, die zu Juwelen erstarrten Federn glichen. Auf seinem Haupt ragte ein purpurroter, geringelter und gekrümmter Federstoß in die Höhe, der am Ende in eine lange Mähne überging. Sein Bart war sieben Schritte lang und so wollig weich wie das Haar einer Jungfrau. Schräge Goldaugen, die im Zwielicht glühten und helle Strahlen aussandten, musterten die Besucher.

»Das sind also die drei Menschen«, sagte er mit einer Stimme, die wie ein Brummrohr klang. »Steht auf, steht auf! Ich habe lange unter Menschen gelebt, ich bin an sie gewöhnt.«

Die drei standen auf und blickten eingeschüchtert auf diesen ehrwürdigen Ratgeber vieler Menschengeschlechter.

Die Sphinx stellte sie vor, zuerst Päony als die Ranghöchste, danach die beiden Männer, und kam dann auf den Anlass ihres Besuchs zu sprechen – die Rüstungen der Kaaden Bûl. Sie erzählte Fayanbraz und seinen Gefährten von der Prophezeiung und dem Gebot, dass die Auserwählten weder essen noch schlafen dürften, bis sie Gurundir überwunden hätten. Die drei Drachen hörten zu und unterhielten sich eine Weile leise summend miteinander, wie es ihre Art war, wenn sie ein Gespräch in Gedanken führten, dann sprach Fayanbraz. »Wir sind einverstanden, euch die Rüstungen zu geben, wenn ihr euch bewährt.«

»Was müssen wir tun?«, fragte Päony.

»In alter Zeit«, antwortete der Drache, »gab es eine Zeremonie, die jeder Ritter bestehen musste, wenn er sich auf den Weg zu einer Queste machte und dabei die Hilfe zauberischer Gegenstände in Anspruch nehmen wollte. Auf dem Weg hierher seid ihr über die Kraterseen geflogen. Nun, wir werden die drei Rüstungen auf eine Insel inmitten eines solchen feurigen Sees legen, und ihr müsst sie euch holen, wenn ihr sie haben wollt.«

Lukan konnte sich nicht beherrschen; ein quiekender Schreckensschrei entrang sich seiner Kehle, und er machte eine unwillkürliche Bewegung, als wolle er zur Tür hinausstürzen und nicht aufhören zu rennen, ehe er viele Echsenmeilen zwischen sich und Zorgh gebracht hatte. Ciaran war fahl wie alte Leinwand geworden und ballte die Hände zu Fäusten, damit niemand sah, wie sehr sie zitterten. Päony spürte den gallebitteren Geschmack jäher Übelkeit in sich aufsteigen.

Fayanbraz hatte ihr Entsetzen natürlich bemerkt. Seine Stimme klang sanft, als er sagte: »Da die drei Schwestern euch auserwählt haben, werden sie nicht zulassen, dass ihr zu Asche verbrennt, ehe ihr eure Queste auch nur angefangen habt. Aber sie verlangen diese Prüfung von euch als Zeichen eures Vertrauens und eures Mutes. Seid ihr bereit?«

Ein unbehagliches Schweigen breitete sich aus. Schließlich sagte Ciaran mit gepresster Stimme: »Ich habe mein Leben bei dem Gottesurteil aufs Spiel gesetzt, also kann ich es auch noch einmal wagen. Aber ich habe entsetzliche Angst vor Feuer.«

Pony stimmte ihm zu. »Auch für mich gibt es keine schrecklichere Vorstellung, als in die feurigen Fluten zu fallen. Aber mein Leben gehört den Mutterjungfrauen, und da ich es jeweils im Kampf aufs Spiel setze, will ich es auch bei dieser Prüfung wagen.«

Lukan schwieg am längsten. Alle dachten schon, er werde sich als Einziger weigern, als er schließlich mit bleichen Lippen murmelte: »Wenn die beiden einverstanden sind, bin ich es auch.«

Fayanbraz nickte. »Dann wollen wir die Rüstungen holen und uns beeilen, damit ihr euch nicht lange ängstigen müsst. Morgen früh müsst ihr zu der Prüfung bereit sein. Nun geht! Nein, du nicht, Ciaran. Du bleibst noch hier. Ich habe mit dir zu reden.«

Als die Sphinx mit ihren beiden Begleitern den Thronsaal verließ, raunte Lukan, bleich vor Wut, der kleinen Kriegerin zu: »Wie vertraulich die hohen Herren miteinander sind – der kaiserliche Hofdrache und der Nachfahr der sundarischen Kaiser! Uns behandelt er wie Bettler, aber mit Ciaran redet er wie mit seinesgleichen, unter vier Augen!«

Päony wollte antworten, aber die Sphinx, die mit ihren feinen Ohren alles gehört hatte, kam ihr zuvor. Sie wandte sich um und funkelte Lukan zornig an. »Narr!«, grollte sie. »Soll ich mit dir zurückkehren in den Saal? Willst du dich von Fayanbraz über *deine* Verbrechen verhören lassen? Manche Folter ist leichter zu ertragen, als einem Drachen Rede und Antwort stehen zu müssen, denn Fayanbraz kann jeden Gedanken in deinem dummen Kopf lesen und bis auf den Grund in dein sündiges Herz schauen. Da du Ciaran beneidest, komm! Was ihm zuteil wird, sollst du auch haben!« Ihre Hand packte ihn am Arm, eine menschliche Hand, aber mit der Kraft einer Löwenpranke. Ihre Augen glühten, und heißer Atem hauchte aus ihrem Mund.

Lukan wich entsetzt zurück. »Lasst mich, lasst mich!«, rief er. »Ich will nicht. Ich ... ich habe es nicht so gemeint.«

»Dann denk in Zukunft nach, bevor du den Mund öffnest«, zischte die Sphinx und ließ seinen Arm los. »Kommt jetzt!«

Als Ciaran später – viel später – zu seinen Gefährten zurückkehrte, sah er tatsächlich erbärmlich aus, so erbärmlich, dass Päony erschrocken ausrief: »Was haben sie dir angetan?«

Er stieß ein hohes, irres Lachen aus. »Nichts«, antwortete er mit zitternder Stimme. »Jedenfalls nichts, was den Leib betrifft. Sieh, sieh!« Mit gespreizten Fingern streckte er die feingliedrigen, bleichen Hände aus. »Meine Hände sind unverletzt, mein Rücken ist heil, ich trage nicht die kleinste Wunde am Körper. Aber meine Seele haben sie wie mit Haken zerrissen. Barmherzigkeit! Welch furchtbare Marter ist doch die Wahrheit!« Wie von Sinnen rang er die Hände und raufte sich das Haar. Er war so verstört, dass Lukan Mitleid bekam. Rasch reichte er ihm einen Becher mit starkem Wein.

Ciaran trank hastig, und die Farbe kehrte in die leichenfahlen Wangen zurück. Immer noch bebend stammelte er: »Es war schrecklich ... schrecklich. Ich meinte auf der Folter zu sterben. Wie konnte dieser grausame Drache so tief in mein Herz blicken und meine innersten Gedanken erkennen – sogar Gedanken, von denen ich selbst nichts weiß?«

Die Sphinx, die bis dahin kein Wort gesagt hatte, mischte sich ein. »Das ist eine Fähigkeit der hohen Drachen, Ciaran. Nicht einmal ich besitze sie, obwohl ich die Menschen schon lange kenne und mit den Regungen ihrer Herzen vertraut bin. Fayanbraz ist ein Meister darin. Als er noch Hofdrache bei den Makakau war, erkannte er alle diejenigen, die Böses gegen seinen König im Schilde führten.«

»Aber die Pläne der Thargon erkannte er nicht«, widersprach Päony. »Wie hätten sie sonst das Reich von innen her zerstören können?«

»Die Thargon sind keine Menschen. Sie denken nicht in derselben Weise wie ihr, ebenso wie ihre Vorväter, die Basilisken, keinen echten Verstand und keine echten Gefühle hatten. Deshalb kann auch ein hoher Drache nicht in ihr Inneres blicken. Du aber, Romanels Sohn, bist ein Mensch.«

Er lachte, bitter und trostlos. »Als sie mit mir fertig waren, hatte ich nicht mehr das Gefühl, ein Mensch zu sein. Am liebsten würde ich mich in die tiefste Einöde flüchten wie ein Ungeheuer, das seinen Anblick vor den Menschen verbergen muss, damit sie es nicht töten. Als mein Leib noch verkrümmt war, fühlte ich mich nicht so missgestaltet wie jetzt.«

Sanft berührte ihn Wyvern an der Schulter. »Vermagst du einen kleinen Schmerz zu ertragen, um einen großen Segen zu erringen?«

Niemand von den dreien verstand, was sie meinte. Ciaran sah sie unsicher an, dann sagte er: »Wenn Ihr es befehlt, will ich es tun.«

»Ich befehle nichts. Ich sage nur, ich kann dir helfen, wenn du nur ein wenig tapfer bist.«

Er zuckte verlegen die Achseln und nickte.

Wyvern rief einen Pagen und sandte ihn um verschiedene Dinge, die sie brauchte, dann hieß sie Ciaran, sich auf einen Stuhl zu setzen, das Gewand bis zur Hüfte abzulegen und die nackten Arme über den Kopf zu heben. Mit den Fingerspitzen tastete sie seine Achselhöhlen ab. Er ließ es verwundert, aber willfährig geschehen, dann jedoch zuckte er zusammen und verzog unangenehm berührt das Gesicht. Sie fragte, was ihn störe.

»Ich weiß nicht recht«, antwortete er. »Als Ihr mich hier« – er legte die Hand auf die Stelle – »berührt habt, war es mir sehr unangenehm, auch wenn ich keinen Schmerz empfand ... jedenfalls keinen körperlichen Schmerz. Es fühlte sich an, als bohre sich ein kalter, knöcherner Finger mitten in meine Brust.«

»Gut«, sagte Wyvern zufrieden. »Dann ist es die richtige Stelle.«

Inzwischen war der Page zurückgekehrt und brachte auf einem Tablett einen Tiegel mit Balsam, einen Streifen weißes Leinen, eine silberne Pinzette und ein spannenlanges, sehr feines Messer mit ziseliertem Griff. »Bleib so sitzen«, befahl die Sphinx, »und halt still!« Sie setzte das Messerchen ein Stück unterhalb der linken Achsel an und schnitt schräg ins dünne Fleisch über den seitlichen Rippen, so leicht und glatt, dass kaum Blut hervordrang. Das Messer, dachte Päony, muss außergewöhnlich scharf sein. Ciaran biss die Zähne zusammen, rührte sich jedoch nicht. Wyvern schob die Pinzette in die Tasche, die das aufgeschlitzte Fleisch bildete, und zog etwas hervor, das sie einen Augenblick lang angewidert betrachtete und dann in das Kohlenbecken warf, wo es aufloderte und inmitten einer Wolke stinkenden Rauchs verbrannte. Päony sah, dass es den Oblaten ähnelte, die man zum Siegeln wichtiger Briefe verwandte – ein papierdünnes rundes Täfelchen, auf dem in purpurbrauner Schrift unbekannte Zeichen geschrieben waren.

Ciaran hatte aufgeschrien, als sie es herauszog, aber nicht vor Schmerz, sondern in hellem Erstaunen. »Was ist mit mir?«, rief er aus. »Was war das? Was habt Ihr da aus meinem Leib gezogen?«

Wyvern war bereits damit beschäftigt, die jetzt heftig blutende Wunde zu versorgen. »Was ich entfernt habe«, sagte sie, »war der Zauber, mit dem dein Vater sich deiner Unterwerfung versichert hat. Er schob dir ohne dein Wissen das Täfelchen unter die Haut, vermutlich zu der Zeit, als du noch ein kleines Kind warst, um dich ein Leben lang zu versklaven. Jetzt bist du frei davon.« Sie wischte das Blut ab, das Ciaran als rotes Rinnsal über die Flanke bis zur Hüfte hinuntergeronnen war. »Geh jetzt schlafen!«, befahl sie. »In den nächsten Stunden wird viel von dir verlangt werden. Und ihr beiden anderen solltet dasselbe tun.«

In der Dämmerung des nächsten Morgens wurden sie geweckt, als draußen im Hof das langgezogene Heulen eines Echsenhorns ertönte und damit verkündete, dass alles für die Prüfung bereit war. Für Lukan klang es so, als ziehe sich eine Galgenschlinge um seinen Hals zusammen. Nie im Leben hatte er solche Angst gehabt, nicht einmal in dem Augenblick, als der gräuliche Pilas auf ihn losgestürmt war. Zwischen den Zähnen eines Untiers zugrunde zu gehen, erschien ihm längst nicht so schrecklich, wie sich mit vollem Bewusstsein ins Feuer zu stürzen. Mit einem Schlag schwand sein ganzes Vertrauen darauf, auserwählt worden zu sein. Er war nur noch ein verängstigter junger Mensch, der sich allein inmitten tödlicher Gewalten befand, verlassen von den geheimen Mächten. Es bereitete ihm bittere Befriedigung, dass Ciaran nicht weniger Angst hatte als er selbst. Dieser saß da wie eine Statue, die Hände im Schoß verschränkt, schwer atmend und aschfahl bis zu den Lippen. Päony allein hatte keine Angst – oder zeigte sie nicht. Mit jedem Atemzug geriet sie tiefer in einen seltsamen Zustand, der Lukan wie eine Verzückung vorkam. Er hatte niemals die Ekstase der Kämpfer erlebt, die jedes Bewusstsein von Furcht oder Schmerz auslöschte. Die kleine Kriegerin schritt im Raum auf und ab, den Blick ins Leere gerichtet. Manchmal summte sie vor sich hin, dann wieder vollführte sie Bewegungen, als tanze sie mit sich selbst.

Als das Horn ertönte, sprang sie auf, einen flammenden Glanz in den Augen. »Kommt!«, rief sie mit unheimlicher Freude. »Es ist so weit!« Sie lief ihnen voraus die Treppe hinunter, hinaus in den von Fackeln erhellten Hof. Die beiden Männer folgten ihr wie betäubt.

Lukan war überzeugt, er werde jeden Augenblick in Ohnmacht fallen und nie wieder erwachen. Wie farbige Schleier zogen Bilder vor seinen Augen vorbei, und er hörte unverständliche Worte und Gesänge mit einer fremdartigen, beunruhigenden Melodie.

Die drei Drachen trugen sie in den Krater hinunter und setzten sie am Rand des Feuersees ab. Der Älteste von ihnen befahl: »Legt eure Kleider ab!«

Lukan gehorchte. Er sah verschwommen, dass die beiden

anderen dasselbe taten. Ihre weißen Leiber glühten rot im Widerschein des Feuers. Er hörte Päony sagen: »Ergreift meine Hände! Wir wollen einander nicht loslassen, bis wir wieder in Sicherheit sind, und was einem von uns widerfährt, soll allen widerfahren.«

Das Echsenhorn brüllte.

Lukan fühlte, wie er vorwärtsgezogen wurde. Er wollte schreien, wollte sich wehren, aber weder das eine noch das andere gelang ihm. Halb blind und taub taumelte er vorwärts, umwölkt von den rauchigen Schwaden, die aus der Glut aufstiegen, hustend von den schwefligen Dämpfen, die er bei jedem Atemzug einsog. Etwas berührte seine Knöchel, dann seine Waden, seine Knie. Er blickte an sich hinunter und stieß einen tierischen Schrei aus, als er sah, dass er bereits bis zu den Oberschenkeln in flüssiger Lava stand. Der Spinnenkriegerin, die so viel kleiner war als die beiden Männer, reichte die Glut bis zum Nabel, aber sie schritt starren Blicks vorwärts, die Hände ihrer Gefährten mit hartem Griff umklammernd. Einen Atemzug lang wandte Lukan den Blick zu Ciaran hinüber. Hätte der Jüngling sich nicht bewegt, so hätte er geschworen, dass er bereits tot war, so eingefallen und grau wirkten seine Züge.

Auf einmal fühlte er, dass der Grund unter seinen bloßen Füßen sich veränderte, dass es steil aufwärtsging, und dann stand er auf einem Hügel aus glasig geronnener, schwarzer Schlacke. Vor ihm lagen drei Rüstungen, schuppig und zackig wie Drachenhaut, und leuchteten in ihrem eigenen Licht.

Nie in seinem Leben hatte Lukan etwas Ähnliches auf dem Leib gefühlt. Als er die Rüstung aufhob, die ihm zugeteilt war, schien sie ihm viel zu groß, mit gewaltigen, eisenüberbuckelten Schultern und breiten Hüften. Aber als er sie dann anlegte – wobei Päony ihm helfen musste –, passte sie ihm wie angegossen und schmiegte sich an die bloße Haut wie weiches Tuch. Er setzte den Helm auf, der aus übereinanderliegenden spitzen Schuppen geformt war, und zog den metallenen Schleier herab, der als Visier diente. Obwohl er nie zuvor einen Harnisch getragen hatte, war es ihm nun selbstverständlich, ja er konnte sich kaum vorstellen, dass er je anders gewandet gewesen war. Die Rüstung erschien ihm wie ein lebendiges Wesen, das ihn umfasste und umarmte, ihn schützte und ihm ungeahnte Kräfte verlieh. Er musste an die Worte der Sphinx denken: *Wer sie am Leib trägt, fühlt weder Hunger noch Durst oder Müdigkeit.*

Er beobachtete das erstaunliche Schauspiel, wie Päony eine Rüstung aufhob, die für einen riesigen Mann geschmiedet war, sie anlegte und darin stand wie in einer zweiten Haut. Es wunderte ihn nicht mehr, dass auch Ciaran der Harnisch passte, als wäre er ihm angemessen worden.

Päony hob drei lange Stäbe aus Ebenholz auf, die neben den Rüstungen gelegen hatten, und reichte jedem der beiden Männer einen. »Tragt sie immer bei euch! Sie gehören dazu und haben ähnlich ungewöhnliche Kräfte wie die Harnische selbst.«

Ciaran betrachtete zweifelnd den Stab, den er in Händen hielt. »Ich kenne solche Kampfwaffen, aber ich kann nicht damit umgehen. Es bedarf einer gründlichen Ausbildung bei einem Meister, um ein Stockkämpfer zu werden.«

Lukan freute sich, dass sein Nebenbuhler als Erster zugab, mit der Waffe nichts anfangen zu können, denn er selbst vermochte es gleichfalls nicht. Wenn die Mokabiter überhaupt von Mann zu Mann kämpften – es lag ihnen mehr, aus dem Hinterhalt zuzuschlagen –, dann mit bloßen Fäusten und allem, was ihnen zufällig in die Hände fiel – mit Steinen und Knüppeln. Nachdem sie hundert Jahre lang auf Macrecourt eingesperrt gewesen waren, wo ihnen das Tragen von Waffen verboten gewesen war, hatten sie den Umgang mit Waffen nie wieder gelernt. Selbst wenn sie jagten – was sie trotz des Verbots der Mutterjungfrauen taten –, fingen sie ihre Beute in Fallen oder vergifteten die Teiche, um die Fische zu lähmen.

Päony schüttelte den Kopf. »Diese Waffen sorgen für sich selbst, Ciaran, ebenso wie es die Harnische tun. Du kannst sie nur gebrauchen, wenn sie selbst es wollen, und auch dann nur nach ihrem Gutdünken. Mach dir also keine Gedanken darüber.«

Lukan betrachtete den unheimlichen Stab so misstrauisch, als könne der sich jählings in eine Schlange verwandeln, enthielt sich aber jeder Bemerkung. Sollte Ciaran doch glauben, er sei ein Meister im Umgang mit Zauberwaffen. Plötzlich hörte er das Knattern mächtiger Schwingen, sah Fayanbraz durch den roten Qualm herbeieilen und auf der Kuppe der Insel landen. Sie stiegen auf, und er trug sie zurück auf die grüne Mooswiese am Kraterrand.

Lukan fühlte, wie ihm die Knie weich wurden, als er wieder frische Luft in den Lungen und kühlen, festen Boden unter den Füßen fühlte. Er musste sich an Fayanbraz' mächtiger Flanke abstützen, um sich aufrecht zu halten, und schämte sich für seine Schwäche – jedenfalls so lange, bis er sah, wie Ciaran abstieg und im nächsten Augenblick ohnmächtig ins Moos fiel.

Die Sphinx trat ihnen entgegen, ein Lächeln auf dem schönen Gesicht. »Wenn ihr die übrigen Prüfungen so gut besteht wie diese, hat das Kaiserreich nichts zu befürchten«, sagte sie. »Aber vergesst nicht, was euch aufgetragen ist.« Sie beugte sich nieder, streckte Ciaran, der aus seiner Ohnmacht erwacht war und sich benommen aufrappelte, die Hand entgegen und half ihm auf die Füße. »Eure Queste hat begonnen. Von jetzt an dürft ihr die Rüstungen nicht mehr länger ablegen, als ihr es vermögt, ohne zu essen oder zu schlafen, sonst erfüllt ihr die Bedingungen nicht.«

»Wisst Ihr denn schon, wo und wann diese weiteren Prüfungen stattfinden sollen?«, wollte Lukan wissen.

»Nein, ich weiß weder das eine noch das andere.«

»Wir haben nur noch fünf Tage Zeit bis zur Mittsommernacht«, äußerte Päony besorgt.

»Ich weiß«, antwortete die Sphinx stirnrunzelnd, »und es beunruhigt mich, dass wir nicht wissen, wie der Weg weitergeht. Auch Fayanbraz und die anderen konnten es mir nicht sagen. Ich kehre in meinen Palast zurück, um in meinen Büchern zu forschen. Vielleicht finde ich dort einen Fingerzeig. Ciaran, sag mir noch einmal, wie das Buch hieß, in dem du die Prophezeiung fandest.«

»*Die drei geheimen Juwelen der Wissenschaft*, niedergeschrieben vom Hohepriester Furgas.«

»Gut. Was euch angeht, so macht euch auf den Weg nach Vang Vath und seht zu, dass ihr von Vauvenal oder dem Hofastronomen etwas erfahrt. Eure Drachen werden euch schnell und sicher dorthinbringen.«

Gurundirs Empörung

Kampf am Himmel

Ciaran war zutiefst erleichtert, als sie ihre Drachen bestiegen – was ihm diesmal schon weitaus eleganter gelang – und das grimmige Felsennest verließen. Er hatte den Schrecken noch nicht überwunden, in den das ernste Gespräch mit Fayanbraz ihn versetzt hatte. In einer Weise war es noch schlimmer gewesen als der Weg durch die feuerflüssige Flut, denn es hatte die Tiefen seines Herzens aufgerissen und umgepflügt wie einen mit Dornen überwucherten Acker. Vor der beängstigenden Hellsicht des alten Drachen hatte er klein beigeben müssen, kein Trotz, keine Verstellung hatten ihn schützen können, denn Fayanbraz blickte in seine Gedanken und las in den verborgensten Regungen seiner Seele. Und obwohl sich Ciaran halsstarrig dagegen wehrte, was der Alte ihm eröffnete, musste er später – als er Zeit zum Nachdenken hatte – zugeben, dass viel eher er selbst sich in seinem Wesen getäuscht hatte als Fayanbraz. Plötzlich erschien er sich selbst als ein fremder und zutiefst verabscheuungswürdiger Mensch. Alles, was er sich an Vorzügen zugeschrieben hatte, zerbröckelte ihm wie Lehm in den Händen. Er begriff jetzt, dass es nicht Gurundir gewesen war, den er angebetet hatte, sondern sein Vater – ja, Gurundir war in seiner Vorstellung nur ein riesenhaftes Abbild seines Vaters gewesen. Brennende Scham überkam ihn angesichts seiner würdelosen Unterwürfigkeit unter den herrischen Alten. Er war froh, dass seine beiden Gefährten mit eigenen Sorgen beschäftigt waren und sich nicht um ihn kümmerten. Es war schlimm genug gewesen, dass er, zu Boden geschmettert von den Enthüllungen durch Fayanbraz, so unvorsichtig drauflosgeplappert und dem boshaften Mokabiter damit eine Waffe in die Hand gegeben hatte, die dieser beim nächsten Streit gegen ihn verwenden konnte. Es hatte ihn befremdet, dass Lukan das nicht gleich getan hatte, sondern offenbar besorgt um ihn gewesen war. Nun, es würde ihn nicht wundern, wenn der Tölpel einfach zu blöde war, seinen Vorteil zu nutzen.

Er schloss die Augen und fühlte den Wind, der ihm durchs Haar strich und das Gesicht berührte. Bald verwehte der Rauch hinter ihnen, und die Luft wurde klar und frisch. Sie flogen über Felsenmauern, die einem gezackten Basiliskenkamm glichen. Die Zacken hielten den Wind ab, der in heftigen Böen blies, aber es war dennoch sehr kalt, eine Weile zumindest, bis sie den steil abfallenden Klippenrand der Toarch kin Luris erreicht hatten und die Drachen sich den niedrigen Hügeln entgegensinken ließen.

In freundlichem Grün und von einer blassen Sonne beschienen, streckten sich die mit würzigem Gras bewachsenen Bergwiesen unter ihnen aus. Die windgeschützten Nischen zwischen den Felsen waren mit vereinzelten niedrigen, rot blühenden Büschen bestanden, und das kurze Gras war mit rosafarbenen Anemonen gesprenkelt. Und dennoch fühlte sich Ciaran nicht wirklich erleichtert. Erst dachte er, es liege daran, dass sie sich der Festung Turcaill näherten und er Angst hatte, sein Vater könne in der Nähe sein, aber dann spürte er, dass dies nicht die richtige Antwort war. Von Kindheit an vertraut mit der Gegenwart des Übersinnlichen, gewahrte er dessen leiseste Regungen, ein Zittern, das Unheil verhieß, einen kalten Hauch, der über die Hügel dahinschwebte und etwas anderes war als das Zischen des Winds und die Kälte der Gipfel. Etwas lag über dem gesamten Land in der Luft, etwas Bedrohliches und Unheimliches. Er merkte, dass auch Minneloise immer wieder die Schnauze in den Wind reckte und misstrauisch schnüffelte.

Als sie Zorgh verlassen hatten, war der frühe Morgen strahlend sonnig gewesen, aber je länger sie unterwegs waren, desto öfter wurde Phuram von ziehenden Nebeln verschleiert. Die frische Luft wurde schal, und eine drückende Schwüle breitete sich aus. Wenn Ciaran über die Schulter zurückblickte, sah er, dass über dem Pass hinter ihnen ein schwaches Licht aus den Wolken sickerte, glitzernd, als regne es dort oben – ein unbehaglicher Schein, ölig schimmernd wie brackiges Wasser. Dem jungen Mann schien es, dass die Ascheschleier, die über den Lavaseen brüteten, ihnen bis ins Tal folgten, und nicht nur die Schleier, sondern auch ein dumpfer Aschegeruch. Es waren hässliche Wolken, die da an einem schlierigen Himmel entlangkrochen. Sie kreisten um die Sonne, und dabei streckten sie lange Streifen aus, die wie dunkle Finger aus der Höhe herabdeuteten. Alles sah nach einem Gewitter aus, aber das allein schien dem magieerfahrenen Jüngling keine ausreichende Erklärung zu sein. Er spürte, wie Kräfte sich zusammenzogen und auf einen Punkt zueilten, wusste aber nicht, wo sich dieser Punkt befand. Er fühlte eine schreckliche Gefahr herannahen, eine kosmische Bedrohung, als werde ganz Chatundra in Stücke zerbersten.

Als sie dicht über einer Hügelkuppe dahinglitten, ließ Tiffanbrill sich unversehens fallen und setzte im kurzen Gras auf. Minneloise folgte sogleich seinem Beispiel. »Was ist?«, fragte sie ihren Gefährten.

»Wenn ich das wüsste!«, antwortete der rote Drache. »Aber mir gefällt der Himmel nicht.«

Tatsächlich veränderte sich das Firmament mit jedem Atemzug mehr, und immer beängstigender wurde sein Aussehen. Rings um den Horizont wurde es so dunkel, dass die Sterne aufleuchteten.

Gurundir trat aus der unzeitigen Nacht hervor, heller als der Vollmond. Nie zuvor war sein geflecktes Totenantlitz so beängstigend groß und gleißend zu sehen gewesen. Um ihn brodelte es bedrohlich. Bis zum Zenit hinauf stapelten sich Wolkentürme, deren Farbe, anfangs ein fahles Aschgrau, zusehends in ein stumpfes Bronze überging. Schwefelgelbes Licht schimmerte aus ihren Ritzen und Spalten, als stünde der Himmel dahinter in gelben Flammen. Aus den langen Fahnen der Finger wurden die schwankenden Tunnel dünner Windhosen. Ciaran drückte den Saum seines Mantels vor den Mund und hustete. So dicht wurden die Ascheschleier, dass er die Koniferen am Rand der Lichtung und die fernen Zinnen von Burg Turcaill nur mehr undeutlich wahrnahm.

Er ahnte jetzt, auf welchen Punkt sich die unsichtbaren Kräfte konzentrierten. War es möglich, dass Gurundir jetzt schon nach der Macht am Himmel griff, um den Auserwählten zuvorzukommen? Zweifellos wusste der Mächtige, welche Missgeschicke seinen Dienern zugestoßen waren und dass seine Feinde Boden gewonnen hatten. Riskierte er den Kampf, obwohl er den Höhepunkt seiner Macht noch nicht erreicht hatte?

»Es kommt wohl ein Unwetter«, bemerkte Lukan, nachdem er sich besorgt nach allen Seiten umgesehen hatte.

Tiffanbrill schnaubte verdrießlich über diese einfältige Bemerkung. »Wenn du recht hast, dann ist es die Mutter aller Unwetter. Es riecht, als würden die Vulkane der Toarch kin Luris jeden Augenblick auseinanderbrechen. Wir sollten schleunigst … Nun seht euch das an!«

Mit einem Ruck wandten sich alle Augen himmelwärts. Ganze Schwärme von Sternschnuppen flogen über das Firmament, an dem es so unvermutet Nacht geworden war. Wie leuchtende Federn mit auswärts gerichteten Strähnen, den durchsichtigen Meerestieren der Tiefsee mit ihren Nesselfäden ähnelnd, tauchten sie auf. Ihr Schimmer irisierte wie eine ölige Oberfläche, was die Ähnlichkeit mit Meereswesen verstärkte.

»Was bedeutet das? Was ist das?«, rief Päony ratlos und sah dabei Ciaran an, dem sie zutraute, dass er als Gelehrter über ungewöhnliche Phänomene Bescheid wusste.

Er antwortete zögernd. »Ich kann es nicht mit Sicherheit sagen, aber ich vermute, dass Gurundir nicht auf die Mittsommernacht warten will. Es wird zum Kampf zwischen ihm und den Mutterjungfrauen kommen, obwohl er noch nicht wirklich bereit ist.«

Menschen und Drachen starrten ihn fassungslos an.

»Dann kommen wir zu spät, und unsere Queste ist vergeblich!«, rief Lukan entsetzt. »Warum wurden wir überhaupt auserwählt, wenn wir nicht einmal die Gelegenheit bekommen, damit auch nur anzufangen?«

Päony wirkte ebenfalls höchst betroffen. »Wie kann das sein?«, fragte sie. »Hat Wyvern nicht aus den Sternen gelesen, dass es in der Mittsommernacht geschehen solle?«

Ciaran zuckte die Achseln. »Ich bin überzeugt, es geschieht jetzt. Ob das heißt, dass unsere Bemühungen vergeblich waren, werden wir sehen.«

Es war vollkommen dunkel geworden, und angstvolle Beklemmung lagerte über der Welt. Die Schwärme von Sternschnuppen flirrten, Augen und Sinne verwirrend, über den Himmel, flogen aufeinander zu und hafteten aneinander, schmolzen zu unregelmäßigen Klümpchen zusammen. Das pechschwarze Dach schien plötzlich mit rot glühenden Sternen getüpfelt, aber sie bildeten keine bekannten Sternbilder und wurden rasch größer. Sie zogen Feuerschweife hinter sich her wie riesige Fackeln, die an ihrer Oberfläche loderten. In der stickigen Luft brannte ein scharfer Geruch wie von siedendem Metall. Kein Zweifel, diese feurigen Klumpen regneten auf die Erde herab!

»Weg! Weg hier, schnell!«, schrie Minneloise, und schon stoben sie davon, verließen eilends die kahle Kuppe des Hügels und flüchteten in die nächstgelegene Schlucht hinunter. Über ihnen ertönte ein schrilles Pfeifen, und Feuerflammen blitzten in der Luft. Riesige Zungen aus leuchtendem Gas leckten über den Boden. Ciaran duckte sich tief über Minneloises Rücken und klammerte sich mit Händen und Füßen an ihr fest, als die Drachin sich mit Übelkeit erregender Geschwindigkeit wie ein Stein in die Schlucht hinabfallen ließ. Er meinte schon, sie würden beide beim Aufprall zerschmettert, als sie im letzten Augenblick die Flügel ausbreitete und weich am Fuß der Felswand landete. Neben ihr setzte Tiffanbrill auf.

»Da, da!«, schrie Lukan und deutete auf eine der zahlreichen Grotten und Höhlen, die urzeitliche Gewässer in den Stein gefressen hatten. Alle gemeinsam rannten sie durch das Zwielicht darauf zu. Der Eingang war breit und hoch genug, dass sie sich mitsamt den Drachen hineinzwängen konnten.

Keinen Augenblick zu früh erreichten sie den Schutz der Höhle, denn schon fielen aus der Dunkelheit über der Schlucht Steine herab, so groß wie Fässer und brennend wie Pechfackeln, und schlugen mit ohrenbetäubendem Getöse auf dem felsigen Grund auf. Ihnen folgten Schwärme siedend heißer metallischer Tropfen, die gegen die Felswände spritzten und daran erstarrten. Wie riesige Laternen lagen die Feuersteine auf dem Boden der Schlucht und strömten einen unerträglichen Brandgeruch aus. Die Luft in der engen Klamm wurde erstickend heiß.

Obwohl er sich der Gefahr bewusst war, konnte Ciaran nicht anders als hinauszuspähen. Den Mantel über den Kopf geschlagen, stand er knapp hinter dem Höhlentor und verfolgte durch den Spalt im Felsen das überirdische Schauspiel. Ungeachtet seiner Angst – er war kein heldenmütiger Mensch – und des körperlichen Unbehagens, bei jedem Atemzug Mund und Nase voll

Aschenstaub zu bekommen, war er glücklich, etwas so Einmaliges beobachten zu dürfen. Wenn er es überlebte, so nahm er sich vor, würde er eine Schrift darüber verfassen, um kommende Generationen davon in Kenntnis zu setzen. Dann fiel ihm ein, dass er nur überleben würde, wenn die drei Schwestern den Sieg davontrügen, und sein Herz krampfte sich zusammen. Auch wenn er inzwischen heftige Zweifel hegte, ob er bislang den richtigen Weg gegangen war, konnte er sich doch nicht entschließen, ihnen mehr zu sein als ein unfreiwilliger Sklave.

Dann sah er, dass dem Dreigestirn nicht entgangen war, was sich da zusammenbraute. Der schmale Streifen Himmel zwischen den Felsmauern wechselte von einer Farbe wie schwarze Schlacke zu leuchtendem Bernstein, erlosch und flammte von Neuem im Licht der Mutterjungfrauen auf.

Das Dunkel schwand so rasch, wie es aufgezogen war. Gurundir, der jetzt auch bei Tageslicht deutlich zu sehen war, rückte bedrohlich näher an den Zenit heran, wo das Dreigestirn stand. Immer weiter blähte er sich auf, schwoll an wie eine bösartige Geschwulst, und schließlich beherrschte sein von schwarzen Flecken übersätes Gesicht den gesamten Himmelsbogen, an dem alle anderen Sterne verblasst waren. Er hatte mittlerweile die Größe der Sonne erreicht und strahlte in einem blendenden safrangelben Licht. Ein Leuchten von überwältigendem Ausmaß überflutete die Welt und drang bis in den hintersten Winkel der Höhle. Die drei Menschen zogen sich die metallenen Schleier der Helmvisiere übers Gesicht, um die schmerzenden Augen zu schützen. Gurundir war bereit für den Kampf. Es gab keinen Zweifel mehr, dass er den drei Schwestern seine Herausforderung entgegenschleuderte.

Und die Mutterjungfrauen nahmen den Fehdehandschuh auf.

»Der Kampf beginnt!«, rief Minneloise.

Wie zur Antwort hallten Donnerschläge, als würden alle die

riesigen Bronzegongs des Himmelspalasts gleichzeitig geschlagen. Ungeheure Stürme flackerten zwischen den Sternen auf und loderten über ihre Oberfläche. Inmitten des Brausens röhrten Trompeten, die von keinen irdischen Kriegern geblasen wurden. Riesige feurige Gasschleier schlugen hoch wie Nordlichter und rollten sich wieder zusammen. Ein Brodem aus kochendem Gas explodierte, spritzte nach allen Seiten auseinander und schleuderte einen Funkenhagel um sich.

Zwei Gestirne schauten auf eine Welt voller Schrecken – das bernsteinfarbene Dreigestirn und die zu Riesengröße angewachsene, von gasigen Ringen schillernd umkränzte Scheibe des Herausforderers. Die Umlaufbahnen der kleineren Sterne verzerrten sich, jeder Stern zog den anderen an. Gurundir stürzte, immer schneller werdend, auf das Dreigestirn zu – und dieses auf Gurundir. Wie zwei gleißende Heere kreisten die Feinde aufeinander zu, jetzt beide verformt durch die Kraft ihrer Annäherung. Der Leichenstern war zu einem länglichen Oval geworden, gesäumt von einem bleichen Flammenkranz, das Dreigestirn zu einer unbeständigen Triade auseinanderschnellender und sich wieder sammelnder Sterne. Dann prallten sie aufeinander.

Es regnete Asche, und Brocken von Bimsstein hagelten hernieder, groß wie Menschenköpfe. Eine dicke Qualmwolke, die wie ein reißender Strom über die Erde dahinzog, fuhr durch die Schlucht und trieb einen Schwall glühender Hitze und giftiger Miasmen vor sich her. Rauch erfüllte die Enge, so dicht, dass die Schutzsuchenden in der Höhle einander nicht mehr erkannten. Hätten die Rüstungen sie nicht auf wunderbare Weise geschützt, so wären sie in den beißenden Schwaden erstickt. Die beiden Drachen hatten sich eng zusammengekauert und die Flügel wie ein Dach über dem Kopf gefaltet, um darunter Atem zu schöpfen. Ihre Lungen waren weniger empfindlich als die der Menschen, mussten sie doch das Feuer aushalten, das aus dem Innern ihrer Körper strömte, aber auch sie husteten und spuckten.

Die enge Schlucht hallte von einem Lärm wider, als würden steinerne Kugeln aus riesigen Wurfmaschinen abgeschossen und zerschmetterten mächtige Mauern. Ciaran drückte die Handflächen auf die Ohren, so schmerzhaft war das Krachen und Bersten. Immer wieder ruckte der Felsboden unter seinen Füßen. Die gesamte Schlucht schien sich zu dehnen und wieder zusammenzuziehen, und bei jeder dieser Bewegungen stürzten Felsbrocken aus den Wänden und polterten dumpf ins Geröll. Auch von der Decke der Höhle rieselte Schutt. Ciaran wusste, dass sie alle Gefahr liefen, hier verschüttet zu werden. Aber draußen war die Gefahr, von einem Felsbrocken erschlagen zu werden, noch größer. Also harrten sie aus.

Wieder rollte ein unterirdisches Grollen durch den Berg. Der Boden hob und senkte sich wie der eines Boots auf unruhiger See. Mit schriller Stimme rezitierte Lukan eine lange Beschwörung, die sie vor Unheil beschützen sollte. Päony hatte die Arme um Tiffansbrills Nacken geschlungen und schmiegte die Wange an seinen schuppigen Kopf.

Dann prasselte ohne jede Vorwarnung eine Sturzflut heißen Regens herab. Wo sich eben noch das Geröll eines seit Ewigkeiten ausgetrockneten Bachbetts befunden hatte, stürzte jetzt das Wasser ins Tal, strudelnd, sprudelnd und zischend – und immer höher ansteigend. Fast erreichte es schon die Schwelle der Felsenspalte, in die sie geflohen waren, doch dann fiel es rasch wieder, und der Regen ließ nach. Brühend heißer Dampf quoll die Schlucht entlang. Nur langsam kühlte die Wolke ab, wurde schwerer und nasser und klatschte schließlich auf die Bäche aus lehmigem Wasser nieder, die in hunderterlei Verzweigungen zwischen den Felsen dahinstrudelten.

Ciaran konnte nicht anders, er musste den schützenden Winkel verlassen und abermals nach draußen spähen. Nebel hing über der Schlucht. Dann wurde der Lärm übertönt von einem Brausen, das stärker war als selbst der Todeswirbel des Gagoon und mit jedem Augenblick heftiger wurde. Ciarans Kopf schmerzte von dem Geräusch, und vor Angst, er könne taub werden, stopfte er sich die Finger in die Ohren. Und nicht nur der Lärm war schrecklich.

Romanel beobachtete den Schauer brennender Steine von einem seiner geheimen Schlupfwinkel aus. Zusammen mit einem Dutzend Priester stand er im halb verfallenen Gemäuer eines Palasts in Thurazim und starrte fassungslos in den Himmel. Er hatte sofort verstanden, was das Grollen in den Sphären und die Verfinsterung zu bedeuten hatten. Gurundir wollte nicht länger warten, obwohl seine Kraft den Höhepunkt noch nicht erreicht hatte. Zu dieser Stunde stürzte er sich auf die drei Schwestern und versuchte sie aus dem Himmelspalast zu stoßen. Was er hier unten hörte, war der Widerhall des gewaltigen Kampfs.

Sternschnuppen flogen über den Himmel, so dicht wie Schneeflocken und alle rötlich gefärbt. Die Männer drängten sich unter einem Torbogen, denn keiner wagte es, ins Freie hinauszutreten, wo es glühende Steine und Tropfen aus heißem Metall hagelte und ein Sturm durch die Kronen des Regenwalds pfiff, der die Palmfarne und Zykadeen zu Boden drückte wie Gras. Jeder Atemzug in der dicken Luft, in der Asche schwebte, wurde zu einem Husten. Romanel sah, dass da und dort Feuer ausgebrochen war und Flammen im Wind flogen. Wie lange würde es dauern, bis der Kampf entschieden war?

In dem kleinen Dorf Takis gerieten die Mokabiter in Panik. Eine riesige Wolke wallte am Horizont auf, schwarz wie die Nacht, erfüllt von feurigen Blitzen, und jagte gegen den Wind auf sie zu.

Eine Hitzewelle flog vor ihr her und trug brennenden Staub mit sich, der sich in Mund und Nase legte. Sie waren in ihre Hütten geflohen, als die Glutbrocken herabfielen, hatten aber bald bemerkt, dass sie damit vom Regen in die Traufe gerieten, als einige der Hütten Feuer fingen. Schreiend stürzten sie davon, die Hände über dem Kopf in der sinnlosen Hoffnung, sich damit vor den unheimlichen Geschossen schützen zu können. Am Rand der Lichtung kauerten sie sich unter dem Blätterdach zusammen und starrten verängstigt auf den lodernden Holzhaufen, der einst ihr Dorf gewesen war.

Auf der breiten Mauer hatte der Spinnenmann Erning als Erster bemerkt, dass etwas nicht stimmte. Er hatte beobachtet, wie der Himmel zusehends dunkler wurde und eine unnatürliche Farbe annahm, wie die Luft immer schwüler und wärmer wurde, und als die roten Punkte erschienen, hatte er Hauptmann Sulien verständigt, den Mann, der Eudos Stelle eingenommen hatte, nachdem dieser auf unerklärliche Weise spurlos verschwunden war. Der alte Krieger wusste zwar nicht, was das beunruhigende Schauspiel zu bedeuten hatte, aber er beorderte alle Soldaten auf ihre Posten und gebot höchste Wachsamkeit.

Erning stand auf seinem Platz und starrte hinüber auf die grüne Wand des Urwalds, die in dem kranken Licht fahl und vergilbt wirkte. Er hörte die Makolokken unter dem Blätterdach kreischen, aber keins der Ungeheuer ließ sich blicken. Dann riss die Blätterwand auf, und zwei hohe Gestalten traten heraus.

Erning schrie auf. »Thargon! Thargon!«, brüllte er, so laut er konnte, und wies in die Richtung, in der er sie entdeckt hatte.

Die beiden nackten Riesen stand regungslos da und blickten aus ihren Juwelenaugen zu der Mauer herüber. Dann hob einer von ihnen beide Arme über den Kopf und stieß einen langen, auf- und abschwellenden Schrei aus, der grausig durch das Zwielicht hallte.

Erning sah das Ziel deutlich vor sich und schoss dem Riesen einen Pfeil genau in die Kehle. Wie vom Blitz getroffen stürzte der gewaltige Körper zu Boden, zuckte noch einmal und lag dann still. Sein Gefährte sah zur Mauer herüber, wandte sich um und verschwand im Wald, ohne sich um den Gefallenen zu kümmern. Erning jagte ihm einen Pfeil hinterher, traf aber nur das dichte, zu einem filzigen Schopf aufgetürmte Haar.

Thassiliba und ihre Gefährtinnen waren schon Stunden vor dem Ereignis in heftigste Unruhe verfallen. Sie krochen rastlos hin und her, versteckten sich einmal in den tiefsten Verliesen des ehemaligen Palasts, flohen dann wieder ins Freie und erklommen die Mauern, um nach der Bedrohung Ausschau zu halten. Thassiliba, die oben auf der Mauerkrone lag, beobachtete, wie Twynneth und Twyfald aus ihrem stinkenden Versteck ins Freie kamen und den Himmel betrachteten. Nach ihren Ausrufen und Gebärden zu schließen, schienen sie freudig erregt zu sein.

Dann begann die Erde zu beben.

Wie ein ins Gigantische angeschwollenes Nordlicht breitete sich ein scharlachroter Schleier über den gesamten sichtbaren Himmel aus, bebend und flatternd, von Blitzen gesäumt, die zischend darüber hinweghuschten. Einen Augenblick später sank die Feuerwand in sich zusammen, und zugleich erstrahlten im Zenit des Himmels drei bernsteinfarbene Sonnen. Das Feuerrot wechselte zu einem klaren, taghellen Licht.

Dann fiel der furchtbare Schlag.

Der Dämonenberg

Päony erwachte aus einer tiefen Ohnmacht. Es dauerte lange, bis sie hinreichend wieder zu Sinnen kam, um sich aufzusetzen und nachzusehen, ob sie verletzt war. Vorsichtig reckte und streckte sie Arme und Beine. Nichts war gebrochen. Entweder hatte sie gewaltiges Glück gehabt, oder die zauberische Rüstung hatte sie vor Schaden bewahrt.

Jetzt erst blickte sie um sich. Sie lag wie in einem grünen Bett in einem riesigen Haufen Windbruch, auf platt geschlagenen Schachtelhalmen und Riesenfarnen, Lianen und Blattwedeln. Die Sonne schien auf sie herab und ließ die trocknende Feuchtigkeit in weißen Dampfschnörkeln aufsteigen. Der Koniferenwald ringsum war von Brandstätten durchsetzt. Hätte nicht der wasserfallartige Regen die Feuer gelöscht, so wäre wohl der gesamte Wald abgebrannt. Von den Flanken der Heulenden Berge stiegen weißgraue Schleier auf, die Überreste gewaltiger Schnee- und Steinlawinen, welche die Erschütterung ausgelöst hatte. Der Himmel jedoch war blau und wolkenlos, ein sanfter Wind wehte und trieb den Brandgeruch fort. Hätte sie nicht überall die Zeichen der Verwüstung gesehen, die Ereignisse der letzten Stunden wären ihr wie ein Traum vorgekommen. Und wo waren ihre Freunde?

Sie versuchte aufzustehen, sank aber sofort bis zur Brust in die verfilzte Blättermasse ein. Mühsam kämpfte sie sich wieder an die Oberfläche und kroch auf dem Bauch weiter, bis sie an eine Stelle kam, wo Felsen den Sturm abgehalten hatten. Dort kletterte sie hinab und stand auf. Von den Felsen hatte sie einen guten Überblick. Ganz in der Nähe entdeckte sie die Mündung einer Schlucht, die zwischen zwei Vorbergen aufwärts verlief. Vermutlich war es die Schlucht, in der sie und ihre Gefährten vor den Glutbrocken Schutz gesucht hatten. Der Sturm oder das Erdbeben hatte sie herausgeschleudert, sodass sie auf dem gegenüberliegenden Hang in den zerfetzten Pflanzen gelandet war.

Mit den Händen formte sie einen Trichter vor dem Mund und rief laut nach Tiffanbrill. Er hatte von allen die feinsten Ohren und würde sie am ehesten hören. Erleichtert sah sie, dass sich in dem Felsgewirr am Eingang der Klamm ein roter Flügel regte, dann ein zweiter. Der Drache flatterte auf sie zu. In den Vorderklauen trug er Lukan, der schlaff in seinem Griff hing. Erschrocken schrie Päony auf, aber Tiffanbrill beruhigte sie rasch. »Er ist nur ohnmächtig. Bleib bei ihm! Ich suche eine Quelle und hole Wasser, um ihn wiederzubeleben.« Er legte den jungen Mann ins Gras und flog davon.

Päony setzte sich neben Lukan und betrachtete sein Gesicht. Es war schlimm zerkratzt, wo der Helm es nicht geschützt hatte, aber weiter schien ihm nichts zugestoßen zu sein. Noch vor Tiffanbrills Rückkehr flatterten seine Lider, und er schielte benommen nach allen Seiten. Dann erkannte er Päony und schenkte ihr ein zaghaftes Lächeln. »Ich war wohl ohnmächtig, wie?«

»Ich glaube, das waren wir alle, sogar die Drachen. Kannst du dich aufsetzen?«

Mit schmerzverzerrtem Gesicht versuchte er es. Es waren jedoch nur kräftige blaue Flecken, die er davongetragen hatte, keine Brüche oder Wunden. Was ihm tatsächlich zugestoßen war, daran konnte er sich nicht erinnern. Seine letzte klare Wahrnehmung war das fürchterliche Brausen gewesen, das aus dem Himmel herniederfuhr.

Tiffanbrill kehrte mit der erfreulichen Nachricht zurück, es gebe ganz in der Nähe eine saubere Quelle. Er trug Lukan und Päony zu der Stelle, damit sie trinken und sich waschen konnten, und brachte sie wieder zurück. Gleich darauf landete Minneloise und setzte Ciaran ab. Er war unverletzt, machte aber einen verwirrten Eindruck, als habe er einen Schlag auf den Kopf bekommen. Als Päony ihn freudig in die Arme schloss, stammelte er: »Sie haben ihn vernichtet … Gurundir. Er kreist nicht mehr durch die Sphären.«

»Lass uns dafür danken.«

Aber Ciaran schüttelte den Kopf. »Es stimmt nicht«, sagte er. »Es stimmt einfach nicht. Wozu die Prophezeiung? Wozu die Berufung? Wozu die Queste, wenn das alles nun unnötig geworden ist? Ich traue dem Frieden nicht.«

Päony zuckte ratlos die Achseln. »Du siehst aber doch, dass die Welt wieder heil ist – von dem Schaden, den das Unwetter angerichtet hat, einmal abgesehen.«

Tiffanbrill mischte sich ein. »Diskutiert später weiter! Erst einmal soll Minneloise ihren Reiter zu der Quelle bringen, damit auch er seinen Durst löschen und sich waschen kann, dann kehren wir heim. Was geschehen oder nicht geschehen ist, erfahren wir am schnellsten, wenn wir uns auf der Stelle nach Vang Vath begeben.«

Sobald auch Minneloise und Ciaran reisefertig waren, brachen sie auf. Die drei Schwestern taten ihr Bestes, die verwundete Welt zu trösten. Phurams Strahlen tauchten den Morgen in ein Bad aus rosigem Gold und wärmten Luft und Boden. Stellenweise richteten sich die biegsamsten Gräser und Farne bereits wieder auf, aber überall waren deutliche Spuren des Unheils zu erkennen –

verbrannter Rasen, von Blitzen gespaltene Bäume, verschmorte Farne und vor allem die zahllosen Meteorsteine, die überall tiefe Löcher in das Blätterdach geschlagen hatten. Auf den Wiesen lagen sie zuhauf umher, inmitten der Kreise der Zerstörung, die sie verursacht hatten. Viele waren mit solcher Wucht aufgeschlagen, dass sie sich tief in den Erdboden gewühlt hatten und am Grund dieser Krater lagen. Nicht alle hatte der Regen abkühlen können. Das Wasser hatte nur die Glut ihrer äußersten Schichten gelöscht, während das Feuer im Kern weiterhin loderte und weiße Dunstschwaden aussandte.

Die beiden Drachen stiegen hoch in die Lüfte, um die Zerstörung so gut wie möglich überblicken zu können. Die Kaiserinnen würden einen genauen Bericht erwarten, wie es im Norden aussah. Und was sie entdeckten, war tatsächlich berichtenswert.

Päony traute ihren Augen nicht. Ein gewaltiger Schatten lag über dem Land. Quer durch die Regenwälder, die Mitte des Reichs vom Norden scheidend, zog sich die Gipfelkette eines zerklüfteten Gebirges aus safrangelbem Gestein, kahl und schroff, umgeben von einem Saum bröckelnder Geröllhalden. »Was ist das?«, rief sie aus.

Ciaran brach in sein schrilles, wahnwitziges Lachen aus. »Das ist Gurundir«, stieß er hervor. »Der schweflige Stern. Die drei Schwestern haben ihn aus dem Himmel geschleudert … hierher!«

»Es kann nicht anders sein«, stimmte Minneloise ihm zu. »Aber sie haben ihn nicht getötet. Still! Hört ihr das?«

Alle drei Menschen lauschten mit angehaltenem Atem, hörten aber nichts. Nur Tiffanbrill sagte: »Ja … ja! Der Berg ist lebendig.«

»Wie?«, schrie Lukan entsetzt. »Wollt Ihr damit sagen, er könne aufspringen und sich auf uns stürzen?«

»Nein, das nicht. Es ist ein Stein und kein Tier. Aber auch

Steine können leben, und dieser ist sehr lebendig und voll bösen Willens. Ich höre ihn atmen, ich höre ihn flüstern. Ich möchte nicht in seine Nähe geraten.«

»Ich auch nicht«, stimmte Minneloise zu, »aber ich fürchte, wir werden nicht gefragt, ob wir wollen. Unsere Menschen müssen dorthin, und das heißt, wir müssen es auch.«

Sichtlich widerwillig gab Tiffanbrill nach.

Hätte Päony nicht gewusst, dass dort, wo jetzt das Gebirge aufragte, vor zwei Tagen noch dichter Regenwald gestanden hatte, so wäre ihr der gelbe Berg ganz natürlich erschienen. Er sah – davon abgesehen, dass er vollkommen kahl war und nicht einmal Flechten darauf wuchsen – aus wie andere Berge auch: zackig, schroff, ein Haufen bröckligen Gesteins, aus dem Schwefelblumen ausblühten. Erst als Tiffanbrill, dicht an einem der Steilabstürze in die Höhe flog, spürte sie das bösartige Leben in seinem Innern. Sie fühlte sich beobachtet, als starrten tausend feindselige Augen aus den Ritzen und Spalten des Steins. Und in dem übel riechenden, warmen Wind, der in Wirbeln von den Felsplatten aufstieg, wisperten Stimmen. Beständig füllte sich die feuchte Luft mit Geräuschen – dem Rollen von Steinen, dem Schaben von festen Gegenständen an den rauen Felswänden, dem dünnen Gezischel von Stimmen. Diese Stimmen waren das Widerwärtigste, das Päony je zu Ohren gekommen war, schlimmer noch als das Geschwätz der Nachtgestalten im einsamen Tal. Die Sprache bestand aus schmatzenden, malmenden Geräuschen, als redeten Geschöpfe miteinander, die unterm Reden kauten und schluckten. Kein einziges Wort war verständlich, und Päony hätte auch gar nichts verstehen wollen.

Die Prophezeiung erschien ihr nun völlig absurd. *Ergreift Gurundir an seinen Gliedern und zerstückelt ihn, damit man ihn niemals mehr findet!* Erst war der schweflige Stern völlig außerhalb ihrer Reichweite gewesen, aber nun, da er vor ihnen auf der Erde lag, konnten sie seiner ebenfalls nicht habhaft werden. Bohrende Zweifel überfielen die Spinnenkriegerin, ob Majdanmajakakis sie nicht zum Narren gehalten hatte, indem sie sie mit einer unerfüllbaren Queste belud. Aber sie hatte ihr und den beiden Gefährten geholfen, durchs Feuer zu gehen, was für einen fleischlichen Menschen unmöglich war. Sie hatte sie durch kochende Lava geführt, ohne dass ihnen ein Härchen gekrümmt worden war ... Es musste auch jetzt einen Weg geben, das Rätsel zu lösen und den Auftrag zu erfüllen.

Tiffanbrill hatte die Kante des Felsabsturzes erreicht und flog nun in südwestlicher Richtung über die Schrunden und Platten, die das Gipfelplateau bildeten. Tiefe Stille herrschte, nur unterbrochen vom gelegentlichen Poltern eines fallenden Steins. Ein schwacher, unangenehmer Geruch stieg von den safranfarbenen, mit großen schwarzen Flecken bedeckten Felsen auf, nicht der Schwefeldunst eines Vulkans, sondern der Gestank nach toten und in der Sonne vertrockneten Tieren.

Tiffanbrill rief seinen Reitern zu: »Es ist, als müsste ich über ein Feld von Augen hinwegfliegen, die mich alle ansehen ... und wie sie mich ansehen!«

»Schaut nicht hinunter!«, riet ihm Ciaran. »Die Blicke können Euch verwirren und ihren Willen aufzwingen. Und ihr, Lukan und Päony, schließt die Augen, bis wir über die Gipfel hinweg sind!«

Beide gehorchten. Augenblicklich spürte Päony, wie die ziehende Kraft sie losließ, und das Gefühl, mit Fäden an den Felsplatten festgebunden zu sein, schwand auf der Stelle. Sie war zutiefst erleichtert, als das unheimliche Felsmassiv hinter ihr lag und sich unter ihnen der vertraute Regenwald ausbreitete. Freilich, der Anblick, der sich bot, war trostlos. Überall öffneten sich Brandstellen, wo die fallenden Feuersteine eingeschlagen hatten, und ein widerlicher Geruch nach verkohlten und durchnässten Hölzern stieg auf. Tote Springwürmer lagen zuhauf, erschlagen von den herabregnenden Steinen oder vergiftet von den schwelenden Gasen. Größere Tiere rannten in Panik durch das Unterholz, unsichtbar, aber ihr Brüllen und Stöhnen hallte im Wald wider.

Auch die Weiler im Urwald hatten zum Teil schweren Schaden davongetragen. Aus der Höhe entdeckten die Reisenden verbrannte Hütten, überflutete Gärten und Menschen, die verzweifelt umherrannten. Die wenigen Straßen waren unpassierbar, vermurt vom Schlamm, den der wütende Sturzregen von den Hügeln herabgeschwemmt hatte, und versperrt von umgestürzten Bäumen. Welchen Schaden mochte der Sturz des Sterns in Vang Vath angerichtet haben?

Der Ruf des Meisters

Romanel saß in der tiefsten Kammer seiner zerfallenen Festung und blätterte in den Büchern, die dort aufgestapelt lagen. Am liebsten wäre er zur Burg Turcaill gereist, wo er in den Verliesen seine wertvollsten und geheimsten Manuskripte gehortet hatte, aber das wagte er nicht. Nun, da die verfluchten Mutterjungfrauen in dem himmlischen Krieg den Sieg davongetragen hatten, noch weniger als zuvor. Gurundir war gestürzt worden, er lag besiegt auf der Erde wie ein riesiger Leichnam.

Oder etwa doch nicht? Nachdem der Magier sich von seinem ersten Schrecken erholt hatte, geriet er ins Grübeln. Die Prophezeiung ließ ihm keine Ruhe. Hätte Majdanmajakakis eine solche Vorhersage gemacht, wenn jede Queste durch den Sturz des Feinds überflüssig wurde? Niemals. Also war Gurundir nicht tot. Er war zwar von seinem Thron in den Sphären geschleudert worden und würde nie wieder am Nachthimmel leuchten, aber er war jetzt ein irdischer Herrscher, und vielleicht konnte er seinen Getreuen immer noch zur Macht über Chatundra verhelfen. Das hieß, Romanel musste so rasch wie möglich herausfinden, wie es wirklich um seinen Herrn stand.

Das Klatschen pflanzlicher Arme gegen ein Käfiggitter schreckte ihn auf. In den letzten Tagen war er zu sehr mit eigenen Angelegenheiten beschäftigt gewesen, um viel Zeit mit dem

Honigschlund zu verbringen, den er ebenso wie seinen Artgenossen in Burg Turcaill hier als Schoßtier und Gehilfen hielt. Das Pflanzentier aber besaß genug Bewusstsein – selbstsüchtiges und eiferndes Bewusstsein –, um ihm diese Vernachlässigung übel zu nehmen. Verdrießlich rasselte es an den Gitterschnörkeln und fuhr mit den Armen hindurch. Triefende rosafarbene Mäulchen schnappten. Der Honigschlund war wütend, denn er hatte Hunger, und das Peitschen der Arme machte Romanel eindringlich klar, dass er ihn füttern sollte.

Der Magier lächelte. Nicht umsonst hatte er den Honigschlund eine Weile hungern lassen. Er rief seine Gefolgsleute zu sich, unter denen sich auch Eudo befand, der eidbrüchige Hauptmann, dem er Zuflucht vor dem Zorn der Kaiserinnen gewährt hatte. Als alle versammelt waren, wandte er sich an sie. »Ich habe etwas Wichtiges zu erledigen. In einem Tag oder zwei bin ich zurück.« Er erteilte ihnen einige Anweisungen, dann entließ er sie, bat aber Eudo zu bleiben. Ihm legte er vertraulich den Arm um die Schultern. »Ich habe etwas mit dir zu besprechen, mein Freund, und das ist nur für unsere Ohren bestimmt.«

Eudo lächelte geschmeichelt.

»Setz dich!« Romanel deutete auf einen Stuhl. »Trink einen Becher alten Weins mit mir!« Sie nahmen Platz, doch dann sprang der Magier noch einmal auf. Augenzwinkernd deutete er auf die massive Holztür. »Ich will nur abschließen, denn was ich dir zu enthüllen habe, darf nicht belauscht werden.« Er schritt zur Tür. Unterwegs öffnete er, unbemerkt von dem Soldaten, der bereits die Nase in den Becher mit dem duftenden Wein gesteckt hatte, den Riegel des Käfigs, dann schritt er weiter zur Tür, öffnete sie und schlüpfte hindurch. Den Kopf durch den Spalt steckend, grinste er dem überraschten Eudo mit teuflischem Hohn ins Gesicht. »Leider habe ich keine Zeit für dich, mein Freund. Aber ich habe dir einen Gesellschafter dagelassen – ich bin sicher, du wirst dich nicht langweilen.« Und bevor der verratene Verräter aufspringen konnte, knallte er die Tür zu, drehte den Schlüssel im Schloss und schob die beiden Riegel vor.

Auf dem Hof winkte er einen vorübereilenden Priester zu sich. »Achte darauf, dass niemand meinem Arbeitszimmer zu nahe kommt. Ich habe den Honigschlund losgelassen, und er ist hungrig.«

Der Mann verneigte sich erschrocken und versicherte, dem Befehl werde Folge geleistet.

Romanel trat auf einen der langen Balken zu, die im Hof herumlagen, schwang sich rittlings darauf und klopfte, Zaubersprüche murmelnd, mit den Fingerknöcheln auf das Holz. Sofort hob sich der Balken in die Höhe und trug ihn durch die Luft nach Norden.

Die Dämmerung hing dunkelgrau über dem Land, als er nach langer Fahrt das seltsame neue Gebirge erreichte. Schon von ferne spürte er, wie ein vertrauter Wille ihm entgegenpulste, und er lächelte. Gurundir war nicht tot. Seine Niederlage im Himmelspalast mochte durchaus einen Sieg auf Chatundra bedeuten. Kein Tempel, den man ihm erbaute, konnte so gewaltig sein wie sein eigener steinerner Leib, der sich quer über die Mitte des Kontinents ausbreitete.

Eine Kraft, die aus dem Innern des Bergs kam, zog den Magier an, lenkte sein hölzernes Reittier in eine versteckte Bucht, die sich in den Felsen öffnete. Dort stieg er ab. Ein kalter Schauder überlief ihn, als er die Hände flach auf den schrundigen Stein legte und das Ohr daran drückte, aber in sein Grauen mischte sich innerer Jubel. Was kümmerte es ihn, ob Gurundir aus den Sphären verstoßen worden war? Nicht am Himmel brauchte er ihn, sondern hier, inmitten seiner Getreuen, wo er für immer unter ihnen leben und herrschen würde. Wen scherten dann noch die fernen Mutterjungfrauen und die noch fernere Majdanmajakakis? Sie waren Gespenster, die niemand jemals gesehen hatte, aber Gurundir war sichtbar und fühlbar. Jeder konnte kommen, seine Flanken berühren, seiner Stimme lauschen und ihm Opfer darbringen. Auf seinem Gipfel würde er, Romanel, ihm einen gewaltigen Altar errichten, und Ströme von Blut würden über den Felsen fließen und Gurundirs Gier stillen. Er wünschte nur, er bekäme Ciaran zu fassen. Dann würde er zur Einweihung dieses Altars ein dreitägiges Fest ansetzen und den verräterischen Sohn drei Tage hindurch langsam zu Tode martern lassen – sehr langsam.

Von Verzückung überwältigt, sank der Magier zu Boden.

Als eine trügerisch süße Frauenstimme ihn ansprach, schreckte er auf. »Ihr seid schon hier, Freund Romanel?«

Als er hochfuhr, sah er im letzten Licht des Tages zwei schwarz vermummte Gestalten vor sich stehen, die einen Geruch nach kaltem Schweiß und Fäulnis verströmten. Romanel erschrak, wie immer, wenn er den Pestschwestern persönlich begegnen musste. Niemals hatte er sich der Hoffnung hingegeben, sie könnten ihm treu sein oder sich auch nur an die Spielregeln halten. Er traute den beiden Ungeheuern durchaus zu, ihn mit einer Seuche zu behaften, nur um zu beobachten, wie sie auf einen Menschen wirkte – denn bei aller Weisheit und allen magischen Kenntnissen war er nur ein Mensch.

Mit etwas unsicherer Stimme sagte er: »Seid mir gegrüßt, edle Frauen.«

Ein boshaftes Lachen erklang hinter den Schleiern. Die Schwestern waren so dicht vermummt, dass er nicht wusste, welche Twynneth und welche Twyfald war. Doch welchen Unterschied hätte das gemacht? Beide waren gleich böse, gleich heimtückisch, gleich tödlich.

Hastig fuhr er fort: »Seid Ihr gekommen, um unseren Herrn auf Chatundra willkommen zu heißen?«

»Mehr als das«, erwiderte eine der beiden. »Wir sind gekommen, um eins mit ihm zu werden. Wir werden in seinen Leib eingehen und er in den unseren.«

»Was meint Ihr damit?«, fragte der Magier verwirrt.

Eine der Verschleierten streckte die Hand aus dem schwarzen Umhang hervor – eine lange, bleiche, von blutigen Schwären zerfressene Hand. Sie berührte die Felswand, und die Hand verschwand darin wie in einem Nebel. Romanel zuckte zurück. Hatte das Zwielicht ihn genarrt? Aber nein! Sie zog die Hand zurück und stieß sie abermals hinein, diesmal bis zum Ellbogen. »Seht Ihr?«, zischelte sie. »Wir werden alle eins mit ihm werden, und in seiner Kraft werden wir Chatundra beherrschen. Wir sind die Ersten, aber die anderen werden bald folgen.« Sie kicherte. »Man hört, der alte Pilas watschle bereits auf seinen krummen Tatzen herbei, so schnell er nur kann.«

»Nun«, sagte ihre Schwester, »lebt wohl, Meister Romanel, und kommt uns einmal besuchen.«

Damit traten beide vor. Obwohl es in der Bucht fast völlig dunkel war, fielen ihre Schatten auf die graue Felswand. Sie krümmten sich fratzenhaft, dann schrumpften sie, und zuletzt verschwanden sie im Innern des Steins, der sie mit einem Wispern begrüßte. Im selben Augenblick öffnete sich eine Felsspalte, und heraus sprudelte eine Quelle.

Entsetzt wich Romanel einige Schritte zurück. Er konnte sich denken, dass das Wasser vergiftet war – eine tückische Falle für den Wanderer, der sich in dieser Wildnis auf einen kühlen Trunk freute.

Was die Schwestern gesagt hatten, ging ihm nicht aus dem Kopf. Nun, er würde rasch herausfinden, ob sie die Wahrheit gesagt hatten. Gleich darauf trug ihn sein Balken steil aufwärts, zu einer Stelle in der Felswand, wo er verborgen sitzen und die Bucht beobachten konnte. Da Twynneth und Twayfald hierhergekommen waren, nahm er an, dass auch die Übrigen diesen Ort aufsuchen würden.

Er behielt recht. Kaum hatte er eine Stunde gewartet, als aus dem Urwald ein lautes Schnaufen zu hören war und die Stängel unter derben Tatzen zerbrachen. Dann wackelte, deutlich sichtbar im Licht der Mondin, die ungefüge Form des alten Pilas unter dem Blätterdach hervor. Romanel beobachtete, wie er sich der Felswand im Hintergrund der Bucht näherte, sich daran aufrichtete – und hineinfiel, als hätte er sich auf einen Windschirm aus Schilf gestützt. Eben war er noch dagewesen, und jetzt war sein gedrungener, runzliger Leib von der Schnauze bis zur hintersten Schwanzspitze verschwunden.

Im Lauf der Nacht erschienen weitere finstere Gestalten, die in ihren Verstecken Komplotte gegen den Hof von Vang Vath und das Dreigestirn geschmiedet hatten. Romanel konnte sie nicht alle erkennen, denn manche huschten breitflügelig über den Boden dahin, andere waren gestaltlos wie Schatten. Aber er hörte das Knistern ihrer Schritte, ihr Schnauben und Rascheln und sah ihre Augen phosphoreszierend aufleuchten, wenn ein verirrter Strahl des Mondlichts sich darin fing. Menschen waren darunter, Drachen sowie Geschöpfe, die nie jemand zu sehen bekommen hatte, so tief versteckt in den unzugänglichen Schluchten der Heulenden Berge lebten sie. Auch eine ganze Anzahl von Zarzunabas' Kreaturen eilten herbei, aber Romanel erwartete nicht, dass der Herr selbst kam. Der Geisterfürst verfolgte eigene Ziele – er wollte allein herrschen. Außerdem war ihm Gurundir gewiss nicht wohlgesinnt, nachdem er zwei Dutzend seiner Priester in den Tod gelockt hatte.

Romanel selbst empfand kein Bedürfnis, mit dem Berg zu verschmelzen. Auch er hatte Pläne. Mochten seine ehemaligen Verbündeten darin verschwinden! Seine Aufgabe war eine andere. Er würde Gurundirs Statthalter unter den Menschen sein, derjenige, der die Befehle des Himmlischen an seine Sklaven übermittelte und dafür mit der irdischen Macht über ganz Chatundra belehnt wurde. Er würde herrschen, würde auf dem Thron sitzen, von dem das Dreigestirn seine Vorfahren gestürzt hatte. Wozu hatte seine Familie über dreihundert Jahre lang das Blut rein erhalten und war bereit gewesen, jeden Preis dafür zu zahlen? Damit sie sich mit dem ganzen pöbelhaften Volk im Innern des Berges vermischten? Niemals!

Er ließ sich von seinem Balken auf das Gipfelplateau tragen. Dort stieg er ab, warf sich zu Boden und verharrte lange in schwärmerischem Gebet. Ein endloser Bilderstrom zog durch seine Gedanken, Visionen der gottlosen Tyrannei, die er zu errichten gedachte. Und als sickerten sie in den Felsen hinein, geriet dieser alsbald in Bewegung. Romanel spürte ein Zittern unter den Handflächen, ein zartes Sprießen knotiger Erhebungen, die immer größer wurden. Er unterbrach sein Gebet, richtete sich auf den Knien auf und tastete über den Boden. Er hatte sich nicht getäuscht. Die Felsen verformten sich, gestaltet von dem übermenschlichen Willen, der darin herrschte. Runde Scheiben drängten aus dem Boden hervor, handbreite Schwellen, die Sockel von Balustraden. Wie ein junger Wald sprossen um ihn herum Pfeiler und Säulen empor, Mauern und Treppen, alle aus dem safrangelben, schwarz gescheckten Stein des Dämonenbergs.

Überwältigt von dem grandiosen Schauspiel, das sich im Licht der Mondin vor ihm entfaltete, sprang Romanel zurück, während sich die Decken hoch gewölbter Räume über ihm schlossen und Arkadengänge sich zu beiden Seiten ausstreckten wie gierig zugreifende Arme. Hier, inmitten des Kaiserreichs – das er in Gedanken bereits als das »ehemalige Kaiserreich« bezeichnete –, würde von nun an sein Schloss stehen, erbaut aus dem steinernen Fleisch des gestürzten Himmlischen, größer und prächtiger als jeder von Menschenhand erbaute Palast. Hier würde er thronen und seine Schreckensherrschaft vom Jademeer bis zum Diamantmeer ausdehnen.

Er stand inmitten einer Halle, die von zwei Reihen grotesker Säulen gestützt wurde. Durch schmale Fensterschlitze fiel das Mondlicht herein und zeichnete blasse Rechtecke auf den unebenen Boden. Die Architektur, die ihn umgab, war drachisch, aber unendlich viel altertümlicher als Zorgh und alles, was die Drachen von Chatundra jemals geschaffen hatten. Selbst Romanel, der die schwärzesten aller geheimen Schriften studiert hatte, war überrascht von der wilden Unmenschlichkeit des Gebäudes, das rund um ihn emporwuchs wie das Netz einer rasenden Spinne. Säulen verstrickten sich ineinander zu steinernen Zöpfen, krochen auf bizarren Beinen dahin und stützten das Gewölbe darüber mit zackigen Flügeln. Treppen nahmen die Form schäumender Wellen an. Und obwohl das Gebäude in dieser Stunde erst geboren wurde, war es geprägt vom unermesslichen Alter des Wesens, aus dem es entstanden war. Der Staub von Äonen schien in seinen Hallen zu liegen, auf den gehörnten Dächern und den Balustraden, von denen monströses steinernes Geziefer herabglotzte. Alle diese Säulen und Gewölbe, Treppen und Galerien waren bröcklig und mürb wie von jahrtausendealter Verwitterung. Es war nicht der Stein selbst, der den sonderbaren Palast zusammenhielt, sondern der Wille dessen, der ihn aus seiner eigenen Substanz geformt hatte. Ohne diesen Willen wäre er augenblicklich zu einem Haufen Geröll zusammengefallen.

Romanel entdeckte den Thron am entfernten Ende der Halle. Wie alles andere war er so abenteuerlich geformt, dass der Magier bezweifelte, überhaupt darauf sitzen zu können. Aber als er sich darauf niederließ, fand er ihn überaus bequem. Er lehnte sich an die Rückwand, die in einen Baldachin hoch über seinem Kopf überging und sich als ein Paar gefältelter Schwingen über den Sitz neigte. Hier würde er sitzen, viele hundert Jahre lang.

Auch wenn er nur ein Mensch war, ermöglichten es ihm die geheimen – und blasphemischen – Künste, sein Leben weit über die natürliche Spanne hinaus zu verlängern. Er lächelte, als sich wenige Schritte vor dem Thron ein grober Block aus dem Felsenboden herausschob und die Form eines Beckens annahm. In dieses Becken würde das Blut der Opfer fließen, die kopfunter darüber aufgehängt und mit einem Schnitt durch die Kehle getötet wurden – sofern sie das Glück hatten, einen raschen Tod erleben zu dürfen. Es gab auch weitaus langsamere Methoden, um das Becken mit Blut zu füllen, und Romanel hatte vor, sie eine nach der anderen an seinen Feinden auszuprobieren.

Dann beobachtete er, wie sich die Mauern zu tiefen Nischen zurückbildeten, und erkannte sofort, dass diese als Zellen für die Pflanzentiere gedacht waren, die er auch hier halten wollte. Einen flüchtigen Augenblick lang wanderten seine Gedanken zu Eudo. Zweifellos hatte der Honigschlund ihn inzwischen erwürgt, aber er hatte sicherlich noch keine Lust, ihn schon jetzt zu verzehren. Damit würde er warten, bis seine Mahlzeit breiig genug war.

Bei diesem Gedanken lachte der Magier, dann wandte er sich ernsthaften Angelegenheiten zu. Er musste so schnell wie möglich im ganzen Reich bekanntmachen, dass er die Herrschaft angetreten hatte und alle, die bereit waren, sich ihm zu unterwerfen, vor seinen Thron hintreten sollten, um ihren Lohn zu empfangen. Der Gedanke, worin dieser Lohn bestehen sollte, belustigte ihn, aber er zwang sich, das Vergnügen auf später zu verschieben und sich der Erfüllung seiner dringendsten Pflichten zu widmen.

Laut sagte er: »Gurundir, Erhabener, dein Knecht bittet um eine Möglichkeit, Boten auszusenden, die alle Lebendigen im Land davon in Kenntnis setzen, dass dein Statthalter seinen Platz eingenommen hat. Denn meine Männer kann ich nicht senden – man würde sie ergreifen und töten.«

Ein Raunen im Stein antwortete ihm. Dann sah er an der Stelle, wo sich das Mondlicht wie ein weißes Laken auf dem Boden ausbreitete, etwas knospen – einen faustgroßen Buckel, der anschwoll und sich atmend blähte. Vor ihm hockte eine kopfgroße geflügelte Kröte. Er wich vor der ekelhaften Erscheinung zurück, aber dann entdeckte er mit Staunen, dass das Tier aus demselben Stein geformt war wie der Palast. Und doch bewegte es sich, atmete und sah ihn an. Ein Knacken ertönte, als würde der Stein gespalten. Aus der Ritze drängte ein zweiter plumper Körper hervor. Ein dritter. Ein vierter. Wie das Werk eines Steinmetzen hockten die safrangelben, mit schwarzen Flecken getupften Unholde vor ihm und warteten.

Unsicher beugte er sich vor, musste sich zweimal räuspern, ehe er seinen Befehl aussprechen konnte. »Was immer du bist, ich befehle dir, flieg nach Süden und überbring den Thargon und den Skorpionrittern die Nachricht, was hier geschehen ist. Sag ihnen, dass ich sie in Gurundirs Palast und Tempel erwarte.«

Wie Steine, die von einem Katapult geschleudert werden, fuhren die Kröten im Bogen hoch und verschwanden durch die Fensterhöhlen.

VIERTER ABSCHNITT
Die Feuer der Kaaden Bûl

Die Beschwörung der Feuerdrachen

Der Weg durch schwarzen Stein

Auch Vang Vath hatte bei dem Kampf am Himmel tiefe Wunden davongetragen. Viele der Turmhauben waren zerschmettert, Gebäude niedergebrannt, und nur der starke Regen hatte verhindert, dass die gesamte Stadt ein Raub der Flammen wurde. Ein Meteor hatte das Dach des Kräuterhauses durchschlagen und den Meister mitsamt seinen Gehilfen getötet. Auch auf den Straßen waren Menschen und Drachen ums Leben gekommen. Im Dach des Palasts klafften Löcher, durch die der Himmel in die verwüsteten Säle blickte, doch waren keine Bewohner zu Schaden gekommen. Schutt und Trümmer lagen vielerorts auf den Straßen der Stadt und den marmornen Treppen der Residenz. Aber die Freude darüber, dass die drei Schwestern in dem Kampf Sieger geblieben waren, überwog den Schrecken und die Trauer. Niemand wagte sich vorzustellen, was aus ihrer Welt geworden wäre, hätte Gurundir die Macht an sich gerissen.

Staunen herrschte am Hof, als die drei jungen Leute von ihrer Reise nach Zorgh in den Rüstungen der Sieben zurückkehrten. Sie wurden augenblicklich in den Thronsaal geleitet, wo die beiden Kaiserinnen sie erwarteten, und mussten in allen Einzelheiten berichten, was ihnen widerfahren war. Päony machte sich zur Wortführerin.

Auch in Vang Vath hatte man das fürchterliche Krachen

gehört und das Erdbeben gespürt, das das Ende des Kampfs anzeigte, aber niemand hatte gewusst, was den Lärm und das Beben verursacht hatte. Die Nachricht, dass Gurundir auf die Erde gestürzt war, löste Überraschung, Schrecken und Zorn aus. Auf der Stelle entsandten die Kaiserinnen fliegende Boten, die sich den Berg in seiner vollen Länge von Nahem ansehen sollten.

Päony, die ehrerbietig vor dem Thron kniete, hob den Blick. »Wir haben die erste Prüfung bestanden«, sagte sie, »aber nun wissen wir nicht mehr weiter. Was sollen wir tun? Gurundir ist gestürzt worden, aber es wäre selbst einem Riesen unmöglich, seine Glieder zu zerstückeln, erst recht uns drei schwachen Menschen. Auch die Rüstungen können uns nicht helfen, eine solche Tat zu vollbringen. Und wir wissen nicht einmal, worin die beiden anderen Prüfungen bestehen. Selbst die Sphinx konnte es uns nicht sagen.«

»Ich glaube, ich weiß es«, antwortete Kylaila. »Zumindest was eine der Prüfungen angeht, nämlich den Weg durch den schwarzen Stein. Wir haben uns in Gebeten an Majdanmajakakis gewandt, damit sie uns beistehen und ihre feurigen Drachen zum Kampf gegen Zarzunabas und die Thargon senden möge. Sie antwortete nicht, und wir denken, dies hat damit zu tun, dass die Bitte nicht in ihrem Heiligtum im Kopf der Schildkröte an sie gerichtet wurde.«

Päony schüttelte unsicher den Kopf. »Mit allem Respekt, Majestät, aber jeder kann in den Kopf der Schildkröte gehen und dort ein Opfer darbringen.«

»Du missverstehst mich«, antwortete Kylaila unwillig. »Ich spreche nicht von dem öffentlichen Altar in der Kuppelhalle, sondern von dem unterirdischen Heiligtum, in dem die Sieben verwandelt wurden. Der Weg führt durch schwarzen Stein, und er ist schwer zu finden, denn er verläuft durch ein Labyrinth von Gängen und Kammern, in denen schon viele kühne Abenteurer zugrunde gingen. Ihre Knochen liegen zuhauf in den finsteren Schlünden. In uralter Zeit stiegen die Frauen, die Majdanmajakakis verehrten, auf diesen geheimen Pfaden zu ihrem Altar hinab, um ihr Opfer darzubringen. Aus den Erzählungen der Sieben wissen wir, wie man hinuntergelangt, aber nicht, wie man wieder heraufkommt, denn auf dem Weg, der hinunterführt, gibt es kein Zurück.«

»Aber«, fragte Ciaran verwundert, »wie sind die Sieben wieder an die Oberfläche gelangt?«

»Durch die Unterwelt«, erwiderte die Kaiserin Kylaila. »Und ich glaube nicht, dass ihr diesen Weg gehen könnt oder gehen wollt. Nein, ihr müsst den heute längst vergessenen Weg finden, den die Verehrerinnen der Allmutter nahmen, um wieder zurückzukehren.«

Päony fröstelte. Sie erinnerte sich mit Schaudern an den Abstieg durch die Gurguntai. Und dort hatte sie wenigstens gewusst, dass sie wieder zurückkehren konnte. In eine Tiefe hinabzusteigen, die vielleicht zu ihrer Gruft wurde, ängstigte ihr tapferes Herz. Sie warf den beiden Gefährten einen raschen Blick zu und stellte fest, dass diese ebenfalls bedrückt dreinschauten.

»Zudem«, ergänzte Karenna die Rede ihrer Mitregentin, »könnt ihr auf diesem Weg eure Rüstungen nicht mitnehmen, denn das wissen wir auch von den Sieben, dass die Tunnel und Röhren teilweise nur mit dem nackten Leib zu überwinden sind.«

Lukan stieß einen hörbaren Seufzer aus. Päony kannte den Grund dafür. Er hatte nicht nur Angst vor dem erstickend engen unterirdischen Labyrinth, es kostete ihn auch große Überwindung, sich zu entblößen, vor allem in Gegenwart eines Mannes, der dieselbe Frau begehrte wie er. Bei den Mokabitern wäre das eine glatte Einladung gewesen, zur Lendenschwäche verhext zu werden. Und verstand sich Ciaran, der Sohn des Magiers, nicht auf viele teuflische geheime Künste?

Kylaila fiel ein: »Ihr müsst euch rasch auf den Weg machen, denn die breite Mauer wurde bei dem Erdbeben beschädigt, sodass es den Thargon und den Skorpionrittern leichtfallen wird, ins Mittelreich vorzudringen. Ich zweifle nicht, dass Gurundir und seine Vasallen alles daransetzen werden, das Mittelreich so rasch wie möglich in ihre Gewalt zu bringen. Wenn wir Majdanmajakakis nicht bewegen können, uns ihre Drachen zu senden, wird die Auseinandersetzung als blutiger Kampf diesseits der Mauer stattfinden.«

Päony ergriff die Hände der beiden Männer, die links und rechts von ihr standen. »Wir gehen noch heute, Majestät.«

Karenna lächelte. »Ich danke euch. Eigentlich müssten wir euch mit aller Feierlichkeit in den Tempel geleiten, aber es scheint mir nicht klug, es allzu öffentlich zu machen, wo ihr seid und was ihr vorhabt. Geht daher sofort und im Stillen. Lasst eure Rüstungen hier zurück und zieht gewöhnliche Kleidung an. Und nehmt dies mit!« Sie winkte einer Hofdame, die ihr eine armlange Pergamentrolle reichte. »Es ist unsere Bitte an die rote Kaiserin, uns zu helfen. Legt es auf ihren Altar und betet, dass sie es gnädig ansehen möge.«

In aller Eile machten sich die drei Auserwählten auf den Weg. Um nicht aufzufallen, hatten sie nur einfache Kittel und grobe Mäntel übergeworfen. Sie folgten Straßen, in denen Menschen und Drachen eifrig damit beschäftigt waren, Schutt und verkohlte Balken wegzuräumen. Bald erreichten sie den Park, der den Kopf der Schildkröte umgab und jetzt eine halb verbrannte Wildnis war, und betraten das uralte Heiligtum. Goldenes Dämmerlicht herrschte darin, das drei Ampeln ausstrahlten. An der dem Eingang gegenüberliegenden Wand des achteckigen Raums ragte aus der Mauer ein Altartisch hervor, doch trug er weder Schmuck noch zeremonielle Geräte. Die drei Schwestern verschmähten alle Opfer außer dem eines ergebenen Herzens. Wem sie sich geneigt zeigten, dem erschienen über den Altären ihrer Tempel Botschaften aus Feuerzungen, während ein Nebel in der Luft sich zu flüchtigen Skulpturen formte. Aber diese Rauch- und Dampfgebilde waren zuweilen so zart, dass die stumpfen Augen der Menschen sie nicht erkannten. Unsichtbar schwebte ihre Gegenwart über dem Altar, denn nichts auf Erden konnte sie abbilden. Die einzigen Hinweise, dass es sich um einen heiligen Ort handelte, waren die zahlreichen Votivgaben an den Wänden. Dicht an dicht hingen da spannenlange wächserne Herzen, Arme, Hände, Köpfe, gespendet von geheilten Kranken. Ihre Krücken mit längst vertrockneten Blumen umwunden, lehnten an der Mauer, darunter auch Ciarans Bambuskrücke.

Dies war das allgemein zugängliche Heiligtum der drei Töchter. Das Heiligtum ihrer Mutter jedoch, der Tempel geheimer Riten einer verschworenen Frauengesellschaft, lag tief darunter im Schoß der Erde, am Ende eines Wegs, den viele Jahrhunderte lang niemand außer den Sieben betreten hatte. Wohl waren zu Zeiten der sundarischen Kaiser, als der Kopf der Schildkröte einen goldenen Phuram-Altar beherbergte, immer wieder Abenteurer auf der Suche nach verborgenen Schätzen in den Brunnen hinabgestiegen, doch sie waren nicht weit gekommen. Die Sieben hatten davon berichtet, dass sie ihre zerfallenen Gerippe schon in den ersten Hallen des Labyrinths gefunden hatten, das den Zugang versperrte.

Ehrfürchtig traten die drei Auserwählten an den gitterumfriedeten Schacht, der in die Unterwelt hinabführte. Rotes Licht flackerte in der Tiefe. Die Unruhe der Feurigen war deutlich zu spüren. Die Steinplatten des Bodens vibrierten. Immer wieder sprangen flüchtige Flammenzungen in dem gespenstisch erleuchteten Schacht umher. Lukan fragte sich, ob die Kaaden Bûl wohl wussten, in welcher Mission die drei Menschen ausgeschickt worden waren, und ungeduldig auf die Entscheidung harrten, die Majdanmajakakis treffen würde. Durften sie hoffen, dass ihre jahrhundertealte Sehnsucht erfüllt wurde – dass sie wieder wie im ersten Äon an der Oberfläche leben durften, wenn auch nur in einem beschränkten Raum?

Päony wandte sich an ihre beiden Begleiter. Ihr Gesicht wirkte streng und entschlossen. »*Ha burghail!* Wir sind bei dieser Queste aufeinander angewiesen, vergesst das nicht! Ich will keinen Streit zwischen euch hören. Lasst uns die Hände ineinanderlegen und einander versprechen, dass wir fest zusammenhalten, bis unsere Aufgabe erfüllt ist. Keiner soll die anderen verlassen, denn nur alle drei gemeinsam können wir erreichen, was uns auferlegt wurde.«

Widerwillig legte Lukan die Rechte in Ciarans schmale, kühle Hand und merkte, dass auch dieser nur ungern den Kreis schloss, aber jetzt war nicht die Zeit für Streitigkeiten. Sie mussten zusammenhalten – oder sie würden die Queste niemals erfüllen.

Als sie den Schwur geleistet hatten, drängte Päony: »Kommt, wir müssen uns beeilen! Zwar könnten wir einige Tage lang ohne Nahrung auskommen, aber nicht ohne Wasser und ohne Schlaf.« Damit öffnete sie das Türchen in der Umfassung des Brunnens und setzte entschlossen den Fuß auf die erste Stufe der Wendeltreppe, die an der Mauer entlang nach unten führte. Die beiden Männer, beschämt vom Mut der Jungfer, folgten eilends.

Die warme, dumpfe Luft des Brunnenschachts drang erstickend schwer in ihre Kehlen und Lungen. Lukan war froh, dass es hier warm war, wenn er auch hoffte, dass es nicht allzu heiß werden würde. Die Dunkelheit im Bergesinnern hatte er nicht zu fürchten, wohl aber die Kälte. Bei dem Abstieg durch die eisigen Hallen der Gurguntai hatte er jämmerlich gefroren und mochte dies nicht noch einmal erleben. Raschen Schritts stieg er hinunter in die geheimnisvolle Tiefe.

Die Treppe zum Heiligtum der Allmutter führte in gleichmäßigen Windungen an den vom Feuerschein scharlachrot gefleckten Mauern entlang. Es war kein schwieriger Abstieg. Die Stufen waren fest und unversehrt, und es gab einen in den Stein gemeißelten Handlauf, an dem sie sich festhalten konnten. Hin und wieder entdeckte Lukan archaische Ritzzeichnungen, die tief in den Stein hineingekratzt waren. Einige zeigten unleserlich gewordene Glyphen, andere eine geflügelte Frau mit drei Gesichtern und wieder andere die Umrisse flammenumhüllter Schlangen, die Spiralen bildeten, das Symbol der Allmutter, die beständig in sich selbst verschwand und aus sich selbst wieder hervorkam. Wo die ferne Glut der Tiefe die Felswände beleuchtete, schienen sie im wechselnden Licht aufzuleben.

Die Feurigen zogen sich zurück, sobald sie merkten, dass Menschen in den Schacht eingedrungen waren, um sie nicht am Abstieg zu hindern. Lukan war jetzt sicher, dass sie den uralten Drachen willkommen waren und dass diese alles taten, um ihnen beim Erreichen ihres Ziels zu helfen.

Nur ein schwacher scharlachfarbener Schimmer schwebte noch in der Luft, als wäre dieses Licht ein Nachhall ihrer Gegenwart. Es reichte kaum aus, um zu erkennen, wohin man den Fuß setzte. Lukan merkte, dass die zunehmende Dunkelheit seinen Gefährten zu schaffen machte. Sie stolperten immer öfter und klammerten sich erschrocken am Handlauf fest. Erfreut darüber, dass er jetzt der Anführer in der Gruppe war, nicht so klug wie Ciaran, nicht so kämpferisch wie Päony, aber als Einziger imstande, die Umgebung zu erkennen, bot er seine Hilfe an. »Lasst mich vorangehen, damit ich euch warne, wenn wir auf ein Hindernis stoßen!«

Päony stimmte zu, und Ciaran blieb nichts anderes übrig, als sich ihr anzuschließen, obwohl es ihn hart ankam, von dem Mokabiter abhängig zu sein.

Sicheren Schritts stieg er vor ihnen die Treppe hinunter. Päony folgte ihm, die kleinen Hände an seinem Gürtel. Ciaran folgte ihr und hatte ihr die Linke leicht auf die Schulter gelegt. Nichts hätte ihn dazu bewegen können, sich wie ein hilfloser Blinder an seinen Führer Lukan zu klammern.

Sie stiegen tiefer hinab. Es wurde wärmer und wärmer, und bald warfen sie die Mäntel ab. »Lasst sie hier liegen!«, befahl Päony. »Wir können sie nicht mitnehmen, wenn wir das Heiligtum betreten, und viel wert sind sie auch nicht.«

Allmählich merkten sie, dass die Windungen der Treppe immer enger und enger wurden. Der anfangs breite Schacht wurde zu einem Trichter, sodass sie immer öfter zusammenstießen und Abstand zueinander halten mussten. Sie brauchten sich nicht mehr aneinander festzuhalten, denn in der beengten Röhre konnten sie nicht einmal stolpern. Schon spindelte die Treppe in einer so knappen Drehung um die eigene Achse, dass sie fürchten mussten, bald auch einzeln keinen Platz mehr zu haben – da endeten die Stufen unvermittelt.

Um ein Haar wäre Päony hingefallen. Lukan fing sie geschickt auf und nutzte die Gelegenheit, um sie einige Herzschläge lang an die Brust zu drücken. Da er jetzt in gewissem Sinn der Anführer war, sogar Ciaran weit überlegen, fühlte er sich zu kühnen Taten ermutigt. Über sie geneigt, hauchte er ihr einen zarten Kuss auf die Schläfe. Sie wehrte sich nicht, tat aber, als hätte sie nichts bemerkt. »Wo sind wir hier?«, fragte sie. »Was siehst du?«

»Wir stehen in einem Gewölbe«, antwortete er. »Ich sehe alles recht deutlich, weiß aber nicht, wo sich der Weg fortsetzt. Genau vor uns öffnen sich drei steinerne Torbogen, alle gleich, vollkommen schmucklos und offenbar aus gewachsenem Fels entstanden. Aber irgendetwas hat sie so glatt geschliffen, dass kein Baumeister sie hätte schöner polieren können. Sie glänzen wie schwarze Spiegel. Kommt, ich führe euch hin!«

Vorsichtig tappten sie durch die undurchdringliche Finsternis, bis sie an eine Wand stießen. »Das ist kein Felsen, das ist Glas!«, rief Ciaran überrascht.

»Glas? Hier unten?«, fragte Lukan entgeistert.

»Gewiss doch. Ich weiß auch, wie es entstanden ist.«

Mit Staunen erfuhr Lukan, dass durch das jahrtausendelange Vorbeigleiten glühender Leiber die Felsen zu Glas geschmolzen waren. Widerwillig musste er zugeben, dass der junge Gelehrte über Dinge Bescheid wusste, von denen man in Takis noch nie gehört hatte. Aber war das eine Kunst? Schließlich hatte er ja auch nie etwas anderes getan, als in Büchern und Schriftrollen herumzustöbern wie eine Krabbe im Schlamm. Besorgt fragte sich Lukan, ob Ciaran etwa bereits entdeckt hatte, dass er selbst weder lesen noch schreiben konnte, obwohl er dies ängstlich zu verbergen versuchte. In welchen Abgrund der Verachtung würde er stürzen, wenn der hochmütige Jüngling es herausfände!

Päony erinnerte ihn nachdrücklich daran, dass sie im Augenblick entschieden dringendere Sorgen hatten. »Welchen Weg müssen wir jetzt nehmen?«, fragte sie. »Kaum sind wir hier unten, schon wissen wir nicht weiter.«

Es blieb ihnen erspart, die Frage selbst beantworten zu müssen, denn unerwartet erschien ein roter Punkt in der Finsternis, der auf dem Boden dahinglitt und rasch größer wurde. Knapp vor den drei Auserwählten hielt er inne und nahm die Form eines Fußabdrucks an. Von Feuer gesäumt, hob er sich von den spiegelnden schwarzen Felsen ab. Gleich darauf folgte ein zweiter, und dann schritten die unsichtbaren Füße ihnen voraus, geradewegs auf den mittleren Gang zu. Lukan beobachtete die Erscheinung argwöhnisch. Wenn nun irgendein Dämon der Tiefe sie in eine Falle lockte und in einen unversehens aufklaffenden Abgrund stürzte? Aber ihnen blieb keine Wahl. Sie mussten dem unsichtbaren Wesen folgen, wenn sie nicht hoffnungslos verloren gehen wollten. Denn kaum waren sie in einen Gang eingebogen, da gabelte dieser sich schon wieder, und jeder der Gänge führte in Kammern, die hoch oder niedrig waren und in deren gekrümmten Mauern runde Öffnungen den Weg in neue Bergwerksstollen freigaben. Das Labyrinth war zweifellos eine natürliche Höhle, erweckte aber den Eindruck eines von Menschenhand geschaffenen Gebäudes. Verwirrt blickte Lukan sich um. Ihm war, als stünde er in einem unterirdischen Palast aus pechschwarzem Marmor. Da gab es Gänge und Öffnungen, filigrane Säulen und absonderlichen Zierrat, wie ihn der kühnste Steinmetz nicht hätte erschaffen können. Und überall sah er die Spuren der Kaaden Bûl, die den Irrgarten mit ihren Leibern glatt geschliffen und seine Mauern in schwarzes Glas verwandelt hatten.

Die feurigen Fußabdrücke bewegten sich langsam vorwärts. Offensichtlich wusste das unsichtbare Wesen, dass zwei der Gefährten fast blind waren, und passte sich ihren unsicheren Schritten an. Es hielt allerdings keinen Augenblick lang inne.

Einmal stießen sie auf Bewohner dieser unterirdischen Welt. Ein armdicker weißer Wurm ohne erkennbare Augen schlängelte sich träge über die Steine. Als das Wesen die näher kommenden Schritte wahrnahm, richtete es sich auf und züngelte drohend, schlüpfte dann aber hastig davon. Bald darauf zeigte sich ein zweites, dann ein drittes. Lukan wunderte sich, wovon die Tiere hier unten lebten, wo es doch nichts als Felsen gab. Er hätte Ciaran fragen können, mochte seine Unwissenheit aber nicht preisgeben.

Die zweifellos harmlosen blinden Würmer schienen indes nicht die einzigen irdischen Geschöpfe zu sein, die den Lebensraum der Kaaden Bûl teilten. Einmal meinte Lukan unmittelbar über ihren Köpfen ein Schaben und Schlurfen zu vernehmen, als schöbe eine gewaltige Masse sich mit raupenähnlichen Bewegungen vorwärts, aber es konnte auch ein Echo gewesen sein.

In diesen Schächten und Kaminen hallte jeder Laut wie in einem akustischen Zerrspiegel wider. Die beiden Gefährten hatten die Geräusche auch vernommen, und ganz selbstverständlich fragte Päony Ciaran danach. »Wahrscheinlich ist es ein Schomma«, erwiderte dieser. »Das ist ein Höhlenwurm, ähnlich jenen Wesen, denen wir gerade begegnet sind, aber um ein Vielfaches größer. Es sind Wesen ohne Augen, sehr langsam, sehr schwer und sehr dumm. Sie werden uns nur gefährlich, wenn sie unmittelbar unseren Weg kreuzen und wir nicht ausweichen können. Dann würden sie uns platt walzen.«

»Passt lieber auf, wo ihr hintretet, anstatt über Würmer zu diskutieren!«, rief Lukan gereizt. »Wenn einer von euch sich den Knöchel verstaucht, können wir unsere Queste abbrechen.«

Ciaran wollte eine scharfe Antwort geben, erinnerte sich aber noch rechtzeitig daran, dass er damit Päonys Zorn geweckt hätte, und schwieg. Der Unsichtbare führte sie durch das Labyrinth, bis sie schließlich in eine Kammer aus schwarzem Glasgestein kamen, in der es offenbar keinen Ausgang gab. Die einzige Öffnung war ein viereckiges Loch im Boden, das einem Spülstein ähnelte. Lukan sprang das Herz in den Hals, als die glühenden Füße genau auf diese Öffnung zuschritten und darin verschwanden. Päony dagegen wirkte keineswegs erschrocken. Aber sie war auch die Kleinste und Zierlichste von ihnen und musste nicht befürchten, in dem Schacht stecken zu bleiben wie ein Stöpsel in der Flasche. »Hier müssen wir unsere Kleider ausziehen«, erklärte sie. »Anders lässt sich das enge Loch nicht überwinden.«

Die jungen Männer gehorchten, wenn auch alle beide äußerst widerwillig. Ciaran konnte jetzt, da das Licht der Feuerfüße erloschen war, von seinem Gefährten nur einen unbestimmten Umriss wahrnehmen, aber Lukan sah deutlich – deutlicher, als er sehen wollte. Ciarans weißer Körper hob sich wie ein Marmorbildwerk von der Dunkelheit ab, so hinreißend schön, wie man es von seinem Urahn Hugues erzählt hatte. Es gab nur zweierlei an ihm auszusetzen: Das eine war die Lücke zwischen den Schneidezähnen, das andere seine Unbeholfenheit, da er nie gelernt hatte, seinen Körper geschmeidig zu halten. Aber was waren diese winzigen Fehler gegen seine überwältigende Schönheit!

Betrübt blickte Lukan an sich selbst hinunter. Früher hatte er sich immer gegrämt, dass er nicht drachisch genug aussah, jetzt fand er sich nicht menschlich genug – und nicht männlich genug. Niedergedrückt vom Bewusstsein seiner Unfähigkeit, körperlich mit dem Gelehrten mitzuhalten, presste er seinen zusammengebauschten Kittel gegen die Lenden, entschlossen, ihn nicht wegzulegen, ehe sein Gegner nicht sicher in dem Schacht verschwunden war. Es überraschte ihn, dass Ciaran dasselbe tat. Sollte er etwa ebenfalls befürchten, bei einem Vergleich schlecht abzuschneiden?

Päony saß bereits am Rand der Öffnung und baumelte mit den Beinen. »Wartet ein wenig, ehe ihr hinabsteigt, damit wir uns nicht gegenseitig auf den Kopf treten!«, befahl sie. Fröhlich in die Hände klatschend, rief sie dann: »Hadaya! Es geht los!« Im nächsten Augenblick war sie verschwunden.

»Jetzt du«, sagte Lukan.

Wie erwartet, ließ Ciaran sich von ihm keine Befehle erteilen. »Warum ich? Hast du Angst?«

»Nur die Angst, dass du dich heimlich davonmachst, sobald ich da unten bin. Ich traue dir nicht, auch wenn die Kaiserinnen auf dein Schöntun hereingefallen sind.«

Nur der Groll hatte ihn bewogen, einen so unsinnigen Vorwurf zu machen, und Ciaran lachte auch prompt. »Meinst du, ich würde allein den Weg durch dieses finstere Labyrinth suchen, in dem ich meine eigenen Füße nicht sehen kann? Aber du sollst deinen Willen haben. Verbirg einen Stein in deiner Faust, wenn ich die richtige treffe, gehst du zuerst, ist es die falsche, gehe ich.«

Lukan hätte gern dagegengehalten, dass es einem Hexer leichtfalle, den Stein zu finden, aber dann dachte er daran, wie ungehalten Päony wäre, wenn sie ihr nicht auf der Stelle folgten. Also hob er ein Steinchen auf, verbarg es in der geschlossenen Faust und hielt Ciaran beide Fäuste hin. »Wähle!«

Der Jüngling klopfte mit den Fingerspitzen auf die Linke. Lukan öffnete mit einem triumphierenden Grinsen, das der andere freilich nicht sehen konnte, die leere Faust. Ciaran hielt mit raschem Griff Lukans Rechte fest. »Zeig mir die andere Hand!«

»Warum?«

»Weil Mokabiter immer betrügen.«

Lukan hatte jedoch nicht betrogen, und Ciaran musste sich geschlagen geben. Achselzuckend ließ er sich am Rand des Schachts nieder, hob beide Arme über den Kopf und glitt hinein wie ein Taucher in schwarzes Wasser. Lukan hörte ein schabendes Geräusch und das Fallen winziger Steine, dann war es still, Ciaran war verschwunden, und er stand allein in der gläsernen Kammer. Angst überkam ihn. Kein Mokabiter war gern allein, und obwohl er und der junge Gelehrte sich andauernd zankten, rotteten sie sich bei Gefahr zusammen wie ein Haufen erschrockener Mäuse. Was immer in dem Schacht lauern mochte, erschien ihm viel weniger schrecklich als dieses Alleinsein in der schweigenden Unterwelt, in der das einzige Geräusch sein gepresster Atem war. Entsetzen überfiel ihn bei der Vorstellung, die beiden anderen könnten inzwischen ihr Ziel erreicht haben und ohne ihn weitergehen, sodass er sie nicht mehr fand, wenn er am anderen Ende des Gangs herauskam. Der bloße Gedanke genügte, dass er sich jählings und mit den Füßen voran in die Tiefe stürzte.

Er passte knapp in den Schacht, der ihn von allen Seiten mit bedrohlicher Zudringlichkeit umschloss und nur zögernd passieren ließ, als wäre er ein zu dicker Bissen, der in einem steinernen Schlund steckte. Eine einzige Schwelle an der Wand, ein einziger Buckel im Fels – und er würde rettungslos stecken bleiben. Kaum war ihm dieser Gedadnke gekommen, als er bereits festzuhängen schien. Das Blut dröhnte ihm in den Schläfen. Das Herz hämmerte ihm in der Brust. Panik überschwemmte ihn – das Entsetzen, hier in der Tiefe lebendig begraben zu liegen, mit dem gesamten Gewicht des titanischen Grabsteins auf der Brust, der sich darüber auftürmte, gekrönt vom Kopf der Schildkröte. Sein Herz trommelte wie rasend, er meinte zu ersticken und wollte in besinnungsloser Angst um sich schlagen, den Felsen mit den schwachen Händen wegdrücken, sich rücklings durch den Schacht in die Höhle hinaufwinden. Dann fiel ihm ein, dass von Ciaran nichts mehr zu hören und zu sehen war, und das besagte, dass der Jüngling die Röhre unbeschadet passiert hatte. Wenn aber Ciaran ohne Schwierigkeiten hindurchgelangt war, dann mochte ihm das auch gelingen. Und sobald er sich etwas beruhigt hatte, erinnerte er sich auch daran, dass unter den Sieben Männer und erwachsene Frauen gewesen waren. Also konnte das Loch nicht so eng sein, wie er befürchtete. Sofort fühlte er sich besser als erwartet.

Seine Füße hingen ein paar Herzschläge lang im Leeren, dann ließ ihn der Schacht durchgleiten. Er hielt den Atem an, voller Angst, unter ihm gähne eine bodenlose Tiefe, in die er halt- und hilflos hineinplumpste. Aber da berührten seine nackten Füße bereits den steil nach vorn abfallenden Boden. Er ließ sich in die Hocke sinken und tastete mit den Händen nach allen Seiten. Der Boden und die Wände des Gangs waren rund ausgehauen und sehr glatt – offenbar waren sie mit Werkzeugen geglättet worden –, und einmal sah er, dass in die Wände ähnliche Zeichnungen eingeritzt waren wie oben im Brunnen. Es mussten winzige Menschen gewesen sein, die dies geschaffen hatten, noch um einiges kleiner als Päony, denn selbst sie hätte in dem Schacht nicht genug Raum gehabt, um Hammer und Meißel zu benutzen.

Vor ihm öffnete sich ein schräg nach unten führender Gang, in den er rücklings hinabrutschen konnte. Jetzt, da er sich ein wenig gefasst hatte, erschien ihm der lichtlose Weg nicht einmal unbequem. Jene Wesen, die den Gang angelegt hatten, hatten dafür gesorgt, dass man ohne allzu große Mühe hinabrutschen konnte. Einmal stieß er auf eine kleine, unregelmäßig geformte Kammer, von der aus der Weg eben weiterführte, sodass er sich umdrehte und auf allen vieren weiterkroch. Dann ging es abermals abwärts. Plötzlich schoss ihm die Frage durch den Kopf, ob er überhaupt genug Luft bekam, und prompt überfiel ihn die Angst zu ersticken. Ringsum gab es nur Steine, und er entfernte sich mit jeder Bewegung weg von der freien, frischen Luft. Das Blut schoss ihm in den Kopf und drohte die Adern zu sprengen, rote Funken tanzten ihm vor den Augen. Er wollte schreien, und nur der Gedanke, dass Ciaran ihn hören und sich über ihn lustig machen würde, hielt ihn zurück. Wie hatte dieser unbeholfene Stubenhocker es nur geschafft, ohne Not hier durchzukommen?

Lukan war klug genug, sich eine Weile ruhig hinzulegen und tief durchzuatmen. Das tobende Pochen in den Schläfen ließ nach. Er konnte wieder atmen und merkte, dass nicht nur genug Luft da war, um seine Lungen zu füllen, sie roch auch erstaunlich frisch. Natürlich, in den meisten Felsmassiven gab es Spalten und Schlitze, durch die der Wind der Oberwelt hereinwehte! Als er genauer hinblickte, entdeckte er sogar eine dieser Ritzen genau über seinem Kopf. Mit einem Seufzer wünschte er sich, ein spannenlanger Gecko zu sein und mühelos aus seinem schwarzen Gefängnis flüchten zu können. Aber was half alles Wünschen? Er musste weiter. Je mehr er sich beeilte, desto schneller konnte er diesen steinernen Sarg verlassen.

Er rutschte weiter, spürte schmerzhaft, wie der Fels an seiner Haut rieb und sie zerkratzte. Dann kam eine Stelle, an der ihn beinahe der Mut verlassen hätte, denn plötzlich krümmte sich der Gang und wurde so niedrig, dass er auf der Seite liegend vorwärtsrobben musste – es wurde immer enger und enger, bis er schließlich stecken zu bleiben drohte. Schon wollte ihn die Panik überkommen, als ihm einfiel, dass Ciaran, wäre er nicht weitergekommen, jetzt hier sein müsste. Er holte tief Atem und schlängelte sich weiter, die Arme vorgestreckt, um so wenig Raum wie möglich zu beanspruchen, rollte sich ein und wand sich durch, und unerwartet wurde der Gang weiter und luftiger. Erst jetzt begriff er, dass er sich durch eine Spirale gequält hatte, das Symbol der Allmutter, die erst immer enger und dann wieder weiter wurde.

In nächster Nähe hörte er Stimmen und hätte am liebsten vor Freude gejauchzt.

So schnell er konnte, kroch er auf Händen und Knien weiter, schob sich durch eine Öffnung wie ein Brunnenmaul hinaus in eine gewölbte Kammer. Ciaran und Päony kauerten eng nebeneinander an der Wand.

»Lukan? Bist du's?«, rief Päony.

»Natürlich bin ich es, wer denn sonst? Sehe ich aus wie ein Höhlenwurm?« Dann fiel dem Mokabiter ein, dass die beiden in dem völlig lichtlosen Raum stockblind sein mussten, während er sehen konnte. Päony fügte ihrer Frage gleich eine weitere hinzu: »Wo sind wir hier? Ist dies das Heiligtum?«

Lukan sah sich um. Ja, sie befanden sich in einem archaischen Altarraum, der schon lange nicht mehr betreten worden war. Von der Höhlendecke gefallene Steinsplitter häuften sich am Boden. Die einzige Zierde waren grob in die Felsmauern gehauene Bilder, die die ewige Schlange darstellten, wie sie ihren Schwanz verschlang und sich selbst zum Maul heraus wieder gebar. In der Mitte lagen kantige Felsklötze, zu einem Altartisch behauen. Kein Blutfleck verunzierte ihn, keine Brandstelle. Nie war der Allmutter etwas anderes geopfert worden als heilige Gesänge, Jubelrufe und die zärtliche Liebe ihrer Anhängerinnen.

»Nun sag schon!«, rief Päony gereizt.

Lukan fuhr zusammen und beschrieb die Umgebung in allen Einzelheiten.

»Dann ist dies der richtige Ort«, erklärte Ciaran.

Päony stand auf, ein wenig unsicher, weil sie überhaupt nichts sah. »Führ mich zum Altar, Lukan!«

Eifrig tat er wie ihm geheißen. Vor dem Altar blieb die kleine Kriegerin stehen und löste die Schnur, mit der sie die Pergamentrolle an der Brust festgebunden hatte. Niederkniend legte sie die Rolle auf den Opferstein. Sie wusste offenbar nicht, was sie weiterhin tun sollte, also befahl sie den beiden Männern mit scharfer Stimme, ebenfalls niederzuknien. Lukan musste Ciaran die Strecke bis zum Altar führen, und seltsam berührt bemerkte er, wie unbeholfen dieser sich in der Dunkelheit bewegte, so als wisse er jetzt, da er seinen Körper nicht sah, nichts mit ihm anzufangen. Unwillkürlich fasste der Mokabiter den Gefährten mit einer Hand um die Mitte und ergriff mit der anderen dessen Arm. Ciaran leistete keinerlei Widerstand. Erst als Lukan ihm sagte, sie seien angekommen, riss er sich los, spürbar beschämt ob seiner Hilflosigkeit.

Päony holte tief Atem und sagte dann mit vor der Brust gekreuzten Armen alle Gebete auf, die sie jemals auswendig gelernt hatte. »O Mutter all dessen, was ist«, sprach sie, »vergib uns unsere Einfalt und Unkenntnis, dass wir dir nicht höflicher begegnen, und strafe uns nicht.«

Lukan hörte ein Knacken, und als er die Augen aufriss, bemerkte er, dass das Siegel auf der Rolle zerbrochen war. Keiner von ihnen hatte es angerührt, und doch löste sich jetzt die Schnur, mit der die Rolle umwunden war. Einer nach dem anderen zersprangen die roten Wachspunkte, die sie zusammenhielten. Mit einem zischelnden Geräusch breitete sich die Bittschrift von der Mitte her auf dem Altar aus. Sie blieb offen liegen, obwohl keine sichtbaren Gewichte die Enden am Einrollen hinderten. Dann lohte die Schriftrolle unversehens in einer wunderschönen rosigen Flamme auf und zerfiel zu puderiger grauer Asche.

Päony und Ciaran schrien vor Überraschung auf, als der unerwartete Lichtblitz sie blendete.

»Heißt das nun, dass die Allmutter die Bitte der Kaiserinnen angenommen hat?«, fragte Lukan.

»Ich weiß es nicht«, erwiderte Päony. »Wir haben jedenfalls getan, wozu man uns aussandte. Wir können zurückkehren. Aber wie finden wir den Weg, der aus diesem Labyrinth hinausführt?«

Ciaran fuhr sich nachdenklich mit der Hand über den Mund. »Es muss einen Weg geben, so viel ist sicher. Nach den Zeremonien verließen die Anbeterinnen der Allmutter den Altarraum wieder. Ganz gewiss war der Rückweg weitaus einfacher zu bewältigen als der Herweg. Diese Schlünde und engen Gänge bilden nicht den unmittelbaren Zugang, sie sind Teil eines Rituals. Aber ich glaube nicht, dass die Gläubigen auf dem Heimweg ein ebensolches Ritual vollzogen. Die Zeremonien waren beendet, sie strebten nach Hause. Ich denke, wir werden den Ausgang ohne allzu große Schwierigkeiten finden.«

Lukan – der mit seinen im Zwielicht glühenden Drachenaugen unheimlich aussah – bemerkte feindselig: »Dann finde ihn doch, mein vortrefflicher Freund, wenn du schon so klug bist!«

Ciaran tat, als habe er die Bosheit in den Worten nicht bemerkt. »Du musst mir helfen«, bat er freundlich. »Du bist derjenige, der im Dunkeln so gut sieht wie am hellen Tag. Der Ausgang ist verborgen, aber er ist gewiss nicht völlig unauffindbar. Achte darauf, ob du an der Felswand irgendetwas Besonderes entdeckst – einen Zacken, ein Zeichen, irgendetwas.«

Der Appell an seine außergewöhnlichen Fähigkeiten besänftigte Lukan ein wenig, und er begutachtete die Wände.

Währenddessen dachte Ciaran weiterhin laut nach. »Wo mögen sie hinausgegangen sein? Welche Richtung schlügst du ein, Päony, wenn du die Zeremonien vollendet hättest und den heiligen Raum verlassen wolltest?«

Die Jungfer überlegte. »Wenn ich mich an die Tempel erinnere, die ich kenne, dann verlässt man sie durch ein unauffälliges Tor an der Seite. Lukan? Kommst du und siehst dir die Wände links und rechts vom Altar an?«

Bereitwillig folgte er der Aufforderung. Ein grünlicher Schimmer glitt über den Stein, als er sich ganz nahe heranbeugte und die Oberfläche betrachtete. Es dauerte auch nicht lange, bis er etwas entdeckte. Sein Finger fuhr eine dunkle Linie entlang, die in Schulterhöhe ein Stück waagrecht über den Felsen verlief und dann im rechten Winkel nach unten abbrach. Als er genauer hinsah, entdeckte er, dass sie auch auf der anderen Seite einen scharfen Winkel beschrieb. Dort zog sie sich bis fast zum Boden hinunter, knickte wieder ab und vereinigte sich einen halben Schritt entfernt mit der von oben kommenden Fuge. Es war zweifellos eine Pforte, die für sehr kleine Menschen vorgesehen war. Päony hätte mühelos hindurchgepasst. Die beiden Männer hätten sich durchzwängen müssen.

»Hier sind die Fugen einer Tür, aber ich finde weder Griff noch Klinke«, teilte er seinen Begleitern mit

»Wie öffnet man sie dann?«, fragte Päony.

»Durch einen Befehl«, antwortete Ciaran. »Wenn es eine Geheimtür ist, dann öffnet sie sich auf eine Losung hin.«

»Ja, und welche Worte sind das? Nun sag schon!«, rief Päony ungeduldig.

»Es gibt mehrere. Dutzende, genauer gesagt.«

»Und du kennst die Losung nicht?«, fragte sie enttäuscht.

»Nein, ich kenne sie nicht. Woher sollte ich? Aber es handelt sich gewiss um einen der ältesten Sprüche, nachdem dieses Heiligtum so alt ist.«

»Kannst du nicht einfach einen nach dem anderen ausprobieren?«, mischte sich Lukan ein.

»Ich will es versuchen.« Er gebot ihnen, sich etwas abseits zu halten, trat vor die Tür, legte beide Handflächen auf den Stein und sprach mit erhobener Stimme Worte, die seine beiden Zuhörer nicht verstanden. So altertümlich und wunderlich klangen sie, dass sie keiner menschlichen Sprache zu ähneln schienen. Erst ereignete sich eine ganze Weile gar nichts, und Lukan fürchtete bereits, dass der Versuch misslungen war, als er und Päony plötzlich heftig erschraken. Aus der Felswand drang ein grässliches Knirschen, als würde Stein an Stein vorbeigeschoben. Steinmehl rieselte aus den Fugen – ein deutliches Zeichen dafür, dass die geheime Pforte tatsächlich in Bewegung geraten war. Aber das war auch schon alles. Weiter rührte sich nichts.

»Was ist?«, fragte Lukan. »Reicht deine Zaubermacht nicht aus, diese Tür zu öffnen? Bist du so schwach?«

»Wenn du stärker bist als ich, komm her und versuch es!«, antwortete Ciaran im gleichen gehässigen Ton. »Ich weiß nicht, woran es liegt. Die Worte waren die richtigen, aber ihre Wirkung ist zu schwach.«

»Dann scheint es nicht weit her zu sein mit deinen Fähigkeiten«, höhnte der Mokabiter. »Und du gibst ja zu, dass es dir an Kraft mangelt, die magischen Worte mit der nötigen Macht zu sprechen. Es ist wohl ein ganzer Mann dafür vonnöten, kein halbes Weib, das über Büchern hockt.«

Ciaran wollte schon eine gleichwertige Bosheit zurückschleudern, doch plötzlich schlug er sich an die Stirn. »Aber natürlich! Welch ein Dummkopf war ich doch! Päony, komm her, schnell! Ich weiß jetzt, worin der Fehler lag. Der Spruch war richtig, aber die Stimme war falsch. Dies war ein Frauenheiligtum, und Frauen müssen die Worte sprechen.« Er zog die kleine Kriegerin eng an sich und beugte sich verschwörerisch zu ihr herunter. »Merk dir genau, was ich dir sage, und wiederhol es!«

Päony krauste die Stirn, als er ihr eine Litanei unverständlicher Silben ins Ohr raunte. »Das kann ich mir nicht merken«, protestierte sie.

»Das musst du dir merken, sonst verhungern wir hier unten.« Seine Stimme klang streng und gebieterisch. »Versuch es noch einmal!«

Sie nahm alle Kraft zusammen. Mehrere Versuche misslangen, aber dann hatte sie es auf einmal richtig getroffen. Die Pforte knirschte und erzitterte, als gewaltige Kräfte daran zerrten. Glasstaub und Steinmehl rieselten aus den Fugen. Langsam schob sich die wuchtige Platte auf einer Seite vor, drehte sich um unsichtbare Angeln und gab den Weg frei. Aus der Öffnung wölkte die Luft eines Kerkers hervor. Wie jener Raum dahinter auch beschaffen sein mochte, er war sehr lange verschlossen gewesen.

Lukan steckte den Kopf durch die Öffnung und warf mit seinen nachtsichtigen Augen einen Blick in das Innere. Erleichtert rief er: »Hier ist eine Treppe!«

Tatsächlich führte eine Wendeltreppe mit Stufen nach oben, die für kleine Füße aus dem Stein gehauen waren, wie auch die enge Windung der Treppe offensichtlich für kleine Menschen gedacht war. Der Schacht sah eher aus wie eine hohle Säule, in deren Inneren Stufen emporspindelten, und war nicht viel geräumiger als die unterirdischen Tunnel, durch die sie sich zuvor gezwängt hatten. Der junge Mann seufzte. Er hatte auf einen weniger beschwerlichen Rückweg gehofft.

»Hier ist es eng wie im Darm einer Echse!«, murrte er. »Als ob ich nicht schon durch genug Röhren gekrochen wäre!«

»Beeil dich lieber, statt hier herumzulungern und zu maulen!«, fuhr ihn Ciaran an. »Vergiss nicht, wir dürfen weder essen noch trinken oder schlafen, bevor wir die Rüstungen wieder bekommen, und der Weg an die Oberfläche mag lang sein, also spute dich.«

Lukan war vernünftig genug, sich zu fügen, freilich nicht ohne vor sich hin zu brummen. Päony ging als Erste, denn obwohl es stockfinster war, konnte sie in dem engen Raum kaum einen Fehltritt tun. Ihr folgte Lukan, zuletzt kam Ciaran. Sie waren kaum ein Dutzend Stufen aufwärts gestiegen, als von unten ein schnarrendes, schabendes Geräusch zu ihnen heraufdrang, gefolgt von einem dumpfen Wummern: Die Steintür schloss sich wieder. Der Weg nach unten war abgeschnitten – und der Weg nach oben lag im Dunkel verborgen.

Lukan hatte sich darauf eingestellt, einen endlosen Weg durch die unterirdische Welt zurücklegen zu müssen, aber zu seiner Verblüffung dauerte es gar nicht lange, bis die Treppe unter einem Torbogen endete und sie in einem dumpf nach Lehm riechenden Raum standen, den er für einen unbenutzten Keller hielt. Da erst wurde ihm klar, dass sie der Hinweg über vielerlei Ebenen geführt hatte und die Schlünde nicht so lang gewesen waren, wie es ihm angesichts der körperlichen Strapazen erschienen war. Die Ausgangstreppe jedoch führte fast senkrecht nach oben und war dementsprechend kürzer.

Er sah sich um. Der Raum ringsum war niedrig, hatte Lehmwände und einen unebenen Boden. Wie die mannshohen Schleier der Spinnennetze in den Winkeln bewiesen, war er seit Langem nicht mehr benutzt worden.

»Wo sind wir?«, fragte Päony.

»Wie es aussieht, in einem Kellergewölbe. In der Tiefe befinden wir uns jedenfalls nicht mehr.«

»Gibt es einen Ausgang?«

Lukan nickte, bis ihm einfiel, dass sie das in der Finsternis nicht sehen konnte, und sagte: »Ja.« Auf der gegenüberliegenden Seite befand sich eine Tür aus dicken hölzernen Planken, die sich, als er die Klinke probierte, als fest verschlossen erwies. Diesmal jedoch öffnete Ciaran sie ohne Mühe, denn auf dieser Tür lag kein Zauber, sie sprang mit einem lauten Knacken auf, kaum dass er die Hände auf das Holz gelegt und seinen Spruch gemurmelt hatte.

»Du wirst langsam besser«, bemerkte Lukan.

»Ja? Dein Glück, sonst hättet du dir einen Weg durch die Planken nagen müssen.«

Päony klatschte scharf in die Hände, um die beiden Streithähne zur Ordnung zu rufen. Dann rief sie unvermittelt: »Bilde ich mir das ein, oder sehe ich ein Licht?«

Tatsächlich, in der Ferne schimmerte es hell – offenbar eine Öllampe.

Als sie sich vorsichtig weitertasteten, stellten sie fest, dass sie sich in einem langen, zu beiden Seiten von türlosen Öffnungen gesäumten Gang befanden. Nachdem sie stundenlang nur abgestandene Luft eingeatmet hatten, nahmen sie jetzt die verschiedensten Gerüche wahr und schlossen daraus, dass sie sich in der Nähe von Vorratsräumen bewegten. Lukan roch das frische Stroh, das zum Verpacken von Amphoren und anderen empfindlichen Gütern verwendet wurde, er roch Bierdunst und das leicht faulige Aroma gelagerter Granatäpfel und Pomeranzen.

»Dies scheint der Keller eines großen Hauses zu sein«, mutmaßte er.

»Ich nehme an, es ist der Keller des Palasts«, korrigierte ihn Ciaran.

Und dann kam der Augenblick, da sie ins Licht traten und einen Kellermeister, der sich urplötzlich drei nackten Menschen gegenübersah, zu Tode erschreckten.

Zu ihrem Glück hatte der Mann seine Überraschung bald überwunden und holte ihnen drei von den groben Tüchern, in die zerbrechliche Gegenstände gewickelt wurden, sodass sie wenig später die Treppen zu ihrem Gemach im Südturm hinaufsteigen konnten. Noch unterwegs schickten sie einen Lakaien zu den Kaiserinnen, um ihre Rückkehr zu melden, und baten nur darum, sich waschen und geziemend ankleiden zu dürfen, ehe sie Bericht erstatteten.

Lukan stapfte wie im Traum die Stufen hinauf. Durch die Fenster des Palasts schimmerte die Nacht herein. Wie lange waren sie in der Tiefe gewesen? Vom Morgen bis zum Abend? Oder länger? Keiner von ihnen hatte irgendein Gefühl für die Zeit, die sie in den ungeheuerlichen Schlünden verbracht hatten. Er war so müde, als hätten sie mehrere Tage und Nächte dort unten verbracht, und auch den beiden anderen war anzusehen, dass sie nichts lieber getan hätten, als auf der Stelle auf ihr Lager zu fallen. Aber erst einmal mussten sie natürlich bei den Kaiserinnen vorsprechen.

Lukan atmete auf, als er seine Rüstung anlegte und auf der Stelle spürte, wie Hunger und Durst, vor allem aber die brennende Müdigkeit von ihm abfielen. Er fühlte sich so munter, als sei er nach einem langen, erfrischenden Schlaf soeben aufgestanden, und der Gedanke an Essen und Trinken lag ihm so fern, dass er sich fragte, wie er jemals seine Zeit mit etwas so Unnötigem hatte verschwenden können – obwohl für die Mokabiter das Essen üblicherweise an erster Stelle auf der Liste ihrer täglichen Verrichtungen stand. Vor allem aber war er erleichtert, dass sein Körper wieder bedeckt war. Zwar hatte Ciaran keine erkennbaren Anstalten gemacht, ihn um seine Männlichkeit zu bringen, aber ganz traute er ihm nicht – ein Mann, der mit einem Zauberspruch eine Felsentür öffnen konnte, war zweifellos zu noch ganz anderen Hexereien imstande. Jetzt war er endlich wieder entspannt und vertraute fest darauf, dass die Rüstung jeden bösen Zauber von ihm fernhielt.

Frisch gewaschen, gekämmt und gerüstet, schritten die drei Auserwählten dann die Treppen hinunter. Nun erfuhren sie auch, dass es schon spät in der Nacht war, die Kaiserinnen sich aber sofort bereit erklärt hatten, sie in ihrem Schlafgemach zu empfangen. Lukan wurde sehr verlegen angesichts der Vorstellung, einer mächtigen Herrscherin wie Karenna in einem so intimen Rahmen zu begegnen, aber er merkte bald, dass die große alte Dame keine Mühe damit hatte, auch im Nachtgewand Kaiserin zu bleiben. In ein prächtiges, lang fließendes Gewand aus nachtblauer Seide gehüllt, einen flauschigen Umhang aus Spinngewebe um die Schultern, saß sie von ihren Kammerzofen umgeben in einem geschnitzten Lehnstuhl, auf farbenprächtige Seidenkissen gestützt, und empfing die Heimkehrer mit einem Lächeln. Auch Kylaila war erschienen. Lukan fragte sich müßig, wo die Großdrachin eigentlich die Nacht verbrachte und wie wohl ihr Schlafgemach aussah, das die Ausmaße eines Rittersaals haben musste. Auch Vauvenal war zugegen, aus dem Schlaf gerissen von der Nachricht, dass die Auserwählten zurückgekehrt seien. Er hatte sich einen Platz im Hintergrund gesucht, um seiner Enkelin nicht das Gefühl zu geben, dass er sich eine Autorität anmaßte, die allein ihr zustand.

»Setzt euch! Ihr braucht nicht zu stehen.« Karenna wies den

Heimgekehrten mit einer Geste drei Plätze auf den am Boden liegenden Kissen an. »Nun, Päony, sprich und berichte, was ihr erlebt habt!«

Das tat die kleine Kriegerin daraufhin in aller Ausführlichkeit. Lukan errötete, zugleich verlegen und freudig, als er erfuhr, wie unschätzbar seine Dienste für sie gewesen waren. Er wünschte nur, sie hätte weniger lang und breit davon geschwätzt, wie nützlich Ciaran gewesen war. Was hatte der Hexer schon groß getan? Wären Lukans Nachtaugen nicht gewesen, dann hätten sie lange nach der verborgenen Tür suchen können, und dann hätte es auch nichts genutzt, dass der Gelehrte die Zaubersprüche nur so aus dem Ärmel schüttelte.

Nachdem Päony geendet hatte, unterhielten sich die Kaiserinnen und der Troubadour eine Weile in Gedanken, ohne die drei Menschen mit einzubeziehen. Schließlich wandten sie sich ihnen wieder zu. Kylaila begann: »Lasst uns warten, bis …«

Mitten im Satz wurde sie unterbrochen. Das Feuer im Kamin, das nur noch schwach vor sich hin geglost hatte, um bis zum Morgen nicht auszugehen, lohte hell auf, wuchs und wuchs, bis es aus der Öffnung hervorzulodern drohte. Dann verwandelten die äußersten Flammen sich in die durchsichtige Gestalt eines Salamanders. Lukan erinnerte sich, dass er genau solche Feuerwesen auf den Gipfeln der Feuerberge hatte tanzen sehen, menschengestaltige Schmetterlinge aus lebender Glut, die mit überirdisch schönen Stimmen sangen. Auch die Stimme dieses Geschöpfs klang überaus lieblich.

»Die Herrin der Kaaden Bûl hat Eure Bitte vernommen, Ihr Kaiserinnen«, sprach der Salamander. »Und sie ist einverstanden mit dem Angebot, das Ihr ihren Dienern gemacht habt. Carrachon und das Land der Thargon werden von nun an ihnen gehören. In drei Tagen werden sie es in Besitz nehmen.«

Lukan seufzte wehmütig – damit war der Untergang der Stadt

Thamaz besiegelt. Der Verlust würde alle Mokabiter hart treffen. Wie sollten sie weiterleben ohne dieses Denkmal ihrer einstigen Größe? Aber er sah ein, dass das Opfer gebracht werden musste.

»Hört jedoch«, fuhr die klingende Stimme des Salamanders fort, »was sie Euch gebietet! Sendet Boten an Eure Soldaten und Bauern, Eure Pächter und Bürger: Alle, die im hohen Norden und im tiefen Süden leben, mögen sich vorsehen! Die Feuerdrachen sind wild und ungebärdig, und es mag sein, dass sie auf ihrem Flug die Grenzen streifen. Damit niemand zu Schaden komme, sollen die Bewohner während der wenigen Tage, die es dauert, bis die Kaaden Bûl ihr Land in Besitz genommen haben, ins Landesinnere ziehen und sich von der Grenze fernhalten.«

Lukan schrie erschrocken auf. »Meine Leute! Ihr Dorf liegt ganz in der Nähe der Grenze! Sie sind in Gefahr!« Er sprang auf, als wolle er auf der Stelle aus dem Raum stürzen und nach Takis reiten.

Mit strenger Miene gebot ihm die Kaiserin zu schweigen. »Still! Lass den Boten sprechen! Es geziemt sich nicht, einen Salamander zu unterbrechen.«

Beschämt sank der Mokabiter auf sein Kissen zurück.

Der Bote fuhr fort: »Die Herrin gibt Euch Zeit, Herolde auszusenden, um die Menschen zu warnen, aber säumt nicht zu lange! Drei Tage habt Ihr Zeit. Die großen Feurigen sind ungeduldig, sie wittern die Luft der Oberwelt und zerren an ihren Ketten. Lasst sie nicht warten!«

Kylaila neigte dankend den Kopf. »Wir werden gehorchen. Noch in dieser Stunde sollen die Herolde ausreiten und alle lebenden Wesen an den nördlichen und südlichen Grenzen unseres Reichs warnen.«

Der Salamander zog sich in die Flammen zurück und verschwand, und das Feuer sank auf dem Boden des Kamins zusammen.

Ciaran hob die Hand zum Zeichen, dass er ums Wort bat, und es wurde ihm erteilt. »Ihr sagtet, Majestät, dass die Feuer der Kaaden Bûl möglicherweise großen Schaden anrichten, wenn sie über den Norden hinwegstürmen. In der Burg Turcaill liegt ein Schatz verborgen, der in dieser Wut unwiederbringlich zugrunde gehen könnte. Es sind die Bücher meines Vaters.«

»Zauberbücher!«, bemerkte Kylaila abfällig. »Mögen sie brennen!«

»Nicht nur Zauberbücher, Majestät«, widersprach Ciaran demütig, aber entschieden. »Es sind Tausende Bücher und Schriftrollen, und es befinden sich überaus seltene und kostbare Werke darunter, die Eurer Bibliothek Glanz verleihen würden. Es würde mir bitter leidtun, sie verbrennen zu sehen.«

Kylaila wirkte weiterhin ungnädig und Karenna gleichgültig, aber Vauvenal machte sich zum Anwalt des jungen Gelehrten. »Was er sagt, ist richtig und wichtig. Ich habe von Romanels Bibliothek gehört. Neben vielen Werken über schwarze Magie besitzt er herrliche Handschriften und Pergamente, in denen uraltes Wissen aufgezeichnet ist. Es wäre schade, dies alles verbrennen zu sehen, nur weil ein Kaaden Bûl mit seinem Schweif dem Papier zu nahe kommt. Ordnet an, dass die Bücher in meinen Palast gebracht werden, damit ich sie untersuche und entscheide, welche wichtig sind und welche nicht! Ich will persönlich dabei mithelfen.«

Ciaran lächelte glücklich, aber Karenna sah die Notwendigkeit nicht so recht ein. Sie musterte ihren Großvater missbilligend. »Nun, wenn du meinst, soll es natürlich geschehen«, gab sie widerwillig nach. »Aber ich lasse nicht zu, dass Ciaran in die Nähe der Burg gelangt. Wir wissen nicht, wer und was dort lauert und ihn abermals in Bann schlagen will.«

Päony sprang auf. »Aber wir dürfen dorthin, nicht wahr? Lukan und ich?«

»Wozu?«, fragte die Kaiserin ungehalten. »Ihr habt Wichtigeres zu tun, als halb vermoderte Manuskripte zu schleppen.«

Wieder erwies sich Vauvenal als Fürsprecher. »Dass du Ciaran hierbehalten willst, verstehe ich, aber die beiden anderen nähme ich gern mit. Sie haben erst einmal nichts weiter zu tun, denn noch ist unbekannt, worin die dritte Prüfung besteht. Wir haben drei Tage Zeit. Kann es ihnen schaden, einen Tag in meinem Palast zu verbringen? Vielleicht finde ich unter meinen eigenen Büchern einen Hinweis, was sie als Nächstes zu tun haben.«

Die ungeduldige Karenna, die die Sache leid war, brachte einen letzten Einwand vor. »Ich verstehe, Großvater, dass du diese unvergleichliche Bibliothek gern bewahren willst, aber hier war die Rede von Tausenden Büchern. Nicht einmal du kannst eine solche Last schleppen.«

»Ich nicht«, gab Vauvenal verschmitzt lächelnd zu. »Aber ich kenne jemanden, der es kann.«

»Dann mögen sie gehen«, befahl Karenna, die zwar neugierig war, wer der Helfer sein mochte, aber doch zu viele andere Sorgen hatte, um zu fragen. Ciaran fiel ihr dankend zu Füßen. Es war ihm anzusehen, wie sehr ihm die Bibliothek am Herzen lag – er war einer der Menschen, für die Bücher Lebewesen sind. Mit einer herrischen Gebärde scheuchte ihn die Kaiserin weg und befahl auch den beiden anderen, sich zurückzuziehen. Lukan und Päony folgten Vauvenal in den Hof hinab.

Lukan war zornig und flüsterte Päony zu: »Das Schicksal meines Dorfs kümmert sie nicht, aber um die staubigen Pergamente zu retten, schickt man einen Rosenfeuerdrachen los, nur weil sie Ciaran gehören!«

Die kleine Kriegerin bemühte sich, den Gefährten zu beschwichtigen. »Sie versprach doch, sofort einen Boten an die Grenzen zu senden. Also wird auch Takis gewarnt, und deine Leute können sich rechtzeitig in Sicherheit bringen. Außerdem gehören die Papiere nicht Ciaran, sondern seinem Vater. Und sie werden nicht gerettet, weil sie ihm gehören, sondern weil der Troubadour sie haben will.«

Lukan brummte unzufrieden vor sich hin, ließ es aber fürs Erste gut sein.

Die Herren des Nordens und des Südens

Das schmelzende Schloss

Früh am nächsten Morgen trafen sich die Reisenden im Hof. Es war noch finster. Dicke Nachtnebel rollten über den Hof des Palasts und verhüllten alles bis auf die Öllampe, die in der Wachstube am Haupttor brannte. Es sah nach Regen aus.

Lukan war trotz seines Murrens im Innersten hoch zufrieden. Ob die Kaiserinnen nun in Sorge um Ciarans Sicherheit waren oder ihm doch noch misstrauten, der Nebenbuhler hatte zurückbleiben müssen, und so hatte er Päony ganz für sich allein. Wenn er die vor ihnen liegenden Stunden geschickt nutzte, konnte er die kleine Kriegerin sicherlich davon überzeugen, dass sie mit Romanels Sohn nur ihre Zeit vergeudete. Er war entschlossen, ihr eindringlich nahezubringen, dass das Orakel *ihn* zu ihrem Gefährten bestimmt hatte. War sie nicht schon bereit, ihn als guten Freund zu betrachten? Warum dann nicht noch weitergehen? Wäre dieser elende Mensch nicht dazwischengekommen, hätte sie längst eingesehen, dass das Orakel sie füreinander bestimmt hatte, und zwar auf Dauer.

Tiffanbrill und Minneloise hatten sie ebenso zurückgelassen wie Ciaran, denn der Troubadour hatte es eilig und war nicht gewillt, die kleineren Drachen auch noch zu tragen. Lukan dachte daran, mit welch unglaublicher Schnelligkeit er nach Turcaill geflogen war, um das Buch zu holen, und nach einer knappen

Stunde wieder zurückgekehrt war. Er erinnerte sich, was man ihm erzählt hatte: Der Rosenfeuerdrache sei durch die Dimensionen geflogen. Bei dem Gedanken, dass er dies zweifellos auch jetzt wieder täte, wurde ihm ganz flau zumute. Er konnte sich nichts darunter vorstellen, außer dass es zweifellos eine höchst gefährliche Art zu reisen war und er nicht sicher sein konnte, ob die Rüstung ausreichte, ihn zu schützen.

Außerdem hatte er inzwischen erfahren, dass es nicht nur darum ging, die wertvollen Bücher zu retten. Sie müssten vielleicht auch kämpfen. Ciaran hatte sie vor dem Wesen gewarnt, das sein Vater zum Wächter über seine Bibliothek gesetzt hatte, und Lukan wusste genug über Honigschlünde, um sich vor ihnen zu fürchten. Er hatte Päony – in deren Heimat die bösartigen Geschöpfe nicht vorkamen – mit eindringlichen Worten vor ihnen gewarnt, aber das hatte sie nur angestachelt. Sie freute sich schon auf den Kampf mit dem Ungeheuer.

In ihre zauberischen Rüstungen gekleidet, stiegen die beiden jungen Leute auf den Rücken des kobaltblauen Drachen, wo sie zwischen den Zacken des Rückgrats einen sicheren und bequemen Platz fanden. Vauvenal hatte ihnen geraten, sich mit ihren Schärpen vorn und hinten an den Zacken festzubinden. Lukan hatte diesen klugen Ratschlag noch weiter verbessert, indem er Päony überredete, sich gemeinsam zwischen ein Zackenpaar zu setzen. Das, beteuerte er, sei viel sicherer, und sie wolle doch gewiss nicht mitten in den Dimensionen von Vauvenals Rücken fallen.

Mit Vergnügen stellte er fest, dass Päony mit diesem Vorschlag einverstanden war. Leicht und zart wie ein Kind saß sie auf seinem Schoß, denn zwischen den Zacken fand sich nicht so viel Platz, dass sie vor ihm sitzen konnte. Er hielt sie fürsorglich mit beiden Händen fest, obwohl sie weitaus mehr Übung darin hatte als er, sich auf einem fliegenden Drachen zu halten, und hüllte seinen Mantel um sie beide. Wenn sie mit so hoher Geschwindigkeit nach Norden flogen, würde es kalt werden. Erfreut stellte er fest, dass sie sich dicht an ihn lehnte, während sie die straff gespannte Schärpe mit beiden Händen wie einen Zügel festhielt.

Vauvenal stieg in die Lüfte auf. Sein massiger Schlangenleib glitt durch den Dunst, seine Flügel wirbelten Nebelschwaden auf, die den beiden Menschen um die Ohren tanzten. Lukan fragte sich, wann der Drache wohl diese Welt verlassen und in die Dimensionen eintreten werde. Er konnte sich nichts darunter vorstellen. Daher wunderte er sich nicht allzu sehr, als vor ihnen im schwindenden Morgennebel eine seltsame Scheibe auftauchte, etwa so groß wie ein Vollmond, pechschwarz und von einem flammenden, bleichen Ring wie einem Kranz von Fackeln umgeben. Mit zusammengekniffenen Augen betrachtete er das rätselhafte Gebilde. Es konnte kein Gestirn sein. Es sah aus wie ein Loch im Gewebe der Welt, dessen Tunnelöffnung von den umheimlichen Flammen umkränzt war.

Dann wurde es größer, und Lukan entdeckte, dass es genau das war: ein Loch. Es saugte die Nebel in einem Strudel in sich hinein, und nicht nur die flüchtigen Nebel, sondern seine gesamte Umgebung. Als sie aus dem Dunst auftauchten, sah er, dass der Rand der schwarzen Scheibe alles verzerrte, was sich dahinter befand. Die fernen Berge, die Koniferenwälder, die Hügel – alles drehte sich in einer immer schneller werdenden Spirale. In dem Maß, in dem die Reisenden sich der Scheibe näherten, erreichten diese Drehungen ein immer größeres Ausmaß, wie die Ringe, die ein in stilles Wasser geworfener Stein erzeugt, sodass bald alles, was vor ihnen lag, sich in einen schlierigen, schillernden Wirbel rund um das undurchdringliche Schwarz in der Mitte verwandelte. Das Zentrum glich jetzt eher einem Trichter als einer Scheibe.

Lukan spürte, wie ihm das Herz bis zum Hals klopfte. Er begriff, dass diese schauervolle Erscheinung der Eingang in die Dimensionen war und dass sie dort hineinmussten. Auch wenn er darauf vertraute, dass Vauvenal wusste, was er tat, war die Vorstellung, so ins Nichts gesogen zu werden, doch unerträglich schrecklich. Er fürchtete, ohnmächtig zu werden, sobald der Strudel sie in sich hineinzog. Dann ging es allerdings so schnell, dass er gar nicht begriff, was geschehen war. Der schwarze Trichter wurde schlagartig ungeheuer groß, erfüllte den gesamten Raum vor ihnen, und im nächsten Augenblick fand Lukan sich in einem Zustand, in dem er nichts sah, nichts hörte, nichts fühlte. Er hätte seine eigene Existenz nicht mehr wahrgenommen, wäre da nicht ein Funke Leben und Persönlichkeit in ihm wach geblieben, dessen Pulsieren er spürte. Zeit, Raum, Gefühl, Verstand, alles blieb in dem Augenblick zurück, da sie von einem Seienden in ein Nichtseiendes verwandelt wurden. Daher erlebte er den Durchgang durch die Dimensionen, den er sich als eine lange, von Mysterien begleitete Reise vorgestellt hatte, nur wie einen schwarzen Blitz, aufzuckend und mit demselben Herzschlag auch schon wieder verschwunden. Eben hatte er sich noch vor dem Moment gefürchtet, da sie alle zusammen in diese gierige Leere stürzen würden, da war es auch schon vorbei, und mit offenem Mund nahm er wahr, dass Vauvenal auf der weiten Bergwiese vor Burg Turcaill zu Boden sank. Der Drache bremste seine Landung mit allen vier Klauen, wobei er Fontänen von Gras und Erde in den Himmel schleuderte, und kam knapp vor der Außenmauer zum Stehen.

Die beiden jungen Leute banden ihre Schärpen los und rutschten über die pulsierende Wölbung der riesigen Drachenflanke zu Boden. Es war bitterkalt. Feuchtigkeit hing in der Luft. Lukan sah, dass sich der Himmel bereits von tiefstem Schwarz zu zartem

Lavendelblau und Rosa verfärbte. Die Umrisse der Burg hoben sich finster und feindselig vor der rosigen Dämmerung ab.

Sie hatten erwartet, der Drache werde sich in seine menschliche Gestalt verwandeln, aber er blieb, wie er war. Ohne Zögern schritt er los, umrundete die Burg und hielt an einer Stelle inne, hinter der sich Ciarans Beschreibung zufolge die unterirdische Bibliothek befand. Eine mannslange Vorderklaue vorgestreckt, hakte er die Krallen prüfend in einen Luftschlitz im Stein und zog daran. Steinstaub wirbelte auf. Zwei Quader neben dem Schlitz lösten sich aus dem Mauerwerk und polterten ins Gras.

Nun begriff der Jüngling. Wenn die Bibliothek in einem unterirdischen Gewölbe lag, wie Ciaran es beschrieben hatte, würde es Tage und Wochen dauern, alle diese Bücher über die Treppen herauf und durch das labyrinthische Innere der Burg zu schleppen, von dem Päony ihm eine so anschauliche Schilderung geliefert hatte. Natürlich war es vernünftiger, die Mauer von außen einzureißen und sich so einen Zugang zu verschaffen.

Vauvenal schien sehr zufrieden mit diesem Anfang. Er arbeitete weiter, wandte aber immer wieder den dunkelblauen Kopf mit der weißen Krone in die Richtung, in der sein Palast lag. Offenbar erwartete er jemanden.

Bald war auch zu erkennen, wer dies war. Wie ein Schwarm Fludern zeichneten sich in der Ferne vor dem heller werdenden Morgenhimmel die Silhouetten fliegender Drachen ab. Es wurden immer mehr, bis eine gute Hundertschaft von Vasallen des Troubadours sich auf den Wiesen um die Burg niederließ. Flügel knatterten, metallische Stimmen riefen durcheinander und verständigten sich in Sprachen, die die jungen Leute noch nie gehört hatten. Dann rief sie der Troubadour zu sich und wies ihnen ihre Aufgaben zu.

Sofort gruben sich Dutzende stählerner Krallen ins Mauerwerk und rissen die Blöcke heraus. Andere eilten herbei und schleppten die Quader fort, die im Gras lagen, damit sie den Zugang nicht behinderten. Die Sonne war noch nicht aufgegangen, als sie sich bereits hindurchgearbeitet hatten und als seit vielen Jahrhunderten zum ersten Mal Tageslicht in das unterirdische Gewölbe fiel.

Ein schlanker junger Drache schlüpfte durch das Loch ins Innere des Gebäudes, sah sich unten um und kehrte mit der Meldung zurück, von einem Honigschlund sei nichts zu sehen, doch könne sich das Scheusal auch irgendwo zwischen den Massen von Büchern versteckt halten.

Päony drängte sich vor und forderte entschieden, dass man sie hinuntersteigen und das Ungeheuer suchen lasse, um es zu erlegen, aber Vauvenal wehrte ab. Es sei jetzt vordringlich, die Bücher zu retten, und falls der Honigschlund da unten laure, würden die Drachen selbst mit ihm fertig werden.

Lukan fragte sich, wie diese Mengen von Papieren weggeschafft werden sollten. Selbst wenn jeder Drache einen Sackvoll getragen hätte, hätten sie Hunderte Male hin und her fliegen müssen, und dafür war keine Zeit mehr. Er entdeckte auch keine Behältnisse, worin man die Last hätte verpacken können, weder Säcke noch Tragetücher, weder Kisten noch Körbe. Aber da die Drachen alle so geschäftig waren, wagte er nicht, sie mit einer Frage zu stören, sondern wandte sich mit seinen Zweifeln an Päony.

Sie hatte vollstes Vertrauen in Vauvenal. »Er weiß schon, was er tut«, sagte sie. Schmollend fügte sie hinzu: »Ich wünschte nur, er hätte mir erlaubt, hinunterzusteigen und dem Ungeheuer da unten den Garaus zu machen.«

»Ja, das ist schade, aber vielleicht bekommst du ja noch Gelegenheit dazu«, tröstete Lukan sie mit heuchlerischem Bedauern. Er war heilfroh, dass sie es – vorderhand jedenfalls – nicht mit dem Honigschlund aufnehmen mussten.

Inzwischen hatten die Drachen die Öffnung so weit aufgerissen, dass jeweils mehrere von ihnen in das Verlies hinunterflattern und Bücher nach oben bringen konnten. Der Haufen von Folianten, der sich auf einem ausgebreiteten Stück Sackleinen türmte, wurde immer höher, und doch war es nur ein winziger Bruchteil der Unmengen, die noch in dem Gewölbe lagerten.

Unvermittelt wurde die Arbeit unterbrochen. Aus weiter Ferne drang ein Rauschen herüber, so gewaltig, dass Lukan sich erschrocken fragte, ob die Kaaden Bûl bereits aus ihren unterirdischen Wohnstätten ausgebrochen waren und die Oberwelt heimsuchten. Immer lauter wurde das Geräusch, wurde zu einem dröhnenden Knattern, und dann erschien hinter den letzten Hügeln ein die junge Sonne verdunkelnder Schatten. Päony, die wie gebannt auf die Erscheinung gestarrt hatte, schrie auf: »Das ist Kulabac!«

Und wirklich, er war es! Zum ersten Mal seit Jahrhunderten hatte der Uralte sein behagliches Nest verlassen und war der Bitte seines edlen Freunds gefolgt, ihm zu helfen. Lukan duckte sich unwillkürlich, als der Mirminay mit majestätischem Flügelschlag über ihn hinwegglitt, wobei er einen Sturm aufwirbelte, der die beiden Menschen fast von den Füßen gerissen hätte, und auf dem freien Platz vor der Burg landete. In den Klauen trug er einen Sack, einen ziemlich großen Sack sogar, aber immer noch viel zu klein, um auch nur einen winzigen Bruchteil der vielen Bücher darin zu verstauen. Dann jedoch sah Lukan, dass er gar nicht dafür gedacht war, denn er war bereits randvoll.

Vauvenal stürmte so eilig herbei, dass seine Klauen tiefe Furchen in die magere Erdkrume rissen. »Mein vortrefflicher Kulabac, das soll dir unvergessen bleiben! Nun aber schnell – ich sehe, du hast den Sack mitgebracht, leer ihn aus!«

Unter den erwartungsvollen Blicken der Umstehenden hob Kulabac den Sack mit der äußersten Krallenspitze an einem Zipfel hoch und schüttelte ihn aus. Heraus fielen Tausende von Spinnen in allen Farben und Größen.

Päony stieß einen Jubelschrei aus. »Unsere lieben Spinnen! Unsere Spinnen! Er hat sie geholt, damit sie uns helfen!«

Lukan dagegen wich schaudernd zurück, voller Angst, die Tiere könnten ihn anspringen und an ihm heraufkriechen. Sie beachteten ihn jedoch nicht, sondern rannten blitzschnell in alle Richtungen davon und nahmen, exakt wie gedrillte Soldaten, vorherbestimmte Plätze ein. Dann begannen sie zu spinnen. Nie hatte er etwas Ähnliches gesehen. Vor seinen Augen wuchs von einem Ende der Wiese bis zum anderen ein riesiges grauweißes Netz, an dem alle Tiere gleichzeitig webten. Sie rannten hin und her wie lebende Weberschiffchen, kreuzten und querten die klebrigen Fäden und spannen Schicht um Schicht, bis das Netz so fest und dicht war wie Sackleinen.

Päony, außer sich vor Stolz und Aufregung, erzählte dem jungen Mokabiter, wie die Spinnen von Anam Mael Netze webten, die beinahe unzerreißbar waren, fest und dicht und dabei so dehnbar, dass ein Netz von der Größe eines Taschentuchs genügte, um eine Seekiste hineinzupacken. In früherer Zeit hatten die Menschen des Spinnenvolks in Hängematten geschlafen und unter Dächern aus Spinnweben Zuflucht vor dem Regen gesucht. Sogar ihre Kleider hatten die Tiere gefertigt.

Lukan hörte das alles mit Bewunderung. Dennoch hatte er seine Zweifel, ob selbst dieses gewaltige Netz ausreichen würde, denn jetzt schleppten die Drachen, die in Windeseile durch die Bresche aus- und einflogen, auch noch Wagenladungen von Tonkrügen ans Licht, in denen Pergamentrollen aufbewahrt wurden.

Den ganzen Tag lang dauerte die gewaltige Arbeit. Unermüdlich flogen die Drachen hin und her, holten Bücher, luden sie auf dem Netz ab und tauchten wieder in die Tiefe hinab. Lukan und Päony standen die längste Zeit bloß als Zuschauer daneben, da ihre Mitarbeit mehr gestört als genutzt hätte. Schließlich wurde die kleine Kriegerin ungeduldig. »Komm«, schlug sie vor, »lass uns spazieren gehen! Hier sehen wir immer nur dasselbe – Drachen und Bücher. Aber sieh dich vor, vielleicht ist der Honigschlund irgendwo unterwegs.« Es war klar, dass sie nur deshalb um die Burg schlendern wollte, weil sie das Ungeheuer anzutreffen hoffte. Mit langen Schritten entfernte sie sich von den geschäftigen Drachen und machte sich daran, die altertümlichen Mauern zu umkreisen.

Lukan folgte ihr zögernd. Er hoffte sehr, dass das Pflanzentier sich in der Bibliothek versteckt hielt und einer der Drachen es erledigte. Während sie über die Wiese schritten, bemerkte er spitz: »Ciaran wird sich freuen, dass alle seine Bücher gerettet werden. Die Kaiserinnen bemühen sich sehr, ihm zu Gefallen zu sein.«

Päony machte ihn geduldig noch einmal darauf aufmerksam, dass es niemals Ciarans Bücher gewesen waren, sondern die seines Vaters, und dass es jetzt Vauvenals Bücher waren.

Er ließ nicht locker. »Dennoch. Sie bevorzugen ihn in jeder Weise vor uns. Womit hat er das verdient, frage ich dich. Von Rechts wegen hätten sie ihn in die Schlangengrube in Chiritai werfen sollen, aber alle sind auf seiner Seite, nur weil sein Urahn ein sundarischer Kaiser war.«

»Nein«, widersprach Päony entschlossen. »Das bildest du dir nur ein, weil du eifersüchtig bist. Was ist los mit dir? Hast du Angst, er könnte mich dir wegnehmen?«

Lukan wollte ihr schon die hochfahrende Antwort geben, dass er davor nicht die geringste Angst habe, aber der Mut verließ ihn, und er murmelte bedrückt: »Er ist so schön und hat so viele Vorzüge. Du musst ihn einfach bewundern.«

Mit inniger Zärtlichkeit griff sie nach seiner Hand. »Warum?«, fragte sie leise. »Etwa, weil *du* ihn bewunderst?«

Lukan, der sich entlarvt sah, errötete bis unter die Haarwurzeln. »Das ist nicht wahr!«, rief er aufgebracht. »Ich bewundere ihn nicht im Geringsten! Ich dulde ihn nur, weil er uns nach dem Willen der Mutterjungfrauen begleiten soll. Sonst täte ich keinen Schritt mit ihm. Ich rede von dir. Er hat dein Herz bezaubert, nicht wahr? Warum sonst hättest du so leidenschaftlich für ihn gesprochen, als alle seinen Tod verlangten?«

Sie warf ihm einen ärgerlichen Blick zu. »Das sagte ich dir schon. Ich habe ihn nicht unter Lebensgefahr gerettet, damit er wenige Tage später hingerichtet wird. Und jetzt ist er einer von uns.«

Lukan wollte etwas entgegenhalten, aber in diesem Augenblick traten zwei Fremde aus dem Wald – offenbar um nachzusehen, was in der Burg vor sich ging.

Einige Herzschläge lang standen alle vier still und sahen einander an, die beiden Menschen und die beiden Thargon. Päony verschlug es die Sprache, so staunenswert erschienen ihr die beiden Geschöpfe. Sie waren gute sieben Schritt groß und hatten einen Körper weiß wie Schnee, den sie trotz der Gebirgskälte unbedeckt trugen, ein Erbe ihrer Mütter, die für ihre Schönheit berühmt gewesen waren. Vor allem aber hatten sie wunderbares Haar, überaus lang, üppig und so dicht und fest wie graues Moos, das zu phantastischen Frisuren gedreht und gebunden war. Perlen und Juwelen schimmerten darin. Aber heller als diese Schmuckstücke glänzten die Augen der beiden, die von einem Blau wie tiefes Wasser waren, leer und seelenlos, als steckten Aquamarine in den Augenhöhlen.

Vielleicht wäre die kleine Kriegerin, bezaubert von der heimtückischen Schönheit der Wesen, allzu lange stehen geblieben und hätte es versäumt, den Angriff abzuwehren, der unweigerlich kommen musste, hätte Lukan nicht aus schierer Angst einen gellenden Schrei ausgestoßen. Mit einem Ruck riss er den langen Stock aus dem Köcher auf dem Rücken, schwang ihn weit ausholend in der Luft und stürmte auf die Thargon los, entschlossen, sie anzugreifen, solange sein Mut dazu noch ausreichte.

Daraufhin zog Päony ihr Schwert und rannte ihm nach. Die beiden Thargon waren mehr als doppelt so groß wie sie, also zielte sie auf deren Kniekehlen, um ihnen die Sehnen durchzuschneiden. Sie hatte keine Ahnung, ob das bei einem Thargon dieselbe Wirkung hätte wie bei einem Menschen, denn sie erinnerte sich an die Worte der Sphinx, dass diese Unwesen trotz ihrer äußerlichen Gestalt keinen menschenähnlichen Körper hatten. Worin die Unterschiede bestanden – außer in der Tatsache, dass sie keine Geschlechtsteile besaßen –, wusste sie nicht. Aber zumindest einen dieser Unterschiede entdeckte sie rasch. Als die blanke Klinge durch das Gewebe des Thargon fuhr, klaffte dort zwar ein Wunde, aber kein Blut, sondern nur ein weißlicher Saft wie Wolfsmilch quoll heraus. Auch schien die Verletzung den Riesen nicht weiter zu kümmern. Er tat zwei Schritte, erstaunlich schnell für ein so großes Geschöpf, stieß den Stab beiseite, mit dem Lukan auf ihn eindrosch, und griff nach Päony. Eine Spanne vor ihrer gepanzerten Brust schnappte seine Hand zu wie die Scheren einer Krabbe. Sie sprang zurück und drehte sich, das Schwert waagrecht in Händen, um die eigene Achsen, traf den Thargon jedoch nicht, der geschickt ausgewichen war, und übersah die flinke Bewegung, mit der sein Gefährte sich von hinten an sie anschlich. Eine Riesenhand packte sie am Gürtel, hob sie hoch, während die zweite ihren Schwertarm so grausam quetschte, dass sie überwältigt von Schmerz den Griff lockerte. Klirrend fiel die Waffe zu Boden. Noch ein Stück höher hob sie der Hüne, bis sich ihr Gesicht genau vor dem seinen befand. Zähne, so lang und scharf wie die einer Kriegseche, fletschten sie an. Vom Speichel der Gier benetzt und in bleichem Entsetzen erinnerte sie sich an die Worte der Sphinx, dass die Thargon mit Lust frisches Menschenfleisch verzehrten. Das Ungeheuer hielt sie so fest im Griff, dass sie nicht einmal nach hinten langen und den Stock aus dem Köcher ziehen konnte. Jetzt verfluchte sie sich, dass sie aus alter Gewohnheit mit dem Schwert angegriffen hatte, statt gleich die zauberische Waffe zu ziehen. Überwältigt von dem fauligen Hauch, der aus dem zähnebleckenden Mund vor ihrem Gesicht drang, wandte sie den Kopf zur Seite und schrie um Hilfe, in der Hoffnung, einer der Drachen höre sie, bevor ihr das Ungeheuer den Kopf abbiss.

Aber die Hilfe kam von anderer Seite. Lukan sah die kleine Kriegerin in Gefahr, und alle Ängstlichkeit fiel von ihm ab. Blitzschnell bückte er sich nach dem Schwert, fasst es mit beiden Händen, und da er nie den Schwertkampf erlernt hatte, rammte er die Waffe wie eine Pike in den Bauch des Thargon, so tief, dass sie beim Herausfahren am Rücken die Wirbelsäule durchtrennte. Er schien kaum zu wissen, was er tat, und schaute völlig verdutzt drein, als der gewaltige Leib, von der Mitte abwärts gelähmt, zusammenbrach und Päony sich aus den erschlaffenden Händen befreite. Wie von einer äußeren Macht getrieben, hob Lukan das Schwert und durchschlug den Hals des Liegenden mit solcher Wucht, dass die Klinge tief in den Boden fuhr und an einem Felsen zersplitterte.

Päony schrie auf, als ihr gutes Schwert zersprang, aber ihr blieb keine Zeit, den Verlust zu beklagen, denn der zweite Thargon griff mit beiden Armen nach ihr. Sie konnte nicht erkennen, ob das Wesen wütend war, ob es seinen gefallenen Gefährten rächen wollte oder einfach nur von dem Drang getrieben wurde, alles, was Mensch war, zu vernichten und aufzufressen. Das weiße Gesicht war steinern, die blauen Juwelenaugen glänzten blicklos.

Auf die kurze Entfernung nutzte ihr weder die Schleuder noch der Bogen, also warf sie beide Waffen beiseite und stürmte mit dem langen Ebenholzstab in Händen gegen den Feind an. Der breitete die Arme aus, um sie dazwischen zu fangen und ihren Hals zu packen. Päony sah, dass Lukan in den Rücken des Gegners zu gelangen versuchte, und bemühte sich, diesen abzulenken, indem sie ihn mit einer Flut von Beschimpfungen bedachte. Ob er sie hörte und verstand, wusste sie nicht – inzwischen hatte sie begriffen, dass die Gesichter dieser Wesen vermutlich nie eine Gefühlsregung zeigten. Immerhin schien der Thargon nicht ganz bei der Sache, und sie verdoppelte ihre Anstrengungen. Vermutlich hatte Lukan vor, ihn von hinten mit dem Stab zu erschlagen, also zog sie nach Kräften die Aufmerksamkeit auf sich.

Der Mokabiter war jedoch kein edler Rittersmann, der nach allen Regeln der Kunst kämpfte. Er hielt sich an die Bräuche seines Volks, dem Wirkung über Ritterlichkeit ging. Im Rücken des Hünen nahm er Anlauf, hielt den Stab waagrecht und spießte ihn dem Gegner mit voller Wucht zwischen die nackten Hinterbacken. Ob der Thargon den Schmerz empfand oder ob er wie seine Vorväter, die Basilisken, gefühllos war wie Stein – der gewaltsame Stoß jedenfalls brachte ihn aus dem Gleichgewicht, er wankte, suchte mit weit gespreizten Beinen Halt zu finden, wollte sich umdrehen und konnte es nicht, weil der Stab tief in seinen Innereien steckte. Und dann riss er plötzlich die Augen weit auf, hielt still und starrte erstaunt auf seinen Leib nieder, der in bernsteingelbem Licht erglühte. Von innen heraus erfüllte ihn die auflodernde Spitze des Stabs mit einem kalten Feuer, das seine Eingeweide verzehrte und zischend durch das Fleisch nach außen schoss. Der Leib war zur Feuerkugel geworden, aus der nach allen Seiten Lichtblitze hervorbrachen. Mit fassungslos geweiteten Augen sah Päony zu, wie seine Mitte zu einem Flammenball zerstob und das Monster in zwei Teilen tot zu Boden fiel.

Schon wollte sich Päony vorbeugen, um den Leichnam näher

zu betrachten, als ein Geräusch hinter ihr sie aufschreckte. Es war nur schwach und undeutlich, aber sie fuhr herum – keinen Augenblick zu früh. Während sie und Lukan dem Gefährten den Garaus gemacht hatten, wäre es dem zweiten Thargon beinahe gelungen, sie von hinten zu überfallen. Sein abgehauener Kopf, der eine Elle vom Körper entfernt gelegen hatte, war immer näher an den Halsstumpf herangerutscht, um sich mit diesem zu vereinigen. Päony gelang es gerade noch, die Spitze des Stabs zwischen Kopf und Hals in den Boden zu rammen und die beiden Körperteile voneinander zu trennen. »Hierher, hierher!«, schrie sie Lukan zu.

Der Mokabiter stürzte herbei und stieß den Kopf mit seinem Stab beiseite. Der geriet in Brand und rollte, eine schmorende Spur durchs Gras ziehend, die abschüssige Wiese hinab. Das graue Mooshaar loderte auf. Die weiße Haut wurde braun, schrumpfte und zerbröckelte, und eine nackte, knöcherne Kugel blieb am Fuß des Abhangs liegen.

Nach Atem ringend stand der junge Mann da und keuchte mit rauer Stimme: »Wir sollten den Rest auch noch verbrennen, bevor sich die Teile am Ende wieder vereinigen!«

Päony stimmte ihm zu, und wenig später lagen nur noch Häufchen verbrannten Unflats an den Stellen, wo die beiden Ungeheuer gestanden hatten.

Die kleine Kriegerin richtete sich auf und lächelte Lukan an. »Du bist ein Held«, sagte sie. »Ohne dich wäre es mir schlimm ergangen. Aber wenn du ein Ritter sein willst, musst du die Regeln des ritterlichen Kampfes erlernen. Bei einem Turnier könntest du dich noch nicht blicken lassen.«

Er zuckte grinsend die Achseln. »Wozu? Ich habe die Feinde so auch erledigt.« Er nahm den Helm ab und strich sich das schweißgetränkte falbe Haar aus der Stirn. Sein Gesicht glühte vor Stolz über das Lob und über die eigene Tapferkeit. Päony blickte ihn an und fand ihn sehr schön, wie er da so erhitzt und so stolz vor ihr stand.

Dann betrachtete er den Stab. »Eigentlich müsste er verbrannt sein«, murmelte er verwundert. »Aber sieh her! Er ist wie neu, er glänzt sogar wie frisch poliert, obwohl er gerade noch loderte wie eine Fackel.«

»Das ist der Zauber daran«, erwiderte sie. »Man erzählte mir, seine Glut habe auch die Basilisken vernichtet, als die Sieben mit solchen Stäben kämpften. Und doch trugen die Stäbe keine Schramme davon. Komm, lass uns zurückkehren, wir ...«

Sie unterbrach sich, als Lukan ihr die Hand auf den Arm legte und mit einer verstohlenen Geste zum Waldrand hinüberwies. »Honigschlund«, flüsterte er.

Päony wandte den Kopf, entdeckte aber nichts weiter als einen mannshohen, zottigen Busch, dessen fette, wächserne Blätter sich deutlich von den graugrünen Koniferen abhoben. Er schwankte stark im Wind – aber wie war das möglich, wenn alle Bäume ringsum unbeweglich standen? Bewegte er sich aus eigener Kraft?

»Zieh die Handschuhe an und schließ das Visier, er verspritzt sein Gift über mehrere Schritte Entfernung!«, raunte Lukan ihr zu.

In aller Eile schlüpfte sie in die eisernen Handschuhe, die an ihrem Gürtel hingen, und zog den metallenen Schleier über Gesicht und Schultern. Das Pflanzentier schien die Bewegungen der beiden Menschen richtig zu deuten und ging zum Angriff über. Mit einem Dutzend röhrenförmiger Arme fuchtelte es in der Luft herum und setzte sich in Bewegung, klobig, aber erstaunlich hurtig auf seinen Wurzeltatzen. Zwei oder drei Arme fuhren nach vorn, angeschwollen wie Wasserschläuche, und aus den fingerumkränzten Öffnungen spritzte den beiden Auserwählten in hohem Bogen ein rosabrauner, aasig stinkender Schleim entgegen.

Päony stieß einen Schrei des Ekels aus, als ihr der Auswurf über die Rüstung rann, aber es wurde ein Schreckensschrei daraus, sobald sie entdeckte, was die Flüssigkeit anrichtete. Hätte die Rüstung sie nicht geschützt, so wäre sie tödlich verletzt worden, denn wo der Verdauungssaft des Fleischfressers auf den Boden rann, verklumpten Gras, Blumen und Erde zu einer schimmelbleichen Masse, die wie eine Lache Erbrochenes zu ihren Füßen dampfte. Die Rüstung freilich blieb unversehrt. Wutentbrannt rannte Päony auf das Monster zu, ohne sich um den Gestank zu kümmern. Das Pflanzentier bäumte sich auf. Die glitzernden Borsten an seinen Greifern standen wie Stacheln ab, und der Rumpf pumpte alle seine Giftvorräte in die schlängelnden Arme. Mit einem rülpsenden Laut klatschte den anstürmenden Menschen ein weiterer Schwall des giftigen Safts entgegen, diesmal nach zwei Seiten, da Lukan einen Bogen geschlagen hatte und dem Wesen den Rückweg in den Wald abzuschneiden versuchte. Die Arme entrollten sich zu ihrer vollen Länge und versuchten die Angreifer zu packen, um sie an den Leib heranzuziehen und zu erdrosseln. Aber den beiden zu allem entschlossenen Kämpfern war der Honigschlund nicht gewachsen. Die Ebenholzstöcke stießen von zwei Seiten zu, und gleich darauf krümmte sich auf dem Boden ein Gewirr verkohlender Arme, die nach und nach zu Asche zerfielen. Päony trat mit dem Stiefelabsatz in die bräunliche Masse, die vom Rumpf übrig geblieben war, und zerstreute sie nach allen Richtungen.

Atemlos kehrten die beiden Auserwählten zur Burg zurück, um Vauvenal von ihrem Sieg zu erzählen. Doch der nahm nicht allzu viel Anteil an ihrem Bericht. Was bedeuteten schon ein Honigschlund und zwei im Norden verirrte Thargon? Seine vordringliche Sorge galt der Rettung der Bibliothek. Als die letzten Bücher und Tonkrüge schließlich aus dem Gewölbe gebracht wurden, war das Spinnennetz zum Bersten voll, und die Zipfel ließen sich gerade noch zusammenschlagen.

Lukan war neugierig, wer diese ungeheure Last tragen sollte, aber dann begriff er, weswegen Kulabac gekommen war. Auch ein viel schwächerer Drache hätte die Spinnen holen können – er hätte nur durch die Dimensionen fliegen, Anam Mael erreichen und wieder zurückkehren müssen. Aber diesen ungeheuren Sack schleppen konnte nur Kulabac!

»Wird das Netz auch nicht reißen?«, rief der junge Mokabiter, als er sah, wie der Drache mit seinen Klauen die vier Zipfel ergriff und das Netz langsam in die Höhe hob. »Wie dicht es auch sein mag, wird es die schwere Last aushalten?«

Päony betrachtete diese Frage als Verunglimpfung der heiligen Spinnen. »Natürlich wird es halten!«, rief sie ärgerlich.

Und sie behielt recht. Die Fäden dehnten sich, bis aus dem Sack ein mehrere Hundert Schritt langer, über das Gras schleifender Schlauch geworden war, aber kein einziger Faden riss. Kulabac breitete die riesigen Flügel aus und schwang sich hoch in die Luft, bis das Netz sich vom Boden hob.

»Wohin trägt er die Bibliothek?«, fragte Lukan den Troubadour, der neben ihm saß und den Aufbruch mit gebannter Aufmerksamkeit beobachtete. »Nach Vang Vath?«

»Nein. Dort wäre sie im Augenblick ebenso gefährdet wie hier. Er bringt sie in meinen Palast. Wenn die Kaiserinnen Wert darauf legen, mag sie später in die Residenz transportiert werden.«

Lukan bezweifelte, ob es dem bücherbesessenen Sänger ernst damit war. Vielmehr vermutete er, dass Vauvenal seine eigene Bibliothek aufstocken wollte, zumindest mit den wertvollsten und seltensten Schriften aus Romanels Schatz.

Inzwischen war Kulabac samt seiner Last am Horizont verschwunden, und Vauvenal entließ seine Vasallen nach Hause. Sie verschwanden über den Wipfeln des Koniferenwalds, und er selbst wollte eben die beiden Menschen aufsteigen lassen, als ein tiefer, dröhnender Ton über die Hügel hallte. Augenblicklich begriff Lukan, dass kein menschliches Musikinstrument einen solchen Ton ausstoßen konnte. Aber wie war das möglich? Wollten die Kaaden Bûl nicht warten, bis die Kaiserinnen ihre gefährdeten Untertanen gewarnt hatten, ehe die Bewohner der Tiefe heraufsteigen durften? Lukan glaubte ihr ungeduldiges Rumoren unter den Füßen zu spüren.

Und gleich darauf brach fern von ihnen, hoch oben in den Bergen von Luris, ein Vulkan aus. Das dumpfe Grollen war selbst über die weite Entfernung hinweg zu hören. Der eben noch blaue Himmel über dem Berg verfärbte sich scharlachrot, und in dem schaurigen Schein wurden Wolken sichtbar, die eine nach der anderen – wie Rauchkringel aus einer Pfeife – immer schneller und höher aus dem Krater hervorquollen. Zweimal, dreimal so hoch wie der Bergkegel selbst stiegen ungeheure zerklüftete Türme aus Rauch, Qualm und glühender Asche in die Luft. Als das feuerflüssige Magma im Innern des Schlots hochschoss, leuchtete der spitze Kegel weithin in einem schrecklichen Rot. Das Licht glühte in seinem Innern wie die Flamme in einer Ampel, und der Schlot spie Feuergarben, die meilenweit auf das Land niederregneten. Blitze zuckten kreuz und quer in der schrecklichen Wolke. Dann platzte der oberste Rand des Vulkans nach allen Seiten auseinander wie eine gespenstische Blume, die ihren Kelch öffnet, und heraus fuhr eine himmelhohe Flammensäule. Sie schwebte in der grauen Asche über dem Berg und öffnete riesige Flügel.

»Ein Kaaden Bûl!«, schrie Vauvenal. »Bei allen Geistern der Unterwelt! Wie kann das sein? Die Stunde ist noch nicht da!« Aber es blieb keine Muße, darüber zu rätseln, was den Drachen bewogen haben mochte, sich nicht an die Abmachung zu halten, denn da kam er auch schon auf sie zu. Vauvenal nahm sich nicht mehr die Zeit, die Menschen aufsitzen zu lassen. Er schnappte sie beide zugleich mit seinen gewaltigen Kiefern, schoss südwärts davon und tauchte in die Dimensionen ein, um die Aufmerksamkeit des Feurigen nicht auf sich zu lenken.

Neugierig wie er war, tauchte er jedoch wieder auf, nachdem er einen gebührenden Abstand zwischen sich und den Kaaden Bûl gebracht hatte, landete auf einem Hügel im Regenwald und streckte den Kopf über das Blätterdach hinaus. Die beiden Menschen, die seine Kiefer sanft umschlossen hatten, krochen heraus – beide ein wenig benommen und triefend von Speichel – und kletterten auf seine Schulter. Alle drei beobachteten, wie der vorwitzige und dem Befehl seiner Königin ungehorsame Feuerdrache sich auf die Feste Turcaill stürzte und seine flammenden Flügel wie einen Mantel aus Feuer um das Gebäude schlug. Vielleicht hatte er die Wolke von Übel gespürt, die die verunreinigte alte Burg umgab, vielleicht fiel er auch nur über das erstbeste Gebäude her, das ihm im Weg stand, auf jeden Fall dauerte es nur wenige Herzschläge lang, bis die Burg in hellen Flammen stand.

Lukan wurde traurig bei dem Gedanken, dass es nicht mehr lange dauern würde, bis auch Thamaz auf diese Weise unterging. Wenigstens aber war dem stolzen Thurazim dasselbe Schicksal bestimmt, das bedeutete einen gewissen Trost.

Wie furchtbar die Glut des Feuerdrachen war, ließ sich daran ermessen, dass die Burg, die fast nur aus Steinen bestand, wie Zunder brannte. Der Mörtel zwischen den Steinen verglühte, die Quader barsten und zerfielen zu Brocken. Bald glich das gesamte Gebäude einem riesigen Ofen, dessen Brand aus den Fensterschlitzen und dem großen Loch in der Außenmauer züngelte. Über dem Bergfried stand eine Flammensäule. Rings um die Burg war das Gras schwarz verbrannt und rauchte, die wenigen Büsche verpufften in der Hitze und lösten sich in flockige Asche auf.

Selbst noch in einiger Entfernung kräuselten sich die Nadeln der Koniferen in der Hitze.

Lukan, der gebannt das schaurige Schauspiel beobachtete, fragte bang: »Werden noch mehrere wie dieser kommen?«

»Ich hoffe nicht«, antwortete Vauvenal, der sichtlich erzürnt war über die Verletzung des von Majdanmajakakis selbst geschlossenen Pakts. »Wenn wir Glück haben, ist dies nur irgendein ungestümer Narr, der seinen Marschbefehl nicht erwarten konnte. Da, sieh! Er wendet sich nach Norden.«

Tatsächlich schien der Feuerdrache sein Werk an der Feste Turcaill als vollendet zu betrachten, denn er stürmte geradewegs auf die Heulenden Berge zu und fuhr über den nächstgelegenen Pass, wie ein Komet über den Himmel fährt. Hinter sich ließ er eine brennende Ruine zurück, deren Dach bereits einstürzte.

»Wir hatten Glück«, bemerkte Vauvenal, »dass wir schon heute gekommen sind, um die Bücher zu holen, sonst wären sie verloren. Wir sollten – seht! Seht!« Vor Aufregung fuhr er so heftig hoch, dass er die beiden Menschen beinahe abgeschüttelt hätte, und starrte mit weit aufgerissenen Augen nach Norden. Dort hatte sich der Abendhimmel ganz plötzlich verfärbt. Bis zum Zenit hinauf liefen Wellen um Wellen eines giftig grünen Nordlichts über das bis dahin blaue Firmament, wabernd und zuckend wie eine Versammlung luftiger Geister. Und mit Geistern hatten sie auch zu tun, das begriffen Lukan und Päony. Was sie vor Augen hatten, war das Licht, das von Carrachon aus in den Himmel schoss. Wie zerschlissene Fahnen hing es über den Hörnern der Heulenden Berge. Zarzunabas hatte entdeckt, was ihm drohte, und verteidigte sich mit aller Kraft.

»Kann er sich gegen die Kaaden Bûl wehren?«, fragte Päony.

Vauvenal zuckte die Achseln, was die beiden Menschen wiederum in Gefahr brachte. »Ich glaube nicht. Aber er wird natürlich sein Möglichstes versuchen. Auch wenn das nicht viel ist.

Erinnert ihr euch, was Kulabac euch erzählte? Das Schloss aus Eis liegt im Krater eines erloschenen Vulkans. Die Feuerdrachen brauchen nicht erst über die Pässe oder über das Diamantmeer zu fliegen, um Carrachon zu erreichen – sie können unmittelbar aus der Tiefe heraus angreifen. Wenn Zarzunabas das nicht weiß, wird er sich wundern, wie schnell sein Hintern in Flammen steht.«

Er hatte die Worte kaum ausgesprochen, als es auch schon geschah. Mit einem ohrenbetäubenden Donnern, so als rutschten Schneelawinen von allen Hängen der Heulenden Berge zugleich herab, fegte von unten her ein Saum glühenden Golds über die grünlichen Lichter, wallte auf und verschlang sie. Blitze zuckten über den nördlichen Himmel, der stockdunkel geworden war, sodass sich das merkwürdige Bild einer in zwei Hälften geteilten Welt bot – noch taghell im Süden, finster wie die Unterwelt im Norden. Die Erde erbebte mit einem erstickten Grollen, das selbst noch jenseits der Toarch kin Mur zu spüren war und Scharen von aufgeregt kreischenden, bellenden und pfeifenden Tieren aus dem Koniferenwald jagte. Feuerwolken stiegen hinter den steinernen Hörnern auf. Dann folgten ihnen brodelnde schwarzbraune Dämpfe, als das schmelzende Eis und das aufkochende Wasser sich mit der Glut vermischten. Wolkentürme bauten sich auf, quollen, von Blitzen zerrissen, höher und höher in den Himmel empor und lösten sich wieder auf, während von unten regengesättigte neue Schwaden aufstiegen. Über den Bergen fiel Regen und wandelte sich in der Kälte augenblicklich zu einem flirrenden Hagel aus Eis, das im sengenden Licht der Blitze kristallen glitzerte.

Dann ertönte jählings ein Schrei aus unmenschlicher Kehle – ein langer, heulender Schrei äußerster Wut und Verzweiflung, der über die Berge hinweg weit ins Land hallte. So schreckenerregend war der Laut, dass beide Menschen die Hände auf die Ohren drückten und dennoch das Gefühl hatten, ein Messer dringe ihnen ins Hirn. Der Himmel über den Toarch kin Mur schien in der Mitte aufzureißen wie ein aufgeschlitztes Gewand, und heraus fauchte ein langer giftgrüner Lichtschweif, der zischend südwärts fuhr und verschwand.

»Zarzunabas«, erklärte der Sänger. »Da fährt er hin! Ohne seine Burg Carrachon kann er sich kaum behaupten, vor allem jetzt, da ihm Gurundir keine Kraft mehr verleiht.«

»Was wird er tun?«, fragte Päony, die heftig erschrocken war.

»Ich weiß es nicht. Herumhuschen wie ein Gespenst, nehme ich an, machtlos, aber voll Zorn, allem Lebenden feindselig gesinnt, wo immer es auch zu Hause sein mag – auf der Erde, im Wasser oder in der Luft. Irgendwann wird er abermals Gestalt annehmen, doch das werdet ihr nicht mehr erleben – und wohl weder eure Kinder noch Kindeskinder. Kommt, wir wollen nach Vang Vath zurückkehren und den Kaiserinnen berichten!«

Feuer in der Nacht

Als die Boten der Kaiserinnen an der breiten Mauer eintrafen, war die Aufregung groß. Suliens Krieger – unter ihnen auch Erning – eilten Hals über Kopf in den Hof, als ein violetter Drache mit seinem Reiter landete und ein auf- und abschwellendes Hornsignal ankündigte, dass der Herold auf kürzestem Weg aus Vang Vath komme. Die Männer und Frauen in dem Grenzposten hatten harte Tage hinter sich, seit das Erdbeben, das Gurundirs Sturz ausgelöst hatte, die Mauer erschüttert und tiefe Breschen hineingeschlagen hatte. Nur mit Mühe war es ihnen gelungen, den Strom des üblen Gezüchts in Schach zu halten, das ins Landesinnere strömen wollte. Sie mussten ihren Kameraden Feuerschutz geben, während diese in aller Eile die Breschen auffüllten, und gleichzeitig die Makolokken abwehren, die vor allem ins Land drängten, weil sie Unmengen frischen Menschenfleischs witterten. Jetzt standen sie alle da, müde und abgekämpft, und warteten begierig auf Nachrichten.

Der Herold sprang von seinem Drachen, entrollte das Pergament mit dem kaiserlichen Siegel und verlas die Nachricht. Respektvolle Stille herrschte, bis er zum letzten Wort gekommen war. Dann brach ein heftiges Durcheinander los.

Zwar widersetzte sich niemand einem Befehl der Kaiserinnen, aber zufrieden waren die Grenzer mit deren Anordnungen nicht. Viele waren der Meinung, die Kaaden Bûl seien noch viel schlimmere Nachbarn als die Thargon, die Skorpionritter, die Totenkopflibellen und die Makolokken. Vor allem waren sie Nachbarn, die kein Mensch in Zaum halten konnte. Wer sagte denn, dass sie die Grenze anerkannten, wenn sie erst einmal da waren? Wer konnte sie hindern, weiter ins Landesinnere vorzudringen? Und was sollte aus dem Süden des Reichs werden – eine verbrannte Wüste?

Erning war derselben Meinung wie seine Kameraden. Der Süden mochte für das Kaiserreich verloren sein, solange das ganze Geschmeiß dort hauste, aber er war erst recht verloren, wenn die Feuerdrachen ihn in Besitz nahmen. Wahrscheinlich wäre binnen weniger Tage nach ihrer Machtergreifung im ganzen Land kein grünes Blatt mehr zu finden. Oben im Norden mochten sie sich austoben. Die Reiche am nördlichen Pol überließ man ihnen gern, und das Heiligtum der drei Schwestern in Luifinlas würden sie nicht antasten. Aber hier? Und was würde aus den Besatzungen der breiten Mauer werden? Sollte man die Barriere kampflos aufgeben? Mit tausend Fragen stürmten die Grenzer auf den Herold ein, aber der hatte nichts anderes zu sagen, als dass sie sich mit allen ihren Fragen und Klagen an die Residenz wenden müssten. Seine Aufgabe sei es nur, die Botschaft zu verkünden. Und außerdem müsse er weiter, um auch im Dorf der Mokabiter den Befehl der Kaiserinnen kundzutun.

Auch in Takis wurde die Nachricht mit nur schwacher Begeisterung aufgenommen. Noch schlimmer als die Gefahr für ihr eigenes Dorf erschien den Mokabitern der drohende Untergang von Thamaz, das früher ihre stolze Feste und in über dreihundert Jahren im Exil das Ziel ihres Sehnens und Hoffens gewesen war. Nun sollten es die Feurigen verwüsten? Und was wurde aus Takis? Zwar hatten sie sich mit der Errichtung des Dorfes nicht viel

Mühe gegeben, aber es zu verlassen hieß, dass sie dieselbe Arbeit an einem anderen Ort noch einmal erledigen mussten, und sie arbeiteten nun einmal nicht gern.

Kingar schob sich an den Herold heran. »Thainach«, sprach er ihn an, »da Ihr aus Vang Vath kommt, habt Ihr dort etwas von einem Mann namens Lukan gehört, dem Stummen? Er ist mein Bruder.«

»Von einem Stummen weiß ich nichts. Es gibt nur einen Lukan am Hof, den Gefährten von Prinzessin Päony, den Mann mit den Drachenaugen. Meint Ihr etwa den?«

»Denselben, ja. Er kann jetzt sprechen, sagt Ihr?«

»Gewiss, wie jeder andere auch. Als ich Vang Vath verließ, war er eben mit dem Sänger Vauvenal nach Norden aufgebrochen, um Bücher aus der alten Grenzfestung zu holen, und seine Gefährtin mit ihm. Den dritten im Bunde ließen sie zurück.«

»Und ... schätzt man ihn?«, forschte Kingar vorsichtig.

»Das fragt Ihr noch?«, rief der Herold. »Die Kaiserinnen behandeln ihn wie einen eigenen Sohn.«

Kingar fuhr herum und winkte den Dorfleuten. »Eilt, eilt!«, rief er. »Hört, was ich über unseren Lukan erfahren habe!«

Der Herold musste noch einmal berichten. Auf Kingars Drängen hin erzählte er in allen Einzelheiten, dass Lukan in hohen Ehren stand, dass er kühne Taten vollbracht hatte und von Mann zu Mann mit so hohen Persönlichkeiten wie dem Troubadour Vauvenal sprach. Die Mokabiter waren sprachlos. Wäre der Mann nicht ein offizieller Bote des kaiserlichen Hofs gewesen, sie hätten ihm nie geglaubt. Aber so musste, was er sagte, die Wahrheit sein, und der stumme Lukan – der jetzt nicht mehr stumm war – hatte es zu hohen Ehren gebracht.

Sie hätten noch viele Fragen gehabt, aber der Herold wehrte ab. Er müsse noch einer ganzen Anzahl weiterer Dörfer entlang der breiten Mauer die Warnung überbringen, und sie sollten sich beeilen, mit Sack und Pack ins Landesinnere zu ziehen, wenn sie nicht versengt werden wollten.

Auf diese Mahnung hin geriet ganz Takis in Aufruhr. Echsen wurden angeschirrt, Karren mit dem wenigen Besitz beladen, den sie noch ihr Eigen nannten, und die Alten und Kranken zwischen die Säcke und Kisten gebettet. Unter Kolebs Führung setzte sich der Zug in Richtung Norden in Bewegung. Als sie die Heerstraße erreichten, stießen sie dort bereits auf die ersten langen Kolonnen anderer Flüchtlinge.

Der Tag dämmerte herauf, an dem die Kaaden Bûl das Südreich in Besitz nehmen sollten. Die aus Takis geflohenen Mokabiter hatten sich im Dschungel am Fuß eines Wasserfalls niedergelassen, der ihnen frisches Wasser spendete. Unter dem Blätterdach ausgestreckt, rauchten sie ihre Wasserpfeifen, schwätzten miteinander und warteten darauf, dass etwas geschah. Wie gewöhnlich waren sie unzufrieden mit den Entscheidungen, die über ihre Köpfe hinweg getroffen worden waren, und schimpften lauthals über den unsinnigen Plan, das Südland den Feuerdrachen zu überlassen. Sie kannten tausend verschiedene Möglichkeiten, wie man es hätte besser machen können, und die ließen sich auch alle trefflich ausführen – in Worten jedenfalls und solange man dabei Fruchtkerne kauend und Rauschkräuter rauchend im weichen Gras liegen konnte.

Kingar und Kikan langweilten sich bei dieser Beschäftigung. Sie waren zum Bersten neugierig, wie die Feuerdrachen wohl aussehen mochten und was geschah, wenn sie aus der Tiefe emporstiegen. So war es kein Wunder, dass Kikan den Einfall hatte, sie zu beobachten.

»So weit ins Landesinnere werden sie wohl nicht kommen«, sagte er. »Es kann uns also nichts geschehen, wenn wir sie ausspähen. Erinnerst du dich an den hohen Felsen, an dem wir unterwegs vorbeikamen? Wenn wir dort hinaufsteigen, sehen wir alles, was im Süden vor sich geht.«

Kingar brauchte nicht lange überredet zu werden. Die beiden jungen Männer entschuldigten sich unter dem Vorwand, sie wollten wildern gehen, und kehrten den Weg entlang zurück. Schon nach zwei Stunden stießen sie auf den Felsenturm. Auf der südwärts gelegenen Seite stieg dieser Turm an die zweihundert Schritte senkrecht in die Höhe, ein graugrünes Ungetüm, mit klebrigen Flechten bewachsen und gesprenkelt mit den rosaroten Blüten winziger Blumen, die in den Ritzen sprossen. Im Norden jedoch führte ein schräger Grat vom Fuß bis zur Spitze, schmal, aber durchaus nicht unbezwingbar für zwei Burschen, die jung und gelenkig waren.

In der feuchten Hitze des Dschungels war es ein schweißtreibendes Unternehmen, dort hinaufzuklettern, aber die Neugier verlieh den Brüdern Kraft. Wie oft hatten sie schon Gelegenheit, ein solch einmaliges Ereignis zu beobachten? Und sie hatten sich einen vortrefflichen Aussichtspunkt ausgesucht. Hoch oben am Rand des felsigen Absturzes hatten Wind und Wasser eine flache Mulde ausgewaschen, in der Moos und Flechten einen weichen Teppich bildeten. Von dort öffnete sich ein weiter Blick über das Laubdach des Regenwalds bis zur breiten Mauer und darüber hinaus bis zum Südland.

Die Brüder machten es sich bequem. Sie hatten eine Wasserpfeife, eine Amphore Wein und einen Sack mit Proviant mitgenommen. An der Felswand gelehnt, die das innere Halbrund der Mulde umgab, aßen und tranken sie, zündeten die Pfeife an und beobachteten das Land. Phurams goldener Wagen stieg bereits zum westlichen Horizont hinunter, und die Schatten wurden länger. Der Himmel im Süden war von einem klaren, milden Blau, in dem zuweilen bleiche, faserige Wolkenschleier schwebten.

Eine gute Stunde hatten sie gewartet, als Kingar, der die schärferen Augen von beiden hatte, seinen Bruder anstieß. »He! Ich sehe etwas. Dort!« Er wartete, bis sich Kikan aus seinem behaglichen Dösen aufgerafft und die Augen gerieben hatte, und wies mit ausgestreckter Hand nach Südosten, in die Richtung der Vulkaninseln. Dort schwebte etwas am Horizont, keine Schleierwolke, sondern ein von tiefen Rissen durchzogener aschgrauer Ball. Erst so klein wie eine Nuss, wurde er rasch größer, bis er die Größe des Vollmonds hatte. Dabei streckte er sich in die Länge und verwandelte sich in ein unregelmäßiges und pulsierendes Gebilde, dessen oberste Schichten sich zu einem wolkigen, flachen Hut ausbreiteten. Erst war es grau gewesen, doch bald mischte sich in dieses Grau ein feuriges Orange, das höher und höher emporloderte.

»Da bricht ein Vulkan aus«, sagte Kikan. »Meinst du, das bedeutet …«

»Es wäre ein zu seltsamer Zufall, wenn es nichts mit den Kaaden Bûl zu tun hätte«, erwiderte Kingar.

Dem ersten Puff grauer Asche folgte ein zweiter, dann ein dritter. Rasch stieg ein Dutzend der zerklüfteten Wolkensäulen in den Himmel auf, und es dauerte nicht lange, bis jeder Vulkan dort unten Glut und Asche spie. Die beiden Brüder wurden wehmütig bei den Gedanken, dass in diesen Vulkanen ihre alten Freunde, die Purpurdrachen, gewohnt hatten, die seit dem großen Drachenkrieg von der Erde verschwunden waren – und auch bei dem Gedanken, dass diese Glut am fernen Horizont der Anfang vom Ende der einst so stolzen Stadt Thamaz war, verfielen sie in Traurigkeit. Bald gab es keinen Zweifel mehr, dass ein gewaltiges Geschehen sich entfaltete, denn die ständig anschwellenden Wolkenpilze verdunkelten immer größere Bereiche des Himmels, und die in zuckenden Fontänen hervorspritzende feuerflüssige Lava fleckte die Unterseite der Wolken mit glühendem Orange. Und dann geschah es: Aus einem der brodelnden

Schlote fuhr, blendend wie ein Blitz, ein Feuerschweif heraus, der sich innerhalb weniger Herzschläge zu einem enormen Drachen entfaltete. Er hatte keine feste Gestalt, sondern waberte wie eine Flamme. Seine weit ausgebreiteten Flügel liefen in einen zuckenden Rand aus, der sich einmal zusammenzog, dann wieder ausdehnte. Und nun erschien aus einem anderen Vulkan sein Gefährte, und den beiden folgte ein Dutzend, bis kein Einzelner mehr auszumachen war in der Feuerwand, die den südlichen Himmel bedeckte. Der Gluthauch, den sie ausströmten, und der Brandgeruch strömender Lava waren noch weit jenseits der breiten Mauer spürbar.

Stumm und gebannt kauerten die beiden Mokabiter in ihrem Versteck und beobachteten, wie die Kaaden Bûl sich den Weg nach Norden bahnten. Das gesamte Land schien in Flammen zu stehen, als sie über den Wald hinwegtobten und alles, was ihre Flügel berührten, zu schwarzer Asche verbrannten.

FÜNFTER ABSCHNITT
Die Erfüllung der Queste

Die Spinnenkönigin

Ein unerwarteter Einfall

Auch die beiden Kaiserinnen waren verärgert, als Vauvenal ihnen berichtete, dass die Kaaden Bûl sich zumindest im Norden nicht an die Vereinbarung gehalten hatten und früher aufgebrochen waren. Aber was sollten sie daran ändern? Dort oben bestand jedenfalls keine Gefahr, dass sie irgendjemanden schädigten. Später, wenn sich die Lage beruhigt hatte, konnten sie immer noch diplomatischen Protest einlegen. Wichtiger war jetzt die Frage, wie die Auserwählten die beiden noch offenen Rätsel lösen und die Queste zu Ende bringen sollten.

Die drei jungen Leute hatten sich einen schattigen Platz im Schlossgarten am Ufer eines von goldgrünen Wasserlinsen bedeckten Teichs gesucht. Päony und Lukan saßen Schulter an Schulter und hatten viel zu tuscheln, während Ciaran tat, als kümmre ihn das nicht im Geringsten. Er hockte in einiger Entfernung auf einem flachen Felsblock, warf müßig Steinchen in den Teich und beobachtete ein Insekt, das zu seinen Füßen herumkroch. Es war ein etwa spannenlanger Käfer mit grellrot und orangefarben gezeichneten Flügeldecken, einer von der Art, die man Steinfresser nannte. Ciaran beobachtete, wie das Tier die Flügeldecken hob, aus einer Düse am Hinterleib eine scharf riechende Flüssigkeit auf den Stein spritzte, die diesen zerbröckeln ließ wie trockenen Lehm, und dann die losen Teilchen in seinen Zangen davonschleppte, um sich daraus eine Burg zu bauen. Der Jüngling brach einen Zweig ab und kratzte damit über die Stelle, die der Steinfresser bearbeitet hatte. Erstaunlich, dass ein kaum handgroßes Tier harten Felsen zerstören konnte! Er hielt in der Bewegung inne, runzelte die Stirn und dachte nach. Sobald der Käfer zurückkehrte, rief er nach seinen Gefährten.

Als sie zu ihm eilten, hob er ein Blatt an, das neben ihm auf dem zerprungenen Stein lag, und zeigte ihnen darunter den Käfer mit der auffallenden Warnzeichnung auf dem Rücken.

Stirnrunzelnd betrachtete Lukan das Tier. »Und? Es ist ein ganz gewöhnlicher Steinfresser, der Steine sammelt, um sich einen Bau zu errichten. Man findet sie an jeder Ecke.«

Ciaran nickte eifrig. Seine Augen glänzten. »Das meine ich auch. Und wenn jeder dieser vielen Käfer einen Kiesel vom Dämonenberg nähme, so würden sie ihn zerstückeln.«

Lukan begriff nicht. »Warum sollten sie das tun?«

»Weil es ihnen jemand gebietet. Zweifellos gibt es ...«

Päony hatte schweigend gelauscht, aber jetzt schoss ihr die Farbe in die Wangen. »Die Spinnenkönigin!«, rief sie begeistert. »Hört zu, hört zu! Ihr wisst, dass mein Volk die Spinnen als heilige Tiere verehrt und dadurch viel Gutes von ihnen erfährt. Meine Schwester Keziah ist Oberhirtin der Spinnen im heiligen Hain. Und die Königin der Spinnen ist überaus mächtig im gesamten Reich der Insekten. Wenn wir sie bitten ...«

Lukan sah sich besorgt um, als könne die Spinne jeden Augenblick hinter ihm auftauchen, aber Ciaran fragte: »Wo finden wir sie?«

»Auf der Insel Anam Mael, wo mein Volk wohnt.« Dann zögerte sie. »Es ist allerdings nicht einfach, zu ihr zu gelangen, denn ihr Palast befindet sich in einer Berghöhle hinter einem gewaltigen Wasserfall, den niemand überwinden kann. Aber vielleicht findet meine Schwester einen Weg, wie wir ihr unsere Bitte unterbreiten können.«

»Und was sollen wir ihr zum Dank anbieten?«, murrte Lukan, der sich vor Spinnen noch mehr fürchtete als vor Schlangen. »Einen Sack voll Fliegen?«

Päony fuhr auf ihn los wie ein Dämon. »Wage es nicht!«, schrie sie und schüttelte beide Fäuste vor seinem Gesicht. »Wage es nicht, unsere heiligen Tiere zu lästern!«

Erschrocken hob der Mokabiter beide Hände. »Verzeih. Ich … ich habe das nur gesagt, weil ich schreckliche Angst vor Spinnen habe und nicht weiß, ob ich den Mut hätte, mit ihnen zu reden.« Als er die bleiche Wut im Gesicht der kleinen Kriegerin sah, fiel er auf die Knie und starrte sie flehentlich an. »Sei mir nicht böse! Ich bin ein Feigling, deshalb rede ich oft dummes Zeug.«

Päony ließ sich nur widerwillig besänftigen. »Sag so etwas nicht noch einmal!«, wiederholte sie mehrmals. Dann jedoch ließ sie sich von seiner Reue erweichen. Sie streckte ihm die Hand hin und half ihm aufstehen, und als sie merkte, dass er weinte, wischte sie ihm mit den Fingerspitzen die Tränen fort.

Ciaran betrachtete die beiden mit brennenden Blicken. Er hatte keine Erfahrung mit Frauen und wusste nicht, wie sie dachten und fühlten, aber Päony kam ihm noch undurchschaubarer vor als die meisten anderen. Was in aller Welt fand sie an dem erbärmlichen Menschen? War sie am Ende genauso dumm wie er? Es fiel ihm nicht leicht, so von einer Frau zu denken, die er leidenschaftlich begehrte, aber er musste zugeben, dass tieferes Wissen ihr fremd war. Wie stolz sie darauf war, lesen und schreiben zu können! Und tatsächlich gab es viele Kriegerinnen, die diese Kunst nicht beherrschten. Aber was las und schrieb sie denn schon? Was den Mokabiter anging, so konnte der Einfaltspinsel natürlich weder lesen noch schreiben – kein Wunder bei seinem schwachen Verstand.

Angewidert wandte sich der junge Gelehrte von den beiden ab und schritt durch den Garten davon. Dann jedoch hielt er jählings inne. Was hatte Päony da gesagt? Der Palast der Spinnenkönigin befinde sich hinter einem Wasserfall. Einem Vorhang aus weißem Wasser! Augenblicklich vergaß er seinen Ärger und rief seinen Gefährten zu, sie sollten zu ihm kommen. »Ich weiß jetzt, worin unsere nächste Aufgabe besteht!«

Am weißen Wasser

Noch keine Stunde war vergangen, da waren die drei Auserwählten bereits auf der Reise. Getragen von Tiffanbrill und Minneloise, machten sie sich auf den langen Weg zur Insel Anam Mael.

Es war ein freundlicher, sonniger Tag. Das Dreigestirn schimmerte silbern am Himmel, wo jetzt um die Mittagsstunde Phurams Glanz und Majestät herrschten. Sie flogen nach Westen, der Küste entgegen. Das Meer vor ihnen streckte sich weithin bis zum Horizont, glatt wie ein Silberteller. So fern, dass sie kaum noch sichtbar war, zeichnete sich die dunkle Küstenlinie ab.

Ehe sie sich auf den Flug über den Sund begaben, rasteten sie für kurze Zeit am Strand, damit die Drachen trinken und die vom Fliegen verkrampften Muskeln lockern konnten. Während die beiden im Kies und Sand rollten und die Flügel ausschüttelten, schlenderten die Menschen an der Küste auf und ab.

»Seid vorsichtig!«, rief Minneloise ihnen zu. »Geht nicht zu nahe ans Wasser!« Und sie erzählte ihnen, welche Gefahren drohten. Im seichten Wasser lauerten Drydds unterseeische Kämpfer, allen voran die giftigen Seewespen, die ihre Tentakel aus dem Wasser schleudern und selbst Menschen, die sich ein Dutzend Schritte entfernt vom Wasser befanden, tödlich verletzen konnten, sowie die springenden Fische, die weit über den nassen Sand schnellten und sich mit ihren scharfen Zähnen in alles verbissen, was sich bewegte. Manche der Wasserwesen waren klein, manche riesig, manche hornig wie Meeresspinnen, andere weich und von schlaffer Masse, die sich auf festem Boden beinlos dahinwälzte. Aber eines war allen diesen Kreaturen gemeinsam: Nichts liebten sie mehr als fettes Menschenfleisch.

Freilich, an einem so schönen Tag schienen alle diese finsteren Bedrohungen fern zu sein. Das Wasser funkelte im Sonnenschein und sandte die heimtückische Einladung aus, sich in der jadegrünen Flut zu erfrischen. Hätten Lukan und Päony den Angriff des alten Pilas nicht in so frischer Erinnerung gehabt, so hätten sie sich vielleicht verlocken lassen, trotz Minneloises Warnung, aber beiden waren die Freuden des Badens vergällt.

Ciaran entfernte sich ein Stück von den anderen und trat auf den gefährlich abstürzenden Rand einer Klippe hinaus. Er war ganz in Gedanken versunken, als er im Meer tief unten am Fuß der Klippe eine Bewegung erspähte. Es war kaum mehr als ein Schatten, den man leicht für einen unterirdischen Felsblock halten konnte. Aber der Gelehrte wusste, wessen Schatten dies war, und sein Körper spannte sich. Was da schwamm, war ein Riesenkrebs von platter, gekerbter Form, an die hundert Menschenschritte lang, mit sechs gelenkigen Armen, an deren Enden sich beinerne Scheren gierig nach Beute ausstreckten. Es war nur eine von zahllosen scheußlichen Kreaturen, die das Reich des Wasserdrachen Drydd bevölkerten, leider ausgerechnet eine der wenigen, die sich an Land und im Wasser gleichermaßen tummelten. Und der Krebs hatte offensichtlich vor, sich an Land zu begeben, ob dies nun zufällig geschah oder ob er bemerkt hatte, dass Fremde anwesend waren – Fremde, die eine gute Mahlzeit versprachen.

Ciaran wandte sich um und rannte zurück. »Fort!«, schrie er

schon von ferne. »Fort hier, schnell! Dort im Meer bewegt sich ein Riesenkrebs, und er kriecht an Land!«

Beide Drachen fuhren auf. Tiffanbrill seufzte, als er merkte, dass sie nach allzu kurzer Rast wieder aufsteigen mussten, aber mit dem mörderischen Kriechtier war nicht zu spaßen. Immer hungrig, immer übellaunig und den Landbewohnern feindlich gesinnt, waren diese urtümlichen Kreaturen auf dem Trocknen so schnell zu Fuß, wie sie im Wasser schwammen.

»Steigt auf!«, rief er. Gleich darauf waren sie in der Luft. Keinen Augenblick zu früh, denn da schoss der Riesenkrebs aus der Flut, wie ein Pfeil vom Bogen schnellt, und rannte mit erstaunlicher Geschwindigkeit über Steine und Sand. Als er merkte, dass seine Beute in die Luft entwischt war, hielt er inne, wedelte erbost mit den Fühlern und spuckte eine gräuliche Masse von halb verdautem Fraß auf den Strand, ganz so, als wolle er den Entflohenen zeigen, welches Schicksal sie erwartete, denn unter dem erbrochenen Unrat befanden sich auch Knochen von Menschen und kleinen Drachen. Zwischen diesen Überbleibseln bewegte sich etwas, hornig, glitzernd und glänzend. Lang gewundene Fangarme mit krummen Krallen – oder waren es Stacheln? – fingerten über den Sand. Das waren die Scheusale, die im Magen des Riesenkrebses hausten und an seinen Mahlzeiten teilhatten. Sie zerstreuten sich auf der Stelle in alle Richtungen und befühlten mit ihren Rüsseln den Boden, um die Spur der Entflohenen zu verfolgen.

Tiffanbrill und Minneloise jedoch schwebten bereits hoch in der klaren Luft. Der Angriff des Riesenkrebses hatte auch andere Geschöpfe des nassen Elements aufgestört, und die gesamte küstennahe See geriet in Unruhe. Die Schwingen der beiden Drachen rauschten über schäumende Wellen, aus denen ein grausiger Schädel nach dem anderen auftauchte und aus gallertartigen leeren Augen in die Luft glotzte.

Alle waren erleichtert, als die Drachen den Sund hinter sich gelassen hatten. Vor ihnen breitete sich eine wellige, sanft grüne Landschaft aus, die im Süden allmählich zu einem grauen Gebirge anstieg. Ein leichter Wind trieb den Schnee hoch und wirbelte schillernden Eiskristallnebel um die Gletscher unterhalb der Gipfel. Kein Fleck trübte ihr klares Weiß. Die zerklüfteten Felsmauern, auf denen die Abendsonne in rosa- und ockerfarbenen Lichtschattierungen spielte, erhoben sich in unirdischer Schönheit aus dem Saum der Mooswälder, die die höheren Hügel bedeckten. Im Westen schimmerten, halb im Dunst verborgen, die schlanken, rötlich grauen Zinnen und Türme einer Stadt, die Päony als Hauptstadt des Spinnenreichs ankündigte. Sie sollten jedoch nicht dorthin fliegen, sondern hatten, dem breiten Fluss folgend, der sich behaglich durch die Landschaft schlängelte, den heiligen Hain der Spinnen im Tal des weißen Wassers zum Ziel.

Phuram sank eben hinter den Horizont, da erreichten sie ihren Bestimmungsort. Ein fernes Geräusch wurde hörbar, erst ein Summen, dann ein Rauschen, bald ein ohrenbetäubendes Donnern. Unter ihnen brach das hügelige Land unversehens ein und bildete eine felsige Schlucht, über deren jenseitiges halbkreisförmiges Ende ein ungeheurer Wasserfall an die dreihundert Schritt tief herabstürzte. Aufgewühlt von den gewaltigen Wassersäulen, sprudelnd und schäumend, breitete sich darunter ein milchig weißer See aus. Gischtschleier hingen über dem See und dem Wasserfall. Ciaran erkannte sofort, dass die Aufgabe, den Wasserfall zu durchqueren, mit menschlichen Kräften allein ebenso unmöglich zu bewältigen war wie der Weg durch kochende Lava. Die Wucht des Wassers hätte sie augenblicklich zerquetscht wie ein Felssturz.

Päonys Anweisungen folgend, schwebten die beiden Drachen über den Wasserfall hinweg und erreichten oberhalb der wütenden Stromschnellen einen Wald fächriger Palmen und hochstämmiger Zykadeen. Schon aus der Ferne war deutlich erkennbar, dass dieser Wald beschnitten und gepflegt wurde und eher ein Park als ein Wald war. Beim Näherkommen entdeckten sie, dass er mit einem breiten Ring heller Steine eingefasst war, über die eine zierliche, rot bemalte Holzbrücke führte. Dahinter im Schatten saßen zwei stämmige Kriegerinnen, ausgerüstet mit Bogen, Hellebarden und kurzen Schwertern. Sie hatten anscheinend nicht viel zu tun, denn sie waren in ein Brettspiel vertieft. Als sie jedoch die Drachen mit knatternden Flügeln landen hörten, sprangen sie auf und kreuzten die Hellebarden über dem Eingang.

Päony eilte ihnen entgegen. Offenbar war sie den Frauen bekannt, denn nach einem kurzen, hastigen Gespräch gaben sie den Weg frei und ließen Menschen und Drachen eintreten. Ciaran sah, wie eine der beiden eine kopfgroße, grau bepelzte Spinne mit vier leuchtend saphirblauen Augen aus einem Holzkasten hob und ihr etwas zuflüsterte. Das Tier – zweifellos eine Botin – eilte hurtig auf seinen acht Beinen davon.

Sie folgten einem Pfad aus Steinplatten, über den sich die grünen Schirme der Blattwedel neigten. Kühle, feuchte Luft schlug ihnen entgegen. Gebannt stellte Ciaran fest, dass der Wald dicht an dicht mit Spinnennetzen verhängt war, die geisterhaft im Zwielicht schimmerten, und dass eine Unzahl dieser Tiere – manche grau und kaum größer als ein Daumennagel, andere kopfgroß und pelzig – überall in den Schatten umherhuschte. Sie störten ihn nicht, aber Lukan starb beinahe vor Angst. Die Arme eng an den Leib gepresst, den Kopf zwischen die Schultern gezogen, die Augen halb geschlossen, schlich er den Weg entlang, sprang bei jedem noch so winzigen Geräusch zur Seite und keuchte laut. Ciaran fand sich in seiner Meinung bestätigt, dass alle Mokabiter dumm und feige waren. Er ärgerte sich, dass Päony den Dummkopf nicht auslachte, sondern sich aufs Eifrigste bemühte, ihn zu trösten und ihm zu versichern, dass keine der Spinnen ihn beißen oder ihm auf den Kopf fallen werde.

Dann öffnete sich das Gehölz zu beiden Seiten, und sie traten auf eine kreisrunde Lichtung hinaus. Vor ihnen erhob sich aus den Nebelschleiern der Dämmerung ein zierlicher Tempel, der aus zwölf nach oben hin immer kleiner werdenden spitzen Hüten zusammengesetzt schien. Von den weit vorspringenden Dachtraufen baumelten Glöckchen, die beständig im Wind klingelten. Daneben standen mehrere Holzhäuschen mit offenen, von geschnitzten Pfosten gestützten Vordächern. Päony strebte auf eines dieser Gebäude zu, und die beiden Männer folgten ihr. Ciaran sah, dass im Schatten unter dem Dach inmitten eines Stapels von Büchern und Pergamenten eine kindlich kleine junge Frau saß, die ein langes weißes Gewand aus Spinngewebe trug und beim Licht einer Öllampe eifrig in einem dicken Buch schrieb. Beim Klang ihrer Schritte erhob sie sich und trat den Ankömmlingen lächelnd entgegen.

Ciaran blickte sie an, und sein Herz setzte aus. In einem einzigen Augenblick erlosch alle Leidenschaft, die er für Päony empfunden hatte. Mit eindeutiger Klarheit begriff er, dass er mit ihr niemals glücklich geworden wäre. Mochte der Mokabiter sich bei ihr einschmeicheln – als ihr Waffenträger und Stiefelputzer würde er immerhin taugen. Vor ihm aber stand eine Frau, die ihrer Schwester Zug um Zug an Schönheit glich, jedoch mit einem Geist, der dem seinen ebenbürtig war. Sein Blick glitt mit der Lust des Gelehrten über die Bücher, die am Boden lagen. Er las die Titel: alles seltene und selbst für einen Weisen schwer verständliche Werke. Er wusste nicht, was er lieber an sich gerissen hätte – die kostbaren Bücher oder die Frau, die sie studierte.

Wie durch einen Nebel hindurch hörte und sah er, wie die

Schwestern einander mit Küssen und Umarmungen begrüßten. Anfangs fand er, dass sie einander glichen wie Spiegelbilder, aber bald merkte er, dass Keziah schmaler und feingliedriger war als die sehnige muskulöse Kriegerin. Auch ihr Gesicht war ein wenig anders – tiefgründig und sinnend im Ausdruck, mit verhangenen Augen anstelle von Päonys scharfem, hellem Blick. Sie verneigte sich kurz zum Gruß und blickte dann zu dem fremden Besucher auf.

Ciaran beobachtete das Aufleuchten in ihrem Blick, sah den Hauch von Rosa auf ihren Wangen und wusste, dass der Blitz auch sie getroffen hatte. Keiner von beiden regte sich, keiner sprach ein Wort. Stumm blickten sie einander an. Dann streckte Keziah mit einer Geste wie eine Schlafwandlerin beide Hände aus, ergriff die seinen, immer noch mit diesem verzückten Ausdruck auf dem kindlich zarten Gesicht, und murmelte mit einer Stimme, die vor unterdrückter Erregung heiser klang: »Willkommen. Sei mir willkommen.«

Ciaran hätte gern etwas gesagt, aber er brachte kein Wort heraus. Er schluckte nur und hätte gern das Rot abgewischt, das seine Wangen färbte. Mit tiefer Befriedigung beobachtete er, dass Keziah den Mokabiter zwar freundlich, aber gleichgültig begrüßte und sich gleich wieder von ihm abwandte. Doch einen Augenblick lang verstand er Lukan und fühlte mit ihm, wie es war, wenn man steif und dumm wie ein Holzklotz dastand und kein vernünftiges Wort über die Lippen brachte.

Wenigstens ersparte ihm die geschäftige Päony die Schande, lange so dastehen zu müssen. Sie fiel sofort mit einem Wortschwall über ihre Schwester her, erzählte in allen Einzelheiten, was sie erlebt hatten, und verweilte dabei lange – unnötig lange, fand Ciaran – bei den tapferen Taten des Mokabiters, den sie wiederholt »meinen lieben Freund« nannte. Lukan saß stumm und schüchtern da, lächelte verlegen, wenn Päony ihn lobte, und sah sich ängstlich nach allen Seiten um, ob Spinnen oder andere schreckliche Tiere sich näherten.

Prompt sprang er mit einem scharfen Schrei hoch, als unversehens die graue Spinne, die die Torwachen geschickt hatten, über das Gras hastete und Keziah mit einem Satz in den Schoß sprang. Die Hirtin lächelte, freundlich und herablassend zugleich, und bedeutete ihm, sich wieder zu setzen. Während sie mit einer Hand den Pelz des Tiers liebkoste, sagte sie: »Hab keine Angst! Dies ist Cassiocaina, eine treue Dienerin der Spinnenkönigin. Sie trägt Botschaften zwischen meinem Haus und dem Palast hin und her. Sie hat mir auch euer Kommen angekündigt.«

Sie wandte den Blick Ciaran zu, der neben ihr saß, und er verstand sofort die Frage, die darin lag. Mit einer anmutigen Geste streckte er die Hand aus und strich mit den langen, feingliedrigen Fingern über Cassiocainas Rücken. Das Tier – wenn es wirklich ein Tier war – rekelte sich zufrieden. Keziah lächelte.

Sie hörte scheinbar aufmerksam zu, während Päony erzählte, aber ein scharfsinniger Beobachter hätte gemerkt, dass ihre Gedanken nicht ganz bei der Sache waren. Erst als die Rede auf die Prüfung kam, die die drei – also auch Ciaran – zu bestehen hatten, wurde sie aufmerksam. »Das weiße Wasser durchqueren?«, wiederholte sie stirnrunzelnd. »Das ist unmöglich. Es zerschmettert selbst Felsen, wenn der Strom sie über den Sturzbach hinabreißt.«

»Wie betretet Ihr dann den Palast?«, fragte Ciaran.

»Gar nicht. Was ich der Königin zu sagen habe und was sie mir mitteilen will, überbringt Cassiocaina. Es gibt einen Zugang zum Palast vom Erdboden her, aber der ist so eng, dass ihn nur Spinnen zu benutzen vermögen. Ihr könnt natürlich meiner Botin eine Bitte mitgeben …«

Päony widersprach. »Es hieß: das weiße Wasser durchqueren.

Wenn wir die Prüfung nicht bestehen, nutzt es uns auch nichts, mit der Königin zu sprechen.«

»Ich verstehe.« Keziah strich sich mit beiden Händen das lange weiße Haar zurück, das im Licht der Lampe wie gesponnenes Glas schimmerte. Ihr Gesicht wirkte angespannt und ratlos. »Ich kann euch nicht helfen. Selbst wenn ich ein Boot hätte, würden die Strudel es verschlingen, ehe es die Wasserwand überhaupt erreicht hätte.« Sie warf einen Blick auf die beiden Drachen. »Eure Freunde könnten euch in der Luft an den Wasserfall herantragen, aber damit hättet ihr ihn noch lange nicht durchquert. Es wäre, als wolltet ihr durch Stein fliegen.«

Päony hatte die Hände um die angezogenen Knie geschlungen und starrte brütend vor sich hin. Unvermittelt hob sie den Kopf und erklärte mit finsterer Entschlossenheit: »Gut, dann ist es eben unmöglich. Es war auch unmöglich, nackt durch einen See aus kochender Lava zu schreiten, aber wir haben es getan, denn die drei Schwestern haben uns beschützt.« Sie stand auf und blickte zu der weißen Sturzflut hinüber, deren Donnern die Erde zum Erbeben brachte. »Tiffanbrill?«

»Ich trage dich überallhin, wohin dein Weg dich auch führt«, antwortete der getreue Drache.

Minneloise, die lang ausgestreckt und mit gefalteten Flügeln im Gras lag, stimmte zu. »Ich bin ebenfalls bereit. Meine Herrin hat mir befohlen, Ciaran in jeder Lebenslage zu dienen. Und ich will es auch jetzt tun, obwohl mir die Gefahr, dass wir nicht überleben, sehr groß erscheint.«

Päony blickte die beiden Männer an, die mit bleichen Lippen zugehört hatten. Lukan hatte Angst, und für Ciaran war das Leben mit einem Schlag sehr süß und kostbar geworden, sodass er es ungern aufs Spiel setzte. Aber beide sagten wie aus einem Mund: »Ich komme mit.«

Päony wäre am liebsten sofort aufgebrochen, aber Keziah hielt sie zurück. »Warte!«, bat sie. »Es gehört sich nicht, eine Königin ohne Voranmeldung zu überfallen. Cassiocaina wird ihr melden, dass ihr da seid und mit einer Bitte vor sie zu treten wünscht.«

In einer Sprache, die keiner der Anwesenden verstand, raunte sie der Spinne etwas zu, und sah ihr nach, als diese geschäftig davoneilte. Es dauerte nicht lange, bis die Botin zurückkehrte und in derselben unverständlichen Sprache eine Nachricht überbrachte. Keziah lauschte, dann blickte sie ihre Gäste an. »Sie wird uns empfangen.«

»Uns?«, fragte Päony überrascht.

»Ja, ich komme mit euch. Wie wollt ihr euch sonst mit der Königin unterhalten? Sie versteht eure Sprache nicht und ihr nicht die ihre. Jemand muss übersetzen.«

»Du begibst dich in große Gefahr«, warnte Päony besorgt.

»Du auch«, erwiderte Keziah. »Ich will nicht, dass du dein Leben aufs Spiel setzt. Aber wir kennen uns gut genug, um zu wissen, dass keine von uns beiden einen Entschluss ändert, den sie einmal gefasst hat. Also lasst uns zu den drei Schwestern beten und aufbrechen.«

Die Drachen stiegen auf. In der tiefen Dämmerung waren sie anzusehen wie zwei riesige schwarze Fludern. Minneloise trug auch Keziah, was Ciaran glücklich gemacht hätte, wäre da nicht die würgende Angst vor dem Wasserfall gewesen. Sein ganzes Vertrauen in die Hilfe der drei Schwestern wankte angesichts der brüllenden Wand, der sie mit jedem Flügelschlag näher kamen. Er war überzeugt, das Wasser werde sie auf der Stelle erschlagen oder – viel schlimmer noch – unter den von schäumender Gischt umnebelten Fuß der gewaltigen Kaskade drücken und ertränken. Nicht einmal im Kerker des kaiserlichen Palasts hatte er so entsetzliche Angst ausgestanden. Und das war kein Wunder, denn damals war er des Lebens überdrüssig gewesen und hatte sich zu sterben gewünscht, wenn es nur ein milder Tod gewesen wäre. Angst eingejagt hatte ihm allein der Gedanke, zu Tode gefoltert oder in die Schlangengrube gestoßen zu werden. Jetzt aber wollte er mit jeder Faser seines Herzens leben.

Feiner Schaum sprühte ihm ins Gesicht. Aus der Nähe glich der Wasserfall einer Wand aus undurchdringlichem Eis, und die Kälte schnitt ihm ins Mark. Das unablässige Donnern der Flut betäubte ihn, er hörte nichts als das titanische Geräusch, das wie mit körperlichen Hieben auf ihn einprügelte. Angesichts der ungeheuren Wucht des herabstürzenden Wassers geriet Minneloise aus dem Gleichgewicht und flatterte hilflos. Er wollte schreien, aber seine Kehle war wie gelähmt. Einen wahnwitzigen Augenblick lang wollte er vom Rücken der Drachin springen, auch wenn sein Untergang damit erst recht besiegelt gewesen wäre. Leidenschaftlich schlang er beide Arme um Keziah, die vor ihm saß, schloss die Augen und machte sich zum Sterben bereit.

Gleich darauf umklammerte es ihn von allen Seiten wie mit den Zwingen eines dämonischen Foltergeräts, presste ihn in sich zusammen, bis ihm der Atem stockte, und tauchte ihn in eine Kälte, die ihm das Blut in den Adern gefrieren ließ. In einem einzigen Augenblick war er eingetaucht in eine Welt mystischer Schrecken, als hätte sich seine Seele vom Körper gelöst und sei in einem eisigen Nebelland ohne Oben und Unten, ohne Gesicht und Gehör unterwegs. Es schien ihm, als sei er zu einem Geist geworden – einem verdammten Geist, der ohne Herz und Seele durch diese Unwirklichkeit irren musste. Wie ein Mann, der sich aus einem Albtraum zu befreien sucht, presste er mit aller Kraft einen Schrei aus der Brust, um sich selbst zu wecken, schrie und schrie – und fand sich in einer stillen, feuchten, von sonderbaren Gerüchen erfüllten Dunkelheit wieder.

Lukan erschien es, als sei er an jenen grausigen Ort der Unterwelt versetzt worden, an dem die reuelosen Verbrecher gepeinigt werden. Er fühlte, wie etwas kribbelnd Kaltes sein Gesicht berührte, und krümmte sich so eng zusammen, dass er jeden einzelnen Wirbel im Rücken spürte. So überwältigend waren die Schrecknisse, die ihn umgaben, dass er einfach nur dastand, bis ins Mark erstarrt vor Entsetzen, und die zahllosen Spinnen anstierte, die einen geschäftigen Hofstaat rund um die Königin bildeten. Sie rannten an den steinernen Wänden auf und ab, huschten über den Boden und sogar über die Decke. Jeden Augenblick konnten sie ihm ins Haar fallen. Ein Kranz von ihnen umgab den mächtigen schwarzgrünen Steinblock im Hintergrund der Höhle, der glatt poliert und mit ornamentalen Flachreliefs bedeckt war. Lukan bemühte sich, die Zeichen auf dem Sockel zu lesen, aber es waren drachische Runen, so fremdartig und so absonderlich gekrümmt und gewunden, dass er nicht einmal entscheiden konnte, ob sie von oben nach unten oder von links nach rechts geschrieben waren. Er erkannte Soldaten, die über die Königin wachten, dann Kammerherren und Hofdamen, Lakaien und Pagen, alle in ständiger aufgeregter Bewegung, bis ihm schwindelte, während er ihnen zusah. Über all der Geschäftigkeit thronte die Königin, schimmernd im orangefarbenen Licht ihrer eigenen Augen, die wie ein Kranz aus Öllämpchen im Zwielicht glühten.

Ihr Körper hatte die Größe eines Männerkopfs, die von silberweißen Borsten gesäumten Beine waren so lang wie ein Arm. Der glitzernde Pelz schien ringsum mit frisch gefallenem Reif bedeckt zu sein. Ihren Kopf – das Gesicht wies eine unheimliche Ähnlichkeit mit einem Totenschädel auf – umgab eine wirre Mähne aus silbrigen Fäden. Sieben halbkugelförmige Augen starrten die Besucher an, Augen wie geschliffene Karneole, durchglüht von einem Feuer, das von einer menschlichen, vielleicht übermenschlichen Intelligenz sprach. Bestürzt musste Lukan eingestehen, dass dieses Wesen sich so weit über das Tierreich erhoben hatte wie die Drachen über die einfältigen Echsen, die Gras kauend über die Weiden um Takis stapften.

Päony stieß ihn in den Rücken, und erschrocken stellte er fest, dass alle anderen bereits die höfliche Haltung eingenommen hatten, die einer so hohen Persönlichkeit gegenüber angebracht war. Ciaran kniete, den Mantel über den Kopf geschlagen. Die beiden Drachen hatten die Flügel angelegt und ringelten die Schweife in Ehrfurcht bezeugenden Arabesken. Die Hirtin hatte sich auf ein Knie niedergelassen und die Hände vor der Brust gefaltet. Päony kniete ebenfalls nieder und legte ihre Waffen vor sich hin, und Lukan beeilte sich, auf den Boden zu sinken und die Arme auszubreiten. Er schmeckte den feuchtkalten, rauen Stein und hoffte, bald wieder aufstehen zu dürfen. Hier zu liegen erschien ihm schlimmer, als den Spinnen ins Gesicht zu sehen. Er stellte sich lebhaft vor, wie sie über seinen Rücken hinwegtrippelten, und war überzeugt, er werde vor Grauen sterben, wenn ihn auch nur ein einziges der unheimlichen Füßchen berührte. Wie Ciaran es zustande gebracht hatte, eines dieser Ungeheuer zu streicheln, war ihm unbegreiflich – aber als Sohn eines Schwarzmagiers lernte man dergleichen üble Künste wohl von Kind auf.

Dann hörte er Keziahs weiche, klare Stimme, verstand jedoch kein Wort. Anscheinend erklärte sie der Königin, was die Besucher von ihr wollten. In feierlichem Ton antwortete diese. Ihre Stimme hatte etwas vom Zirpen einer Zikade, und jedes ihrer Worte wurde mit großer Bedachtsamkeit ausgesprochen.

Keziah wandte sich an die Besucher und übersetzte. »Die Königin ist bereit, euch zu helfen, da eine Herrschaft Gurundirs und seiner Priester auch den heiligen Hain gefährden würde. Sie schickt Cassiocaina mit euch zum Dämonenberg. Dort wird sie die Helfer zusammenrufen. Ihr müsst sie dorthinbringen, dann aber den Berg verlassen und gut darauf achten, dass ihr keinen der

Helfer zertretet oder auch nur verletzt, wenn ihr nicht ihren Zorn auf euch ziehen wollt. Seid ihr damit einverstanden?«

Ein allgemeines Nicken war die Antwort. Päony als Wortführerin bat ihre Schwester, der Königin ihren tief empfundenen Dank auszusprechen.

Der Rückweg durch den Wasserfall war immer noch erschreckend, aber längst nicht mehr so schlimm wie der Hinweg, da sie jetzt wussten, was ihnen bevorstand. Dennoch fühlten sie alle eine kalte Leere im Herzen, die lange nicht weichen wollte.

Als die beiden Drachen ihre Passagiere im sonnbeschienenen Gras abgesetzt hatten, wandte Keziah sich an Ciaran. »Ich käme gern mit euch, aber ich kann meine Pflichten hier nicht vernachlässigen. Wirst du Cassiocaina an den Ort bringen, wo sie die Untertanen zusammenrufen soll?«

Ciaran nickte. Mit feierlicher Geste nahm er die Botin entgegen, setzte sie in seinen Mantel und schlug fürsorglich die Zipfel über ihr zusammen. »Soll ich sie auch zurückbringen?«, fragte er.

»Ich bitte dich darum. Sie fände ihren Weg allein, aber sie kann nicht über den Sund schwimmen. Und außerdem gehört es sich nicht, dass eine so hochgestellte Persönlichkeit auf eigenen Beinen laufen muss, auch wenn sie acht davon hat.«

Ciaran war offensichtlich angetan von dem Auftrag, der ein baldiges Wiedersehen mit Keziah versprach, und schien unwillig, sich von ihr zu verabschieden.

Lukan beobachtete ihn, und plötzlich ging ihm ein Licht auf, das so hell und heiter leuchtete wie ein Lagerfeuer in nebliger Nacht. Er brauchte sich keine Gedanken mehr zu machen, dass der andere ihm Päony wegnehmen könnte. Die Prophezeiung erfüllte sich, der zufolge *er* zu ihrem Gefährten bestimmt war. Ciaran hatte nur noch Augen für ihre gelehrte Schwester.

Glücklich grinste er vor sich hin. Gut so! Sollten sie gemeinsam Bücherstaub schlucken und in vergilbten Pergamenten blättern. Er war jetzt sogar geneigt, dem bisherigen Rivalen alles Gute zu wünschen, solange er nur keinen Besitzanspruch an Päony mehr geltend machte. Eine schwere Last hob sich von seiner Brust. Was hatte er gelitten, seit dieser Mensch als störender Nebenbuhler ihre Freundschaft zu vernichten drohte! Wie hilflos unterlegen hatte er sich gefühlt! Aber was die drei Schwestern vorhersagten, das erfüllten sie auch.

Das endlose Heer

Der Flug zurück war lang, aber er verlief ohne besondere Ereignisse. Sie übernachteten im Urwald und erreichten früh am nächsten Morgen den gelben Berg. Die Drachen trugen sie hinauf auf das Gipfelplateau. Dort wickelte Ciaran die Spinne aus seinem Mantel und setzte sie vorsichtig auf einen würfelförmigen Felsblock, den eben die junge Sonne beschien. Cassiocaina dehnte und streckte sich, und dann stieß sie seltsame Laute aus. Ein lang gezogenes, dünnes Schrillen, gerade eben noch hörbar für menschliche Ohren, hallte durch die Einöde.

Lukan, der vorsichtig Abstand hielt, fragte sich, wer diesen schwachen Ton hören sollte, denn in der Felsenwüste ringsum war kein Leben zu entdecken, und unten im Tal hätten selbst die schärfsten Ohren das Rufen nicht vernommen. Er hatte sich jedoch getäuscht. Plötzlich bewegten sich zu seinen Füßen einige ockerfarbene Kiesel, und ein Steinfresser kroch aus seinem Bau, noch steif von der Kälte der Nacht, aber eifrig bemüht, dem Ruf Folge zu leisten. Ihm folgte ein weiterer – und dann das gesamte wimmelnde Nest. Nachdem sie einen Augenblick lang den Befehlen der Botin gelauscht hatten, machten sie sich an die Arbeit. Der Käfer, der als Erster hervorgekrochen war, stellte sich in Positur, zielte auf einen Stein von beträchtlicher Größe und schoss aus seinem Hinterteil einen ölig schillernden, rauchenden

Strahl ab. Die Flüssigkeit verbreitete sich über den gesamten Stein. Sofort begann dieser zu verwittern und zerfiel in zahllose Bröckchen. Und schon tauchten zwischen den Felsen weitere Käfer auf, die wie gedrillte Soldaten vor den Steinen Aufstellung nahmen und sie mit ihrer ätzenden Säure besprühten. Ihre scharfen Zangen lösten Steinchen, kaum größer als ein Brotkrümel, und auf ihren zahlreichen Beinchen rannten sie zu einer nahen Felskante, wo bereits andere Käfer warteten, um die Last zu ergreifen und talwärts zu tragen. Schneller, als die Gefährten schauen konnten, tauchten von allen Seiten Steinfresser auf, und nicht nur sie, sondern auch Scharen von anderen Käfern, Spinnen und Tausendfüßlern. Gebannt beobachtete Lukan, wie sie an den Felsblöcken hinaufrannten und nach losen Bröckchen Ausschau hielten. Mit jedem Augenblick wurden es mehr. Der junge Mann musste zurückweichen, so dicht wimmelten die Insekten jetzt auf dem Boden umher.

Päony ergriff seine Hand. »Lass uns gehen!«, rief sie. »Die Helfer sind am Werk, und wir müssen verschwinden, bevor der Boden so dicht mit ihnen bedeckt ist, dass unsere Füße sie verletzen.«

Hastig stiegen sie auf ihre Drachen, die sich sofort in die Luft erhoben. Mit einem Blick zurück sahen sie, wie ein Trupp riesiger blauer Aaskäfer die Geröllhalden hinaufeilte, gefolgt von den drei Schritt langen orangefarbenen Tausendfüßlern des Dschungels. Zwischen ihnen wimmelten Hunderte und Tausende kleinerer Insekten.

Die Reisenden wandten sich dem Urwald zu. Tiffanbrill suchte eine Weile und fand dann einen turmartigen Felsen, dessen platter Gipfel gerade groß genug war, dass sie alle bequem darauf sitzen und liegen konnten. Dort stiegen sie ab und blickten zu dem gelben Berg hinüber. Lukan traute seinen Augen nicht. Auf die Entfernung hin konnten selbst seine scharfen Drachenaugen keine Einzelheiten ausmachen, aber er sah, dass der eben noch gleichmäßig ockerfarbene Fels jetzt von großen schwarzen Flecken bedeckt war – Flecken, die beständig ihre Form und Größe änderten. Es sah aus, als pulsiere der Berg.

Den ganzen Tag und die ganze Nacht lang war das endlose Heer unterwegs. Zahllose Steinfresser besprühten den Felsen mit ihren Säuren. Winzige Zangen lösten ebenso winzige Steinchen vom Untergrund, trugen sie ein Stück weiter, übergaben sie den wartenden Gefährten, die damit ins Tal rannten und sie dort an andere weitergeben, und die Letzten in der Kette schleppten ihre Last ans Meer oder in die Tiefen des Regenwalds, wo sie sie abwarfen.

Als der Morgen graute, entdeckten die fünf Reisenden auf ihrem Felsen, dass von dem unheimlichen Berg nicht mehr übriggeblieben war als ein niedriger Steinsockel, und auch an dem waren die Zangen noch immer eifrig am Werk.

Romanel hatte die Nacht damit verbracht, an seiner magischen Falle zu arbeiten. Tief in Meditation versunken, hatte er die Schlingen gelegt, in denen sein Sohn sich fangen sollte, um das erste Opfer auf dem Altar auf dem Berg zu werden. So weit war sein Geist von der Gegenwart entfernt, dass er nicht bemerkte, wie ihm etwas kribbelnd über die Hand lief und ein Paar fingernagelgroßer Zangen ihn am Gewand zupfte. Er sah und hörte auch nichts davon, dass ein Strom glänzender Rücken, fächelnder Antennen und trippelnder Beinchen allmählich den Boden des Saals bedeckte – Hunderttausende winziger Hirne, die alle einem einzigen Befehl gehorchten: alles aufzulösen, was sie auf dem Berg vorfanden.

Erst als ihm eine armlange rote Waldameise mit kräftigen Kiefern in den Arm biss, fuhr er aus seiner Versunkenheit hoch. Noch benommen, schlug er nach der brennenden Stelle, wurde in die

Finger gezwickt und wachte endlich ganz auf. Im schwachen Licht, das durch die Schlitze zwischen den Säulen hereindrang, sah er nur eine unruhige Bewegung wie das Spiel von Licht und Schatten auf Boden und Decke, aber diese Bewegung wurde begleitet von einem Geräusch – nein, einem Konzert von Geräuschen: einem Schaben und Knistern, Raspeln und Rascheln, das nur in der völligen Stille des Berggipfels hörbar war. Der Magier, der sich keinen Reim auf diese Erscheinung machen konnte, erhob sich langsam. Dabei trat er auf einige der gepanzerten Rücken und löste einen Sturmangriff aus.

Innerhalb weniger Herzschläge war sein Körper von oben bis unten bedeckt mit bissigen Ameisen, und nicht enden wollende Scharen von kleinem Geschmeiß huschten hakenbeinig an ihm hoch, krochen ihm ins Haar, tasteten in seinen Ohren herum, drangen in den zum Schrei geöffneten Mund. In blinder Panik stürzte Romanel vorwärts, aber dieser Fluchtversuch führte nur dazu, dass er weitere Insekten zertrat und dass sie sich mit verdoppelter Wut auf ihn stürzten.

Wie ein blutiges Aas, auf dem Ameisen und Fliegen herumwimmeln, lag er am Boden, überrannt von den zangenbewehrten Regimentern. Mit jedem Herzschlag wurde er weniger. Kleider, Haar, Knochen, Fleisch, alles wurde zerstückelt und weggeschleppt oder an Ort und Stelle gefressen. Nicht einmal die Gebeine blieben zurück, nur ein kraftloser und hilfloser Geist, den Gurundir, selbst schon im Sterben liegend, in sich aufsaugte.

Eine Prophezeiung erfüllt sich

Der Thronsaal war bis zum letzten Platz gefüllt mit den Vornehmen des Kaiserreichs, als die drei Auserwählten hereingeleitet wurden. Beifallsgemurmel erhob sich. Lukan fühlte sich wie berauscht von der Bewunderung, die ihm entgegenschlug. Verblüfft bemerkte er, dass ihn einige der Damen auf den beiden Längsbänken mit Wohlgefallen betrachteten, als er, mit der zauberischen Rüstung gepanzert, an ihnen vorüberschritt. Nie hatte er gedacht, dass er einmal solchen Eindruck auf Frauen machen würde – nicht weniger Eindruck als der schöne, vornehme Ciaran. Von Pagen wurden sie vor den doppelten Thron geführt, zu dessen Seiten links und rechts die Sphinx und Vauvenal auf geschnitzten Lehnstühlen Platz genommen hatten.

Lächelnd neigte sich ihnen Karenna entgegen. »Wir brauchen nicht zu sagen, zu welch innigem Dank wir euch verpflichtet sind, nachdem ihr so große Gefahren und so schwere Prüfungen auf euch genommen habt, um das Reich zu retten. Wie sollen wir euch dafür belohnen? Habt ihr Wünsche, die wir euch erfüllen können?«

Päony und Lukan blickten einander an. Beide wussten nicht, was sie sagen sollten.

»Habt ihr keine Wünsche?«, fragte nun auch Kylaila. »Oder seid ihr nur zu schüchtern, sie auszusprechen?«

Lukan errötete. Dann gab er sich einen Ruck und trat vor. »Doch, Majestät, ich habe einen Wunsch.« Das Rot auf seinen Wangen wurde zusehends tiefer. »Ich möchte gern ... ich möchte einmal, ein einziges Mal nur, in dieser Rüstung durch Takis reiten, damit alle sehen, dass ich meinem Volk Ehre gemacht habe. Ich hoffe, Ihr seht es nicht als Unverschämtheit an ...«

»Nein, gewiss nicht«, beruhigte ihn die Großdrachin. »Du sollst mit dem prächtigen Gefolge durch Takis reiten, das dem Retter des Kaiserreichs zusteht. Und du, Päony?«

Die Kriegerin zuckte mit einer kleinen Bewegung die Achseln. »Ich weiß es wirklich nicht, Majestät. Ich habe das Waffenhandwerk erlernt und bin gern Soldatin. Aber jetzt gibt es keine Feinde mehr, die wir bekämpfen müssten – überall herrscht Frieden. Und für etwas anderes tauge ich nicht.«

»Es mag weniger lange dauern, als du denkst, bis es wieder zu kämpfen gilt«, sprach die weise Kylaila. »Das Böse lässt sich nicht lange zu Boden werfen. Aber da du nicht wählst, wollen wir für dich wählen.«

Die kleine Kriegerin knickste. »Wie es Euch beliebt, Majestät.«

»Wir wollen Siedler in die Schluchten der Heulenden Berge schicken, denn das Gebirge ist reich an Silber, Kupfer und Edelsteinen, und in den Tälern gibt es genug Holz, um Hütten zu bauen, und genug Früchte und Beeren, um davon zu leben. Du sollst über diese Siedler wachen, ihre Streitigkeiten schlichten und die Schwachen unter ihnen verteidigen, denn es gibt auf der Welt noch andere Gefahren als Zarzunabas' Geister. Wir wollen eine Festung bauen, ähnlich wie Turcaill, bevor diese Stätte besudelt wurde, und sie mit Rittern und Drachen bemannen. Das soll dein Lehen sein und das deiner Kinder. Wenn Tiffanbrill will, mag er dich begleiten.«

Päony lächelte beglückt. Mit unsicherer Stimme fragte sie: »Und Lukan? Darf Lukan mit mir kommen?«

Die beiden Herrscherinnen sahen einander mit Blicken an, in denen Belustigung aufblitzte. »Wer könnte es einer Frau verwehren, dass ihr Gatte sie begleitet?«, lächelte Karenna.

Die beiden jungen Leute wussten vor Verlegenheit nicht, was sie sagen sollten, und fassten einander zärtlich bei den Händen.

»Und du, Ciaran?«, fragte die Kaiserin. »Was können wir dir geben?«

Er trat einen Schritt vor und hob den schönen Kopf. »Ich habe keinen Dank verdient, Majestäten«, sagte er freimütig, »da es nicht mein freier Wille war, Euch zu dienen, sondern die Macht des Schicksals mich dazu zwang. Aber ich habe eine Bitte.«

»Sprich!«

»Ich habe«, sagte er leise und mit unsicherer Stimme, »eine Frau gefunden, die alles in sich vereint, was ich mir von einer Gefährtin wünschen könnte, und die mich ebenso liebt wie ich sie. Aber etwas hält mich davon ab, mich mit ihr zu vermählen.«

»Und das wäre?«

Der Jüngling senkte den Kopf. »Ihr wisst, dass ich ein Abkomme des letzten Kaisers Hugues bin, der Sohn Romanels und der Spross einer Familie, die über drei Jahrhunderte lang aus Angehörigen desselben Bluts bestand. Das Erbe, das ich in mir trage, ist verdorben und kann nicht wiederhergestellt werden. Ich möchte es nicht weitergeben. Aber ich bin ein Mann und möchte meine Frau so lieben, wie es zwischen Männern und Frauen üblich ist. Daher bitte ich Euch, dass Ihr mich unfruchtbar macht, dann wird die Linie der Kaiser erloschen sein.«

»Um eine solche Gnade«, sagte die Sphinx, »musst du die Mutterjungfrauen bitten, aber wir sind überzeugt, dass sie dir deine Bitte erfüllen. Wenn du von uns sterblichen Herrscherinnen noch etwas wünschst, dann sag es jetzt!«

Mit beiden Händen strich Ciaran das üppige, weiche Haar zurück und legte die Fingerspitzen auf das Metallband, das seinen Hals umschloss.

»Du möchtest, dass wir es dir abnehmen?«, deutete Kylaila die Gebärde.

Er sah sie mit einem Blick voll Demut an. »Nein, im Gegenteil. Ich möchte darum bitten, dass Ihr mir gestattet, es mein Leben lang zu tragen – zum Zeichen, dass ich ein Sklave der drei Schwestern bin und mich verpflichte, ihnen allzeit zu Willen zu sein.«

»Du konntest dir nichts Besseres wünschen«, sagte die Sphinx. »Trag es in Ehren.«

Er faltete die Hände vor der Brust, verbeugte sich und trat zurück.

Die Kaiserinnen vergaßen auch die beiden Drachen nicht. Minneloise und Tiffanbrill wurden vor den Thron gerufen und erhielten kostbare Brustgeschmeide aus Silber und geschliffenen Steinen, die prächtig auf ihren Schuppen funkelten. Kostbarer jedoch als die Juwelen und ihre Fassung waren die beiden kleinen Kapseln, die daran hingen. Darin befanden sich Papierstreifen, auf denen in menschlicher und drachischer Schrift der Dank der Kaiserinnen geschrieben stand.

Die beiden Drachen konnten in ihrer Freude gar nicht aufhören, mit Worten zu danken und ihre Schwänze zu kunstvollen Arabesken zu ringeln, bis Vauvenal lachend rief: »Nun macht schon ein Ende, Ekoyas, sonst kommen wir niemals zu unserem Festmahl!«

Auf dieses Zeichen hin erhoben sich alle von den Sitzen, und eine fröhliche Gesellschaft zog hinunter in den großen Saal, um die Errettung des Kaiserreichs zu feiern.

Inhalt

ERSTER ABSCHNITT
Die Auserwählten 7

Drei unerwartete Berufungen 9
Die Priester des schwefligen Sterns 10
Das Knochenorakel 19
Der Skorpionritter 46
Drachenaugen 64
Im Jadepalast 81
Priester des Hasses 101

Auf der Suche nach Antworten 115
Lukan 116
Die Reise 123
Die Audienz 134
Die Stadt der Schlangen 158
Der Weg durch die Gurguntai 171

Ratgeber und Verräter 189
Der Drache Kulabac 190
Luifinlas 198
Das einsame Tal 204
Das Mondscheinglas 222

ZWEITER ABSCHNITT
Chiritai und Turcaill 227
Nachrichten aus Chiritai 229
Der Geist in der Flasche 230
Eine warnende Botschaft 242

Der dritte Auserwählte 253
Die Büchergruft 254
Die verlassene Zitadelle 266
Ciarans Geständnisse 304
Der graue Fluch 338

DRITTER ABSCHNITT
Krieg in den Sphären 357
Die Zitadelle von Zorgh 359
Die Rüstungen der Kaaden Bûl 360

Gurundirs Empörung 383
Kampf am Himmel 384
Der Dämonenberg 396
Der Ruf des Meisters 403

VIERTER ABSCHNITT
Die Feuer der Kaaden Bûl 413
Die Beschwörung der Feuerdrachen 415
Der Weg durch schwarzen Stein 416

Die Herren des Nordens und des Südens 447
Das schmelzende Schloss 448
Feuer in der Nacht 470

FÜNFTER ABSCHNITT
Die Erfüllung der Queste 477
Die Spinnenkönigin 479
Ein unerwarteter Einfall 480
Am weißen Wasser 484
Das endlose Heer 499
Eine Prophezeiung erfüllt sich 503

Markus Heitz

Die Mächte des Feuers

Roman. 576 Seiten. Serie Piper

Der epische Bestseller von Markus Heitz: Seit Jahrhunderten werden die Geschicke der Welt in Wahrheit von übermächtigen Wesen gelenkt, den Drachen. Sie entfachen politische Konflikte, stürzen Könige und treiben Staaten in den Krieg. Doch nun schlagen die Menschen zurück ... Im Jahr 1925 untersucht die Drachentöterin Silena eine Reihe mysteriöser Todesfälle. Immer neue geheimnisvolle Gegenspieler und Verbündete erscheinen. Silena wird in einen uralten magischen Konflikt verstrickt. Stecken Drachen dahinter, oder muss sie sich einem ganz anderen Gegner stellen?

»Fantasy und Horror in einem feurig fesselnden Gemisch.«
Bild am Sonntag

05/2206/01/L

Dyachenko

Das Jahrhundert der Hexen

Roman. Aus dem Russischen von Christine Pöhlmann. 448 Seiten. Serie Piper

Der Krieg der Hexen gegen die Menschen hat begonnen: In der Metropole Wyshna schließen sich Hexen zu einem Bund zusammen, um die Herrschaft über die Stadt an sich zu reißen. Gerüchten zufolge bereiten sie die Ankunft der Mächtigsten, der Großen Mutter, vor. Als der Ermittler Klawdi erfährt, dass auch Ywha, die Verlobte seines Freundes, das Dämonische in sich trägt, bricht das Chaos aus. Ywha und Klawdi geraten in einen tödlichen Konflikt, der das Ende unserer Welt bedeuten kann. Denn die apokalyptische Schlacht zwischen Hexen und Menschen ist nicht mehr aufzuhalten ...

Rasante Action-Fantasy für alle Fans von »Wächter der Nacht«

05/2205/01/R